KB044000

WORLD MAP
해적들의 주 활동지
솔렘니아 평원
버팅엄
님펜 성
노르 산맥
마르티누스
웨일즈
몬베테오
스칸더르벅
이테부르크
오토리노
플랑드르
테런스 언덕
두르크 산맥
잘리어
부르군트
도버 해협
페르스발
벨뷰 성
외스타슈
낭트
노누스
칼 군나르
리카르도
비텐트
크룸로프
발루아 연맹국
부르군트 연맹국

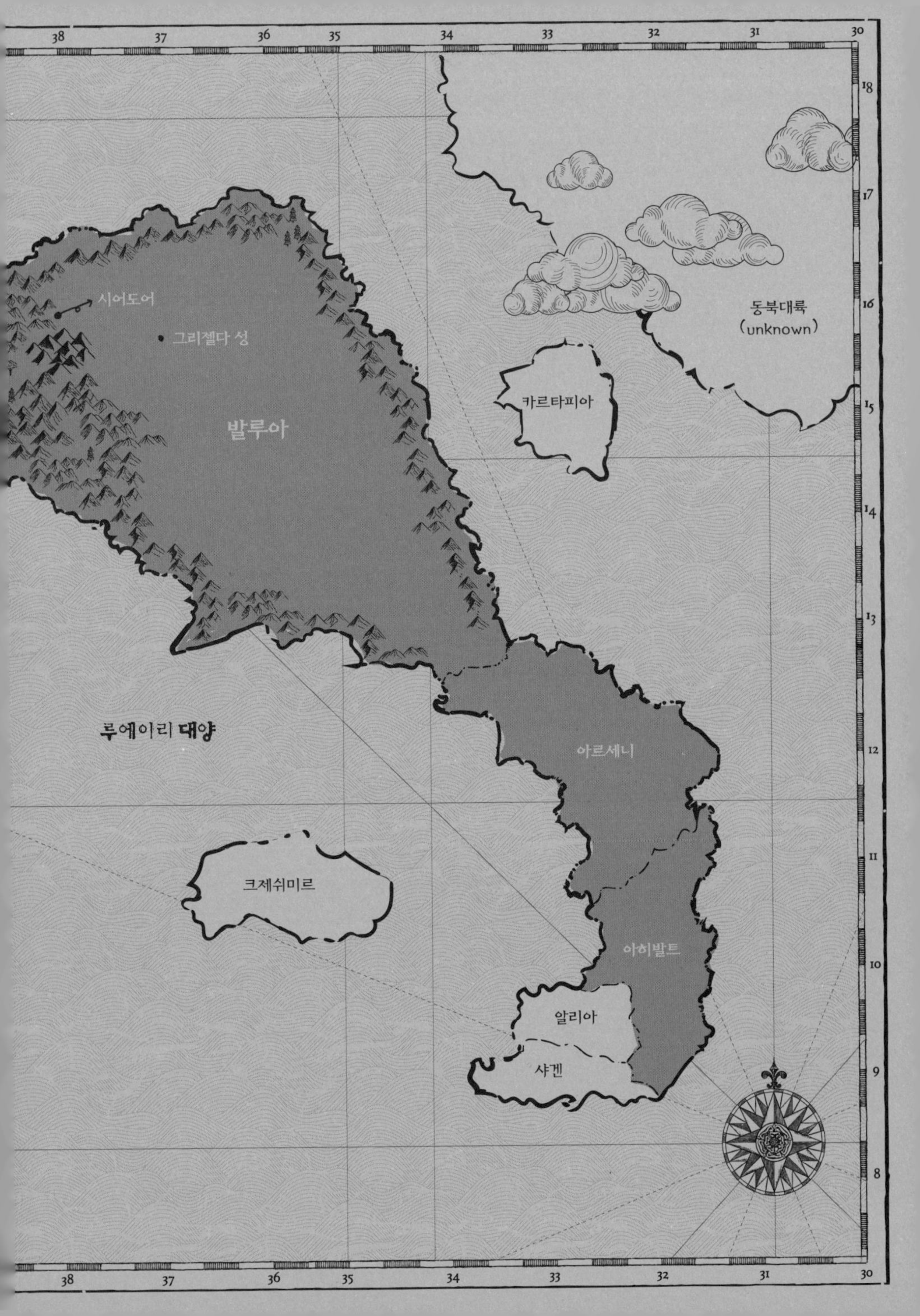

시어도어
그리젤다 성
발루아
카르타피아
동북대륙
(unknown)
루에이리 대양
아르세니
크제쉬미르
아히발트
알리아
샤겐

철이 흐르는
강물 앞에 서거든

1

IMAGINE AN IRON RIVER
철이 흐르는
강물 앞에 서거든
1
주연 장편소설
가하

철이 흐르는 강물 앞에 서거든 1

지은이 주연
펴낸이 이형기
펴낸곳 도서출판 가하

초판인쇄 2019년 1월 23일
초판발행 2019년 1월 30일
출판등록 2008년 10월 15일 제 318-2008-00100호

주소 서울 영등포구 양평로 67, 1209 (당산동5가, 한강포스빌)
전화 02-2631-2846 **팩스** 02-2631-1846

www.ixbook.co.kr

ISBN 979-11-300-3359-4 04810
979-11-300-3358-7 04810(set)

값 13,800원

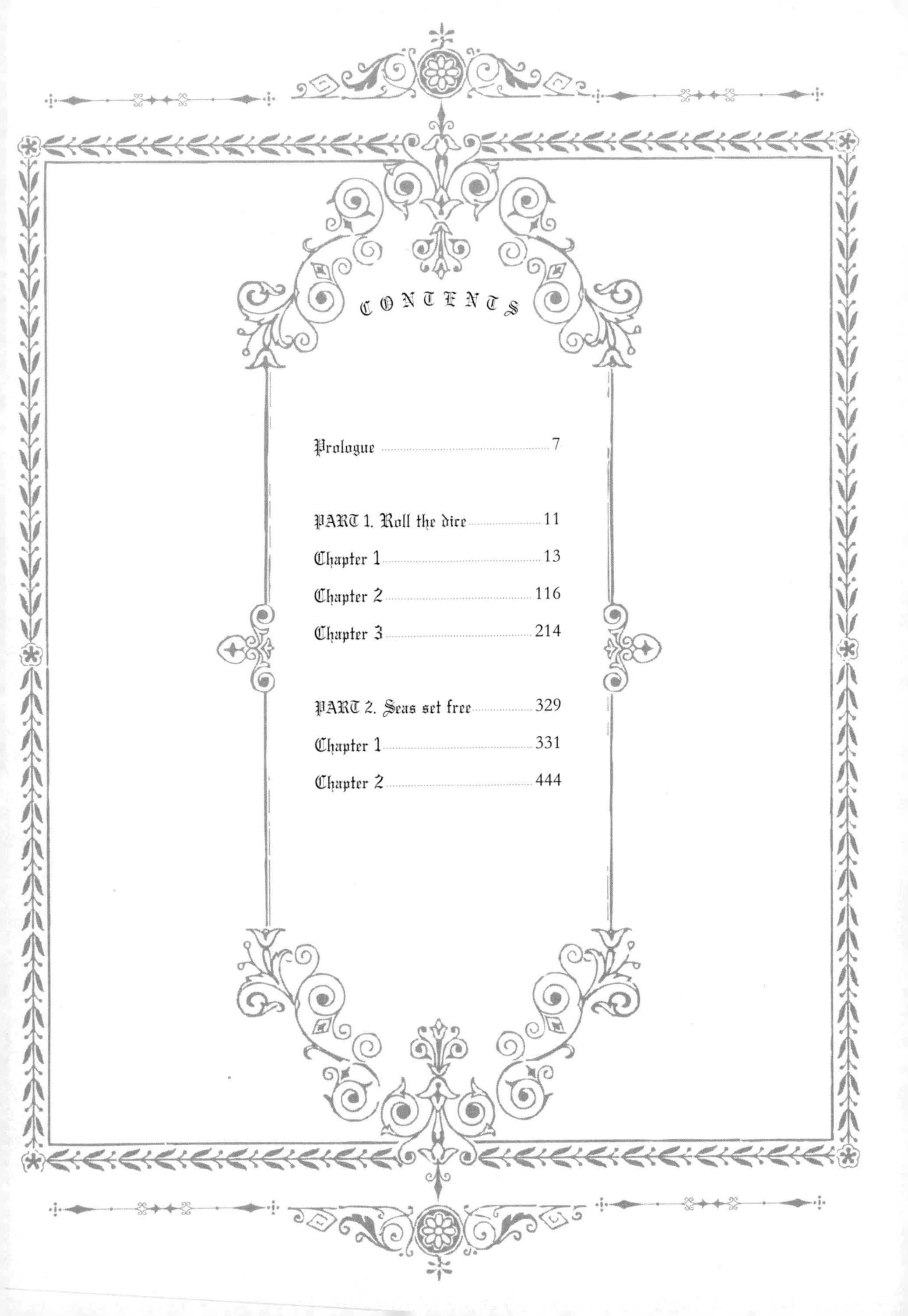

CONTENTS

Prologue

"에르완. 너는 이 나라, 발루아에 가장 어울리지 않는 왕녀다."

피로 물든 입술이 속삭거렸다. 추위로 물든 공기 속으로 하얀 물결이 퍼졌다.

"내게 소피와 너는 자매가 아니었지. 태어날 때마다 왕위를 노릴 적이 늘어나는 것일 뿐. 그런데 이상하기도 하지. 네가 태어났을 때는 기분이 참으로 묘했어. 갓 태어난 핏덩이인데도 왕위에 오르기까지 큰 방해가 될 존재처럼 느껴졌지."

"……."

"기어이 네가 내 가슴을 꿰뚫는구나. 가장 성가시고 어린 적이여."

한 움큼 쏟아져 나온 붉은 핏덩이가 검은 대리석을 적셨다. 에르완은 자매의 가슴을 꿰뚫고 있는 검을 거두지 않았다. 쓰러진 오팔의 가슴 위에 처음 내리꽂았던 그대로 내려다볼 따름이었다.

"전하, 저는 개인적인 명예와 부귀를 원하지 않았습니다. 그저 평화를 바랐습니다."

"하지만 너는 지금 그 검으로 나를 겨누고, 결국 목숨을 거두어가고 있지 않느냐."

"……."

"전쟁이 몰아치는 발루아에서 평화라니, 우습다. 우습기 짝이 없어."

우아하게 웃는 오팔은 그녀 자체로 발루아였다. 눈보라처럼 서늘했고 겨울처럼 혹독했다.

어둠 속에서도 선명히 조각된 그녀는 처음 본 그때로부터 조금도 변하지 않았다. 부당할 만큼 아름다웠고 비인간적으로 무감정했다. 죽음으로 다가가는 이 순간조차 왕좌에 올라있는 것처럼 고고하다.

"저는 이미 시어도어의 백성을 지키겠단 약속을 어기고 말았습니다. 살아남겠다는, 두 번째 약속마저 저버릴 수는 없습니다."

"하하…… 하하!"

공허하게 울리는 웃음에 서리가 얽혀 폐부까지 얼어붙었다. 전장에서 맞은 눈바람보다 더한 추위였다.

"안타깝구나. 너는 부하를 모두 버리고 홀로 치욕스레 살아 돌아온 총사령관이자 자매의 피로 손을 더럽힌 왕녀일 뿐이다. 명예로운 죽음조차 스스로 포기해버린 네가 영광스런 나라의 왕이 되다니."

"저는 발루아를 깊이 사랑합니다."

"나라고 그렇지 않겠는가."

"전쟁에 나가 싸우라면 그리하겠다 했습니다."

"발루아에 장수라면 차고 넘친다. 왕녀인 네가 굳이 나설 필요가 없었다."

"돌아오지 말라고 명하시면 그리하겠습니다."

"나는 이미 패전의 책임을 질 기회를 주었다."

"누구도 죽지 않는 평화를 바랍니다."

"진정 그리 원한다면 더더욱 왕이 되어선 안 되는 것이지. 우리 발루아는 전쟁 없이는 살아나갈 수 없는 나라니까."

끊어질 듯 말 듯한 숨이 들러붙었다 떨어졌다. 이제는 삶보다 죽음이 확연히 더 가까웠다. 그런데도 오팔은 여전히 아름다운 포식자였다. 쏟아내는 핏방울은 만개한 꽃에서 떨어지는 꽃잎이었다. 지독히 고고한 눈동자가 에르완을 훑어내렸다.

"너를 반역자라 칭하지는 않으마."

붉디붉은 입술이 서늘하게 벌어졌다. 이해할 수 없는 미소였다.

"다만 이것만은 알아두어라. 너는 자매들의 피를 손에 묻히고 왕좌를 움켜쥔 여왕으로 역사에 오래 남게 될 것을. 언제 어디든 나와 소피의 이름이 나온다면 네 오점 또한 선명히 되새겨질 것을."

오팔이 눈을 뒤집어 침대에 누워 죽어 있는 또 다른 자매를 보았다. 하얗게 얼어붙은 숨을 내쉬었다. 온몸의 숨결을 모조리 쥐어짜내려는 것처럼 갈비뼈 사이가 크게 벌어졌다.

"세상 모두가 비웃을 것이다. 자매를 죽이고 빼앗은 왕좌와 그런 자리에 앉아 운운할 평화를 말이다. 정말 궁금하구나. 네가 그 자리를 지킬 깜냥이 있을지."

말끝에 그녀가 온 힘을 다해 팔을 들었다. 피로 물든 검날을 연주하듯 하나씩 짚으며, 열 손가락이 거미처럼 기어올라왔다. 고통으로 눈살을 찌푸리면서도 악착같이 매달렸다.

아무리 손을 뻗어도 손잡이까지 닿기 어려웠으므로, 오팔은 검을 더욱더 제 안쪽으로 집어삼키며 상체를 일으켰다. 콱. 올가미처럼 손을 붙들었다. 어둠 속에서 마주친 두 눈은 죽어가는 자의 것이 아니었다. 소름 끼치도록 선연하게, 에르완을 향해 말을 걸었다.

발루아를 지켜라.

죽음을 넘어선 집념으로, 그녀가 속삭였다.

"……편히 가십시오."

자매에게 보이는 마지막 자비로 에르완은 최대한 고통 없이 숨통을 끊어주었다. 검을 뽑아내자 검붉은 피가 분수처럼 작게 솟았다. 매양 맡아온 냄새지만 유독 역했다. 오팔이 남긴 핏덩이는 검 끝에 집착적으로 들러붙었다. 죽은 자의 사념덩어리였다.

검이 대리석을 긁는 소리, 덜컥 들렸다 다시 바닥에 똑바로 세워지는 소리. 이내 잠잠해졌다.

무거운 비구름을 흩뿌리고 간 구름이 기다란 그림자를 거두었다. 그늘이 걷히자 왕녀는 어느새 왕의 얼굴을 하고 있었다. 만년설에 묻힌 검은 성의 진정한 주인.

에르완 실드베르 르 블랑. 실드베르 4세는 그렇게 자매를 죽이고 왕위에 오른 여왕이자, 전장을 휩쓸고 다닌 살인귀로 불리게 되었다.

PART 1

Roll the dice

Chapter 1

"폐하, 정말로 그 뜻에는 변함이 없으십니까?"

목소리가 잔뜩 불안해하며 떨렸다. 그에 비해 앞에 있는 주군은 태연했다. 그녀는 걸치고 있는 것들을 하나하나 손수 벗어 시녀, 레이첼에게 넘겼다.

"그래. 고작 두 시간 정도이니 걱정하지 마라."

"고작 두 시간이지만, 소녀에게 내리신 하명은 그 한 식경을 넘기기조차 힘듭니다."

"충분히 할 수 있다. 너만큼 짐에게 오랫동안, 그리고 가까이 붙어 있던 이가 없지 않니."

곧 드러나는 군주의 몸에 감히 눈을 둘 수 없어 고개가 떨어졌다. 한 나라를 통치하는 여왕의 몸이라곤 생각할 수 없을 만큼 상처가 빼곡하다.

에르완 실드베르 르 블랑. 발루아, 그리고 대륙의 중심을 휘어잡은 여왕. 네 살부터 가혹한 교육을 받기 시작해 여섯에 벌써 섭정(攝政) 카를을 '이 아이는 탁월한 군주가 되어 발루아에 다시없을 영광을 가져다주리라.'고 탄복시킨 발루아의 구세주.

그녀는 또한 뛰어난 검사이자 전략가이기도 해서, 열 살에 처음 전장에 발을 디디고 열두 살에 연맹군을 이끌어 대승을 거두기도 했다. 그림자만 전쟁터에 드리워도 적군이 벌벌 떤다는 위명을 떨치고 있지만, 그 몸엔 그녀가 베어낸 목 개수보다 많은 흉터가 남았다. 남루한 천조각이 곧 그 흔적을 가렸다.

"하지만 소녀가 어떻게 감히 폐하 행세를 하겠어요. 저희, 저희 폐하는, 저 같은 것은 도저히 따라갈 수 없을 만큼 기품 있으시고, 고귀하시고……."

"네가 모셨던 그 폐하는 나와는 다른 이인가 보다."

나직한 웃음을 터뜨리며 여왕은 남은 머리장식까지 내던졌다. 발루아 왕가를 상징하는 백사자 문양을 본 순간 레이첼이 숨넘어가는 소리를 냈다. 적국 식민지에서 에르완에게 거둬진 후, 쭉 곁을 지켜온 그녀다. 여왕이 죽으라면 죽는 시늉도 할 수 있었다.

하지만 역시 이건 아니다. 여왕 된 분께서 타국에 와서 암행이라니!

"폐하! 이건 정말 아니어요, 정말로!"

"무슨 일 있으면 이 검부터 뽑아라. 네 얼굴은 확인도 하기 전에 도망칠 터이니. 이후에 따라붙는 말들은 있겠지만, 어쩌겠니. 이 몸에 흐르는 피가 본래 칼잡이인 것을."

"행여 험한 일이라도 생기면 어쩌시려고!"

"차라리 하늘이 무너질 것을 걱정하거라."

레이첼이 입을 다물었다. 여왕의 검은 날카로웠다. 위의 언니 둘과는 달리, 철이 들기 전부터 전장에 있어 그 의연함도 이루 말할 수 없다. 전쟁 전략과 무력에 있어선 어느 왕도 탐낼 만큼 뛰어난 장수다.

실드베르 4세가 발루아에 다시없을 번영을 가져다줄 수 있다는 건 진정이었다. 여왕이 영토 확장에 조금만 더 관심이 있었더라면, 지금쯤 그녀 통치하에 있는 식민지는 열 손가락으로도 다 못 세리라. 하지만 지혜로운 여왕은 그런 자신의 뛰어난 재능이 발휘될 필요가 없는 나라가 진정 백성들을 위하는 길임을 알고 있었다.

"오라버니가 아시면 전 죽사와요!"

"그건 좀 곤란하겠구나. 확실히 네 오라비는 나조차 감당이 되질 않지. 그러니 최대한 들키지 말도록 하렴."

누구도 여왕이라곤 생각할 수 없을 만큼 허름한 차림을 하고서 막사를 나선다.

"아이, 참!"

안달복달하는 레이첼의 목소리에 슬며시 미소가 떠올랐다. 강철을 닮은 그녀지만 그 성품이 누그러질 때가 있다면 오로지 레이첼과 그녀의 오라비 앞에서다. 그들은 충성스러운 부하인 동시에 가장 가까운 동생들이었다.

막사를 나오자 매어둔 말들이 투레질했다. 이틀 내내 타고 오다가 억지를 써서 세워둔 것들이다. 다리가 아프다니, 이리 조악한 변명이 있을 수가 없다. 열흘간 밤낮없이 행군해도 지치지 않는 체력이질 않나. 여왕의 굳건함을 뻔히 알고 있던 신하들은 순간 제 귀를 의심했다.

"분명 이쪽이었는데."

낮 동안 왔던 길을 더듬어 올라갔다. 어떤 짐승이 튀어나올지 모를 검은 숲이지만 거침없는 걸음이었다. 무던히 오르고 올라 깎아지른 바위 끝에 도착했다. 소금기 가득 실린 바람이 머리카락을 휘젓고 사라졌다. 높은 곳에서 내려다보는 잘리어의 야경은 불야성처럼 아름답다. 발루아에선 볼 수 없는 도시의 불빛.

"여기가 잘리어……."

심호흡하며 시선을 옮겼다. 꽃을 옮겨 다니는 나비 모양으로 불빛이 흔들렸다. 심장이 힘차게 뛰기 시작했다. 여기가, 문화의 부흥지 잘리어. 다짐하듯 되뇌는 여왕의 두 눈이 강하게 빛났다.

순식간에 미끄러지듯 둔덕에서 내려갔다. 비록 다른 이유로 오긴 했지만, 오래전부터 꼭 와보고자 했던 곳이 이 나라다. 수많은 독립국끼리의 내전으로 안쪽까지 썩어들어갔으나 현왕인 샤른호르스트 2세가 즉위한 이후부터 순식간에 부흥한 나라, 잘리어. 본래 변방이었으나 전쟁에 합류하면서 대륙의 중심축이 되고, 결국 제 살을 깎아먹으며 전쟁을 지속할 수밖에 없는 발루아와는 달랐다.

여왕은 직접 눈으로 보고 싶었다. 이 나라를, 이 나라의 왕을. 이 눈동자 속에 깊이 새겨 넣고 돌아갈 것이다.

✣ ✳ ✣

잘리어 수도, 페르스발의 밤은 낮보다 밝았다. 예술가는 줄을 이었고 아이들을 가르치는 철학자도 두 걸음마다 하나씩 보였다. 작가와 음유시인, 악사는 그들 자체로 거리를 구성하는 장식물이었다. 어른이고 어린이고 할 것 없이 모두 예술을 삶 가까이에 두고 있었다.

페르스발은 원하는 누구든 예술과 문화, 의학을 접할 수 있도록 만든, 잘 짜인 설계도나 다름없었다. 모두가 삶의 윤택함을 누리며 왕을 존경한다. 발루아에서 에르완을 대내적으로 여제로 일컫는 것과 마찬가지로, 그들 또한 샤른호르스트 2세를 대제로 칭송하고 있었다.

이런 나라를 만든 샤른호르스트 2세는 대체 어떤 사람인가? 궁금해졌다.

에르완이 발길을 반대로 돌렸다. 빛을 등지고 그늘을 찾아 들어갔다. 달팽이 모양으로 빙글빙글 뻗어나가는 길은 외곽으로 갈수록 어두워졌다. 치안을 책임지는 경비대가 적어지면서 암시장이 모습을 드러냈다.

"아이 하나 딸린 계집 하나요!"

에르완의 시선이 돌아갔다. 노예상인이 한 여인을 공터에 질질 끌고 들어와 상의를 찢어버렸다. 땟물 낀 어깨와 봉긋한 가슴이 훤히 드러났다. 당황하며 울먹거리는 여자를 꿇어앉히고는 상인이 소리쳤다.

"일도 잘하고 다리도 잘 벌리는 특상품이오. 은화 스무 닢부터 시작하지!"

"스물두 닢!"

"스물네 닢!"

몰려 있던 구경꾼 무리 곳곳에서 목소리가 튀어나왔다. 검집을 쥔 에르완의 손에 힘이 들어갔다. 같은 사람을 사람이 아니라 물건으로 취급하는 행태에 가슴이 요동쳤다.

샤른호르스트 2세가 왕위에 올라 가장 먼저 행한 것이 문화 부흥이라면, 그녀는 농노해방을 택했다. 경비대를 피해 노예를 사고파는 암거래 또한 직접 나서서 뿌리 뽑았다. 그것은 자연히, 섭정기간 동안 강해졌던 귀족 세력의 약화로 이어졌다. 에르완이 왕위에 오를 때 맞닥뜨렸던, 귀족과 지주들의 극심한 반발이 그와 무관하지 않았다.

"서른 닢!"

"서른 닢 낙찰!"

짤랑거리는 소리와 함께 여인의 운명이 결정되었다. 다른 남자의 손에 잡힌 채 질질 끌려갔다. 짐승처럼 운다.

참아라. 에르완이 되뇌었다. 이곳에 온 목적을 곱씹으며 손을 쥐었다 풀었다. 소란을 피워 좋을 것이 없다.

그렇다면 소란을 피우지 않고 해결하면 될 일 아닌가?

결정은 빨랐다. 여자를 끌고 간 자리를 더듬으며 조용히 따라붙었다. 모퉁이 너머에서 여자가 우는 소리가 들렸다. 그림자에 몸을 숨기고 기회를 살폈다. 기습작전을 시행하기 전과 같은 긴장감이 내달렸다.

최대한 후환 없이 은밀하게.

호흡을 고르고 모퉁이를 돌았을 때였다. 둘이었던 사람이 셋이 되어 있었다. 여자는 새로 나타난 남자의 손에 붙들려 있었고, 본래 에르완이 노렸던 남자는 피를 흘리며 바닥에 쓰러져 있었다.

여자를 가로채려는 건가?

새로 나타난 남자는 에르완을 보더니 깜짝 놀라 뒷걸음질 쳤다. 범행 장면을 누군가에게 들키리라는 예상을 못 한 듯 보였다. 그는 냅다 돌아가려다가 갑자기 요란한 소리를 내며 넘어졌다. 미처 발견하지 못한 남자가 또 하나 있었다.

“이런, 다리가 길어 발을 걸어버렸네. 실례, 실례.”

살인현장에 있다고는 생각할 수 없을 만큼 태연한 태도였다. 저 남자는 또 누군가. 에르완은 그를 경계하는 동시에 범인에게 빠르게 다가갔다. 살인자에게 여자를 넘길 순 없었다. 잽싸게 뽑아낸 검등으로 범인의 뒷덜미를 치려는 순간, 날붙이가 반대로 휘어 올라왔다.

챙강!

에르완의 검에 무언가 부딪쳤다. 단검이다. 작고 짧아 부딪치자마자 날아갔지만, 검을 멈추게 하는 데는 성공했다. 휘두르기로 마음먹은 검이 막힌 건 오랜만이었다.

"너도 노예를 노리는 자인가?"

에르완이 신중한 눈으로 저를 가로막은 남자를 응시했다. 그는 여전히 웃는 낯이었다.

"그럴 리가. 그나저나 힘이 엄청나잖아. 손목이 다 뻐근해진다고. 이 손목이 얼마짜린지 알아?"

"비켜라. 다음엔 손목으로도 모자랄 테니."

"잠깐만, 잠깐만. 그들 이야기도 좀 들어주라고."

서슬 퍼런 검을 앞에 두고 있다곤 생각할 수 없는 여유였다. 그것은 다른 의미로 여왕의 심기를 자극하고 있었다. 큰 이유 없이 누군가가 거슬리는 건 처음이었다. 아마도, 태어날 때부터 지녀온 것처럼 보이는 저 미소 때문일 것이다. 곧 냉정을 되찾으며 검을 고쳐 쥐는 에르완을 향해, 뜻밖의 인물이 달려들었다.

"살려주세요!"

은화 서른 닢에 팔려온 여자였다. 그녀는 에르완의 다리에 매달리더니 싹싹 빌기 시작했다.

"제발, 제발 부탁입니다! 이 사람은 제 남편입니다! 자꾸만 불어나는 이자 빚에 노예로 끌려온 저를 구하러 온 겁니다!"

검을 쥐었던 손이 헐거워지자 여자가 떨어졌다. 그럴 줄 알았다며 웃는 낯의 남자가 중얼거렸다. 상황을 미리 짐작하기라도 한 것처럼. 에르완이 물끄러미 그를 응시했다.

"여…… 여보, 여보. 어서 일어나요. 잡히면 죽어요."

여인은 남편을 부축하여 뒤뚱뒤뚱 자리를 벗어났다. 겁에 질린 얼굴로 몇 번이나 뒤를 돌아보았지만, 남은 이 중 누구도 그녀를 붙잡으려 들지 않았다. 그들의 뒷모습이 어둠에 묻혀 사라지자 에르완이 검을 회수했다.

"어떻게 알았지?"

"뭘?"

"그가 남편이라는 사실을."

"당신, 잘리어 인 아니지?"

"……."

"그런데도 잘리어 어를 무척 자연스럽게 구사하는군. 감쪽같이 속을 뻔했어."

보기 좋은 곡선이 입술 위에 그려졌다. 알맹이 없이 껍데기뿐인, 오로지 속내를 감추기 위한 미소. 검을 다시 빼고 싶은 충동이 일었다. 저 남자 태도, 아무래도 거슬린다.

"여기선 그다지 대단한 일도 아니야. 자주 있는 일이지."

"그렇군. 그럼 실례하지."

"잠깐만, 이대로 놔두고 간다고?"

뜬금없는 말이 발목을 잡았다. 에르완이 미간을 찌푸리며 돌아보자 남자가 어깨를 으쓱해 보였다.

"이대로라면 경비대원들이 그들을 바로 쫓아갈 텐데? 경비대에게 붙잡히면 남편은 잡혀 들어갈 테고 아내는 또다시 노예가 될 거고."

"그래서 어쩌란 말인가."

"목격자가 있으면 되지. 그들을 쫓는 사람들에게 반대쪽으로 갔다고 말해주면 이야기는 달라질 것 아냐."

"그 목격자가 꼭 내가 될 필요가 없어 보이는군."

다시 가버리려는 에르완 앞을 남자가 잽싸게 와서 막아섰다. 남자는 키가 꽤 컸고, 그의 얼굴을 보기 위해선 고개를 젖혀야 했다. 가까이서 본 그는 꽤 인상적인 외모를 가지고 있었다. 붉은 기운이 도는 금발, 그리고 본디 선량한 듯 휘어진 눈매, 짙은 암녹색 눈동자.

"아니지. 그쪽은 모르겠지만, 나는 이런 일에 연관되어선 안 되는 사람이거든. 그러니 대신 남아줘야겠어."

에르완은 그를 무시하고 지나치려 했다. 그가 끈질기게 쫓아와 앞을 가로막지 않았다면.

두 번 앞을 막아섰다. 여왕은 간신히 그 무례를 참아 넘겼다.

"못 가지, 못 가. 나 혼자 남으면 자칫 살인죄를 뒤집어쓸 수도 있는 거잖아?"

그는 급기야 팔까지 붙들었다. 그녀는 어이없어하며 그를 응시했다.

"놔라."

"허! 이런 명령이라니, 거참. 내가 말했지 않아, 나는 이런 일에 연루되면 안 되는 사람이라니까."

"그건 이쪽도 마찬가지다."

"왜, 곤란해? 혹 그런 상황이 오더라도 조금 전의 검 실력으로 충분히 때려눕힐 수 있지 않나?"

"말을 함부로 하는 자로군. 무릇 검이란 무고한 자들에게 향하게 하면 안 되는 물건이다. 다시 말하지. 당장 놔라."

"못 놓지, 못 놔. 누구더러 혼자 죽으라고?"

에르완이 뿌리치고, 남자가 가로막고 붙드는 상황이 몇 번 반복되었다. 에르완은 남자를 후려쳐 기절시키고 떠나고 싶다는 생각이 상스럽다 여기면서도, 도저히 떠올리지 않을 수 없었다. 내일은 발루아의 여왕, 실드베르 4세로서 왕을 만나야 한다. 이런 일에 엮일 수는 없었다.

그들이 실랑이를 벌이는 사이, 소란을 눈치챈 경비대원들이 모여들었다.

"이리 와! 여기 살인현장이다!"

"이거 봐, 고집을 부리니 이렇게 돼버렸지 않아. 이제 어쩔 셈이야?"

남자가 짙은 한숨을 내뱉으며 이마를 짚었다. 고집을 부린 게 어느 쪽인지 모를 일이다. 에르완이 눈을 세로로 떴다.

"그러게 놓으라 하지 않았어, 혼자든 둘이든 범인으로 몰릴 것은 뻔한데! 경고해두는데, 허튼 수작 부리려는 생각은 않는 게 좋을 거다. 나는 아까 있었던 일 그대로 말할 생각이니까."

"아까 있었던 일?"

"그래, 범인을 붙잡으려 했던 걸 막은 게 네놈이지 않아."

"와, 놈이라니. 섭섭하네. 뻔히 보고 있었던 건 그쪽도 마찬가지잖아? 우리 서로 무죄인 거 알면서 이러기야?"

"엄연히 따지면 무죄를 확신할 수는 없지. 현장에 먼저 있었던 건 네놈이니까."

에르완이 입만 벙긋거리는 남자를 향해 냉정한 눈길을 쏘았다.

"그게 싫다면 그들을 놓아줄 수밖에 없었던 상황을 설명하는 게 어떤가. 따지고 보면 진범은 이 나라의 왕이라고, 노예 암거래를 모를 리 없는데도 아무 조처를 하지 않는 왕이라고 말하란 말이다."

"아하."

남자의 목소리가 한 톤 낮아졌다. 구렁이 열 마리쯤은 삶아 먹은 듯 유들유들했던 목소리가 조금 낮아지는 것만으로 저런 무게를 지닐 수 있다는 사실이 놀라웠다. 한 호흡 침묵이 흘렀다.

"그렇군. 왕의 실정이란 건가."

에르완은 가만히, 그의 얼굴 위를 기웃거리는 횃불을 바라보았다. 형용할 수 없는 표정이었다. 무미건조해 보이기도 하고 노한 듯도, 체념한 듯도, 즐기는 듯도 해 보였다. 묘한 얼굴을 할 수 있는 자군. 스치듯 생각했다.

"너희는 누구냐, 신분을 밝혀라!"

어느새 둘을 중심으로 포위하고 들어온 경비대원 중 하나가 윽박질렀다. 에르완은 남자에 대한 생각은 접어두고, 이 상황을 어찌할 것인지부터 빠르게 판단했다. 여왕임을 밝힐 수 없는 이상 피를 보는 걸 무릅써서라도 여기서 벗어나야 했다. 재빨리 눈을 굴렸다. 셋, 다섯, 여덟……. 적지 않았지만 상대하기 어려운 수도 아니었다.

"이거야 원, 감옥에 갇힐 수도 없고. 잔소리깨나 듣겠군. 이봐, 나와 함께 있었던 걸 고맙게 생각해야 해."

무슨 생각인가. 남자는 혀를 차더니 품속에서 무언가를 꺼내어 내밀었다. 경비대원이 창살을 더 위협적으로 겨누었다.

"무슨 수작이지?"

"글쎄. 와서 보라니까. 이거 안 보고 날 공격했다간 크게 후회하게 될 거야."

싱글거리는 남자의 말은 믿기 어려웠지만, 그렇다고 무시할 수도 없었다. 서로 눈치만 보고 있던 경비대원 중 하나가 옆에 있는 대원을 툭툭 쳤다. 그는 경계를 늦추지 않으며 하는 수 없이 다가왔다.

또 무슨 수작인가. 이 일에 연루되면 안 된다고 했으면서.

에르완은 눈을 가늘게 좁히고 남자가 내미는 것을 보았다. 작은 금패였다. 미약한 횃불 속에서 드러나는 문장을 가장 먼저 알아본 에르완이 속으로 숨을 삼켰다. 저 인장은.

"아무리 외곽을 도는 경비대원이라도, 자신이 소속된 왕국의 인장도 못 알아보는 건 아니겠지?"

남자가 입꼬리를 비스듬히 올렸다. 경비대원은 눈을 의심하는 듯 몇 번이고 다시 감았다 뜨더니 이내 입을 크게 벌렸다.

"와…… 국왕 폐하의…… 보좌관?"

"폐하의 보, 보좌관?"

"그래, 그래. 내 이름은 후베르트, 깐깐한 후베르트라니까."

남자는 모든 경비대원이 볼 수 있도록 금패를 치켜들었다. 왕가의 인장, 게다가 국왕의 측근임을 입증하는 표식은 누구에게나 주어지는 것이 아니었다. 특히 의심이 많은 샤른호르스트 2세는 그것을 보좌관 단 한 명에게만 내려주었다고 알려져 있다.

"용서해주십시오, 무례를 범했습니다!"

허리를 찌를 듯 향해 있던 창살이 허무하게 내려갔다. 남자는 내기에서 이긴 어린아이처럼 의기양양하게 어깨를 폈다.

"그래, 잘 알았으면 이쪽이 아니라 저쪽으로 가봐. 범인은 저쪽으로 갔으니까."

"알겠습니다, 가자! 저쪽이다!"

분주한 걸음이 남자가 가리킨 쪽으로 몰려갔다. 실제 노예 부부가 사라진 곳과 정확히 반대 방향이었다. 소란이 멀어지자 에르완의 시선이 다시 남자를 향했다. 이 망나니 같은 자가 왕의 보좌관이라?

"방금 그 말이 진실인가?"

사실이라면 그것대로 문제였다. 샤른호르스트 2세가 어떤 자인지는 모르나, 보좌관과 문제가 있었던 상대에게 어떤 첫인상을 가질지 예측할 수 없었다.

"뭐 꼭 틀린 말은 아닌데."

남자는 금패를 품속에 도로 넣으며 이마를 긁적였다. 에르완이 그의 머리부터 발끝까지 느리게 훑어보았다. 이자가, 명망 높은 왕의 보좌관이라.

"맞는 말도 아니다?"

"예리하네. 당신."

그가 눈꼬리를 접으며 웃었다.

"미안하게도 정답을 알려줄 순 없어. 다시 말하지만, 나는 이런 일에 엮여서는 안 될 사람이라. 그럴 일 없겠지만 혹시 다시 만나게 된다면 모르는 척해줬으면 해. 이번 일이 당신에게도 문제가 되어 후베르트를 찾아도 소용없을 거야. 나를 찾으면 후베르트가 나올진 몰라도, 후베르트를 찾는다고 해서 내가 나오진 않을 테니까."

남자는 습관적으로 말장난을 던지는 것처럼 보였다. 그리고 에르완은 그러한 말장난을 가장 혐오했다.

"일부러 찾을 일은 없을 거다."

그녀가 딱딱하게 대답했다.

"잘됐네."

남자는 경탄하듯 맞받아쳤다.

"만에 하나 다시 만나도 모르는 척하자고. 피차 좋을 일 없어 보이니까. 아, 한 가지 소박한 바람이 있다면 검을 맞대는 일은 없었으면 좋겠어. 아무리 단검이었어도 그렇지, 아직도 손이 저릿저릿해."

손목을 축 늘어뜨린 채 과장되게 흔드는 남자를 외면하며 에르완이 몸을 돌렸다. 나라에서 단 한 명에게만 하사되었다는 금패를 훔치고도 살아 있을 가능성이 얼마나 될지 계산해보면서.

✣ ✳ ✣

수도의 정경을 조금 더 돌아보고 일행에게 돌아갔다. 막사에 발을 내디딘 건 이미 두 시간이 한참 넘은 때였으나, 레이첼은 여왕을 보자마자 벌떡 일어났다.

"폐하, 폐에하! 맙소사, 드디어 오셨군요!"

어설프게 걸친 옷이 바닥에 질질 끌린다. 보통 여인들에 비해 키가 월등하게 큰 여왕에게 맞춰진 드레스가 버거워 보였다.

"천천히 오거라, 걸려 넘어진다. 그간 별다른 일은 없었느냐, 누가 찾았다거나."

"그……것이."

커다란 진주 목걸이를 낑낑대며 벗으려던 레이첼의 행동이 느려졌다. 눈이 어찌할 바 모르고 바닥을 헤맨다. 에르완이 허리에 매고 있던 얇은 장검을 내려놓으며 시선을 미끄러뜨렸다. 막사 바닥에 낯선 뒤통수가 보였다.

"시동으로 따라온 아이인데, 물을 갈아드리겠다고 들어오려기에 허둥대다가 폐하의 말씀이 떠올라 검을 꺼냈는데 말이에요."

"꺼냈는데?"

"너무 무거운 나머지 떨어뜨렸는데, 시동 아이가 들어오지 뭐예요. 눈이 마주쳤을 때 놀라버려 검집으로 머리를 때려버렸습니다."

레이첼의 목소리는 끝으로 갈수록 개미만 해졌다. 에르완이 허리를 숙여 쓰러진 시동을 살폈다. 간헐적으로 신음을 흘리는 것을 보아 단순 기절인 것 같았다. 낮은 웃음이 터졌다.

"깔끔하게도 기절시켰구나. 검을 이렇게 잘 쓰니 다음에는 나와 승마를 해보도록 하자."

"아뇨! 아뇨! 싫습니다, 무서워요! 지난번에 강권에 못 이겨 말에 타보았을 때 얼마나 무서웠는데요! 까마득한 절벽 앞에 서도 그만큼 무섭진 않을 것입니다!"

온몸을 부르르 떤 레이첼이 다시 옷을 낑낑대며 벗기 시작했다. 기다란 진주가 와그르르 쏟아졌다. 아무리 은밀히, 소규모로 이동한다 해도 위엄을 보여야 한다며 시녀장이 특별히 챙겨 걸어준 것이다.

진주뿐만이 아니다. 다이아몬드가 알알이 박힌 귀걸이는 볼을 뒤덮고도 남을 만큼 크고, 금 자수는 드레스 자락을 따라 섬세하게 새겨져 있었다. 어깨에 두르는 망토는 발루아 왕가를 상징하는 새하얀 빛. 모든 장신구가 여왕의 화려하고 권위 있는 모습을 상징하기 위한 것이었다.

하지만 에르완은 그 드레스를 입고 샤른호르스트 2세를 만나는 게 마뜩잖았다. 왕의 기품을 운운할 일로 방문하는 것이 아니었던 까닭이다.

"그 옷은 잘 챙겨 넣어놓거라."

"에? 그럼 폐하께선……?"

"지금 입은 거로도 충분해."

“그건…….”

레이첼은 드레스를 벗다 만 채로 에르완의 손에 들린 것을 보았다. 진한 녹색의 조끼와 윗바지, 남청색 각반과 삼각모, 어깨에서 허리까지 가로지르는 푸른 견대. 레이첼의 눈이 커졌다.

“연대의 군복을요? 폐하!”

“여왕의 기품을 보여주는 게 오직 분내 나는 부채와 드레스 자락만은 아니잖니. 짐에겐 이게 더 익숙하다.”

“시녀장님께서 아시면 전 죽사와요!”

“죽을 일도 참 허다하구나. 우리만 입 다물면 끝나는 일이 아니겠니.”

대수롭지 않게 답하는 여왕에게 레이첼은 더 이상 말을 잡고 늘어질 수 없었다. 여왕이 전투 군복을 입고 전쟁터에 모습을 드러내면, 용맹한 그레더니어(Gredanier) 기사들의 사기는 하늘을 찌를 듯 높아진다. 전신을 떨며 경외한다. 혹자는 여왕이 검을 휘두르는 모습을 감히 제 입으로 묘사할 수 없을 만큼의 절경이라고 설명했다.

어깨에서 손끝까지 곧게 이어지는 선, 거침없이 뻗어가는 검신, 우뚝 솟는 날, 날붙이에 작열하는 태양빛, 춤을 추는 듯한 리듬, 우아하지만 강한 무게, 하얗게 펄럭이는 백사자. 검을 든 여왕은 누구도 꺾지 못할 전사이자 그 자체로 발루아의 긍지였다.

“그런데 아까 외출하신 건 어떠셨어요? 발루아와는 많이 다른가요?”

벗은 드레스를 능숙하게 정리하며 레이첼이 물었다. 에르완이 의자에 걸터앉으며 입을 열었다.

“그래, 아주 많이 발달한 도시더구나. 발루아와는 다른 의미로 말이다. 예술가들이 만드는 거리가 인상 깊었어. 시간이 되는 대로 데리고 나가 구경시켜주마. 그리고…….”

“그리고요?”

“이상한 자를 만났다.”

에르완의 머릿속은 결벽증에 걸린 사서가 관리하는 도서관처럼 정리되어 있었다. 정치, 외교, 언어, 문화, 적, 아군……. 그녀가 보고 듣고 느낀 것들은 수없이 나뉜 분류 속에 빠짐없이 들어가 있다. 심지어 그녀가 참수한 귀족이나 사랑을 구애한 자들 또한 감정 하나 없는 기준으로 나뉘었다. 그런데 오늘의 기억은 정리하려 해도 어디선가 턱 막혀버렸다. 그것은 시종일관 덜그럭 소리를 내며 구멍을 통과하지 못하고 있었다.

이상한 남자.

모호한 판단을 혐오하는 에르완이었으나 그렇게밖에 표현할 수 없음이 당혹스러웠다.

“이상한 자라뇨! 혹, 혹시 폐하께 무슨 해라도 끼친 것은!”

레이첼이 난리를 치는 통에 상념에서 깨어났다. 에르완은 손을 저어 그 소란을 가라앉혔다.

“아니다, 못 들은 것으로 해라.”

“하지만!”

“레이첼.”

낮은 목소리가 레이첼을 붙들었다. 부드러운 강압.

“내일이 벨뷰 성에 입성하는 날이 아니니. 이미 하루가 지체되어 샤른호르스트 2세의 심기가 좋지 않을 수도 있다. 해가 뜨자마자 서두르려면 미리 채비를 마쳐야 할 거다.”

"……알겠습니다, 폐하."

레이첼이 얌전히 자리를 떠났다. 막사 천막이 거둬지며 밤하늘을 잠깐 베어냈다가 이내 감추었다. 침상에 몸을 누이고도 에르완은 오랫동안 잠을 이루지 못했다. 기억의 분류작업을 끝내지 못해 여간 거슬리는 것이 아니었다.

✦ ✷ ✦

급한 발소리는 해가 떠오르기도 전에 벨뷰 성을 울렸다. 딱, 딱딱. 각진 구두굽이 바닥을 두드렸다. 아침을 준비하며 바삐 움직이던 시녀와 시종들이 멀찍이서부터 멈추고 허리를 숙였다. 샤른호르스트 2세의 보좌관, 후베르트를 향해.

길고 긴 복도 끝, 시녀장과 시종장이 대기하고 있는 방이 보이자 걸음이 빨라졌다. 후베르트는 예를 갖추는 그들을 손을 저어 물리고는 문을 두드렸다.

"폐하, 들어가겠습니다."

무례하기 짝이 없는 말을 내뱉고 그대로 문손잡이를 잡아 돌렸다. 행태로만 보면, 그가 왕의 침실에 들어서고 있다고는 누구도 상상할 수 없을 것이다.

"폐하, 기침하셨습니까?"

걸음은 거침없이 나아가 침대 앞에서 멈추었다. 하얗게 드리운 커튼 안쪽에서는 대답은커녕 일어난 기척조차 느껴지지 않았다. 이래서다. 밖에서 천년을 노크하고 불러대봐야 왕은 모를 테니까. 후베르트는 침대 양쪽을 붙잡고 마구 흔들어대고 싶은 충동에 사로잡혔다. 오늘 국가적인 중대사가 있는 날이니 빨리 일어나야 한다고 말했냐, 안 했냐!

"후베르트…… 한 번만 더 새벽 5시 전에 깨우면 참수하겠다고 했을 텐데."

"어제는 빨리 들어오셔야 한다고 말씀드렸을 텐데요."

"나 일찍 들어왔어."

"그러네요. 일찍 들어오셨네요. 지금으로부터 딱 두 시간 전입니까?"

한숨 섞인 신음을 흘리며 이불을 뒤집어쓰는 기척이 들렸다. 사생아로서 반평생을 바보천치인 척, 여자들과 놀아나고 노름에 빠져 있는 척 살아왔기 때문인가, 샤른호르스트 2세, 바스티안 샤른호르스트는 이따금 밤에 성을 나서곤 했다. 누구도 대동하지 않고, 심지어 저에게도 행선지를 밝히지 않은 채 비밀리에 다녀온다. 헐거워 보여도 치밀한 구석이 있으니 큰 걱정은 없다지만, 호위 하나 대동하지 않는 건 염려될 수밖에 없다.

"폐하."

"……."

"폐하, 기침하시죠. 오늘 누가 오기로 했는지 잊으신 건……."

"하카르트 만나고 왔어."

베개에 푹 파묻힌 채로 바스티안이 불쑥 말했다. 잔소리를 늘어놓으려던 후베르트가 입을 딱 닫았다. 하카르트라면 수학자이면서 동시에 철학가, 건축가이자 작가로 촉망받는 천재다. 바스티안이 오랫동안 끌어오려 애쓴 상대이기도 하고.

"내일 입성하기로 했으니까 그렇게 알아."

후베르트가 두 눈을 흡떴다.

"예에? 정말요? 내일? 그렇게 빨리요? 그 완강한 자를 어떻게 구워삶으신 겁니까? 보통이 아니라고 하던데요."

"애 좀 먹었지. 그런데 나잖아. 내가 갔잖아. 그거보다 더 긴 설명이 필요한가?"

"예에…… 참 대단하십니다. 인물 나셨어요."

"방금 그 말투 마음에 안 드니까 참수."

"네에네에, 참수당하기 전에 한 말씀 더 올리겠습니다. 오늘 실드베르 4세의 사절단이 도착하는 것 기억하고 계시지요? 제가 어젯밤 제발 나가지 마시라고 간곡히 부탁했던 이유기도 하고요."

"그런 말을 했었던가."

나른하게 대꾸하고는 다시 새근새근 잠이 든다. 아니, 무려 삼 주 전부터 몇 번을 상기시켰는데 그런 말을 했었던가아? 심지어 어젯밤에 나가기 전에 말리면서 간곡히 말했건만! 후베르트는 주먹을 꽉 쥔 채 부들거렸다. 저 잘난 뒤통수를 한 대 후려쳐주고 싶다는 생각을 억누르는 데 최선을 다해야 했다. 제 왕에게 딱 하나 흠이 있다면, 흥미가 생기지 않는 부분에 대해선 처참할 정도의 무관심으로 일관한다는 것. 국가 중대사안이라도 마찬가지다.

하지만 그런 주군을 옆에서 모신 지 벌써 몇 년이 되었는가. 바스티안이 병신 행세를 하는데 반평생을 보냈다면, 후베르트는 그런 주군을 보좌하는 데 반평생을 보냈다. 왕을 다루는 데는 조금쯤 일가견이 있었다.

"예전에 그, 뭐더라. 솔렘니아에서인가요. 실드베르 4세께 전쟁의 살인귀라는 별칭이 붙었던 게. 폐하께서 한때 배포가 담대하다며 흥미로워하시던 데코르도바 공이 대군을 이끌고 가서도 대패했지요."

"아, 그러니까 지금 오고 있는 자가 그 살인귀라고?"

바스티안이 번쩍 고개를 들었다. 실드베르 4세에게 처음으로 보이는 흥미였다. 후베르트가 무심하게 흘리듯 말을 계속했다.

"예. 데코르도바 공은 본국에 돌아가 프리드리히 1세께 상당한 빈축을 샀다지요? 세금으로 막대한 재산을 몰수당했다던데, 보복 징수라고 말들이 많습니다."

"그래서 사절단이 언제 온다고?"

"한 시간 전쯤 파발이 도착했고, 제가 폐하의 침소에 오는 데 반, 설명하는 데 나머지 반을 써버렸으니……."

"짧게."

"지금 바로 가셔야 합니다."

요란한 소리를 내며 바스티안이 일어났다. 어젯밤 나갔다 들어온 그대로라 다행히 잠옷은 아니다. 모조리 갈아입을 수는 없어, 미리 준비되어 걸려 있는 옷을 끌어내려 대강 걸쳤다. 내의가 정리되지 않은 상황에서 망토를 걸치니 꼬락서니가 난봉꾼이 따로 없었다.

"설마…… 폐하, 사절단을 맞이하는데 그렇게 입고 나가실 요량은 아니시지요?"

후베르트의 표정은 '아무리 미쳐도 저런 미친 짓을 할 분은 아닐 거야.'라고 말하고 있었다. 바스티안은 발을 신발에 욱여넣느라 한 발로 폴짝거리고 있었다.

"어차피 난 사생아에 무교인 왕이야. 교황한테 이교도라며 공공연히 욕먹는 판에 차림새가 무에 대수라고. 바깥에서 뭐라고 나불대는지 뻔히 아는 마당에, 갖춰 입고 나가면 그게 더 우습지 않겠어?"

“예에…… 예. 소인은 폐하께서 나가주시는 것만으로 감사하기 때문에…….”

“그래, 이번 사절단의 목적이 무엇인지는 아직 밝히지 않았단 말이지?”

“예, 직접 말씀드리겠다고…….”

바스티안이 침실을 나서자 양옆에 길게 줄지어 있던 시종들이 우르르 따라붙었다. 호위기사들은 왕을 중심으로 벽을 만들 듯 감싸고 철통같이 방어했다. 널따란 복도가 비좁아졌다. 바스티안은 엉망이 된 머리를 정리하며 계단을 타고 빠르게 내려갔다.

“비싸게 구는군.”

“실드베르 4세에 대해 알려진 바는 많이 없지만, 법도와 예를 중요시하는 엄격한 자라는 말은 있습니다. 감히 그 자리에서 검을 뽑진 않겠지만 전쟁터에서 살아온 성정이 어디 가겠습니까. 부디 언동에 주의를 기울이셔서…….”

“후베르트, 난 물가에 내놓은 어린애가 아니야.”

“참견이 과했습니다. 송구합니다.”

선을 넘은 발언임을 깨달은 후베르트가 즉시 물러났다. 바스티안은 밑으로 흘러내리려는 망토를 끌어올려 대충 묶고는 걸음을 재촉했다. 성문이 열리며 그 사이로 아침 햇살이 쪼여 들어왔다. 찡하게 아파오는 눈 안쪽을 지그시 누르며 정면을 바라보았다. 사절단이 시야에 들어오자 바스티안의 눈이 가늘어졌다.

“왕을 대동한 사절단이라기에는 꽤 조촐하군.”

“타국에는 알리지 말아달라고 전언도 보내왔습니다.”

“도대체 무슨 꿍꿍이속인지.”

바스티안의 눈은 사절단의 선두를 이끄는 백마에 고정되어 있었다. 물결을 닮은 머리카락이 바람을 타고 흐트러진다. 입고 있는 옷은 군복이지만 남성에게선 볼 수 없는 선이다. 바스티안의 입술이 삐뚜름해졌다.

"저 여자인가? 발루아의 왕이자 전쟁의 살인귀라는 자가."

"백마를 타고 계시니까 아마 맞겠지요? 와, 그런데 생각보다…… 젊으시군요."

후베르트가 작게 감탄했다. 여왕은 적정한 거리까지 다가오자 백마에서 내렸다. 옆에서 종종거리며 따라오는 시녀와 비교해보면 훤칠한 키다. 외모를 따지기 이전에 그녀의 군복과 걸음걸이에 먼저 시선이 빼앗겼다. 완연한 기사의 것이었다.

"아쉬워, 참 아쉬워."

"뭐가 말씀입니까?"

"처음에 실드베르 4세 이야기를 들었을 땐 꽤 흥미로워했거든. 자네도 알지 않나. 프리드리히가 고전하고 있는 상대라기에 좋은 동무가 될 것 같아서. 그런데 여인이라니, 내참."

"폐하……께서 동무를 원하신단 말씀입니까?"

"뭘 의외라는 듯이 말하나. 나도 가끔 친구가 필요할 때가 있어."

입술을 가로지르는 미소가 은밀하고 비밀스럽다. 마냥 태평하고 생각 없어 보이는 웃음이지만, 저것은 독니였다. 속에 품은 맹독을 찔러 넣기 위한 좋은 도구였다. 왕의 사생아가 세상을 뒤집고 왕이 되기까지는 수많은 속임수와 위협을 넘겨야 했으니.

왕은 잔혹한 성정은 아니었으나 피를 보는 데엔 거리낌 없다. 가까운 신하와 친지까지 모조리 의심한다. 곁을 지킨 지 십 년이 넘었으나 후베르트는 아직 왕이 저를 믿고 있는지 불분명하게 느껴질 때가 많았다. 그는 태생적으로 남을 믿지 못하는 것처럼 보였다. 그런데 친구라. 왕에게 이토록 어울리지 않는 말은 다신 없을 거다.

"호오, 이건 또 의외의 얼굴이……."

옆에서 작게 중얼거리는 바스티안의 목소리에 상념이 깨졌다. 발루아 사절단은 이제 얼굴이 보일 만큼 가까이 와 있었고, 바스티안은 여왕의 얼굴을 보며 살짝 놀라는 기색이었다. 이상하게도, 여왕 또한 그러했다. 표정이 굳어 있었다. 알던 사람을 아주 우연히, 의외의 공간에서 만나게 된 사람들처럼.

"……후베르트?"

"예? 어떻게 제 이름을?"

여왕의 입에서 흘러나온 이름이 너무나 뜻밖이라 무심코 대꾸하고 말았다. 바스티안에게 고정되어 있던 시선이 스르르 미끄러져 후베르트를 향했다. 그리고 다시 바스티안에게로 돌아갔다. 가늘어지는 눈이 심상찮았다.

이게 무슨 상황이지? 이상한 분위기에 모두가 당황스러워하는 가운데, 먼저 움직인 건 바스티안 쪽이었다.

"잘리어를 방문해주신 것을 진심으로 감사드립니다, 발루아의 여왕이여. 모쪼록 머무시는 동안 아무 불편함이 없도록 최선을 다하겠습니다."

바스티안은 흔쾌히 악수를 청하며 입꼬리를 올렸다. 그리고 다른 쪽 검지를 들어 입술을 톡톡 두드렸다.

'만에 하나 다시 만나도 모르는 척하자고. 피차 좋을 일 없어 보이니까.'

에르완이 입을 열었다 닫았다. 격식이라곤 도무지 찾아볼 수 없는 차림새, 비인간적일 만큼 해사한 미소. 그런데도 저 눈은 미묘한 변화 하나까지 잡아낼 것처럼 예리하다. 관찰당하는 느낌이 완연하다. 팔을 뻗어 악수에 응했다.

"……환대에 감사드립니다."

미처 당기도 전에 상대가 먼저 콱 틀어쥐었다. 맞잡는 손이 얼음장처럼 차가워 내심 놀라고 말았다. 시선을 올려 바스티안과 눈을 맞추었다. 어째서 그 웃는 얼굴에서 캄캄하게 깎아지른 절벽을 떠올렸을까. 불행하게도 여왕의 예감은 틀릴 때가 없었다.

"연회가 준비되어 있습니다. 먼 길 오시느라 고단하셨을 테니 여독을 풀 수 있도록 배려해드리겠습니다."

먹잇감을 낚아채는 듯하던 처음과 달리 손은 온유하게 떨어져나갔다. 세지도 약하지도 않던 힘인데도 존재감만은 선연하다. 사람의 체온 같지 않은 차가움이건만 화인에 찍힌 듯 뜨거웠다.

폐하, 연회라니요? 후베르트가 바스티안에게 바싹 몸을 기울이고 속삭였다. 바스티안은 남들이 보지 못하는 사이 그의 명치를 팔꿈치로 꾹 눌렀다. 후베르트는 신음을 겨우 참으며 성으로 돌아갔다. 예정에 없던 연회를 준비하기 위함이다.

"앞서 말씀드렸듯이 저희 사절단 방문 소식이 잘리어에 퍼지지 않았으면 하고 바랍니다."

에르완이 무거운 입술을 뗐다. 이곳을 방문한 원래의 목적을 생각한다면, 성문 앞에 서 있는 이 짧은 순간마저도 부담스러웠던 차였다.

"저 바다 건너, 두 눈 새파랗게 뜨고 있을 프리드리히 왕을 걱정하시는 거라면 잠깐 접어두셔도 좋습니다. 부르군트의 외교대신은 누이의 출산 때문에 본국을 떠나 있으니까요."

"……."

"그리고 타국의 대신에게 쪼르르 달려가 일러바칠 이들은 벨뷰 성엔 없을 겁니다. 만에 하나 있더라도 이번만큼은 함구해야 할 겁니다. 이 자리에 있는 얼굴들을 모조리 기억해둔 참이니까."

에르완의 시선이 바스티안에게 머물렀다. 그는 여전히 비현실적으로 웃고 있었다.

"제가 머리가 좀 좋거든요."

이따금씩 그는 자화자찬을 흘렸다. 그런데 그게 얄밉지 않고 자연스러웠다. 거짓으로 말을 만들어내는 게 아니라 사실 그대로를 전하는 것처럼.

"그럼 가시죠, 발루아의 지고한 여왕 폐하."

"……."

"정말 잘리어 어를 능숙하게 구사하시는군요. 대단하십니다."

그가 매끄럽게 손을 내밀었다. 평생을 전쟁터에 몸담아온 그녀지만 그 손을 맞잡자 어색함이 지워졌다. 빠르지도, 느리지도 않게 그가 먼저 나아갔다. 뒤를 지키고 있던 기사와 시종들이 물결처럼 밀려났다.

천연덕스러운 에스코트다. 자신이 에스코트를 썩 좋아하지 않는 편이었다는 걸 잊어버릴 만큼.

"왕도에 오면서 잘리어는 충분히 돌아보셨습니까? 여왕께서 이리 아름다운 분이신지 알았더라면 미리 마중 나갔을 텐데."

고개를 들어보자 부드럽게 웃고 있는 그가 보였다. 간밤에 보았던 그 능청스러웠던 남자가 대제 위로 겹쳐졌다.

어젯밤에 보았던 그가 맞는가? 대제가 혹시, 쌍둥이인가? 에르완이 대답 없이 바라보고만 있자 그가 입꼬리를 슬그머니 올렸다.

"제 얼굴에 무언가 묻었습니까?"

문득 너무 빤히 쳐다봤다는 생각이 들었다. 하지만 시선을 피하지는 않았다. 전장에서 적의 눈을 피한다는 것은 전의를 내려놓는 것이다. 칼이 다가와 어깨를, 팔을 찌르더라도 상대에게서 시선을 떼면 안 된다. 목보단 팔 한 짝이 날아가는 게 낫다.

"사내는 미인의 눈길을 받으면 가슴이 뛰는 법이거늘."

"……."

"정무를 논할 때는 부디 그런 눈으로 보지 말아주시길 바랍니다. 어디 설레어 활자가 눈에 들어오기나 하겠습니까."

쌍둥이가 아니다. 이런 뻔뻔한 남자가 둘 있을 리 없다. 그러기를 스스로 바라는 것인지 알 수는 없었으나.

"왕도가 무척이나 아름답더이다."

"잘리어는 라벤더가 피는 여름이 가장 절경입니다. 어디가 끝인지 모를 만큼 보랏빛 라벤더가 산맥을 뒤덮고 있거든요. 노을이 질 때면 하늘과 땅의 분간이 도무지 안 될 지경이지요. 그때는 제가 직접 모시지요."

"과한 대접입니다."

"그렇습니까? 그럼 제가 발루아에 갔을 때 여왕께서 안내해주시면 되지요. 새하얀 발루아의 만년설 속에 검은 성, 더 근사할 수 없을 정도라고 알고 있습니다."

"……."

"통행증에 여왕 폐하의 직인 찍어주시는 거 잊지 말아주십시오."

에르완의 눈이 얇게 좁혀졌다. 왕이 성 밖을 나서는 일을 산보 가듯

이 말하나. 천방지축 왕을 보좌하느라 다난해 보였던 후베르트가 있었다면 크게 한숨을 쉬었을 모습이다. 거기다 어젯밤 일은 끝까지 모르는 척할 셈인가.

미심쩍은 기분으로 연회에 참석했다. 왕의 우발적인 발언으로 급하게 마련된 자리란 건 대충 보아도 알았다. 만찬이 차례로 대령되어 들어오면서 여왕 앞엔 하루를 전부 먹는 데만 쏟아도 모자랄 만큼의 음식이 쌓였다. 질린 얼굴의 에르완을 아랑곳하지 않고 바스티안은 발랄하게 떠들어댔다.

"……그래서! 그 극작가의 죽음이 결국 뭐 때문이었는지 아십니까? 그들이 잃은 막대한 판돈도 아니었습니다, 누군가의 목격담처럼 친구가 칼로 찌른 것도 아니었습니다!"

"그럼 무엇 때문이었습니까?"

"술에 취해 돌담 위를 걷다 저 혼자 물에 빠졌다지 뭡니까! 하하! 정말 웃기지 않습니까?"

크게 웃음 터뜨린 바스티안은 그 극작가를 후원하느라 들였던 금액을 손가락을 접어가며 세었다. 손가락 열 개로도 모자란 데에 다시 실없이 푸흐흐 웃음을 터뜨린다. 후베르트가 뒤에서 이마를 짚으며 "폐하, 그것은 제 무덤 파는 짓입니다."라고 중얼거렸다.

에르완은 그를 당최 이해할 수 없었다. 왕실이 본 손해는 고스란히 백성에게 이어진다. 아비 된 자가 자식의 돈으로 밑지는 장사를 하였는데 웃을 일인가?

"그 돈이 너무나 아까운 나머지 어제는 그자의 웃기지도 않은 장례식장에 들렀지요. 그런데 돌아오는 길에 말입니다, 더욱 재미있는 일이 벌어졌는데."

바스티안이 속삭이는 시늉을 하며 몸을 기울였다. 갑자기 어젯밤 이야기라니. 에르완이 저도 모르게 숨을 죽였다.

"무슨 일이 있었는지 아십니까? 놀라지 마십시오, 제가 누구를 만났냐면."

긴장된 분위기를 즐기듯 그가 조금 말을 끌었다. 이내 입꼬리를 슥 올렸다.

"죽었다는 극작가를 만난 거 아니겠습니까."

"……."

"알고 보니 돈이 고픈 쌍둥이 동생이었지요. 그는 죽은 형인 척하면서, 제게 후원금을 계속 보내주십사 요청했습니다. 죽은 건 동생 쪽이라고 하면서. 왕을 눈 뜬 봉사로 본 것 아니겠습니까."

그가 또다시 웃음을 터뜨렸다. 에르완을 만난 이야기를 할 것처럼 해놓고 시답잖은 농담으로 마무리라니. 일부러 이러는 거다, 이 작자. 에르완이 속으로 이를 갈았다. 진작 알아봐놓고 수작을 거는 거다. 이쪽을 당황시키는 말들을 하나씩, 무심한 척, 의도하지 않은 척 내뱉으면서.

"어젯밤은 여러모로 흥미로웠습니다. 여러모로."

무심한, 척.

에르완은 딱딱한 고개를 들어 주변을 둘러보았다. 이 연회. 어딜 봐도 과시용이다. 진심 어린 환대라고 받아들일 만큼 순진하지 않다. 어젯밤 왕을 비판했던 에르완에게 보란 듯이 자랑하는 것이었다. 자신은 이 정도까지 베풀 수 있는 왕이라고. 그는 잘리어의 온갖 특산물까지 그녀에게 안겨주려고 했다.

성군으로 칭송받는 대제치고 속 좁은 행동이었다. 아주 오래전부터 그 위명을 들어왔던지라, 실망도 이만저만이 아니었다.

"그나저나 여왕께서 이리 직접, 저희 잘리어를 방문하신 연유에 대해 여쭙고 싶은데."

마침 그가 물어왔다.

"이렇듯 은밀하게 방문하실 정도면 중대한 이유겠지요."

"그건…… 공석이 아닌 자리에서 말씀드리고 싶습니다."

상념을 털어버리고 에르완이 허리를 곧게 폈다. 샤른호르스트 2세에 대한 개인적 감상보단 잘리어에 방문한 본래 목적만을 상기하려 애썼다.

"이런, 저는 여인과 단둘이 사석을 갖지 않는데."

"저는 여인이 아니라 국왕입니다."

"……."

"여자의 몸이지만, 국왕의 심장을 가지고 태어났습니다. 저는 아까부터 국왕으로서 앉아 있었는데 폐하께서는 남자로 앉아 계셨나 봅니다."

상대의 입가에 맺혀 있던 미소가 일순 일그러지는 듯했다. 에르완은 개의치 않고 말을 이어갔다.

"이제 저와 이야기를 나눌 생각이 드십니까?"

"……이쪽으로 오시죠. 따라오지 마라, 후베르트."

에르완은 앞장서서 어디론가 향하는 그를 따라 걸음을 옮겼다. 공기를 적시던 오케스트라의 음악이 점점 사그라졌다. 회장으로부터 멀어지고 예를 갖추는 심복들도 줄어들 즈음, 그늘에 가려 눈에 잘 띄지 않는 방이 나왔다. 두 사람의 발소리만이 공허한 복도를 울렸다.

"이 정도 자리쯤이면 되겠습니까?"

에르완이 주변을 돌아보았다. 아직 경계의 빛이 완연했다. 바스티안이 창가에 비스듬히 기대며 팔짱을 꼈다.

"이곳엔 아무도 오지 않습니다. 이제 그만 말씀하셔도……."

"혹 로마노프 어를 하실 줄 아십니까?"

"예?"

"할 줄 아십니까?"

물음 자체가 로마노프 어였다. 에르완이 답을 구하는 눈으로 바스티안을 바라보았다. 그가 무언가 말을 하려다 도로 입을 닫았다. 잠시 후 열린 입에서는 여왕과 같은 언어가 흘러나왔다.

"물론입니다."

로마노프는 무려 반세기 전에 지도에서 사라진 변방의 소국가다. 그들이 다스리는 두 나라뿐 아니라 부르군트로부터도 멀리 떨어져 있다. 특이하게도 로마노프는 소민족답지 않게 자기들만의 언어를 썼는데, 문법이 까다롭고 외국인에게도 가르쳐주려 하지 않아 배우기 쉽지 않았다. 적어도 이 대륙에서는 이제 그 언어를 아는 이는 다섯도 되지 않았다.

에르완은 로마노프 어로 대답이 돌아온 사실에 적잖이 놀랐다. 듣기로 샤른호르스트 2세는 제대로 된 교육을 받고 자라지 않았다. 그럴 기회가 없었다는 편에 가까웠다. 그런데 어떻게 사어(死語)에 능한가.

"자, 이제 지나가는 이가 있어 엿듣더라도 그 뜻을 알지 못하게 되었습니다."

현실의 목소리가 궁금증을 잘랐다. 습관적으로 남자의 눈을 좇았다. 대제의 눈 안에 은밀하게 새겨진 기색이 읽혔다. 흥미로움.

“이렇듯 비밀리에 방문하고, 저와 사석을 만들고, 아무도 없는 공간조차 믿지 못해 로마노프 어까지 써가면서 해야 할 말씀. 그것이 무엇입니까?”

“저는.”

잠깐 말을 끊고 호흡을 가다듬었다. 이 제안을 정말 해도 될까. 답지 않은 망설임이 발목을 잡았다. 제안해야 하는 이유, 거절당했을 때의 해결책, 다른 협상안. 수많은 생각이 제 길을 찾아 갈래갈래 퍼져나갔다. 그 끝은 항상 조국과 백성의 안녕에 닿아 있다.

왕은 그들을 지키기 위해 존재한다. 무모할지라도 해야만 한다.

에르완이 무거운 입술을 떼었다.

“저는 이 잘리어에, 저희 발루아 군대를 들여놓고 싶습니다.”

목소리가 적막을 꿰뚫었다. 마치 그녀의 귀에는 메아리로 울리는 것처럼 들렸다. 고개를 들었다. 바스티안은 아까와는 다른 방식으로 웃고 있었다.

“이건 꽤 급작스러운데요.”

본디 무감각했던 얼굴에 기이한 미소가 늘어졌다. 고결하게 뒤집어썼던 껍질이 한 꺼풀 들렸다. 눈빛이 순식간에 요요해졌다.

“전쟁 선포치고는 말입니다.”

한쪽 입꼬리가 비스듬해지는 미소가 위험천만하다. 날카롭게 갈린 칼날보다 냉정했다. 어쩌면 이자의 본모습이 살짝 드러났는지도 모른다는 생각이 들었다. 돋아나는 적의.

“전쟁 선포를 이곳까지 행차하셔서 친히 알려주시다니.”

“…….”

“이거 참, 감사하다고 해야 할지.”

산등성에 내려앉는 노을처럼 목소리가 느리고 무겁다.

이쯤에서 오해를 풀기 위해 나서야 했지만 에르완은 입을 여는 대신 상대를 관찰했다. 반쯤 풀린 눈매와 빈틈 많은 어투, 그리고 비뚤게 기울어 있는 자세까지. 협상을 하려면 상대에 대해 알아야 하는데 전혀 아는 바가 없다. 출구 없는 미로 앞에서 입구만 바라보고 서 있는 것 같다.

"좋은 걸 가르쳐주셨으니 저도 유용한 정보를 하나 알려드리지요."

창문을 등지고 선 바스티안의 자세가 삐딱해졌다.

"잘리어는 외국끼리의 전쟁에 참전하지 않은 역사가 오래인, 중립국입니다. 군대가 있다 하나 전쟁 경험이 전무하니 그 전력의 반도 발휘하지 못할 테지요. 잘리어의 모든 게 바뀔 것입니다. 광장에 모여 있던 철학자는 입을 다물 것이고 시인의 노래는 멈추겠지요. 여자고 남자고 노인이고 어린이고 가릴 것 없이 죽을 것이고…… 어쩌면 저는 식민지의 꼭두각시 왕이 될지도 모르지요. 그리되지 않기 위해 저항은 할 테지만, 판도를 바꿀 정도는 되지 않을 겁니다. 경험 없는 지휘관에 경험 없는 군사라. 그야말로 곡괭이로 바위를 치는 격이 아니겠습니까."

그가 말을 끊고 슬쩍 웃었다.

"하지만 저는 말입니다, 잘리어는, 저희에게 속한 영토를 넘보려 든다면 그것이 곡괭이든, 테이블 위에 있는 와인잔이든 집어 들고 싸울 겁니다. 부러진 곡괭이로도 바위에 간 금을 찾아 부술 순 있으니까. 만일 패전한다 해도 저희가 잃을 병력의 반 이상은 물어뜯을 수 있지 않겠습니까."

"제 뜻을 오해하셨습니다."

에르완이 마침내 침묵을 깨었다.

"그렇다면 제가 오해하지 않도록 설명을 해주시겠습니까? 다만 충분하셔야 할 겁니다."

"설명드리겠습니다."

"그리고 전 관찰당하는 걸 그리 좋아하지 않습니다."

그가 나긋나긋한 어조로 말했다. 에르완이 한숨과 함께 시선을 거두었다. 로마노프 어를 아는 걸 보면 항간에 알려진 것처럼 교육을 받지 못한 건 아닐 텐데, 하는 모양새를 보면 또 정반대다. 이제껏 만나왔던 수많은 협상가 중 가장 난해한 경우였다.

"……작금 발루아가 처한 상황을 알고 계실 것입니다."

"선대 발루아 왕이자 폐하의 아버지이신 실드베르 3세께선 퍽 야심만만한 분이셨지요. 전쟁을 이용해 빛 한 줄기 들지 않던 발루아를 반(反) 부르군트 세력의 중심축으로 만드시기도 했고."

"그때 일어난 전쟁이 끝나질 않고 있습니다."

"일 년 전이던가, 프리드리히 왕이 조약을 임의로 파기하고 군대를 국경으로 내려보냈다고 들었습니다."

"그 수가 삼만사천입니다. 그들은 연맹국 각각의 국경에 자리를 펴고 알리아 일부 영토를 요구하고 있습니다. 지루한 소모전이 이어지니 연맹국 전체에서 반발이 심한 상태입니다."

"가장 약소국인 알리아를 건드렸으니…… 목적은 뻔하군요."

"그들은 반 부르군트 연맹국의 내부분열을 바라고 있습니다. 우리가 알리아를 내주면 그것이야말로 프리드리히 왕의 뜻대로 되는 것이겠지요. 왕은 제 뜻을 미리 읽고 있었습니다. 어느 곳을 요구했든 내주지 않을 것이란 걸."

"그 후로 지루한 소모전이 이어졌을 테고 연맹국에 균열이 가기 시작했겠군요?"

"저는 슬슬 그들의 뜻에 순순히 따라줄 생각입니다."

"알리아를 버린다는 겁니까? 의외로군요."

"그리고 소기의 목적을 달성하여 돌아가는 프리드리히 왕의 함대를."

"우리 잘리어의 도버 해협에서 매복하여 전멸시킬 것이다? 여왕께서 절 찾아온 이유는 도버 해협에 들일 군대와 함선을 허락받기 위해서였고."

속내를 읽힌 에르완이 적잖이 놀란 얼굴로 바스티안을 바라보았다.

말씀드렸잖습니까. 머리가 좋다고.

머리를 톡톡 두드리는 손짓에서 그의 목소리가 묻어나왔다.

"감탄이 나올 정도로 뛰어난 전략입니다. 도버 해협은 함대가 빠져나갈 유일한 길목이고 중립국인 잘리어에 속해 있으니 방심하도록 유도할 수도 있을 테고. 부르군트의 힘은 거대한 무적함대에서 나오니 그것들을 전멸시키는 것으로 프리드리히는 오리알 신세가 될 테지요."

"전멸이 과욕인 것은 알고 있습니다. 그 힘을 약화하는 것으로도 충분합니다. 잘리어에는 충분한 보상을 치르겠습니다."

"존경하는 여왕 폐하. 그 정신 나간, 허무맹랑한 계획을 정말 실행시킬 생각은 아니시겠지요?"

더는 부드러울 수 없는 목소리로 그가 물었다. 보통 사람이었으면 움츠러들고 눈치를 보았을 은근한 강압이었지만, 상대는 평생을 무장으로 살아온 에르완이다. 모진 풍파로 다져진 꼿꼿함. 그것으로 되물었다.

“어째서 허무맹랑합니까?”

“말씀드리지 않아도 아실 텐데요.”

“폐하의 모든 생각을 헤아리기 어렵습니다.”

그녀는 돌아 들어오는 희롱을 가볍게 무시했다. 바스티안의 미간이 희미하게 찌푸려졌다. 암묵에 묻어갈 수 있었던 속내를 제 입으로 털어놓을 수밖에 없었다.

어떤 생각은 언어로 정의되어 입 밖에 나오는 순간 유치하고 천박해지곤 했다.

“모든 무모한 계획엔 위험을 감당할 만한 이유 또는 이득이 있어야 하는데.”

그리고 지금 제가 하는 생각이 그런 부류였다.

바스티안이 말끝을 끌었다. 진심인 듯 아닌 듯 빠져나가는 화술을 구사하는 걸 즐기는 그로선, 이런 말을 꺼내는 게 언짢았다.

“그것이 없습니다. 오히려 여왕께서 잃을 게 많습니다.”

“제가 무엇을 잃습니까? 그 전에, 무엇을 가지고 있었습니까?”

“전쟁이야말로 여왕께서 다스리는 발루아를 강대국으로 올려준 동력이기 때문입니다. 발루아는 자원의 보고, 수많은 무기를 연맹국에 팔면서 벌어들인 수익이 왕실에선 무시할 수 없을 정도겠지요.”

“인정합니다.”

“왕실도, 물러난 섭정도, 발루아의 모든 대신도 전쟁을 바라고 있을 겁니다. 대주교까지 전쟁에서 공적을 올리는 것이 신의 뜻이라고 공언하는 상황에 여왕께서만 전쟁이 종결되길 바란다?”

“…….”

"폐하께서 얻으시는 건 유감스럽게도, 오로지 발루아 전체의 반발뿐입니다. 어쩌면 폐하의 자리마저 위태롭게 할지 모를."

"듣던 대로 과연 계산이 철저하십니다."

"……감사합니다."

"하지만 그 철저하고 많은 계산 중 하나 빠진 것이 있습니다."

에르완이 잠깐 숨을 고르는 사이 바스티안이 빠르게 머리를 굴렸다. 빠졌다? 하나가 빠졌다? 무엇이? 국제 정세? 발루아 내부 사정? 군대? 물자? 용병? 함대? 무엇이 빠졌지? 무엇이? 아무리 생각해도 짚이는 바가 없다.

"제가 제 백성과 나라를 위하는 마음이 빠져 있습니다."

잠시 후 에르완의 입에서 나온 말이 너무나 뜻밖이라 바스티안은 한동안 멍한 표정을 지었다. 뭐라? 그가 입술을 달싹였다. 찔러도 피 한 방울 안 나올 저 표정으로, 뭐?

"저는 전쟁으로 고통받는 백성이 더 이상 없었으면 합니다. 그들의 진정한 행복을 바라는 제 마음이……."

"웃기는군, 그런 걸 믿으라고!"

바스티안이 또 다른 사멸한 언어, 로타링기에 어(語)로 크게 소리 질렀다. 하도 기가 막혀 제 속내를 터뜨리긴 했지만, 곤란하지 않았다. 저 여왕이 무표정한 걸 보니 필시 알아듣지 못한 모양…….

"폐하께서 믿든 안 믿든 진실은 진실입니다."

젠장. 로타링기에 어도 안단 말인가.

바스티안은 다른 의미로 짜증이 났다. 누구도 알아듣지 못하는 언어로 욕하거나 투덜거리는 건 그의 버릇이다. 대공이나 대신들이 짜증나게 만들면 이런 언어로 흠씬 욕을 쏴주면 속이 풀렸다. 웃는 낯만 유지하고 있으면 누구도 그 뜻을 알아차리지 못했다.

모르는 사이 가장 많은 욕을 먹은 후베르트는 그가 하는 말을 알아듣고자 로마노프 어를 공부하다 보름 만에 포기했다. 로타링기에 어도 마찬가지다. 그만큼 배우기 까다롭고 누구도 알지 못하는 언어인데.

속으로 툴툴대던 바스티안은 돌연 생각을 고쳐먹었다. 이럴 필요가 없다는 생각이 들었다. 어차피 이 제안이야 제가 안 받아들이면 그만, 여왕 또한 이 제안이 무리란 걸 짐작했기에 이렇게 비밀리에 온 것이 아닌가. 구실이야 만들면 그만이다.

"그래요, 그렇다 치죠. 여왕께서 그 자비로운 마음 하나만으로 전쟁을 종결하고 싶으시다면."

그가 다시 잘리어 어를 쓰자 에르완 또한 같은 언어로 답했다.

"자비로운 게 아닙니다. 전쟁을 종결하면 최대의 이익을 누릴 수 있는 때가 지금이기 때문입니다."

"……그래요, 그것도 그렇다 치겠습니다. 하지만 제가 폐하를 어떻게 믿습니까?"

"……."

"발루아의 군대를 허락해준다는 건, 그 자체로 참전한다는 뜻이기도 합니다. 오랫동안 이어져온 중립을 하루아침에 깨는 건 아무리 저라도 홀로 결정할 수 있는 사항이 아닙니다. 거기다 폐하의 군대가 하루아침에 적군으로 돌변해 수도를 치면 어떻게 합니까?"

"대제께서는 지금이라도 이 방에 병사를 들여 제 목을 치실 수 있습니다."

"……."

"하지만 죽이는 것보다 더한 효용을 줄 수 있는 상대가 아닙니까. 저 또한 '자비로운' 여왕이지만 그 정도 계산은 할 수 있습니다. 대제께서는 이제까지처럼 계산을 하시면 됩니다. 어느 쪽이 더욱 이득일지……."

"여왕께서 그 계산마저 만들어낼 수 있는 사람이라면?"

"그게 무슨 말씀입니까?"

바스티안의 입가가 묘하게 허물어졌다.

"여왕이 되기 위해 친자매를 둘이나 살해한 게 당신이 아닙니까."

"……."

"목적을 위해서라면 혈육도 죽일 수 있는 게 폐하십니다. 독수리가 비둘기 흉내나 내는 것처럼 보이는데, 폐하의 무얼 믿고 동맹을 맺어야겠습니까?"

매끄럽게 말을 마친 그가 입을 벙긋거렸다. 에르완은 눈을 가늘게 뜨고 그의 입술을 읽었다. t, u, e, u, r……. 단순한 글자의 나열이었지만 금방 그 뜻을 떠올렸다.

tueur. 살인마.

"살인마도 거래하는 법은 압니다."

대답은 곧장 튀어나왔다.

바스티안은 에르완의 흔들림 없는 태도에 조금 질리려 했다. 조금 전의 말은 일국의 왕이 왕에게 할 수 없는 말이지 않나. 아무리 타국이라 하나 묵과하고 넘길 수 있는 무례가 아니었다.

그녀는 비인간적일 만큼 이성적인 껍데기를 하나 더 두른 것처럼 보였다.

이처럼, 보이지 않는 방패가.

"친자매의 목숨을 거둔 것은 거래가 아니었습니까?"

"그것을 납득시키는지 여부가 협상의 결과에 영향을 미칩니까?"

"미친다면 말씀해주실 겁니까?"

주거니 받거니 하던 대화가 끊겼다. 에르완은 잠깐 고민하는 듯했다.

"아뇨."

"제 결정에 영향을 준대도 말입니까?"

"예."

얼굴과 목소리는 한없이 딱딱했으나 어째서인지 바스티안에게는 처음으로 그녀가 동요한 모습처럼 보였다. 허, 이 쇠붙이 같은 여자에게서 보인 첫 감정적인 면모였다. 꺼져가던 불씨가 다시 타올랐다.

"협상의 여지는 이제 없는 것 같군요. 부디 이 제안은 못 들은 것으로……."

"그럼 믿게 해보십시오."

에르완의 시선이 허공에 느릿한 선을 그으며 올라왔다. 의심하는 기색이 완연하다.

"폐하를 믿게 해보십시오."

달짝지근한 목소리로 홀린다. 밤을 한 올 베어내 담은 것 같은 짙은 눈으로 응시한다. 위험한 매혹이다. 그는, 바스티안은 사람에게 기회를 주는 법을 알았다. 희망을 줄 줄 알았다.

"어떻게 말입니까."

"어떤 방법으로든 괜찮습니다. 제가 폐하를 믿게끔 해주십시오. 인간적인 방향이 아니어도 좋습니다. 등을 맡길 수 있는 전우로서의 믿음을 주십시오. 그러면 협력하겠습니다."

무엇이든 받아줄 것처럼 굴면서 정작 아무것도 내놓지 않는다. 지쳐갈 때 즈음 다시 달콤한 것을 쥐여준다. 부질없다 여길 새를 주지 않는다.

시간이 지나면 칼자루는 바스티안의 손으로 넘어오고, 상대는 어느새 다리를 붙들고 매달리게 된다. 바스티안은 매 순간 가치를 저울질하고 필요 없다 판단되면 명령한다. 언제든 뛰어내려도 좋다고.

"저는 왕과 왕이라는 관계를 떠나 당신이라는 한 사람으로 판단하겠습니다. 여왕께서 어떤 분이신지 직접 겪어보고, 협력에 대한 결정은 그다음으로 미루겠습니다."

여왕의 눈이 가늘어졌다. 제안에 맥락이 없다 생각하는 듯했다.

하지만 결국 여왕이 그 자신의 제안을 받아들이리라는 걸 알고 있었다. 잠깐 이야기를 나누어도 알 수 있는 저 철저한 성격상, 차선책을 마련해두지 않고 이곳에 오는 수고를 들였을 리 없다.

머릿속에 지도를 그렸다. 도버 해협이 안 된다면 다음은 어딜 선택할 텐가? 떠오르는 건 많다만 어느 곳을 선택하든 매복작전 성공률이 반으로 줄어든다.

받아들이지 않을 수 없을 것이다. 전쟁을 종결하고 싶다는 여왕의 바람이 진심이라면.

"……제게는 시간이 그리 넉넉지 않습니다. 지금 이 순간에도 국경은."

"저는 판단에 오랜 시간이 걸리는 사람이 아닙니다."

"……."

"그리 경계하지 마십시오. 그저, 잠깐 저와 놀아달라는 뜻이니."

백야처럼 하얗게 웃는다. 그 미소는 누군가에겐 치사량의 희망이었으리라.

✦ ✳ ✦

에르완은 매일 정해진 그 시각에 정확히 눈을 떴다. 아직 동이 트기 전이라 공기가 차가웠다. 발루아보단 조금 더 습한 공기를 들이쉬며 그녀가 몸을 일으켰다. 이부자리 정리와 탈의는 누구의 도움 없이 이루어졌다. 전쟁터에 시녀들을 화려하게 대동하여 갈 수는 없으니 당연했다. 여왕의 시중을 들기를 바라는 이들에게는 더없이 아쉬운 일이었으나.

"폐하, 폐하! 벌써 기침하셨습니까!"

에르완이 잠든 채인 줄 알고 조용히 문을 열었던 레이첼이 깜짝 놀라 외쳤다. 여왕이 제 도움 없이 의복을 갈아입은 뒤인 걸 깨닫고 숨을 삼킨다. 레이첼은 종종걸음으로 달려와 준비해두었던 의복을 내밀려다가 울상을 지었다.

"죄송합니다, 소녀가 더욱 일찍 왔었어야 했는데……."

"신경 쓰지 마라. 어제 늦게 잔 모양이구나. 잠자리가 익숙지 않아 불편했니?"

"아, 앗! 그걸 어떻게……."

"눈가가 붉다."

레이첼이 얼른 팔로 눈을 비볐다. 에르완이 부드러운 손길로 팔을 잡아 제지했다.

"오늘 방을 옮겨달라 청하겠다. 그조차 맞지 않는다면 먼저 발루아로 돌아가도 좋아."

"아닙니다, 괜찮습니다! 거기다 폐하께서 여기 계시는데 어찌 저 혼자 돌아갑니까. 괜찮습니다. 소녀 걱정은 마세요."

"무리하지는 마라."

에르완은 따뜻하게 당부하고 검을 챙겨 문으로 걸어갔다. 레이첼이 기다렸다는 듯 뛰어 그녀의 뒤를 따랐다. 화려한 문양으로 장식되어 있는 유리창 너머 새벽하늘이 펼쳐져 있다. 아직 아침이 오기 한참 전이라 하나 성안은 지나치게 고요했다. 발루아는 이 시각쯤 되면 하루를 준비하기 시작하는 하녀들로 분주한데.

"아직 다 둘러보진 못했지만 정말…… 잘리어는 화려한 곳이에요. 장식들에 눈이 돌아갈 지경이에요."

벽을 따라 새겨진 정교한 조각상과 금테 둘린 초상화, 천장을 뒤덮은 그림을 보며 레이첼이 혀를 내둘렀다. 그녀는 몇 번이나 멈춰서서 성안을 구경하다가 뒤늦게 에르완을 따라 뛰어갔다. 한쪽 벽면을 가득 지배하고 있는 거대한 예술작품을 돌아보며 에르완이 입을 열었다.

"잘리어는 예술과 의료의 부흥지로 유명하니까."

"그래서 그럴까요? 여기엔 이상한 사람이 좀 있는 것 같아요."

"이상한 사람?"

에르완은 무심코 이곳의 왕을 먼저 떠올렸다가 빠르게 지워버렸다. 레이첼이 말을 끌다가 고개를 끄덕였다.

"네. 예술가들은 이해하기 힘든 사람이 많잖아요. 후베르트 님이 그런 말씀을 하신 것도…… 그런 영향이 아닐까 싶어서……."

후베르트는 몇 번 들은 적 있었다. 샤른호르스트 2세의 최측근이자 보좌관. 첫날 에르완에게 팔린 적 있는 이름이었다. 바스티안의 한마디 한마디에 주름살을 늘려가던 그의 모습을 떠올리며 에르완이 물었다.

"보좌관이 네게 무슨 말을 했느냐?"

"그게……."

"폐하, 저는 바보입니다!"

마침 들려오는 후베르트의 목소리에 에르완과 레이첼의 걸음이 딱 멈추었다. 천천히 뒤돌아보는 에르완의 시야 속에 단정히 예를 차리는 보좌관의 모습이 들어찼다. 후베르트는 그들이 묘한 표정을 짓고 있는 걸 알아차리지 못하고 명랑한 인사를 이어나갔다.

"하하, 발루아 어를 최근에 몇 마디 배웠거든요. 발음이 좋다고 저희 폐하께 칭찬까지 받았는데요, 여왕 폐하께서 보시기엔 어떻습니까? 저는 바보입니다! 멍청이입니다! 맞는 걸 무척 좋아해요! 저를 마음껏 걷어차주세요!"

"……."

에르완은 묵묵부답이었다. 아침인사랍시고 발루아 어로 이상한 말을 지껄여대고 있는 후베르트의 얼굴만 뚫어져라 바라볼 뿐이었다. 옆에서 똑같이 당황하고 있던 레이첼이 잘리어 어로 물었다.

"저, 후베르트 님. 혹시 그 말이 어떤 뜻인지 알고 쓰시는 건가요?"

"그럼요. 순서대로 '안녕하세요, 뵙게 되어 반갑습니다. 좋은 아침입니다. 좋은 하루 보내세요.'라고 말하지 않았습니까?"

"그, 그건 대체 누가 가르쳐주신 거예요?"

레이첼이 어떻게 말해줘야 할지 몰라 얼굴을 붉혔다. 후베르트는 영문을 모르겠다는 얼굴이었다.

"저희 폐하께서 가르쳐주셨습니다. 폐하께선 만국어에 능통하셔서 이렇게 제게 인사말을 알려주시곤 하시죠. 발음 괜찮지 않습니까? 나는 정말 바보입니다!"

"……아, 저기."

"레이첼, 그 말은 다시는 안 쓰도록 당부하도록 해라."

한숨과 함께 에르완이 다시 걸음을 옮겼다. 뒤에서 어쩔 줄 몰라 하며 말을 더듬는 레이첼과 "응? 네? 왜요? 뭐가 문제입니까?"라며 당황하는 후베르트의 목소리가 들렸다. 광활하게 뻗은 복도 옆에 난 계단을 타고 올라가자 그들의 목소리가 옅어지고 또 하나의 문이 나타났다. 문 양옆에 대기하고 있던 시녀들이 여왕을 보고 화들짝 놀랐다.

"앗, 폐하께선 아직 기침 전이신데…… 잠시만 기다려주십시오. 제가 들어가 먼저 여쭈어보겠습니다."

"괜찮으니 문을 열거라."

우왕좌왕하는 그녀에게 에르완이 부드럽게 타이르듯 말했다. 문을 열려던 손을 딱 멈춘 그녀가 불안하게 눈을 굴렸다.

"그러면 저희가 혼날지도 모릅니다."

"네게 책임을 묻는 일은 없을 터이니 안심하고 열거라."

에르완의 목소리는 사람을 안심하게 만드는 힘이 있었다. 상황은 조금도 달라지지 않았지만 그녀들은 고분고분하게 고개를 조아리며 물러났다. 에르완이 팔을 뻗었다. 손으로 살짝 미는 것만으로 문이 훅 열렸다.

설마 했는데 아직도 일어나지 않았단 소린가. 믿을 수가 없었다.

규칙적인 걸음으로 방을 가로질러 침대로 향했다. 침대 앞에서 걸음을 멈추고 시선을 내렸다. 상의를 헐벗은 잘생긴 남자가 침구 속에 묻혀서 쌕쌕 자고 있었다. 만일 전쟁터였다면, 그녀의 휘하에 있는 부하였다면 즉시 목을 치고도 남을 게으름이었다. 차가운 눈초리로 그를 내려다보다 천천히 입을 열었다.

"일어나시죠."

움찔. 바스티안의 안쪽 눈꺼풀이 살짝 움직였다. 잠깐 깬 듯하다가 다시 쌕쌕 잠이 든다. 에르완은 최대한의 인내를 발휘하며 다시 입을 뗐다.

"일어나십시오. 아침이 온 지 오래입니다."

"으음……."

눈꺼풀이 겨우 들리는가 싶더니 눈이 사르르 돌아와 에르완을 담았다. 잘못 보았다 판단한 건가, 못 본 척 다시 눈을 감고 돌아눕고 반대쪽 침대 끄트머리로 질질 몸을 끌어 도망간다. 일사병 걸린 뱀이 따로 없었다.

에르완은 검집으로 그를 후려쳐주고 싶은 생각을 애써 억누르며 침대를 둘러 반대쪽으로 걸어갔다. 그리고 그가 덮어쓰고 있는 침구 하나를 집어 던졌다.

"일어나십시오."

"아, 진짜 뭡니까. 무슨 이런 꼭두새벽부터 깨웁니까?"

바스티안이 짜증스럽게 몸부림쳤다.

"꼭두새벽이 아닙니다. 아침입니다."

에르완이 칼같이 정정해주었다.

"해가 아직 안 떴으면 꼭두새벽이라 부르는 겁니다. 공용법에 그렇게 정의되어 있습니다."

"그런 법은 없습니다."

"잘리어엔 있습니다. 제가 만들었습니다."

"……저에 대해 알고 싶다는 건 폐하가 아니셨습니까."

"아, 믿게 해달라고 했지 이렇게 깨우란 말뜻은 아니었습니다. 저는 평생 새벽 6시 이전엔 일어나본 적이 없단 말입니다!"

"저는 새벽 4시 넘어서 일어나본 적이 없습니다."

딱딱하다 못해 부스러질 듯한 목소리였다. 바스티안은 작게 뭐라 중얼거리더니 이불을 몸에 돌돌 감으며 또다시 반대쪽으로 굴러갔다.

끄트머리에 간신히 걸쳐져 있는 그를 보던 에르완이 다시 걸음을 옮겼다. 이번엔 침대 아래쪽에 서서 다리를 들었다. 침대는 성인 서너 명쯤은 거뜬히 취침할 수 있을만큼 넓었지만, 에르완의 다리는 바스티안에게 닿을 만큼 길었다.

쿵. 누군가 굴러 떨어지는 소리가 바닥을 울렸다.

"블랸, 블리지!"

거친 욕설이 침대 옆으로부터 터져 올랐다.

"욕설을 쓰셔도 소용없습니다. 또한 폐하께서 쓰시는 언어 대부분은 저 또한 알고 있음을 상기하십시오."

"후베르트, 후베르트!"

"폐하의 보좌관이라면 지금 제 시녀와 함께 있습니다. 불러도 오지 못할 것입니다."

바스티안은 욕설을 한참이나 더 내뱉었다. 에르완은 그에 개의치 않고 벽에 걸린 여러 개의 검을 훑어보았다. 죄다 장식용이다. 굳은살 하나 없는 손을 보고 짐작하긴 했다만, 이렇게 태만하고 자기 수련을 게을리 하는 자가 왕이라니. 이렇게 저를 피곤하게 만드는 사람은 처음이었다.

"자주 쓰는 검이 따로 있으십니까?"

도무지 쓸 만한 게 눈에 띄지 않아 물었다. 대답은 돌아오지 않았다. 없군. 무감각하게 생각하며 개중 그나마 괜찮아 보이는 검을 집어 들어 침대에 던졌다. 그사이 비척비척 몸을 일으킨 바스티안이 몽롱한 눈을 들어 에르완을 바라보았다. 졸려 죽겠다는 얼굴이다.

"……도대체 뭘 하는 겁니까? 새카만 꼭두새벽부터 깨워서, 검 가지곤 무엇을 하시려고."

"무릇 군주는 아침에 일찍 깨어나 정신과 몸을 정갈하게 가다듬어야 하는 법입니다. 아침을 어떻게 시작하느냐에 따라 하루가, 나라의 판세가 달라지기도 합니다. 그 귀중한 시간 동안 게으름을 피우는 자는 축생이나 다름없을 것입니다."

"언젠가 잠깐 있었던 스승이 했던 말과 똑같군요."

"그렇습니까. 옳은 것을 가르쳐주던 스승이셨군요."

"그래서 제가 가장 싫어했습니다."

"……."

"저는 설령 축생이 되더라도 아침잠을 자고 보아야 하는 인간이라."

"일어나십시오. 이미 시간이 많이 지체되었습니다."

"도대체 뭘 하자는……."

거의 잠이 다 깨버리고 만 바스티안이 상체를 들다 말고 말을 멈추었다. 몸에 돌돌 말고 있던 이불이 어깨를 타고 스르르 내려가는 걸 느꼈기 때문이다. 옷을 입지 않고 취침하는 습관 때문이다. 훤하게 드러난 어깨와 가슴을 물끄러미 내려다보다 고개를 들었다. 에르완은 이쪽을 쳐다보고 있었다.

"……그런데 계속 여기 계실 요량입니까?"

"왜 나가야 합니까?"

"그야 제가 벗고 있지 않습니까."

이걸 설명을 해줘야 아냐는 투다. 하지만 에르완의 내리깐 시선은 한 치의 흔들림이 없었다.

"그런데요."

"그게, 보통 여인들은 벗은 남자의 몸을 보면 부끄러워 자리를 피하거나."

"벗고 있는 쪽은 대제신데 어째서 제가 부끄러워해야 합니까."

할 말이 없어졌다. 듣고 보니 그럴싸하다. 아니, 이게 아니지.

"그렇다 하여도 지나치게 태연하시니까요. 혹 이런 상황에 익숙하신 건 아니십니까?"

에르완은 잠깐 멈칫했다가 시선을 느리게 올렸다. 뭔가, 저 과거를 더듬는 듯한 표정은.

"십오 년 전, 이테부르크 근처에서 잠입작전에 직접 참여하여 지휘한 적이 있습니다."

난데없는 전쟁 이야기다. 저 여자의 머릿속을 해부해보면 온통 전쟁이 아닐까. 바스티안은 졸음에 겨운 눈을 비비며 하품을 크게 했다.

"작전은 성공적으로 완수했지만 적진 한가운데라 살아남을 수 있을지 모호한 상황이었죠. 그때 근처에서 전투가 벌어지지 않았다면, 전사자의 갑옷을 빼앗아 입지 않았다면 살아 돌아오지 못했을 겁니다."

"지금…… 시체가 입고 있던 옷으로 위장하고 도망쳤다는 말씀을 하고 계신 겁니까?"

"전쟁터는 인간의 수치를 논할 수 있는 곳이 못 됩니다. 살아남기 위한 본능 앞에선 뭐든 허락됩니다. 군법이 허락하는 범위 내라면. 그렇기에 벗은 몸은 대수로운 일이 아닙니다. 검에 베이고 창에 찢겨 내장을 쏟아내는 시체가 부지기수에, 살점과 핏덩이가 강처럼 흘러……."

"잠깐, 잠깐! 상상되지 않습니까!"

비위가 약한 편인 그는 어느새 얼굴이 새파래져 있었다. 아침부터 시체와 비견된 것도 모자라 이런 흉흉한 이야기를 듣다니, 오늘 고기 먹긴 글렀군.

"여왕께 심한 농을 건 것은 사과드리죠. 그러니 이만 나가주시지 않겠습니까?"

"저야말로 미리 연통 없이 침실에 찾아온 무례를 사과드리겠습니다. 제 불찰입니다. 하지만 이미 시간이 많이 지체되었다고 말씀드렸습니다. 뭐든 걸치십시오. 불편하시면 돌아서 있을 테니."

"대체…… 아무도 없는 곳에서 환복을 할 수 있는 권리에 대한 논쟁을 왜 이리 오래 끌어야 하는 겁니까?"

"납득되지 않습니다. 굳이 제가 이곳을 나갔다 다시 들어오고, 대제께서 환복하시는 비효율적인 방법을 어째서 행해야 합니까. 폐하야말로 제 앞에서 벗고 있는 게 부끄러우신 겁니까?"

그 물음에 바스티안은 눈을 몇 번 깜박이더니 헛웃음을 터뜨렸다. 어렸을 적, 살아남기 위해 배다른 형의 발아래에서도 기어 다닐 수 있었던 그다. 형이 던지는 것만 받아먹었다. 왕실의 피를 이어받아놓고 수치를 모른다는 눈초리 속에서 평생을 견뎠다. 종국엔 그들의 목을 하나하나 거두었다고 하여 그 모멸이 사라지는 건 아니다. 그런데 고작 벗는 것이 부끄러워서?

"부끄럽기는요."

죽은 모친이 그를 붙잡고 수없이 되뇌던 말이 있다.

잊지 마라. 너는 죽기 위해 태어난 아이다.

누구든 믿어선 안 된다. 믿는 순간, 칼날은 네 목끝까지 올라와 있을 것이다.

"불민한 몸뚱이를 여왕께 보여드리기 미욱한 까닭이지요."

살아남아라, 살아남거라. 팔다리를 잘라 내어주는 한이 있더라도 살아남아라.

고귀한 죽음은 천박한 삶보다 못하다.

"그 외 다른 까닭으로 보였다면 제 불찰입니다."

여유를 찾은 눈이 요사스럽게 휘었다.

상체를 훤히 드러낸 채 일어나 의복을 찾아 걸쳤다. 그 또한 치장에 공을 들이거나 시종들을 요란하게 부리는 편이 아니기 때문에 혼자서도 수월한 편이었다. 하나하나 갖춰 입어나가며 바스티안은 노골적으로 에르완에게 시선을 두었다. 그녀 또한 눈을 돌리는 시늉 하나 없다.

"자, 말씀하신대로 다 하였습니다. 이제 무얼 할까요, 여왕 폐하."

연인에게 하듯 달콤하게 속삭이는 목소리다. 에르완의 눈썹이 휘어 올라갔다. 그녀의 올곧음이 바스티안을 자극하듯, 바스티안의 미소 또한 그녀에게 불길함으로 다가가는 듯했다.

"검을 가르쳐주실 겁니까, 아니면 폐하의 인생이나 다름없는 전쟁에 대해 알려주실 겁니까?"

바스티안이 질문을 빠르게 쏟아내었다.

"아, 말이 나와 하는 이야기인데, 부르군트에 점령당한 마르티누스의 푸른 숲 요새는 도로 빼앗은 겁니까? 발루아 연맹국의 요충지 중 하나를 뺏은 만큼 부르군트가 지키기 위해 꽤 애를 썼다고 들었는데 말입니다. 탈환작전을 지휘하신 게 여왕님이시라지요?"

"예."

"어떻게 하신 겁니까? 프리드리히 왕이 한동안 앓아누웠다는 소리를 듣고, 하하! 제가 얼마나 웃었던지!"

에르완은 허물이라곤 하나 없는 것처럼 웃는 얼굴에서 시선을 떼었다. 천천히 내려가는 눈꺼풀이 짙은 그늘을 드리웠다. 새삼스레 바스티안은 그녀의 얼굴이 꽤 곱다는 걸 깨달았다. 매끈한 이마와 섬세한 눈매, 조각된 듯한 입술. 누구도 부정할 수 없는 미인임에도 알아챌 수 없었던 건 그녀가 지닌 기백 때문이리라.

철컥. 짊어지고 온 검은 여왕의 어깨부터 옆구리까지 길게 가로질러 있다. 무게가 상당해 보이건만 버거워하는 기색 한 점 없다. 강인하다. 여왕이 아니었다면 휘하에 두고 싶을 만큼 탐나는 전사다.

"잘되었군요. 마침 산을 오를 참이니, 거기서 이야기를 드리면 되겠습니다."

"그렇죠, 산을 타야…… 뭐라고 하셨습니까?"

꿈결에 젖은 듯 에르완을 감상하던 바스티안이 번쩍 정신을 차렸다.

그녀는 대답하지 않고 먼저 걸음을 옮겼다. 허리 부근에서 흔들리는 금발을 응시하며 왕은 잠깐 고민에 빠졌다. 산을 오르는 건 죽어도 싫지만 검은 요새를 함락한 방법에 대해선 궁금했다.

이번 기회를 놓치면 저 철옹성 같은 여자는 입도 벙긋 안 해줄 테고. 어쩐다.

바스티안이 고민에 휩싸인 사이, 복도를 울리던 발소리가 멈추었다. 앞서 간 여자가 기다리고 있는 듯하다.

어쩐다. 검지가 허리를 톡 두드렸다. 두 번 되뇌었는데도 확실한 답이 나오지 않아 직감을 따르기로 결정했다. 높이 올라가기야 하겠나. 오르다 금방 내려가겠지. 그는 방을 빠져나갔다.

✣ ✳ ✣

벨뷰 성 뒤엔 산이 있었다. 식후 눈요기 삼아 바라보긴 했지만, 산세가 험하다곤 생각해본 적 없다. 그런데 막상 올라보니 악산(嶽山)이자 악산(惡山)이다. 크고 바위가 많다. 동이 터오는 아침인데도 숲이 울창하고 컴컴했다. 발 한번 잘못 디뎠다간 어찌 될지 까마득하다. 바위를 한참 오르자 빼곡하게 깔린 하얀 자갈길이 보였다. 바스티안이 잠깐 걸음을 멈추고 위를 바라보았다. 고도가 높은 산등성은 아직 잔설이 남아 있다.

"아직도…… 한참…… 설마…… 더 가실 요량입니까."

계곡물의 시원한 물소리에 묻혀 바스티안의 목소리가 끊겨 들렸다. 막 계곡 옆 평탄한 길로 걸음을 들여놓던 에르완이 뒤를 돌아보았다. 황금색 눈동자는 그녀가 등진 태양보다 찬연했다.

"전쟁에 대해 묻지 않으셨습니까."

"그게…… 이것과 무슨 상관……."

"전쟁을 대비하는 데엔 두 가지 방법이 있습니다."

에르완은 깎아지른 바위벽을 훌쩍 뛰어넘으며 말했다. 남자인 바스티안조차 가끔 주춤거릴 만큼 가파른 길이건만 이제껏 그녀는 숨결 한 번 흩뜨리지 않았다. 수십 번 올라온 길인 양 가볍게 지나간다. 저 무거운 검을 인 채로.

"하나는 실제로 훈련을 하는 것이고 다른 한 가지는 연구를 하는 것입니다. 훈련은 자기수련의 의미도 포함됩니다. 군대를 조직하고 훈련하는 것 이외에 사냥을 떠나거나 하여 신체가 거친 환경에 익숙해지도록 해야 합니다."

여자가 맞나. 그 이전에 인간이 맞나.

"군주는 모든 걸 알고 있어야 합니다. 지형, 강물과 습지의 특성, 산맥이 어떻게 솟아 있고 계곡은 어떻게 전개되며 평원은 어디에 펼쳐져 있는지까지."

그녀의 다리로 시선이 미끄러졌다. 귀부인의 다리처럼 얇고 매끈한 대신 잔 근육이 탄탄하게 박혀 있었다. 산을 타고 말에 오르며 오랫동안 다져진 다리일 것이다.

만에 하나 전쟁을 할 일이 있더라도 발루아와는 하지 않겠다 결심했다. 자신의 치세 동안은 절대로. 친정(親征) 따위는 자살행위일 것이다.

"이것은 군주에게 두 가지 면에서 유용합니다. 자국의 지형에 대해 잘 알게 되므로 어떻게 방어해야 할지 알 수 있고, 그 경험과 지식을 바탕으로 군주는 낯선 지역에 대해서도 쉽게 파악할 수 있게 됩니다."

"그래서 저희는 언제 내려갑니까?"

"군주는 전시상황보다 평화의 시기에 더욱 전쟁에 집중해야 합니다. 적군과 아군의 배치에 따라 누가 더 유리할지, 어떻게 하면 대형을 흩트리지 않으면서 공격할 수 있을지 끊임없이 묻고 답해야 합니다."

"이런 곳에서 왕인 제가 미끄러져 죽기라도 하면 잘리어는 답이 없습니다. 정무에 몰두하다 보니 아직 후계가 없어……."

“여기서 질문 하나를 드리지요.”

한참 만에 에르완의 걸음이 멈추었다. 바스티안이 힘겹게 고개를 들었다. 키 큰 나무들로 빼곡히 둘러싸여 있어 어디까지 올라왔는지 가늠이 되질 않는데, 그녀는 놀랍도록 길을 잘 찾아내고 있었다.

그녀가 팔을 뻗어 새카맣게 꺾여 올라가는 골짜기를 가리켰다.

“저 가파른 능선 위에 적군이 있고 여기에 우리 군이 있다 가정했을 때 퇴각하려면 어떻게 해야 할지, 또 적군이 퇴각할 때 어떻게 추격할 수 있을지 생각해 오십시오.”

“숙제……라는 겁니까? 맙소사, 잠깐 있었던 내 스승도 내게 그런 걸 줄 엄두를 못 냈는데…….”

“그렇습니다. 정답을 맞히기 위해선 이곳까지 여러 번 오르셔야 할 겁니다. 그 전에 수련에 좀 더 매진하여야겠지만.”

에르완이 감정 없는 눈으로 그를 슥 훑어보고 덧붙였다. 기분 나빠할 기력도 없었다. 바스티안이 한숨 쉬었다.

“푸른 숲 요새를 되찾은 비법이나 알려주십시오.”

“폐하께선 갓 걸음마를 시작한 아이를 상대로 문학작품을 읽어주고 싶습니까?”

“그러니까 제가 갓 걸음마를 시작한 아이라는 겁니까?”

“이해가 빠르십니다.”

진정 감탄하는 투라 말문이 막힌다.

“더 올라가보죠. 문제를 풀기 위해선 형세를 더욱 자세히 살펴보셔야 할 것입니다.”

에르완은 말이 끝나기도 전에 바위를 딛고 더 높은 곳으로 올라갔다. 순식간이었다. 눈앞이 깜깜해졌다. 이제 돌아 내려가는 줄로만 알았던 바스티안에겐 청천벽력이나 다름없었다. 평화로운 시기라 해도 절대 게으름을 피워서는 안 되며, 근면하게 역량을 키워야 전쟁에서……. 그녀의 목소리는 마치 느릿하게 산책을 하며 담소를 나누는 것처럼 평탄했다.

바스티안이 거친 숨을 몰아쉬며 걸음을 멈추자 에르완이 귀신같이 돌아보았다. 그가 억지로 입꼬리를 올렸다.

“저는 여기 있겠습니다, 폐하. 저는 주로 철학자와 문학인들과 담화를 즐기는 편이라. 여기서 쉬고 있다가 내려가는 길에 합류하겠습니다.”

“저 또한 이 산이 초행이라 내려가는 길에 폐하를 찾을 수 있을지에 대한 확신이 없습니다. 산짐승이 많으니 홀로 습격을 당할 가능성도 있습니다.”

때마침 멀리서 늑대 우는 소리가 들렸다. 바스티안은 제 허리에 차인 얄팍한 검과 에르완, 그리고 그녀가 멘 거대한 검을 차례로 보았다.

“따라오십시오.”

냉랭하게 툭 던져놓고 다시 오른다. 그러니까 이 산에서 미아가 될 생각이 없다면 입 다물고 따라오라는 뜻이다. 바스티안은 울며 겨자 먹기로 따라나섰다. 성으로 돌아가면 이 산을 통째로 깎아내라는 명부터 내릴 것이다. 젠장, 젠장.

✦ ✳ ✦

아침식사 시간을 훌쩍 넘기고 돌아온 에르완과 바스티안을 보고 후베르트는 당황한 표정이었다.

"아니, 폐하. 어딜 다녀오셨기에 그렇게 산송장이 되셨습니까?"

"후……베…… 산…… 깎아…… 통째로……."

후베르트는 거의 기어가다시피 의자를 찾아 풀썩 몸을 맡기는 바스티안을 지켜보았다.

"예? 뭐라고 말씀하시는 겁니까, 폐하? 그보다 어떻게 이 시간에, 제가 깨우기도 전에 눈을 뜨고 계시는 겁니까? 어떻게?"

"산, 저 산……."

"제가 깨워드렸습니다."

비교적 너무나 멀쩡한 에르완이 왕의 건너편에 앉았다. 바스티안은 아직도 숨을 거칠게 몰아쉬며 '산'이라는 단어만 반복해 내뱉고 있었다.

후베르트는 당황한 채 두 왕을 번갈아 바라보았다. 여왕 폐하가 폐하를 깨워? 이게 무슨 상황이지? 그런데 그 시간에 깨우니 일어났다고? 그럴 리가 없는데, 머리가 잘못되시기라도 한 건가? 아니, 그보다 두 분이 대체 어딜 다녀오셨기에 폐하께서 저 꼴이 됐지?

"그래, 깨워주시긴 했지……. 온갖 폭력을 행사하시긴 했지만. ……후아, 이제야 한시름 놓겠군."

물을 한 컵 들이켜고 나서도 그는 여전히 시체 같은 얼굴이었다. 후베르트가 깜짝 놀라 되물었다.

"예? 폭력이라뇨? 폐하께 말입니까?"

"저희 폐하께선 이유 없는 폭력은 절대 쓰지 않으셔요."

단호하게 내뱉은 건, 에르완이 성에 돌아온 직후에 따라 들어온 레이첼이었다. 낯을 가리는 탓에 여왕 뒤에 내내 숨어 있다가 주군에 대한 나쁜 이야기가 나오니 소심하게나마 반항하고 나온 것이다.

저 여자가 누구였더라. 머릿속엔 없는 얼굴이라 지그시 바라보고 있는데 그녀가 움찔하며 뒤로 다시 숨는다.

"폐하, 그렇다고 숙녀분을 노려보고 겁을 주면 어떡합니까."

"나는 그냥 쳐다보기만 했네."

파렴치한을 보는 듯한 눈빛에 바스티안이 기가 차 답했다. 에르완이 다정하게 겁먹은 시녀를 다독였다.

"레이첼, 괜찮다. 무서워하지 않아도 돼."

"그렇습니다. 저희 폐하가 좀 눈매가 부리부리하셔서요. 그리고 폐하 말씀은요, 네. 적당히 거를 건 걸러야 정신 건강에 좋아요. 심지어 저희 폐하는 두세 달에 한 번씩 아무 말 없이 사라지시곤 한답니다. 그때마다 가슴이 내려앉았는데, 계속 반복되니 정신 수련에 어찌나 도움이 되던지……."

"후베르트, 적어도 자네는 내 편을 들어야지."

한숨과 함께 말을 맺은 바스티안이 에르완에게 눈길을 돌렸다. 뒤에서 '우리 폐하 건드리지 마세요.'라는 맹랑한 눈빛을 쏘아대고 있는 시녀를 가볍게 무시하고 그녀가 식사하는 모습을 감상했다. 식사를 할 때조차 군더더기 하나 없다. 매 순간 최적의 동선을 계산해 그대로 움직이고 있는 것 같다. 불필요한 감정은 내비치지 않는다. 모든 동작 하나하나가 효율적이고 빈틈이 없다. 잘 훈련된 매 같다.

"여왕께선 힘들지 않으십니까? 험한 길을 다녀오셨으니 꽤 지치셨을 텐데."

바스티안이 턱을 괴며 입꼬리를 끌어당겼다. 성향 하나 겹치는 것 없는데도 오히려 이쪽이 대하기 편한 건 꽤 신기한 일이었다.

"염려해주실 정도는 아닙니다. 저보단 대제께서."

"저 또한 염려치 마십시오. 잘리어를 걱정하는 마음이 커 발걸음이 무거워졌을 뿐입니다. 제가 다치면 그만한 국가적 손실이 또 어디 있겠습니까."

"……."

"여왕께선 평소에도 이른 새벽부터 산을 타십니까? 이를테면 지형을 살펴본다든가 하는 이유로."

"발루아에서는 아닙니다. 제가 모르는 발루아의 지형은 더 이상 없는 까닭입니다."

"그렇습니까. 하지만 이곳은 잘리어이니 이야기가 달라질 수 있겠군요. 설마 내일도 저 뒷산을 오르실 생각을 하고 계신 건 아니겠지요."

바스티안은 웃으며 물을 한 모금 입에 머금었다. 설마 그럴 리가 하는 글자가 만면에 적혀 있다.

"물론 그럴 생각은 아닙니다. 뒷산은 오늘 다 돌아보지 않았습니까."

"하하, 설마 내일은 다른 산을 둘러보자는 이야기는 아니시겠지요?"

"정확합니다."

머금고 있던 물을 그만 뿜을 뻔했다. 에르완은 흙빛으로 변한 그의 얼굴을 물끄러미 응시하고 있었다. 마음속 깊은 곳에서 피어오르는 불길한 느낌을 애써 억누르며 입술을 들썩였다.

"혼……자 가시겠지요?"

"……."

망할, 이 침묵은 부정의 의미다.

"저는 못 갑니다. 안 갑니다. 저를 끌고 가시려거든 잘리어를 모조리 평지로 만들 각오 정도는 하셔야 할 겁니다. 오늘을 돌이켜보십시오. 산짐승을 만나지 않은 건 그야말로 신의 은총이 아니었습니까? 그 은총이 두 번 내리란 법이 있습니까?"

"어라, 폐하께선 신을 안 믿으시잖습니까."

"그 입 좀 다물게, 후베르트."

"산을 오르기 싫다면 질문에 대한 답을 찾으면 됩니다."

"죽기 싫으면 살라는 말과 뭐가 다릅니까."

끝까지 항의해보았지만, 여왕의 뜻은 쉽사리 꺾이지 않았다. 자신의 아침잠이 얼마나 정당한지, 그리고 어떤 이유로 산을 오를 수 없는지 일장연설을 쏟아내어도 달걀로 바위 치기다. 틀렸다, 도무지 들어먹질 않는다. 발루아엔 요새가 따로 필요 없겠군. 저 여왕 한 명 덩그러니 있어도 병사 천 명쯤은 상대할 수 있을 테니까!

고개를 떨어뜨렸다. 빌어먹을. 꼴이 우습게 됐다. 더 이상 휘둘리지 않으려면 이쪽도 그만한 약점을 잡아야 했다. 그런데 대체 저 무쇠 같은 여자에게도 약점이 있나?

유치하다. 약점을 잡아야겠단 생각에 똑같이 되갚아주고 싶다는 욕망마저 들고 있으니 이보다 더 유치할 수 없다. 치기 어린 어린애인가? 아니다, 이보다 덜 유치한 이유가 분명 있는데. 떠오를 듯하면서 사라지기를 반복했다. 어째서인지 무의식 속에서 떠올리길 거부하는 듯했다.

"저어, 폐하. 그러고 보니 준비해놓으라고 하셨던 이것……."

두 왕 사이에 말이 끊기자 후베르트가 이때다 싶어 무언가를 조심스레 내밀었다. 이마를 짚은 채 그대로 바스티안이 그것을 집었다. '레이랄 힐데가르드'라는 이름이 적힌 종이가 테이블을 가로질러 에르완 앞에 놓였다.

그녀가 턱을 살짝 들었다. 이게 뭐냐는 눈빛이다.

"이곳에서 폐하께서 쓰실 이름입니다."

그는 설명에 살짝 따분함을 느끼며 눈을 내리깔았다.

"보는 눈도 많고, 부르군트의 외교대신이 언제 돌아올지도 모르고, 여왕께서도 방문을 비밀로 해달라고 부탁하셨으니 준비해둔 것입니다. 망명귀족 중 하나이니……."

줄줄줄, 말꼬리를 엿가락처럼 늘이던 바스티안이 순간 눈을 번뜩였다. 기가 막힌 생각이 뇌리를 강타했다. 약점? 약점이 없는 인간은 없다. 다만 약점을 보일 만한 상황에 놓여 있지 않았을 뿐이다.

"무도회에 한번 참석해보시지요."

"예에?"

이상한 신음을 내며 가장 먼저 반응을 보인 건 후베르트였다. 레이첼 또한 그랬고, 에르완은 눈이 살짝 가늘어졌다. 그녀에게서 이끌어낼 수 있는 가장 곤란해하는 반응이리라. 바스티안은 그 입술이 열리기 전에 선수를 쳤다.

"사람은 보다 넓은 관계에서 정의되어야 할 필요가 있습니다. 저는 폐하를 인간으로서 마주하고 싶다 했습니다. 잠깐 잘리어의 일원이 되어보시는 건 좋은 경험이 될 겁니다. 앞으로는 잘리어, 발루아 구분할 것 없이 협력할 관계가 아닙니까."

"……."

"아니겠습니까?"

가슴이 크게 솟았다 내려갔다. 크게 심호흡한 에르완이 종이를 받아들었다. 서두르지도, 품위를 잃지도 않는 몸짓이다.

'레이랄 힐데가르드.'

정갈하게 쓰인 글씨를 두어 번 다시 읽고 왕을 바라보았다. 선은 고운데 남성다움은 잃지 않는 신비로운 얼굴이다. 보는 사람이 기분 좋아질 만큼의 미소지만 에르완은 경계를 늦추지 않았다.

기약 없는 말만큼 바꾸기 쉬운 것이 없다. 입바른 말을 속삭이다가도 언제 돌변하여 부르군트와 손을 잡을지 모른다. 에르완에게 잘리어는 꼭 필요한 패지만, 바스티안은 꼭 발루아가 아니어도 되니까. 처음부터 불평등한 관계였다. 당분간 맞춰주는 수밖에 없나.

에르완은 종이를 힘껏 쥐고 있던 손에서 힘을 풀었다.

"……잠시 후 연무장에서 뵙겠습니다."

일어나는 에르완을 따라 바스티안이 턱을 들며 빙긋 웃었다.

"그러시지요."

산에서 내려올 때에는 쇠붙이에는 취미가 없다며 일갈하더니 그사이 생각이 바뀐 모양이다.

무슨 꿍꿍이인지 도무지 알 수가 없다. 그녀가 받아본 그 어떤 치열하고 난해했던 검도 그의 표정보단 읽기 쉬웠다. 어떤 궤적도, 소리도, 전조도 없는 남자.

"아, 여왕님. 저를 마음껏 걷어차주십시오!"

그리고 왜 성실한 보좌관을 놀려먹는지까지도 알 수 없는.

해맑게 인사를 건네는 후베르트에게서 레이첼에게 시선을 돌렸다. 책망하는 눈빛이 강했다. 레이첼이 움찔하며 고개를 떨어뜨렸다. 진짜 뜻은 무엇인지도 모를 후베르트의 음담패설이 오케스트라처럼 깔렸다.

"죄, 죄송합니다, 폐하. 원래 일러주려고 했습니다만, 듣다 보니 재, 재미가, 음, 어……."

"시녀를 참 잘 두셨군요."

바스티안과 레이첼은 그 와중에 후베르트가 못 알아듣도록 발루아어로 말했다. 가벼운 한숨소리가 공기를 적셨다. 저런 말을 인사라고 하고 있으니, 다른 발루아 인을 만나지 않도록 빌어주는 수밖에 없었다.

"대제께서 가르치신 부분에 있어서 제가 함부로 말을 얹을 수 없어 함구하고 있습니다만, 부디 순진한 청년을 속이는 시간이 길지 않길 빕니다."

바스티안이 손을 가볍게 휘휘 저었다. 조금 전보다 기분이 한결 나아진 것 같은 가뿐한 얼굴이었다.

✣ ✳ ✣

"요청하신 대로 현재 성에 주둔하는 군사들을 연무장에 전부 불러 모았습니다. 이제 무슨 일을 하실 요량입니까?"

"……."

에르완은 삼삼오오 모인 병사 무리 위로 시선을 미끄러뜨렸다. 모여서 수다를 떠는 병사, 앉아서 쉬는 병사, 목검을 성의 없이 휘두르고 있는 병사…… 각양각색이다. 대부분 용병으로 구성된 잘리어의 군대는 어쩔 수 없는 오합지졸이었다.

아무리 왕이라도 군대와 병사 하나하나까지 들여다볼 수는 없는 법이다. 이미 오랫동안 관습처럼 이어져왔다고 해도 군대는 심각한 상태였다. 바스티안조차 몰랐던, 보고받지 못한 광경이다. 그는 에르완에게 이런 꼴을 보이는 게 조금 창피해졌다.

"대부분 용병인 모양이군요."

"외국과의 전쟁은 오랫동안 없어놔서."

"그들은 고용인입니다. 보수를 받는 특성으로 결속된 모습을 보이지 못합니다. 신뢰할 수 없고 불충하며 위험한 부대지요."

스르릉. 검이 검집을 훑고 빠져나온다. 날카롭고 섬뜩한 소리다. 바스티안은 그녀의 손에 단단히 쥐인 검이 허공에 빛을 그리며 움직이는 모습을 보았다. 한 치의 빈틈이 없다. 팔, 손과 손잡이, 손잡이와 날이 하나처럼 이어진다. 그녀가 천천히 움직였다. 구부러질 수 없는 것처럼 보였던 선이 휘어졌다. 톱니바퀴처럼 꼭 맞물렸던 것이 풀린다.

"남이 쓰던 무기와 갑옷 또한."

에르완이 낄낄거리며 웃고 있는 용병 무리에게 다가가 검을 겨누는 행동을 말리지 못했다. 그녀의 검날이 용병의 어깨에 걸쳐진 쇠사슬에 정확히 꽂혔다. 에워쌌다는 게 맞는 표현일까. 쇠사슬 끝에 달려 있던 철구가 느리게 흔들렸다.

"제약이 될 뿐이라는 것 또한 알아두십시오."

그녀가 팔을 움직였다. 호선을 그리고 올라간 검이 창처럼 솟았다. 순간 날이 빛나는가 했다. 쇠사슬에 균열이 가더니 이내 힘없이 끊어졌다. 쿵. 철구가 바닥에 내리꽂히는 소리가 연무장 바닥을 울렸다.

갑자기 어깨가 가벼워진 걸 느낀 사내가 가장 먼저 고개를 돌렸다. 소리를 들은 이들이 두 번째다. 어? 어라? 하나둘씩 돌아오던 시선이 이내 에르완에게 전부 꽂혔다. 삽시간에 사방이 조용해졌다.

수십 개의 시선이 모인 곳에는 여왕이 있다. 차림새는 평범했으나 황금으로 타들어가는 안광이 존재를 입증했다.

바스티안이 혀를 찼다. 누군가는 알아봤을지도 모르겠군. 이거 원, 오늘 만든 가짜 신분을 대번에 소용없게 만들어버리면 어떻게 하자는 건가.

"자신만의 군대를 만드십시오."

검을 든 그녀와 눈이 마주쳤다. 커다란, 태산 같은, 밤을 헤치고 맞은 새벽과 같은 중압감. 그녀에게서 흘러나온 침묵이 주변을 짓눌렀다.

"자신의 군대를 만들어 함께 숨을 쉬고 나라를 지키십시오. 완벽히 장악하고 통제하십시오."

전쟁의 살인귀가 여인이어서 실망했던 순간이 있었던 게 믿기지 않는다. 철 내음, 포환 소리, 검과 검이 맞부딪치는 금속성, 기이한 고요와 이렇게나 어울리는 여자인데.

"그들의 주인이 폐하라는 걸 확실히 각인시켜두십시오. 동시에 자식처럼 아껴주십시오. 만약 패하더라도 그들이 흘린 피가 헛되지 않은 길을 선택할 거라는 믿음을 심어주십시오."

바라보는 것인데 눈 안쪽이 뻐근하다. 태양이 그녀를 비추고 있어서 그렇다. 문득 전쟁터에서 그녀를 보고 싶다는 생각이 떠올랐다. 피로 더러워져도, 포탄의 재가 휘날려도 썩 잘 어울릴 거다. 아, 지금 무슨 생각을.

"나라를 위해 목숨을 바친 이들을, 가슴속에 묻어주는 왕이 되어주십시오, 폐하."

등이 뻣뻣해졌다.

여왕이 산을 타면서, 그리고 연무장에서 읊은 말은 감탄이 나올 정도로 전문적이고 냉철했다. 하지만 엄밀히 말하면 잘리어에는 크게 효용이 없는 지식이었다. 발루아는 지리학적 위치로 인해 전쟁에 대비해야 살아남을 수 있는 나라였고 잘리어는 그렇지 않다. 그러니 전쟁 대비는 그들에게 자원과 인력의 낭비일 뿐이었다.

여왕과 보내고 있는 이 시간도 마찬가지였다.

하지만.

"강제로 믿고 싶게 만드는 건 반칙 아닌가 말이야."

바스티안은 하릴없이 웃고 말았다.

검이 거두어졌다. 흘끗 시선을 돌려보니 모두가 같은 표정이었다. 바스티안은 남들에게 제 감정을 잘 들키지 않도록 훈련해온 것에 감사했다. 그렇지 않았다면 저들처럼 꼴사나운 얼굴을 하고 있었겠지.

여인에게 저런 강건함이라, 놀랍기도 하고 의문스럽기도 하다. 전쟁터에서의 그녀를 보고 싶기도 하고 아니기도 하다. 적으로 만나기 싫은 것만은 분명했다.

"그 검은 진상품입니까?"

에르완의 시선이 바스티안이 들고 있는 검에 머물렀다. 그제야 손안의 무게감이 현실로 다가왔다. 정신을 수습하며 고개를 끄덕이자 목소리가 칼같이 다가왔다.

"그렇겠지요. 만약 그것이 군수품으로 올라왔다면, 그 검을 만든 장인을 가장 먼저 내쫓았을 겁니다."

날카로운 소리와 함께 검이 검집에서 뽑혔다. 그것을 날째로 바스티안에게 던졌다. 약한 힘으로, 모로 눕혀 던져진 것이지만 검에 익숙지 않은 그는 그것을 받아들며 기겁했다. 조금 전에 들었던 것보다 월등히 더 나가는 무게였다.

"그 정도 무게여야 휘두를 때 힘이 충분히 실릴 겁니다."

"이걸 굳이…… 제가 휘둘러야 합니까?"

띄엄띄엄 묻는 한편, 바스티안은 잊지 않고 주위에 모인 이들을 물렸다.

"지휘자도 연주를 할 줄 알아야 하는 법입니다."

"거참, 사람 할 말 없게 만드는 덴 선수시군요."

"뿐만 아니라 전쟁에서 불필요한 상처를 입지 않도록 보호하기 위함이기도 합니다. 지휘관이 부상을 입으면 군에게 그만한 혼란도 없습니다."

"그러니까……."

"중요한 건 전쟁이 실제로 일어날지가 아닙니다. 전쟁이 항상 어디선가 존재한다는 사실을 인식하고 그에 대비해야 한다는 것입니다."

"대체 이런, 아침부터 하신 것들을 뭐라 불러야 할지 모르겠지만, 이런 것들을 왜 보여주시는 겁니까?"

참지 못하고, 드물게도 짜증을 냈다.

에르완은, 실드베르 4세는 올바르다. 몇 마디 말만 나누어보아도 알겠다. 올곧고 강건하며 정직하다. 자다가 일어나도 군주의 이상적인 도리를 하나부터 백까지 읊을 수 있을 거다. 평생 남을 속이는 것으로 목숨을 부지해온 그와는 근본 자체가 다르다.

그 차이에 숨이 가쁘다. 반응이 매양 직선적이면서 이상적인데도 예측할 수가 없었다. 의도치 않게 휩쓸린다. 답답하다. 그는 언제나 휘두르는 쪽이었지 휘둘리는 쪽은 아니었다.

"믿게 해달라 하셨습니다."

"그러니까 그게 무슨 상관이라는."

"믿게 하려면 저를 보여주는 수밖에 없다 여겼습니다."

"……."

"저는 곧 발루아입니다. 제가 아는 바를 전해드리는 것은 곧 발루아를 아는 것과 같습니다. 그것으로 폐하가 발루아를 믿게 만들겠습니다."

"그게 여왕께서 생각하신…… 저를 설득하기 가장 좋은 방법이란 말입니까?"

얼빠진 것처럼 되뇌었다. 설마. 설마. 아. 저 표정은.

"그것이 제가 내놓은 답입니다."

진짜라는 거군.

"그래요, 얼핏 듣는 것만으로도 여왕께서 가지신 지식이 해박하다는 걸 알겠습니다. 경험이 뒷받침되니 설득력 있고, 심지어 탐이 나기까지 합니다. 하지만 말씀하신 대로 당신은 발루아입니다. 모든 정책과 계급, 군대 구조가 그 머릿속에 있을 것입니다. 하지만 그것은 곧 발루아의 취약점까지 드러날 수 있다는 위험이……."

"발루아를 떠나던 그 순간부터 저는 이미 위험했습니다."

"그 약점들을 가지고 프리드리히 왕에게 붙으면 어떻게 될지 생각이나 해보셨습니까?"

"도리가 없습니다. 믿을 뿐입니다."

말문이 다시 막혔다. 합리화의 달인이자 말로는 져본 적 없는 달변가이건만 그녀 앞에서는 여러 번 입이 다물렸다. 사람이 어떻게 하면 저리도 지고지순한가. 네모난 틀 속에 꾹 찍었다 뗀 것 같다.

“제 제안을 받아들이셔서 앞으로 만들어질 군대가 어떻게 커나가는지 보십시오. 그들이 어떤 충성심을 가지고 따르게 될지 보십시오. 그들을 거울 삼아 점쳐보십시오. 발루아의 군대가 마지막 전쟁을 어떻게 치를지에 대하여. 그들이 이끌 승리와 잘리어를 동맹국으로 맞아 수호할 모습에 대하여.”

그런데 그것이 꼴사납지 않고 오히려 빛이 난다.

“성급하고 무리한 방법이라는 건 압니다. 무례한 면이 없진 않을 겁니다. 그러니 이보다 더 좋은 방법이 있다면 일러주십시오. 바라시는 대로 할 것입니다.”

고개를 숙여도 비굴하지 않고, 나라를 위하는 마음으로 더욱 지고해지는 왕.

“제가 그 군대를 가지고 발루아로 쳐들어가면 어떻게 할 겁니까?”

우발적으로 물었으나 에르완은 당황하지 않는 듯 보였다. 가만히 응시하는 황금색 눈동자가 가느스름해졌다. 어디엔가 대롱대롱 매달려 있던 불빛이 얼굴 위로 훅 떨어진 것처럼 밝아진다.

“발루아의 군대, 자랑스러운 그레더니어는 단기간에 만들어진 군대에 무너지지 않습니다.”

진정 자랑스러운 부하를 굽어보는 왕의 얼굴이다. 말을 잃고 그녀를 응시하던 바스티안이 이내 정신을 차렸다.

“이런, 완전히 얕보인 모양이군요.”

“그저 발루아를 믿을 뿐입니다.”

졌다는 말밖에 나오지 않았다.

“……알겠습니다. 보여주시겠다면 볼 밖에요.”

여왕에게 있어 저것은 당장 택할 수 있는 가장 직관적이고 효율적인 방법일 것이다. 설득하기 위해서라면 어떤 방법이든 좋다고 했으니 퇴로는 스스로 차단한 것이나 다름없다. 퍽 유쾌해졌다. 그녀의 방법이 제게 먹힐지, 자신을 어디까지 동하게 할지 궁금해졌다.

"그래서 어떻게 하면 됩니까? 여왕의 칼질…… 검술을 사사받으려면."

"꿈이 과하십니다."

"꿈은 크게 가져야 하지 않겠습니까. 이래 봬도 왕인데. 저는 어느 분야든 한번 잡으면 최고가 되지 않으면 안 됩니다."

"현실주의자라 생각했는데 이상주의자셨군요."

"폐하야말로 이상주의자라 생각했는데 현실주의자십니다."

"어떤 현실은 이상입니다."

"어떤 이상 또한 현실이죠."

나긋나긋하게 말을 맺은 바스티안이 에르완을 보고 반쯤 웃었다. 감정 하나 묻어나지 않는 미소다. 껍데기뿐인 호의에 에르완은 본능적인 거부감을 느꼈지만 모른 척 검을 쥐었다.

이윽고 여왕이 움직였다. 휘잉휘잉. 검에 갈리는 바람 소리 위로 기다란 머리카락이 흐트러졌다. 검날은 햇빛을 잡아챌 듯 맹렬하다가 안개처럼 흐려졌다. 이내 우아한 리듬으로 춤을 춘다. 돌풍처럼 몰아치다 무섭도록 고요해진다. 조용하지만 빠른 움직임은 고작 각막에 스칠 뿐이었다. 압도적인 광경에 심장이 뛰었다. 묘한 충족감에 황홀하기까지하다.

절경이군. 바스티안이 속으로 감탄했다.

✣ ✳ ✣

"폐하, 괜찮으십니까?"

"뭐가 말이냐."

손에 감긴 붕대에 종이가 사부작거리며 스쳤다. 몬드 자작이 그가 받드는 왕, 바스티안의 손을 흘끗 올려다보았다.

"그 손 말입니다."

"어휴, 자작께서 폐하 좀 말려주십시오. 요즘 무슨 바람이 부셨는지 밖에서 하루 종일 검만 휘두르다가 들어오셔서는 손이 아프다 아주 난리십니다."

뒤에서 무언가를 열심히 끼적거리던 후베르트가 번쩍 고개를 들었다. 아, 자네 거기 있었는가? 몬드가 뒤늦게 그를 발견했다. 바스티안이 미간을 좁히며 목소리를 깔았다.

"후베르트, 내가 명령하기 전까진 입을 열지 말라 했을 텐데."

"예, 폐하. 손이 아프다는 핑계로 제게 서명을 시키지만 않으셨어도 얌전히 입 다물고 있을 것이온데."

"몬드 경, 왕의 명령을 개만도 못하게 취급하는 괘씸한 보좌관에겐 어떤 형벌을 내려야 맞을까?"

너스레를 떠는 왕과 작게 투덜거리는 보좌관을 차례로 본 몬드가 슬며시 웃었다.

"글쎄요. 하지만 폐하, 어느 정도의 자제는 필요하실 것으로 보입니다. 손이 마치……."

"너절하죠, 예. 걸레가 따로 없습니다. 우리 잘리어에 현존하는 최고의 검술 스승조차 두 손 두 발 다 든 분이 저희 폐하가 아니십니까. 손목이 성한 게 용하지. 상대분이 많이 봐주셨기에 망정이지!"

"후베르트, 그 입."

"검이란 건 그리 단기간에 몰아친다고 해서 늘지 않습니다."

진지한 충언에 바스티안이 기다란 한숨을 흘렸다.

"……해보고픈 상대가 생겨서."

"예?"

"검을 한번 받아쳐내보고 싶은 상대가 생겨서."

"허, 그게 대체 누구입니까?"

"알 것 없어. 그건 그렇고 이게 그건가?"

바스티안이 테이블 위에 둘둘 말린 채 놓인 천 지도를 집어 들었다. 몬드가 한 발짝 테이블로 다가섰다.

"그렇습니다. 현재 저희 수비 군대와 이제까지 파악된 발루아 군의 규모입니다."

"흐음. 기병 연대, 오백팔십에서 삼백으로 감소, 흉갑기병 사백칠십사…… 그중 용병이 대다수라. 그에 비해 발루아는."

팔락, 종이가 부지런히 한 장 넘어갔다.

"보병대대는 오십 개가 넘으며…… 한 대대에 여섯 개의 중대. 일반 보병 중대와 경보병으로 나뉘어 있으며 대대당 사백 명이 넘는 것으로 추정. 기병연대는 숫자 파악 불가능……."

"실제 알려진 바는 아닙니다. 제 눈으로 본 것을 바탕으로 계산한 추정값에 불과합니다."

"자네가 발루아의 군대를 보았다고?"

"……예."

대답은 언제나처럼 빨랐지만, 그 속에 미묘하게 깃든 망설임을 바스티안이 눈치 못 챌 리가 없었다. 우뚝 멈춘 종이 위로 눈이 스르르 나타났다.

"언제?"

"……지난해, 여름에."

"어디서. 우리 쪽 국경은 아닐 텐데."

"국경……을 넘어, 웨일즈 끄트머리에서 보았습니다."

"마르티누스에 머물고 있던 발루아 군을 먼발치에서 본 거로군. 왜 보고하지 않았지?"

목소리가 창처럼 솟았다. 몬드의 시선이 아래로 깊숙이 미끄러졌다. 보이지 않는 손에 뒷머리가 꾹 눌리는 듯했다.

"송구합니다. 발루아의…… 군대와 선두를 이끄는 왕이 궁금하여……."

"실드베르 4세에 대해 잘 아는가?"

"물론입니다!"

몬드는 저도 모르게 흥분하여 큰 소리를 낸 것에 깜짝 놀라 도로 시선을 떨어뜨렸다. 얼굴이 홧홧해졌다. 바스티안뿐 아니라 후베르트까지 몬드가 보인 의외의 반응에 시선을 보내고 있었다. 정수리가 따끔거릴 지경이다.

"그, 그분의 위명과…… 그레더니어의 활약만 들어 알 뿐입니다. 크게 궁금하였던 건……."

"일부러 걸음한 걸 보면 관심이 많았던 걸로 들리는데."

"실은 그분을 만나 뵈면 전술을 함께 논해보고 싶다는 간절한 소망이 있습니다. 육지와 바다에서의 전략 차이, 군주의 역할, 지형에 따른 전쟁 등 모두요. 그리고 감히 허락해주신다면 검은 요새에서의 전략 또한 가르침을 받고 싶습니다."

"그걸 알아내려면 산을 타야 할 텐데."

바스티안이 불만스럽게 중얼거렸다. 몬드가 고개를 번쩍 들었다.

"네? 폐하?"

"크흠, 아니야. 못 들은 걸로 해. 일신상 좋은 일이 아니니까. 그런데 발루아는 생각보다 대단하군. 상대적으로 약하다는 육군이 이 정도면 해군은 대체 어떻다는 말인가?"

"부르군트가 괜히 애먹는 상대가 아니니까 말입니다."

몬드는 어째서인지 자랑스러워하는 듯한 어투였다. 자작의 심상찮은 반응은 뒤로하고 바스티안은 얼마 전에 그녀에게 건넨 말을 떠올렸다. 발루아가 쳐들어오면 곡괭이든 뭐든 들고 달려들겠다며 엄포를 늘어놓았는데, 눈으로 확인해보니 에르완이 속으로 얼마나 바보 취급을 했을지 훤했다. 대충 머릿수로만 쳐도 차이가 이 정도인데, 그들의 오랜 경험까지 합하면 어떻게 셈할지 가늠이 되지 않는다.

"우리도 군대를 새로 정비해야 할 필요가 있겠어."

에르완은 흘끗 보는 것만으로 잘리어 군대의 구조와 취약점을 완전히 꿰뚫어 보았다. 그녀의 말을 곧이곧대로 흡수할 생각은 없었지만, 조언을 고려해볼 생각은 있었다. 분명 많은 부분에서 좋아질 것이다. 누군가를 속일 수 있는 성정은 아니니까.

전쟁을 멈추고 싶다 했다. 그 말이 진심인지보다 그녀의 절박함에 눈이 갔는지도 몰랐다. 허리에 막대 하나를 심어놓은 듯 꼿꼿하다가도 전쟁을 논할 때만은 안타까운 빛을 감추지 못했다.

어째서? 부르군트에 맞설 만한 강력한 군대와 명석한 수뇌부까지 갖추었으면서 어째서 전쟁을 저리 꺼리나. 야심은 취사선택할 수 있는 것이 아니다. 가질수록 더 가지고 싶어지는 게 인간이다. 하물며 국왕 된 자가 아닌가. 다스리는 영토와 백성을 늘리고 식민지를 두어 자국의 이익을 취함은 당연하단 뜻이다. 야심의 끝을 보기 위해선 그 자리에서 끌어내리는 수밖에 없다.

모든 군주가 그래왔다. 그럴 것이다. 오로지 실드베르 4세를 제외하고.

"혹시 얼마 전 잘리어로 왔다는 망명귀족이 그리 간언하더이까."

잠자코 있던 몬드가 침묵을 깨었다.

"용병을 모두 자국의 군대로 바꾸어라. 폐하께 그리 말하는 걸 들었다는 자가 있습니다. 하지만 폐하, 저희는 군대를 키울 필요가 없습니다. 눈에 보이지 않는 충성심보다 더 확실한 수단이 바로 돈입니다. 돈만 있으면 움직이는 게 용병들이고요."

"자작은 그 필요 없다는 군대 때문에 나가는 돈이 해당 얼마씩인지 알기나 하나?"

왕이 심드렁히 대답했다. 몬드의 흥분이 조금 가라앉았다.

"그……건."

"그리고 그 용병들이 적국에서 우리가 지불하는 것 이상으로 돈을 받고 매수된다면? 포식자의 입안으로 제 발로 걸어 들어가는 꼴이 아닌가 말이야."

"그렇지만 저희 잘리어는 전쟁에 휘말릴 가능성이 지나치게 낮습니다."

"만약을 대비하자는 말이지, 만약을."

"……한 가지 여쭙겠습니다. 망명했다는 그 여인이 대체 누굽니까? 누구인데 이리도 손바닥 뒤집듯이……."

몬드는 꽤 자존심이 상한 듯 보였다. 아마 그럴 것이다. 국경수비를 맡은 만큼 군대 조직을 꾸려나가는 것 또한 그의 몫이었으니. 많은 용병 앞에서 정면으로 반박당했으니 썩 좋은 기분은 아닐 거다.

하지만 그 여인이 바로 조금 전 자네가 존경하는 티를 못 감춰 안달났던 그 사람인데?

"……아니, 모르는 게 좋아."

"왜 일러주지 않으려고 하십니까? 적어도 저는 이 사태의 장본인에 관해 알 권리가 있다 사료됩니다."

몬드가 곧장 반발하고 나섰다. 바스티안이 일어나자 어깨에 대충 걸쳐두었던 망토가 흘러 떨어졌다. 그는 주우려고도 하지 않고 느긋하게 창가로 다가갔다. 습관적으로 창틀에 앉아 벽을 타고 주르륵 내려간다. 거의 누운 자세로 그가 대꾸했다.

"알 권리가 있다? 그으래? 어째서?"

"저는 군대 조직에 관한 일차적인 권한을 가지고 있으며 국경수비에 있어선 총책임자나 다름없으니까요."

"계속해."

"설령 망명귀족의 간언이 타당하다 하더라도 폐하께 올라가기 전까지는 수많은 검토가 필요합니다. 잘리어의 특성에 걸맞은지, 형평성에 어긋나는 건 없는지, 경제적인 효용과 국제적인 위치까지 전부 말입니다. 조직의 질서라는 게 괜히 존재하겠습니까. 이번 사례처럼 거름 없는 말들이 지속적으로 폐하께 전해진다면 어떤 혼란이 야기될지 알 수 없습니다."

그가 잠깐 간격을 두더니 목소리를 낮췄다.

"게다가 이 일에 불만을 품은 이는 비단 저뿐만이 아닙니다. 그 망명귀족에게 관심을 두는 이가 많습니다."

"이야, 짐이 망명시킨 지 얼마나 됐다고 벌써 그렇게 소문이 퍼졌어? 그렇게나 할 일들이 없나?"

"마티아스 후작이 특히."

"후작이 벌써? 늙어빠진 수퇘지라도 먹잇감 냄새는 기가 막히게 맡는군. 그래, 괜히 형님의 발을 빨던 치가 아니지."

얼핏 비웃는 어조였다. 가볍게 뱉는 말 속에 숨겨진 칼날이 날카롭다. 이번엔 후베르트조차 조금 긴장하는 눈치였다. 잠시 후 침묵을 깨는 목소리는 평소처럼 나른하게 돌아가 있었다.

"그래, 그럼 그녀의 말 중 틀린 것을 이 자리에서 읊어봐. 그 검토라는 것의 효용을 짐이 판단할 수 있도록."

"그……것은 저뿐 아니라 관계조직과의 충분한 논의가 이루어진 연후에."

"늦어. 그래가지고서야 짐이 죽기 전에 들을 수야 있겠나."

몬드가 잠깐 주춤한 사이 바스티안이 말을 이었다.

"짐에게 올라오기 전에 충분한 검토를 거쳐야 하며, 그것이 지켜지지 않고 침해당한 기분이 드는 건 이해하겠네. 그럼 왜 애초에 제대로 하지 않았지?"

"……."

"국가라는 게 나름대로의 절차와 질서를 따라 움직이는 조직이라는 건 인정해. 그 안에서 자네도 나름대로의 권리와 역할이 있을 테고. 하지만 그 권리가 침해받기 전에 잘! 했어야지. 중요한 건 결과네. 과정이 아니라."

"여건이 좋지 않았습니다."

"변명을 듣고자 함이 아니야, 몬드 경. 지금 군대 돌아가는 꼴이 이 모양이라 짐이 창피를 당한 결과는 바뀌지 않았으니까. 절차, 과정, 이유, 다 좋다 이거야. 하지만 그것으로 무마가 된다면 세상엔 일어나지 말았어야 할 일이 너무 많지 않은가. 국왕 네오는 그 잔혹한 성정으로 인해 독살당하지 않았을 테고, 로마노프도 조금 더 오래갔겠지. 아하, 그럼 우리 대륙에서 전쟁 날 일도 없었겠군! 결론은 대륙 전쟁이 자네 잘못이라는 거네."

무슨 뜻인지 따라갈 수도 없을 만큼 말이 점점 빨리지다 순식간에 결론에 도달했다. 궤변이라고 판단할 새도 없었다. 어? 정말 내 잘못인가? 그러고 보니 그런 것 같기도 하고. 홀린 것처럼 생각하며 눈을 깜박였다.

"……어쨌든 자네가 언짢아하는 이유를 아예 이해 못 하는 바는 아니야. 다만 그 망명귀족이 자네의 권리 우위에 있는 사람이라 그래."

"우위에 있는 분이라면."

한층 더 조심스러운 태도로 몬드가 되물었다.

"혹시 비밀리에 방문한 외교대신입니까?"

"그보다 위."

"연맹국의 귀족 일원입니까?"

"그보다 더 위. 그리고 더 절박한."

바스티안의 한쪽 입꼬리가 올라갔다.

"난 그런 부류가 좋아. 힘은 있는데 절박한 이들 말이야. 빼먹을 게 많거든. 단물 빨고 버려도 불만은 있을지언정 말하지 않지. 그러기엔 지나치게 고고하셔서."

몬드는 더 이상 입을 열지 않았다. 조금 전 말한 이들보다 더 높은 이가 망명이라, 감히 짐작조차 안 되는 듯했다. 바스티안은 무섭게 책망하던 어투를 바꾸어 살살 달래듯 말했다.

“어찌 됐건 당분간 지켜보게. 크게 염려할 것 없어. 큰일 없이 곧 조용해질 거야.”

“……예, 그렇게까지 말씀하신다면 신은 더 이상 드릴 말이 없습니다.”

“그래, 나가봐.”

바스티안이 손을 팔랑팔랑 흔들었다. 몬드가 예를 갖추고 나가자마자 그가 짓궂게 웃었다.

“방금 봤나? 당근과 채찍 작전이 이렇게 쓸모 있다니까.”

“폐하…… 성격 정말 비뚤어지신 거 아십니까?”

“허어, 너무 단도직입적인데. 그 비뚤어진 인간이 자네에게 무슨 짓을 할 줄 알고?”

“저니까 이런 간언을 드리는 겁니다.”

후베르트가 한숨을 흘리며 바닥에 널브러져 있는 망토를 뒤늦게 주워 들었다.

“실드베르 폐하께는 조금 더 친절하게 대해주시는 게 어떻습니까. 좋은 국왕이신 듯한데.”

“좋은 국왕이라는 게 대체 뭐지? 싸움을 잘해 영토를 늘리는 게 좋은 국왕인가? 백성과 귀족들을 휘어잡고 단단한 권력을 틀어쥔 게 좋은 국왕인가?”

“저는 그런 어려운 것들은 잘 모르겠습니다. 하지만 지금 폐하는 실드베르 폐하를 이용할 생각밖에 없으시잖습니까.”

“그럴 가치조차 없었으면 그녀는 아직 이곳에 남아 있지조차 못했을 거네. 그리고 짐은 누구에게나 친절해. 입단속은 잘들 시켜놨겠지?"

"예에."

"자네는 자네 할 일이나 마저 하게."

썩 내켜하지 않는 후베르트에게 바스티안이 깃펜을 던졌다. 몬드가 오기 전까지 시켜대던 그것이다. 얼결에 받아든 그가 놀라서 펄쩍 뛰었다.

"아니, 대체, 폐하! 아까부터 자꾸! 폐하의 서명을 저에게 맡기시면 어쩌십니까? 저는 한낱 보좌관일 뿐이지 않습니까!"

"보다시피 짐의 손이 이 상태지 않나."

붕대로 칭칭 감긴 손이 후베르트의 눈앞에서 하느작거렸다. 도저히 깃펜을 낄 자리는 없을 정도로 붕대가 두껍게 감겨 있다. 서명이 하기 싫어 일부러 저러는 건 아닌가. 후베르트가 깃펜에 손이 데이는 것처럼 양손으로 주고받았다.

"싫습니다, 무서워요! 까딱하다 중요한 문서에 잘못 서명하면 어쩌려고 이러십니까. 겁이 나 죽겠습니다."

"그러니까 자네에게 시키는 거야. 무서워하니까. 싫어하니까. 권리를 줘도 이용할 생각을 하지 못하거든."

"너무하십니다!"

구슬프게 부르짖는 후베르트를 외면하며 창밖으로 시선을 던졌다. 뒤에서 신세 한탄하는 목소리가 장송곡처럼 늘어졌지만 이미 바스티안의 귀엔 들어오지 않고 있었다. 골똘히 생각에 빠진 그의 눈동자 위로 무겁게 떨어지는 석양이 비쳤다.

✣ ✳ ✣

감았던 눈이 뜨였다. 잔잔한 속눈썹이 눈동자 위로 짙은 그림자를 그렸다. 늪 밑바닥에 가라앉아 있던 의식이 위로 떠올랐다. 기억의 분류 작업이 마무리되면서 기나긴 명상도 끝이 났다. 하루의 마지막을 명상으로 맺음으로써 전날을 돌아보고 앞으로 헤쳐갈 것들을 정리할 수 있었다. 아무리 고된 전투를 치렀어도 잠들기 전 꼭 해야 하는, 여왕의 오랜 습관이다.

벽에 매달린 양초가 사방에 희미한 빛을 뿌려대고 있다. 침대로부터 시선을 쭉 이어 돌려보자 창가에 턱을 괴고 있는 레이첼이 보였다.

"레이첼, 침대에 가서 편히 자거라."

부드러운 부름에 레이첼이 고개를 들었다. 돌아보는 눈이 초롱초롱한 걸로 보아 잠이 들었던 것은 아닌 모양이다. 인자한 미소가 여왕의 입가에 맴돌았다.

"뭘 보고 있었니."

"이곳의 야경을 보고 있었습니다. 폐하도 이리 오셔서 한번 보십시오. 정말 예쁩니다."

꿈을 유영하는 듯한 목소리였다. 대답을 듣기 전 고개를 돌리기에, 무엇을 그리 눈여겨보는가 싶어 옆에 다가가 시선을 따라가보았다. 높은 곳에서 내려다보는 잘리어는 더욱 진경이었다. 노랗고 하얀 불빛이 도시 전체에 어려 있고, 두 갈래로 갈라진 강물에 반사되어 더욱 찬란해졌다. 마치 살아 움직이는 것 같은 생기다.

"네 말대로 정말 멋지구나."

완전히 사로잡혔다. 아름다운 것을 보아도 크게 동요하지 않는 에르완이지만 감탄할 수밖에 없었다. 멍하니 밖을 바라보던 레이첼을 이해했다. 이 순간이 마치 영원할 것처럼 홀린 듯 보게 되는 것이다. 불빛이 흔들리고 다시 중심을 잡는, 그 사소한 움직임조차도.

"그렇지요? 산과 강에서 불어오는 바람이 향기로워 잠시 넋을 놓을 뻔했습니다. 저 산 너머에 신전이 보이십니까? 얼마나 크기에 이렇게 먼 거리에서도 보이는 걸까요? 꼭 한번 가보고 싶습니다."

"이곳은 참으로……."

에르완이 답지 않게 말을 늘였다. 흘러가는 바람에 실리고, 다시 돌아오는 바람에 실었다.

"참으로 고요하고 아름답다."

"그런데 폐하…… 왜 그리 슬픈 표정을 짓고 계십니까?"

레이첼의 목소리에 정신이 돌아왔다. 짓누르듯 시선을 내렸다. 여왕의 얼굴에선 여과되지 않았던 애달픔이 증발되어 있었다. 잘못 보았나? 레이첼이 눈을 비볐다. 에르완이 그녀를 조용하게 달랬다.

"졸리나 보구나. 침소로 돌아가 자렴."

"예에, 폐하께서도 어서 침소에 드셔요."

레이첼은 여왕의 침대를 정리하는 걸 잊지 않고 방을 나섰다. 주군이 곧 취침에 들 것으로 여기고 물러났겠지만, 오늘만큼은 에르완은 칼같이 규칙적이던 시간을 어기고 방을 나섰다. 모자가 달린 기다란 망토를 둘러쓰는 것도 잊지 않았다. 오래 지체할 생각은 아니었다. 창밖의 경관이 아름다워서 잠시 둘러볼 참이었다.

계단을 타고 내려가 정원에 다다랐을 때 걸음이 우뚝 멈추었다. 잠깐 사방을 살펴보았다. 밤의 어둠은 땅거미처럼 진득하게 기어 다니고 있었다. 느릿하게 움직이던 시선이 수풀 사이에 이르자 멈추었다. 거대한 짐승으로도 보이는 검은 무언가가 움직이고 있었다.

에르완이 입을 열었다.

"……대제십니까?"

웅크리고 있던 검은 실루엣이 점점 커졌다. 교차되는 나뭇가지 사이로 보이는 그는 다소 황망한 표정이었다. 어색한 공기가 흘렀다. 인사를 건네기 전에 그가 먼저 물었다.

"……저인 걸 어떻게 아셨습니까?"

"아는 척하면 안 되는 것이었습니까?"

"그게 아니라…… 지금은 밤 아닙니까. 어두워서 한 치 앞도 안 보이는데, 저는 목소리가 아니었다면 아직도 폐하인 걸 몰랐을 겁니다."

"기척으로 알아차렸습니다."

"기척으로 어떻게 저인 걸 알아차린단 말입니까? 차라리 얼굴을 보았다 농을 치시지요."

"진정입니다. 폐하의 숨소리는 유독 소란스럽습니다."

"……제 숨소리가요?"

바스티안은 믿을 수 없다는 듯 숨을 몇 번이고 들이켰다 내쉬었다. 아닌데? 안 시끄러운데? 아무 소리 안 나는데? 당연히 안 나겠지, 내가 천식 환자도 아니고! 도저히 믿기지 않는 듯 입으로도 소리 내어 호흡하는 그에게, 에르완이 다시 물었다.

"쉴 새 없이 굴러다니는 눈도."

"그게…… 느껴진다고요?"

"그런데 대제께선 여기서 무얼 하시는 겁니까?"

"아, 목소리 좀 낮추시지요. 대제라는 호칭도 그만두시고요. 이러다 들키겠습니다."

그가 흡하흡하 하며 숨소리를 내다 말고 목소리를 잔뜩 낮추었다.

검지로 입술을 누른 채 쉿쉿 소리를 내고 난리법석이다. 에르완의 눈이 가늘어졌다. 아무리 봐도 참으로 괴이한 자였다.

"누구에게 뭘 들킨다는 말씀이십니까? 저는 지금쯤이면 대제께서 제가 내어드린 문제를 풀기 위해 공부에 매진할 것으로 생각하였는데."

"그것 때문입니다! 지형이 더 잘 보이는 곳으로 가보려고요!"

"어두울 때 산을 오르는 것은 위험합니다. 특히 대제께서는 더요."

"산이 아닙니다! 산보다 더 잘 보이는 곳이……."

"산 위보다 지형이 더 잘 보이는 곳이 있단 말입니까?"

어둠 속에서 바스티안이 고개를 끄덕이는 것이 분명히 보였다. 에르완은 두 가지 면에서 감탄했다. 첫째는 바스티안이 문제를 풀기 위해 밤늦도록 노력을 하고 있다는 것, 둘째는 산 위보다 지형이 더 잘 보이는 곳을 알 만큼 그가 제 국가에 관심이 많다는 것.

그녀는 짧게나마 그에게 내렸던 몇몇 나쁜 평가를 지웠다. 역시 제가 본 것이 다가 아닐 것이다. 잘리어가 사랑하는, 당대의 성군이라 불리는 샤른호르스트 2세가 아닌가. 첫 만남이 남달랐던 만큼 평가를 다소 가혹하고 까다롭게 내렸을 뿐이다.

"폐하께서도 가시겠습니까? 밤은 늦었지만 제가 안내해드리겠습니다."

"그런 곳이라면 저도 가보고 싶군요."

"잘됐습니다. 따라오시죠."

그는 과장된 몸짓으로 정원을 가로지르는 길로 팔을 뻗어 보였다. 산 위보다 더 잘 보이는 곳이라면 잘리어 전체를 구경할 수 있을지도 모른다. 창을 통해 보던 광경보다 얼마나 더 멋있을지 가늠이 되질 않았다.

그녀는 평소 성안에서 생활할 때 가슴에서 바닥까지 일직선으로 떨어지는 실루엣 드레스를 입었는데, 어두운 밤이면 좀 더 편하게 움직일 수 있는 바지로 대신하곤 했다. 마침 지금은 밖에 나가기 수월한 간편복 차림이었고.

에르완은 부지런히 발걸음을 옮겨 바스티안을 쫓았다. 따르는 것이 에르완이라, 여인의 발 폭에 자연스레 맞춰주었던 걸음이 점차 빨라졌다. 부지런히 따르다 보니 어느새 벨뷰 성을 등지게 되었다. 밤하늘에 걸린 별을 찌를 듯 치솟은 성을 돌아보다 깨달았다. 바스티안은 문지기를 거치지 않고 성 밖으로 향하는 길을 알고 있었으며, 굳이 그 길을 택했다는 건…….

차근차근 뻗어나가던 생각이 종착점에 이르렀다. 다리 위를 건너고 있던 에르완이 발걸음을 멈추었다. 바스티안은 한 박자 늦게 멈춰서서 뒤를 돌아보았다.

“안 오십니까?”

건너편 불빛에 드러난 그는 왕이라고 볼 수 없을 정도로 후줄근한 차림이었다. 왜 저것을 보지 못했을까. 에르완의 한숨은 회한으로 넘쳐흘렀다.

“지형을 보러 나오신 게 아니시군요.”

“아아.”

“대제께서 어떤 생각으로 성을 나선 건지는 묻지 않겠습니다. 하지만 왜 저까지 나와야 했던 겁니까.”

그걸 말하는 거냐는 듯한 심드렁한 태도에 에르완은 드물게도 화가 나려 했다.

"제가 성을 나가는 길임을 솔직히 말했다고 칩시다. 그곳에서 서성이던 여왕께서 후베르트를 만났다면 저를 보았느냐는 질문을 받으셨을 테고……."

"맙소사. 보좌관에게도 함구하고 나오신 겁니까?"

"여왕께선 사실대로 답해주시겠지요. 제 짐작 중 틀린 것이 있습니까?"

"그야 당연한 것 아닙니까."

"그래서입니다. 정직한 공범만큼 든든한 아군도 없지요."

"대제께서는…… 신의를 왜 그리 가볍게 여기십니까."

역시 이자를 믿는 게 아니었다. 지끈거리는 머리를 부여잡았다. 명상으로 말끔하게 정리해두었던 하루가 다시 어지러워졌다. 지금 돌아들어가도 취침 시간은 한참 지나 있을 것이다. 평생 칼같이 지켜오던 생활이 흐트러진다. 초인적인 인내가 그녀를 감정으로부터 격리시켰다.

최대한 차분해졌다. 그에게선 협력을 구해야 한다. 반목해선 안 된다. 원하는 걸 얻기 전까진, 아니, 원하는 걸 얻어낼 수 있기는 한가. 생각의 방향이 확 틀어졌다. 이 남자는, 처음 만난 때부터 어느 분류에 넣어야 할지 모호한 부류였다. 어느 한 분류에 꼭 맞아들었다가도 다시 이동하길 반복한다. 무엇을 바라는지 도무지 알 수가 없다. 속을 알 수 없으니 코끼리 더듬는 장님마냥 겉만 핥고 있는 것이다.

그는 돌멩이였다. 좁은 구멍에 막혀 도저히 꺼낼 수 없는 커다란 돌멩이. 겨우 손을 집어넣어 쥐었더라도 당최 빼낼 수가 없다.

"이왕 나오신 것 절 믿고 따라와보십시오. 후회하지 않으실 겁니다. 여왕께서도 절 믿는다 하지 않으셨습니까."

"……."

"그런데 출출하지 않습니까? 잠깐 기다려보십시오. 저기에서 먹거리를 파는 듯하니."

에르완이 말리기도 전에 바스티안은 다리 건너에 있는 야시장으로 섞여 들어갔다. 머리가 계속 아파왔다. 대제를 두고 이대로 돌아가도 될지에 관한, 전쟁에 가까운 갈등이 머릿속에서 일어나고 있었다. 더 짜증나는 건, 그녀의 예민한 귀가 왁자지껄한 소란 속에서 바스티안의 목소리를 구별해 듣고 있다는 것이다.

"이게 어떻게 은화 한 닢이나 합니까? 동화 열 닢으로 해주십시오."

왕이, 샤른호르스트 2세가 길거리 상인과 씨름하고 있었다. 기함해 쓰러질 뻔했다.

"동화라니! 에이, 옛날은 몰라도 요즘은 가격이 올랐수다. 날이 이렇게 더워져서 얼음 수가 줄어 어쩔 수 없어. 다른 가게 가도 똑같아!"

"알았어요, 알았어. 열다섯 닢. 그게 내가 가진 전부라니까? 적선한다 셈 치고 팝시다."

"됐어요, 그냥 가십쇼. 열다섯 닢으론 남는 게 없어. 우리는 뭐 땅 파서 장사하나?"

"좋아요, 주머니 다 털어서 스무 닢! 대신 두 개 붙어 있는 거로 가져갑니다?"

"어어? 이보쇼, 이봐요!"

화난 목소리를 드높이는 상인을 두고 바스티안이 에르완에게 돌아왔다. 상인에게서 뜯어온 얼음과자를 손에 든 채로. 에르완은 신경질적으로 동전을 긁어 담는 상인을 응시하다가 바스티안에게 눈길을 힘겹게 돌렸다. 기다렸다는 듯 얼음과자가 눈앞으로 불쑥 다가왔다. 본능적인 방어로 몇 발짝 물러났다.

"드십시오. 제가 잘리어에서 가장 좋아하는 과자입니다. 두 개이니 사이좋게 나눠 먹지요. 제가 인심 쓰는 겁니다?"

그는 달라붙어 있는 두 개의 얼음과자를 솜씨 좋게 떼어냈다. 그리고 그중 하나를 에르완의 손에 단단히 쥐여주었다.

"이곳은 소매치기가 많으니 얼른 드십시오. 한입 먹기도 전에 빼앗기면 얼마나 억울한데요."

"……."

"장난입니다, 장난. 그러니 그런 눈으로 쳐다보지 마십시오. 뚫리겠습니다."

"아까, 왜 그렇게……."

"뭐가요?"

"왜 제값을 주지 않으셨습니까? 은화 한 닢은 대제께 대수로울 것 없는…… 대수로울 수 없는 돈이 아닙니까."

"허. 설마 남는 게 없다는 말도 믿으신 건 아니겠지요?"

"……."

"믿으신 모양이군요. 여왕께선 절대 홀로 성을 나서는 일이 없길 바랍니다. 열 걸음도 가지 않아 소지하고 계신 돈을 모조리 털리시겠군요."

"설명해주십시오."

"하아, 이 얼음과자의 원가가 얼마나 하는지 아십니까? 동화 한 닢도 하지 않습니다. 두 개에 스무 닢을 준 것도 많이 쳐준 거란 말입니다."

"처음 부른 값은 분명 은화 한 닢이었는데."

"상대가 누군지에 따라 부르는 값이 다른 것이지요. 시험 삼아 나중에 여왕께서도 가보시지요. 폐하라면 저보다 더한 이방인으로 보일 테니…… 은화 스무 닢은 족히 부르겠군요."

얼음과자를 혀 위에서 굴리느라 발음이 군데군데 뭉개졌다. 한순간 이 나라에 군림하는 대제임을 잊을 뻔했다. 그가 등진 백성들의 삶에 너무나 자연스럽게 동화되어 있어서. 에르완의 시선이 미끄러져 내려갔다. 얼음과자는 그사이 조금 녹아 있었다.

"안 드십니까?"

"……대제께서 드시지요."

얼음과자를 바라보고 있던 눈길이 머쓱해져 그에게 내밀었다. 바스티안의 눈이 조금 커졌다.

"혹시 먹는 법을 모르시는 겁니까?"

"……."

"의외로군요. 발루아에서도 최근에 이게 꽤 유행했다고 들었는데. 먹는 법은 어렵지 않습니다. 입에 넣고 굴리기만 하면 됩니다."

빛을 반사한 얼음과자 위로 거뭇거뭇 먼지가 묻어 있다. 만들어지고 꽤 시간이 지난 모양이다. 이것을 많이 먹는다고? 전혀 몰랐던 일이다. 그도 그럴 게, 에르완은 거의 평생을 전쟁터에서 보내왔으니. 왕실, 나라와 백성을 지키는 최전방에 나가 있으면서 정작 그들이 어떻게 사는지에 대해서는 자세히 들여다볼 틈이 없었다. 그들이 무엇을 먹는지도.

조심스레 혀를 내어 얼음과자에 갖다 댔다. 차가우면서 달콤한 맛이 순식간에 혀끝으로부터 입안까지 흘러들어왔다. 단것을 멀리하는 에르완조차 한순간 맛있다고 느꼈다.

"어떻습니까. 잘 사왔지요? 백성 등쳐먹는 몹쓸 왕이라는 생각은 접어주시겠지요?"

"그런 생각 한 적 없습니다."

썰어내듯이 곧장 대답했다. 바스티안이 상심한 눈으로 그녀를 질책했다.

"어라? 정색하시는 걸 보니 정말인가 보군요. 아까 표정으로 욕하는 것 같았는데 그게 진짜였을 줄이야."

"아니라고 하지 않았습니까."

대답과 달리 내심 양심이 찔렸다. 사실 왕씩이나 되어서 백성을 상대로 돈을 깎아대던 그는, 잘못되었다기보다 상상을 초월하는 모습이었으니까. 생각도 못 해본 방식이질 않나. 이마로 흘러내린 머리카락을 잡아 올리는 손이 길게 넘어갔다.

"……군주는 백성들의 호의를 얻어야 하지만, 그들을 대하는 상황은 다양하고 매번 다르기 때문에…… 고정된 규칙은 없습니다. 그러므로 대제의 방식에 의문을 품은 것은……."

"고맙다는 말씀을 그리 둘러 하십니까. 맛있습니까?"

"예."

"그럼 됐습니다."

감미로운 목소리가 귓가를 어루만졌다. 옅은 미소가 반딧불처럼 번지는 입술을 기이한 기분으로 응시하고 있었다. 두통은 어느새 가라앉아 있었다. 그는 나비를 놓아주듯 살며시 멀어졌다.

에르완의 시선이 얼음과자 위로 미끄러지듯 내려갔다. 살짝 녹아 반들거리는 얼음 위로 먼지 알갱이가 보였다. 건너편에서 흘러나오는 빛에 의지해 한참 살피고 있었다. 멀리서 저를 부르는 목소리가 들렸다. 바스티안이 어느새 다리 끝에 이르러 이쪽을 돌아보고 있었다.

"더 있습니까? 백성들이 먹는 음식은."

역광에 가려 잘 보이지 않았으나 그는 잠깐 의문스러운 얼굴이었던 것 같다.

"허기가 지십니까?"

"그런 게 아닙니다."

"설마 백성들의 음식을 먹어봄으로써 그들의 삶을 느껴보고 싶다, 그런 생각은 아니시겠지요?"

"무엇이 잘못되었습니까?"

바스티안은 어깨를 으쓱하는 것으로 대답을 대신했다. 그리고 몸을 돌리며 다시 입을 열었다.

"잘못되었을 리 있겠습니까. 그저."

그저?

"달라서."

그가 간격을 두다 얼버무렸다.

"뭐, 어쨌든 그들의 음식은 상상하시는 이상으로 투박하고 먹기 힘든 것이 많습니다. 적당한 것이 보이면 사드릴 테니 우선 그것부터 드십시오."

"무엇이든 크게 개의치 않습니다."

"정체 모를 것의 머리나 내장이나 뼈를 갈아 만든 음식도 있습니다. 전쟁터에서 시체의 옷을 벗겨 입으신 적은 있어도 조리되지 않은 것을 드시진 않았을 것 아닙니까. 괜히 탈나십니다. 폐하를 보호하고 있는 저의 책임도 고려해주십시오."

"그렇다면 알겠습니다."

에르완은 순순히 인정했다. 그리고 손에 든 얼음과자를 입으로 가져왔다. 달콤한 향내가 코와 입속을 헤집고 들어왔다. 녹은 부분을 다 먹은 후, 아까 배운 대로 먹어보려는데 혀가 붙어버렸다. 떼어보려 과자를 당기자 혀도 함께 따라 나왔다.

"요령 있게 드셔야죠. 그렇게 못 드실 거면 저 주십시오."

그가 입에 한가득 과자를 물고 오물거리면서 말했다. 혀를 내민 우스꽝스러운 모습을 가장 들키고 싶지 않은 상대에게 보여버렸다. 에르완은 손에 힘을 주어 얼음과자를 억지로 떼어냈다. 혀 겉면이 까진 것처럼 화끈거리고 따가웠으나 애써 태연한 체했다.

"이건 제 몫으로 사주신 것이 아닙니까. 대제께선 하나 더 사서 드십시오."

"안 됩니다. 그럼 오늘 예산을 초과하게 됩니다."

바스티안이 다 먹고 남은 얼음과자 막대를 바닥에 던졌다. 에르완이 그것을 주우며 질책하는 눈길을 보냈다.

"……예산 말씀입니까."

"어허, 아까 그 돈이 어떻게 생긴 거라 생각합니까? 제가 번 돈입니다. 정당한 노동의 대가란 말입니다."

"왕성에서 가지고 나온 돈이 아니란 말입니까?"

"당연합니다. 그래서야 의미가 없으니까."

그는 그렇게 말하면서 동전을 던졌다. 땡그랑. 동전이 그릇을 구르는 소리에 깨어난 비렁뱅이가 후다닥 고개를 조아렸다. 의미가 없다? 에르완이 말뜻을 곱씹는 짧은 사이 바스티안이 무언가를 또 사가지고 왔다. 이번에는 소스가 가득 발린 양꼬치였다.

에르완은 졸지에 양손에 들게 된 먹을 것들을 번갈아 보다, 바스티안에게 시선을 돌렸다.

"많습니다."

"그래요? 그럼 저랑 나눠 먹으시죠."

불쑥 다가오는 바스티안을 경계할 새도 없이, 손에 들린 양고기 절반을 입으로 물어 빼더니 삼켜버린다. 그의 몫은 흔적 없이 사라진 지 오래다.

"정말 잘 드시는군요."

에르완이 솔직하게 말했다.

"제 수많은 장점 중 하나입니다."

바스티안은 보기 좋게 웃더니 곧 뒤로 돌아 걸어가기 시작했다. 구불구불한 길을 참 잘도 찾아간다. 마치 이곳에서 태어나 수년간 살아온 것처럼.

"이리 와보십시오, 어서."

그가 이윽고 걸음을 멈춘 곳은 무너진 신전의 옛터였다. 에르완이 조용히 다가갔다. 고요하고 시원한 밤공기가 해일처럼 밀려온다. 걸음을 내디딜 때마다 부서진 돌조각들이 굴러다니는 소리가 낭만적으로 섞였다. 그 옆에 서서 눈을 내리깔자 잘리어의 야경이 시야 가득 차올랐다.

"여기 서서 보십시오. 이 정도면 잘리어가 그럭저럭 잘 보이지 않습니까?"

마을은 불빛으로 현란하다. 구름으로 덮인 하늘이 끝도 없이 이어져 있다. 광활하고 넓은 광경은 한눈에 담기조차 어려웠다. 에르완은 느리게 눈을 깜박였다. 순수한 감탄에 숨을 쉬기 어려워졌다. 정체를 알 수 없는 감정으로 가슴 한쪽이 뜨끈했다. 어스름한 아름다움. 누군가의 꿈을 훔쳐보는 것만 같다.

"어떻습니까. 여왕께 아주 거짓말한 것은 아니지요?"

천천히 고개를 돌렸다. 장대한 밤빛조차 갈망과 기대로 차오른 그의 눈을 가릴 수 없었다. 잘리어의 바람을 온몸으로 맞고 있는 그는 금방이라도 날아오를 것처럼 자유로워 보였다. 이유 모를 해방감에 부유하는 것처럼 들뜬다.

자유, 평생 가질 수 없었던.

"대제께선 왕성 밖으로 자주 나오시나 보군요."

에르완이 애써 목소리를 가라앉혔다.

"자주? 아, 그러고 보니 저희의 첫 만남이 왕성 밖이었지요."

그가 처음으로 아는 척을 했다.

"제가 밖으로 나오는 것은…… 당신처럼 백성들의 삶을 느껴보고 싶다거나 그들과 가까워지겠다는 숭고한 이유 때문이 아닙니다. 지극히 정치적인 목적에서지요. 들를 곳이 있기도 했고."

말끝이 흐려졌지만 에르완은 '정치적인 목적'에 주목했다.

"잘리어가 병합국가이기 때문입니까?"

"맞습니다. 하나를 말씀드리면 둘을 앞서 알아채시는군요. 여왕께는 뭔가를 숨기질 못하겠습니다."

졌다는 듯 말하고 있었지만 진심이 아닌 걸 안다. 실제로 그는 많은 것을 손쉽게 숨기고 있었으니까.

"잘리어는 불과 십 년 전까지만 해도 수많은 소국으로 쪼개져 있었습니다."

"알고 있습니다."

칼같이 정리된 머리가 충성스러운 군사처럼, 필요한 기억을 일제히 끄집어냈다. 샤른호르스트 2세가 집권하기 이전, 정확히는 대제의 아버지로부터 이복형까지 이어지는 통치하에 있을 때 과도한 세금징수 때문에 반란이 빈번하게 일어났다. 반란이 일어날 때마다 잘리어는 분열했고, 그중 대부분이 국가로서의 독립을 선언했다. 그들은 분리된 채 세월을 보냈다. 같은 잘리어인데도 몇몇 지방에서 언어의 차이가 뚜렷해진 것도 그 이유에서다.

샤른호르스트 2세는 문화개방만큼이나 독립국가의 흡수정책을 중요시했다. 집권 오 년째, 그는 독립국가의 민심과 신용을 얻어 잘리어에 받아들이는 데 성공했다. 그 방법에 대해서는 자세히 알려진 바가 없으나, 역사적으로 길이 남을 것은 분명했다.

“국가를 병합하기 위해선 그들의 이전 법률과 조세방법을 알 필요가 있었습니다. 옛 군주들을 쳐내는 만큼이나 그들의 통치방식을 유지하는 게 중요하기 때문입니다.”

“그걸 직접 나서서 조사해보신 겁니까.”

“실제로 어떻게 돌아가는지 제 눈으로 확인해야 직성이 풀려서 말입니다. 누가 그랬던가요, 군주의 기본 소양이 불신이라고.”

“누가 그런 소리를…….”

“뭘 물으십니까. 바로 저입니다.”

“…….”

에르완은 바스티안을 새삼 다시 보았다. 그에게 한량 같은 겉모습이 의문스러울 만큼의 업적이 있는 걸 간과하고 있었다. 그는 대체 어떻게 생겨먹은 인간인가, 점점 더 궁금해졌다.

“그들을 대제 아래에 두는 방법은 없었습니까.”

“언제 클지 모르는 새싹은 뿌리부터 잘라내는 것이 좋습니다만…….”

바스티안이 진지한 기색을 지우며 픽 웃었다.

“지금 생각해보니 그게 나았을지도 모르겠습니다. 가면 갈수록 저를 괴롭히는 대신들을 그쪽으로 돌릴 수 있지 않았을까.”

“대신들이 폐하를 괴롭힌단 말입니까?”

“말도 마십시오. 이거 처리해달라, 저거 처리해달라 얼마나 짹짹대는지. 일이 줄었다 싶으면 귀신같이 알아내고 찾아오더군요. 참수시켜버리고 싶을 때가 한두 번이 아닙니다. 여왕께서도 그렇지 않습니까?”

바스티안이 손을 팔랑팔랑 저었다. 공감을 이끌어내려는 시도였으나 그녀의 목석같은 얼굴에 금세 막혀버렸다.

“그들은 제 대리인입니다. 손에 난 상처가 번거롭다 하여 손목을 자를 수는 없는 일입니다. 그 이전에 군주는 국정 처리에 있어 시간을 지체해서는 안 되는 법입니다.”

“하아……. 만 년 전쯤 쓰인 따분한 정론을 읽고 있는 기분이군요.”

“제 말에 틀린 점이 있습니까.”

에르완은 그가 큰 한숨을 쉬면서 이마를 짚는 이유를 이해하지 못하고 있었다. 말을 말자는 얼굴이다.

톡, 토독. 마침 머리 위를 두드리는 찬 기운에 고개를 젖혔다. 어느새 몰려와 있는 거뭇한 구름이 하늘을 가득 메우고 있다. 이마에서 볼을 타고 내려오는 빗방울을 따라 턱을 내렸다. 바닥에 드리운 수많은 그림자가 젖어 있었다.

“아아, 가는 날이 장날이라더니. 갈 곳이 있었는데 못 가게 되었군요. 이제 어떻게 할까요, 폐하? 비가 오는데 뛰는 것이…….”

똑같이 하늘을 보며 혀를 차던 바스티안이 앞을 본 순간이었다. 에르완이 없었다. 그 대신 무언가가 제 머리 위를 덮었다. 그것이 그녀의 망토인 것은 한참 후에야 인지할 수 있었다.

"이게…… 뭡니까?"

툭, 툭툭. 굵어진 빗방울이 어깨에 씌워진 망토 너머를 두드렸다. 무슨 재질로 만들어졌는지 신기하게도 젖지 않고 있었다. 그보다 더 신기한 건 그 망토를 같이 뒤집어쓰고 있는 상대가 에르완이라는 사실이었다.

바스티안은 신기루에 홀린 여행자처럼 그녀를 바라보았다. 똑바르게 직시해오는 황금의 눈. 속이 들여다보이는 게 선연하고 올곧다. 바위산 정상에 꽂혀 있는 깃발처럼 똑바르고 당당하다. 어떤 비바람이 몰아쳐도 무너지지 않을 굳건함, 단단함.

아, 그런데 왜? 왜 이렇게 당황하나.

바스티안이 술렁이는 가슴에 대고 물었다. 그의 지위를 알고도 먼저 다가올 수 있는 인간이 없었으니까? 늘 일정한 거리를 지켜오던 그녀가 먼저 가까이 다가와서? 가까이서 본 건 처음이라서?

"비에 젖지 않는 망토입니다. 고대 용의 가죽으로 특별히 제작된 것이라 물방울을 튕겨낼 수 있습니다."

고저 하나 없는 목소리에 정신이 돌아왔다. 놀라웠다. 정원에서 마주칠 때부터 웬 망토를 뒤집어쓰고 나왔나 했는데.

"설마 비가 올 것을 예상하신 겁니까?"

"예."

"허…… 그것도 전쟁터를 다니며 배운 겁니까?"

"그렇습니다."

“어째서입니까? 날씨를 모르면 전투에서 지기도 한답니까?”

제 딴에는 실없이 던진 농담이었으나 에르완은 미동조차 하지 않았다.

“물론입니다. 비가 내리면 굳은 땅이 풀어집니다. 진흙으로 변한 대지에 가장 취약한 건 보병입니다. 이들의 속도가 느려지고 대열이 붕괴되면 그들의 전개를 엄호해야 할 기병대가…….”

“그만, 그만! 말씀하셔도 못 알아들으니까 지금은 그만하시죠. 그보다 저는 저쪽 팔이 신경 쓰입니다만.”

바스티안은 문득 에르완의 건너편 어깨를 건너보았다. 그와 망토를 나눠 쓰느라 훤히 드러난 어깨와 팔이 비로 흠뻑 젖어 있었다. 손가락 끝에서 떨어지는 빗방울이 그치질 않는다. 평생 없었던 염치가 전부 몰려오는 느낌이었다.

“어깨가 벌써 다 젖었습니다. 이 정도 비쯤은 맞아도 괜찮으니 홀로 쓰십시오.”

“두 명이 쓰는데 부족한 건 당연합니다. 도로 덮으십시오.”

망토를 벗으려는 손길을 그녀가 단호히 제지했다. 배려? 지금 배려하는 건가? 저 딱딱한 여자가? 영 어울리지 않았다.

“그러다 아프시기라도 하면 어쩝니까. 여기에 끌려나온 이유가 저 때문이라는 걸 알면 레이첼이라는 시녀가 절 죽이려 들 텐데요.”

“폐하 걱정부터 하십시오. 대제께서 저보다 더 허약하신 듯하니.”

허약한 정도는 아니라 항변하려다 입이 닫혔다. 익숙한 듯 빠른 걸음으로 산을 타던 뒷모습과 그녀를 따라가는 데만도 벅차했던 자신이 떠오른 탓이다. 하지만 여전히 억울한 기분은 가시질 않는다. 여왕이 지나치게 강한 전사이지 않나. 그는 머쓱하게 이마를 긁적였다.

"뭐, 이제 와 하는 말이지만, 거짓말로 밖으로 불러낸 건 미안하게 됐습니다."

"뒤늦게 뭡니까. 필요 없습니다."

말끝에 그녀가 걸음을 옮기기 시작했다. 꼼짝없이 보호받는 모양으로 그도 발을 뗐다. 외곽에서 성까지 꼬박 한 식경을 걸었다. 밀착하여 걷는 동안 발을 밟지 않도록 신경 쓰느라 애를 먹었다. 빗발은 점점 굵어졌다. 함께 씌워주느라 가리지 못한 어깨가 자꾸만 신경이 쓰였다.

성에 당도하자 겨우 한숨 돌릴 수 있었다. 바스티안은 제일 먼저 그녀의 어깨를 바라보았다. 아, 역시 흠뻑 젖었군. 그는 또다시 염치를 찾았다.

"폐하!"

우르르 쏟아져 나오는 시종과 시녀들 사이에서 익숙한 얼굴이 두 개 있다. 후베르트와 레이첼. 그들의 등장에 두 군주는 상반된 반응을 보였다.

"정말 귀신같이 나타나는군. 자네는 잠도 안 자나?"

바스티안은 손으로 옷깃을 툭툭 털어내며 인상을 찌푸렸고,

"레이첼, 자러 간다더니."

"그러려고 했습니다. 그런데 아무래도 곁을 비우는 게 걱정이 되어 돌아가봤는데…… 어디 가셨는지 보이지 않고, 기다려도 한참 오질 않으시고!"

"저런, 걱정을 끼쳤구나. 눈이 부었다. 별일 아니었으니 들어가 자거라."

에르완은 강철 같던 표정을 녹이며 시녀를 걱정했다.

"요즘 잠잠하시더니 또! 폐하, 폐에하! 제발 부탁드리지 않았습니까. 어디 나가실 땐 호위기사라도 데리고 나가시라고요, 네? 그러다 무슨 변고라도 생기시면 어쩌시려고 하십니까!"

"안 생겼으니 됐지 않나."

"생겼으면요, 예? 여기서 농담을 던질 수 있긴 하겠습니까? 네? 폐하, 제발 제 말 좀 들어주세요. 송장 치는 모습을 보셔야 마음이 편하시겠습니까, 네에? 아이고, 대신 말씀 좀 해주십시오. 저희 폐하께서 대체 어디 다녀오신 겁니까?"

주군의 태연한 태도에 안달이 난 후베르트가 에르완을 붙들고 호소했다. 애가 탄 눈빛에 저도 모르게 미안해졌지만 해줄 말이 없었다. 가만히 고개를 젓자 그의 얼굴이 더욱더 절망적으로 변했다.

"맙소사, 설마 저희 폐하께 옮으신 겁니까……."

"이젠 사람을 전염병으로 취급하는군."

바스티안은 툴툴거리면서 사방에 잔뜩 몰린 시종과 시녀들을 모조리 물렸다. 에르완은 후베르트의 무례를 너그러이 이해해준 후 그를 바라보았다.

"혹 앞으로 저도 함께해도 되겠습니까?"

조용한 물음에 두 쌍의 시선이 먼저 몰렸다. 바스티안의 눈이 가장 느리게 에르완을 찾아들었다. 끝이 살짝 젖은 머리카락이 그의 이마와 볼에 들러붙어 있었다. 속뜻을 알아차렸는지 그가 웃었다.

"그래봐야 뽑아 먹을 게 없을 텐데요."

"무언가를 얻고자 함이 아닙니다. 알고 싶을 뿐입니다."

"알아갈 것이 무엇이 있겠습니까. 저는 그저 놀러다니는 것뿐인데."

"백성을, 더 나아가서는 나라를 대하는 대제의 방식을 알고 싶습니다."

바스티안의 눈빛이 묘하게 가라앉았다. 관찰하고, 가늠하는 눈이었다. 후베르트가 그 사이로 불쑥 끼어들었다.

"네? 네? 지금 무슨 말씀들을 나누고 계신 겁니까? 무얼 함께해요?"

"폐하……."

훌쩍이기까지 하는 레이첼에게도 에르완은 꿈쩍하지 않았다. 묵살했다는 편에 가까웠다. 적에겐 강경하지만 아랫사람에겐 한없이 부드러운 여왕에게는 처음 있는 일이다.

"역시 정직한 공범이 좋다니까."

바스티안이 빙그레 웃었다.

"허락해주시는 겁니까?"

"폐하, 폐하. 혹시 지금 또 나가신단 말씀들을 하시고 계신 건 아니지요? 네? 아니시겠지요?"

바스티안은 발을 동동 구르는 후베르트에게 눈길 한번 주지 않았다. 말없이 바라보다가 천천히 다리를 옮겼다. 그림자가 지지 않을 고요한 걸음이다. 에르완은 여자 중에서 키가 큰 편이지만, 바스티안 또한 남자 중에서 키가 큰 편이기 때문에 살짝 올려다봐야 했다. 가까이서 들여다본 그녀의 눈이 심연 밑바닥처럼 깊다.

"인사의 뜻입니다."

그가 대뜸 허리를 숙였다. 입술을 그 뺨에 대고 살짝 눌렀다 떼었다. 비를 맞아 싸늘해진 입술보다 더 차가운 감촉이었다. 그래도 말랑한 걸 보니 사람이긴 하군. 바스티안이 소리 없이 웃었다.

대번에 주변이 조용해졌다. 에르완은 충분히 피할 새가 있었으나 무례일 수 있어 참고 있는 듯했다. 후베르트는 입을 다물 줄을 몰랐고 레이첼은 손으로 입을 틀어막고 있었다. 바스티안은 그 반응들을 악질적으로 즐겼다. 에르완이 미간을 찌푸리고 눈빛으로 묻기 전까지.

"본래 늦게 배운 도둑질이 더 재미있는 법이지요."

이것은 여왕에게 내는 수수께끼다.

"도둑들의 세계에 온 것을 축하드립니다, 폐하."

그녀가 입술을 열었다 느리게 닫았다. 수많은 물음들이 머릿속에 떠다닐 테지만 입 밖으로 내지 않을 것을 알고 있다. 바스티안은 천진한 듯 미소를 더했다.

에르완, 실드베르 4세. 읽기 쉬우면서 어렵다. 차갑고 무정한 얼굴을 하고서 속내는 그렇지 않은 것 같아 갈피를 잡지 못하겠다. 시커먼 뱀을 품은 배신자인가, 진정 백성을 위해 무기를 버리고자 하는 외골수 왕인가. 헷갈린다. 저를 이리 만든 것만 해도 여왕은 칭찬을 받을 만했다.

어렸을 때부터 전쟁터를 누볐다고 했던가. 열둘의 나이에 연맹군을 이끌고 대승을 거두었다고 했다. 지금보다 훨씬 좁았을 어깨에 수천의 목숨을 짊어지고 어떤 심경으로 군을 이끌었을지 상상이 되지 않았다.

무섭지 않았나. 사람들이 하루에도 몇십, 몇천씩 죽어가는 걸 보다 보면. 주인 잃은 목을 보며 저 목이 내가 될 수도 있었다, 시체들 사이에 괸 피 웅덩이를 보며 저 피를 내가 흘릴 수 있었다 생각하지 않았나. 적이라는 이름의 또 다른 백성을 베어낼 때, 그 살갗과 뼈를 가르는 검의 촉감에 소름 끼치진 않았을까. 처절하게 죽어가는 비명과 역겨운 피 내음 속에서도 끝까지 고결했었나.

그러다, 당신은 생사의 갈림길에 서서도 꼿꼿할까. 못내 궁금해졌다.

Chapter 2

후베르트는 아침 해가 뜨기도 전에 왕의 방으로 향했다. 이전이라면 늦잠꾸러기 왕을 무슨 수로 깨울지, 참수 협박을 어떻게 무시할 수 있을지 골머리를 앓았겠지만 이젠 다르다. 정확히는 발루아의 여왕이 온 시점을 기해서 왕은 '비교적' 근면 성실해졌다. 거기다 어제는 새벽 4시가 되기 전에 깨우라고까지 명했다.

세상에, 해가 뜨기 전에 깨워달라는 바스티안이라니! 후베르트는 달라진 왕의 모습에 눈물을 쏟을 지경이었다. 바로 어젯밤의 일이었지만, 꿈이 아닌지 뺨을 몇 번이고 때려보았다.

바스티안은 잘리어의 촉망받는 왕이었다. 백성들은 그를 너무나 사랑하여 대제라 부르지만, 누구도 상상하지 못할 것이다. 그들이 존경하는 대제가 사실 심각한 게으름뱅이라는 걸, 가끔 소리 소문 없이 얼마간 사라지곤 해 행정부의 속을 썩인다는 걸. 언제 들킬까 조마조마했는데 그가 이렇게 변하다니, 잘리어를 방문한 여왕에게 진심으로 고마워졌다.

"폐하, 기침하시지요. 아침입니다."

후베르트가 뿌듯한 얼굴로 침대로 다가갔다. 침대 위는 책과 서류로 뒤덮여 있었다. 세상에, 이걸 전부 밤새 보신 건가. 이렇게 변하시다니……. 벅차오르는 감격에 눈시울이 시큰해지려 했다.

"아침……?"

바스티안이 부스스 고개를 들었다. 잘생겼다. 며칠 전 아침에는 죽은 생선이 따로 없다고 생각했었지만.

"예, 힘찬 아침입니다, 폐하."

"아침…… 아침? 아침! 후베르트, 그녀가 왔나?"

바스티안이 튕기듯 몸을 일으켜 캐물었다.

"예? 누구 말씀입니까?"

"그 여자! 발루아, 발루아!"

"아, 실드베르 폐하 말씀이십니까? 아뇨, 안 오셨는데요. 오는 길에 보지도 못했……."

"잘됐군! 제기랄, 어제 적당히 하고 잤어야 했는데."

바스티안이 재빠르게 몸을 일으키고 윗옷을 걸쳤다. 분주하게 오가는 그를 따라 시선을 옮기던 후베르트가 조심스레 물었다.

"저, 뭘 하시는 겁니까, 폐하? 아랫것들을 불러 채비를……."

"채비라니 무슨 소리야, 다시 자러 가는 건데."

"예?"

그가 멍청한 얼굴로 반문했다. 바스티안은 이불을 둘둘 말아서 창가로 걸어갔다.

"그 여자가 오기 전에 빨리 대피해야 해, 안전한 곳으로. 수면을 방해받지 않고 산에 끌려가지도 않는 곳을 찾아…… 맙소사, 벌써 왔잖아? 입구에 일부러 시녀를 세워둔 거군. 내가 도망갈 건 어떻게 알고, 이 악랄한 여자……."

창문 밖으로 고개를 내민 그가 다국어로 욕설을 뱉어냈다. 그 단어

중에는 언젠가 후베르트에게 웃으며 건넸던 말도 있었다. 그때는 분명 칭찬이라고 했는데?

똑똑. 때마침 노크 소리가 들렸다. 어떻게 탈출할까 고심하며 방 안을 맴돌던 바스티안이 화들짝 놀랐다.

"이런, 벌써 왔잖아? 후베르트, 나 절대 여기 있다고 말하지 말게, 절대!"

그는 그렇게 말하고서 구석에 난 방으로 쑥 들어가버렸다. 가느다란 눈으로 왕이 하는 양을 지켜보던 후베르트가 문으로 다가가 활짝 열었다. 노크한 사람은 역시 에르완이었다.

"폐하는 계신가?"

참 매일 아침 의젓하고 번듯하기도 하시지. 타국어로 놀려먹기를 밥 먹듯 하는 바스티안과는 차원이 다른 의젓한 왕이었다. 후베르트는 문을 지탱한 채 길을 터주었다. 그리고 바스티안의 당부가 무색하도록 아주 정중히 덧붙였다.

"그럼요. 일찍이 일어나셔서 폐하를 기다리고 계십니다. 저 안쪽 방에서요."

"그런가."

군인 같은 걸음이 침실을 가로질러 옆에 난 방으로 향했다. 돌아올 때에는 잔뜩 이골이 난 바스티안과 함께였다. 그는 끌려나오다시피 하면서 보좌관에게 원망스러운 눈빛을 쏘아 보냈다.

"오늘은 먼저 기침해 있으셨다니 실로 놀라운 일입니다."

묘하게 오가는 분위기에도 한 점 흐트러짐 없이 에르완이 입을 열었다.

"다만 어째서, 제가 뵙기를 청하였을 때 아무 대답 없으셨던 건지는 의문입니다. 마치…….”

“숨어 있었을 리가요, 폐하. 지금 이 만남을 얼마나 손꼽아 기다렸는지 짐작조차 못 하실 겁니다!”

순식간에 안면을 바꾸며 그가 바닥에 떨어진 종이를 주워 안았다. 보여주지 못해 안달이 나 있었던 것처럼. 손꼽아 기다릴 건 또 뭔가. 하지만 그의 행동반경을 익히 파악하고 있었던 에르완은 구태여 말을 덧붙이지 않았다. 실로 ‘척’에 능한 자였다.

“자, 이게 바로 폐하가 내신 문제의 답입니다.”

그가 테이블에 차례로 펼쳐놓은 종이는 밤새 그린 듯한 지도였다. 에르완은 앞으로 다가가 그것을 자세히 관찰했다. 산맥과 강 위치가 꽤 정확하다. 투덜거리며 따라오기에 주변을 살피고 있는지조차 의문이었던 게 사실이라, 조금 놀랄 수밖에 없었다.

산을 끼고 대치하고 있는 아군과 적군의 형세가 에르완이 말한 그대로다. 그 옆에는 상세한 설명까지 빼곡하게 적혀 있다. 하루아침에 완성될 내용이 아닌데……. 그녀가 살짝 시선을 돌렸다. 뒤늦게 바스티안의 손에 잔뜩 묻은 잉크자국과 바닥에 널린 미완성 지도들이 눈에 들어왔다. 다행히 ‘척’만 할 수 있는 자는 아닌 모양이군.

“어떻습니까. 잘리어에서 전술에 가장 능했던 연구가의 저서를 보고 알아낸 것이니 틀림없을 겁니다. 자, 아군과 적군이 각각 아래와 위에 있으면 무기가 있는 이상 아래쪽이 현저히 불리하므로, 부대를 두 개로 나누어서 하나는 협곡을 끼고 이 방향으로, 다른 부대는 반대 방향으로 가면 될…….”

바스티안이 스스로가 대견해 미치겠다는 얼굴로 턱을 들었다. 에르완이 가차 없이 대답했다.

"아쉽지만 오답입니다. 다시 생각해오십시오."

"겁니다…… 네? 뭐라고 하셨습니까?"

바스티안의 눈이 홉뜨였다. 흡사 머리를 둔기에라도 맞은 표정이었다. 에르완이 지도에서 눈을 떼며 허리를 세웠다.

"제가 원하던 답이 아니라 말씀드렸습니다."

다시 문으로 향하려는 그녀를 바스티안이 얼른 막아섰다.

"잠깐만, 잠깐만 기다리십시오. 제 말은 아직 끝나지도 않았습니다."

"더 듣지 않아도 뻔합니다. 채비하시지요."

채비? 무슨 채비. 설마. 절박했던 바스티안의 얼굴이 절망에 물들어갔다. 등산, 또 등산인 것이다. 이 꼭두새벽부터.

그는 평화롭기 그지없었던 아침시간이 어쩌다 지옥으로 변할 수밖에 없었는지에 대한 이유를 처음부터 되짚어봤다. 결론은 하나뿐이었다. 유령에 씐 것이다. 산에 오르다 뒈져버린 자의 유령에 씐 것이 틀림없다. 그렇지 않고서야 어떻게.

"폐하, 솔직히 말해보십시오. 일부러 그러는 것이지요? 네? 실은 정답인데 그저 절 괴롭혀 죽이고 싶어서."

"전 그런 소인배 같은 짓은 하지 않습니다."

"지금 하고 계시지 않습니까! 우선 답을 알려주십시오. 아니, 틀린 이유라도 알려주십시오. 그 전까지는 이 결과, 저는 절대 수긍하지 못합니다. 방금 제가 말한 게 잘리어에서 제일가는 전술가가 쓴 저서에 나와 있던 그대로라니까요? 폐하께서 잘못 생각하고 계신 건 아닙니까?"

"문제는 풀라고 내드린 것입니다. 답을 먼저 알려드리면 소용이 없습니다. 얌전히 따라오십시오. 몰래 뒷걸음질 치지 마시고."

왕은 몇 번이고 여왕을 설득하려 들다가 기어이 끌려가고 말았다. 또다시, 이전까지는 손끝 하나 대지 않았던 묵직한 검을 든 채.

그들이 다시 돌아온 것은 동이 틀 시간을 훌쩍 넘긴 때였다. 산을 오르고 돌아온 왕은 또다시 파김치가 되어 있었다.

"후베르트, 이번에야말로, 산을…… 산을……."

왕은 요즈음 벨뷰 성을 감싼 삼면의 산을 모조리 깎아버리는 방법이 없는지 골몰하고 있었다. 검토는 매번 인력과 비용 상의 이유로 수포로 돌아갔지만, 기회만 되면 반드시 해내겠다는 의지였다.

오랫동안 곁에서 보아왔던 후베르트는 그런 왕이 퍽 괴이쩍다 느꼈다. 왕은 노력이란 걸 모른다. 그의 수완과 사람을 파악하는 능력은 타고난 것들인 데다 대단한 업적을 이루고자 애써본 적도 없다. 그에 비하면 지금의 결과물은 놀랍도록 훌륭한 편이다.

그는 원하는 것만 선택해 할 수 있는 권리가 있었다. 싫으면 거부하면 그만이다. 그 무엇도 그를 강제할 수 없었다.

하지만 에르완에 관해서만은 달랐다. 평소였다면 죽어도 하지 않을 일을 꾸역꾸역 하고 있다. 제 몸을 혹사시켜서라도, 밤을 새워서라도. 후베르트는 왕의 그러한 변화가 좋은 것인지 슬슬 헷갈리려 하고 있었다.

"허락을 구할 일이 있습니다."

"말씀하십시오."

비교적 아주 말짱해 보이는 에르완이 찻잔을 내려놓으며 물었다. 바스티안은 테이블에 엎어진 그대로 입만 움직거렸다.

사실 그조차 버거워하는 듯 보이긴 했다. 후베르트가 속으로 혀를

챘다.

"조만간 본국에서 한 명이 더 당도할 예정인데, 그의 거처를 부탁드려도 되겠습니까?"

"그치가 저 대신 산에 올라줍니까?"

"물론 아닙니다."

"……그럼 좋을 대로 하십시오. 후베르트가 적당한 거처를 마련해 줄 겁니다."

슬그머니 희망을 품은 눈이 다시 툭 떨어졌다. 들으란 듯이 투덜거림이 이어졌지만 에르완은 눈 한번 깜박하지 않았다. 오히려 한편으로 물러나 손목을 매만지고 있는 후베르트를 한동안 빤히 바라보고만 있었다.

"후베르트 경, 최근 들어 손가락과 엄지 쪽 반 정도가 저리고 감각이 둔해지지 않았습니까?"

에르완은 비밀리에 잘리어를 방문한 점을 감안해 보좌관에게도 적절한 예의를 보여주고 있었다. 후베르트가 깜짝 놀라 입을 벌렸다.

"아, 실드베르 폐하께서 그걸 어떻게……."

"펜을 쥐는 일이 많은 자들이 보통 그렇게 아파하곤 합니다. 처음에는 손가락과 손바닥 반 정도가 저리고 감각이 둔해지다가 점차 증상이 심해지면서 밤에 잠을 못 이룰 정도가 됩니다. 손을 자주 흔들고 주물러주면 일시적으로는 증상이 나아질 겁니다."

후베르트는 감격하여 입술을 떨었다. 펜을 쥐다가 미약한 통증을 느끼고 손목을 단지 몇 번 주물렀을 뿐인데, 증상과 병의 예후를 꿰뚫지 않았나. 정작 매일 옆에서 보아온 바스티안은 '손목 아팠어? 그럼 말을 하지.'라는 눈으로 쳐다보고만 있는데. 저 무심한 인간…….

"그 질환에 관해 잘 아는 의원이 있습니다. 발루아를 방문하여 손목을 보이면 길어도 몇 주 안에 회복이 될 겁니다. 폐하의 허락이 있어야겠지만."

"소인이 의원께요? 아뇨, 아닙니다! 성에 상주하는 의원이라면 분명 옥체를 보살피는 분일 것 아닙니까. 소인이 감히……."

"경은 성실하고 일하는 데 빈틈이 없고, 체계적인 보고로 대제께서 부담을 느끼시지 않게끔 합니다. 경이 없으면 국무에 많은 차질이 생길 것이니 그 몸을 돌보는 일 또한 나라를 위한 일이 될 것입니다. 잘리어에서 제 편의를 많이 봐주는 보답으로 여기세요."

"폐하…… 소인은 그저, 폐하의 자비에 망극하여서."

후베르트는 감격한 나머지 허둥거렸다. 얼마나 감격했는지 눈시울마저 붉어져 있다. 여왕에게 저런 칭찬을 받았다는 것만으로 레이첼이 선망의 시선을 보내는 가운데, 바스티안은 도리어 분한 얼굴이었다.

"자비? 그 자비란 걸 제게도 보여주십시오! 산 오를 때 온몸이 부서질 것 같다 호소하여도 꿈쩍 않으셨던 분께서!"

"폐하께선 멀쩡하십니다."

"어째서 제 상태를 여왕께서 정하시는 겁니까? 예?"

항의하는 바스티안을 외면한 채, 에르완이 후베르트와 레이첼을 물렸다. 정중히 예의를 차린 후 자리를 빠져나가는 두 뒷모습을 보다가 그녀가 다시 입을 열었다.

"저는 해내지 못할 자에겐 과업을 주지 않습니다."

"아니, 그러니까!"

"대제께선 약하지 않습니다. 약한 척할 뿐입니다. 줄곧 단련해오지 않으셨습니까. 체계적이진 않지만, 규칙적으로."

"어……."

"무엇 때문인지 몰라도 그 사실을 숨기는 상태시고요. 제 말이 틀렸습니까?"

"어떻게 아셨습니까?"

"그게 중요합니까?"

이번엔 바스티안의 입이 닫혔다. 크게 놀란 눈치였다. 에르완은 찻잔을 입에 가져가는 대신 향을 깊게 음미했다.

"후베르트 경이 자연스럽게 넘어간 걸 보면 모든 사람이 대제의 거짓말에 속고 있는 거군요."

"허어……."

"왜입니까?"

"……이유야 뻔하지 않습니까. 뭐."

바스티안이 등을 젖히며 이번엔 의자에 깊숙이 기대었다. 비스듬히 올라가는 입술은 비웃음과 닮아 있었다.

"배가 다른 씨를 살려야 할지 말아야 할지, 두 눈 시퍼렇게 뜨고 있던 치들이 많았으니까요. 케케묵은 이야기지요. 뒷배 없는 사생아가 정통 후계자 앞에선 병신처럼 웃다가도 뒤에서 암살자들을 홀로 상대한다는, 뭐, 그런 뻔하디뻔한 이야기. 숨 쉬기에도 아까운 병신한테 제대로 된 스승을 붙여주겠습니까. 할 수 있는 건 하나밖에 없죠. 몸을 혹사시키는 것."

진심으로 우습다는 듯 그는 몇 번인가 낮은 웃음을 터뜨렸다.

"그런 사생아가 왕이 되었으니 이 고귀해 마지않은 벨뷰 성이 가만히 있겠습니까. 하루가 멀다 하고 독약에, 암살시도에……. 오히려 왕관을 얻은 다음에 목숨이 위험한 적이 더 많았습니다. 떨어질 듯 말 듯, 떨어질 듯 말 듯 매달려 있었죠. 실로 질긴 목숨 아닙니까? 그리고 전 말입니다, 살아남는 것만큼이나 어려웠던 게 외교였습니다. 지고하신 어느 나라의 여왕은 부정의 악취가 난다며 저와 한자리에 있는 것조차 꺼리셨으니."

"……."

"다행입니다. 이번 여왕께서는 비위가 강하신 듯하니까요."

"그래서입니까? 이 이야기들을 늘어놓는 건."

바스티안은 비밀스럽다. 속을 알 수 없고 습하다. 그의 호의엔 의미가 없다. 속에 담겨 있는 게 없으니 어떤 얼굴이든 읽을 수 없는 것이다. 남는 건 언제나 흔적뿐. 여왕은 그의 말장난이 통하지 않는 유일한 상대였지만, 그녀조차도 가끔 헷갈릴 때가 있었다. 속 깊숙이 묻어놓은 것을 털어놓을 때면, 혹시 진심이 아닐까 하는.

덜그럭. 머릿속에서 다시 돌멩이 걸리는 소리가 났다.

"글쎄요, 동류라서 편하게 느낀 걸지도 모르지요. 여왕님의 과거도 저와 그다지 다르지 않을 것 같아서, 더더욱."

"무슨 뜻입니까?"

"무슨 뜻일 것 같습니까?"

그가 은밀하게 웃었다. 언젠가 그가 뱉었던 말이 자연스레 떠올랐다. 듀어. 살인자. 극심한 피로가 몰려왔다. 필요에 의해서라지만 그는 때때로 대하기 버거워질 때가 있었다. 손끝부터 한기가 스민다. 통제할 수 없이 날뛰는 기억을 힘겹게 눌러 삼켰다. 활을 쏜 상대에게 검을 들고 돌진하는 게 차라리 나았다.

"그리 기분 나빠하진 마십시오. 사생아나 계승 서열 최하위로 태어난 게 저나 여왕님 탓은 아니지 않습니까."

그가 미워할 수 없는 미소를 미워할 수밖에 없게끔 지었다. 에르완이 딱딱하게 얼굴을 굳혔다.

"이제 그 이야기는 그만하고 싶습니다."

"……그래서 말인데, 여왕께도 기사를 하나 붙여야 할 것 같습니다. 슬슬 그들이 레이랄 힐데가르드가 어떤 여자인지 캘 때가 되었으니."

"저더러 폐하의 기사를 지키란 말씀입니까?"

바스티안은 그만 크게 웃고 말았다. 하지만 진지하게 응시해오는 눈빛에 머쓱해져 자연스럽게 사그라졌다. 사실 여왕을 지킨다는 것 자체가 어불성설이긴 했다. 첫 만남에 단 한 번 검을 맞댄 것만으로 잘리어엔 그녀를 상대할 검사가 없으리란 판단까지 섰으니. 거기에 냉철함까지. 정말 탐나는 기사가 따로 없다.

"여왕께 짐이 되는 형편없는 놈을 붙이진 않을 테니 걱정 마십시오. 이곳은 이래 봬도 성입니다, 성. 겉으론 아름답고 화려해 보여도 평화롭지는 않은 곳이란 말입니다. 이런 곳에 여왕을 홀로 내버려두는 것은 책임방기일 것입니다."

"이미 충분히 내버려두셨습니다."

"그렇다면 더 이상 내버려두지 않게 해주십시오."

그가 딱 잘라 말하며 몸을 일으켰다. 그녀가 결국 제 제안을 거절 못할 것을 알고 있다. 그녀는 자존심 따위나, 심지어 저 자신보다도 나라와 백성을 더 위에 두고 있는 여왕이니까. 나라를 구할 수 있는 열쇠를 쥔 상대를 끝까지 꺾을 수 없는 이 상황이 은근히 즐거웠다. 강하고 굳건해 보이기만 한 여자가 신념에 의해 약해지는 모습은 생각외로 매력적이었다.

"그럼 이야기 끝난 겁니다? 전 이만……."

"어딜 가십니까?"

불쑥 솟아오르는 질문에 바스티안이 멈칫했다. 그녀에게서 그러한 질문을 받아본 적이 없었기에 그는 놀란 상태였다.

"오찬이 있습니다. 예술가들과……."

"폐가 아니라면, 저도 참석해도 되겠습니까."

바스티안의 눈이 조금 더 벌어졌다. 이제껏 그녀가 이리 적극적으로 나서서 무언가를 요구한 적이 없어 더 그랬다.

찻잔을 내려놓고 그녀가 고요하게 몸을 일으켰다. 언제나처럼 올곧은 눈으로 그를 바라보며, 다시 한 번 말한다.

"허락해주시겠습니까?"

허락해버리고 말았다.

데리고 올 생각은 전혀 없었는데…….

바스티안이 깊게 한숨을 쉬며 깃펜을 굴렸다. 도르륵, 탁. 도르륵, 탁. 손가락으로 치는 대로 비스듬하게 올라갔다 내려오길 반복한다. 예술가들과의 오찬에 참석하려던 이유가 애초에 후베르트를 빼돌리고 성 밖에 나가기 용이해서였다. 오늘은 이렇게 진지하게 참석할 생각은 없었는데.

"어떻습니까? 이렇게 물과 기름이 서로 섞이지 않는 성질을 이용해 우연적 효과를 내는 것이."

"호오, 이거 꽤…… 다양한 색상과 흥미로운 형체가 그려지는군요.”

오늘 오찬에 참석한 인원 중 대다수는 화가로, 철학자들이 모였을 때처럼 열띤 논쟁을 벌이진 않지만 각자의 기법을 공유하며 토론하길 즐기는 게 특징이었다. 예술가들은 대부분 자기 세계가 견고하고 예민하며 때로 괴팍해지기도 했지만, 남에게 큰 관심을 두지 않는 게 큰 장점이었다. 그 덕에 에르완도 큰 무리 없이 데리고 들어오기도 했고. 아니, 아예 관심이 없기까지 했다. 그들은 그저 왕이 데려온 시녀쯤으로 여기는 것 같았다.

에르완은 차분하게 그들을 관찰하고 있었다. 그녀는 미술이나 오페라에 관한 지식은 있으되 그로부터 받을 수 있는 감흥이 적었다. 악기가 만들어내는 선율보다 검을 휘두르고 사람을 베는 리듬이, 오페라글라스를 끼고 무대를 구경하는 것보다 전쟁의 잔 먼지를 맞는 게 익숙했다. 그렇기에 더더욱, 예술가들을 가까이서 지켜보는 기회가 희귀하고 소중했다.

“이거 보세요, 발루아산 물감입니다! 희귀한 것인데!”

한 화가가 누군가 가져온 물감을 자세히 들여다보았다. 작은 목소리였는데도 에르완의 시선이 그쪽으로 쏠렸다. 바스티안은 ‘발루아’ 세 글자에 단번에 반응하는 그녀 때문에 작게 웃고 말았다.

“발루아라…… 발루아에서 지냈던 내 어린 시절만큼 암울했던 기억이 없는데.”

“참, 르몽드지 씨의 고향이 발루아였지요? 테헤즈 씨도 마찬가지 아닙니까?”

“맞습니다. 하지만 저에게도 역시 발루아에 대한 좋은 기억은 그다지 없군요. 발루아 왕이야말로 예술가들의 학살자 아닙니까.”

아, 이런. 바스티안의 얼굴에 낭패감이 서렸다. 그는 모든 종류의 토론에 개방적이었고, 예술가들의 모임에도 심심찮게 참석하곤 했다. 그런데 어째서 기억해내지 못했을까. 그들 사이에서 발루아는, 발루아의 왕은 씹기 좋은 안주거리임을.

“맞습니다. 발루아의 왕과 추밀원이 펼치는 따분한 정책들에 이골이 나요. 전대의 왕, 실드베르 3세가 펼친 정책을 보세요. 종교화를 제외한 그림에 부과하는 세금이라뇨? 듣도 보도 못하였습니다.”

“어차피 전쟁만 할 줄 아는 야만족입니다. 그들을 이끄는 왕이라 하여 무엇이 다르겠습니까. 뭐, 지금의 왕은 조금 다른 것처럼 소문이 떠돌긴 하지만 아비를 보면 알지요. 변함없는 추밀원의 꼭두각시일 겁니다.”

바스티안이 차마 에르완의 얼굴을 살피지 못하고 마른세수를 했다. 그들이 말하는 내용이 대부분 사실이었기에 더욱 그녀의 반응을 살피기 어려웠다. 오랫동안 전쟁이 잦았던 만큼 발루아는 예술을 배부른 자들의 유흥거리로 여겼고, 예술가들에게 막대한 세금을 부과하곤 했었다. 실드베르 4세의 시대부터는 그러한 차별을 없애기 위해 큰 노력을 기울였지만, 고착화된 풍토를 완전히 제거하긴 어려웠다.

한마디로, 에르완이 아무리 발루아의 백성들이 사랑하여 대내적으로 제왕으로 칭송받는 여왕이라 할지라도 예술가 사이에선 아니라는 뜻이었다. 그저 예술가를 핍박해온 발루아의 악랄한 앞잡이일 뿐.

잘못된 자리에 데려오고 말았다. 아무리 협력을 구하는 입장이라 할지라도 그녀는 마땅히 존중받아야 할 지위에 있는 왕이었다.

“사람들은 발루아와 잘리어를, 그리고 양국의 왕을 두고 많이들 비교하지만, 제가 보기엔 한참 멀었습니다. 발루아 왕은 잘리어의 대제 폐하를 절대 따라올 수 없어요!"

누군가 핏대를 세우고 발루아와 왕을 욕보였다. 이제 슬슬 막아야겠군. 바스티안이 더 이상 견디지 못하고 몸을 일으켰다. 어째서 그녀의 얼굴을 볼 면목이 없는지, 가시방석에 앉은 듯 안절부절못하게 됐는지는 나중에 생각하기로 한 채.

급하게 일어났지만 그는 앞으로 나아갈 수 없었다. 누군가 팔을 들어 그를 가로막고 있었고, 그 팔의 주인은……. 바스티안의 시선이 팔을 미끄러져 올라갔다. 잠시 후 시야에 들어찬 얼굴은 놀랍게도 에르완이었다.

"잠시만 더 듣고 있겠습니다."

"예?"

"조금 더, 그들의 이야기를 귀담아듣고 싶습니다."

제 걱정이 무색하게도, 그녀는 호수결처럼 차분한 얼굴로 예술가들을 바라보고 있었다. 한마디 한마디, 놓치지 않겠다는 듯 신중하게.

비굴하지 않다. 공개적으로 모욕을 당한 데 대한 수치스러움도 찾아볼 수 없다. 과거에 저질러온 잘못을 인정하고 받아들이는 모습은 그녀가 지닌 관용과 고결한 태도를 부각시킬 뿐이었다.

음미하듯이 그 자태를 본다. 똑바른 눈빛, 차가운 서리조각, 눈보라를 비집고 쬐는 햇볕, 빗속에 떠다니는 빛, 불사르는 검, 하얀 말, 그녀의 뒤를 쫓는 수만의 군사, 백사자의 깃발, 압도당하는 듯한 절경.

대체 누가 누굴 걱정했었나. 그녀가 제 속을 안다면 어떤 표정을 지을지 상상하다가 바스티안은 그만 소리 내어 웃고 말았다.

결국 그들을 저지하는 대신 에르완의 변화를 관찰하기로 마음먹었다. 국빈으로 대접받아야 할 이에게 들려줄 대화가 아닌 건 여전했지만, 또 그런 것을 피할 그릇이 아닌 건 충분히 깨달았다. 그 고매한 눈으로부터 시선을 미끄러뜨렸다. 그녀가 보일 반응이 기대되었다. 그리고 그 모습이 제게 가져다줄 흥미로움도.

"평생을 전쟁터에서 보낸 왕이라지요? 발루아가 참 가엽습니다. 어쩌다 전쟁에 미친 왕을 연달아 두게 되어서."

"이번 왕은 심지어 전장의 살인귀라 불린다는군요. 살인자를 왕으로 받드는 꼴이라니!"

"부르군트와 전투를 막 끝낸 접경지역에 가본 적이 있는데, 참상이 끔찍하더군요. 아비어미 잃은 아이들이 소매치기가 되어 돌아다니기 일쑤에, 새벽의 노을이라 불리었던 하늘까지 연기에 뒤덮여 있었습니다. 사람 살 곳이 못 돼요. 죽고자 하는 게 아니라면 발루아엔 발 들이지 않는 것이 좋습니다."

"돌아가느니 죽고 말지요."

"그 오랜 전쟁이 끝난다면 어떻습니까?"

너 나 할 것 없이 발루아를 욕해대던 입들이 우뚝 멈추었다. 약속이라도 한 듯이 시선이 몰려들었다. 잘리어도 아닌 발루아의 종전(終戰) 선언이 웬 이름 모를 여자에게서 나왔다. 대제가 데려온 이라는 사실도 잊을 만큼 어처구니없어할 상황이었다.

"전쟁이 끝난다고? 그걸 어떻게 압니까? 당신이 추밀원 일원이라도 됩니까?"

아니, 그들의 머리 꼭대기에 있는 사람이지. 바스티안이 속으로 생각했다.

"참, 모르는 소리를 하시는군요. 발루아는 전쟁으로 부흥한 나라입니다. 왕조를 둘러싼 중심세력 자체가 전쟁으로 뒷받침되고 있단 말입니다. 그들은 백성들의 두려움을 먹고사는 기생충이요, 더 큰 이권을 찾아 헤매는 망령이나 다름없습니다."

"권력을 쥔 자는 스스로 놓는 법을 모르게 되는 법입니다. 이미 발루아는 전쟁을 좋은 정치수단으로 이용하고 있지 않습니까? 포기할 이유가 없습니다."

"발루아가 군수사업으로 성장했다곤 하나 전쟁을 일부러 일으킬 만큼의 이득은 더 이상 취하지 못하는 상태입니다. 추밀원들 또한 백성들이 오랜 전쟁으로 피로가 누적됨을 충분히 인식하고, 부르군트가 불가침조약을 깨뜨린 데에 유감을 표명한 것으로 압니다."

"부르군트가 불가침조약을 깨뜨리게끔 발루아가 수작을 건 것인지 누가 알겠소?"

뒤에 잠자코 있던 누군가가 소리쳤다. 또 다른 누군가는 일부러 하품소리를 크게 냈다.

"아아, 점점 지루해지려 합니다. 오늘 이 자리는 새로운 미술 기법에 대해 이야기하고자 마련된 게 아닙니까? 따분합니다. 마치 발루아 왕처럼요."

호의적이지 않은 야유 사이로 낄낄거리는 웃음이 스며들었다. 에르완은 꿈쩍 않고 그들을 보고 있다가, 한참 만에야 입을 열었다. 잔뜩 가라앉은 목소리였다.

"만약 그 모든 이유에도 불구하고 종전이 선언된다면."

"글쎄, 그럴 리가 없다니까……."

"선언된다면!"

불호령 같은 노호가 방 전체를 울렸다. 삼삼오오 모여 속삭이던 이들에게서 비웃음이 씻겨 내렸다. 정적은 순식간에 찾아들었다. 수만의 군대 앞에서 말을 타고 호령하던 여왕이다. 범접할 수 없는 존엄. 왕호(王號)와 왕관을 내려놓았더라도 그 위세가 사라질 리 없다.

"……그렇다면 그대들의 조국으로 돌아올 생각이 있습니까?"

황금색 눈이 한 사람, 한 사람 점찍듯 움직였다. 높은 바위에 앉아 아래를 내려다보는 한 마리의 사자 같다. 그들이 하나둘씩 고개를 떨어뜨렸다. 자신들이 왜 그래야 하는지 이유조차 알지 못한 채.

"그대들의 가슴속엔 분명 조국에 대한 그리움은 있으리라 생각됩니다."

"……예술에는 국경선이 없다는 말이 있지요."

발루아에서 도망쳐왔다는 화가가 뒤늦게 입을 열었다.

"저에겐 더 이상 발루아가 조국이 아닙니다. 제 작품을 알아봐주고, 망명을 허락해준 잘리어가 제게 조국입니다. 만에 하나 발루아가 전쟁을 멈춘다 하여도 마찬가지입니다. 최선의 선택지를 두고 차선을 택할 이유가 없습니다."

"……그렇습니까."

여왕의 눈이 흔들리다 이내 착잡하게 가라앉는다.

"그렇게나, 발루아가."

까마득한 막막함이다. 부스러진 파편을 목구멍 너머로 삼키는 듯 고통스러워 보이기도 했다. 천천히, 희망을 거두며 몸을 돌리는 그 모습에 어째서 죄스러운 마음이 드는 건지 그들은 당황스럽기만 했다. 그러다 뒤늦게, 한편에 비스듬히 앉은 대제의 존재를 알아차렸다. 아무리 자유로운 토론을 허용하는 왕이라 해도 조금 전의 언행은 지나쳤다. 차례로 자신들의 잘못을 깨달은 화가들이 서둘러 자리를 떠날 준비를 했다.

“어허, 흥이 깨졌군요. 저는 이만 가보겠습니다. 더 논의할 것이 있다면 중앙 사탑에서 만나시는 걸로 하지요.”

“자리를 끝까지 지키지 못해 송구합니다, 폐하.”

대제는 그들에게 시선 한번 주지조차 않았다. 골똘히 무엇엔가 생각에 잠겨 있는 듯했다. 화가들이 허겁지겁 자리를 벗어났다. 불을 지르밟은 듯한 방정맞은 걸음이었다. 수많은 걸음소리가 복도를 울리다 잦아들 즈음 바스티안이 뒷모습에서 눈을 뗐다. 마지막으로 남은 한 젊은 화가가 그녀를 향해 쭈뼛쭈뼛 다가서고 있었다.

“저, 저기. 저는.”

에르완의 눈길이 그에게 닿았다. 주근깨투성이의, 어깨 한쪽이 비정상적으로 솟은 남자 화가. 눈동자를 한 곳에 두지 못하고 입술은 벌벌거리고 있다. 떨리는 손으로 주머니에서 꺼낸 무언가를 에르완에게 건넸다. 드넓은 들판과 떠오른 태양, 그리고 강. 투박하게 이어진 연필선이 기억을 파헤친다. 어둠 속에서 풀어지는 노을빛, 깊게 스미는 대기. 발루아의 하늘이다.

“저는 발루아로 돌아가고 싶습니다. 저를 허락만 해준다면…… 조국의 땅을 밟아보는 게 제 꿈입니다.”

말끝에 그가 후다닥 도망쳤다. 구깃구깃 구겨진 습작을 에르완은 오랫동안 들여다보고 있었다. 바스티안이 눈을 가늘게 좁혔다. 단단한 뒷모습이 부서질 듯 위태롭다. 상심한 건가? 저 여자가?

“상심하신 겁니까?”

궁금증을 이기지 못하고 물었다. 대답이 돌아오지 않는다. 미동조차 없다. 바스티안에게 사람이란 한 길 물속보다 들여다보기 쉬운 존재였다. 그런데 왜 저 여자의 속내는 자꾸만 알 수가 없는 건지, 짐작도 못 하겠다. 짜증이 왈칵 솟았다. 그러게 왜.

"그러게 왜 저를 저지하셨습니까. 여왕께선 저들의 정제되지 않은 말을 들을 필요가 없었습니다. 애초에 발루아에 호의적이지 않았던 자들입니다. 무슨 좋은 말을 들을 거라고……."

"발루아는 오랜 세월 전쟁의 중심지였습니다."

"……."

"누군가는 배신하기로 마음을 먹고 누군가는 협약을 맺고, 또 누군가는 피의 복수를 다짐하기도 합니다. 백 년 동안 이어지던 동맹이 각자의 이익을 셈하며 엇갈리고, 어제까지만 해도 죽이려 들었던 적국과 손을 잡기도 합니다."

그녀가 고개를 들었다. 무던한 얼굴인데도 맥이 쭉 빠져 있다. 끝이 잘 갈려 있지만, 부러지고 만 쇠붙이다.

"저들의 말이 맞습니다. 문화와 예술은 평화의 산물입니다. 나라와 가족을 지키기 위해 전쟁터로 나서기 바빴던 발루아 인들은 예술을 향유할 여유가 없었습니다. 숨을 돌릴 틈조차 그들에겐 사치였습니다. 발루아의 백성들은, 발루아 때문에 목숨을 잃었을 병사들은, 그들의 가족 모두 평화 아래 행복했던 적이 없습니다."

"……."

"폐하."

천천히 돌아보는 그녀의 눈을 마주하자 심장이 떨어졌다. 독침을 맞은 듯 숨이 멈춘다. 무언가를 훔치다 발각된 도둑 같다.

"왕 또한…… 감정을 느끼는 사람입니다."

"……."

"그들이 가엽고, 또 가엽습니다."

조용한 목소리는 고해와 같았다. 떠밀리듯 그녀가 눈을 감는다. 바스티안이 표정을 일그러뜨렸다. 입안이 떫다. 가슴속이 울렁거리고 답답하다. 누군가 마구 할퀴는 것처럼 목 아래가 따끔거렸다. 갑갑해 미쳐버릴 것 같다. 그가 참지 못하고 몸을 일으켰다.

"밖으로 나가시겠습니까?"

에르완은 뜬금없이 무슨 말이냐는 얼굴이다. 성을 나서는 건 예정에 없던 일인데다 지금은 훤한 대낮이다. 아무리 바스티안이라도 후베르트를 비롯하여 모든 경비를 따돌리고 나설 수는 없었다.

"어서 가시죠. 마침 오찬이 끝난 후 단 한 번, 성문이 열리는 시각입니다."

억지였으나 그런 것에 굴할 바스티안이 아니었다. 그는 목석처럼 서 있는 여왕을 몰아 계단을 내려가게 했다. 돌아보는 그녀의 눈빛은 비록 탐탁잖았지만.

"……저 경비를 어떻게 뚫을 요량입니까? 이렇게 밝은 낮에……."

"말을 타고 나가면 되지요. 승마할 줄은 아시겠지요? 아, 너무 당연한 걸 묻는 겁니까? 저도 한 승마 하는데, 저와 내기하시겠습니까?"

"갑자기 그 무슨."

"창밖에 저 깃발 꽂힌 곳, 보이십니까? 둘 중 저 깃발을 먼저 빼는 사람이 소원을 빌 수 있는 겁니다. 아, 물론 공적인 소원은 안 됩니다."

그가 싱그럽게 웃으며 그녀의 등을 떠밀었다. 눈살을 찌푸리긴 했지만 계속 걸음을 옮기는 걸 보니 영 내키지 않는 제안은 아닌 모양이었다.

그들은 함께 성 한편에 있는 마구간에 숨어들었다. 에르완은 한낮의 도주가 영 가망 없지 않다는 걸 깨달았다. 벨뷰 성에 사람이 많을 텐데도, 바스티안은 인적 드문 길을 귀신같이 찾아 움직였다. 심지어 마구간 입구나 안을 지키고 있는 사람도 없었다.

"마구간지기가 교대하는 정오 부근, 뜨는 시간이 있어 그렇습니다."

그가 먼저 마구간 안에 들어서며 친절하게 덧붙였다. 에르완도 그를 따라 안으로 들어섰다. 푸르르푸르르. 투레질 소리와 함께 익숙한 말의 냄새가 풍겨왔다. 가장 넓은 공간을 차지한 백마는 척 보기에도 훌륭한 혈통을 타고나 왕의 말로 귀하게 길러지는 듯 보였다. 그는 백마를 지나쳐 한쪽 구석에 있는 갈색 말을 향해 걸어갔다.

"기억하시지요? 남서쪽 언덕에 꽂혀 있는 깃발까지입니다. 성문에서 누가 가로막든 무시하고 지나치시는 겁니다."

"저는 말을 꽤 잘 탑니다."

에르완은 옆에 있는 흑마를 능숙하게 쓰다듬었다. 그녀의 손길이 맥을 짚듯 머리통에서 목, 몸까지 더듬어 내려갔다. 목에서 몸, 다리까지 탄탄하게 자리 잡은 근육이 검은 털 위에 반지르르한 윤기를 만들어냈다. 그녀가 두 손으로 안장을 잡았다. 말에 올라탄 것은 순식간이었다.

"저는 지는 걸 싫어합니다만."

"저는 지는 법을 모릅니다."

"허, 정말 한마디도 안 지시는군요."

"그 이유에 대해선 방금 설명했습니다."

에르완은 이미 말을 몰아 입구까지 다다라 이쪽을 응시하고 있었다. 바스티안이 짙게 웃었다.

"일단 언덕에 다다른 후에 말씀을 나누시지요."

그가 말을 몰아 에르완 옆에 섰을 때였다. 누가 먼저랄 것 없이 말 옆구리를 찼다. 바닥을 박차고 달리기 시작하는 말 뒤로 강한 모래바람이 일어났다. 내기가 시작되었다. 거리는 그리 멀지 않다. 초반부터 격차를 벌려놔야 유리하다. 그렇게 판단하고 먼저 속도를 내기 시작한 건 바스티안이었다. 그는 채찍질을 강하게 가하면서 상체를 앞으로 깊숙이 숙였다.

우두두두두! 평화롭게 지나가던 시종들이 굉장한 소리에 놀라 하나둘씩 고개를 돌렸다.

"아니, 방금 가신 분은 혹시 폐하가 아닌가?"

"폐하, 폐하! 어디 가십니까, 폐하!"

그를 부르는 목소리가 두서없이 울렸다. 우왕좌왕 뒤를 쫓는 기척이 느껴졌으나 달리는 말을 따라잡을 수는 없을 것이다. 그보다 바스티안은 또 다른 말굽 소리에 귀를 기울였다. 바짝 추격하고 있지만 앞지를 수는 없는 거리다.

말에게 한 번 더 채찍질을 가했다. 말이 투레질하더니 금방 속력을 내기 시작했다. 더 이상 에르완이 쫓는 소리가 들리지 않았다. 피가 들끓는 기분이다. 격렬하게 높아진 속도 때문에 빨랫감을 들고 지나가던 하녀를 칠 뻔하기도 했다. 바스티안은 익숙하게 방향을 틀어 깃발로 향하는 최적의 길을 택했다. 드높은 성문의 그림자가 밟히기 시작했다.

"비켜라, 죽고 싶지 않으면!"

그가 성문 양옆에 서 있는 문지기들을 향해 소리 질렀다. 그들은 어안이 벙벙한 얼굴로 꿈쩍하지 않았으나 속도를 늦출 생각은 없었다.

그들이 뒤늦게 비명을 지르며 양옆으로 몸을 던졌다. 망설임 없이 중앙을 뚫고 달렸다. 성 밖의 공기를 폐부 깊숙이 들이마셨다. 친숙하고 청명하다. 하하! 해방감에 웃음을 터뜨리고 말았다. 뿌옇게 일어나는 모래먼지를 헤치고 속도를 더욱 높였다.

바람이 매서워졌다. 눈물이 나올 만큼 눈이 따가워졌지만 감지 않았다. 오히려 무자비할 정도로 강하게 말을 걷어찼다. 끝을 모르고 빨라졌다.

왼쪽, 오른쪽, 왼쪽, 그리고 다시 왼쪽. 모퉁이를 돌 때에도 속도를 늦추지 않았다. 말과 한 몸이 된 듯한 신들린 실력에 에르완과의 격차는 점점 벌어지고 있었다. 묘한 승리감에 가슴이 뜨끈해졌다.

사실 이건 에르완에게 현저히 불리한 승부였다. 말타기에 있어서 성안 누구에게도 뒤지지 않는 실력을 갖췄을뿐더러, 벨뷰 성은 물론이고 잘리어의 지리와 시장바닥을 구석구석 알고 있는 게 그였으니. 소원은 무엇으로 빌까. 바스티안이 오랜만에 즐겁게 웃었다. 이것저것 생각나는 게 많아 탈이다.

“이랴!”

마을 외곽에서 드넓은 들판으로 빠지자 뒤에서 속도를 내는 소리가 들렸다. 에르완의 승마 실력은 결코 나쁘지 않았다. 오히려 훌륭했다. 지리를 모르는데도 이 정도로 추격하다니, 여왕에게 익숙한 장소였으면 패배했을 수도 있겠다.

들판을 달리다 보니 머지않아 깃발 끄트머리가 보이기 시작했다. 십 초. 곧 다다를 것이다. 바스티안은 신이 나서 말을 더욱 재촉했다. 바람 소리가 광풍처럼 몰아닥쳤다. 정신없이 흔들리는 말의 몸체와 유연하게 리듬을 맞추어갔다.

팔 초. 깃발이 눈앞이다. 말 위에 탄 채 깃발을 뽑아야 했으므로, 그는 고삐를 한 손으로 두세 번 단단히 감고 틀어쥐었다. 그러느라 속도가 조금 늦어졌다.

오 초. 자유로워진 한 손을 뻗으며 허리를 숙였다.

삼 초, 눈앞에 섬광이 번뜩였다. 그가 일으킨 바람으로 깃발 천이 크게 부풀었다.

이 초. 닿았다. 거친 나무결이 손끝에 선연했다. 미소가 번졌다. 이것 봐, 내가 질 수가 없다니까.

그때였다. 기우뚱. 속도가 극도로 치달은 상태에서 방향이 틀어지자 무게가 치우쳤다. 붕괴되듯 기울어진다. 이대로라면 낙마(落馬)다. 바스티안은 급하게 고삐를 잡아당겼지만, 이미 흐트러진 균형은 수습할 수 없었다. 의도치 않게 몸이 붕 떴다. 구름 위를 나는 것처럼 아랫배가 간질거렸다.

제기랄. 재수 없으면 여기서 뒈지겠군. 아니면 고삐를 쥔 쪽 팔이 부러지거나. 작게 욕설을 뇌까렸다. 이러나저러나, 떨어질 바엔 차라리 몸을 먼저 날리는 편이 낫다. 빠르게 판단한 후 그는 고삐를 세게 잡아당겨 속도를 최대한 늦추었다. 그리고 떨어지기 전 두 팔로 머리를 감쌌다.

쿵! 둔탁한 소리가 뒤통수를 가격했다. 엄청난 충격으로 눈앞이 번쩍거렸다. 옆구리에 엄습하는 날카로운 통증을 시작으로 온몸이 얻어맞은 듯 아프기 시작했다. 마지막 순간 속도를 늦추지 않았다면, 머리를 감싸지 않았다면 이미 그는 이 세상 사람이 아니었을지도 모른다.

지끈거리는 이마를 짚으며 언덕 너머를 바라보았다. 바스티안이 탔던 말은 꼬리가 잘린 도마뱀처럼 도망쳐 멀리서 서성거리고 있었다.

배은망덕한 말 같으니. 성에 돌아가면 어떤 수를 써서든 경을 치게 하리라.

잠깐, 그럼 여왕은? 떠올리기가 무섭게 말굽 소리가 귀를 잡아끌었다. 욱신거리는 팔을 감싸고 몸을 틀었다. 그리고 곧이어 시야에 들어차는 거대한 광경에 입을 벌렸다.

후두두두두!

짐승이 질주하고 있다. 상상 못 할 속도로 달리는 말 위에서 그녀가 한쪽 손으로 고삐를 틀어쥔다. 그리고 깃발이 가까워지자, 달리는 말에서 훌쩍 뛰어내렸다.

믿을 수 없었다. 잘못 본 것이 아니다. 그녀가 정말로 달리는 말에서 뛰어내린 것이다. 거기서 끝이 아니었다. 그녀는 나란히 속도를 맞추어 뛰다가 깃발을 가볍게 뽑아들고, 달리는 말에 다시 올라타기까지 했다.

심지어 말을 뒤로 탄 채다. 신기에 가까운 장면이었다.

"미쳤습니까!"

참지 못한 고함이었다. 그녀는 그제야 시선을 떼었다. 뒤를 보고 탄 것은 오로지 그의 상태를 확인하기 위함인 듯했다. 소기의 목적을 달성한 그녀는 엉덩이를 드는가 싶더니 순식간에 몸을 백팔십도 회전시켰다. 앞을 향해 제대로 앉아 고삐를 쥐기까지, 그 짧은 시간 동안 바스티안은 눈 한번 깜박이지 못했다. 맙소사, 저게 무슨 정신 나간 곡예인가.

잠시 후에 그녀는 저 멀리 도망갔던 바스티안의 말을 데리고 유유자적 돌아왔다.

"괜찮으십니까."

푹. 깃발이 땅에 꽂혔다. 바람을 품은 천이 흰 물보라처럼 일어났다. 바스티안은 흐릿한 눈으로 그것을 바라보다 턱을 들었다. 저더러 미치광이라 할 게 아니었다. 목숨 아까운 줄 모르는 미치광이는 여기 따로…….

"아쉬워하지 마십시오. 대제께서 말을 못 타시는 게 아닙니다. 제가 더 능숙할 뿐입니다."

"……승마가 아니라 묘기를 부려놓고, 그저 능숙해서라고요?"

황망하게 물었다. 그는 아직 이 승부에 미련을 떨치지 못했고, 그녀가 보인 대담함엔 그 이상으로 경악했다.

"말씀을 멀쩡히 하시는 걸 보니 괜찮은 모양이군요."

황금색 물결이 넘칠 듯 넘실거렸다. 눈이 부셨다.

"평소에도 말을 그렇게 타십니까?"

"그렇게라면."

"그러니까, 아까 탄 것처럼 그렇게, 죽을 작정을 한 것처럼……."

"질문의 의도가 무엇인지 모르겠습니다. 폐하야말로 옥체를 보살피시지요."

에르완이 무표정하게 맞받아치고 말에서 내렸다. 접착된 듯 바스티안의 시선이 따라갔다. 지나치게 평온한 얼굴이다. 엄청난 속도로 달리는 말에서 뛰어내리고, 나란히 달리다 다시 올라탄 것도 모자라, 앞뒤를 뒤집어 타는 신기를 부린 그 기수라고는 생각할 수 없었다. 땀 한 방울 흘리지도 않고…… 제기랄. 볼썽사납게 낙마해버린 꼴이 몹시 부끄러워졌다.

"성에 돌아가는 대로 의원에게 상처를 보이시기 바랍니다. 낙마는 결코 작은 사고가 아닙니다."

"그게 소원입니까?"

"물론 아닙니다."

에르완이 딱 잘라 말했다. 구렁이 담 넘어가듯 은근슬쩍 넘기려던 그가 실망스러운 기색을 감추지 못했다.

"……젠장, 그래서요? 무슨 소원을 빌 요량입니까? 다시 상기시켜 드리자면 국정에 관한 소원은 안 됩니다. 해협을 열어달라느니, 병사를 내놓으라느니."

"빌 생각도 없었습니다."

"아! 산을 오르자는 것도 안 됩니다. 국정에 더 힘을 쏟으라거나 몸을 단련하라거나 매일 아침 일찍 기상하라는 것도요. 후베르트를 놀려먹지 말라는 건 더더욱 안 됩니다. 그 외에 바라시는 게 있다면 뭐든 말씀하십시오."

들판에 벌렁 드러누우며 그가 덧붙였다. 덜떨어진 모습을 보여준 것도 모자라 소원까지 들어주게 생겼다. 일생일대 가장 망신스러운 날이었지만, 묘하게 기분이 나쁘지 않았다. 그 이유는…….

바스티안이 흘끗 그녀의 표정을 살폈다. 조각상으로 빚어놓은 것마냥 변화 없는 얼굴이지만, 화가들의 말을 들었을 때보다 한결 나아 보인다. 하기야 저조차 오랜만에 실컷 달려 속이 텅 빈 것처럼 후련해졌는데, 평생 말을 타고 다녔던 그녀야 말할 것도 없겠다 싶었다.

"아까 그 화가들이 한 말들 말입니다."

그녀의 어깨가 미세하게 굳는 게 보였다. 보였다기보다 느껴졌다.

"마음에 두지 마십시오. 예술가들이야 감수성이 워낙 예민한 족속들 아닙니까. 근사한 대우를 받지 않으면 푸대접이라 여기는 이들입니다. 저 없는 데선 제 욕도 곧잘 할 겁니다. 그러니……."

떠오르는 대로 쏟아내다가 입을 닫았다. 위로하는 건 적성에 맞지 않다. 더 무슨 말을 해야 하지? 괘념치 말라? 적합한 말을 찾으려 애썼지만 번번이 실패했다. 무엇을 덧붙이든 잘리어를 통틀어 가장 얼간이 같은 위로일 것이 분명했다.

"어쩌면 우리들의 역할이 그것일지도 모릅니다. 대신하여 판단하고, 대신하여 책임을 질 사람이 필요해서. 숨만 쉬어도 욕먹을 사람이 필요해서."

"……."

"되도록 잊으십시오. 사람의 말이란 건 바닥에 떨어진 바늘과 같은 것입니다. 구태여 그것을 주워 목구멍에 찔러넣을 필요가 없습니다. 마음대로 떠들라 하지요. 욕 좀 먹는다고 안 죽습니다."

"마음에 두지 않습니다."

고민을 읽은 것처럼 그녀가 먼저 말했다. 위로라기에도 민망한 투박한 말 때문인지 그녀는 조금 전보다 나아진 듯했다.

"그래요? 그럼 되었습니다."

대화를 닫을 실마리를 잡지 못하고 있었던 그가 숨을 탁 뱉었다. 목구멍에 걸려 있던 이상한 의무감 같은 것이 쑥 내려갔다. 뒤늦게 소름이 돋았다. 위로라니. 답지 않은 짓은 역시 죽기 전에야 하는 것이다.

"그런데 말을 어떻게 그리 잘 다루십니까? 평생을 살면서 날고 기는 자들을 많이 보았지만 그런 신기를 부리는 건 본 일이 없습니다."

한결 가벼워진 어조로 그가 물었다. 산들바람에 밀려 누운 잔디를 손끝으로 쓸었다. 싱그러운 감촉이었다.

"용이 바다를 떠나 들에서 싸우면 궁지에 몰린다는 말이 있습니다."

"금적금왕(擒賊擒王). 적을 칠 땐 적장부터 사로잡으란 뜻이지요."

"빠르게 달리는 적장을 쏘아 맞히는 건 불가능하며, 혹 사살한다고 해도 전승을 장담할 수 없다는 뜻으로도 풀이됩니다. 적장을 산 채로 사로잡아야 한다면 무엇을 노리는 게 가장 효율적이겠습니까?"

"아무래도 적장이 탄 말 아니겠습니까."

"그렇습니다. 그리고 말을 노리는 게 아군뿐만은 아니겠지요."

바스티안이 입을 다물었다. 이 여자는, 이 왕은 산 채로 적군에게 사로잡히지 않기 위해 말을 자유자재로 부릴 수 있도록 훈련해왔다고 말하고 있었다. 여왕이 선봉에 서는 일은 없다 해도, 생사를 넘나들며 몸에 익힌 승마다. 취미로 배워온 실력과 비교할 수 없는 게 당연했다.

산 채로 사로잡히지 않기 위해서라.

어째 이 여자는 듣는 사연마다 죄다 비장한가.

"저는 섭정에게서 왕권을 받아오기까지 거쳤던 수많은 시험 중 하나라고 생각했습니다."

"전혀 무관하진 않습니다."

실드베르 4세가 즉위하기까지는 전쟁만큼이나 수많은 시험이 있었다. 섭정에게서 왕권을 받아오기 위해선 그만한 검증이 이루어져야 했으며, 섭정원은 시찰위원회를 구성하여 에르완에 대한 엄격한 평가를 내렸다. 새벽 4시 이후까지 자본 적이 없다고 했다. 가혹하리만치 엄격한 교육을 거치면서도 왕은 동요하는 일이 없었다고, 발루아에서 무용담처럼 전해지곤 했다. 처음 들었을 땐 웃고 넘겼는데 에르완을 알고 나니 절로 고개가 끄덕여졌다. 아무리 험해도 불평 한마디 안 했겠지. 그녀의 몸에 배어 있는 근면성실과 자기절제는 그러한 교육의 산물일 것이다.

정반대의 성격만큼 정반대의 삶을 걸어왔다. 그럼에도 이렇게 나란히 앉아 하늘을 보고 있는 것이 신기했다. 이걸 뭐라고 부르더라?

"이제 성으로 돌아가시지요. 그런 식으로 빠져나왔으니 성이 발칵 뒤집어졌을 겁니다."

"괜찮습니다. 어차피 한두 번도 아닌 일."

바스티안이 대수롭지 않게 고개를 저었다. 푸르르. 말의 투레질이 심심찮게 끼어들었다.

"그러니 더욱 문제라는 것입니다. 군주란 자고로 근면하여 아랫사람들의 모범이 되어……."

"폐하께선 보면 볼수록 신기한 분입니다. 그렇게 살면 재미있으십니까? 저 같으면 따분해서……."

"원칙은 그 자체로 무결합니다. 재미와 같은 것을 갖다 댈 대상이 아닙니다."

"세상에 무결한 게 어디 있습니까. 다들 아는 척, 고결한 척, 모르는 척. 다들 척하는 거지."

바스티안은 빤히 향해오는 시선에 대고 선선히 웃어주었다.

"이왕 나온 것이니 조금 더 둘러보다 가시지요. 단, 이번에는 제가 폐하의 말을 탈 것입니다."

"뜻대로 하십시오."

휘익. 휘파람을 불자 언덕 너머에서 서성거리던 말이 냉큼 달려왔다.

여왕은 별다른 말을 덧붙이지 않고 그 위에 훌쩍 올라탔다. 안장 위에 앉은 자세가 균형 있고 안정적이다. 날 때부터 타고난 양 익숙하고 자연스럽다. 말 때문에 패배한 게 아닌가 했던 일말의 의심이 마저 거두어진다.

말을 느릿하게 몰아 들판 아래로 향했다. 마을 어귀에 이르자 소리를 지르며 뛰어다니는 아이들이 보이기 시작했다. 바스티안은 졸린 고양이처럼 나른하게 하품을 했다. 어디라도 들어가서 실컷 자고 싶었다.

"그런데 이곳 길가엔 바위가 눈에 유독 띄는군요."

눈물 맺힌 눈으로 그녀의 시선이 머물고 있는 곳을 따라갔다. 길 중간중간, 심심찮게 놓여 있는 바위였다. 의자라기엔 투박하고 바위라기엔 잘 다듬어진. 상아를 깎아 만든 듯 하얗다. 마을에 지극히 잘 어울렸다. 바스티안이 다시 늘어지게 하품했다.

"아아, 저것 말입니까? 의자입니다, 의자."

"의자를 길가에 즐비하게 놓을 이유가 있습니까?"

"이 구역, 샬랑 브나라고 불리는 이 구역은 옛날부터 철학자들이 군집을 이루어 살았습니다. 길을 가다가도 주저앉아 토론을 벌였지요. 시간과 장소를 가리지 않고 논쟁에 골몰하는 그들을 위해 마련된 것입니다. 예술가들도 마찬가지입니다. 어떤 영감은 떠오르자마자 잡아두지 않으면 벌새처럼 날아가버리니까요."

"누가 이런 것을 고안한……."

"제가 했습니다."

"……."

"뭐, 그리 어려운 것도 아니고요."

대수롭지 않게 말하는 그와 반대로 에르완은 적잖이 놀랐다. 설명을 듣고야 보였다. 바위를 중심으로 옹기종기 모여 앉은 철학자들이, 떠오른 악상을 악보에 거침없이 남기고 있는 작곡가의 모습이. 어느 왕이 길가에 앉아 있는 백성을 보고 의자를 놓아줄 생각을 했겠으며, 어느 누가 바위 의자를 보고 뜻을 헤아릴 수 있겠는가.

"아뇨, 대제께서는 어느 왕도 쉽게 해낼 수 없는 일을 하신 겁니다."

강철 같은 눈이 바위 의자를 더듬었다.

"검은 잉크자국, 다 닳은 모서리…… 저 바위 의자에는 수많은 백성의 흔적이 남아 있습니다. 저것은 그 자체로 백성의 숨결이자, 그들에 대한 대제의 배려입니다. 관심과 포용이 없으면 결코 만들어질 수 없는."

"아니, 그것이……."

"대제께서는 그들 위에 군림한 군주가 아닙니다. 그들과 함께 숨 쉬고 생활하는 진정한 군주십니다. 저는 여지껏…… 그러한 군주를 직접 두 눈으로 본 일이 없습니다."

머리를 짓누르고 있던 졸음이 절로 달아났다. 아무리 저 잘난 맛에 살아가는 바스티안이지만, 이번에는 얼굴이 다 달아올랐다. 입바른 소리에는 얼마든지 뻔뻔하게 대해줄 수 있지만, 그녀의 말이 워낙 진지하고 순수해서 도저히 견딜 수가 없었다.

내가 저 명령을 어떻게 내렸더라?

그렇지, 길가에 주저앉은 철학자 할배가 엉덩이가 아프다기에, 성으로 돌아가서 후베르트에게 딱 한마디 던졌었다.

「길가에 바위나 몇 개 던져둬. 모서리에 찔려 죽지만 않게 적당히 다듬고.」

확실히 바스티안은 특이한 부류의 왕이다. 성보다 바깥 공기가 더 익숙한 왕. 아무런 동기도, 노력도 없는 그를 이렇게 숭고하게 해석해주는 이는 처음이었다. 아마도 그 이유는 그녀가 더없이 숭고한 왕인 까닭일 것이다.

"저 또한 폐하와 같은 정치가는 만나본 일이 없습니다."

"제 말을 아첨이라 생각하지 마십시오. 저는 진실로."

"폐하께서 아첨을 하실 수 있는 분이었다면, 대하기에 훨씬 쉬웠을 테지요. 자, 이거나 드시지요."

바스티안이 어느 상인의 손에 들린 과일을 낚아채는 대신 금화 한 닢을 던져주었다. 그가 건네는 과일 반쪽을 받아 한입 베어 문 에르완이 눈을 가느다랗게 좁혔다.

"……십니다."

짐짓 투정과도 같은 투라, 그는 그만 웃고 말았다.

"잘리어의 특산물인 라퐁텐이라는 과일입니다. 껍질이 억세고 첫맛이 시지만 끝맛은 꿀처럼 달콤하지요."

"끝맛이……."

"제 말이 맞지요?"

한껏 찌푸려진 미간이 서서히 펴지는 걸 보며, 바스티안이 픽 웃었다. 그는 고삐를 잡아당기며 말 머리를 틀었다.

"이번엔 저쪽으로 가시지요. 제가 자주 가던 곳을 소개해드리겠습니다."

"비 오는 날 방문하려던 곳입니까."

"기억하시는군요. 예, 그곳입니다. 다양한 사람들이 모인 곳이니 여왕께서도 좋아하실 겁니다."

✣ ✳ ✣

그가 이끄는 대로 따라가면서, 여왕은 밤에는 보이지 않았던 구석구석을 뜯어보았다. 조각 같은 분수대, 하얗게 떠 있는 수련꽃. 향기와 소란, 시와 노래, 음악으로 공기가 흠뻑 젖어 있다. 저마다 살기에 바쁜 백성들이지만 말갛게 갠 얼굴에선 지친 기색을 찾을 수 없다. 도시 전체가 자유로움으로 밝혀져 있다. 검은 잿더미와 거대한 포탄 소리가 더 익숙한 그녀는, 이 도시에 완전히 매료될 수밖에 없었다.

넋을 뺀 사람처럼 두리번거리던 그녀는 대제의 말이 멈춰선 걸 깨닫고 황급히 정신을 차렸다. 그는 어느 허름한 건물 앞에 멈춰 있었다.

"할아범, 할아범!"

그가 문 옆 의자에 앉아 꾸벅꾸벅 졸고 있는 노인을 불렀다. 도무지 깨어날 생각을 하지 않자 고삐를 당겨 말을 노인에게 가까워지게끔 했다. 푸르르! 말의 침이 노인의 얼굴에 잔뜩 튀었다. 그는 마침내 깜짝 놀라 깨어났다. 거의 바닥을 구를 뻔했다.

"아니, 뭔……."

"할아범, 잘 있었어?"

바스티안이 낄낄거리며 인사를 건넸다. 주름 가득한 눈을 꿈벅거리던 노인이 벌떡 일어났다. 그리고 손에 쥐고 있던 곰방대를 치켜들었다.

"아니, 너…… 이놈이, 이놈이 다 늙은 어른을 놀려!"

"아, 아아! 아! 아파, 아프다니까!"

"아프라고 때리는 거다, 이놈아!"

딱, 딱딱! 곰방대가 바스티안의 발목, 다리, 허벅지, 허리 할 것 없이 가격했다. 맞은 부위를 문지르려 내려온 손등도 사정없이 얻어맞았다. 따악! 딱딱! 뼈가 도드라진 부분을 때리는 소리가 경쾌하기까지 하다.

"몹쓸 놈, 저 좋을 때만 갑자기 찾아와선…… 어디 갔다가 이제 오는 거냐? 난 네놈이 죽은 줄 알았다! 이번에야말로!"

"아야야…… 그래서, 기다렸어?"

그가 사르르 눈꼬리를 접어 웃었다. 사람을 홀리는, 예의 그 미소였다. 그는 노인에게 발길질을 할까 싶어 말을 물리지도 못하는 상태였다. 노인의 곰방대가 허공에서 잠깐 멈추더니 더 빠르게 움직이기 시작했다. 딱딱딱딱!

"기다리긴! 네놈 뒈진 꼴은 내가 가장 먼저 봐야 해서 아쉬워하던 참이다!"

"할아범도 참, 솔직하지 못하다니까."

"아니, 그래도 이놈이!"

"오, 그런데 이건 뭐야, 할아범? 새로 연구한다는 그 고대어인가?"

말에서 훌쩍 뛰어내린 그가 노인이 앉아 있던 자리에서 종이뭉치를 집어 들었다. 현존하는 국가에서는 볼 수 없는 기하학적인 도형과 문자들이 종이 안에 빼곡히 들어차 있다. 내놓으라며 소리 지르는 노인의 손을 이리저리 피해가며 그가 종이뭉치를 햇빛에 비춰 보았다.

"대단한데, 예전에 볼 때는 근거 없는 실마리로만 가득했는데 벌써 이렇게 진척된 거야?"

"내놔, 이놈아! 소리 없이 사라졌다가 나타나길 반복하는 놈한테 그걸 보여주고 싶진 않으니!"

"언제 봐도 굉장해. 천재적이야! 노안이 온 흐리멍덩한 눈을 보면 상상할 수 없을 만큼! 이봐, 정말 성에 들어가 연구해볼 생각은 없어? 내가 건너건너 아는 사람을 소개해줄 테니……."

"헛소리 마라! 네가 무슨 수로? 그리고 속이 시커먼 놈들만 가득한 성으로는 들어갈 생각 추호도 없다고 했지!"

노인은 기어이 바스티안의 손에서 종이뭉치를 빼앗아들었다. 아쉬워하는 바스티안을 지나치려다, 에르완을 발견하고 다시 걸음을 멈추었다. 위아래를 느릿하게 훑는다. 고요한 엄숙, 위엄. 날이 선 경계가 느리게 떠올랐다. 보통 사람이 아님을 한눈에 알아본 것이다.

"누구……."

에르완은 어떻게 대답해야 할지 순간 주저했다. 바스티안이 얼른 끼어들었다.

"동생이다. 멀고 먼 친척, 알기만 하던 동생."

"네놈 동생이라고?"

"그렇다니까."

바스티안이 천연덕스럽게 고개를 끄덕였다. 노인은 닮은 구석 하나 없는 두 얼굴을 번갈아 보다, 다시 건물 입구 쪽으로 걸어갔다.

"……적당히 하고 들어와. 안에 널 기다리는 사람이 많다."

노인은 두 사람이 들어올 수 있게끔 문을 조금 열어두고 사라졌다. 바스티안이 어깨를 으쓱하며 뒤돌았다. 에르완은 석연찮은 얼굴이었다.

"조금 전의 모습 때문에 많이 놀라셨을 거라 생각합니다. 저분은 저명한 학자입니다. 부르군트에서 고대어를 연구하다 악마를 섬긴다는 추문 때문에 추방당하고 만 천재지요. 그를 섬기는 학자들이 많아 어떻게든 성으로 끌어들여보려고 하는데 잘 안 되는군요. 그런데 폐하, 안에서까지 저를 대제나 폐하로 부르실 생각은 아니시겠지요?"

"문제 있습니까?"

그녀가 말에서 내리며 대꾸했다. 바스티안이 과장되게 목소리를 높였다.

"문제요? 있다마다요! 저와 폐하가 서로 대제나 폐하로 지칭하는 걸 지나가는 사람이 들었다고 생각해보십시오. 정신 나간 사람 취급당하거나 재수 없으면 발각당하거나, 둘 중 하나일 겁니다!"

"대안이 있습니까."

"으음."

바스티안이 턱을 짚고 잠깐 생각에 잠겼다. 사실 그녀의 입에서 대제가 아닌 다른 호칭이 나오는 장면은 상상도 할 수 없었다. 왕과 여왕이라는 관계를 탈피하기에 머리에 짊어진 왕관은 너무나 무거웠고, 여왕은 그 이상으로 고지식하니까. 그렇다면 할 수 있는 사람만 하면 되는 것 아닌가? 그가 손가락을 튕겼다.

"성 밖에서는 서로 이름으로 부르는 게 어떻습니까?"

"……샤른호르스트 말입니까?"

"아뇨, 제 이름 말입니다. 제 이름. 바스티안. 흠, 호칭은 어떻게 할까요? 에르완 씨? 에르완 님? 아니면 에르완으로 부를까요? 어느 쪽이 가장 마음에 드십니까?"

"어느 쪽도 그다지……."

"그런데 실례지만 부르기 까다로운 이름을 가지고 계시군요. 어감은 분명 좋은데. 에르완, 에르완, 에루안. 보세요! 자꾸 발음이 꼬이지 않습니까?"

에르완, 에르완. 몇 번씩 곱씹어지는 이름에 그녀가 멈칫했다. 그녀는 그녀이기 이전에 왕으로서 존재하는 사람이었다. 이름보다 왕호로 불리는 것이 익숙했고, 심지어 저조차 이름을 낯설어하기도 했다. 그런데 서로의 직위를 내려놓고 이름을 부르자? 그게 말이 되나?

"에르완, 에르완, 에르완. 오! 방금 강세가 완벽하지 않았습니까?"

바스티안은 영특한 자신이 대견스러워 죽겠다는 얼굴이었다. 바……스티안. 입 밖으로 내기 전부터 어색하다. 낯설고 거북하다. 그가 이미 그녀의 이름을 수십 번 내뱉을 동안 에르완은 단 한 번도 부르지 못했다.

바스티안.

바스……티안.

날것의 냄새가 난다.

야생의, 길을 잃은 짐승 냄새.

"여왕께서도 불러보시죠. 제 이름 말입니다."

바스티안. 그녀가 속으로 이름을 내었다. 커다란 나방이 목구멍에 걸린 것처럼 간질거렸다.

"저는 폐하를 이름으로 부르지 않겠습니다."

그녀가 딱딱하게 선언했다. 남자의 고개가 살짝 기울어진다.

"아니, 왜요? 이렇게 편한데."

"상황의 불가피함이 지켜야 할 예의를 물릴 수 있다고 생각지 않습니다."

"그럼 나만 부르는 걸로 하지, 뭐. 음, 남들이 우리 관계를 물어볼 때도 답할 말이 필요할 것 같은데, 생각나는 게 있습니까?"

은근슬쩍 공대했다 안 했다 제멋대로다. 평생 왕실의 일원으로 살아와 예의와 격식이 몸에 배어 있는 그녀는 상상하지 못할 일이었다.

에르완은 그를 신기하게 바라보았다. 저자에게는 도무지 어려운 일이 없나. 아예 다른 인종인 것만 같다. 그런데 그게 불쾌하지 않았다. 오히려 자연스러웠다.

"가장 무난하게 남매 어떻습니까? 아까 할아범에게 말해둔 것도 있고, 부모님이 돌아가신 후 여동생을 책임지고 키우고 있는 오라버니로……."

"대제께서 어떻게 제 오라비입니까? 나이를 대십시오."

에르완이 처음으로 발끈했다. 아까 석연찮은 기색이 그 거짓말 때문이었군. 바스티안이 말을 묶어두다 말고 입술을 비스듬히 올렸다.

"저는 올해로 서른둘입니다만, 그보다 나이가 많습니까?"

"……."

"대답해주셔서 감사합니다."

"일정한…… 성년의 나이가 지난…… 성인은…… 나이에 크게 구애받지 않는 존재이므로……."

에르완이 느릿느릿 문장을 만들어냈다. 점잖지 못한 바스티안의 언사와 행동 때문에 본래보다 연치를 낮게 잡은 모양이다. 바스티안은 그녀가 전술에 능하듯, 사람 보는 눈만큼은 자신 있었다. 첫눈에 알아보았다. 생사의 고비를 넘어가며 산전수전 다 겪었을 그녀지만, 생각보다 훨씬 어리다는 것을.

"그래서 들어가시겠습니까, 아니면 돌아가시겠습니까? 이미 남매라는 거짓말을 해버렸으니 협력하지 않는 이상 동행은 불가능할 듯합니다만. 할아범이 궁금하셨던 거 아닙니까?"

겁 없이 그녀를 놀릴 수 있는 것도.

"협력하겠습니다. 하나 제가 평소에 보이던 이상의 대접을 바라지는 마십시오."

"그럼 오라버니라 부르실 겁니까?"

에르완은 금방이라도 검집으로 그를 후려칠 것 같은 얼굴이었다. 바스티안에게서 밧줄을 빼앗아 동여매는 손등에 푸른 힘줄이 도드라졌다. 그녀가 끝내 원하는 대로 못 하리라는 걸 알고 있다. 그 '예의'라는 것 때문에. 그가 능청스럽게 웃었다.

"불러보십시오. 손위의 남자이니 틀린 호칭도 아니고 말입니다. 한 번이 어렵지 두 번부터는 괜찮을 겁니다."

"도무지 포기할 줄을 모르시는군요. 그 고집을 훈련하는 데 써보시는 게 어떻겠습니까."

"그런 귀찮은 짓을 뭐하러 합니까? 숨쉬기에도 바쁜데."

"솔직히 말하자면 대제께서는 발루아에 자원입대하더라도 신병으론 절대 받지 않았을 몸입니다."

내내 능글거리던 바스티안이 눈을 휘둥그레 떴다.

"허, 그 말씀은 다소 모욕적이군요. 금화 백만 닢짜리 몸을 몰라보시고. 직접 보시겠습니까? 여기서 벗어볼까요? 그럼 그 말을 취소하시겠습니까?"

"보지 않아도 훤합니다."

어느새 평정심을 찾은 에르완이 입구를 향해 걸어가며 받아쳤다. 행동 하나하나에 군더더기가 없다.

"보지 않고 어떻게 안다는 겁니까? 예? 숨겨진 잔 근육이 얼마나 많은데! 쭉 단련해온 건 이미 아시지 않습니까!"

바스티안이 상의 양쪽을 붙잡은 채 따라붙었다.

"보고 싶지 않습니다."

"벗습니다? 네? 저 벗어요? 보고 놀라 까무러치지나 마십시오! 어? 안 보고 가버리는 겁니까? 에르완, 에르완!"

쫓아오는 바스티안을 끝까지 외면한 채 그녀가 문을 열었다.

"화내실 필요 없습니다. 발루아의 신병 시험은 퍽 까다로우니까요. 폐하께서 복무 적부와 직무학습능력 시험으로 넘어가기 이전에 체력과 체능 시험에서 떨어질 것은 변함없는 사실이겠지만."

"저를 노골적으로 무시하고 있군요. 그러니 직접 몸을 보시라지 않습니까?"

"보고 싶지 않다고 몇 번을 재차 말씀드려야 합니까."

"기회가 있을 때 봐두셔야 할 겁니다. 네? 나중에 보여달라 울고불고하지나 마십시오…… 아?"

바스티안은 제 얼굴에 모여 있는 시선을 느끼고 입을 다물었다. 에르완도 따라서 말을 끊었다. 한참의 정적. 건물 안 사람들은 하던 일을 멈추고 모두 바스티안을 바라보고 있었다.

"티안 씨?"

누군가 믿기지 않는다는 듯 멍한 음성을 냈다. 에르완은 같은 공간에서 마주하고 있는 사람들이 서로 무척 어울리지 않는다고 생각했다. 전형적인 학자, 전형적인 대장장이, 화가, 선생, 재봉사, 주점 주인…… 공통점이라곤 눈을 씻고 찾아봐도 없다. 그런데도 자연스럽게 섞여 있는 모습에 이질감부터 들었다. 마치 오랫동안 알아온 사이들처럼.

"표정들이 왜 이렇습니까? 꼭 죽은 사람이라도 본 것처럼."

"저희는 그런 줄로만 알았지요. 어떻게 살아 계신 겁니까?"

재봉사로 보이는 이는 아직도 신기하다는 듯한 표정이었다. 바스티안이 불쾌한 목소리로 대꾸했다.

"어떻게라뇨. 멀쩡히 살아 있는 사람더러 그게 무슨 소리입니까?"

"자, 그만들 하고 판돈을 나눠볼까?"

"……판돈이요? 제 생사를 가지고 내기를 한 겁니까?"

한쪽 테이블로 우르르 몰려가는 사람들을 보며 그가 어처구니없다는 듯 중얼거렸다. 돈을 쓸어 담는 이가 몇 안 되는 걸 보니 대다수가 죽었다는 쪽에 건 모양이었다. 자못 괘씸하기까지 한 광경이었다. 바스티안이 근처 의자에 아무렇게나 널브러졌다.

"네놈이 하도 간 큰 짓을 많이 해서 그런 것 아니냐, 이놈아. 지난번엔 도박굴에 제 발로 들어갔다며? 그곳에서 살아나온 게 용하다. 내 보기에도 네놈은 목숨이 아홉 개라도 모자라."

노인이 쌤통이라는 듯 낄낄거렸다. 바스티안이 눈만 굴려 그를 흘겨보았다.

"그렇다고 죽은 사람 취급하기입니까?"

"저분의 말씀에는 저도 동의하는 바입니다."

"에르완, 당신마저!"

바스티안이 크게 배신당한 것처럼 부르르 떨었다. 그를 거들떠보지도 않고 그녀가 의자에 앉았다.

"조금 전의 상황만 해도 보십시오. 문지기를 향해 돌진하셨지 않습니까. 행인을 아슬아슬하게 칠 뻔하기도 했습니다."

"아슬아스을? 당신이 말을 타고 보여준 미친 곡예를 생각해봐. 그게 할 말인가? 말 나온 김에, 그런 곡예를 다시는 하지 않겠다고 약속해. 보던 내가 다 조마조마해서……."

"그것은 곡예가 아니라고 말씀드렸습니다. 오로지 효율적으로 아군을 구하고 적의 동태와 공격을 살피기 위해……."

"그래서 장담하지 않겠다?"

"무모함에 있어서 뒤지지 않는 분께서 어째서 이런 떼를 쓰십니까?"

진심으로 이해되지 않는다는 투였다. 그러느라 그가 섞어 쓴 반말에 대해선 따질 틈도 없어 보였다. 어째서? 누구든 그런 미친 곡예를 봤다면 이렇게 반응했을 것이다. 어떻게든 확언을 받으려 입을 열려는 순간, 누군가 가까이 다가왔다.

"너무 섭섭하게 여기지 마십시오, 티안 님. 다들 티안 님이 걱정되어 그러는 것이니."

바스티안이 에르완과의 실랑이를 끊고 고개를 들었다. 에르완의 시선도 따라 올라갔다. 눈꼬리가 처진 여자와 눈이 마주쳤다. 하얗고 마른, 하지만 강단 있어 보이는 여자.

"다시금 찾아주셔서 감사하고 또 반갑습니다."

"안녕, 루이즈안. 당신도 건강해 보이네."

바스티안이 손을 대충 휘두르며 인사를 받았다.

"다 티안 님께서 배려해주신 덕분입니다. 그런데 이번엔 혼자가 아니시군요. 일찍 예를 갖추지 못해 송구스럽습니다."

입술에 둥그렇게 그려지는 미소가 엳다.

"괜찮습니다. 힐데가르드입니다."

"뵙게 되어 영광입니다, 힐데가르드 님. 티안 님께서 이곳에 오실 때 다른 분과 동행하신 건 처음입니다. 극진히 모실 것입니다."

"이곳은 무엇을 위한 곳입니까?"

상점이나 식당, 훈련소, 학교가 아니다. 이익을 노리고 존재하는 곳이 아닌 것 같다. 곳곳을 뜯어보고 있는 에르완에게 그녀가 한 발짝 다가섰다.

"이곳은 직업훈련소입니다."

"직업훈련소?"

"예. 이 근방은, 잘리어에 병합된 소국가였던 모르간느의 이민자들이 가장 많이 유입된 구역입니다. 당시 모르간느 영지엔 커다란 불이 나 이민자들이 갈 곳이 없었지요. 그때 지낼 곳을 제공해주신 게 바로 티안 님이십니다. 티안 님께선 저희에게 잘리어의 언어를 가르쳐주시고, 이곳에서 우리들의 직업을 찾아주셨지요."

여린 붓꽃처럼 웃으며 그녀가 다정한 시선을 보냈다.

"티안 님은 저희의 은인이십니다. 이분이 아니셨다면 저희 대다수는 지금쯤 비렁뱅이나 소매치기가 되어 있었을 겁니다. 그러니 티안 님의 동행자분도 저희에겐 귀한 손님이십니다."

"다 지난 이야기를 하는군. 귀찮고 성가셔. 여기 멀거니 서 있지 말고 빨리 어디로 가버리든 앉든지 해."

"힘들지 않습니다."

"로베르, 어서 그녀를 데려가."

바스티안이 손을 휘휘 젓자 구석에 서 있던 그림자가 움직였다. 검은 복면으로 얼굴 반 이상을 가린 남자였다. 루이즈안은 다소곳한 인사를 건네고 함께 멀어졌다. 상전이나 다름없던 바스티안의 언행에도 그들은 불편한 기색 한 점 내보이지 않았다. 배알 없는 한 쌍이다. 끼리끼리 노는군. 그가 시선을 돌렸다.

에르완은 가라앉은 눈으로 그들의 뒷모습을 바라보고 있었다. 황금을 닮은 눈을 가만히 응시했다. 다른 곳을 보는 그녀를 구경하는 건 또 다른 재미였다. 저 여인이 어떤 생각을 품고 있는지는 항상 궁금했다.

"티안 씨! 자, 이거 마셔요."

탕! 술이 가득 담긴 잔이 느닷없이 눈앞에 떨어졌다. 거품이 잔뜩 일어난 술이 테이블 위를 흠뻑 적셨다.

"덕분에 돈을 벌었으니 술 정도는 제가 사겠습니다. 살아 있어줘서, 으하, 정말 고맙습니다, 으하하하!"

땀 냄새가 짙게 풍겨온다. 쟝. 이곳을 스쳐간 다른 사람들과 마찬가지로, 모르간느의 이민자면서 바스티안의 추천으로 직업을 찾은 이였다. 튼튼한 팔과 몸뚱이가 가진 전부였던 그가 잘리어 최고의 목수가 되기까지는 오랜 시간이 필요치 않았다.

"내가 벌게 해준 돈은 그것만이 아니지 않나? 어디서 입을 싹 닦으려고."

"알았어요, 알았어. 오늘 티안 씨가 마시는 술은 제가 다 낼 테니 마음껏 드십시오. 아, 물론 동행하신 분도 마찬가지입니다!"

"마음껏이라. 이런 기회 흔치 않으니 드시지요."

쨍. 에르완의 잔에 바스티안의 잔이 부딪친다. 술이 흘러내린 자국이 남은 잔을 응시하던 눈이 느릿하게 올라왔다. 입술이 열렸다 도로 닫혔다. 그녀가 묻고 싶은 바가 무엇인지 짐작할 수 있었다.

"이 직업훈련소요? 예, 제가 만들었습니다. 망명자들에게 언어를 가르쳐주고 적합한 직업을 찾아주었습니다. 대부분이 단순노동직이라 그리 어려운 건 아니었습니다. 아, 찾아주지 못한 아이가 딱 하나 있긴 합니다."

바스티안의 눈이 스르르 움직였다. 그를 따라간 에르완의 시선 끝에 웅크리고 있는 청년 하나가 걸려들었다. 어디서 흠씬 혼나고 온 어린아이처럼 기력 하나 없는 얼굴이다. 바스티안은 술을 한 모금 들이켜고는 의자 등받이에 깊숙이 기대었다.

"에브라는 쟝처럼 튼튼한 몸을 가졌다거나, 마르셀로처럼 뛰어난 지성을 타고나지도 못했지요. 특출한 재능은커녕 남들 하는 만큼을 따라가는 것조차 버거워합니다. 분명 어딘가에 쓸모가 있을 것 같은 촉이, 분명 촉이 왔는데! 도무지 찾을 수가 없더군요. 그는 제 처음이자 마지막 실패작입니다."

끝으로 갈수록 허탈해하는 말투다. 그의 재능을 찾아주기 위해 기울였던 노력을 하나하나 세어나가던 바스티안이 한숨과 함께 그만두었다.

"이곳을 설립한 이유는 따로 없습니다. 나라를 잃은 자들이 내 나라를 망치는 꼴을 보기 싫었습니다. 그뿐입니다. 폐하께서 헤아리고 있을 그런 거룩한 뜻이 아닐 것입니다."

"……."

"안 드십니까, 술?"

여왕이 좀처럼 에브라에게서 눈길을 떼려 하지 않아, 바스티안이 다시 잔을 부딪쳤다. 그는 이미 반절 이상을 마셨는데 에르완의 잔은 넘치도록 찰랑거린다.

"술은 이성을 흐리게 만듭니다. 저는 저 스스로를 통제할 수 없는 상태를 좋아하지 않습니다."

"그래요? 그럼 내가 다 마시지, 뭐. 술맛을 모르다니, 역시 어려서 그런가요?"

"저는 어리지 않습니다."

"어리다는 말에 발끈하는 게 어리다는 증거입니다."

"말장난은 하고 싶지 않습니다. 그보다 폐하가 누구인지 그들은 눈치채지 못합니까?"

목소리가 잔뜩 내리깔린 진지함과 반대로 바스티안의 웃음소리는 한없이 가벼웠다.

"툭하면 사라졌다 나타나는 한량이 이 나라를 다스리는 왕인 줄 누가 상상이나 하겠습니까? 우연찮게 이름이 비슷하다, 다들 그렇게 여기겠지요."

"그보다……."

"그보다, 더 궁금한 게 있습니다."

갑자기 그가 에르완 앞에 고개를 쭉 들이밀었다. 그녀는 딱 그만큼 멀어졌다. 그리고 굳어진 얼굴로 말했다.

"무엇입니까."

"어쩌다 그런 어린 나이에 전장에 나서게 된 겁니까?"

"발루아는 오래도록 전쟁을 해왔습니다. 왕실의 일원으로 전장에 나서는 건 당연합니다."

"하지만 손위 자매들은 전장에 나타나는 일 없이, 오로지 당신만 참전하지 않았습니까. 그에 앙심을 품고 자매들을 사살한 겁니까?"

"……."

"죄송합니다, 마지막 말은 실언이었습니다. 더는 묻지 않겠습니다."

"저도 사실 궁금한 게 있습니다."

기습처럼 튀어나온 말이었다. 바스티안이 긴장으로 살짝 얼어붙었다.

"모르간느를 병합할 시, 영지를 다스리던 영주도 제거하셨습니까?"

"그건…… 제거하지 못했다는 쪽이 맞겠군요. 이미 도주한 후였으니까."

"루이즈안의 행동거지가 평범하지 않았습니다. 모셔본 적이 있는 거겠지요. 왕실, 귀족, 혹은 영주. 이를테면 모르간느의 영주와 같은. 그녀를 직접 감시하고 계신 겁니까?"

"저를 이타적인 인간으로 만들어주지 않아주셔서 감사합니다. 예, 맞습니다. 모르간느 영주와 접촉하기 위해선 그녀만 한 연락책은 없을 것입니다."

"무엇이 두려우십니까?"

불쑥 들이밀어지는 질문에 술이 넘어가다 목에 걸렸다. 얼른 잔을 내려놓았다. 동요를 감추기 위해 입가에 묻은 술을 몇 번이고 닦았다. 이 여자는 사람 당황하게 하는 데는 탁월한 재능이 있었다. 그게 흥미로운 동시에 짜증났다. 보이지 않는 손이 배를 뚫고 들어와 내장 속살을 까발리는 느낌이다. 거슬린다. 물을 아무리 마셔도 걸려 넘어가지 않는 가시 같다. 때로는 손가락으로 후벼파내고도 싶었다.

"어째서 모르간느 영주를 경계하십니까? 그가 지금 돌아오더라도 대제께 위협이 되는 일은 벌일 수 없을 것입니다. 차라리 그를 폐하의 아래에 품어……."

"저는 제게 위협이 될 수 있는 모든 것을 경계합니다. 티끌만 한 가능성조차도."

그래서 차라리 솔직하기로 했다.

"저는 죽는 게 무서운 겁쟁이거든요."

그녀의 단정한 눈썹이 살짝 휘어 올라갔다. 그녀 또한 그와 같은 기분이리라는 걸 알았다. 불에 달궈진 연장이 깊이 울린다. 그 반응에 만족스러워하는 미소는 차라리 섬뜩했다.

"에르완, 당신은 평생 이해 못 할 기분이겠지만……."

"저도 감정을 느끼는 사람이라 말씀드렸습니다."

"……."

"저 또한 사람인지라, 무서운 것은 있습니다."

"전쟁터 말입니까?"

"아닙니다. 제가 두려운 것은 오로지."

"오로지?"

바스티안이 독촉했으나 굳게 잠긴 입은 열리지 않았다. 이 여자가 물리적인 힘이나 위협을 두려워하리라곤 생각할 수 없었다. 저처럼 죽는 게 무섭지도 않을 터였다.

"한 가지 여쭙고 싶은 것이 있습니다."

"말씀해보십시오."

"……제가 따분합니까?"

느닷없는 물음에 바스티안이 다시 멍해졌다. 그녀는 심지어 눈을 마주치지도 않았다. 늘 쇠창살로 상대를 꿰뚫을 것처럼 똑바로 쳐다보던 에르완이었는데.

"종전선언 후 가장 먼저 손댈 것이 예술입니다. 예술은 영혼입니다. 한없이 도태된 발루아의 영혼을 살리고 싶습니다. 예술가들이 대하기 따분한 왕이라면 앞으로 정무를 보는 데 차질이 있지 않을까 저어됩니다."

신경 쓰지 않는다 하였지만, 화가들이 던진 조롱이 내심 가슴에 걸려 있는 모양이었다. 허! 바스티안이 크게 헛웃음을 뱉었다.

"아뇨, 당신은 전혀 따분하지 않습니다. 그도 그럴 게, 저는 당신과 있으면 시간이 어떻게 가는지 모를 정도란 말입니다. 따분한 건 후베르트나 그가 가져오는 서류들이나 그렇지요. 끝을 모를 만큼 지루하게 이어지는……."

"대관식 때 손등에 이어지던 키스처럼 말입니까?"

"그렇죠! 바로 그런 것 말입니다. 주교가 읊는 기도문은 어떻고요. 요즈음은 목소리로 주교를 뽑나 봅니다. 다들 나긋나긋하게 졸음을 불러일으키는 걸 보니. 너무 졸린 나머지 주교에게 달려들어 목을 조르고 싶었던 게 한두 번이 아닙니다."

말끝에 바스티안은 그만 한바탕 웃고 말았다. 아무런 사심 없이 진심으로 터뜨리는, 기분 좋은 소리다. 찰나의 순간 에르완도 덩달아 웃은 것처럼 보였다. 눈을 감았다 뜨는 잠깐 사이 연기처럼 사라져버리고 만다. 잘못 본 것일까?

"그러니까 당신은 에르완이 아니라 왕으로서 무서워하는 게 있다?"

바스티안이 턱을 괴었다. 그리고 전에 없는 깊은 눈으로 그녀를 바라보았다.

"잘됐네. 나도 그렇거든. 어쩌면 우리가 공감할 수 있는 게 더 많을지도 몰라."

그는 그녀를 잘 모른다. 하지만 이해할 수 있었다. 옹호할 수 있었다. 어깨에 짊어진 국가라는 거대한 산. 두 손에 가득 들어찬 백성. 그는 이것을 던지고 부수고 깨뜨릴 수 있었다. 칼날이나 방패로 쓸 수도 있다. 하지만 그들은 그러지 않을 것이다.

그와 그녀는 근본적으로 짊어진 게 닮았다. 이것을 뭐라 부르나. 연대? 이입? 공감?

어느 쪽이든 분명한 건, 그녀를 이해하고 이해받는 기분이 그리 나쁘진 않다는 거다. 들판에 누워 그림 같은 하늘을 보고 있을 때처럼.

"이상하지, 당신과 나는 닮은 구석이 하나도 없는데."

답지 않게 솔직해졌다. 어쩌면 취기 때문일 수도 있다. 그가 어느새 비워버린 술잔을 내려다보았다. 거품이 하얗게 일고 있었다.

"저 또한 대제께 말할 수 있는 게 많을지도 모른다는 생각이 듭니다."

그녀의 목소리가 약간 잠겨 있었다. 바스티안이 눈꼬리를 접어 웃었다.

"당신과 함께 있었던 시간 중 지금만큼 기뻤던 순간은 없었어, 에르완."

"저 또한 그렇습니다."

부스러질 것처럼 건조하고 딱딱하다. 하지만 예상치 못했던 대답이라 그는 조금 놀라버렸다.

"당신도 그렇다고? 어떤 면에서?"

"조금 전, 폐하를 만난 이후 처음으로 사람을 대하는 기분이었기 때문입니다."

그녀가 눈도 깜짝이지 않고 말했다. 바스티안의 눈이 벌어졌다.

"뭐? 그럼 당신에게 나는 이제껏 사람이 아니었단 소리입니까?"

"그렇게 되는군요."

"허어…… 사람이 아니었으면 내가 뭐란 말입니까? 개? 돼지? 소? 설마 말? 마아알? 조금 전 당신과 내가 탔던?"

"……."

"대답해보시죠, 예? 왜 말씀을 안 하십니까?"

"잘리어 어에 능하지 못해 잘 알아듣지 못했습니다."

그녀의 시선이 술잔으로 내려앉았다. 다시 말해, 피했다. 드물게도.

"거짓말하지 마십시오, 거짓말하는 거 다 보이니까. 네? 그러니까 내가 사람이 아니라 뭐로 보인다는……."

"안 들립니다."

"와, 에르완 당신이 언어에 얼마나 능한지 아는데…… 이젠 대놓고 무시하깁니까?"

시선을 맞춰보려 고개를 틀어도 끝끝내 달아났다. 앞 말고는 볼 줄 모르는 것처럼 늘 직시해오던 눈이기에 낯설고 우스웠다. 헛웃음이 터졌다. 자꾸만 실없이 터지는 걸 보니 취기가 오르긴 한 모양이다. 바스티안이 잔에 술을 채우며 다시 웃었다.

"아무리 말이 안 통한다 해도 그렇지 짐승이 뭡니까, 짐승이. 이렇게 잘생긴 짐승 있습니까?"

"……."

"잘생기기만 했습니까? 정치 잘하지, 능력 있지, 똑똑하지, 잘 자지, 잘 먹지…… 어, 그런 눈으로 쳐다보지 마십시오. 잘 먹는 게 얼마나 중요한데요. 이 잘리어에서 가장 편한 직업을 꼽으라면 바로 벨뷰성의 요리사일걸요, 이게 다 백성들이 편했으면 하는 마음이 우러난 결과란 말입니다."

"그 마음에서 우러나온 게 맞습니까?"

"그럼, 당연하지요. 저는 백성을 생각하지 않는 순간을 제외하곤 전부 백성을 생각하느라 정신없답니다."

어째서인지 그가 지극히 헌신적으로 백성을 염려하고 돌보는 것처럼 여겨졌다. 말의 앞뒤를 따져보면 그런 궤변이 없는데도. 그는 궤변을 궤변이 아닌 것처럼 말하는 재주가 있었다. 그래서 귀족 대부분이 그에게 보고하러 들어왔다가 말장난에 농락당하고 쫓겨나고 만다. 끝까지 바스티안의 심중은 떠보지도 못한 채로.

"저는 폐하께서 백성들을 그리 자주 생각지 않으신다는 걸 압니다."

"허어, 남을 의심 못 하는 분이신 줄 알았는데."

"생각하기보다 행동하시는 거겠지요. 직접 나서서 몸으로 느껴보고 그들을 위한 정책을 펼치시려는 겁니다. 드높은 성에서 내려와 낮은 곳에 섞여서 그들과 함께 숨을 쉬어가며."

모두가 그랬다. 오로지 그녀만 제외하고.

"처음 만난 날도 그러했습니다. 노예로 팔린 여인의 사정을 폐하께선 모두 헤아리고 계셨습니다. 이곳도 마찬가지입니다. 국가는 백성들로 이루어져 있고 노동을 발판으로 움직입니다. 그들 각자가 제 역할을 찾지 못하는 것만큼 골칫거리는 없습니다. 직업훈련소는 폐하께서 택할 수 있는 최선이었습니다. 조금 더 일찍 이곳에 왔었더라면……."

"알았어요, 알았습니다. 그러니 칭찬 좀 그만하세요. 제가 잘못했습니다, 에르완. 낯이 다 뜨거워서……."

"제가 듣고 관찰해온 경험을 근거로 논리적으로 낸 결론입니다. 듣기 좋게 포장한 말로 만들지 마십시오."

"포장했다곤 안 했습니다. 그렇지 않다는 것도 잘 압니다. 아주 자알 압니다. 그러니 제가 이러는 것 아닙니까."

바스티안은 말에 강했다. 어떤 종류의 험담이나 비아냥거림에 코웃음쳐줄 수 있는 만큼 입 바른 말에도 마찬가지였다. 그는 판단을 남에게 맡기는 멍청한 짓은 저지르지 않았다. 오로지 자신이 본 것, 들은 것, 느낀 것에 기초했다. 심지어 저에 대한 평가조차도. 그러니 남의 말에 초연할 수 있었다. 누군가 칭찬의 말을 건넨다면 오히려 한술 더 떠줄 수도 있다. 그런데 유달리 그녀 앞에선 염치를 찾게 되는 것이다.

"폐하께선 부끄러움이 많으신 것 같군요."

절대, 절대 아니다. 바스티안이 민망함에 달아오른 얼굴을 손으로 덮었다. 허투루 뱉는 말이 없기 때문인지, 그녀의 말은 기습적으로 가슴을 파고들어 심장을 자극하는 무언가가 있었다. 귀 끝이 뜨거웠다.

"의외입니다."

오해를 풀어줄 여유가 없었다. 한참 뒤에 그는 손을 조금 내리고 그녀를 흘끗 보았다. 고지대에 내린 눈이 그대로 얼어붙으면 저럴까. 표정변화 하나 없다. 냉정하기보다 한결같다는 데 가까웠다. 대지 깊숙이 단단히 뿌리 내리고 천년을 버티고 산 고목 같다. 잔바람에 흩날리지 않는.

"부끄러운 게 아니라……."

"그럼 무엇입니까?"

놀리는 게 아니라 진심으로 궁금해하는 투다. 막상 입 밖으로 내려니 뭐라 표현해야 할지 애매했다.

"말했잖습니까, 난 당신이 생각하는 그런 사람이 아니라고. 정말이지 한 단어로 정의할 수 없는 기분이군요."

"……."

"더 이상 자세히 설명 못 하겠습니다. 당신에게도 있지 않습니까? 이도 저도 아닌 그런 거."

생각 없이 던져본 거였는데 에르완이 입을 다물었다. 어? 있나 보다. 바스티안이 눈을 깜박였다. 금방 평소대로 돌아왔지만, 잠깐 묘해지는 눈빛을 잡아내지 못할 그가 아니었다. 은근슬쩍 궁금해졌다. 옳고 그름만큼이나 모든 판단에 있어서 정확한 그녀에게 대체 그런 게 뭐가 있을까.

"뭡니까? 도무지 정의되지 않는 그게."

그녀는 말없이 한참 동안이나 그를 응시했다. 그녀와의 정적은 숨쉬듯 익숙하다. 이번에도 대답을 안 하려나 보다. 그는 제 질문에 대한 답이 바로 자신이라고는 생각지도 못한 채 말문을 돌렸다.

"하, 술맛 참 좋군요. 이런 기분이 드는 것도 오랜만인데, 옛이야기나 한번 해볼까요?"

"……."

"말하면 들어주시겠습니까?"

대답이 돌아오지 않는데도 한결 말하기 수월해진 분위기가 되었다는 건 신기한 일이었다.

"아홉 살쯤이었을 겁니다. 성에서 나와 세상에 발을 내디딘 것 말입니다."

바스티안이 픽 웃으며 잔을 빙글빙글 돌렸다.

"생전 처음 혼자 마주한 세상은 낯설고 두려웠습니다. 호위 없이는 어디도 가본 적이 없어 한 발짝 떼기가 참 어려웠죠. 사람들은 빠르게 걸어다니지, 비집고 들어갈 틈은 없어 보이지, 마차가 일으키는 먼지바람에 앞은 잘 안 보이지……. 마음은 급한데 못 박힌 것처럼 움직이질 못했습니다. 그 이후로 줄기차게 나오게 될 줄은 몰랐던 때였죠."

"마음이 급하셨던 이유는."

"의원을 찾아왔어야 했거든요."

어의가 있지 않은가 하는 의문이 들었으나 에르완은 굳이 묻지 않았다.

"왕이 하나 있었습니다. 무능하고 여자를 험히 다루는 무뢰배 같은 왕이었죠. 술에 취한 채 시녀들을 침대로 끌어들이곤 했지요. 그중 이름 모를 시녀 하나가 하룻밤 만에 수태하여 후궁이 되었고, 아들을 낳았다는 건 식상한 이야기지요. 그런데 그게 제 이야기가 되는 순간, 전혀 식상하지 않은 이야기가 되어버립니다."

"……."

"왕비와 정통 후계자가 두 눈 시퍼렇게 뜨고 있는 이상, 첩과 그녀의 아들은 하루라도 빨리 제거해내고픈 대상이었습니다. 햇볕 한 점 안 드는 뒷방에서 지내는데도 숨 쉬는 것조차 그들의 심기를 거스른 모양입니다. 잠깐 있었던 스승에게서 '진짜 왕의 피'를 이어받았다는 형보다 더 뛰어나다는 평까지 들었을 땐 더욱 말입니다."

"스승을 두었던 적이 있습니까."

"그 말을 하자마자 궁에서 내쳐졌지만 말입니다. 그들은 어머니에게 약을 건넸습니다. 아들에게 먹이면 네 목숨만은 살려주겠다는, 질리도록 식상한 이야기로."

"그 약은."

"어머니가 드셨습니다."

때 묻은 기억을 슬며시 끄집어낸다. 잔 먼지가 날려 목마저 가려워졌다. 오래된 세월만큼이나 케케묵은 목소리로 그가 말을 이어갔다.

“의원은 형을 보러 가더군요. 죽어가는 어머니를 놔두고 말입니다. 형의 잔기침 때문에 왕비께서 걱정이 이만저만이 아니셨던 까닭에…… 어머니는 제가 데려온 의원 덕에 죽다 살아나셨습니다. 눈이 멀어버렸다는 사소한 문제가 생기긴 했지만.”

“강한 분이셨군요.”

“끝내 돌아가셨죠.”

“…….”

“제게는 반드시 살아남으라고 다짐을 받아놓고, 정작 당신께서는 세상을 견딜 만큼 모질지 못하셨지요. 추한 꼴 보지 않고 눈감으신 게 어쩌면 더 잘되었을지도 모릅니다. 당신께서 귀하게 낳아 기른 아들이 남의 가랑이 사이를 기어다니기도 했으니까.”

“어린 나이에 폐하께서도 시름이 깊으셨겠군요. 유감입니다.”

“…….”

“그 외에는 드릴 말씀이 없습니다.”

그녀가 덧붙였다. 참 간단하고 명료한 위로다. 고개를 젖혀 그녀를 보았다. 어떤 동정이나 경멸 같은 감정적인 찌꺼기가 조금도 없다.

“감사합니다. 그 이상 아무 말도 하지 않아주셔서. 만약 그랬다면 저는 이 이야길 한 걸 후회했을지도 모릅니다.”

그가 느긋하게 웃었다.

“그나저나 언제까지 폐하라고 부르실 참입니까? 아무리 우리 주변에 가까이 오지 않는다고 해도, 아까도 말씀드렸잖습니까, 위험하다고. 저처럼 편하게 불러보십시오, 에르완. 바스티안이라고. 편해서 좋습니다.”

그가 에르완에게 상체를 기울였다. 가까워진 만큼 멀어지는 그녀를 보며 그가 느릿하게 웃었다.

"조금 더 친해진 것 같은 착각도 들고요."

"저는 괜찮습니다. 공대가 더 편합니다."

"그러지 마시고……."

"대제께서는 낯설지 않으십니까."

"낯설지만 나쁘지 않습니다. 오랜만이기도 하고요…… 에르완, 당신은 언제였습니까? 이름으로 불렸던 게."

"……오래전이었습니다. 아주 오래전."

대답이 살짝 늦었다.

"누구였습니까?"

은근히 물었다. 그녀는 대답하기 위해 입술을 떼었다가 닫았다. 답지 않은 망설임이 뚝뚝 떨어졌다. 그녀는 끝내 입을 열지 않고 창밖으로 시선을 던졌다.

"많이 늦었습니다. 이제 슬슬 일어날 때군요."

"에르완, 잠깐……."

그녀는 벌써 자리에서 일어나 훈련소를 나서고 있었다. 어, 어? 바스티안이 당황해 뒤늦게 따라갔다. 바깥엔 근사한 별이 잔뜩 쏟아지는 밤이었고, 그녀는 그 밤을 꿰뚫을 것처럼 빠르게 걸어가고 있었다.

뭔가, 저 반응은. 아무 생각 없이 던진 질문인데 반응이 이러니 더욱 궁금해졌다. 침묵이 길어질수록 이상하게 조바심이 났다. 그는 얼른 말을 끊고 걸음을 재촉하여 그녀를 쫓아갔다. 이윽고 나란히 맞추어 섰을 때, 잔뜩 낮춘 목소리로 속삭거렸다.

"왜 대답을 피하십니까? 누구입니까, 네? 누구요?"

에르완은 여전히 입을 다문 채 성으로 향하고 있었다. 워낙 거침없는 걸음에 그녀가 끄는 말도 느긋하게 걷지만은 못했다. 바스티안은 어느새 지름길의 반 이상 지나왔다는 걸 알았다. 딱 한 번 보았는데 길을 다 외워버린 건가? 내심 놀라워하며 그가 다시 쫓아갔다.

"음, 측근들이 당신을 이름으로 부를 리 없을 테고. 혹시 뭐, 설마, 정혼자라거나 그런 겁니까? 네?"

짙은 그늘에 가려 표정이 보이지 않았다. 실드베르 4세의 정략혼이나 혼인에 관한 소문을 들어본 적이 있었나. 분명 한 번쯤은 있었을 텐데 전장의 살인귀라는 별칭에만 골몰해 한 귀로 흘렸던 것 같다.

하지만 냉정히 생각해 유추해보면 그녀는 이미 혼인했어도 이상치 않을 위치에 있다. 오랜 전쟁, 강력한 적군. 우호국을 하나라도 더 늘려야 하는 상황에서 여왕의 혼인은 훌륭한 전술이 될 수 있다. 그리고 그녀는 그것의 전략적인 가치를 깨닫고 이용할 수 있을 만큼 충분히 이성적이다. 그가 여유를 되찾으며 고개를 끄덕거렸다.

"네, 있을 만하죠. 암요. 저희 같은 위치에서 그런 이야기가 들어오지 않으면 오히려 이상한 일이죠. 저만 해도 얼마나 청이 들어오는지, 일일이 거절하기에도……."

"저를 이름으로 부른 것은 둘째 언니가 유일합니다."

목소리가 귀에 단단하게 뿌리박혔다. 숨이 멎었다.

"아시다시피 지금은 죽어 없습니다. 그러니 입에 담을 필요도 없는 것입니다."

서서히 느려지던 걸음이 이내 멈추었다. 그녀는 이미 성으로 향하는 다리를 건너고 있었다. 그 뒷모습이 그리고 있는 경건한 선을 보게 되었다. 앞에 있는데도 그녀가 궁금했다. 그에게 남은 아무것도 아니었다. 모든 것이 미끄러져 내려가던 마음을 무언가가 건드리고 있었다.

밤, 귀뚜라미 울음, 해갈되지 않는 갈증.

"……안 오십니까?"

정제된 목소리가 머리를 때렸다. 정신이 펄쩍 뛰었다. 그녀는 성문을 바로 앞에 두고 반쯤 몸을 돌려 돌아보고 있었다.

"아프신 겁니까."

"아닙니다. 정신을 잠깐 두고 있었을 뿐입니다. 아프긴요. 뜬금없이 무슨 말씀입니까?"

"그 팔."

"네?"

실없는 웃음을 담은 눈에서 시선이 미끄러져 내려갔다. 불에 덴 것처럼 뜨끔하다. 왼팔을 뒤로 감추었다.

"아까 말에서 떨어진 이후부터 쭉 통증을 느끼지 않았습니까. 내내 제게 숨기고 계셨고."

부정할 새가 없었다. 다시 올라오는 눈이 이미 확증을 가지고 있었으므로.

"돌아가면 의원에게 제대로 보이십시오."

"응급처치는 해두었습니다. 그런데 걱정해주시는 겁니까?"

"대제께서는 말을 돌리는 게 습관이시군요."

"전 정말 감동해서……."

두 팔 벌리며 다가가는데, 휘잉, 바람이 일었다. 눈꺼풀이 베일 뻔했다. 너무나 빨라 차마 눈으로 쫓아가지도 못했다. 그녀의 손에는 어느새 허리에 있어야 할 검집이 쥐여 있었다. 살아 숨 쉬는 듯한 기운은 검을 압도하고도 남는다. 바스티안은 양손을 든 채 질겁하여 물러났다.
"으어어! 하마터면 맞을 뻔했습니다."
"아쉽군요."
찬 서리 같은 눈이 형형하게 빛난다. 그녀의 검은 합을 맞춰본 기억이 있어 그 굳건함을 알고 있었다. 이러다 진짜 찔리겠군. 그가 두세 발짝 물러났다.
"무서운 얼굴 하지 마십시오. 저는 걱정해주는 당신에게 고마웠을 뿐인데요."
"환자를 앞에 두고 걱정하지 않는 사람은 없습니다. 사람 된 자라면 모름지기 누구나."
"그럼 우리는 이제 친구인가요?"
"대제께선 대체……."
"그럼 언젠가 당신에 대한 이야기도 직접 해주시겠습니까?"
둘째 언니. 그녀가 직접 그 손으로 죽였다고 알려진 왕녀가 분명했다. 어째서 그녀를 이름으로 부른 게 둘째뿐인가. 첫째도 있지 않았나. 게다가 왜 제 손으로 죽인 자매에 대해 말할 때 그런 얼굴을 하나. 의문에 젖은 채, 그 눈에 깊게 새겨져 있던 감정을 읽으려 애썼다. 의외로 친숙한 것이었다. 조용히 흐느껴 우는, 뼛속깊이 새겨진 그리움, 애정.
강한 의문이 들었다. 후계싸움에서 형제의 목숨을 거두는 일은 흔한 일 아닌가. 그녀의 사정이 궁금했다. 그녀가 살아온 세월에 관심이 생겼다.
술. 술을 먹였어야 했나. 그럼 술김에 이것저것 말하게 될지도 모른다. 수다쟁이인 에르완은 도저히 상상할 수 없었지만.

“팔을 의원에게 보이겠다 이 자리에서 확언하십시오.”

“웬만하면 당신이 하는 말은 들어주고 싶은데, 그러고 싶지 않아졌어.”

“어째서입니까?”

“당신이 날 걱정하는 걸 계속 듣고 싶어졌거든.”

맹금처럼 예리한 눈동자가 흐려졌다. 가늘어진 눈에 대고 그가 능청스럽게 웃었다. 한참 후에 에르완이 짙은 한숨을 흘리며 몸을 돌렸다.

“……역시 사람을 대하는 기분이 아니군요.”

눈앞에서 검집이 거두어졌다. 실실거리던 바스티안이 정신을 차리고 외쳤다.

“아, 진짜, 그러니까 무슨 짐승이냐니까!”

“가겠습니다.”

그녀는 눈길도 주지 않고 성문으로 향했다. 바스티안은 후베르트와 시종이 떼로 통곡하며 나타나기 전까지 끈질기게 들러붙었으나, 끝내 답을 들을 순 없었다.

✣ ✳ ✣

에르완은 명상에서 깨어났다. 동이 트기 전에 시작된 명상이 끝나자 어느새 세상은 정오께에 걸려 있었다. 명상은 그녀의 오래된 습관 중 하나였으며 아무리 전쟁터의 난잡한 상황에서도 매일같이 해오던 것이었다. 기억 정리를 포함하여 보통 두 시간 남짓 걸리는데 요즘처럼 길어지는 때가 없었다.

생각하는 바가 많아서 그렇다. 답지 않게 정리하지 못하고 있는 일들이 몇 개가 된다. 밑바닥을 들춰보면 모두 같다.

「에르완.」

그 음성.

고아한 눈꺼풀이 내려갔다. 그가 구멍에 걸려 꺼내지질 않는다. 시종일관 덜그럭 소리를 내며 밑바닥에 머물러 있다. 단단하게 박힌 채 움직여주질 않는다. 그녀의 자로 잰 듯한 기준을 비웃기라도 하듯.

길지 않을 것이다.

조각상을 가다듬는 예술가처럼 생각을 깎아냈다.

내적으로든 외적으로든 그의 존재와 계속 부딪치겠지만, 오래가지 않아 끝날 것이다. 목적을 가진 인연은 순수할 수 없고, 순수하지 않은 인연은 시작부터 끝이 보이는 법이다.

다시 눈을 떴다. 감정이 모두 정제되어 가라앉은 눈동자가 주변을 훑었다. 레이첼이 없었다. 문득 아침과 점심식사를 죄 걸렀다는 사실을 떠올렸다. 에르완은 본래 식탐이나 소유욕과 거리가 멀지만, 레이첼은 한창 성장기다. 한 끼라도 거르면 배가 고프다는 얼굴을 했던 소녀가 연달아 떠오르자 몸이 절로 일으켜졌다.

어딘가에서 취식을 하고 있을 거라 생각하며 짐작하는 곳으로 걸음을 옮겼다. 레이첼의 비명을 들은 건 상상도 못 한 곳에서였다. 방향을 틀어 그쪽으로 향했다. 이윽고 소녀를 발견한 여왕의 눈이 심상찮게 가늘어졌다.

"꺄, 꺄아아악!"

"하하하! 즐겁지 않으냐? 눈을 좀 떠보아라."

"제발 내려주세요, 내려주세요! 제가 잘못하였으니! 아악! 폐하, 폐하!"

"거참, 그렇게 소리만 지르고 있으면 말을 타는 재미를 느끼지 못할 거래도!"

다각다각다각! 말굽 소리가 흙먼지와 함께 일어난다. 까마득한 태양이 내리쬐는 연무장, 레이첼을 앞에 태운 바스티안이 말을 몰고 있다. 언젠가 마구간에서 본 적 있었던 백마다. 명백히 왕의 말로 길러지는 귀한 혈통일 텐데, 기수가 저러니 이리 펄쩍 저리 펄쩍 개구리가 따로 없다. 연무장에 드문드문 선 용병들조차 하나같이 레이첼에게 딱한 시선을 보내고 있었다.

"레이첼."

그녀의 목소리는 작았지만, 수선스러운 연무장 공기를 관통했다. 가장 먼저 그녀에게 시선을 돌린 건 바스티안이었다.

"오셨군요! 마침 사람을 보내려던 참이었는데!"

호쾌한 얼굴이다. 장난감을 손에 넣어 잔뜩 신이 난 개구쟁이 소년 같다. 두 팔로 말의 목을 감싼 채 바짝 엎드려 있던 레이첼이 고개를 들었다. 울음으로 엉망진창이 된 얼굴이다.

"폐, 폐, 폐, 폐……."

얼마나 비명을 내질렀는지 목소리마저 쉬어 있다. 새파랗게 질린 얼굴빛을 보니 말에 오른 지 시간이 꽤 지난 모양이다.

"오전 내내 안 보이시더니, 설마 이제 기침하신 겁니까? 당신도 늦잠을 잘 때가 있군요! 갑자기 확 친근하게 느껴지는데요!"

"……제 시녀가 어떻게 폐하 앞에 앉아 있는지 여쭙고 싶습니다."

"아아, 당신의 시녀가 주인과 달리 승마의 즐거움을 모르는 것 같아 일러주던 참이었습니다! 당신과 함께 말을 타고 싶으니 가르쳐달라면서!"

바스티안이 말을 몰아 에르완 앞으로 지나갔다. 다시 보아도 왕이 몰고 있다고 생각할 수 없을 정도로 자유롭고 유쾌하다.

"어때요, 정말 즐거워 보이지 않습니까?"

"꺄, 꺄아아악!"

또한, 과격하고.

"보세요, 이렇게 소리 지를 정도로 좋아할 줄 알았으면 더 빨리 태워줄 걸 그랬습니다!"

바스티안은 진심으로 레이첼이 즐거워하고 있다고 생각하는 것 같았다. 지켜보는 모든 이들이 시녀를 딱한 눈으로 지켜보면서도 쉽사리 나서지 못하고 있었다. 그의 승마실력은 누가 보더라도 종잡을 수 없는 수준이었다. 예측할 수 없는 순간에 빨라졌다가 홱 틀어진다. 넘어져도 충분할 만큼 격하게 기울어지는 각도인데도 속도를 올린다. 한결같이 형편없는데 용케 말에선 떨어지지 않는다. 레이첼은 다시 비명을 지르며 말의 목을 껴안았다.

"폐, 폐하! 폐하! 폐하아아!"

말이 다시금 에르완 앞으로 내달렸다. 레이첼의 울부짖음이 처량하게 울렸다. 훅 일어나는 흙먼지를 따라 에르완이 고개를 돌렸다. 눈 한번 깜박이지 않고 있었다. 시녀가 부르짖는 폐하가 그녀이리라고는 그 자리에 있는 누구도 짐작치 못하는 것처럼 보였다.

"말을 멈춰주십시오, 폐하. 그 아이는 어렸을 때 말에 걷어차여 후유증이 깊습니다."

"예에? 뭐라고요? 더 오래 태워달라고요? 당신이 부탁한다면 얼마든지!"

기분 좋은 웃음소리가 바람을 타고 뛰놀았다. 멀리 있어 의미 전달이 잘 안 되는 모양이었다. 에르완이 옅은 한숨과 함께 연무장 한가운데로 걸어 들어갔다. 말이 달려오는 방향과 마주 본 채로 서서, 단단히 뿌리박힌다.

제멋대로 말을 몰던 바스티안은 그녀를 뒤늦게 발견하고 고삐를 잡아당겼다. 말 머리가 조금 틀어졌다. 속도를 늦추는 건 한계가 있었기 때문에 방향을 바꾼 모양이다.

바스티안은 경악에 차 있었다. 미쳤냐고 소리를 지르고 싶었다. 말이 부딪히기 전 아슬아슬하게 비껴나갔을 순간이었다. 에르완은 당황하지 않고 검집을 내었다. 지느러미처럼 휘어 어디로 향했는지는 보지 못했다. 그것은 말의 가슴 어디쯤을 찌르고 빠르게 빠졌다. 지독히 이성적이고 냉담한 움직임이었다.

폭주하듯 질주하던 말이 놀라운 속도로 느려졌다. 터덜터덜 걷다가 완전히 멈추고 털썩 주저앉는다. 바스티안은 멍하니, 다가오는 그녀를 따라 시선을 올렸다.

"와."

"폐하."

"와, 방금 어떻게 하신 겁니까? 무슨……."

방향감각을 잃은 눈동자다.

"레이첼은 어렸을 때 말에 차인 기억에 심각한 공포증을 앓고 있습니다."

"방금……."

"호의에는 감사합니다. 실례지만 이만 데려가겠습니다."

레이첼은 아직도 말의 목 뒤에 바짝 엎드려 덜덜 떨고 있었다. 에르완이 그녀의 목 뒤를 살며시 짚었다. 지그시 누르는 손길이 누구의 것인지 깨닫고 고개를 홱 든다.

"여……왕…… 폐……."

새하얗게 질려 있던 얼굴이 차츰 안도로 물든다. 에르완이 그녀를 깊이 들여다보았다. 상냥한 손이 식은땀으로 젖은 이마를 쓸어주었다.

"이제 괜찮다."

"폐……."

가느다랗게 이어지던 의식이 뚝 끊겼다. 정신을 잃으며 쓰러지는 레이첼을 에르완이 자연스럽게 안았다. 바스티안이 멋쩍은 기색으로 따라 일어났다.

"이런, 기절해버렸군요. 너무 즐거워서……."

"……."

"……는 아니겠지요. 배려가 부족했습니다."

"다친 덴 없으십니까."

단정한 눈매 아래로 금색 눈동자가 온전히 드러났다. 강하고 굳건한, 휘어질 줄 모르지만 온화한 눈빛은 오로지 그녀만의 것이었다. 눈 안쪽이 찡하도록 아팠지만 피하지 않았다. 도리어 실실 웃음을 흘렸다.

"예, 괜찮습니다."

"폐하께선 말을 덜 거칠게 다룰 필요가 있으십니다."

"절 걱정해주시는 겁니까?"

"……."

"예? 절 걱정해주시는 건지, 아닌지가 알고 싶습니다. 그리고 어떻게 하면 에르완을 더 걱정시킬 수 있는지도."

눈이 보기 좋게 휘었다. 사람을 홀리는 달콤하고 뭉근한 것이 담뿍 묻어나온다. 후베르트는 왕이 그리 미소 지을 때마다 좋은 일이 없다는 걸 알았기에 새하얗게 질리곤 했지만, 호감을 가질 수밖에 없는 인상은 분명했다. 그는 쉽사리 떨쳐낼 수 없게 웃을 줄 알았다.

"이상한 것에 흥미를 느끼시는군요."

"흥미를 느끼게 하고 있잖아, 당신이."

그는 도무지 휘어 말하는 법을 몰랐다. 일단 흥미가 있게 되면 무섭도록 직선적이었다. 무작정 돌진했다. 그는 그녀를 낱낱이 해부라도 하고 싶어 하는 듯했다.

"무엇을 말씀하시는 건지 모르겠습니다. 폐하의 심기를 거스르는 행동을 했다면 언질을 주십시오. 불찰을 저지른 건 아닌지 깊이 숙고해볼 것입니다."

"그건 당신이 눈앞에서 사라지지 않는 한 불가능해."

"그 말씀을, 제안을 거절하고 본국으로 돌아가라는 의미로 받아들여도 되겠습니까?"

"그럴 리가. 난 슬슬 당신을 믿으려고 하고 있는데? 게다가 내가 제안을 거절하면 가장 곤란한 게 당신이잖아?"

"……."

"그녀를 이리 넘겨줘. 팔 아프겠어."

바스티안이 훌쩍 일어나며 두 팔을 벌렸다. 아무리 몸집이 작아도 정신을 잃은 이상 혼자 감당하기 힘든 무게일 거다. 제가 저지른 짓이니 수습도 이쪽이 하겠다는 뜻이었는데, 에르완은 도리어 물러났다. 황금빛 시선은 그의 왼팔에 고정되어 있었다.

"넘길 수 없습니다."

"어째서? 내가 또 그녀를 말에 태울까 봐? 이젠 그런 짓 안 하니까……."

"폐하의 팔에 대해 말씀드리는 겁니다. 그 상태가 어떠한지는 제가 더 잘 압니다."

"그래서?"

"의원에게 보이지 않으신 모양이군요. 까닭이 무엇입니까?"

"내가 나으면 당신이 봐주지 않을지도 모르니까. 말했잖아. 난 당신이 날 걱정해주는 게 좋다니까."

"하찮은 이유군요."

"하찮지 않아. 하찮지 않고말고. 그보다 나는 당신이 이 아픔을 어떻게 더 잘 안다는 건지가 궁금해. 분명 이렇게 다쳐본 적이 있어서겠지?"

에르완의 입이 단단히 다물렸다. 침묵에 담긴 뜻이 복잡하다. 바스티안이 시원스레 웃었다.

"좋네, 당신 아픔도 느껴볼 수 있고. 그때는 어땠지? 당신에게도 그때 이렇게 걱정해주는 사람이 있었나? 응?"

"……다시는 레이첼을 말에 태우지 마십시오."

그녀가 흔들림 없이 대답하며 몸을 돌렸다. 질문에 대답할 생각이 사라진 듯했다. 바스티안이 얼른 그녀 옆으로 따라붙었다.

"알았어, 알았어. 그리고 당신이 말을 더 이상 거칠게 몰지 말라고 했잖아. 사실 나도 그럴 생각이었거든? 말이 힘들어하는 것 같기도 하고 말이야."

"뜻대로 하십시오."

"그래서 말인데, 당신이 내게 승마를 가르쳐주는 게 어때? 말을 유하게 몰고 싶어도 그게 안 되거든. 저번에 말을 잘 몬다고 했던 거 기억하지? 그거 사실 다 거짓말이었어. 사실 배움에 근본이 없어놔서."

"자꾸 거짓된 말씀을 하시면 폐하의 신의에도 문제가 생깁니다."

바스티안이 고개를 설레설레 저었다.

"에르완, 당신은 그게 문제야. 내가 어째서 거짓말을 한다고 생각해? 나는 뭐, 응? 진심이 없는 줄 알아? 지금 나와 당신은 서로를 믿을 수 있는지 시험하는 단계야. 국가적으로도 중요한 상태라고. 내가 당신을 속이면서 좋은 게 하등 없다는 말이야."

"말을 몰 줄 모르는 자는 꼭두각시처럼 흔들거리며, 엉뚱한 곳에 힘을 주어 허벅지 안쪽이나 무릎 아래에 멍이 생기곤 합니다. 대제께선 멀쩡하실뿐더러 말의 반동을 이용할 줄을 아십니다. 고삐와 발의 조종, 기좌와 중심의 전이, 말의 후구(後軀)를 조절하는 데 있어서 능하며, 평보와 속보가 자유자재로 변환되어……."

"그만, 그만! 알았어, 알았다고……."

"그런데도 제 도움이 필요합니까?"

"아니. 제기랄! 그래, 당신을 어떻게 속이겠어. 그래도 좀 속아 넘어가면 좀 좋아."

"시간은 귀한 것입니다. 흘러가버리면 잡을 수도, 돌이킬 수도 없지요. 특히 폐하나 저의 시간은 더욱 쓸모 있게 소비되어야 할 필요가 있습니다. 그런데 어째서 '속아 넘어가'주어야 합니까?"

"하아……."

에르완은 전혀 이해 안 가는 눈으로 한숨 쉬는 그를 바라보았다. 그보다 왜 계속 따라오는지도 알 수가 없다. 자유롭게 풀어헤쳐진 앞섶이 뒤늦게 눈에 걸렸다.

"폐하!"

두 사람이 약속이라도 한 듯 돌아보았다. 용병 사이를 비집고 나와 그들 앞을 막아선 남자는 바스티안이 익히 알고 있는 이였다. 남자가 나무랄 데 없는 태도로 정중히 예를 갖추었다.

"폐하를 뵙습니다."

"몬드 경, 웬일이지? 아……."

바스티안이 뒤늦게 무언가를 기억해내고 에르완을 흘끔 돌아봤다.

"그러고 보니 소개가 늦었군요. 이쪽은 몬드 자작, 이래 봬도 국경수비의 책임자입니다. 어렸을 적부터 검술과 전쟁론에 뛰어난 재능을 보여 무술대회를 제패했고…… 가문을 승계한 게…… 열일곱이던가."

"열다섯입니다."

몬드가 무례하게 느껴지지 않게끔 조심스레 덧붙였다. 바스티안이 대충 정정했다.

"어쨌든 어린 나이에 가문을 짊어지게 된 소년가장입니다. 당신이 이곳에 머무르는 동안 곁을 지킬 것입니다."

"조금 전의 상황을 아주 감명 깊게 보았습니다. 예전에 들은 바에 의하면 현재 저희 군대에 대해서 폐하께 간언을 드렸다지요? 훌륭한 분을 모시게 되어 영광입니다, 레이랄 힐데가르드 님."

호위는 필요 없다 말했건만 기어이 붙일 모양이었다. 지키기 위해서인지, 감시하기 위해서인지는 두고 봐야 알 일이겠으나 성가신 건 마찬가지다.

폐하의 기사를 지키란 뜻이냐는 말은 허투루 내뱉은 게 아니었다. 에르완은 여왕이기 이전에 검사였고, 친정을 나가서도 따로 호위가 필요 없을 정도로 강했다. 그런 그녀를 일개 기사 하나가 지키겠다니. 그레더니어의 어떤 기사가 들어도 비웃을 만한 일이었다.

그녀는 잘 다져진 암벽이었다. 누구도 쉽게 오를 수 없는.

"신의 미욱한 눈으로는 전술뿐 아니라 검에도 일가견이 있으신 것으로 보이는데…… 어떠십니까. 제게 한 수 가르쳐주시는 것은."

"몬드 경, 나는 자네에게 그녀를 지키라고 명했지 결투를 신청하라고는 하지 않았어."

바스티안이 옆에서 투덜거렸다.

"결투라뇨. 폐하의 귀한 객이신데 제가 진심으로 검을 낼 리 있겠습니까. 인사차 섞어보는 게 전부일 것입니다. 어떻습니까, 힐데가르드님. 제게 검으로 가르침을 사사해주시는 것이."

웃음을 가장한 눈과 마주쳤다. 예민한 감각으로 그가 전하는 감정을 받아들였다. 희미하고도 선명한 적의다. 에르완은 그 감정의 이유를 짐작하고 금방 납득했다. 잘리어 군대에 관한 간언이 책임자를 건너뛴 채 상관의 귀에 들어간 게 언짢았던 거다. 옳은 말이었으니 불쾌감은 더했을 터다. 말 만들기 좋아하는 자들은 이미 그의 무능함에 대해 입을 터느라 바쁠 것이다.

"받아들이지 않겠습니다."

"어째서입니까? 설마 자신이 없으신 건 아니겠지요?"

몬드의 입꼬리가 슬며시 올라갔다.

"예, 자신이 없습니다."

대답은 단정했다. 검에 자신이 없다? 에르완에게서 처음 들어보는 말이라 바스티안은 놀란 듯 그녀를 보았다. 반대로 몬드는 의기양양해졌다. 제게 무례를 저지른 여자의 기세를 한풀 꺾어놨다는 생각에서였다. 에르완이 걸음을 뗐다. 몬드가 물러나며 길을 비켜주었다.

"검을 내고도 상대의 손목을 온전히 보전한 채 끝낼 자신이 없습니다."

그녀가 그를 가볍게 스쳐지나가면서 말했다.

"저는 앞날이 밝은 기사에게서 미래를 빼앗고 싶지 않습니다."

몬드의 미소가 삽시간에 딱딱해졌다. 저 여자가 방금 뭐라고 한 거지? 그의 실력을 모두 파악한 후 평가까지 끝낸 말투였다. 마치 자신이 제 머리 위에 앉아 내려다보는 양.

얼굴이 확 달아올랐다.

벌써 두 번째다. 대제 앞에서 노골적으로 망신을 당한 게.

"이거 참, 재미있는 구경거리인데. 경, 자네가 졌네. 그것도 완전히. 이렇게 되고 보니 그녀가 받아들였으면 어땠을까 하는 아쉬움도 남는데. 어느 쪽이 이겼을까?"

바스티안이 느긋하게 턱을 매만지며 생각에 잠겼다. 몬드는 덜덜 떨리기 시작하는 손을 꾹 억눌렀다. 불같이 일어나는 화를 견디기 힘들었다.

"폐하…… 제가 폐하의 객께 방금 큰 무례를 저질렀습니다. 부디 저를 그분의 호위직에서 파면시켜주십시오. 도저히 면구해서 뵐 낯이 없을 것입니다."

"응? 모르긴 몰라도 별로 신경 안 쓸 거네. 괜찮아."

"제가 괜찮지 않습니다. 저분은 벌써 두 번이나…… 저를 욕되게 만들었습니다! 이러면 폐하 앞에서의 제가 대체 뭐가 됩니까!"

"옳지, 이제야 본심이 나오는군."

목소리에 취기가 섞인 듯 낮아졌다. 몬드가 아차 하며 입을 다물었다. 감정에 북받쳐 그만 본심을 내뱉고 만 것이다. 바스티안은 빙글빙글 웃고 있었다. 성난 야수처럼 들끓던 감정에 찬물이 끼얹어졌다. 낭패감에 머릿속이 하얗게 질렸다.

"방금 일을 무례라고도 생각 안 하는 거지, 실은?"

"제가 당한 모욕을 부디…… 헤아려주십시오. 제게 이러한 모멸감을 준 이가 전에 없어……."

"아니지. 자네를 욕되게 만든 건 바로 조금 전의 자네지. 말은 바로 하게."

"……."

"짐은 경을 그런 소인배로 보지 않았는데. 흐음, 어디서부터 잘못되었을까. 짐이 그녀의 말에 따라준 게 그리 섭섭했나? 용병들을 걸러내어 자국의 군대를 키우는 방향을 검토해보라는 명이?"

"그건…… 저분이 말씀하시기 훨씬 이전부터 제가 준비해온 것이란 말입니다."

몬드가 허탈해하며 덧붙였다. 바스티안이 느릿하게 고개를 끄덕였다.

"그래, 경이 쌓아놓은 공을 가로채인 것 같아서 토라졌다 이거군. 뭐, 인간적으로 그럴 만해."

"토라졌다뇨, 그런 애들 장난 같은 유치한 게 아닙니다."

"하지만 걱정하지 마. 그녀에게 패배한다고 해서 경에 대한 평가는 그리 달라지지 않을 테니까. 짐은 판단을 남에게 맡기지 않아."

소심한 항의는 가볍게 묵살하며 바스티안이 말을 이어나갔다.

"으음, 지금 당장은 경이 그녀 옆에 머무르는 걸 굴욕적으로 느낄지 모르겠지만, 모르긴 몰라도 조금만 곁에 붙어 있어보면 생각이 달라질걸?"

그러니까, 몬드 자네가 존경해 마지않는 그 실드베르 4세가 그녀래도. 바스티안은 목구멍까지 치고 올라온 그 말을 간신히 억눌렀다.

"그런 일은 절대 없을 것입니다!"

몬드가 곧장 반발하고 나섰다. 이미 선입견이 뿌리박혀 다른 길은 보이지 않는 모양이었다. 해줄 말이 달리 없었다.

"그럼 그렇게 해. 결정하는 것도, 후회하는 것도 자네 몫이지. 짐은 언제나 현재 상황에서 최선의 판단을 내리는 역할일 뿐. 다만 경이 짐의 판단을 후회하지 않게 해주었으면 좋겠어. 응? 이건 친절한 부탁이야."

그가 웃으며 몬드의 어깨를 툭툭 두드렸다. 잔인할 만큼 가벼운 미소지만 어깨를 쥐는 힘은 절대 가볍지 않았다. 몬드가 혼란스러운 눈으로 그를 바라보았다.

"무엇이 폐하를 그렇게까지 말씀하시게 만드는 겁니까? 혹시…… 이성적인 관계인 겁니까? 그렇다면 차라리 이해하겠습니다."

별안간 큰 웃음이 터졌다.

"짐이 경의 이해를 구해야 하는 줄은 미처 몰랐군. 경이 이런 대단한 착각에 빠져 있는지도 말이야."

"폐하, 제가……."

"이 이상의 무례는 더는 용납하지 않겠네. 물러가."

순간 말에 묵직하게 짓눌리는 듯했다. 웃음이 잦아들자 왕은 말없이 그를 내려다보았다. 침묵에 짙게 섞인 노여움에 등골이 다 서늘해졌다. 싸하게 식어가는 용안을 차마 마주하지 못하고 물러났다. 그림자는 소리 없이 자리를 떠났다. 몬드는 그가 사라지고도 한참 동안 움직이지 못했다.

✣ ✳ ✣

레이첼을 방에 데려다주고 나오자 바스티안이 기다리고 있었다. 그는 맞은편 벽에 기댄 채 여왕이 나오는 모습을 지켜보았다. 문은 조용히 닫혔다. 에르완이 바로 서서 곧은 시선을 보냈다.

"할 말이 남으셨습니까?"

더는 예의 바를 수 없는 태도에 남자의 입꼬리가 기분 좋게 올라갔다.

"많이."

"하십시오."

막상 돗자리가 깔리자 바스티안은 정작 얘깃거리가 없다는 걸 깨달았다. 하지만 크게 문제는 없었다. 언제는 할 말이 있어 옆에서 주절거렸던 건 아니었으니까.

"내가 준 책은 좀 봤어?"

"예, 다 읽었습니다. 그러고 보니 돌려드리는 게 늦었군요. 따라오시겠습니까?"

"돌려달라고 채근한 건 아닌데."

"그런 뜻으로 받아들이지 않았습니다."

"그럼 다행이고. 책은 마음에 들었어?"

"예. 솔직히 말씀드리자면 무척 마음에 들었습니다. 잘리어의 건축술은 세계적인 수준이고, 이에 대해 자세히 기술되어 있는 책은 찾기 힘드니까요."

"그것도 다행이네."

에르완은 그에게 단조로운 인사를 건네고 걸음을 옮기기 시작했다. 몇 발짝 따라가다 보니 방으로 향하는 길임을 알았다. 바스티안은 느긋한 기분으로 그녀의 뒷모습을 감상했다. 끝이 구불거리는 긴 머리카락이 백금색으로 빛난다. 머리는 꽤 긴 모양인데 완전히 푼 모습을 본 적이 없다. 늘 단정하게 묶고만 있다.

손이 그 끝으로 이끌렸다. 왠지 모를 긴장과 기대에 손끝이 저릿하다. 간신히 닿을 뻔했다. 하늘거리는 실이 손가락에 감기기 전에 물결처럼 빠져나갔다.

"여기서 잠깐 기다리십시오."

목소리에 정신이 퍼뜩 돌아왔다. 고개를 들었을 때는 이미 에르완이 방으로 들어간 이후였다. 문은 금방 다시 열렸다. 갈 길을 잃은 손 앞에 책이 들이밀어졌다.

"잘 읽었습니다."

"이 두꺼운 걸 용케 다 읽었네. 혹시 다른 책에도 흥미가 있어?"

그녀의 눈에 이채가 돌았다. 바스티안은 그것을 대답으로 대신 받았다.

"보고 싶으면 따라와도 좋아."

이윽고 그가 인도한 곳은 왕의 거처 가장 안쪽 통로로 연결된 서재였다. 들어서자마자 에르완을 가장 놀라게 만든 건 마흔여덟 개의 창문에서 쏟아지는 눈부신 햇살도, 천장에 정밀하게 수놓인 프레스코화도 아니었다.

하나의 방이 아닌, 수도원 건물 자체인 서재 때문이었다. 거대한 메인홀을 중심으로 사방으로 끝없이 뻗은 책의 향연. 금테 둘린 책장과 상아를 갈아 담은 듯한 벽은 예술작품이었다.

에르완은 건물 전체를 빼곡하게 메우고 있는 방대한 기술서에 완전히 현혹되어, 드물게도 그 동요를 내비치고 있었다.

"이곳은 철학의 층이야. 위는 신학의 층, 그리고 저 아래쪽은 비교적 최근 서책들이 모여 있지. 본래 역대 왕들만 출입할 수 있는 곳인데, 뭐, 당신도 왕이니 상관없지 않겠어?"

"안쪽에 이런 도서관이 있을 줄은 몰랐습니다."

"이 도서관의 전신은 에스코슈어 포흐 수도원이야. 약 삼백 년 전에 개조되었지. 성 뒤편에 붙어 있어 외부인의 시선에서 철저히 자유로워. 어때? 이곳은. 마음에 들어?"

"네. 대체 이곳엔 몇 권의 책이 있는 겁니까?"

"아드몬트 왕조 시절에 필사본 천사백여 권과 초기 활자본 오백여 권이 있다고 들었는데, 그 이후엔 세어보질 않아서 모르겠네."

"아드몬트 왕조라면 지금으로부터 일곱 세기나 전 아닙니까. 이곳에 정말 제가 들어와도 괜찮은 겁니까?"

"내가 허락했어. 그 이상이 필요한가?"

그가 책장을 손가락으로 쓸고 지나갔다. 그 미끄러지는 듯한 미소에 머릿속 복잡한 계산이 사그라졌다. 이 도서관의 유일한 입구는 왕의 방이다. 감히 왕의 윤허 없이 방을 통해 이곳으로 들어설 수 있는 이는 없을 거다. 가능하다면 후베르트가 유일한데, 번거로워지긴 하겠다만 곤란해지는 건 아니니까.

"여기라면 당신이 좋아할 거라 생각했어."

"배려에 감사드립니다. 대제께선…… 여기에 있는 책을 모두 읽으신 겁니까?"

"야금야금…… 반의반쯤? 당신도 원한다면 뭐든 읽어도 좋아. 아, 혹시 이중에서 기밀문서 같은 걸 발견하더라도 모른 척해주겠어? 당신이 뭘 읽는지 내가 낱낱이 감시할 순 없는 노릇이고, 당신도 그걸 바라진 않을 테고. 그렇지?"

눈빛이 헤아릴 수 없이 깊다. 그는 눈으로도 말하는 법을 안다.

"좋습니다."

에르완이 가라앉은 눈으로 사방을 둘러보았다. 원하는 책을 골라 읽으라 해도, 워낙 장서가 방대하니 어디서부터 살펴야 할지 시작부터 가늠되지 않는다. 조심스레 한 발짝 옮기자 따아앙, 멀리까지 구두 소리가 울린다. 신학의 층으로 가려다 철학의 층에 멈추었다. 선택은 쉽지 않았다. 그래서 뒤따라오는 바스티안에게 다시 물었다.

"아까 돌려드렸던 '잘리어 건축술' 다음 권은 어디서 찾으면 됩니까?"

"아아, 그거. 아쉽게도 다음 권은 없어. 원래 저 자리쯤 있었을 텐데, 형님이 크룸로프에 연구용으로 쓰라며 갖다 바쳤거든."

그가 왼쪽 구석에 위치한 책장을 가리키더니 그 앞으로 걸어가 책을 꽂아 넣었다.

"기술 전파라는 명목에서였는데 내가 보기엔 공물이었어. 형님은 그 대가로 내전을 잠재울 군대를 받아들였거든. 그 책의 가치도 모르고 말이야. 저자였던 보니파스가 알면 무덤에서 일어날 일이지. 당신은 크룸로프에 가본 적 없겠지?"

"크룸로프 국은 부르군트와 그의 연맹국들이 주변에 있어 직접 방문이 어려웠습니다. 외교대신만 파견해놓았을 따름입니다."

"흐음. 그 나라도 가볼 만한데, 아쉽군."

톡, 톡톡. 책등을 하나하나 두드리며 골라나가던 손가락이 어느 지점에 이르러 멈추었다. 그 손가락에 곧 끌려나온 것은 더 묵직하고 오래된 책이었다. 모서리가 다 닳은 책을 몇 장 넘겨보더니 에르완을 향해 던졌다. 그녀가 가볍게 받아들었다.

"잘리어의 건축술이 궁금하다면 그 책도 나쁘지 않을 거야. 빌려준 책보단 구식이지만, 수학, 특히 기하학에 더 초점을 맞추고 있거든."

"감사합니다."

담담하게 말하긴 했으나 바스티안의 해박한 지식에는 놀랄 수밖에 없었다. 평소에 이야기를 나누면서 그가 온갖 문학과 철학, 예술에 통달했다는 건 알고 있었으나 건축술과 같은 응용학문에도 조예가 깊을 줄은 몰랐다. 노력 없는 천재는 없다고 믿었던 그녀지만, 그를 보면 깨닫게 될 수밖에 없었다. 타고난 사람은 분명 존재한다고.

볕이 잘 드는 창문 앞에, 책을 읽기 좋아 보이는 책상이 놓여 있다. '지식은 곧 하늘, 곧 신으로 이르게 한다'는 수도사의 문장을 지나 의자에 앉았다.

"아, 나도 오랜만에 책이나 읽어볼까?"

바스티안은 건너편 의자에 거의 눕다시피 기대어 책을 아무렇게나 펼쳐들었다. 언제나처럼 후베르트를 피해 시간을 보내려는 모양이라 여기며 에르완도 별다른 말 없이 책을 폈다. 과연 바스티안의 말처럼 이전 책보다 더 수학적으로 잘 설명된 책이었다. 특히 고대에 지어졌던 성 중 가장 훌륭하다 정평이 나 있는 건축물에 대해서도 자세히 분석되어 있었다.

"아? 슈발리에 성을 보고 있군. 실제로 본 적이 있나?"

에르완이 책장을 넘기지 않고 한참 들여다보고 있자 바스티안이 참견했다. 수많은 원과 선이 겹쳐져 있는 설계도에서 눈을 떼고 그를 건너다봤다. 알고 있는지 모르겠지만, 그는 책을 거꾸로 들고 있었다.

"예. 삼 년 전 직접 가본 적이 있습니다. 지금은 그 쓸모가 다했다고 해도 현재의 건축물보다 훨씬 인상에 강하게 남았습니다. 높은 암석 위에서 골짜기를 내려다보는 형세가 마치 무장한 기사를 보는 듯했습니다만, 설계를 보니 그뿐만 아니라는 걸 알았습니다. 두 개의 동심원으로 이루어진 원형 성벽과 바깥쪽 외벽, 요새를 보호하는 안쪽 벽. 가히 천재적인 건축술입니다. 그렇지만……."

"그렇지만?"

"이 요새 하나를 구축하는 데 공수가 지나치게 많이 들었군요. 이십이 년 동안 매일 동원되었던 백성의 수가 이만에 달합니다. 물자를 옮기는 데 동원되었던 말이 일천여 마리, 이를 위한 노역 또한 필요했을 텐데요."

에르완이 책에서 눈을 떼고 앞을 바라보았다. 바스티안은 턱을 괴고 가만히 이쪽을 응시하고 있었다.

"구조는 동일하게 유지하면서 면적을 줄이면 필요한 인력을 획기적으로 줄일 수 있습니다. 절약한 인력은 충분히 다른 용도로 쓰일 수 있을 테고 전체적인 효율은 더 올라가겠지요. 요새를 짓기 위해 징용되고 과다한 세금이 부과되니, 백성들에게 너무 가혹한 처사가 아닙니까?"

"하지만 그들이 요새를 구축해놨기 때문에 그 이후 전쟁에서 승리를 많이 거둔 것 아닌가?"

"불필요한 희생이 많았습니다."

"어느 정도의 희생이 있어야 이룰 수 있는 일도 있잖아? 작은 것 하나하나에 마음을 쓰면 정치를 어떻게 할까."

"작은 것들이 모이면 큰 것이 됩니다."

"당신과 나는 큰 흐름을 타야 하는 사람들이야. 당신이 자비로운 건 알지만, 우린 작은 것들에 연연해할 새가 없어."

그렇게 말하면서 바스티안은 잠에 취한 고양이처럼 쭉 늘어졌다. 의례상 손에 들었던 책은 던져버린 지 오래다. 좀 읽어보려 했는데, 아무래도 졸려서 안 되겠다.

"그래. 당신과 나, 우리. 우리란 말이지. 우리."

그가 작게 중얼거리며 흘끗 위를 올려다보았다. 금빛 시선이 스르르 빠져나간다. 조금은 석연찮은 느낌이었으나 크게 신경 쓰지 않았다. 그보다 그는 다른 생각에 골몰해 있었으므로.

"왕에게 우리라니 말도 안 되지. 오히려 해로워. 그런데 어느새엔가 그렇게 생각하게 됐다니까? 당신은 사물을 보는 시각이 나와 같아. 그게 무척 신기하고 놀라워."

"……."

"잘리어는 내게 꿈의 일부이고 잘리어 역시 내가 꿈의 일부일 거야. 당신에게 발루아는 어때? 아마 나와 같겠지?"

"……."

"아무래도 맞는 것 같아. 공감할 수 있는 게 많을지도 모른다는 말이야. 당신에게라면 어쩌면…… 응? 듣고 있어? 에르완?"

책상에 기대었던 머리를 떼며 그가 그녀를 살폈다. 아무리 불러도

미동이 없다. 그렇다고 자고 있는 건 아니었다. 총기를 담은 눈이 완전히 꿰뚫어버릴 기세로 책에 고정되어 있었으니까. 에르완과 있어보니 알겠다. 그녀의 집중력은 무섭도록 뛰어났다. 무언가에 골몰하면 누가 말을 걸어도, 심지어 신체적으로 접촉해도 알아차리지 못했다.

"뭐야. 이미 듣지 않고 있잖아."

바람 빠지는 소리를 내며 웃었다.

"당신은 백성들에 대해 얘기할 때면 자비롭고 인간적인 표정이지. 그걸 보여줘놓고 내게는 늘 냉정한 얼굴이라니, 그건 반칙 아냐?"

"……."

"진짜…… 재미없는 여자 같으니."

팔락. 종이 넘기는 소리가 귓가를 스쳐지나간다. 책을 내려다보는 마른 시선. 천천히, 터벅터벅 해가 진다. 노을빛에 붉게 잠긴 얼굴을 질릴 틈도 없이 응시했다. 곧고 바르며 흐트러짐이 없다. 지켜보고 있으면 덩달아 잔잔해진다.

평화는 지루하다. 늘 지루했다. 하지만 지금만큼은 이 지루함이 싫지 않았다.

✣ ✳ ✣

레이첼은 조용히 눈치를 보았다. 아침에 일어나자마자 가장 사랑해 마지않는 여왕 폐하를 보러 왔을 뿐인데, 그녀를 기다리고 있던 건 살기마저 흐르는 긴장된 분위기였다.

저 사람은 또 누구일까. 조심스러운 눈으로 에르완 곁에 있는 남자를 훔쳐보았다. 유난히 짙은 눈썹과 굳은 입술, 등에 메고 있는 기다란 검까지. 몸통을 꿰뚫은 듯 비스듬히 삐져나온 검집을 보자 절로 몸이 움츠러들었다. 조국이 전쟁의 화마에 휩쓸린 이후부터 그녀는 기사들을 두려워하게 되었다.

"레이첼."

단 하나, 실드베르 4세만 제외하고.

"네, 여…… 힐데가르드 님."

부드러운 목소리에 레이첼의 얼굴에 화색이 돌았다. 에르완은 집중하여 읽고 있던 책을 한 장 더 넘기며 그녀에게 시선을 주었다. 아, 어쩜 독서하시는 모습도 저렇게 우아하고 품격 있을 수 있을까. 그녀는 그야말로 이상적인 왕이자 존경스러운 주군, 모셔야 할 상전이면서 다정한 언니였다.

"만약 소수가 희생하여 다수가 살아날 수 있다면……."

"예?"

"쉽게 말해보자. 한 명이 죽어 열 명이 살 수 있다면 옳은 일일까?"

"으음."

레이첼은 머리를 감싸쥐고 고민에 빠졌다. 가끔씩 여왕은 이렇게 어려운 질문을 던지곤 했는데, 레이첼이 송구해하자 그저 솔직하고 편견 없는 대답이 필요해서라고 했다. 오랫동안 고민하던 그녀가 고개를 들자 에르완과 시선이 마주쳤다.

"옳은지, 아닌지 잘 모르겠어요. 하지만 운이 좋아 살아남더라도 기쁘지 않을 거 같아요."

"그렇지? 나도 그렇게 생각한단다. 열 명을 살리기 위해 한 명을 죽인다면, 그건 열 명의 살인마를 만드는 거나 다름없지."

"하지만 열 명 중에 힐데가르드 님이 계신다면 전 기꺼이 그 한 명이 될 수 있을 것 같아요."

"그런 소리 하지 마, 레이첼. 그러면 내가 너무 슬프지 않니."

"슬프게 만들려던 건 아니었어요."

레이첼은 기어들어가는 목소리로 중얼거렸다. 머리를 살며시 쓰다듬는 손길도, 안타깝게 젖어드는 눈동자도 죄다 제 탓인 것 같아 울고 싶어졌다. 그러다 큼큼, 옆에서 헛기침하는 소리에 깜짝 놀라 돌아보았다. 잠깐 존재를 잊고 있었던 남자였다.

"몬드 경, 서 있는 게 줄곧 불편해 보이는데 마땅치 않으면 돌아가서 쉬셔도 좋습니다. 저는 호위는 필요 없으니."

호위! 검에 대해선 아는 것 없는 레이첼이지만, 그것이 얼마나 여왕에게 쓸모없는 것인지 정도는 안다. 폐하를 지킨다니, 이 말을 들으면 배를 잡고 웃어댈 그레더니어의 기사만 해도 열이 넘을 것이다. 나머지는 호위할 놈의 실력을 보겠다며 검을 빼들 테고.

"호위가 필요한지 아닌지는 저희 폐하의 결정을 따릅니다."

"뭐라구요?"

"레이첼."

에르완이 가라앉은 목소리로 그녀를 붙잡았다. 노골적으로 코웃음을 치는 몬드의 모습에 레이첼은 눈물이 핑 돌 지경이었다. 발루아에서는 감히 폐하 앞에서 저런 무례를 저지를 수 있는 사람은 없다. 모두가 여왕을 존경하고 복종한다. 강하지만 인자한 성정을 겪어보고 마음으로 따르지 않는 이가 없다. 이곳에서 저런 몰상식한 자를 겪을 몸이 아니란 말이다.

"마뜩잖은 자리를 구태여 지키고 있을 필요는 없다고 말씀드리는 겁니다. 대제께는 하루 종일 경이 붙어 있었노라고 말씀드릴 테니 곤란해지는 일은 없을 겁니다."

"마뜩잖다뇨? 당치도 않습니다. 군대 개편에 대해 폐하께 직접 간언하신 걸 보면 전략과 전술에 능하신 듯한데 한 수 배워야지요. 많이 가르쳐주십시오."

에르완은 피곤한 듯 한숨을 내쉬었다. 몬드가 충분히 마음이 상한 건 알겠다만, 노골적인 신경전에 응해줄 만큼 그녀는 한가하지 않았다. 불필요한 시간과 감정을 낭비하는 것만큼 소모적인 일도 없을뿐더러. 머리를 아프게 하는 건 그의 상관으로도 충분하지 않나.

"전략에 능하시다면 크락 전투에 대해서 모르시지 않겠지요? 왜 그, 있잖습니까. 실드베르 4세의 전술 중 뛰어나다고 정평이 나 있는……."

"잘못 알고 계시군요. 그 작전은 완전히 실패였습니다."

"뭐라고요?"

딱 잘라 돌아오는 말에 몬드가 성이 난 얼굴로 곧장 맞받아쳤다. 요즘 시대에 실드베르 4세만 한 전략가는 없었고, 잘리어에서 몬드만큼 실드베르 4세에 대해 열심히 연구한 이가 없다. 그가 손에 꼽는 전략을 읊으며 기를 죽일 생각이었는데 돌아오는 대답이 저따위다. 실패라니? 머리끝까지 화가 차올랐다. 몬드가 침착하려 애쓰며 주먹을 쥐었다.

"실패라뇨? 지금 다른 작전과 착각하시는 것 아닙니까?"

"연합군과 함께 부르군트 군을 사방에서 포위하려고 했던 그 전투라면, 실패가 맞습니다. 다른 두 연합군이 폭우가 몰아치는 바람에 행선에 차질이 생겼었지요."

"실드베르 4세는 수적으로 밀리는 상황을 인지하고 진지를 구축했습니다. 너르고 깊은 공호에는 빗물을 받아 방어력을 강화하고……."

"말에게 물을 먹이는 용도로 사용했습니다. 설명하지 않으셔도 잘 알고 있습니다. 그러니 판단에 착각할 리도 없습니다."

"예! 그렇군요, 잘 알고 계시는군요! 그런데 그렇게 구축된 진지로 시간을 충분히 끌어 연합군과 함께 부르군트 군을 대파한 결과는 모르셨던 모양이군요! 작전이 실패였다고 말하시는 걸 보면!"

"아뇨, 그것 또한 알고 있습니다."

여자는 무섭도록 침착했다. 몬드는 머리끝까지 화가 나 미칠 지경이었다. 어디서 나타났는지 모를 이 여자가 저를 창피 준 것도 모자라, 제 우상을 모욕하고 있었다. 자신이 존경해 마지않는, 실드베르 4세를.

"진지를 구축하여 시간을 끄는 동안 발루아의 손해도 만만치 않았습니다. 비축된 식량을 소비했으며 군사들의 체력을 깎았지요. 후에 부르군트 군을 대파했지만, 그게 다였습니다. 발루아는 부르군트와 똑같은 손해를 입은 채 본국으로 귀환하였습니다. 이후 산맥으로 이어지는 본래의 전투 계획을 반도 성공시키지 못한 채로요."

"그건, 그건……."

"그 순간부터 작전은 실패였습니다. 책임은 지휘관에게 있습니다."

"현 시대에 실드베르 4세만큼 날씨를 잘 읽는 분은 없습니다! 그 상황에서도 폭우를 최대한 이용하시지 않았습니까? 실드베르 4세께선 최선을 택했을 뿐입니다!"

"전략이란 기교가 아닙니다. 정확한 근거와 사실에 근거한 논리적 판단이어야 합니다. 실드베르 4세는 경우의 수를 고려하지 못했습니다. 충분한 실책입니다."

"그걸 어떻게 다 예상합니까? 전략이란 건 선택이죠. 판단인 동시에!"

"이곳에도 곧 폭우가 몰아칠 겁니다."

피를 토할 듯 이어지던 목소리가 뚝 끊겼다. 폭우라니? 몬드가 황당하다는 듯 에르완과 창문을 번갈아 바라봤다. 창밖은 구름 한 점 없이 맑았다.

"물러가라는 권고는 비단 경이 불편해 보여서가 아니었습니다. 두 시간 후부터 비가 내리기 시작해 빗발이 굵어질 테니 지금 성을 떠나는 편이 좋을 겁니다."

"무슨 말씀입니까?"

"듣지 못하셨습니까. 말한 그대로입니다."

정중하고 예의 바르지만, 칼 같다. 그러니 그녀가 말한 내용을 더더욱 이해하지 못하겠다. 고개를 조금만 돌려보아도 보이지 않나. 하늘은 더없이 푸르고 청명했다.

"폭우라뇨? 구름 한 점 없는걸요. 제 생각엔 오후 내내 맑을 겁니다. 내기하시겠습니까?"

"아뇨."

"자신이 없으신 모양이군요. 아니면 실드베르 4세를 따라 해보고 싶었다거나."

스스로 유치하다 여기면서도 입이 멈추지 않았다. 자존심이 상할 대로 상해서 눈에 뵈는 게 없다. 대답하지 않는 모습이 정곡을 찔렸기 때문이라는 짐작마저 들었다. 까닭 모르게 기세등등해졌다.

"만약 정말 오후에 비가 온다면, 다음에 뵐 때는 제가 치마를 입고 오도록 하겠습니다. 그만큼 저는 자신 있으니까요."

그가 과장되게 허리를 굽히며 인사했다. 하나하나가 전부 에르완에 대한 조롱이었다.

"아니, 정말 그러실 필요는……."

발언에 놀란 레이첼이 끼어들었다. 당황과 안타까움이 화를 덮은 것 같았으나, 몬드는 미처 눈치채지 못하고 자리를 떠나버렸다. 문이 완전히 닫힌 것을 확인하고서 그녀가 돌아보았다.

"어쩌죠, 폐하. 다음에 오실 때 정말로 치마를 입은 채라면…… 소녀는 민망하여 두 눈을 뜨지 못할 것 같습니다."

"나도 그 모습은 그다지 보고 싶지 않구나."

에르완이 도로 책으로 시선을 내렸다.

"오후에 비가 안 오길 기대해볼까."

"전 옛날부터 폐하께서 날씨에 대해 말씀하셨을 때 틀린 걸 본 적이 없는걸요."

"……그럼 최대한 몬드 경과 마주치지 않도록 노력하도록 하자. 서로에게 좋지 않은 꼴일 테니."

"네에."

마른 책장이 넘어간다. 레이첼은 대제로부터 빌려왔다는 책무더기를 한쪽으로 모아 정리하면서 그녀가 보고 있는 책을 훔쳐보았다. 처음부터 복잡하고 난해한 수식이 빼곡히 차 있다. 이미 읽어 치워버린 책들이 죄다 비슷했다. 저 어려운 것들은 어떻게 읽는 건지 생각하다, 폐하는 전쟁터에서도 책을 손에서 놓지 않았었다는 사실을 떠올렸다.

"그런데 아까 몬드 님 말이에요, 폐하를 정말 좋아하시는 것 같아요."

"나와 정반대로 생각하고 있구나. 내게는 싫어 죽겠다는 것처럼 보이던걸.”

“처음엔 저도 그런 줄 알았어요. 푸대접에 억울하고, 화가 많이 났지만…… 말씀하시는 걸 들어보니 여왕 폐하의 강력한 지지자시던걸요. 폐하께서 누구인지 몰라서 그러시는 거예요.”

실드베르 4세와 그녀가 세웠던 전략에 대해 언급할 때 보였던 열렬한 눈빛이 떠올랐다. 그레더니어, 혹은 발루아 성에 가면 흔히 볼 수 있는 얼굴이었으나 잘리어에 와서는 좀처럼 발견하지 못했다. 평화를 즐기느라 전쟁영웅은 염두에 없다는 쪽이 맞았다. 국경선 하나만 넘어도 전쟁판인데 이곳은 신기할 정도로 논외였다. 마치 세상으로부터 유리된 외딴섬 같다.

“누구인지 알고서야 받는 호감이 진정이겠니.”

“그래도 폐하를 저렇게 열성적으로 좋아하는데 기쁘지 않으세요?”

탁. 그녀가 책을 덮었다.

“중요한 일을 앞에 두지 않았니. 그걸 이룰 때까지 모든 감정은 사소하게 두어야 한단다.”

“전쟁을…… 멈추는 것 말씀이세요?”

“그래. 너와 약속한 그것 말이다.”

조심스러운 질문을 따스하게 감싸안는 목소리였다. 자신을 향한 눈빛이 부드럽고도 강하다. 처음 보았던 때와 변함이 없다. 그때의 여왕은 지금보다 조금 더 어렸다.

실드베르 4세가 즉위하기 전이다. 실드베르 3세가 절명하고 왕위가 이어지지 않은 채 어지러운 틈을 타 부르군트가 군을 이끌고 쳐들어왔다. 본국의 국경을 먼저 칠 거라는 예상과 달리 그들은 식민지부터 치고 들어갔다. 하나하나 속속들이 무너졌다. 실드베르 3세가 일구어놓은 발루아는 수많은 식민지를 거느린 대국이었지만, 몸집만 비대한 꼽추나 다름없었다. 머리를 잃은 몸뚱이는 중심을 잡지 못하고 휘청거렸다.

북쪽이 공격당해 군을 돌리면 다시 남쪽이 당했다. 발루아의 대신들은 잘못된 판단에 대한 책임을 서로에게 돌리느라 바빴다. 발루아는 우왕좌왕하며 휴전 파발을 보내었지만, 오히려 부르군트에게 기회를 제공해주었을 따름이었다.

에르완이 전장에 발을 디딘 지 오 년 후, 부르군트는 기습적으로 최남단 식민지를 치고 들어왔다. 샤겐은 발루아가 가장 오랫동안 착취하고 있던 요충지 중 하나였다. 명치를 정면으로 후려 맞은 발루아는 서둘러 회군했으나, 화마가 샤겐을 뒤덮은 후였다.

깍! 까악!

레이첼은 그 산지옥을 똑똑히 기억한다. 통째로 불타고 있는 집, 길가에 아무렇게나 던져져 있는 시체, 하얗게 뒤집힌 눈, 살이 타들어가는 역한 내음.

산딸기를 따러 잠시 산에 가 있었다. 단지 반나절이었을 뿐인데, 마을엔 검은 피가 강이 되어 흐르고 있었다.

황망한 눈으로 시체를 쪼고 있는 까마귀를 보았다. 죽기 전 강간당한 여자의 비부가 파헤쳐져 있다. 붉은 부리를 치켜들고 새까만 눈으로 바라본다. 검은 날개를 양쪽으로 넓게 벌리며 위협했다. 잡아먹으려는 것처럼 들이닥쳤다.

「꺄악!」

바구니를 놓자 산딸기가 후드드 떨어졌다. 푸드득, 거센 날갯짓 소리가 공기를 찢었다.

레이첼은 바들바들 떨면서 꼭 감은 눈을 살며시 떠보았다. 새는 이미 저 멀리로 날아가 있었다. 그리고 까마귀에 집중한 나머지, 멀리서 철컥거리며 다가오는 군화소리를 듣지 못했다는 걸 깨달았다. 이곳을 습격한 이들이 분명했다.

「발루아의 군대는? 특히 왕녀가 이끄는 그레더니어를 주시해야 한다.」

「그레더니어는 본국에 묶여 있을 겁니다. 섭정이 그리 명령 내렸다는 정보를 입수했습니다.」

「명줄이 끊기기 직전이라는 것도 모르는 천치들 같으니라고. 그러니 발루아는 우리 부르군트를 꺾을 수 없는 것이다. 셋째 왕녀는 다소 골치 아프다만, 혼자 무얼 할 수 있을까.」

부르군트 어로 말했기 때문에 당시 정확히 어떤 말이 오갔는지 알지 못했다. 단지 저를 발견하면 노리갯감으로 다루다 죽일 거라는 짐작만 할 수 있었다.

얼어붙은 채 손가락 하나 까딱하지 못했다. 어마어마한 광경을 마주하자 머리가 완전히 마비되어버린 것이다. 그들의 모습이 멀리서나마 뚜렷해진 순간이었다. 뒤에서 불쑥 튀어나온 손이 그녀의 입을 틀어막고 당겼다.

「읍!」

예상치 못한 힘에 속절없이 끌려갔다. 그늘 속에 묻힌 레이첼은 두 눈을 질끈 감고 속으로 외쳤다. 살려주세요!

「쉬이.」

터지는 비명은 곧이어 귓가에 흘러드는 목소리에 사그라졌다. 부드럽고 유려한, 하지만 이곳에서 들어본 적 없는 낯선 여자의 목소리였다. 발버둥이 약해지자 입을 막은 손아귀 힘도 풀어졌다. 눈을 굴려 그녀를 확인했다.

쏟아지는 금빛. 눈알이 찔린 것 같았다.

「발루아는 후계자 싸움으로 혼란함의 극치일 거다. 그걸 최대한 이용해야 해. 발루아로 흘러들어가는 자금과 군사의 맥을 끊고 옆구리를 치는 것.」

「이곳은 정리가 거의 다 되었으니 떠나시죠. 마무리하고 뒤따르겠습니다.」

가까워지던 발소리가 다시 멀어졌다. 사람의 귀로는 들리지 않을 만큼 미약해지고 나서야 정체 모를 여자가 레이첼을 놓아주었다. 지탱하던 힘이 사라지자 바닥에 주저앉고 말았다. 후들거리는 다리를 주체할 수 없었다.

「누, 누구…….」

겁에 질린 눈이 발치에 머물렀다.

「겁낼 필요 없다. 난 이곳을 침범한 이들과 한패가 아니야.」

달래는 목소리에도 떨림은 가라앉지 않았다. 기어올라가는 시선이 달팽이마냥 느리다. 간신히 허리춤까지 이르렀다. 사람을 올려다보는 게 이렇게 힘겨운 일인가 싶었다.

겁에 질린 눈은 허리에 매인 검집 위로 미끄러졌다. 검이라곤 평생 보아온 일 없지만 그 위에 새겨진 문양은 그렇지 않았다. 태어날 때부터 너무나 많이 보아 망막 안쪽까지 새겨져버린, 잔인한 백사자.

「……발루아 인이에요?」

눈을 감은 것처럼 깜깜해진다.

「발루아…… 기사님이에요?」

발루아는 점령국임에도 자주 이곳에 와 행패를 부렸다. 돈과 집을 빼앗는 건 예사였고 여자들을 끌고 가 성노예로 부렸다. 이곳에서는 태어나자마자 발루아 국기와 상징을 가르친다. 보면 도망치라는 뜻으로.

물끄러미 향해오는 시선이 칼날로 변해 이곳저곳을 쑤셨다. 상대는 다행히도 여자지만, 기사인 이상 크게 다르지 않을 것이다. 어쩌지 못할 거대한 두려움이 밀려왔다. 턱이 떨리면서 딱딱 부딪쳤다.

「저…… 저리 가!」

「…….」

「저리 가! 저리 꺼지라고!」

잡히는 무엇이든 쥐어 던졌다. 훅 일어나는 먼지와 모래바람은 그녀의 발치 근처에도 가지 못했다. 레이첼이 오히려 들이마시고는 요란스러운 기침을 쏟아냈다.

「겁먹지 마라. 산 사람들을 빼내기 위해 온 것뿐이다.」

목소리는 고요했지만, 또렷했다. 그 차분함에 덩달아 휩쓸렸다. 그녀는 레이첼이 진정할 때까지 기다렸다가 수풀 뒤쪽을 가리켰다.

「뒤쪽 산기슭으로 이어진 길이 있다. 그곳을 따라 내려가면 오래 지나지 않아 해안에 이를 거야. 배가 기다리고 있을 테니.」

「왜…… 우리를 지켜주지 않았어요?」

산 사람들을 빼내기 위해서라고? 이곳에서 살아남은 사람은 저 말고는 없어 보이는데도 말인가? 두려움이 사그라지자 슬픔이 울컥 솟았다. 눈앞이 희뿌예졌다. 그저 원망스러웠다.

「우리 집은 매년 거둬들이는 농작물의 팔 할을 발루아에 보냈어요.

아버지는 그때마다 아쉬워했지만, 적이 침범했을 때 지켜달란 의미로 보내는 선물 같은 거라고 했어요. 약한 나라가 강한 나라의 힘을 빌리고 보호받는 건 당연하다면서. 그런데 왜, 마을이 이 지경이 될 때까지…… 아무도 와주지 않았어요?」

여자는 아무 말이 없었다. 겨우 그녀의 얼굴에까지 시선이 이르렀으나 눈물로 흐려져 보이지 않았다. 가족을 찾아야 한다는 생각은 이미 죽었을 거라는 확신에 묻혔다. 까마득한 절망에 파묻혔다. 어떻게 헤어나와야 할지 알 수 없었다.

「미안하다.」

그녀가 어째서 사과를 하는지도 알 수 없었다.

「미안해.」

「왜…… 왜.」

손가락이 부러질 듯 바닥을 내리눌렀다. 하얗게 질린 채 흔들렸다.

「어떤 말로도 죽은 이와 유족들에게 사죄가 될 순 없겠지.」

「맘에도 없는 소리 하지 마요!」

「이 마음은 진정이다. 나 역시 전쟁으로 가족을 잃었어.」

검집에서 잠자고 있던 날이 사선으로 뽑혔다. 동작은 단순했지만, 그것이 그리는 선은 그렇지 않았다. 공기를 베어내듯 날카롭고, 깊은 심해에서 건져 올린 것처럼 고요하다. 그러다 순식간에 춤을 추듯 우아해진다.

멍한 시선이 그것에 이끌려갔다. 숨 쉬는 틈새가 길었다.

「대신 맹세하겠다, 이 참혹한 전쟁을 반드시 끝내겠노라고. 그들이 죽어가며 느꼈던 고통마저 내 검이 되게 하겠다고.」

푸욱. 검날은 바닥을 산산조각 낼 것처럼 박혔다. 직선으로 뿌리내린다. 이곳을 태우는 불길마저 점령할 단단함이다.

「너는 이제부터 이 맹세의 산증인이다.」

눈가에 고여 있던 눈물이 흘러내리자 시야가 맑아졌다. 희뿌옇던 눈앞이 깨끗해지고 이윽고 시선이 마주치는 순간, 레이첼은 결국 그녀를 믿게 될 것임을 직감했다.

「잡아라.」

「…….」

「잡고 일어서. 나와 함께 가자. 맹세를 어떻게 지키는지 보여줄 터이니.」

다정하게 내미는 손에 눈물이 울컥 솟았다. 누구인지도 모르는데 맹세가 진짜이길 바랐다. 언제 보았다고 저 품에 기대어 마구 울고 싶어졌다.

레이첼은 그녀를 따라나섰다. 가는 길에 부모님의 시신을 수습하고, 겨우 살아남은 오빠와 만나 국경을 넘었다. 에르완이 어떤 신분인지는 발루아에 도착하고 나서야 알았다. 그녀는 섭정과 추밀원 몰래 샤겐으로 간 것이니 그곳에서 만난 건 비밀에 부쳐달라 부탁했다.

여왕이 된 에르완은 이전보다 더 바빠졌다. 전쟁은 위험하다며 레이첼을 떨어뜨려놓아 만나지 못하는 기간도 길었지만, 성에 머무를 때에는 따뜻하게 돌봐주었다.

여왕을 위해서라면 레이첼은 목숨조차 기꺼이 내놓을 수 있게 되었다. 그녀가 이끄는 그레더니어, 그리고 발루아의 백성들도 그랬다. 고향, 샤겐이 부르군트의 식민지가 되었다는 소식을 들었을 때도 오로지 군주만 우러러보았다. 믿어 의심치 않았다.

「맹세한다.」

수천, 수만의 목숨. 상상도 못 할 무게를 어깨에 짊어지고서도 흔들림이 없다.

「이 전쟁을 반드시 종결하겠노라고.」

이미 잃어버린 것들을 위해 검을 들었다. 맹세를 잊지 않기 위해 계속 싸웠다. 가장 어두운 폐허에서마저 빛나는 그녀는 태양이었다. 노을이 지더라도 결코 물들지 않을, 눈물겹게 눈부신 태양.

Chapter 3

"갑자기 비가 쏟아지는군."

더위 먹은 여우처럼 창가에 늘어져 있던 바스티안이 창밖을 보며 말했다. 점심께부터 흐려지기 시작한 하늘에선 비가 내렸다. 톡톡. 가볍게 창문을 쳐대던 빗발은 순식간에 거세졌다. 굵은 비가 장대처럼 쏟아진다. 오늘 나가서 놀긴 글렀군. 어두워진 창밖을 보며 빈둥빈둥 생각했다.

"아십니까, 폐하? 저는 비 오는 날이 좋습니다. 가장요."

"어째서? 그다지 궁금하진 않지만."

"그야 폐하께서 밖으로 도망치시진 않을까 걱정할 일이 없으니까요!"

생글생글 웃으며 소리치는 후베르트는 진심으로 즐거워 보였다. 그러고 보니 그의 눈 밑에 항상 짙게 드리워 있던 그늘이 없다. 바스티안은 눈을 가늘게 좁혔다.

"그런 표정 짓지 마. 그렇게 기대하면 부숴주고 싶지 않나."

"네네. 이것들이 오늘 처리해야 할 안건들입니다, 폐하."

차곡차곡 정리된 서류뭉치가 책상에 턱 내려앉았다. 이날을 노리고 모아둔 것이 분명했다.

모처럼 오늘은 정무나 볼까. 아냐, 역시 됐어. 몸을 바로 세우려던 바스티안은 일 초도 지나지 않아 도로 주르륵 내려갔다. 그 대신 벽에 아무렇게나 세워져 있던 검을 쥐었다. 에르완이 골라준 이 검은, 그립부가 다른 검보다 유난히 긴 구조였다. 여차하면 양손으로 잡고 휘두를 수 있지만 크기가 작은 덕에 기동성이 좋다고 했다. 균형 잡는 법만 익혀보라던 그 건조한 목소리가 떠올랐다.

"아무리 생각해도 탐난단 말이야."

"예? 뭐가 말씀입니까?"

후베르트가 정리하다 말고 고개를 들었다. 바스티안은 마치 장난감 다루듯 검의 연결부를 매만지다가 잡고 빙빙 돌렸다.

"에르완 말이야. 실드베르 4세. 만나기 전까지만 해도 쥐뿔도 관심 없었는데, 막상 만나니 인간적으로 끌릴 줄 누가 알았겠어. 그녀는 왕이면서 지휘관, 동시에 검사의 자질도 가지고 있네. 그만한 지식과 실전 경험을 가진 재목이 또 있을까."

"확실히 저의 짧은 식견으로도 보기 드문 분이긴 합니다. 그런 분이 잘리어의 지휘관으로 계시면 얼마나 좋을까요? 햐, 상상만 해도……."

"왕이길 바란다곤 하지 않는군. 의외인데."

"그야, 지금 제 앞에는 폐하께서 계시지 않습니까. 전 일찍 죽기 싫습니다, 네."

"자네 점점 짐의 안 좋은 점을 닮아가는 것 같아."

"그 군주에 그 보좌관이라는 말만은 듣지 않도록 최대한 노력하겠습니다……. 그런데 폐하, 검 연습은 언제까지 하실 생각입니까?"

"왜?"

"아뇨, 이번엔 질리지 않고 유독 오래간다 싶어서요. 폐하께선 인내나 노력, 참을성과는 담쌓은 분 아닙니까."

"배움에 근본이 없어놓으니 뭐, 이게 제대로 하는 건지도 모르겠군. 자, 이건 어때? 저번보다 좀 늘지 않았어? 짐이 운동신경이 좀 좋아야지."

휘익, 휙. 날이 아무렇게나 휘둘러진다. 보기에는 그럴싸하게 놀렸으나 그 근본은 조잡하기 그지없었다. 베기와 찌르기의 차이조차 모르는 검.

정식으로 배우고 싶다면 스승을 두어도 될 텐데, 워낙 체계와 질서로 스스로를 옭아매는 걸 싫어하는 왕이니 말을 꺼내봐야 소용없다는 걸 안다. 후베르트가 옅은 한숨을 내쉬며 고개를 저었다.

"네에, 네. 많이 느셨습니다. 저번처럼 검이 제게 날아오는 일은 없으니까 말입니다."

"솔직히 말하자면 그때는 고의였네. 옆에서 자꾸 읊어대는 게 자꾸 방해되어서 말이야……."

"맙소사, 그땐 분명 실수라고 하시었으면서!"

"미안해, 미안해."

"뭐가 미안하신 건지는 알고 계시는 겁니까? 예? 전 그때 정말 죽을 뻔했단 말입니다!"

"아, 귀 따갑군. 또 던져버리고 싶어지는데……."

바스티안이 검을 잡고 진심으로 고민에 빠졌다. 후베르트가 우는 얼굴로 부르짖었다.

"폐하아! 진짜!"

"알았어, 알았어. 나 참, 안 죽었으면 됐지 뭘 그러나. 그래서 그때

짐이 자네가 가져온 그, 뭐냐. 낭트 성 보수작업 검토도 끝내지 않았어."

"참, 폐하. 오늘 봐주셔야 할 서류 중에 그 안건도 포함되어 있습니다만."

"그거 이미 끝난 이야기 아니었나?"

"그게, 보수작업에 필요한 목재와 돌, 쇠를 포함한 기타 자재들의 공급이 불가능하게 되어서요. 특히 목재 수출국인 스칸더르벅 산간지방에 커다란 불이 났다고 합니다. 본래 조달을 담당했던 에그버트 남작이 아쉽지만 이번 사업에서 손을 떼겠다고 의사를 밝혔습니다."

"흐음."

"저, 어떻게 할까요……? 낭트 성 보수 작업은 이번 해를 넘기면 힘들 텐데요."

후베르트가 조심스레 눈치를 살폈다. 이미 왕의 검토가 끝난 서류를 다시 번복하여 들이민다는 건 상당한 용기를 요하는 일이다. 심지어 에그버트 남작은 이후에 왕이 내릴 징벌에 대해서도 달게 받겠다고 했다. 침을 꿀꺽 삼키며 왕의 결정을 기다렸다. 바스티안은 의외로 답을 빨리 내놓았다.

"거기, 문서고 둘째 선반에 서류가 하나 있을 거야. 오토리노 국 재상의 직인이 찍혀 있는 것. 날짜는 어림잡아 이 년 전쯤."

후베르트는 군말 않고 왕의 가리키는 대로 문서고로 가서 서류를 찾았다. 왕이 말한 날짜와 위치가 정확해 찾는 건 그리 어렵지 않았다. 읽어봐. 뒤에서 느릿하게 명령이 떨어졌다. 뜬금없이 뭘 읽으라는 건가, 궁금해하며 서류를 읽어내리는데…… 입을 다물 수가 없었다.

"폐하, 이건…… 뭔가요? 오토리노 국에서 물자 지원이요?"

오토리노 국은 잘리어와 산맥을 끼고 맞닿아 있는 이웃 나라였다. 천연자원이 풍부하다며 바스티안이 늘 침을 흘리며 넘보곤 하는.

"스칸더르벅에 비할 바는 아니겠지만, 이래저래 끼워 맞추면 낭트 성 하나 정도 보수하는 건 가능할 거야. 보수작업은 늦출 여유가 없으니 당장 시작하고, 그 문서를 근거로 오토리노 국에 협조 요청해."

"아니, 폐하. 이걸 어떻게 얻으신 겁니까? 세상에, 그 깐깐하기 짝이 없는 재상이 이런 최악의 조건에 직인을 찍었다고요? 이거 설마 가짜 아닙니까?"

바스티안이 보관하고 있던 것이니 그럴 리 없겠지만, 문서 조항이 기가 막혔다. 잘리어가 요청하는 물자는 오토리노 국에서 지원한다, 지원에 필요한 운송 또한 오토리노 국 책임이다, 해당 서명은 잘리어 국의 공식적인 철회가 있을 때까지 유효하다 등 온통 일방적으로 잘리어에 유리한 조항으로만 가득 차 있었다. 바보가 아닌 이상 서명할 수 없는 서류를 그 악명 높은 재상이 받아들였다고?

"가짜 아니야. 분명 본인이 찍은 거니까. 공증인도 있고."

후베르트는 존경으로 가득 찬 눈으로 왕을 우러러보았다. 아무리 게으르다 해도 역시 왕은 왕이었다. 역시, 오토리노 국의 재상이 아무리 까다롭대도 외교술에 대해선 폐하께 비견될 바가 아니었던 것이다.

"하지만 본인은 기억 못 할 수도 있겠군. 워낙 경황이 없었으니…… 잠깐 짐과 이야기를 나누러 왔다가 술을 그렇게 많이 마실 줄 누가 알았겠나."

"예?"

"짐이 또 술로는 누구에게든 지지 않잖아. 여독에 힘겨워하기에 조금 부추겼더니 금방 제정신을 못 차리지 뭐야. 그때 농담으로 몇 마디 던져봤는데, 서류에 진짜 도장을 찍을 줄이야. 술이 들어가니 아주 다른 사람으로 변하더군. 세상을 이롭게 할 인간이야."

"……."

"우리에게는 잘된 일이지. 그 어느 나라에도 절대 받아내기 힘든 조건이 아닌가?"

"확……실히…… 그렇긴 합니다만……."

"뭐야, 그 실망한 얼굴은. 뭐, 짐이 대단한 외교술이라도 발휘한 줄 착각한 건 아니겠지?"

"하아, 조금쯤은 폐하께 환상을 가지게 해주십시오."

후베르트의 짙은 한숨과 바스티안의 유쾌한 웃음소리가 교차되었다.

"어차피 외교술이란 건 값비싼 거짓말에 불과하지. 짐은 거기서 포장 한 꺼풀 벗겨냈을 뿐이야. 공정한 처신만으로 세상이 돌아간다면 군대가 왜 필요하겠나."

"폐하께선 가끔 머리를 때리는 말씀을 하십니다."

"그러니 왕이 아니겠어."

재수 없지만, 맞는 말이었다. 후베르트가 허탈한 숨을 내쉬었다. 며칠 동안 밤새 고민하게 만들었던 보수작업 건이 이렇게 손쉽게 해결되다니, 허무하기도 했다. 그래서 바스티안에게 안건을 더 들이밀지 못하고 정리하고 있는데, 노크 소리가 울렸다. 바스티안의 허락이 떨어지자마자 문이 열렸다.

"오, 자비에 경."

"자비에 경 오셨습니까."

후베르트가 금세 얼굴을 가다듬으며 물러났다. 아, 정말 달갑지 않은 손님이 왔다.

"폐하, 그간 강녕하셨습니까. 오래 찾아뵙지 못해 송구합니다."

정중하게 묵례하고 올라오는 얼굴이 화사하다. 초승달처럼 가느다란 눈과 휘어 올라간 가느다란 입술. 전체적으로 옅은 인상에 마른 몸이다. 입술에는 항상 미소가 걸려 있고 목소리 또한 나긋나긋했지만, 후베르트는 그를 마주할 때마다 찝찝하기 짝이 없었다.

바스티안이 게으르게 늘어진 커다란 구렁이라면, 자비에 카시미르 후작은 독사였다. 상대에 따라 독니를 감추었다가 빼내는 방법을 아는.

"아냐. 자네가 이전에 보내줬던 알리아 국의 전통주, 정말 잘 마셨네. 블랑쉐는 잘 있나?"

"입에 맞으셨다니 다행입니다. 블랑쉐는 물론, 폐하께서 살펴주신 덕에 잘 지냅니다."

"혼인 날짜는 잡히지 않았나?"

"아직입니다. 하지만 이른 시일 내에 잡을 생각입니다."

"어차피 할 생각이라면 빨리 하는 게 좋아. 자나 깨나 자네와의 한 집살림을 기다리는 약혼녀가 불쌍하지도 않아?"

"새겨듣겠습니다."

새겨듣긴 개뿔. 후베르트가 속으로 욕했다. 제가 아는 한 자비에는 왕의 주변 인물 중 가장 약삭빠르고 잇속을 챙길 줄 아는 인물이다. 그는 줄곧 남부 포도주 사업에 눈독을 들이고 있었고, 남부 상단의 여식인 블랑쉐를 발 빠르게 약혼녀로 맞아들였다. 사업이 실패할 것 같으면 가장 먼저 그녀를 버릴 인간이 자비에다. 이른 시일 내? 웃기는 소리 말라고 해라. 사업이 보장될 때까지 맛볼 대로 맛보면서 질질 끌 심산이면서.

폐하도 참, 어째서 저런 인간을 곁에 두시는 건지 모르겠다니까. 후베르트가 신경질적으로 서류를 탁탁 챙겼다.

"다른 게 아니라 얼마 전에 체결된 몬베테오 국과의 보석 수출 건 말입니다. 그걸 몬드 경과 함께 제게 맡겨주시면 어떻겠습니까?"

"그 건을 몬드 경이 맡았다는 건 아는 사람이 몇 되지 않는데, 이야. 역시 후작은 소문이 빨라. 대체 정보를 어떻게 입수하는 건지 궁금하다니까."

"성에는 벽에도 귀가 붙어 있지 않습니까. 그 수많은 귀 중 제 것도 하나 있을 겁니다."

"하지만 말했듯이 그 건은 이미 몬드 경에게 넘어갔는데. 몬드 경이 이미 몬베테오 국과 중개료 8할로……."

"제가 이 사업에 끼어든다면 3.5할까지 낮출 수 있습니다."

"그게 정말인가? 어떻게?"

바스티안이 놀란 눈으로 물었다. 슬쩍 돌아보는 후베르트도 궁금해하는 눈치였다. 자비에가 옅은 안개처럼 웃었다.

"몬베테오 국과는 이전 사업 건과 얽혀 있어 알고 있는 이들이 많습니다. 도미니크 공작 각하와 함께한 그 건 말입니다."

"허어, 공작과 함께 일했다니 고생이 많았겠군."

도미니크 공작은 바스티안이 가장 대하기 까다로워하는 인물이었다. 바스티안 형, 리상드르의 약혼자이자, 바스티안의 왕위 승계를 강력하게 반대했던.

"……뭐, 좋아. 몬드와 같이 하도록 해봐. 뒤통수 맞았다고 분개할

지도 모르니 잘 말하고."

머릿속으로 복잡한 셈을 마친 바스티안이 그를 똑바로 응시했다.

"어쩌겠습니까. 이렇게 모르는 곳에서 뒤통수나 맞으니까, 만년 국경수비만 맡고 있는 것 아닙니까. 훌륭한 본보기가 될 것입니다."

"허, 몬드 경과 절친한 사이면서 온갖 말을 다 하는군."

"절친한 사이니까 더 잘 압니다. 몬드 경이 처음엔 비록 감정적으로 나올지 몰라도, 시간이 흐르면 폐하의 현명하신 처사에 감읍할 것입니다."

바스티안의 눈이 녹녹하게 구부러졌다.

"현명하다? 짐이 내릴 판단을 이미 만들어 와놓고?"

"무슨 말씀이십니까. 폐하께서 판단할 거리는 하나밖에 없지 않습니까. 소인이 쓸모 있는지, 없는지. 갖다 버릴지, 더 이용할지. 제 존재가치는 오로지 그것뿐입니다만."

"짐은 자네의 입에 발린 말이 좋아. 텅 비어 있지만 아주 쓸모없지는 않고, 들킬 걸 알면서도 숨기질 않거든."

"감사합니다."

대체 뭐가 감사하다는 건지. 후베르트가 어처구니없다는 얼굴로 둘을 번갈아 쳐다보았다. 자비에는 극도로 싫은 부류의 인간이었지만, 바스티안과 주고받는 합을 보면 그 능수능란함에 혀가 내둘리긴 했다. 불규칙하지만, 잘 짜인 변주곡을 듣는 느낌이다.

"그런데 폐하, 최근에 몬드 경에게 시키신 일이 무언지 여쭤도 되겠습니까?"

그대로 인사하고 나가려던 자비에가 갑자기 뒤돌아 물었다. 바스티안이 가지고 놀던 검을 대충 바닥에 던져놓으며 고개를 저었다.

"별것 아니네. 그냥 누구 하나를 호위하라고."

"호위요? 그것 참……."

"왜? 뭔가 이상한가?"

"몬드 경이 아까 저를 찾아와서 다짜고짜 치마를 빌려줄 수 있냐고 물었습니다."

"……치마?"

"예. 무엇에 쓰려고 하는지 물어보니, 얼굴만 붉히고 대답은 하지 않았습니다. 그래서 일단 블랑쉐의 드레스를 보여주었는데 너무 작다며 가버리고. 들어보니 시내의 공방에도 들른 모양이던데, 평소의 몬드 경답지 않았습니다. 어디엔가 잔뜩 화가 난 것 같기도 하고……."

"흐음."

"짚이는 곳이 있으십니까."

턱을 매만지며 생각에 빠져 있던 바스티안이 눈을 돌렸다. 기다렸다는 듯 후베르트와 시선이 마주쳤다.

"아무래도 그녀인 것 같지?"

"예. 몬드 경께서 치마를 직접 입는 정신 나간…… 아니, 이상한 생각을 품는 게 아니시라면, 그분께서 시키신 거겠지요?"

그가 비장하게 고개를 끄덕였다. 이리저리 구르는 바스티안의 눈은 호기심과 알 수 없는 감정들로 반짝이고 있었다.

"그런데 호위에게 몰래 시켜 구할 정도로 그녀가 치마를 좋아했던가? 상상도 못 한 일인데."

"글쎄요, 그분이라면 좋아하시진 않지만 그렇다고 꺼리시지도 않을 것 같은데요. 그런데 왜 폐하께 직접 말씀하시지 않았을까요?"

"글쎄, 왜일까?"

"이유야 뭐, 폐하를 대하기 불편하신 모양이죠. 몬드 경이 더 편하다거나."

"……."

"저어, 그런데 그분이 대체 누구십니까?"

조금 전까지 일말도 없던 관심이 샘솟았다. 왕이 이전에는 보이지 않던 감정을 드러내었기 때문이다. 후베르트야 워낙 느리고 둔한 편이니 눈치채지 못했겠지만, 자비에의 눈엔 똑똑히 보였다. 언제나 표면적이었던 왕이 누군가를 이해하려 든다는 것, 불가해한 생각을 따라가려 애쓴다는 것. 어떤 말로도 출렁인 적 없는 마음이 한쪽으로 기울어져 있다는 것. 그 의미가.

"누군데 폐하께 말씀 안 드린 거로 섭섭하게 만들 수 있는 겁니까?"

관조자로 남을지 잠깐 고민하다가, 조금 더 구체적으로 찔러보기로 했다.

"섭섭? 짐이? 이상한 소릴 하는군."

스스로 의식도 못 한다라. 저 왕이? 고민에 빠진 것도 모자라?

재미있는 일이다. 왕은 여색을 즐기진 않았으나 일부러 멀리하지도 않았다. 적당히 즐기고 취하면서도, 단 한 번의 실수도 저지르지 않았다. 허술함을 가장한 완벽주의자. 그런 왕을 고민하게 만드는 상대라니. 궁금해질 수밖에 없었다.

"뭐, 만나고 싶다면 굳이 막지는 않겠네만, 몬드 경 이야기만 모르는 걸로 해두지. 짐은 차마 이야기를 못 들은 걸로."

"예, 폐하."

느른히 찢어지는 부하의 미소에 왕이 눈살을 찌푸렸다.

✣ ✳ ✣

"폐하, 폐하! 이게 뭔지 아십니까!"

아침이 밝자마자 큰 소리를 내며 뛰어온 건 레이첼이었다. 종이뭉치가 손끝에서 나비처럼 팔랑거리고 있었다. 막 산에서 내려와 옷을 갈아입고 있던 에르완이 문 쪽으로 시선을 돌렸다. 더없이 자상한 눈빛이었다.

"레이첼, 그렇게 뛰다 넘어지겠다."

"이크, 죄송해요. 하지만, 하지만! 폐하! 오늘 본국에서 사람이 왔었는데요, 서신이 잔뜩 왔습니다! 세베르 경, 사이러스 오라버니, 에셀레드 경, 엘리언 경, 베로니카 경, 로제 경…… 그러니까, 그레더니어 대부분이요! 세상에, 그 리처드 경도 보내셨다니까요."

"그래? 그것 참 놀라운걸. 어디 보자."

리처드는 그레더니어 내에서도 끔찍하게 말수가 적다고 정평이 나 있는 이였다. 죽을 때에도 비명 한 번 안 지를 거라고 단장이 혀를 내두르곤 했다. '폐하의 귀환을 손꼽아 기다리고 있다.'는 깔끔하고 단정한 필체에 흐뭇한 미소가 나왔다. 리처드뿐 아니라 그레더니어 모두의 편지에도 에르완에 대한 걱정과 그리움이 가득했다.

"그런데 오라버니 편지에 제 얘기는 하나도 없어요. 기대했는데…… 어쩜 이럴 수 있나요?"

레이첼이 실망한 얼굴로 편지를 내려놓았다. 에르완이 상냥하게 그녀를 쓰다듬었다.

"오라비란 원래 그런 것이란다. 속으론 걱정을 많이 하고 있지만 내색은 하지 않는. 오라비가 그레더니어에서 훈련받을 때 너도 그랬지 않니."

레이첼이 그때를 떠올리며 느리게 고개를 끄덕였다. 레이첼의 오빠는 그녀와 함께 에르완에게 거둬진 후, 반드시 은혜를 갚겠다며 그레더니어에 들어갔다. 검을 쥐어본 적조차 없던 그는 놀라운 속도로 발전해나갔다. 아직 나이가 어려 부단장에 머물고 있지만, 단장감이라고 주변에서 많이들 칭찬했다.

사실 그레더니어에 속한 모든 이가 그랬다. 지금에야 맹위를 떨치는 기사단이지만, 처음에는 난민과 전쟁 피해자, 식민지 노예를 모아 둔 오합지졸에 불과했었다. 에르완은 애초에 그들을 보호할 목적이었으나, 그들의 생각은 달랐다. 목숨을 빚졌으니 갚아야 한다 생각했다.

그들이 대륙 최강의 기사단으로 되기까지는 그리 오랜 시간이 걸리지 않았다. 매 전투마다 목숨을 바치며 싸우니 누구든 상대가 될 수 없었다. 부르군트가 가장 무서워하는 건 사실 그레더니어라는 말이 괜히 생긴 게 아니었다.

"다들 폐하를 그리워하고 있어요. 보세요."

"그래, 나도 그들이 무척이나 그리워지는구나."

"언제 돌아가나요, 저희는?"

"글쎄. 그건 나도 잘 모르겠구나."

잘 모르겠다니, 정말 폐하답지 않은 말씀이시다. 그렇게 생각한 때였다. 쿵쿵, 문을 두드리는 소리가 들렸다. 문밖에 누가 와 있는지 깨달은 레이첼이 허겁지겁 편지를 쓸어 모았다.

"들어오시죠."

편지를 모두 감추고 나서 에르완이 침착하게 대꾸했다. 끼이익. 문이 평소보다 느리게 열렸다 닫혔다. 레이첼은 편지를 모두 서랍에 감춘 후에 몬드를 바라봤다. 히익. 비명이 절로 새어나왔다. 설마 했는데 진짜 치마를 들고 오다니.

"대체…… 어떻게 하신 겁니까?"

그저 서 있는 것만 해도 수치스럽다는 듯 몬드가 얼굴을 붉혔다. 에르완이 느리게 눈을 깜박였다.

"무얼 말입니까."

"비 말입니다."

"어떻게 했냐니, 이젠 제가 비를 내리게 만들었다는 말까지 할 참입니까?"

"가능하다면요."

"……."

"도저히 비 올 날씨가 아니었거든요."

"억지란 걸 알고 계시리라 여깁니다."

"하, 우선 이걸 봐주시지요. 제가 치마를 입기 이전에……."

"아니, 입지 않으셔도 되는데요! 웬만하면 입지 말아주시겠어요? 들고 오신 드레스, 찢길 것 같거든요!"

레이첼이 참지 못하고 나섰으나 몬드는 개의치 않고 테이블에 지도를 탕 올려놓았다. 주먹이 거의 에르완의 코끝을 스칠 뻔했으나 그녀는 눈 한번 깜빡이지 않았다. 다만 의연한 시선을 죄인에게 내리꽂을 뿐이었다.

"세상에, 지금, 지금, 방금! 정말 무례하시군요! 경께서 이런 행패를 부리는 걸 바스티안 폐하께서 알고 계십니까?"

"오, 이건 오로지 개인적 자문을 구하기 위함입니다. 힐데가르드 님께서 이런 일을 일러바칠 정도로 소인배는 아니었으면 좋겠군요."

한껏 비꼬는 눈빛이 레이첼을 스쳤다 이내 다시 돌아왔다. 그녀가 고요한 침묵으로 일관했다. 몬드가 조롱 어린 비소를 지으며 고개를 까딱였다.

"감사합니다."

"그래서, 하고자 하는 말씀은?"

감정적인 신경전을 외면한 채 에르완이 무심히 답했다. 사람 속을 있는 대로 뒤집어놓고 저 태도는 뭔가. 패배에 일그러진 광기가 눈에서 번쩍거렸다.

"일전에 실드베르 4세의 전술에 관한 이야기를 나누었었지요. 그때 분명 그의 전략을 형편없다 말씀하셨고요. 맞습니까?"

"전체적인 그림을 보았을 때, 다소 잘못 판단한 부분이 있었다고 했을 뿐입니다."

"그게 그거 아닙니까. 자, 이 지도를 보십시오. 이건 제가 가장 훌륭하다 생각하는 실드베르 4세의……."

"튜튼 요새에서의 전투군요. 계속하십시오."

"……처음에 부르군트 군은 이렇게 남쪽에, 발루아 군은 서쪽에 있었죠. 부르군트 군이 전투태세를 마치고 알렸는데도, 발루아 군은 움직이지 않았죠. 무더위에 적군을 노출시켜 체력을 고갈시키려는 획책으로요."

몬드가 지도를 하나하나 짚어가며 자세히 설명했다.

"인내심이 바닥난 부르군트 군은 겁쟁이라며 비난하면서 먼저 돌진했죠. 발루아는 먼저 화포 공격으로 돌진하는 경기병을 제압한 후, 중장기병을 보내어 우익부터 궤멸시켰죠. 좌익은 숲 속으로 도주했고요. 그게 무엇 때문인지 아십니까?"

"숲 속에 쫓아 들어가 전투를 벌인 건 낮의 열기가 더해지는 오후 2시. 거기에 뒤쪽으로 보병을 투입하여 포위함으로써 전략적 우위를 점한 것이지요."

저보다 더 상세하게 이어지는 분석에 몬드가 잠깐 당황하며 말을 멈추었다.

"그, 그렇습니다. 부르군트에서 살아 돌아간 건 겨우 천. 일만사천이 포로가 되었지요. 대(對) 부르군트 전에서 이만한 대승도 없었지요. 어떻습니까? 실드베르 4세의 실력이. 빨리 인정하시죠. 그 전까지는 치마도 못 입고, 물러나지도 않을 겁니다."

"제 눈에는 이 전략에서도 수많은 허점이 보입니다."

"아니, 진짜, 왜! 남의 우상을 폄훼하지 못해 안달이 난 겁니까? 네?"

의기양양해하던 몬드가 끝내 폭발했다. 쩌렁쩌렁 방을 울리는 고성에 레이첼조차 한순간 어깨를 움츠렸다.

"경이야말로 이성을 찾을 필요가 있어 보이는군요."

"허점 따위 없습니다, 제가 장담합니다! 이 잘리어에서 저보다 실드베르 4세에 대해 잘 아는 사람은 없습니다!"

"지금 경과 시합을 하자는 게 아닙니다."

그를 마주하는 에르완은 거북스러울 만큼 침착했다. 그게 몬드의 화를 더 돋우는 모양이지만. 레이첼은 사실대로 말하지 못해 속이 터질 지경이었다. 에르완은 매번 전투를 끝내고 돌아오면 어김없이 참모진과 모여 그날의 전술에 대해 논했다. 잘한 점, 잘못한 점, 변수, 결과…… 그 자리에선 모든 것들이 솔직하게 나온다. 그것을 기반으로 지금의 그녀가 있는 것이다.

우리 폐하는 원래 하던 대로 하시는 것뿐인데 왜 자기가 난리야! 목 끝까지 올라온 말을 겨우 삼켰다. 아무리 잘리어에 협력을 구하러 왔고 최대한 조용히 지내야 한다고 신신당부를 받았대도 이건 너무 억울했다.

"저는 실드베르 4세가 행한 모든 전투에 대해 잘하거나 못한 부분을 알고 있습니다. 평가가 아닌 객관적인 파악으로 여겨, 그것을 언급했습니다. 다만 경의 행동에 대해서는 적절한 설명을 해야 할 겁니다."

"왜냐하면 제가 실드베르 4세를 좋아하기 때문입니다!"

흥분에 찬 목소리가 방 안을 크게 울렸다.

"적합한 이유가 아닙니다."

단단한 대답이 돌아왔다.

"그분이 세운 전략은 완전무결합니다!"

"인간은 모두가 불완전한 존재입니다. 그가 그리 보이는 건, 몬드 경이 감정에 휩쓸려 상대의 장단점을 가려내지 못하고 있기 때문입니다."

"허, 그러니까 제 생각일 뿐이다? 하지만 그것 또한 힐데가르드 님의 개인적 판단일 뿐이지요. 왜 그것을 제게 강요하려 하십니까?"

"경이 그보다 더 나을 수 있는 재목이기 때문입니다."

끓어오르던 용암에 찬물이 들이부어졌다. 벼락을 맞은 듯 멈추었다. 우글우글 아우성쳐대던 말이 푹 사그라졌다. 정작 말을 꺼낸 에르완은 태연한 낯이었다. 그릇의 깊이부터 다른 말, 굳건한 근간. 스스로 생각하기에도 무례하고 적대하는 상대를 아우르는 방법은 생각해 본 적도 없기에, 더더욱 차이를 절감하게 됐다. 차라리 위선이면 분하지도 않으련만.

“나는 경의 의견을 높이 삽니다. 전쟁사와 전술에 대한 관심 또한 갸륵하게 여기고 있습니다. 이따금 이런 토론을 해보는 건 어떻습니까? 꼭 실드베르 4세의 것이 아니어도 좋습니다. 아무리 크게 패하고 항복한 전투라 할지라도 분명히 배울 것은 존재하기 마련이니.”

“하, 토론이요?”

“나는 이미 기록에 남아 있는 모든 전투에 대해서 많은 토론을 벌였습니다. 하지만 같은 전투라도 새로운 사람에게선 새로운 분석이 나오는 법, 경에게는 그 모든 것들이 어떻게 보이는지 궁금합니다. 전쟁이란 언제나 똑같은 방법과 똑같은 전개로 진행되지 않는 법이니.”

그녀가 몬드를 응시했다. 입이 저절로 다물렸다. 시선이 묵직하다 느낀 건 처음이었다.

“감정에 휩쓸려 상대의 장단점을 가려내지 못하는 사람의 의견인데도 듣고 싶다는 말씀입니까?”

“스스로 그리 여긴다면 도리 없습니다.”

“저는 실드베르 4세를 비하한 데 대한 사과를 받고 싶을 뿐입니다.”

“모르십니까. 이 자리에서 실드베르 4세를 가장 욕보이는 건 경입니다.”

몬드의 눈이 설핏 일그러졌다.

“그건 무슨 뜻입니까? 아니, 그보다 어떻게 저희 폐하와 똑같은 말씀을…….”

“레이첼.”

조용한 부름에 뒤에 물러나 있던 레이첼이 종종걸음으로 뛰어나왔다. 몬드는 대답을 듣지 못해 감정이 상한 눈치였으나, 이미 무례는 저지를 대로 저질렀으므로 말을 덧붙이진 못하는 듯했다. 에르완이 읽고 있던 책을 덮으며 몸을 일으켰다.

"나는 바스티안 폐하를 잠시 알현하고 올 테니 몬드 경이 약속을 지키는지는 네가 확인하여라."

"네?"

"네에?"

두 사람이 똑같은 표정으로 똑같이 새된 목소리를 냈다.

"저, 저…… 힐데가르드 님, 그것만은."

"차마 못 보겠거든 경의 얼굴만 주시하거라. 치마를 입었는지 안 입었는지는 그것으로도 충분히 알 수 있을 거다."

"하지만, 하지만 어떻게 아래를 보지 않을 수 있겠…… 풉."

레이첼이 두 손으로 입을 간신히 틀어막았다. 처음엔 건장한 남자가 치마를 입는 해괴망측한 장면을 어찌 보나 했는데, 몬드가 가져온 드레스가 상상 이상으로 귀여워서 웃음부터 터지는 것이다. 하얀 드레스에 분홍색 실크 리본이 허리에 덧대져 있다. 그것은 몬드가 흥분하여 움직일 때마다 나비처럼 팔랑팔랑 움직였다. 건장한 사내가 입겠다고 설치기엔 퍽 우스운 꼴이었다.

"힐데가르드 님!"

원망에 북받쳐 몬드가 언성을 높였다. 지켜보고 있지 않더라도 그는 약속을 지킬 것이다. 그만큼 고지식하고 자존심이 세며 강경한 자라는 걸 알겠다. 에르완은 굳이 그를 말릴 필요성을 느끼지 못했다.

"경이 그 입으로 한 약속입니다. 결과를 고려치 않은 장담이 경에게 어떻게 돌아오는지 이번에 확실히 배워두시길."

"힐데가르드 니임!"

누가 먼저랄 것 없이 연이어 불러댔으나 에르완은 뒤도 돌아보지 않고 자리를 떠났다. 그녀의 손엔 얼마 전 바스티안에게 빌렸던 책이 들려 있었다. 장장 구백 페이지에 달하는 장서였지만, 최대한 이곳에서 많은 선진문물을 습득해 돌아가야 한다는 생각에 잠을 줄여가며 독파했다.

사실은 조금 들뜨기도 했다. 잘리어에서 습득하고 배운 것을 어떻게 응용하여 발루아를 발전시킬지 심장이 뛰었다. 종전 후 달라진 발루아의 모습을 떠올리는 것만으로 흥분을 가라앉힐 수 없었다.

전쟁을 코앞에 둔 상황만 아니었더라도 많은 것을 배울 수 있었을 것을. 그리하여 발루아의 백성들이 더 나은 삶을 살 수만 있다면. 에르완은 이 촉박한 상황을 더없이 안타까워하며, 서재로 향했다.

✣ ✳ ✣

서재의 입구는 단 하나였기 때문에, 에르완은 어쩔 수 없이 바스티안의 방을 통해 들어갈 수밖에 없었다. 미리 당부해두었는지 서재로 가는 건 그리 어렵지 않았지만, 방에 바스티안이 보이지 않는 건 마음에 걸렸다. 잠깐 자리를 비운 것인가. 다른 책을 빌려갔다는 말은 나중에 해야겠군. 그렇게 생각하며 책을 내려놓자 안쪽에서 기척이 느껴졌다. 바스티안은 아니었다. 그의 숨소리는 놀랍도록 특이하니까.

"누구십니까?"

위층에서 누군가 그녀를 굽어보고 있었다. 고개를 들자 곧장 시선이 마주쳤다. 녹음을 닮은 눈동자. 눈매가 깊고 진한 여자였다.

"이곳은 아무나 들락거릴 수 있는 장소가 아닌데, 있다는 것은…….”

탐색하듯 눈이 가늘어졌다. 그녀는 에르완의 머리부터 발끝까지 찬찬히 뜯어보며 계단을 타고 내려왔다. 이곳은 아무나 들어올 수 있는 곳이 아닌데, 에르완 또한 그 생각을 하며 그녀가 든 책부터 보았다.

'에버니저의 해적'.

언젠가 들은 적이 있었다. 물밑으로 해적과 접촉하여 막대한 자금을 끌어 모았던 잘리어의 공작이 있다고. 선대에서 기울어져가던 가문을 일으키고 승계해 어엿한 공작으로서 잘리어의 권력을 대표하던 여자라고. 그녀가 발안한 조세개혁은 가히 천재적이라, 그것을 배우기 위해 타국에서 재무대신들이 물밀 듯이 방문했다고 했다.

"최근에 왕이 망명시킨 자."

그녀는 현 대제의 시대에 유일하게 반기를 드는 인물이었다. 선대왕의 약혼자였기 때문일까, 그가 붕어한 후에도 바스티안만은 제위에 오르면 안 된다 반발했다고 전해 들었다.

"힐데가르드 님. 맞습니까?"

"그렇습니다, 도미니크 공작."

저를 알아볼 줄은 미처 몰랐는지 여인의 눈이 커졌다. 흥미로움이 이채처럼 번뜩였다.

"저를 아십니까?"

"모를 이유가 없습니다."

"아니지, 이유야 얼마든지 있지요. 공작이라곤 하나 뒷방으로 밀린 지 오래인 퇴물인 데다, 당신은 망명한 지 얼마 안 되는 귀족이니까. 짧은 시간 치고 잘리어 말을 잘 익힌 듯 보이지만."

도미니크의 눈길이 에르완의 손끝에 걸린 책으로 미끄러졌다.

"어렵지 않았습니까? 그 책. 제가 반의반도 못 읽고 포기한 그 책을, 외국인이 쉽게 읽었다면 조금 자존심이 상할 것 같은걸요."

"설명이 보태어졌으면 하는 부분은 있었지만, 못 읽을 정도는 아니었습니다."

"자존심이 상할 것 같다고 방금 말했는데, 눈치가 없는 건가요?"

"거짓을 듣고 보존될 자존심이 아닌 줄로 압니다."

"지, 스파흐뤼 마이흔."

"나인, 도시아우스 니크트."

"와. 부르군트 어도 할 줄 아나?"

당신 재미있다는 말에 전혀 아니라고 대답했을 뿐인데, 그녀는 손에 들고 있던 책까지 던져버리고 쪼르르 내려왔다. 키가 꽤 작은 여인이다. 나이는 많아봐야 서른하나, 혹은 서른. 그럼에도 전신에서 뿜어 나오는 기운은 누구에게도 지지 않을 만큼 당차다. 수십의 해적들을 비밀리에 거느리고 있다더니, 과연. 부르군트가 악질적인 짓을 저지를 때면 해적들을 이용해 골탕을 먹이기도 한다는 소문이 떠도는 이유를 이제야 납득했다.

"왕이 데려왔다기에 그런 용도의 여자인 줄 알았는데, 아니었군? 당신에게선 여인으로서의 시샘이 보이지 않아요. 이곳에 있는 것만으로 의심할 수 있을 텐데……."

그녀가 사탕을 앞에 둔 소녀처럼 호기심 가득한 눈을 반짝였다.

"나와 왕의 사이가 궁금하지 않아요? 이를 테면 선대왕의 잔재인 나를 왜 살려놨는지, 이곳엔 어떻게 들어왔는지……."

"이곳의 주인은 제가 아닙니다. 불편해할 까닭도, 궁금할 까닭도 없습니다."

"그러면 당신은 어째서 여기 들어올 수 있었지요? 무슨 사이기에?"

"폐하와 가깝기 때문이겠지요. 공작 각하가 품고 계신 감정과는 반대로."

정곡을 찌르는 말에 그녀의 눈이 곱다랗게 늘어졌다.

"오해가 있군요. 나는 그를 싫어하지 않습니다. 인정하지 않을 뿐."

"혈통과 같은 흔한 이유는 아닌 것으로 보이는군요."

"맞습니다. 내가 그를 인정하지 않는 건, 비겁하기 때문입니다."

비겁하다? 에르완은 잠깐 그 말을 곱씹으며 도미니크를 응시했다.

"그의 형이 치졸한 얼간이라면 왕은 선천적인 겁쟁이지요. 둘 다 형편없습니다."

"이 이야기를 하기에 제가 적합하다 보십니까?"

"마음에 안 들면 가서 그대로 일러도 됩니다. 하지만 당신은 그리하지 않을 것이고, 그는 나를 죽이지 않을 겁니다."

에르완은 침묵을 지켰다.

"오래된 이야기를 하나 해드릴까요? 사양하지 마십시오. 그의 곁에 있을 때 알아두면 좋은 이야기일 테니."

"……."

"바스티안, 그의 가장 성공적인 업적은 역시 쪼개진 잘리어를 병합한 것이지요. 백성들은 물론이고 이웃나라로부터 칭송받고 있지만, 세간에 밝혀지지 않는 일은 있게 마련이죠."

도미니크가 비밀이야기를 하듯 은밀한 목소리로 속삭였다. 애매한 눈매와 모호한 표정. 지극한 위정자의 얼굴이었다.

"그는 병합하려던 소국에서 봉기가 일어나자, 마을 전체를 몰살했습니다. 힘없는 부녀자도, 아무것도 모르는 아이들까지 가리지 않고 모조리 태워 죽였지요. 다른 병합된 국가들의 동요가 두려웠던 겁니다."

훅. 짙은 화약 냄새가 코를 괴롭혔다. 전쟁의 참상이 눈앞에 그려진다. 하늘을 뒤덮은 검은 연기, 죽어가는 자들의 비명, 강처럼 흐르는 피, 깃발처럼 솟은 검. 비참한 광경 위로 남자의 얼굴이 겹쳐졌다. 느른한 미소, 여유로운 입술, 그리고 더없이 차가운 눈.

"아직도 눈앞에 선명합니다. 용병들이 마을 하나를 빽빽하게 에워싸고, 도망치는 자들을 베어내던 광경을. 왕은 개중 가장 차분했고, 갓난아이를 품고 필사적으로 도망치는 여자의 등을 향해 직접 시위를 당겼지요."

도미니크는 한 손으로 활을, 다른 한 손으로는 시위를 당기는 시늉을 했다. 피융. 작은 바람 소리가 나자 이후의 광경이 자연히 머릿속에 떠올랐다. 살며시 이맛살을 찌푸리는 에르완을 보며 그녀가 입꼬리를 비틀어 올렸다.

"그가 진정으로 백성을 사랑하여 나라를 통치하고 있다 봅니까? 아뇨. 그에게는 그런 마음이 없습니다. 그는 그저 살기 위해 때론 도망치고 사람을 죽이다가 얼떨결에 왕이 되었을 뿐입니다."

"……."

"그는 앞으로도 한결같을 것입니다. 살아남기 위해 무슨 짓이든 하겠지요. 그가 용납하는 건 자신의 자리에 위협이 되지 않는 선, 딱 거기까지. 그런데 백성에게 사랑받는 대제라? 하늘이 비웃을 일이지요."

허탈한 웃음이 한동안 공기를 울렸다.

"나는 혈통 때문에 그를 인정하지 않는 것이 아닙니다. 왕이 왕답지 않으니 인정하지 않는 것입니다. 우습게도 나는 처음에 그가 왕이 되기를 가장 바랐던 사람이지만……."

"백성은 바보가 아닙니다."

고요하게 흘러나오는 음성에 도미니크의 움직임이 뚝 멈추었다. 그게 무슨 뜻이냐는 눈빛으로 바라본다.

"그들은 종속자임과 동시에 가장 냉철한 판단자입니다. 충분히 보호받고 그들을 위한다 느끼면 호의를 가질 것이고, 반대라면 군주를 몰락시키려 들 것입니다."

"백성들은 바보입니다. 눈에 보이는 것만 믿는 바보들. 그리고 현 왕은 꾸미기를 무척 잘하는 교활한 여우. 속이는 건 식은 죽 먹기입니다."

"잠깐은 가능하겠지요. 하지만 오래는 아닙니다. 그들은 가장 민감하며 순박합니다. 정치가들의 입 발린 말이나 정책들을 이해하지 못합니다. 그렇기에 직접 겪고 느끼는 대로 믿습니다. 대제는 백성들의 지지를 받아 군주가 되지 않았지만, 건실한 기반을 쌓아 좋은 관계를 유지하고 있습니다. 그건 결코 쉬운 일이 아니며 간과되어서도 안 됩니다."

"왕과 관련된 건 항상 내 마음에 들지 않았는데……."

"……."

"단 하나, 당신만은 예외군요, 힐데가르드 님."

조금 전과는 다른, 명백히 호의적인 미소가 그녀의 입가에 번졌다.

"당신이 누구인지는 모르나, 그가 품을 그릇이 아닌 것만은 알겠습니다. 아니면 이렇게 마음에 들 수가 없거든요."

도미니크는 충분히 만족스러워하며 에르완이 가지고 온 책을 집어

들었다. 그리고 손가락을 들어 반 정도가 어디인지 가늠해보았다.

"이야기를 나누다 보니 이걸 마저 읽어봐야겠다는 생각이 듭니다. 이 책은 반납하지 않으신 걸로 하시죠. 내가 가져갔다는 걸 알면 왕이 그다지 좋아하지 않을 겁니다."

"이곳 출입을 허락받지 않으신 겁니까?"

"물론 받았지요. 선대, 그러니까 현왕의 형에게 말입니다."

그녀가 악동 같은 미소를 지으며 배시시 웃었다.

"그 명을 거두지 않고 절명했으니 아직 유효한 것이나 다름없지 않겠습니까?"

"지극히 자의적인 해석이군요."

에르완이 진심으로 말했다. 몇 만나보지 않긴 했지만, 잘리어엔 참 특이한 인간들이 많았다. 왕부터 특이하여 그런가.

"부정할 순 없군요. 어찌 되었건 즐거웠습니다. 아, 다음번엔 왕을 포함하여 셋이서 보시지요. 당신과 내가 친한 모습을 보면 그가 어떤 표정을 지을까요? 참 재미있는 자리겠어요."

도미니크가 소리 내어 키들거렸다.

"부디 그때까지 그에게 물들지 않기를 바라며."

그녀는 처음에 보였던 깐깐하고 품평하는 듯한 시선을 싹 거둔 채, 허리를 숙여 정식으로 인사를 올렸다. 망명자에게 보이기 힘든 최고의 예우였다. 에르완은 그녀가 모퉁이를 돌아 사라지고 나서도 한참 동안 그곳에 시선을 주었다. 뜻밖에 만나 폭풍처럼 휩쓸고 간 그녀도 그녀지만, 바스티안에 대한 혼란스러움이 더 컸다.

그 손으로 직접 마을을 몰살시켰다고 했다. 정말로? 자신에게 위협이 될 수도 있다는 이유에서?

느리게 손을 쥐었다 폈다. 이 손 또한 깨끗하지 않았으나 죄스러움이 사라지는 건 아니었다. 그녀가 목숨을 거둔 적도 보살펴야 할 백성이자 누군가에겐 소중한 가족이었다. 전쟁으로 가족을 잃은 그녀이기에 그 아픔은 생생했으며, 고스란히 짐처럼 떠안고 있었다.

그러면 바스티안은.

그도 똑같은 아픔을 가지고 있을 것인가? 아니면 단 하나의 죄의식도 없이…….

"그만."

에르완이 스스로를 향해 단호히 명령했다. 바스티안이 어떤 종류의 군주이든 현재는 협력을 구해야 하는 상대였다. 믿게 만들라 했다. 그런데 그녀 자신부터 그를 믿지 않는다면 어떻게 과업을 완수할 수 있을까. 이 이상의 감정이입은 불필요했다. 그녀에겐 오로지 발루아만이 중요할 뿐이다.

그렇게 애써 머릿속을 정리하고 방으로 돌아왔지만, 착잡한 마음은 이루 감출 수 없었다. 대체 왜 이러는 건가. 설마 같은 왕이라 하여, 정말로.

「어쩌면 우리가 공감할 수 있는 게 더 많을지도 몰라.」

「…….」

「이상하지, 당신과 나는 닮은 구석이 하나도 없는데.」

「저 또한 대제께 말할 수 있는 게 많을지도 모른다는 생각이 듭니다.」

"공감이라……."

느릿하게 흘러나온 목소리가 안타깝게 사라졌다. 탁. 문을 닫고 들어와 한참을 서 있었다. 그리고 그러느라, 방에 있어야 할 누군가가 없다는 걸 해 질 녘에야 깨달았다.

"레이첼?"

아무런 대답이 없었다.

레이첼. 한 번 더 불러보았다. 조용하다. 이상하다. 이쯤이면 '폐하, 폐하!' 하며 뛰쳐나왔어야 할 시녀가 어디에도 보이지 않았다.

✣ ✳ ✣

"우으으……. 정말로 저희 폐, 아니, 힐데가르드 님께서 이런 심부름을 시키셨단 말이에요?"

주근깨가 살짝 있어 귀여운 인상의 소녀가 고개를 쏙 빼낸다. 이미 해가 진 마구간은 발을 내디딜 수도 없이 어두웠다. 푸르르. 거친 투레질과 여물 씹어 먹는 소리가 고요한 공기를 간간이 채웠다. 그녀가 들어갈 수 있도록 문을 지탱하고 선 몬드가 짜증스럽게 대답했다.

"그렇다니까. 지난번에 탄 흑마 안장에 중요한 물건을 두고 오셨다고 가져오라 시키셨다."

"중요한 물건이라면 무엇을 말하는 거죠?"

"나야 모르지. 네가 가장 가까이서 모시는 시녀이니 보면 알 것이라 하셨다. 자, 어서 들어가거라."

레이첼이 어깨를 잘게 떨었다.

"하지만, 저는……."

"네 주군이 시킨 거래도. 명을 어길 셈이냐?"

몬드가 엄하게 재촉했으나 레이첼은 쉽사리 움직이지 못했다. 그녀에게 있어 말은 떨칠 수 없는 공포였다. 죽음의 냄새가 짙게 따라온다. 처음에는 말과 눈만 마주쳐도 실신할 정도로 무서워했다. 에르완을 따라 승마를 해보려 시도하면서 많이 나아졌지만, 전쟁의 기억은 그림자처럼 따라왔다.

덜덜 떨면서 마구간 안쪽을 들여다보았다. 정말 폐하께서 심부름을 시키신 걸까? 아닐 텐데. 폐하는 자신이 말을 무서워하는 걸 누구보다도 잘 아는 분이다. 그렇기에 성으로 귀환할 때에도 저 멀리서부터 말에서 내려 걸어오시기까지 한다.

"어서 들어가라니까!"

"꺄악!"

한참을 머뭇거리던 그녀는 등을 확 밀치는 힘에 힘없이 앞으로 엎어졌다. 싸늘하게 식은 지푸라기가 손바닥 안쪽을 마구 찔러대었다. 푸르르. 서둘러 일어나려던 레이첼은 뒤통수로 쏟아지는 축축한 입김을 느끼고 그대로 굳어버렸다. 설마, 설마. 입이 순식간에 말라왔다. 좁은 마구간 안에 빽빽하게 들어선 그림자가 그것이 아니기만을 간절히 바랐다.

"여, 열어주세요! 꺄아! 거기 누구 없어요!"

"문을 단단히 지키고 있도록 해라. 누가 오더라도 열어주지 말고."

레이첼이 매달려 소리 지르는 문의 반대편, 몬드가 마구간지기에게 신신당부했다. 덜컹덜컹덜컹! 절박하게 흔들리는 문을 마구간지기가 흘끗 보았다.

"저, 그런데 정말 괜찮습니까? 보통 무서워하는 게 아닌 듯한데요."

"엄살을 피우는 것이다. 단단히 교육하기 위함이니 내가 다시 올 때까지 지키고 있도록 해라."

"그래도……."

몬드는 머뭇거리는 그를 뒤로하고 돌아섰다. 치마를 입은 꼴을 보고 저 시녀가 얼마나 웃었던가. 그 표정과 웃음소리가 귓가에서 떠나질 않는다. 치마 입은 모습을 보라 했지, 비웃으라 허락하진 하지 않았다.

버릇없는 아랫것은 마땅히 벌을 받아야 한다. 계집애가 저지른 무례에 비해 오히려 관대한 처분 아닌가.

상황을 시끄럽게 만들지 않기 위해 일부러 눈에 띄지 않는, 성 가장 안쪽 깊숙이 위치한 마구간을 택했다.

하루면 충분할 것이다. 몬드는 울음으로 범벅된 목소리를 못 들은 척하며 마구간으로부터 빠져나왔다.

✣ ✳ ✣

마구간지기는 겁이 났다. 넓은 성안에서도 구석에 위치해 누구의 눈에 띌 일도 없고, 시키는 대로 하는 것뿐이고, 시킨 사람이 다름 아닌 몬드 자작이니 문제 될 일은 없다고 생각하지만, 여자가 지르는 비명이 죽어가는 것처럼 처절했기 때문이다. 폐소공포증이라도 있나? 동물을 무서워하나? 문이 덜컹거리는 소리가 보통이 아니라, 없던 공포증마저 생길 지경이다.

단 하루뿐이라고 했다. 그 전에 열어주면 제게 어떤 불똥이 튈지 모르고, 그 후에 열어주자니 장례 치를 것 같고. 그나마 덜 피해 오는 게 후자인데, 뒤에 일어날 일이 생각하기 싫은 건 마찬가지였다. 제발 하루만 버텨달라고, 마구간 안에 갇힌 여자에게 비는 수밖에 없었다.

몇 시간쯤 지났을까. 발악처럼 이어지던 울부짖음이 잦아들었다. 마구간지기는 주변을 살피다 문틈 사이로 속삭였다.

"……게 있느냐?"

대답이 없었다. 포기한 건가? 아직 스물다섯도 되어 보이지 않던데, 무슨 짓을 저질렀기에 몬드 자작의 눈 밖에 난 건지.

"단 하루만이라고 했으니 조금만 참아라. 시간이 금방 갈 것이다. 나도 마음 같아선 빼내주고 싶은데 그럼 어디 내일 살아 있기나 할 수 있겠나. 날이 밝자마자 문을 열어줄 테니……."

"……."

"소리를 많이 질러 목이 아프겠다. 물통을 건네줄 테니 냉수 마시고 속 좀 차리거라. 응? 쯔쯔, 어쩌다 자작님 눈 밖에 나서 어린데 이런 고초를 겪누……."

빗장을 살며시 풀고 손만 집어넣었다. 얼른 받으라는 뜻으로 물통을 흔들었으나 안쪽에선 여전히 기척이 없었다. 사양할 여유가 없을 텐데, 거 이상하다. 얼마간 기다려봤으나 쥐 죽은 듯 조용한 건 마찬가지다. 귀뚜라미 소리만이 물처럼 흘러갔다.

"받으라니까, 물통. 너 이대로라면 내일까지 못 버틴다."

"……."

"어허, 그래도……."

억지로 그 손에 쥐여줄 요량으로 문을 조금 더 열어본 순간, 비명이 터져나왔다. 단념하고 얌전히 기다리고 있을 거라 여겼던 여자가 바닥에 쓰러져 있었다. 툭, 떨어진 물병이 바닥을 핑그르르 돌았다.

"이…… 이봐! 정신 좀 차려봐! 이봐!"

여자를 일으키려 목 아래로 손을 집어넣었는데, 식은땀이 흥건히 배어났다. 몸뚱이는 시체마냥 차갑게 식어 있고, 그리고 문을 긁어내리느라 손끝에 핏물이 가득 고여 있다. 아니, 세상에. 송장 치우는 게 아닌가 했는데 코앞의 일이 되었다.

"하, 폐……."

"뭐, 뭐라고? 잠깐만, 조금만 기다려봐. 어? 아니, 네 주인이 누구냐? 누구에게 데려다주면 되냐고!"

"에……완 폐……."

하얗게 질린 입술이 움직거리며 흘려내는 말을 도무지 알아들을 길이 없다. 이런 젠장, 젠장! 재수가 없어도 드럽게 없지! 어떻게 해야 하지? 빼내자니 보복이 무섭고, 안 빼내자니…….

"에에이, 모르겠다! 사람 하나 살리고 봐야지! 이봐, 정신 좀 차려, 응? 이봐!"

아무리 여자라 하나 정신 잃은 사람이었다. 아무리 흔들어도 깨어나질 못하고, 물에 젖은 솜처럼 축축 늘어지는 통에 안아 일으키는 데만도 한참 걸렸다. 마구간에서 겨우 끌고 나오는데 때맞춰 말 여러 마리가 동시에 투레질했다. 여자의 몸이 나무토막처럼 딱딱해졌다.

"말…… 마알……."

"뭐야, 말을 무서워했던 거였어? 어휴, 진짜. 저기요! 이봐요! 잠깐 멈춰봐요! 혹시 이 여자 알아요, 예?"

마침 앞을 지나가던 하녀를 붙잡고 물었으나 전혀 모른다며 고개를 흔들었다. 외곽 쪽에는 아는 이가 없으니 본성에서 일하는 아이인 모양이다. 부축해 가는 게 여간 힘든 일이 아니라 몇 번이고 포기할 뻔했는데, 다행히 본성에 당도하기 전에 그녀에 대해 아는 사람을 만날 수 있었다.

"아니, 레이첼! 레이첼이 왜 이럽니까? 힐데가르드 님은 어디 계시고?"

대제의 보좌관, 후베르트. 의외의 인물이다. 그는 언제나처럼 서류뭉치를 들고 성을 나오다가 먼저 레이첼을 알아보고 다가온 듯했다. 상대가 누구건, 마구간지기는 드디어 이 짐덩이를 넘길 수 있다는 생각에 크게 안도했다.

"모릅니다, 전 몰라요. 그냥 마구간에 갇혀 있었다는 것만 압니다."

"마구간이라니?"

"어느 순간부터 아무 소리가 나지 않아 들어가보니 이 지경이 되어 있지 뭡니까. 어휴, 왜 이렇게 됐는지 따지는 것보다 사람부터 살려야죠. 빨리, 빨리요!"

"어? 그래, 그렇지. 지금 이럴 때가 아니지. 힐데가르드 님이 많이 찾고 계실 텐데."

후베르트는 들고 있던 서류뭉치를 지나가던 하인에게 대충 떠넘기고, 레이첼을 부축했다. 누구 시녀인지 알고 있으니 안내하는 것도 빨랐다. 낑낑거리며 계단을 한참 올라가다, 마침 지나가던 익숙한 그림자를 보고 목소리를 높였다.

"힐데가르드 님, 힐데가르드 님! 여기 레이첼이!"

레이첼이라는 이름에 방향을 확 틀어 그들을 향해 다가왔다. 그녀 또한 줄곧 찾아다니고 있던 모양인지 숨을 작게 몰아쉬고 있었다. 축 늘어진 시녀에게 꽂힌 시선이 지독하게 쓰리다.

한참 내리뜨여 있던 눈이 천천히 올라왔다. 기세로 물었다. 이게 어떻게 된 일이냐고.

"저어……."

설명의 필요성을 느낀 마구간지기가 앞뒤 없이 입을 뗐다. 그러다 에르완과 눈이 마주치는 순간 딱 다물었다. 허락 없이 입을 열어선 안 되는 상대임을 본능적으로 느낀 것이다.

"나중에 듣겠다. 여기서 잠깐 기다리고 있거라."

"예, 예에. 알겠습니다."

자연히 허리가 굽어졌다. 에르완은 축 늘어진 레이첼을 안아 들고서 방으로 향했다. 침대에 손수 눕히고 이마를 쓸어주자 눈이 반짝 뜨였다. 공포에 질린 눈동자가 허공을 떠돌았다.

"말은, 말들이, 말이…… 옆에, 제 앞에……."

"레이첼."

벌벌 떠는 손을 차분히 그러쥐는 온기가 있었다. 땅에서 펄떡거리는 붕어 같던 눈동자가 에르완에게 닿자 조금이나마 평정을 찾았다.

"폐……하? 폐하, 말이, 말들이 있었습니다. 그것들이 저를 향해 발을 구르고, 아, 사람들을, 시체를, 피가…… 뭉개지고……."

"말은 이제 없다. 이곳엔 없어. 짐을 보렴. 안심해."

"폐하, 폐하. 저는 너무…… 무섭습니다. ……무서워요. 숨이 막히고, 도저히……."

바들바들 떨리는 입술로 정신없이 말을 뱉는다. 레이첼은 말을 무서워하긴 했으나, 단순히 마주치거나 보는 것만으로 이 지경까지 되진 않는다. 이 정도라면 말에게 공격당했거나 말이 가득한 공간에 갇혔거나…… 이를테면 마구간 같은.

에르완은 조금 전 레이첼을 부축해 왔던 남자를 떠올리며 짐작을 굳혔다. 그녀가 제 발로 마구간에 들어갔을 리는 없으니.

"누가 널 마구간에 데려가 가두었느냐."

레이첼의 손이 다시금 심하게 떨리기 시작했다. 하지만 이번엔 입술이 꾹 다물렸다. 빨갛게 달아오른 눈가 가득 눈물이 차올랐다.

"말할 수 없어요."

"말하거라."

"저 때문에 폐하께 곤란한 일이 생기는 건 싫습니다. 저만 입을 다물면 끝나는 일이에요. 저는 괜찮아요. 정말로 이젠 멀쩡해요. 아니, 사실 그렇진 않지만 내일이 되면 괜찮아질 거예요. 폐하께서 곁에 계시는걸요. 저는 아무래도 괜찮으니……."

"짐이 괜찮지 않다."

그 한마디에 그렁그렁 매달려 있던 눈물이 와르르 쏟아졌다. 공포와 안도, 고마움과 죄스러움. 많은 감정이 뒤섞여 엉망이 되었다. 에르완은 눈물범벅인 눈을 어루만지며 차분한 어조로 말했다.

"너는 나의 백성이다. 너는 그 자체로 내 책임이다. 가까이 둔 자도 돌보지 못하는 군주가 어떻게 나라를 논하겠니."

"죄송해요, 폐하. 폐하께 제가 또다시 짐이 되었어요."

꾹 깨문 입술 사이로 흐느낌이 새어나왔다. 울음으로 엉망진창인데도 그녀는 끝까지 주범에 대해 말하지 않으려 했다. 여왕은 되묻기를 그만두고 차분하게 다독였다.

"말하고 싶지 않다면 더 캐묻지 않겠다. 자거라, 레이첼. 네가 이런 걱정을 하게 만들어서 미안하다. 짐이 못난 군주여서…… 너무나 미안하다."

"폐하께선…… 못나지 않으십니다. 저 같은 것에도 마음을 써주시는……."

"아무 걱정 말고 편히 쉬거라."

후……. 깊은 심호흡이 의식의 끝자락에 매달렸다. 가슴이 규칙적으로 오르락내리락하고, 식은땀으로 흠뻑 젖어 있던 얼굴이 한결 평온을 되찾자 에르완도 자리에서 일어났다. 방에서 나와 레이첼을 넘겨받았던 마구간지기를 찾았다.

"마구간에 가두라 명한 게 누구지?"

레이첼의 상태가 좀 어떤지 물으려던 후베르트가 입을 다물었다. 아, 실드베르 4세 폐하께선 노하시면 이리되시는구나. 고개를 들고 있기가 힘들었다. 그 시선을 정면에서 마주하는 마구간지기는 턱을 벌벌 떨고 있었다.

"아이고, 소인은, 아이고, 아무것도 하지 않았습니다. 그냥 오늘 당번이 급한 일이 생겼다기에 순번을 바꿔주어 말여물을 주고 있었을 뿐인데, 갑자기 와서는……."

"누가 그 명을 내렸는지 물었다."

"저는, 아아…… 저는…… 자작님께서, 몬드 자작님께서 시키신 대로 했을 뿐입니다."

"후베르트 경."

대번에 커다란 손에 멱살이 잡혀 죄이는 듯하다. 무의식적으로 에르완의 얼굴을 바라보았다가 숨을 턱 멈추게 되었다. 싸늘한 기백에 눌려 고개를 끄덕거렸다. 마구간지기는 다리에 힘이 풀려 주저앉은 지 오래였다.

"연무장에 가 계신다 하셨습니다. 그게 한 시간 전이니 아직까지 계실지는 잘……."

흐려지는 말끝에 에르완이 몸을 돌렸다. 허리춤에 차여 있는 기다란 검이 쇳소리를 냈다.

"폐하께 전해주십시오. 언젠가 들어주시기로 했던 소원, 지금 쓰겠다고."

"……예?"

"지금부터 벌어질 모든 일, 눈감아주시라고."

섬뜩한 말을 남기고 자리를 뜨는 그녀를, 도저히 붙잡을 수 없었다. 이러다 무슨 사달이라도 나는 건 아닌가. 덜컥 겁이 났지만 에르완을 붙잡을 엄두가 나지 않았다. 붙잡아서 진정시킬 용기는 더더욱.

그래서 하는 수 없이 조력자를 찾으러 나섰다. 에르완과 같은 눈높이에서, 같은 위치에서 말할 수 있는 사람은 이 나라에 한 사람밖에 없다.

✣ ✻ ✣

"이 시간에 무슨 일이십니까?"

몬드가 연무장에 들어온 그녀를 향해 물었다. 그는 마침 이곳을 떠나려던 차였다. 밤에 휩싸인 그녀는 낭떠러지처럼 시커메서, 잘 보이지 않았다.

"경에겐 실망이 큽니다."

"무슨 말씀을 하시는 건지 모르겠습니다."

"나는 경이 전술을 읊으며 보여준 지식과 관심을 압니다. 평화라는 위험한 타성에 젖어 나태해질 수 있음에도, 국경수비와 군대를 탄탄히 하기 위해 끊임없이 노력하는 모습을 높이 샀습니다. 국적은 다르나 지향하는 바는 같으니, 이국땅에서 좋은 동료를 만났다 여겼습니다. 그런데 이번 일에 대해 경에게 많은 실망을 하였고, 또 유감입니다."

"어떤 일이 있었는지 모르겠지만, 오해가 있는 것 같습니다. 저는 힐데가르드 님이 제게 이렇게 하실 어떤 이유도 제공한 적이 없습니다."

"……언젠가 내게 결투를 신청한 적이 있었을 겁니다."

에르완은 다소 우울한 눈으로 몬드를 바라보았다. 그가 잠깐 간격을 두며 딴청을 피웠다.

"그랬었지요."

"그 소원 이뤄드리겠습니다. 뽑으십시오."

검은 인영이 움직이는가 싶더니 검집에서 검이 뽑혀 나왔다. 카아앙. 먼 곳에서 울려 퍼지는 듯한 기이한 울림. 뱃고동처럼 퍼져나간다. 은색 날이 기다란 호선을 그리며 반짝였다 사라지기를 반복했다.

"설마 여기서 말입니까? 이 공터에서, 참관인도 없이?"

몬드가 주변을 살펴보다가 말도 안 된다는 듯 픽 웃었다.

"결투를 위해 검 이외의 무기가 필요한 게 아니라면, 그렇습니다."

"결투야 얼마든지 좋습니다만, 계기가 마음에 들지 않는군요. 글쎄, 시녀아이 일은 제가 한 게 아니래도요. 천지분간 못 하고 마구간에 들어갔다가 우연히 문이 잠긴 것 아닙니까? 아니면 제게 원한을 품어 거짓으로 고했다거나. 증좌를 가지고 저를 찾아오신 겁니까? 억울하군요. 이 무고함을 바스티안 폐하께 고할 권리가 있음을 기억하십시오."

"레이첼을 마지막으로 보았을 때, 경과 함께였다는 증언을 들었습니다. 마구간지기에게서도 모든 걸 들었습니다. 더 이상의 설명은 필요 없으리라 봅니다."

"글쎄, 그게 신뢰할 수 있는 증언인지가……."

"그리고 난 시녀아이에 대한 일로 찾아왔다고는 한마디도 하지 않았습니다."

"……."

"뽑으십시오."

언뜻 그 눈이 보였다. 들끓는 용암을 품은 채 가라앉아 있는 눈이. 검을 든 모습은 완벽했다. 어느 것 하나 빼놓을 것 없이 완벽하고 귀하다. 수천 개의 불빛이 모여들어 출렁거리는 것만 같다. 몬드의 입매가 비죽 늘어졌다.

"그런데 말입니다, 이번엔 제가 결투를 거절한다면 어쩌실 겁니까? 조금 전까지 단련을 하느라 진을 다 빼놔서 오늘은 좀……."

"뽑으셔야 할 겁니다."

약 올리려 한 말이었으나 그녀는 동요하지 않았다. 숨소리 하나 흐트러지지 않은 평온한 목소리. 그래서 그는 바로 앞에 다가와 있는 검날이 그녀 것이라고는 상상도 하지 못했다.

"손목이 성한 채 끝내고 싶다면."

거대한 새벽처럼 내려앉는다. 눈으로 쫓아가기 이전에 검은 이미 그 앞에 와 있었다. 본능적으로 검을 내고 있는 힘껏 막았다. 카앙. 금속과 금속이 거세게 맞부딪치는 소리가 공기를 찢었다. 한 합을 주고받기도 전에 끔찍하게 벌어져 있는 실력차를 느꼈다. 두 눈이 크게 벌어졌다.

"최대한 잘 막아보십시오."

막기를 예상했다는 것처럼 뒤로 빠진다. 그리고 다시 한 번, 더 큰 힘으로 밀려온다.

카아아앙! 대번에 밀리는 묵직함. 두 손으로 검을 잡고 겨우 버텼다. 그 힘이 당황스럽다. 어떻게 이럴 수가 있나. 눈이 잘 뜨이지 않았다. 쏟아지는 폭포를 맨몸으로 받고 있는 듯하다.

겨우 손에 힘을 주어 밀쳐냈다. 이럴 리가 없다고 생각했다. 갑작스레 공격을 당해 혼란스러웠던 게 아닌가. 한낱 여자이지 않나. 상대 못 할 리가 없다. 그렇게 생각하며 검을 휘두르려는데 베려던 이는 이미 사라지고 없었다.

느닷없이, 언제 움직였는지 모를 틈에 검등이 뒤에서 허리를 후려쳤다. 바람이 난폭해졌다. 퍼어억. 허리뼈 어디쯤이 끔찍한 고통을 호소했다. 숨이 거칠게 흐트러진다.

이성을 찾을 시간이 필요했다. 차라리 날로 쑤셔졌으면 나았을 것을, 개처럼 얻어맞을 줄은 몰랐다. 비척비척 물러서는 게 딱 겁먹고 꼬리를 내리는 짐승 꼴이다. 당황으로 얼굴이 뭉개졌다.

"잠깐만요, 잠깐. 이건 너무 갑작스러워서…… 기다려주십시오."

"레이첼도 그리 요청했을 줄로 압니다."

"아……."

"살려달라고."

눈 한번 깜박한 사이 검날이 바로 눈앞에 있었다. 폭풍같이 쇄도했다. 그 사이로 분노한 눈이 보였다. 천년을 버틴 노룡이 그 속에서 헤엄친다. 검푸른 밤하늘 속에서 흰 물갈기가 일어난다. 바다를 검으로 상대할 수는 없는 일. 머리끝까지 일시에 덮쳤다가 손쓸 새 없이 빠져나간다.

반격은 의미 없는 발버둥이었다. 손목 어디쯤이 베였다.

"잘못한 일도 없는데 잘못했다 빌었을 것입니다. 무도한 공포 속에서 싸우며, 손톱 아래에 피가 나도록 벽을 긁어대고 목이 쉬도록 비명을 질렀습니다."

"그런, 적……."

"그 아이의 애원은 왜 들어주지 않았습니까?"

검이 어지러이 섞였다. 의식하고 검을 낸 건 단 한순간도 없다. 반사적으로 막아내느라 바빴다. 목소리는 고요했지만, 몬드는 그녀가 무척 분노했다고 느꼈다. 금색 안광이 형형하게 터진다.

카앙, 카아앙. 거대한 소리를 내며 맞부딪치는 검은 노도처럼 몰아쳤다.

되는대로 휘두르다 허공을 벤 몬드가 중심을 잃고 바닥을 나뒹굴었다. 직각으로 내리꽂히는 검을 가까스로 피해 뒹굴었다. 어느샌지 상처가 난 이마에 모래먼지가 묻어 따가웠다. 대지를 뒤흔들며 검이 뽑혔다.

실력도 실력이거니와 이미 검을 휘두른 지 꽤 되었는데 한 치의 흔들림이 없다. 고요한데 난폭하며 유연하지만 강렬하다. 깃대처럼 솟구친다.

"나를 공격하는 건 괜찮습니다. 허나 내가 돌보는 이들을 건드린다면 이야기는 달라집니다. 그 어떤 선전포고도 거부하지 않습니다."

거대한 파도가 눈보라가 되었다. 태산 같은 무거움보단 흩날리는 꽃잎이다. 불규칙적으로 강해졌다 약해졌고, 유연하게 빨라져 움직임을 간파할 수 없었다. 공격은 엄두도 내지 못하고 막기에만 급급했다. 어디가 얼마나 깊게 베였는지 살펴보지도 못했다. 온몸이 비명을 질렀다.

"저도, 저 또한 바스티안 폐하의 종복입니다. 폐하의 윤허 없이, 이렇게, 저를 베어도 된다고 생각하십니까?"

살기 위해, 몬드는 아무 소리라도 지껄여야 했다. 에르완이 검을 든 팔을 곧게 뻗어올렸다. 거대한 파도 기둥이 치솟는 환각이 보였다.

"판단을 올바로 내리십시오. 나는 폐하의 종복으로서의 경이 아니라, 경이 저지른 불경에 대해 치죄하고 있는 것입니다."

"잠깐만, 잠깐만. 아, 잠깐."

"치죄가 마땅치 않다면 검으로써 답하십시오. 그것이 검사로서의 예우일 것입니다."

검은 사방에서 찌르고 들어왔다. 숨 쉴 틈 없이 밀리고 또 밀렸다. 살아야겠다는 본능 사이로 온갖 의문이 피어났다. 아무리 평화에 찌들어 있는 잘리어라 하나 기사가 없는 것이 아니다. 이름 있는 망명 기사들은 아직도 검을 내며, 몬드도 그들과 겨루었으므로 우물 안 개구리가 아닌 것을 안다.

그런데 대체 이 분수에 맞지 않는 결투는 뭔가. 상상 외의 완력과 검술이 힘을 발휘하는 건, 그녀가 결투 초반부터 몬드의 약점을 공략하고 들어갔기 때문이다. 특히 검을 휘두르는 데 주축이 되는 손목, 허리의 일부분을 못 쓰게 만들었다.

한 사람과 싸우는 게 아닐 것이다. 그럴 수가 없다. 어떻게든 냉정을 되찾으려 시야를 바로잡아보았으나 눈에 보이는 건 한 사람뿐이다.

몬드는 최후의 발악을 하기로 했다. 빈틈인 척 팔을 내어주고, 그 틈새를 노리는 것이다. 너덜너덜한 팔을 버리니 예상대로 검이 따라왔다. 최초의 반격. 반대쪽 손으로 검을 쥐고 올려쳤으나 너무나 쉽게 막혔다. 함정에 걸려도 그것을 뛰어넘을 굳건함이다.

"제가 졌습니다, 제가, 졌습, 억!"

팔이 후들거려 검을 계속 들고 있을 수가 없었다. 제 몸을 지킬 최소한의 방어도구가 사라지자 다리가 절로 굽혀졌다. 구차함이 하늘을 찔렀다.

"경은 시작부터 내게 졌습니다."

속삭이듯 작았으나 천둥같이 울린다. 손잡이 뒤쪽, 뭉툭한 부분이 턱을 찍어 올렸다.

"단순히 이기고자 하였다면 이 결투가 지금까지 이어질 이유가 없습니다."

턱의 뼈가 으스러질 것처럼 아팠다. 젖혀진 목이 도로 구부러지면서 온몸이 오그라들었다. 반으로 꺾인 허리께를 긁고 꺽꺽대는 쇳소리가 나왔다. 눈물 같지도 않은 것들이 눈이고 입에서 흘러나왔다. 결국 그녀 앞에 무릎 꿇고 쓰러지고 말았다.

이보다 천해질 수 없었다. 이보다, 더…….

"훌륭한 결투였습니다, 경."

"저를, 끝까지 농락하시는 겁니까……."

헛웃음 끝에 몬드가 거친 기침을 쏟아냈다. 에르완은 그녀의 검만큼이나 무감정하게 그를 내려다보았다.

"그 아이가 겪었을 아픔, 그만큼 돌려드렸습니다."

"하! 참……."

"이걸로 끝입니다, 몬드 경. 나는 이 일로 인한 또 다른 일이 발생하지 않기를 바랍니다. 경이 그만큼 비겁하다고도 생각하고 싶지 않습니다."

몬드는 그녀가 자리를 떠나는 그 순간까지 손가락 하나 움직이지 못했다. 긴장 끝에 정신을 놓은 모양이다. 그녀가 얕은 한숨을 내쉬었다. 아무리 잘못을 저질렀다 하더라도, 미래가 유망한 기사를 가혹하게 대하는 건 역시 유쾌하지 않았다. 돌연 가슴 한쪽이 아팠다.

"왜 그렇게 표정이 어둡지, 에르완? 신나게 줘패놓고서."

검을 거두어 연무장을 떠나려는데, 익숙한 목소리가 발목을 붙잡았다. 황금빛 눈이 미세하게 가늘어졌다. 어둠 속에서도, 반쯤 녹아 흘러내리는 듯한 남자의 미소는 선명히 그려졌다.

"역시 여왕이야. 실력이 대단해. 예전에 한번 검을 받아보고 보통이 아닌 걸 알아봤다니까."

"아니참, 폐하. 지금 그게 문제가 아니지 않습니까."

옆에서 후베르트가 끙끙대며 말했다. 바스티안이 느른하게 웃었다.

"그렇지. 그게 문제지. 기분 상한 건 좀 풀렸나? 하지만 조금 신선해서 재미있지 않아? 몬드 경 말이야. 당신에게 저리 반항하고 소심한 협잡질을 하는 인간은 단 하나도 없었을 테니까."

"……저는 방금 폐하의 부하에게 손을 댔습니다."

"그게 뭐?"

"날이 아닌 곳으로 수십 번 가격했습니다. 기사에게는 더없는 모욕일 것입니다."

"난 설사 당신이 그를 죽였다 해도 아무 말 하지 않았을 거야. 그게 소원이라며?"

"아뇨, 폐하. 제가 말씀드린 건 그것이 아니었는데요."

후베르트가 어쩔 줄 몰라 하며 끼어들었으나 바스티안은 눈길도 주지 않았다.

"나는 기본적으로 자유방임주의야. 가르치고 키울 게 아니라, 이미 완성된 채로 와서 쓰기만 하면 되는 재목이 필요하다고. 그들의 잘못까지 감싸줄 생각은 당연히 없어."

귀족의 현신인 듯 바스티안은 고고했다.

"그래서 내가 당신을 탐내는 거고. 아, 역시 당신은 대단해. 세간에서 내가 당신과 같은 높이로 논해지고 있다는 게 낯 뜨거울 만큼."

"대제께서는 수많은 대중과 현자, 예술인들의 칭송을 받고 있지 않습니까. 저야말로 대제께 한 수 배우고 싶습니다."

깍듯하게 되돌아오는 말에 바스티안의 입술이 말려 올라갔다. 저게 아첨이 아닌 게 흥미롭단 말이야.

"나는 흉내 내기에 불과하다니까. 생각이 짧아 그들의 깊은 속은 한 치도 들여다보지 못하는데……."

"제 지식은 더없이 슬픕니다, 폐하. 백성의, 그들이 흘린 피를 양식 삼아 자라난 것이기 때문입니다."

마치 고해성사 같은 말이다. 찬찬히 올라오는 에르완의 얼굴은 승리를 즐기는 기사도, 성군이라는 칭송과 명예를 자랑스러워하는 여왕도 아니었다. 죄스러움이 먹구름처럼 가득 끼어 있다. 우울한 기색이 가시질 않는다. 뭐야, 진심인가? 무슨 말을 하는 거지? 바스티안의 입가에 매달려 있던 미소도 씻겨나갔다.

"하지만 폐하는 그렇지 않습니다. 폐하의 경험은 백성과 더불어 살면서 익혀왔으므로 그들의 삶을 윤택하게 만듭니다."

"……."

"그리고 그것이, 제가 당신을 존중하는 이유입니다."

"……."

"레이첼을 돌보아야겠습니다. 실례하겠습니다."

땅을 지르밟는 걸음이 점차 멀어졌다. 단단한 걸음걸이와 허리에서 빛나는 검, 그리고 단정히 묶어둔 머리카락. 못 박힌 듯 뒷모습을 지켜보다가 미간을 좁혔다. 옆에서 후베르트가 뭐라고 쉴 새 없이 떠들었으나 하나도 들리지 않았다. 존중하는 이유라고 했다……. 그녀는 때로 남이 방어할 새 없이 직선적으로 파고들어서 헤집어놓곤 했다.

젠장, 엉망이 된 건 몬드뿐이 아니잖아. 바스티안이 묘하게 얼굴을 일그러뜨렸다. 기분이 이상하다. 속이 시끄럽다. 아니, 불쾌하다. 온몸이 구속된 채 심해에 수장된 것 같다. 그는 주먹을 가슴에 두고 내리눌렀다. 말도 안 되게 붉은 기운이 번지지 않기만을 바랐다.

✣ ✳ ✣

언제나 그랬지만, 새삼 바스티안은 왕이란 자리가 번거롭다 느꼈다. 사방에서 향해오는 감시에 익숙해야 하며, 항상 공평해야 하므로 상대가 누구든 알현을 청하면 만나주어야 한다. 왕 앞에 늘어놓는 것은 대개 구차한 변명들이다.

'사실은' '그런 뜻이 아니옵고' '변명의 여지가 없습니다만' '모든 것은 잘리어를 위한 충성에서 우러나온 것일 뿐'.

바스티안은 그 말로 시작하는 모든 종류의 시나리오를 쓸 수 있었다. 차라리 서류를 들여다보는 게 낫겠군. 아니면 자든지. 따분하게 생각했다.

"짐은 이럴 때면 왕을 그만두고 싶어져. 제일 싫은 순간이거든."

혼잣말처럼 작은 목소리였지만, 앞에 꿇어앉은 죄인에게는 분명히 전달될 만큼이었다. 매 맞은 것처럼 움찔하던 몬드가 뒤늦게 입을 열었다.

"……무슨 말씀이신지."

"모르겠지. 그러니까 이렇게 찾아온 게 아니겠나."

"저를 보기가…… 언짢으십니까?"

최대한 침착해지려는 듯 억누른 목소리였다. 바스티안이 노골적으로 따분한 티를 냈다.

"보기 싫다기보다, 자네 입에서 줄줄 흘러나올 말을 듣기 싫은 거지. 무슨 말을 할지는 이미 익히 알고 있으니, 앞으로 어떻게 할 건지만 말해."

"면목 없습니다."

"알긴 아는군."

"하지만 맡은 일을 계속 하고 싶습니다."

"더 정확히 말해. 자네가 맡은 일이 어디 한두 개인가?"

"힐데가르드 님 곁에 계속 있게 해주십시오."

"허!"

공허한 웃음소리가 방 안을 가득 채웠다. 내뱉는 어조가 엄숙한 만큼 조소하는 기색도 짙어졌다.

"왜? 또 결투를 신청할 생각인가?"

"그건……."

"아니면 죄 없는 시녀를 더 건드려보게?"

가감 없는 말에 몬드의 목이 잘려나간 것처럼 수그러들었다.

"폐하를 뵐 면목이 전혀 없습니다. 앞으론 불민한 일이 절대 생기지 않도록…….”

“자네는 결투의 특수성을 이용해 짐이 내린 명을 교묘하게 피해가려고 했네. 그런데 겨우 불민한 정도라?”

“……어떤 벌을 내리시든 달게 받겠습니다.”

“짐이 벌을 내린다면 절대 달게 느껴지지 않을 정도일 테니 걱정하지 말게.”

깃털 같은 말투였으나 무시 못 할 무게감이었다. 머리에 푹 얹혀 고꾸라지는 느낌이다. 뜬금없이 그녀가 떠올랐다. 자신을 그토록 속수무책으로 만들었던, 쇄도하는 금빛. 그녀와 맞붙으며 느꼈던 두려움은 아직도 손가락에 들러붙어 있다. 빠른 움직임, 자비가 없는 검. 어디로 향할지 길을 예측할라치면 전혀 다른 방향으로 치고 들어온다. 한낮의 태양. 육지를 덮는 바다. 불꽃처럼 가물대다 직선으로 파고든다. 함정을 파놓으면 그 곧음으로 부수고 넘었다. 냉정을 두르고 있으나 그 속은 말도 안 되는 온도다.

전혀 다른 두 사람이지만, 언뜻 그녀와 바스티안이 닮았다는 생각이 들었다. 까닭은 알 수 없었다.

용감하게도 고개를 들어 빤히 바라보고 있다가 시선이 마주쳤다. 황송해하며 피하려는데 바스티안이 입꼬리를 올렸다.

“뭐, 그래. 마음대로 해보든지.”

뜻밖의 대답이었다. 설명을 더 요구하는 눈빛에 그가 다시 입을 열었다.

“자네를 그녀 옆에 붙여놓은 짐의 판단이 틀린 건 이미 판명 났지 않나. 덕분에 말이야. 그 좁은 속을 끌어안고 시녀를 건드린 순간, 짐의 자격도 소실된 거나 마찬가지지.”

“송구…….”

다시 이어지려는 기나긴 사죄의 말을 바스티안이 손을 휘휘 저으며 물렸다.

“듣기도 귀찮으니 입 다물게. 대답도 하지 마. 자네 처분에 관한 모든 건 힐데가르드에게 맡기기로 했으니 알아서 해. 자네 하기에 달렸단 말이네. 알았나?”

“…….”

“이게 왕이 말하는데 무시해? 대답 안 해?”

따악. 펜이 하나 날아와 이마에 부딪혔다. 몬드가 이마를 문지르며 얌전히 대답했다.

“예.”

“듣기 귀찮으니 입 다물라는 말 못 들었나? 뭘 잘했다고 따박따박 대꾸야?”

따아악. 이마에 하나 더 명중했다. 대답을 하란 소린가, 말란 소린가. 억울하기 짝이 없었으나 입이 열 개라도 할 말이 없는 상황이라 그저 다물었다. 고개를 드니 어딜 똑바로 쳐다보냐며 한 대 맞고, 고개를 내리니 이번엔 회피하는 거냐며 맞았다.

총합 여섯 대 정도 더 맞고 나서야 몬드는 집무실에서 나갈 수 있었다. 숨죽이고 있던 후베르트가 입을 열었다.

“실드베르 폐하께서 용서해주실까요? 시녀가 몸이 많이 안 좋다던데…….”

“숨통 붙여놓은 것만 해도 얼마나 대단한 인내심인가.”

“그분께선 아랫사람을 무척 아끼시더군요. 저번에 폐하께서 하신 말씀에 이제 공감이 됩니다. 우리나라에 저런 분이 계셨다면…….”

"바꿔 말하면, 적으로 두기에 무척 까다로운 상대란 뜻이지."

"아, 진짜 갑자기 또 왜 비뚤어지십니까. 불길하게."

진심으로 불안한 눈으로 지켜보는 후베르트에게 바스티안이 의미 모를 미소를 보냈다.

"그래, 그녀는 확실히 대단하지. 강하고 흔들림 없는, 타고난 군주야. 사람으로 치면 머리에 해당하는데도 손과 발이 할 일도 할 수 있지. 똑똑하고 경험이 많고 겁이 없어. 상대가 묘한 신뢰를 품게 하지. 하지만 그게 속임수라면? 그녀가 실은 전쟁을 종결할 생각은 없고, 이곳에 와서 내부기밀을 캐고 있는 거라면?"

"아니, 폐하…… 그게 무슨. 에이, 그럴 리가요. 딱 보면 아시지 않습니까. 실드베르 폐하는……."

"단언할 수 있나? 위정자들이 주는 신의만큼 믿을 수 없는 게 또 있던가?"

가볍게 터지는 웃음소리가 무겁게 짓밟혔다. 바스티안의 눈이 가늘어졌다. 평소의 능글맞은 장난기는 눈을 씻고 찾아봐도 없었다.

"그녀가 저리 애를 쓰는 이유가 뭐라 생각하나. 효용가치 때문이지. 우리가 협력해주면 그만큼 전쟁을 쉽게 끌고 나갈 수 있으니까. 하지만 그게 안 된다면? 잘리어가 끝내 그 손을 잡지 않는다면? 잘리어를 정복해서라도 목적을 이루고자 하지 않겠나? 그녀의 눈엔 벨뷰 성이 두른 군대가 죄다 장난감 칼을 든 졸병들로밖에 보이지 않을 테니까. 발루아의 식민지라. 식민지를 미리 둘러보는 왕에게 기사까지 붙여준 꼴이군. 이런, 전쟁을 종결하고자 하는 의지가 강할수록 가능성이 더 커지지 않는가? 유감스럽게도 말이야."

"폐하, 진심이십니까? 정말요? 거짓말……이시죠?"

후베르트가 간절한 눈빛으로 입술을 떨었다. 정작 말하는 이는 저만치 멀리 서서 구경하는 얼굴이었다.

"자네 생각은 어떤가? 이 의심이 합리적인가? 아니면 의심을 위한 의심인가?"

"저는 모르겠습니다, 폐하. 하지만 그분마저 의심해야 한다면…… 무척 안타깝고 슬플 것 같습니다."

고개를 푹 떨구는 그를 바스티안이 외면했다.

"감상적이군. 그녀가 아무리 신망 있는 여왕이라 해도 결국 다른 나라 인간이야."

"저는 최근에 두 분이 꽤 가까워지셨다고 생각했는데요……."

"이해를 못 하고 있군. 이건 가까워지고 말고의 문제가 아니야."

"……."

"죽고 살고의 문제지."

그가 창밖으로 시선을 던졌다. 드넓은 구름 속을 하얀 새떼가 날아들며 휘저었다. 바스티안에게 잘리어는 늘 평화로웠다. 거짓말처럼 한결같이 지켜지던 평화.

"왕은 세상 가장 고독해야 하네. 가장 경계해야 할 상대는 바로 자신이지. 타인을 믿으려는 자신 말이야. 왕은 결국 자리를 지키기 위해 사는 존재일 수밖에 없어. 짐의 자리가 바로 백성들의 머리 위이자 이 국가인 셈이고."

"……."

"그러니 짐이 하는 모든 의심은 합리적이네."

들릴락 말락, 작게 읊조리는 바스티안을 응시했다. 허구한 날 빈둥거리고 늑장 부리면서 마냥 속 편하게 산다고 여겨왔던 왕이 처음으로 외로워 보였다. 감히 이해한다 말을 꺼낼 수 없었다. 머리로는 이해해도 가슴으로 공감하기 어려운 고독이다. 고독을 빙자한 유폐다. 후베르트는 그 철저한 벽을 넘을 엄두를 내지 못하고 가만히 바라보기만 했다.

그 옆에 있을 사람은 누구도 없어 보였다.

✣ ✳ ✣

[추밀원이 여왕 폐하의 혼인에 대한 이야기를 꺼냈습니다. 크제쉬미르의 프레드리크 왕자가 첫 번째 후보로 거론되었습니다. 영해의 크기와 위치가 저희에게 큰 이점을 제공해줄 것으로 보인다고 다들 찬동하였습니다. 왕자는 하루라도 빨리 폐하를 뵙고 싶다 청하였으며 조만간 발루아를 방문하겠다는 뜻을 전해왔습니다.]

에르완은 얼마 전 그레더니어 기사들의 편지 아래에 끼워져 있던 서신을 떠올렸다.

크제쉬미르의 프레드리크 왕자. 에르완을 흠모하여 자주 찾아오곤 했던 그는 그녀보다 무려 다섯 살이 어리다. 영글지 못해 풋내마저 난다. 그가 늘어놓는 치기 어린 이야기들, 대부분 동무들과의 사소한 다툼이나 사교계 험담을 듣고 있자면 아무리 에르완이라도 한숨을 쉬게 되었다. 그 때문인지 레이첼도 왕자라면 질색을 했다.

「프레드리크 왕자요? 그 어린 남자가 폐하의 남편요? 말도 안 돼요. 부군이 되시려거든 폐하와 어깨를 나란히 하실 수 있어야 하는데 그분은 허리까지도 안 오시잖아요!」

에르완이 곁에 있어 하루가 다르게 상태가 호전되고 있었지만, 혼인 이야기에 특히 흥분된 반응을 보였다. 그녀는 본국에서부터 땅딸막한 프레드리크 왕자를 싫어했다. '바닥에 붙어 다닌다.'는 속된 표현까지 붙여가며.

「정말 말도 안 돼요. 폐하, 정말 이 혼인을 하실 생각은 아니시죠? 바스티안 폐하께는 말하지 않으실 거예요? 이 이야기를 들으시면 당장이라도 협력을 하겠다고 하실걸요!」

「레이첼, 그는 왕이다. 감정적으로 응하지도 않을뿐더러 그럴 이유도 없는 사이다.」

「네? 그럼 정말 말씀 안 하실 생각이세요?」

「굳이 필요성을 못 느끼겠다만.」

「그게…… 지금 폐하께서 가장 편하게 대하고 계신 분이 그분이잖아요. 그래서 소녀는 틀림없이 의논하실 거라 생각했는데…… 앗, 폐하. 송구합니다. 어느 안전이라고 소녀가 큰 소리를……. 프레드리크 왕자가 너무나 싫어서 그만, 죄송합니다.」

「쉬어라.」

짤막하게 대답하고 뒤돌긴 했지만, 심기가 영 불편했다. 프레드리크나 레이첼 때문이 아니었다. 굳이 따지면 바스티안 때문이었다. 편하다는 건 말도 안 된다 생각했다. 그의 존재만큼 거슬리는 것이 없는데. 숨을 시끄럽게 쉬는 남자, 생각도 시끄럽게 하는 남자, 가면을 쓴

듯 웃고 있는데 온통 가시투성이인 남자.

에르완은 살살 아린 이마를 짚으며 생각에 잠겼다. 크제쉬미르는 잘리어가 협력을 해주지 않을 시의 차선책이다. 그녀가 아닌 추밀원이 쥔 차선. 하지만 그가 아니더라도 발루아의 귀족과 백성 모두가 여왕의 혼인을 바라고 있었다. 한동안 잠잠하다 싶었는데 또…….

"힐데가르드 님, 드릴 말씀이 있어 찾아왔습니다."

에르완은 한번 생각이나 명상에 잠기면 무섭도록 골몰하는 습성이 있었다. 그리고 그러느라, 자신에게 다가오는 기척에 미처 관심을 기울이지 못했다.

"제 얼굴조차 보기 싫으신 건 알지만, 쥐어짜낸 용기를 부디 가상히 여기시어 들어주십시오. 제가 찾아온 건 다름이 아니라 사죄하기 위함……."

주춤주춤 어려워하며 다가오는 몬드를 바람 소리 나게 지나쳤다. 완전히 무시당할 거라곤 생각하지 못했던 몬드는 충격받은 얼굴이었다. 한 박자 늦게 그가 에르완 뒤를 따랐다.

"힐데가르드 님, 그 노여움을 다 알고 있습니다. 결투에서 개처럼, 흠흠, 얻어맞았지만 반의반도 표현하지 않으신 거겠지요. 면박당할 것을 알고 이렇게 찾아온 것은…… 저, 듣고 계십니까?"

몬드는 슬쩍 고개를 빼내 살폈다가, 한껏 찌푸려진 미간을 보고 다 틀렸다 생각했다. 안 될 거라는 걸 알면서도 검을 배우고 싶어 용기 낸 것인데, 오히려 심기를 더 불편하게 만들어버렸다. 시간을 더 두고 왔어야 했나? 하지만 이제 와서 물러났다간 죽도 밥도 안 된다. 그가 갑자기 걸음을 멈추고 무릎 꿇었다.

"정말 저를 용서하지 않으실 참이군요. 네, 그래도 소인은 할 말이 없습니다. 그러니 마음이 풀리실 때까지 이 자리에서 한 발짝도 움직이지 않겠습니다. 그것이 제 사죄입니다."

미친 짓이 따로 없었으나, 절벽에 내몰리면 무엇이든 하게 되는 법이다. 이쯤 되면 돌아봐주지 않을까 싶었는데 그녀의 걸음은 멈출 줄을 몰랐다. 어? 이게 아닌데. 몬드가 살짝 당황했다.

"저기, 저! 힐데가르드 님! 저 무릎 꿇었습니다, 네? 어, 어디 가셔도 괜찮지만, 돌아오실 때까지 이렇게 있겠습니다! 네? 용서해주실 때까지!"

"……."

"네? 힐데가르드 님! 저! 여기에! 꿇어앉아서! 하루 종일! 네에?"

몬드의 목소리가 쩌렁쩌렁 복도를 울렸다. 말이 채 마무리되기도 전에 에르완은 모퉁이를 돌아 사라져버렸다. 허탈함에 한숨이 나왔다. 박대할 줄은 알고 있었지만, 이렇게 눈길 한 번 받지 못할 줄은 몰랐다. 그의 목소리를 들은 하녀들이 뭐라 쑥덕거리며 지나갔다. 다리에 벌써부터 쥐가 났지만 공언한 게 있으니 움직일 수도 없었다.

돌아오실 때까지 기다리는 수밖에. 몬드는 오랜 시간이 걸리지 않을 거라 생각하며 발가락을 꼼지락거렸다.

한편, 생각에 빠져 있느라 몬드를 보지 못한 에르완은 직업훈련소에 도착해서야 정신을 차렸다. 그러고 보니 누군가 도중에 말을 걸었던 것 같기도 하다. 하지만 기분 탓이라 넘기며 그 안에 들어섰다. 루이즈안이 가장 먼저 반겼다.

"어서 오십시오, 에르완 님. 오늘은 어쩐 일로 티안 님과 함께 오지 않으셨는지."

"예, 오늘은 저 혼자입니다."

담담하게 대답하자 루이즈안의 시선이 노골적으로 빤해졌다.

"실례지만 두 분, 어떤 사이신지 여쭤도 될까요?"

"……."

"아이참, 죄송합니다. 제가 이렇게 주책없는 사람이 아닌데. 그게…… 티안 님께서 몇 년째 이곳에 들락거리셨지만 다른 분을 데리고 오신 일은 없으셨거든요. 거기다 술도 함께 마시고, 말씀하시는 것도 보니 보통 사이가 아닌 것 같아서…… 무례라면 죄송합니다."

"괜찮습니다."

짤막한 대답 외의 부연설명을 할 생각은 없었지만, 루이즈안의 시선은 떠날 줄을 몰랐다. 사실 이곳에 있는 모든 이가 그랬다. 어떤 이는 몰래 의자까지 당겨 앉아 그들의 대화에 귀를 기울이고 있었다.

루이즈안은 '주책없는 건 알지만 어쩔 수가 없다.' '이제껏 티안이 여자를 데려온 건 처음이다.' '거기다 술 마시고 편하게 대하는 걸 보니 더더욱 궁금해질 수밖에 없다.'며 일장연설을 늘어놓았다. 이쯤 되면 없는 관계라도 만들어내야 할 정도였다.

"기대에 부응해드리진 못할 것 같군요. 그분과 저는 아무 사이도 아닙니다."

"하지만 티안 님께서 남을 그렇게 편하게 대하는 건 처음 보았는걸요. 에르완 님은 분명 남다른 분일 겁니다."

"그럴 수도 있겠군요."

처음으로 흘러나온 수긍에 루이즈안의 눈이 크게 벌어졌다. 어디선가 오오 하는 환호소리도 들렸다. 대화를 몰래 엿듣고 있던 이들이 분명했다. 에르완은 한 점 표정변화 없이 말을 이었다.

"하지만 그분과 제게 있어 관계의 성격은 그다지 중요하지 않습니다. 따질 이유도, 필요도 없습니다."

"아아……."

노골적으로 실망한 기색이 턱 걸렸다. 이성이 정해놓은 철저한 규칙에 따라 말했건만 그들은 그보다 더한 것을 원했다. 마치 바스티안에 대한 주관적인 감상이라도 쏟아내길 바라 떡을 삼키다 만 것마냥 갑갑해졌다. 레이첼이고 그들이고 왜 죄다 그와의 관계를 캐묻는지 모르겠다. 감정의 깊이를 논할 계제가 없는데, 만들어내기라도 해야 하나 싶었다.

그저 같은 시각에서 같은 것을 바라볼 수 있다는 것뿐이지 않나. 위안은 되겠다만, 거기에 귀를 기울일 감수성도, 여유도 없었다.

"그런데 말이야, 요새 떠도는 소문 말일세."

"모르간느 영주님에 관한 것 말인가? 나도 들었어."

"쉿, 자네들 위험한 이야기를 겁도 없이 하는군."

속닥거리는 목소리가 귀를 잡아끌었다. 에르완은 미묘하게 변해가는 루이즈안의 표정을 보았다. 머리를 맞댄 채 그들의 이야기가 계속되고 있었다.

"병합 당시 우리 영주님이 말없이 사라지지 않았나. 그래서 가장 조용하고 평화롭게 병합되기도 했고 말일세. 하지만 사실 그건 거짓말이고, 지금 왕이 우리 영주님을 잡아 가두고 핍박하고 있다고 하더군."

"잘리어에서 대제를 욕하면 맞아 죽네, 이 사람아."

"떠돌아다니는 말을 없다고 하겠나?"

"그 말이 사실이라면 나는 절대 왕을 용서하지 않을 걸세. 혈혈단신으로라도 벨뷰 성에 쳐들어갈 거라 이 말이야. 우리 영주님…… 아이고, 그 착한 분을 어떻게!"

"레스터 지역에서 폭동이 괜히 일어났겠나. 그런데 듣자하니 왕의 명령으로 싹 다 몰살당했다고 하던데……."

"그만들 하십시오."

말소리가 단호하게 끊겼다. 에르완을 비롯하여 이야기를 나누던 이들이 시선을 한데 모았다. 항상 온화한 미소만 머금고 있던 루이즈안이 드물게 상기되어 있었다. 얼핏 화가 난 것처럼 보이기도 했다. 경련이 일 듯 볼이 파르르 떨렸다.

"옛날에 어떻게 분리되었든 지금은 저희 모두 잘리어에 속해 있습니다. 위험한 말씀은 삼가시지요. 이곳의 왕은 저희 이민자들이 성공적으로 정착하도록 힘을 써주었습니다. 저희 영주님은……."

"그러고 보니 참참, 루이즈안은 영주님의 시중을 들지 않았나! 영주님 소식은 모르는가? 응? 영주님을 찾는 이들이 당신에게 은밀히 연락을 취해왔던 걸 알고 물어보는 거네."

루이즈안이 덜컥 겁을 집어먹은 얼굴로 에르완을 흘끗 보았다. 영주의 시중을 들었던 건 비밀이었던 모양이다. 숨어 있던 두려움이 슬금슬금 기어나왔다.

"무슨 말씀입니까? 옛날이야기일 뿐입니다."

"아무리 옛이야기라도! 당신이 영주님과 그렇고 그런 사이라는 걸 모르는 사람이 어디 있나. 대쪽 같은 영주님이 사랑하는 사람을 내버려두고 사라질 성격도 아니고 말이야."

"실은 영주님과 계속 연락하고 있는 거지? 우리에게만이라도 소문의 진위를 가르쳐주게. 응?"

"그만하시라는 데도요!"

절벽 끝에 몰린 사람처럼 절박한 목소리였다. 얼마나 당황했던지 동요를 숨길 엄두조차 내지 못하고 있다. 끝내 언성을 높인 루이즈안은 불안한 기색을 지우지 못한 채 방으로 들어가버렸고, 남은 자들은 머쓱하게 물만 들이켰다.

날을 잘못 잡아 왔군. 폭동이니 몰살이니, 들어도 모른 척하기 힘든 이야기들뿐이지 않나. 에르완은 조금 전 상황에 대한 의문을 거두면서, 품에서 서신 하나를 꺼냈다. 잡념에는 명상만 한 것이 없었다.

[군주의 성품은 필요에 의해 바뀔 수 있는 것입니까?]

거칠지만 정갈한 필체. 도미니크의 글씨였다. 그녀는 에르완과 만난 후로 가끔 이런 질문을 보내곤 했다. 답변을 적어 보내면 그에 대한 의견이 돌아온다. 왕, 귀족, 투기, 상인, 법, 조세…… 다양한 주제였으나 한번 건드리면 전문가처럼 깊게 판다. 달랑 한 줄 쓰인 편지를 보고 처음엔 그 의도를 의심했으나, 어느새부턴가 즐기게 되었다. 이만한 혜안과 폭넓은 지식을 가진 이가 있다니. 참모로서 무척 탐이 나는 자였다.

"이건 도미니크 공작의 글씨인데."

옆에서 지그시 들려오는 목소리에 에르완이 고개를 돌렸다. 친숙한 얼굴이 바로 옆까지 와 있었다.

"친해진 거야? 어느 틈에?"

감미로운 목소리였으나 그 눈은 맹금처럼 빛났다. 에르완은 도미니크가 한 말을 떠올렸다.

「그는 왕답지 않습니다. 그가 왕이 아니니 왕으로 모실 수 없는 것입니다.」

신념과 믿음으로 무장된 그 말을 바스티안 앞이라고 삼켰을 리 없다. 도미니크는 날카롭게 쿡쿡 찔러댔을 것이고 바스티안은 특유의 여유로 매끄럽게 대응했을 것이다. 에르완이 끼기엔 위험하고 민감한 지점이었다.

"왜, 그녀가 당신에게 이 나라를 부탁이라도 하던가?"

바스티안이 빙그레 웃으며 옆에 걸터앉았다. 서신을 접어 넣으며 에르완이 담담하게 답했다.

"억측입니다."

"영 가능성이 없진 않을걸. 그녀는 나를 잡아 죽일 듯이 싫어하거든. 인정하지 않아. 나도 마찬가지고. 그런데 어떻게 만난 거지? 접점이 없었을 텐데."

"폐하의 서재에서 만난 적이 있습니다."

"멍청한 형이 서재 출입을 허가해줬었나 보군. 쥐새끼처럼 몰래 들락거리는 것도 모르고……. 돌아가면 당장 거둬들여야겠어."

거칠게 내뱉은 바스티안이 간격을 두고 그녀를 보았다.

"이해 못 하겠다는 얼굴이군. 고작 서재 출입 하나 가지고."

"……."

"그녀는 처리하기엔 아깝고, 그대로 두기엔 너무나 쓸 만한 졸이지. 영리하지만 교활해. 따르는 이도 많지. 그녀에게 힘을 주면 내가 위험해져. 팔다리를 잘라내어 내버려두는 수밖엔 없지."

"말씀하신대로 영리한 자입니다. 이용하고자 하면 어디에든 쓸 수 있는. 그런 식의 응대는 서로에게 도움이 될 일이 없을 것입니다."

그가 짜증스럽게 이맛살을 찌푸렸다.

"참견이 과하군. 당신은 발루아의 왕이지 잘리어의 왕이 아니야."

"……."

"미안해. 방금 말은 심했군."

에르완이 가볍게 고개를 저었다.

"아뇨, 사실입니다."

"나는 도미니크가 정말 짜증나거든. 그녀는 계속 내 모든 걸 부정해. 죽여버릴 수도 없고……."

반찬 투정하는 어린아이처럼 벌렁 드러눕는다. 에르완은 가만히 그 정수리를 보고 있다가 입을 열었다.

"두 분은 고양이와 생쥐 같군요."

"어느 쪽이 생쥐지?"

바스티안이 반짝 고개를 들었다. 그는 항상 의외인 부분에 반응했다.

"그야 당연히."

"당연히? 당연히 도미니크겠지?"

거듭 캐물었으나 에르완은 도리어 입을 다물었다. 바스티안은 뭐 마려운 것처럼 테이블을 탕탕 쳐가며 흥분했다.

"아니, 왜 말을 하다 말아? 대답 안 할 건가? 도미니크지? 응?"

"……."

"그러면 이거 먼저 대답해. 누구랑 더 가깝지? 나랑 도미니크, 둘 중에 말이야."

"유치합니다."

"난 진지해, 에르완. 중요한 문제라고."

"유치해서 대답할 가치가 없습니다."

"와, 당신 표정…… 나 경멸하는 거야? 응? 말 나온 김에 따져보지. 왜 말 안 하고 혼자 나왔어? 언제는 나보고 같이 데려가달라더니! 단물 빨아먹고 이제 쓸모없으니 버리는 것도 아니고……!"

"대제 폐하입니다."

"어?"

"누구와 더 가까우냐고 묻지 않으셨습니까."

쑥 들이밀어지는 대답에 말이 뚝 멈추었다. 믿을 수 없다는 얼굴로 입술을 몇 번 벌렸다 닫았다. 뭐, 뭐? 어설프게 눈으로 묻는다. 숨조차 멈추고 있는 그와 달리 에르완은 무표정했다.

"당연한 걸 물으십니까."

그게 당연한 일인가? 바스티안은 입만 뻐끔거리고 있었다.

"폐하와 만난 것은 도미니크 공작과 만나기 한참 이전입니다. 함께 보낸 시간이 긴 만큼 훨씬 더 이야기를 많이 나누었지 않습니까. 당연한 일입니다."

"그……런데 왜 나를 따돌리고 나와서 도미니크의 편지를 읽고 있었지? 다른 누구도 아닌, 도미니크 말이야."

"관계 없는 일입니다."

"관계가 왜 없어? 도미니크가 당신에게 내 험담이나 해댔겠지. 그러니까 날 멀리하려는 거 아냐. 그녀가 뭐라고 했지? 뭐, 게으르다고? 왕의 자질이 없다고? 뻔하군."

에르완의 표정이 이상하게 변하는 만큼 바스티안은 더더욱 비참해졌다. 말도 안 되는 생떼인 건 이쪽이 더 잘 알고 있었다. 그런데도 당황한 나머지 헛소리를 쏟아내고 있었다.

나와 가깝다니. 그런 대답이 나올 줄 몰랐다. 진짜 예상치 못한 순간에 한 번씩 날려대니 도통 방어할 틈이 없다. 바스티안이 무너진 얼굴을 쓸어내리며 겨우 수습했다.

"그런 말은 하지 않았으니 괜한 질투 마십시오."

"질투? 질투우? 방금 질투라고 했어? 당신이 아직 날 잘 모르나 본데, 나는 평생 질투 같은 건 해본 적 없는 사람이야. 왜인지 알아? 내가 질투할 만큼 잘난 인간을 본 일이 없거든, 아니, 존재하지도 않는다고 해야 하나……."

"심기가 좋지 않아 보이시니 아닌 것으로 해두겠습니다."

"나 참……. 그런데 아까부터 꽤 소란스럽던데, 루이즈안도 보이지 않고. 무슨 일이라도 있었나?"

에르완이 뒤늦게 주변을 살폈다. 루이즈안과 옛 영주에 대해 물어보던 남자들은 이미 사라진 후였다. 그들이 나누었던 이야기를 떠올려보았다. 병합국가 모르간느, 그곳을 다스리다 사라진 영주, 그리워하는 백성들, 대제가 몰래 감춰두고 핍박하고 있다는 소문, 영주의 시녀이자 연인관계였다는 루이즈안…….

이쯤 되면 따져볼 수밖에 없었다. 그가 이 직업훈련소를 자주 방문하는 이유가, 에르완이 생각한 것처럼 백성들의 삶을 가까이서 지켜보기 위함이 아니라 감시하기 위해서가 아닐지.

"응? 표정이 왜 그래?"

저 넉살 좋은 얼굴이라면 사람 방심하게 만드는 건 식은 죽 먹기일 테니.

"아닙니다."

에르완은 곧 생각을 고쳐먹었다. 이곳은 발루아가 아니다. 협력을 구하러 온 그녀는 내사에 관여할 자격이 없었다. 한 발짝 떨어져 있던 사안에 대해 판단하려 들게 만든 걸 보면, 도미니크는 생각보다 잘 쑤셔놓은 셈이었다.

그녀는 소란스러운 속을 정리한 후, 조금 전에 들은 그대로를 전해주었다. 그는 생각보다 무심한 반응이었다.

"그래? 영주가? 소문이 그렇게 돌고 있다고?"

"예, 그렇습니다."

"흐음…… 그렇단 말이지."

자연스레 그를 뜯어보게 되었다. 관심이 없는 건지, 이미 알고 있었던 건지 가늠하기가 어렵지만, 어느 쪽이든 에르완은 신경을 쓰지 않기로 했다. 바스티안도 그다지 반기지 않는 듯하고.

"그런데 여기엔 왜 온 거지? 내가 모르는 새 이미 몇 번 혼자 온 것 같은데."

"큰 이유는 없었습니다. 에브라가……."

"응? 에브라?"

뜻밖의 이름에 바스티안이 눈을 동그랗게 떴다. 에브라는 이 훈련소에서 바스티안이 직업을 찾아주지 못한 유일한 이였다. 도통 어디에도 쓸데가 없어 처음이자 마지막 실패작이라고 통탄하곤 했다. 물론 대부분의 안타까움은 에브라의 인생이 아니라 바스티안의 드문 실패에 기인해 있었다.

"그에게 걸맞은 재능을 찾아줄 수 있겠다 싶어서."

에르완이 느릿하게 눈꺼풀을 들어올렸다.

"뭐어? 진짜? 에브라에게 말인가? 창이나 검을 집어 들긴커녕, 암기나 셈은 전혀 못하는 그 구제불능을 가리키는 게 맞아?"

바스티안은 지나가는 아무나 붙잡아도 어디에 써먹을 수 있을지 금세 알아보곤 했다. 아는 게 많긴 했으나 그보다는 선천적으로 타고난 감 때문이었다. 그는 사람을 어떤 곳에 써먹어야 효율적인지 알아볼 수 있는 혜안을 갖고 있었다.

망명자들이 그 어떤 나라에서보다 빨리 적응할 수 있었던 이유가 다른 데 있는 게 아니었다. 이것을 두고 후베르트는 '본인이 일하는 대신 남 시키기 좋아하는 게으름뱅이의 재능'이라고 투덜댔지만, 왕에게는 분명 필수적인 자질이긴 했다. 왕은 혼자만 잘나서 해낼 수 있는 자리가 아니었다.

"허어…… 이건 내가 더 궁금해지는데. 대체 그가 가진 재능이 뭔데?"

"집중력입니다."

"집중력이라."

그녀가 단정하게 고개를 끄덕였다.

"에브라는 항상 구석에 앉아 있었지요. 사람을 기피하는 줄로만 알았는데, 지켜보니 그것이 아니었습니다. 그는 떨어지는 낙엽에 돌멩이를 던져 맞히고 있었습니다. 시간이 갈수록 점점 더 멀리서 떨어지는 낙엽을, 더 작은 돌멩이로 맞혔지요."

"집중력이 좋다곤 하나 무기를 들 수 없고, 암기를 못 하는데 무슨 소용이지? 실 없는 바늘이나 마찬가지잖아."

"그에게 맞는 무기가 있습니다. 바로 활입니다."

"활?"

"힘보다는 집중력이 더 요구되는, 비교적 가벼운 무기지요. 잘리어의 무기는 그 쓰임에 비해 무겁다는 단점이 있어, 에브라에게는 제 활을 선물해주었습니다. 지금부터라도 팔과 다릿심을 기른다면 그는 어쩌면 신궁(神弓)으로서 이름을 날리게 될 수도 있을 겁니다."

그 구제불능이 신궁? 상상도 못 해본 일이라 어안이 벙벙해져 있는데, 때마침 바깥에서 환호성이 들렸다. 우레와 같은 갈채, 그리고 감탄하는 사람들의 목소리로 공기가 잔뜩 들떠 있다. 박수치는 구경꾼들 사이에는 그가 있었다. 활을 든 에브라.

"활 쏘는 법을…… 당신이 가르쳐준 건가?"

활이라곤 들어본 적도, 쏘아본 적도 없지만, 시위를 당긴 에브라의 자세가 완벽하다는 건 알겠다. 가늘게 쭉 뻗은 몸통을 따라 금이 덧대져 있는 활, 여왕의 활이다.

"예. 곧잘 배우더군요."

한 점 흐트러짐 없이 버티고 선 여왕. 그녀가 당긴 시위, 줄이 튕기는 소리와 함께 곧게 날아가는 화살. 바람을 타고 흩날리던 이파리 정중앙을 꿰뚫고 지나간다. 어깨, 활, 다리가 그리는 완벽한 선에 눈길이 빼앗긴다. 부드럽지만 강한 원(圓). 밀려오는 잔상으로 짧은 순간 숨이 멎는다. 주로 사용하는 무기가 아닌데도, 든 것만으로 빛난다.

와아아아! 신기와도 같은 활솜씨에 사람들이 너 나 할 것 없이 감탄해댄다. 그 소리에 바스티안도 제정신을 차렸지만, 여왕의 잔상은 시들지 않고 남아 있다. 그는 하염없이 흔들렸다.

"과히…… 대단한 실력이군."

"배움이 빠른 편이더이다."

"아니, 에브라 말고 당신 말이야."

바스티안이 넋을 놓은 사람처럼 멍하니 에르완을 응시했다.

"그걸 관찰해서 재능으로 끌어냈단 말이야?"

"……."

"나는 진심으로 그대가 탐나. 허투루 하는 소리가 아니야. 내게는 없지만 당신에게는 있는 자질, 안목, 그리고 경험. 그 모든 것을 알고 싶어. 당신의 눈에 비치는 세상에 대해서 알고 싶단 말이야."

"……폐하."

"당신에겐 외부적인 경험과 냉철한 판단력과 원칙이 있지. 내게는 내부적인 경험과 타고난 직관, 융통성이 있어. 그런 두 사람이 함께하면 어떨까. 동료로서 말이야. 그 둘이 만들어나가는 국가는 어떤 모습일까? 참 멋지겠군. 상상만 해봐도 말이야, 난, 정말이지……."

"믿어주셔서 감사합니다. 하지만."

"어?"

"저와 함께하기 어려움은, 오히려 대제께서 더 잘 아실 것입니다."

뚝. 자로 잰 것처럼 그어지는 선. 이상한 설렘에 떠밀려 고조되던 흥분도 함께 끊겼다.

바스티안은 고장 난 것처럼 숨조차 멈추고 에르완에게 시선을 두었다. 믿어? 내가? 당신을? 타인을? 대중없는 물음표가 그녀를 향해 쉼 없이 내던져진다.

함께하고 싶다 생각했다. 믿음 없이는 가지기 어려운 소망이지 않나. 아, 그러고 보면 내가 당신을 정말 믿었나 보다. 그런데 어쩌다가? 당신은 자국의 이익을 위해 협력을 구하러 온 외국의 왕일 뿐인데.

그녀는 침묵했다. 차분하디차분한, 돌팔매질하여도 흔들림 하나 없이 그저 삼켜버리고 마는 거대한 바다 같다.

"하지만 폐하의 말씀처럼 발루아는 잘리어의 동료로서 굳건히 존립할 겁니다. 저를 말미암아 발루아를 믿으신다면 두 나라엔 더없는 영광을, 감히 기대하는 바이며……."

한마디 한마디 이어질수록 속이 가라앉는다. 뭐에 쓸린 듯이 따끔하기도 하다. 의심해라, 끝없이 의심해라. 배를 갈라 그 속을 들여다보아도 의심해야 하는 것이 왕이다. 한 번의 잘못된 판단으로 수천만의 목숨이 왔다 갔다 하는 자리이니, 당연히 짊어지고 살아야 할 업이다.

「왕은 세상 가장 고독해야 하네. 가장 경계해야 할 상대가 바로 자신이지. 타인을 믿으려는 자신 말이야. 왕은 결국 자리를 지키기 위해 사는 존재일 수밖에 없어. 짐의 자리가 바로 백성들의 머리 위이자 이 국가인 셈이고.」

「그러니 짐이 하는 모든 의심은 합리적이네.」

바스티안은 아침에 후베르트에게 호언장담했던 저 스스로를 비웃었다. 의심을 한다? 이미 간이고 쓸개고 다 빼내줄 것처럼 가슴으로 믿어놓고 머리로 의심을 한단 말인가? 결국은 이용하기 위한 관계다. 그녀가 이곳에 온 건 발루아의 승리를 위해 잘리어를 발판으로 삼기 위해서였는데, 대체 무얼 믿고.

언제부터 갈팡질팡하기 시작했지? 기억을 차근차근 돌려보았지만 딱히 떠오르지 않았다. 그러다 제 믿음에 아무런 근간이 없음을 깨달았다. 그저 홀린 것처럼 믿게 되었다. 어떻게 왕이란 자가, 속수무책으로, 아무런 대책도 없이 이처럼.

스스로에게 화가 났다. 무방비함이 역겨울 지경이다. 애초에 인간적으로 이처럼 깊게 끌려본 적이 없어서 더욱 그랬다. 늘 두드려보던 돌다리도 서너 번씩 더 확인했는데, 어떻게 그녀에 대해선 한 번도 제대로 두드려보지 않았나.

삶, 전쟁, 생각, 경험……. 많은 것이 탐이 났고 그만큼 집중하게 되었다. 본능적인 경계가 허물어졌다. 개처럼 굴렀던 과거사마저 토해내고, 어쩌면 더 나은 잘리어를 만들 수 있지 않을까 하는 웃긴 희망까지 품었었다.

그런데 그녀는? 정작 바스티안은 그녀에 대해 아는 게 거의 없다. 끈질기게 캐묻곤 했던 언니 이야기도 한 줌 듣지 못했다. 이쯤 되니 다른 의미로 타고난 정치인인 걸 알겠다.

흔치 않은 동지의식 때문일 뿐이라고 자위해본다. 이렇듯 공감할 수 있는 상대가 처음이라서 방심하고 말았다고. 이런, 그다지 도움이 되지 않는다. 결국 스스로의 몸에서 나는 냄새에 취한 것뿐이었다.

지나치게 적나라한 감상에 속이 다 불편해졌다. 어떻게든 이것을 게워내고 싶어졌다.

"폐하를 존중합니다."

가까이서 울리는 목소리에 현실로 돌아왔다. 순식간에 싸해진다.

"발루아와 저는 그에 합당하는, 마땅한 신의를 보일 것입니다."

사람의 마음이란 참 간사해서, 한번 그 진위를 캐기 시작하면 평소에 흘려들었을 말도 두세 번씩 곱씹게 되었다. 그러니까 이쯤 됐으니 발루아가 승리할 수 있도록 해협을 열어달라, 그 뜻이다.

사실 처음부터 받아들일 생각이 없는 제안이었다. 그런데도 그녀를 머무르게 한 것은 일말의 흥미 때문이었다. 그건 인정한다. 서로에게 꿍꿍이가 있었으니 구태여 괘씸해할 필요는 없었다. 이제부터라도 그만하면 된 것이다. 그렇게 생각하니 사포로 문지른 것처럼 따끔거리던 속이 조금 가라앉는 듯했다. 시끄럽던 상념이 눈 녹듯 사그라졌다. 흔적조차 없다.

왕에게 공감대라니, 말도 안 되지.

"나를, 믿는다 하였지."

"그렇습니다."

돌아오는 대답이 더없이 담백하다. 그녀의 눈빛, 태도, 말투, 쓰는 단어. 모조리 뜯어보았다. 하나를 의심하니 줄로 엮인 것처럼 줄줄이 딸려 올라온다. 죄다 거짓말 같다. 보면서 감탄했던 굳건함도 이제는 죄다 가증스러울 따름이다. 날카로운 경계가 가시처럼 일어났다.

"증명할 수 있겠나?"

"……."

"당신이 말한 그 신의라는 거, 내가 직접 확인할 수 있겠느냐고."

"방법이 있겠습니까?"

의심이 새카만 안개처럼 뒤덮는다. 이제는 그녀의 금색 눈도, 표정도 가리어 보이지 않는다. 살아 있는 허물을 대하는 기분이었다. 바스티안이 매양 보아오던 인간의 진짜 모습이었다. 이제야 원래대로 돌아왔군.

"물론."

입꼬리를 들어올리는데 얼얼하여 감각이 없었다. 이유는 알지 못했다.

✣ ✳ ✣

공기가 질척하다. 비가 내릴락 말락 한 습한 날씨에 어둠이 스며들자 한 발짝 내딛기도 어렵게 되었다. 골목은 좁고 더러웠다. 벽돌 사이에 끼어 있는 게 이끼인지 곰팡이인지 분간이 되지 않았다. 매캐한 냄새가 코를 괴롭히며 마비시켰다. 바스티안은 느른한 걸음으로 골목을 타고 들어갔다.

"이곳은 언제 와도 항상 지독하군. 왜 이렇게 깊숙이 숨어 있는지, 몇 번 왔는데도 헤매게 된다니까."

"어디로 향하시는 건지 여쭈어도 되겠습니까?"

"지난번에 당신이 궁금해했잖아. 내가 바깥에서 생활하는 돈을 어떻게 버는지. 그걸 보여주고 싶을 뿐이야. 방법을 알아야 당신도 돈을 벌어서 얼음과자 값을 내게 갚을 수 있지."

"……."

"저기야, 저기."

석연치 않은 기색을 무시하고 그가 골목 끝을 가리켰다. 언뜻 보기엔 조촐한 주택이었으나 앞뒤로 문이 나 있고, 커다란 남자들이 어수선하게 돌아다니며 주변을 지키고 있다. 창문 밖으로 스며나오는 불빛이 낮처럼 밝다. 에르완이 눈을 가느스름하게 좁혔다.

"저긴 도박장이 아닙니까."

"오, 한눈에 알아볼 줄은 몰랐는데. 위장에 좀 더 신경을 쓰라고 주인장에게 말해놔야겠어. 카드는? 좀 칠 줄 아나?"

"잘리어에서도 일정 이상의 금액을 건 도박은 불법으로 알고 있습니다만."

“뒷골목에선 뒷골목의 법을 따르라. 이곳에서는 도박도 합법이지.”

그가 쾌활하게 대답하며 계단을 두세 개씩 뛰어 내려갔다. 문지기는 굳이 신분을 확인하지 않고 문을 열어주었다. 에르완의 눈이 더더욱 가늘어졌다.

“자주 하십니까?”

“아주 가끔. 바깥에서 돈이 필요했을 때. 옛날에 비하면 요즘은 아예 손 턴 거나 마찬가지지. 옛날엔 이것을 하지 않고서는 살아갈 수 없었거든.”

“…….”

“가볍게 몇 판만 뛰려고 온 건데 표정 좀 풀지그래. 무서워서 다들 도망가겠어.”

담배연기로 자욱한 공기를 뚫고 카드놀이 하는 자리에 그녀를 끌고 갔다. 에르완은 꺼림칙한 기색이 역력했지만, 상대가 바스티안이니 잠자코 따라주는 듯 보였다. 그는 솜씨 좋게 그녀에게 판돈과 카드를 나누어줬다. 몇 번 패를 돌려본 그는 놀라워하며 그녀를 보았다.

“처음 해보는 솜씨가 아닌데?”

“어깨너머로 몇 번 보았을 뿐입니다.”

그녀가 능숙하게 카드를 섞었다.

정식으로 배워본 적은 없다는 뜻이었다. 하긴 평생을 전쟁터에서 보낸 왕이 도박에 취미가 있었을 리 없지. 왕이면서 이런저런 경험을 다 해볼 수 있는 건 바스티안이 유일할 것이다.

본래 신중한 성격답게 에르완은 판돈을 적게 걸고 적게 따내었다. 그리 나쁘지 않은 실력이군. 그가 평탄한 감상을 내놓으며 자리를 옆으로 옮겼다.

카드놀이가 몇 판 더 진행되었다. 에르완은 소소한 승리를 거머쥐었지만, 어차피 이 테이블은 판돈이 크지 않아 미치는 영향도 미미했다. 바스티안은 적당히 놀이에 끼는 척하면서, 서서히 그녀로부터 멀어져갔다.

그리고 판돈이 다섯 배 넘게 차이 나는 큰 테이블에 앉아, 그는 다섯 번을 내리 졌다. 주변 사람들이 그의 손목을 걱정하는 시선을 던질 만큼 어마어마한 빚이었다. 그는 태연하게 저택을 나서려 했다. 그를 가로막는 문지기에게는 단지 말 한마디 던져주었다.

"내가 진 빚은 동행으로 온 여자가 다 갚을 거야."

담보가 있으니 빠져나가는 건 쉬웠다. 마지막으로 본 그녀는 카드를 들여다본 채로, 바스티안이 떠나리라곤 상상도 못 하고 있는 채였다. 바스티안이 진 빚은 대충 계산해도 금화 육백 닢이 넘는다. 악질적인 도박장이니만큼 돈을 갚지 않고 나오는 건 불가능하며, 뒤탈이 클 것이다. 운이 안 좋으면 성노예로 팔려갈 수도 있겠지.

홀린 듯이 계속해서 걸었다. 적막한 발소리가 축축하게 젖은 골목을 두드렸다. 그렇게 한참을 걸었다. 도박가의 매캐한 공기에서 벗어나 성으로 향하는 길로 접어들었을 무렵, 차가운 무언가가 볼을 톡 때렸다. 걸음이 뚝 멈추었다. 고개를 젖히자 짙푸르게 무거운 하늘이 눈에 들어찼다.

"아, 비……."

톡톡. 이번엔 빗방울이 두 번 볼을 때렸다. 바깥에서 이렇게 밤이슬을 맞고 있으니 언젠가의 기억이 되살아났다. 처음 그녀와 성 밖으로 나왔을 때, 망토를 함께 뒤집어쓰고 빗길을 걸어간 적이 있었다. 날씨를 예측하고 망토를 챙겨 나온 그녀가 얼마나 신기했었던지.

「왜 쳐다보십니까?」

노골적인 시선에 그녀가 돌아보지도 않은 채 물었다. 뜨끔하여 고개를 가로저었다. 마침 그녀의 과거를 상상하던 차였으므로 더더욱 말할 수 없었다.

「알겠습니다.」
「예?」

거의 딸꾹질처럼 대답했다.

「제가 물어도 대답하지 않으실 것을 알겠습니다. 그러니 묻지 않겠습니다. 하나 조금 더, 걷는 데 집중하시는 게 나을 듯합니다.」

그는 조금 무안해져서 발치로 시선을 내렸다. 이 여자는 옆이나 뒤통수에도 눈이 달려 있기라도 한 건가, 어떻게 인기척을 귀신같이 알아차리는지. 그러고 보니 수풀 사이에 숨어 있던 그도 단번에 찾아내기도 했다. 숨을 소란스럽게 쉰다며, 이상한 소리를 하면서 말이다.
그럼 설마 조금 전에도 다 알면서 보내주었던 건가?
벼락을 맞은 듯 마비되었다. 그의 입술이 서서히 벌어졌다.
"미쳤군."
그 말밖에 나오지 않았다.
"대체 무슨 짓을 저지른 거지? 맙소사, 미쳤군, 미쳤어. 완전히 미쳐버렸어.”

바스티안은 돌벽에 이마라도 흠씬 박아버리고 싶은 기분이었다. 이성이 멈춰 있다가 이제야 제 기능을 찾은 느낌이다. 도박장에 버리고 오다니. 어떻게 이딴 쓰레기 같은 생각을 할 수가 있었나. 그녀에게 어찌할 선택지가 없음을 알고 있는데도, 신뢰니 믿음이니 잘도 지껄여대면서. 저열해서 견딜 수가 없었다.

그는 몸을 돌려 뛰기 시작했다. 옷매무새가 흐트러지거나 숨이 차오르는 걸 죽기보다 싫어하는 그였으나, 몽유병에 들린 것처럼 미친 듯이 달렸다.

벌써 붙잡힌 건 아니겠지? 그사이 어딘가에 팔려가거나, 몹쓸 짓을 당한 건…… 맙소사, 상상만으로 깜깜하다. 돈은 어떻게든 될 것이다. 그의 카드실력은 판을 골라 일부러 질 수 있을 만큼 뛰어난 데다, 그간 모아두었던 돈도 꽤 되니까. 무사하기만 해라. 그렇게 간절히 바라며 골목 안쪽으로 뛰어 들어갔다.

익숙한 냄새가 코를 찌른다. 저택이 보이자마자 들이닥치려 했는데, 그 앞에 서 있는 누군가를 발견하고 그만 넘어질 뻔했다.

“폐하.”

달빛 한 점 없는 야밤에 듣기엔 으스스할 만큼 차분한 목소리다. 다리에 힘이 풀렸다. 헛것을 보는 게 아닌가 싶어 눈을 비볐다.

“에, 에르완?”

“…….”

“진짜 당신인가? 진짜?”

그녀는 그것을 왜 묻는지 모르는 듯한 얼굴이었다. 에르완이다. 그녀가 맞다. 태연한 상대방과 달리 그는 머리끝까지 차오른 숨을 토해내느라 냉정을 차릴 수 없었다. 묻고 싶은 것들이 너무 많아 무엇부터 꺼내야 할지 몰랐다. 어떻게 여기 있지? 빚은? 빚을 갚지 않는 이상 사지 멀쩡히 나올 수 없었을 텐데.

"왜…… 왜, 어떻게 나와 있지?"

앞뒤 없는 질문. 그 의도를 가늠하는지 에르완이 간격을 두었다. 그러더니 흐트러진 바스티안의 앞머리부터 턱, 목, 상의까지 훑어보았다. 칼이 온몸을 내리 긋는 듯한 기분이었다.

"비가 오는데 대제께서 길을 잃어버리실까 봐."

"어, 뭐?"

뜻밖의 대답에 얼떨떨하다. 그의 질문을 다르게 해석한 듯했다.

아니, 그게 아니라. 다시 물으려는 그의 머리 위로 무언가 펄럭이며 덮였다. 입이 자연스레 닫혔다. 확인해보지 않아도 무엇인지 알아챘다. 언젠가 함께 쓴 적 있는, 비에 젖지 않는 망토였다.

"그래서 기다리고 있었습니다."

툭, 툭, 투두둑. 빗방울이 망토를 쳐대는 소리가 커지고 간격도 점차 좁아졌다. 바스티안은 진한 명암이 그려내는 그녀의 얼굴에서 눈을 떼지 못했다. 입술이 들썩거렸다. 어떻게 여기 나와 있나, 그의 의도대로라면 지금쯤은……. 목울대가 빳빳하게 굳었다.

"매우 어두워졌습니다. 돌아가는 게 좋겠습니다."

"……."

"폐하."

가라앉은 목소리가 현실을 일깨웠다. 그녀의 말대로 깊은 밤이었다. 이 골목으로 들어오기 전에도 그림자 하나 눈에 띄지 않았었다. 사람 하나 감쪽같이 사라져도 이상치 않을 이런 밤에, 그는 그녀를 버렸다.

그런데 왜 아무것도 묻지 않지? 내가 사라졌던 것을 알고 밖에 나와 있던 게 아닌가.

물음을 차마 입 밖으로 낼 수 없어 그저 응시하고만 있었다. 파란 하나 일지 않는 눈. 아무 말이 없다. 누가 먼저 시선을 피하는지 눈싸움하는 기세다.

"어떻게……."

짧은 말에 의문을 담아 물었다. 너무 많아 넘칠 지경이다. 그녀는 그 의도를 최대한 헤아리려는 듯 간격을 잠깐 두었다.

"대제께서 진 빚에 대해서는 염려하지 않으셔도 됩니다."

"어떻게? 그들이 당신을 보내주려 하지 않았을 텐데."

"빚진 돈은 모두 갚았으니 붙잡을 이유가 없었습니다."

"뭐? 카드는 어깨너머로 본 게 다라고 하지 않았나? 저 안에 있는 자들은 꾼들이야. 전문적이라고. 그런데 그들을 상대로…… 한두 푼도 아닌 돈을 따냈다고?"

바스티안은 뒤늦게 그녀를 다시 살폈다. 빚을 갚지 못해도, 갚아도 문제인 상황이다. 도박장에는 일종의 규칙이 있다. 소탐대실. 작은 것을 미끼 삼아 큰 것을 잃게 만든다. 아무리 작은 성과를 내더라도 큰 손실을 보아야 도박장을 나설 수 있다. 그곳이 돌아가는 순리이고 원칙이므로.

하지만 누군가 비정상적으로 많은 돈을 따내는 경우, 질서가 깨진다. '꾼'은 같은 '꾼'을 경계하며, 그가 얻은 이득을 어떻게든 되찾으려 들 것이다. 말 그대로, 무슨 수를 써서든.

"돈을 따는 일에서는 그들이 전문적일지 모르나, 판 안의 흐름을 읽는 건 제가 더 노련합니다. 카드판은 전쟁터의 축소판이나 다름없었으니 말입니다."

"그런, 생각은."

"내 선택이 상대방의 결정에 영향을 미치고, 역으로 상대의 전략이 내게 미칠 영향을 전망해야 하는 것이 기본 흐름입니다. 판돈은 지휘관이 움직일 수 있는 군대의 규모요, 내는 카드는 군의 움직임, 베팅은 각 회전입니다. 승리를 위한 강자들 간의 싸움이므로 약자는 동맹에 끼거나 포기하는 수밖에 없습니다. 필요에 의해 동맹은 맺으나 끝까지 신뢰하지는 못합니다. 함정과 배신은 항상 경계할 대상입니다. 어쩔 수 없는 희생, 더 큰 이익의 도모, 희소한 가치의 배분, 강자 독식. 그 모든 게 닮아 있었습니다."

추적추적, 바닥을 때리는 빗소리 사이로 그녀의 목소리가 귓가를 메웠다.

"저는 상대가 전략과 관계없이, 성과를 가장 크게 도모할 수 있는 작전을 선택했고, 최적은 아니지만, 최선의 이득을 보았습니다. 다만."

"다만?"

"그들이 좋지 않은 속임수를 쓰는 바람에 한순간 판돈을 잃을 뻔했습니다."

"아니, 그래서?"

바스티안은 마치 자기 앞에서 게임이 생중계되기라도 하는 것처럼 흥분해서 재촉했다.

"그들이 하는 속임수를 그대로 돌려주었습니다. 그러니 한 판에 벌어들이는 돈이 폐하의 빚을 갚고도 남더군요. 이것이 얼음과자의 값

어치를 하길 바랍니다."

그녀는 잊고 있었다는 듯 품속에서 주머니를 꺼냈다. 얼결에 그것을 받아들고 바스티안은 숨을 쉬지 못했다. 굳이 안을 들여다보지 않아도 금화로 가득 차 있다는 걸 알 수 있었다. 자리를 잠깐 비운 그사이에 대체 얼마를 번 건지.

"에르완, 당신이 왕이라서 다행이야. 왕이 아닌 다른 우두머리였다면 어떻게 됐을지 끔찍하니까. 그 머리로 범죄에 가담했으면……."

그는 한숨처럼 말을 흘려냈다. 그와 동시에 퍼뜩 정신을 차렸다. 그녀가 성한 몸으로 빠져나온 건 다행이다만, 그렇다 하여 완전히 무사한 건 아니었다. 아까 스치듯 생각했듯이 꾼들은 어떻게든 잃은 돈을 되찾으려 들 것이다. 말 그대로, 무슨 수를 써서든.

때마침 도박장 입구가 열리고, 망토를 뒤집어쓴 자들이 나왔다. 이쪽을 가리키더니 저들끼리 짧게 이야기를 나눈다. 그리고…… 다가온다. 바스티안이 숨을 삼키며 에르완의 손목을 덥석 잡아끌었다. 비를 맞든 말든 망토는 걷어버렸다.

"따라와, 이곳에서 빨리 빠져나가야 하니까."

"왜 그러십니까?"

"진짜, 아, 조금만 기다리지. 내가 돌아올 때까지 조금만…… 아니, 애초에 두고 간 내 잘못이지. 하, 그런데 카드놀이까지 귀신처럼 할 줄 누가 알았겠냐고."

책망이 에르완에게 갔다, 자신에게 갔다, 다시 그녀에게 되돌아갔다. 변명의 여지가 없다는 건 그가 더 잘 알고 있었다. 저열하고 편협한 짓이었다.

"뒤에 따라오는 자들에게서 살기가 느껴지는군요."

에르완 또한 상황을 짐작했는지 충분히 빨라졌다. 그녀의 입으로 재차 확인받으니 더욱 조급해졌다. 동아줄이라도 되는 것처럼 손목을 꾹 쥐었다.

"그들에게 절대 잡히면 안 돼. 단순히 돈을 회수하는 거로 끝나진 않을 테니까. 당신, 뛸 수 있겠어?"

"속도를 맞출 수 있겠습니까?"

거의 뛰다시피 한 걸음인데도 되묻는 목소리는 산책이라도 하는 양 느긋했다. 허탈한 웃음이 터졌다.

"아, 젠장, 그렇지. 당신이 뛰면 내가 따라가야 하는 거군. 어찌 됐건 둘 중 하나는 살아야 하니 최대한 빨리 뛰어. 만약 하나가 붙잡히면 살아남는 쪽이 후베르트를 불러오는 거로 하지. 바로 뛰어, 지금!"

누가 먼저랄 것 없이 뛰기 시작했다. 시커멓게 파묻힌 채 빗방울만 톡톡 떨어뜨리고 있는 계단을 두세 개씩 뛰어서 올라갔다. 뒤쫓는 걸음소리가 한층 빨라지고 사나워졌다. 조용히 미행하는 건 포기한 듯하다. 골목에서 빠져나오자 밤의 한기가 더욱 차갑게 들이닥쳤다. 어디로 가야 하나. 절박하게 사방을 둘러보았다. 뿌연 안개가 시야를 덮어 한 치 앞도 보기 힘들다.

"이쪽으로."

손목을 붙잡는 손길을 느꼈다. 이번에는 그녀가 그를 이끌었다. 당황할 새도 없이 다시 뛰기 시작했다. 조급한 만큼 숨도 거칠어져갔다. 광장의 분수대를 가로질렀다. 이쯤이면 나타나리라 여겼던 치안대는 흔적조차 없다.

"돌아가면…… 반드시 경비대 놈들부터 손을 봐야지."

이를 박박 갈며 속삭이고 있는데, 느닷없이 휙 당겨졌다. 있는 힘껏 뛰고 있던 터라 바닥에 그대로 엎어질 뻔했다. 몸을 간신히 가누고 골목 안 그늘에 몸을 숨겼다. 바깥에서 들리는 인기척에 온 신경을 집중했다. 발걸음이 흩어졌다. 나뉘어 찾기로 한 모양이다.

여기 숨어 있으면 쉽게 들키진 않겠지. 한숨 돌리려고 하는 순간, 닿아 있는 온기를 뒤늦게 의식했다. 그녀는 거의 그의 팔과 가슴에 몸을 묻듯이 기대고 있었다. 바깥 동향을 살피기 위해서라지만, 너무 가깝지 않나?

"쉿."

뭐라도 말하려 하자 그녀는 재빨리 틀어막은 후 계속해서 바깥을 살폈다. 살과 살이 눌린다. 따지고 보면 옷이 몇 겹이나 가로막고 있었지만, 그 너머의 온기와 살결은 생생했다.

바짝 긴장한 시선이 이마부터 눈꺼풀까지 훑어 내려갔다. 얼굴 사이가 워낙 가까워 그녀가 내뱉는 숨을 그대로 받아 마실 수도 있었다. 공기가 달게 느껴졌다. 호흡을 하는 것만으로 흠씬 취해갔다.

"가만히 계십시오. 제가 움직여도 좋다 할 때까지."

더 가까워졌다. 각도를 달리하기 위함이었지만, 바스티안에겐 고문이나 다름없었다. 움직여……. 눈이 질끈 감겼다. 이 심각한 사태에 발정기 맞은 개처럼 상상해대는 자신을 믿을 수 없었다. 정작 그녀는 아무 생각 없을뿐더러, 그런 여자에게 동할 만큼 굶주리지도 않았다.

그런데 왜 나는 에르완의 목소리에 동요하나. 그녀와 닿아 긴장하고, 숨결을 맛보려고 헐떡이나.

그녀를 향해 미끄러진다. 자연스럽게 기운다. 심장이 더욱 술렁거린다. 견딜 수가 없었다.

순간 이성의 끈을 가까스로 붙잡고 몸을 떼어냈다. 기다렸다는 듯 에르완이 밀착했다. 곤란해하며 멀어지자 다시 가까워졌다. 이제 물러날 자리도 없었다. 어째 아까보다 더 붙어버린 듯하다. 이쯤 되면 일부러 이러는 것이 아닌지 의심될 지경이다.

"그런데……."

공기에 스미듯 고요한 목소리에 심장이 내려앉는다. 황금색 눈이 찬찬히 그를 찾아들었다.

"대제께서는 숨 쉬는 것만큼이나 심장도 소란스럽군요. 혹시……."

"지병 때문이야, 지병! 심장에 병이 있어서!"

생각하기도 전에 말이 먼저 튀어나갔다. 어둠 속이지만, 심각하게 변해가는 표정은 똑똑히 보였다. 바스티안은 제 표정 또한 그녀 못지않게 굳어 있다는 걸 자신할 수 있었다.

"심각한 겁니까?"

"그게, 말이지……."

진심으로 염려하는 눈치다. 지병 따위 없는 신체 건강한 남성이라고 정정하고 싶은데 별다른 변명이 떠오르지 않는다.

"더 뛸 수는 있겠습니까?"

짜증나서 눈물이 다 났다. 그녀 앞에서 어디까지 병약해져야 만족할 건가, 대체. 그는 스스로를 세워두고 마구 발길질하고 싶어졌다.

"저기다!"

잦아들던 발소리가 다시 커졌다. 골목에서 빠져나가자마자 그들 무리 중 두어 명과 마주쳤다. 먼저 움직인 건 에르완이었다. 어디서 주웠는지 모를 나무막대기가 허공을 가르며 몇 번 휘둘러지자 추풍낙엽처럼 쓰러진다. 급소만 노려 순식간에 승기를 잡은 것이다. 장인은 도구를 가리지 않는다는 말을 그녀를 보고 몇 번이나 되새겼다.

소란을 감지하고 흩어진 이들이 모이기 시작했다. 그녀가 눈짓으로 물었다. '뛸 수 있겠습니까?' 바스티안은 땅을 박차는 것으로 대답을 대신했다.

"그런데 저들은 왜 우리를 쫓아오는 겁니까?"

"영역을 침범당했으니 당연하겠지. 개미굴을 들쑤신 것이나 다름없잖아. 보통은…… 돈을 그만큼 따고 멀쩡하게 살아 돌아오는 사람이 없으니까."

"그렇습니까? 미처 몰랐습니다."

설명을 안 해주었으니 모를 만하다. 바스티안은 숨을 크게 들이켰으나 말을 잇지 못했다. 그녀가 당했을 수도 있는 수많은 상황은 그 자체로 그의 실책이었다. 외교상 문제가 된다 해도 할 말이 없다.

광장을 벗어나자 드디어 왕성으로 향하는 큰길이 나타났다. 이 길이 이렇게 반가웠던 적은 없었다.

"에르완, 이제 안심해도……."

그때였다. 장정 넷이 빠르게 몰려와 그들 앞을 가로막았다.

망했군.

다 들리게 욕설을 뇌까린 그가 품에서 주머니를 꺼냈다. 조금 전 에르완이 건넸던 돈이다.

"자, 가지고 나온 돈은 전부 여기 있다. 이걸 주면 얌전히 돌아갈 테냐?"

찰랑찰랑. 먹이로 개를 꾀어내는 것처럼 주머니를 흔들자, 그들이 서로 눈빛을 교환했다. 잠시 후 그들 중 하나가 팔을 뻗으며 다가왔다. 그 손끝이 주머니에 닿는 순간, 비명도 함께 터졌다. 눈 깜짝할 새에 반이 베여 너덜거리는 손목을 붙잡고 비척비척 물러선다.

그들은 당황한 눈치였다. 바스티안이 언제 어디서 단검을 내어 손목을 베어냈는지 누구도 보지 못한 모양이었다.

그가 두어 걸음 더 물러났다. 그들이 하나하나 검을 내었다. 어둠 속에서 반짝이는 칼날을 보며 그가 이를 악물었다.

"에르완, 저 성으로 들어가 경비병들을 데려올 수 있겠어?"

"저더러 폐하를 놓고 가란 말씀입니까?"

"그렇게 해줘. 내가 더 이상 면목 없지 않도록."

이쪽은 둘, 저쪽은 셋. 수적 열세보다 마땅한 무기가 없는 게 치명적이었다. 시간을 끌 자신은 있었다. 마구잡이로 익힌 검술이 얼마나 통할지는 모르겠으나 죽지 않을 자신도 있었다. 이보다 더한 진창에서도 살아남지 않았나.

상대는 부채꼴처럼 진형을 펼치고 달려들 기회만 노렸다. 어둠 속에서 사나운 안광이 터졌다. 투견장의 개처럼 뒤엉키는 건 순식간이었다.

에르완이 흐트러짐 없는 직선이라면 바스티안은 유연한 곡선이다. 그녀가 뛰어난 검술과 지략으로 열세를 극복한다면, 그는 임기응변과 꼼수를 이용할 줄 알았다. 다리를 걸어 넘어뜨리고, 내상을 입은 척 물러나면서 방심한 틈을 노려 머리를 박았다. 제 몸은 아랑곳하지 않고 마구잡이로 돌진하는 싸움 방식이 상대를 더 당혹케 만든 모양이었다.

"윽!"

날이 크게 휘둘러지는 통에 뒷걸음질 치다 그만 돌부리에 걸려 엉덩방아를 찧고 말았다. 기회를 놓치지 않고 상대의 검이 쇄도했다. 바스티안은 닿는 대로 모래를 끌어잡고 그대로 눈에 뿌려버렸다.

"아아악!"

터지는 비명에 맞추어 그를 때려눕히고 무기를 뺏어들었다. 바스티안이 의기양양하게 입술을 끌어올렸다. 실로 치사한 방법이라, 누군가는 시정잡배가 따로 없다고도 비난했지만 무슨 상관인가 싶었다. 죽고 사는 싸움에 치사함이 어디 있으랴.

그나저나 에르완은? 여유를 부리며 몸을 돌린 순간이었다. 처음 손목을 베였던 남자가 검을 휘두르고 있었다. 언제 일어났지? 어라, 그런데 나 이대로 죽는 건가? 그는 손가락 하나 까딱하지 못한 채 무방비하게 생각했다. 목으로 다가오는 검의 움직임이 하나하나 시야에 때려박힌다.

서늘한 기운이 목덜미에 닿았다. 예리하고 차가우며 가차 없다. 눈 깜박할 사이 죽을 것이다. 그런데 한 번에 다 썰리지 않으면 어떻게 되나, 뼈마디만 덜렁덜렁 붙은 채 성으로 뛰어가는 것만큼 볼썽사나운 일은 없는데.

나름대로 대제로 불렸던 왕의 말로가 고작 이따위라니, 역사에 어떻게 남을지 상상하면 조금 소름이 돋았다. 죽어서도, 인류의 역사가 이어지는 동안 조롱거리가 될 수 있다니 역시 왕은 마음 편히 해먹을 만한 직업이 아니었다. 모든 인간에겐 시간이 지나면 잊힐 자격이 있다. 그 마땅한 권리조차 없는데 권력이 다 무슨 소용인가.

눈을 한 번 더 깜박였다. 도합 두 번을 깜박였는데 아직 사고를 이어나갈 수 있었다. 얼떨떨한 기분으로 시선을 내렸다. 시간이 멈추기라도 한 것처럼, 검도 멈추어 있었다.

맨손에 가로막힌 채 한참을 씨름한다. 검이 노한 듯 덜덜 떨린다. 칼날을 쥔 손은 거대한 산처럼 버텼다. 피를 한 움큼씩 왈칵왈칵 쏟으면서도 단호하다. 바스티안이 멍한 눈으로 손의 주인을 보았다.

"언젠가 발루아를 방문한다고 하시지 않으셨습니까."

"……."

"약속, 안 지키실 겁니까?"

에르완은 넋을 놓은 바스티안에게서 단검을 빼앗아 상대의 손목을 마저 끊어냈다. 사나운 비명이 공기를 울렸다. 그들이 완전히 도망가기까지는 그리 긴 시간이 필요하지 않았다.

당신이 날 살렸어?

꿈결에 젖은 듯 그녀를 응시했다. 잔 연기처럼 가라앉는 백금색 머리카락을 보았다.

당신이 날 살렸어.

속으로 되뇌며 시선을 미끄러뜨렸다. 이미 비에 다 젖어버린 어깨를 따라 손으로 내려갔다.

"괜찮으십니까."

그녀가 물었다. 그는 차마 똑같이 묻지 못했다.

"손……."

시야가 붉어졌다. 뚝뚝 떨어지는 핏물에 찔린 듯 선잠에서 깨어났다.

"피가 나잖아!"

"호들갑 떨 것 없습니다."

그녀는 벌레에 물리기라도 한 것처럼 대수롭지 않게 손을 털어냈다. 후드득, 후드득. 바닥을 진하게 수놓는 검붉은 선혈에 제가 더 아찔해졌다. 칼날을 맨손으로 잡아 막았으니, 그 고통은 말로 다 할 수 없을 정도일 터다.

"호들갑떠는 게 아니라! 아니, 왜, 대체 이런 무모한 짓을!"

"구하고 싶었습니다. 그뿐입니다."

담담한 목소리에 기가 막히기까지 하다. 더는 참을 수 없는 기분이 되어, 다짜고짜 손을 붙들어 올렸다. 이미 피를 많이 흘린 탓인지 새하얗게 질린 손바닥이 미세하게 경련하고 있었다. 그 위를 가로로 가로지르는 끔찍한 자상. 깊숙이 벌어진 상처가 쉼 없이 핏덩이를 토해낸다.

"제가 폐하보다 더 오랫동안, 더 많은 피를 보아왔습니다. 이쯤은 익숙합니다."

"익숙하다는 말로 될 일이 아니잖아!"

"피하지 않은 건 대제신데 왜 제게 화를 내십니까."

"누가 당신더러 대신 다치래!"

"왜 피하지 않으셨습니까?"

"누가 맨손으로 칼날을 잡으래? 전쟁터에서도 이러나, 당신? 지휘관이면 지휘관답게 전략에만 능하면 되지, 왜 당신 혼자 다 하고 있냐고! 왕이 그렇게 몸을 아낄 줄 몰라서, 당최! 어? 그 난장에 직접 뒤섞여서 검을 휘두르고 다니는 건 아니겠지? 그러다 위험에 빠진 부하들을 보면 몸을 날려 막아주고, 허! 안 봐도 훤하군, 훤해."

"저는 피에 익숙하다 말씀드렸습니다."

"익숙하다고 해서 덜 아픈가? 안 아프냔 말이야!"

"폐하야말로 눈앞에 다가오는 검을 보고만 계셨습니다."

"이래서야 내가 발 뻗고 잘 수나 있겠냐고……."

"왜 그러셨습니까?"

꼬리를 문 뱀처럼 대화가 빙글빙글 돈다. 더 이상 대답할 기력이 나지 않은 바스티안은 제 상의를 있는 힘껏 잡아 찢었다. 기다랗게 모양을 만들어 손에 둘둘 말아주었다. 한 바퀴도 채 감기도 전에 핏물에 흠뻑 젖는다. 서너 번 덮었는데도 지혈은커녕 핏물을 머금고 무거워지기만 한다. 아무리 지식이 해박하다 해도 도구 없이 상처를 치료할 수는 없는 일, 어찌할 바 몰라 손이 덜덜 떨렸다.

"응급처치로 해결될 상처가 아니잖아. 그러게 내가 빨리 성으로 돌아가서 후베르트를 불러오라고 했…… 아니지, 아니……. 그래, 그 말을 들을 당신이 아니었는데. 하아."

그는 정신없이 읊조리면서 지혈을 하려 애쓰다가, 피로 범벅된 손에 얼굴을 묻었다.

"이번 일은……."

신음 섞인 목소리가 갈라졌다. 머릿속이 채 정리되지 못해 복잡했다. 그녀에게 어떻게 사과해야 할지 막막했다. 시작부터 가로막힌다. 말이 엮이고 풀어지기를 반복하면서 허공으로 흘러간다. 어떤 변명의 여지가 없고, 사과로 해결될 일이 아니라 더욱 그랬다.

그녀는 다쳤는데 아파하지 않았고, 그는 다치지 않았는데 아팠다.

"이번 일은 제 명백한 실패입니다."

그가 해야 할 말이 그녀의 입에서 나왔다. 이건 또 무슨 소리인가 싶어 고개를 들었다. 그리고 낯선 사람을 보는 눈으로 에르완을 응시했다.

"당신의 실패라고?"

"저는 잘리어와 폐하의 협력을 구하면서 믿게 하겠다 공언하였습니다. 그것이 폐하께서 수일간 저를 지켜보셨던 이유였으므로, 나름대로의 성을 다해 신의를 보이지 않으면 안 됐습니다."

"그게 왜?"

"짧은 시간이었지만 폐하께서 차츰 저를 믿어간다 여겼습니다. 제 착오였습니다."

"……."

"오히려 대제 폐하께서 저를 믿게 만드셨습니다."

믿다니, 헛소리. 그가 습관적으로 의심했지만, 동시에 떠올렸다. 그녀가 도박장에서 사라진 그를 두고 어떤 생각과 기분이었을지, 어떤 의심과 진심을 가지고 그 골목에서 기다렸을지. 또 어떤 마음으로 돌아온 그를 보았을지. 그때의 그녀는 '발루아의 왕'인지 '에르완'이었는지, 기다린 게 '잘리어의 왕'인지 '바스티안'인지. 끝까지 돌아가지 않았대도 당신은 거기서 기다렸을까?

"세간에선 저를 두어 발루아의 성군이라고도 하지만, 살인귀라고, 전쟁에 미친 폭군이라고도 합니다. 어쩌면 그 말은 모두 맞는지도 모릅니다. 전쟁의 본질은 싸움이자, 굴복을 강요하는 폭력행위인 까닭에서입니다. 하지만 잘리어는, 잘리어를 통해 본 대제 폐하는 그렇지 않습니다. 전쟁이 종결된 후의 발루아에 대해 상상하게 했고, 감히 두 국가가 함께하는 꿈을 그리게 했습니다."

나도 그래.

순순히 인정했다. 그도 그녀를 믿고 싶었다. 살아온 날들에 이야기하고, 그녀의 나라를 구경하고 도우려 했다. 어린아이와 같은 단순한 감정으로, 그저 그렇게 하고 싶었다. 가식이었다면 이렇게 짜증스러울 이유도 없었다. 돕고 싶다고 하여 돕고, 믿고 싶다고 하여 믿었겠지. 일차원적으로 말이다.

하지만 문제가 되는 건 진심이라서다. 언제부터인지는 알 수 없을 만큼, 진심이 되어 있었다. 강물이 바다로 이어지듯, 자연스러운 흐름으로.

"하지만 이 이상을 요구하기엔 몰염치합니다. 체류가 예상보다 길어진 것 또한 제 욕심 탓이라고 해도 할 말이 없습니다. 저는 이제……."

그녀는 잠깐 간격을 두고 말을 멈추었다. 어떤 중대한 결심이 뒤이어지리라는 건 그 눈빛으로도 알 수 있었다. 어떤 이유에선지, 듣기 싫다는 것도.

"……폐하를 설득하는 걸 포기하겠습니다."

"……."

"잘리어는 발루아 때문에 피해를 감수할 까닭이 없습니다. 전쟁에 참여함으로써 얻을 손익을 계산하기에는 충분한 시간이 필요하나, 발루아의 사정이 그에 미치지 못합니다. 더 이상의 좋은 조건을 내걸 수 없으니 거래를 물려야 맞습니다."

"그건…… 당신이 발루아로…… 돌아가겠다는 뜻인가?"

"부디 책망한다고 받아들이지는 마십시오. 제가, 전쟁을 종결하고자 하는 군주가 승산 없는 일에 시간을 계속 투자할 수 없는 노릇이라 내린 결정입니다."

"……."

"협상은 와해되었으나 폐하와 보낸 시간이 무의미하다고는 결코 생각지 않습니다. 배운 바와 느낀 바가 많았고, 즐겁기도 했습니다. 발루아로 돌아가도 잊지 못할 만큼…… 말입니다."

"……."

"대제께 제가 후회로 남지 않기를 바랍니다."

답지 않게 말끝이 끌린다. 표정이 묘했다. 제 기분을 모두 표현해내기에 에르완은 말에 서툴렀다.

"손은……."

그리고 바스티안은 감정에 서툴렀다.

"돌아가자마자 의원에게 보일 것입니다. 응급처치해주신 덕에 피는 어느 정도 멎었으니 염려하시지 않아도 됩니다."

"바로…… 돌아갈 건가?"

"곧 알려드리겠습니다. 그럼."

에르완은 무례하지 않게끔 예를 갖춰 보이고, 뒤로 돌아섰다. 그 찰나의 순간 망토자락에 손이 닿았다. 망설임이 그 끝에서 터졌다. 붙잡았다. 물결처럼 손가락 사이로 빠져나갔다. 그녀는 계속 걸어갔다. 다시 붙잡기엔 이미 너무 멀어져 있었다.

당신은 이미 내게 전부 후회야. 한숨처럼 읊조린다.

돌아갈 수도, 마저 걸어갈 수도 없는 길. 그는 홀로 오랫동안 뿌리박혀 있었다.

✣ ✳ ✣

"폐하는 오늘도 편찮으신 겁니까."

"예, 오늘도……."

"비를 좀 맞았기로서니 나흘째 앓아누우시다니, 폐하의 건강이 심히 우려되는군요."

"저, 저도 그렇습니다. 하, 하하……."

"……."

무거운 침묵이 흐른다. 공기의 무게를 이기지 못하고 후베르트가 시선을 떨어뜨렸다. 벌써 나흘째. 하루에도 두 번씩 이런 일이 벌어졌다. 에르완이 바스티안을 만나러 오고, 후베르트가 저지하는 이상한 상황 말이다.

사실 에르완을 막아서고 싶지 않았다. 강인하고 믿음직스럽지만 자비롭기까지 한 사람이다. 평생 모르고 살았던 손목 증후군을 알아차리고 심지어 괜찮냐고 물어봐주기도 했는데……. 정말 죄송합니다, 폐하. 후베르트가 눈물을 흘리며 속으로 사죄했다.

"별수 없군요. 차도가 보이시거든 제게 가장 먼저 알려주십시오. 긴히 드릴 말씀이 있으니."

"네, 꼭 그러겠습니다."

이유 모를 꾀병을 멈추시면요. 그는 그 말을 꾸역꾸역 삼키며 그녀를 배웅했다.

하아아……. 이게 대체 무슨 일이지? 후베르트는 며칠 전부터 바스티안이 어땠는지 하루하루 떠올려보다가 다시 큰 한숨을 쉬었다. 그가 뒤돌아 문을 두드렸다.

"폐하아, 저 들어갑니다? 저 들어가요?"

"……."

"걱정 마세요. 실드베르 폐하는 오늘도 돌아가셨으니까요. 혼자라고요, 혼자. 그러니까 들어갑니다아?"

뭐라도 날아올 것처럼 조심스럽게 열고, 고개를 쏙 들이민다. 안을 살피는 눈이 분주하다. 자신이 모시는 군주가 나갈 때와 똑같은 상태인 걸 확인하자 난감한 얼굴로 들어섰다. 이건 뭐, 박제된 것도 아니고.

"들으셨죠? 폐하. 실드베르 폐하, 오늘도 기다리다 돌아가셨다구요."

"……."

"왜 그러시는 건데요, 대체. 두 분 사이 좋으셨잖아요?"

바스티안은 후베르트가 나가기 전부터 지금까지 창밖만 보고 있었다. 일광욕하는 고양이 같던 평소와 다르게 자못 심각한 얼굴이다.

첫날에도 저랬다. 매우 중대한 고민이 생긴 것처럼 분위기를 무겁게 만들다가, 다음 날은 누가 건드려도 모를 만큼 일에 파묻혔다. 또 그다음 날은 실연당한 사람처럼 우수에 젖었으며 오늘은 첫째 날로 돌아갔다.

그런 왕을 보며 우습게도, 후베르트는 어린 여동생을 떠올렸다. 같은 아카데미에 다니는 선배에게 고백했다 차였을 때 저랬지, 아마. 그렇다면 설마 폐하께서도……. 에에이, 말도 안 되는 생각이다. 아무리 그래도 대제 폐하신데. 그는 얼른 고개를 절레절레 저었다.

"실드베르 폐하께서 폐하를 많이 걱정하셨습니다. 차도가 있느냐고 하문하시며, 쾌차하시거든 바로 알려달라고 하시던데요."

"……걱정했다고?"

바스티안에게서 처음으로 대답이 돌아오자 후베르트는 무심코 놀라버렸다.

"네. 염려가 많이 된다고……."

"그래, 그랬군."

"그런데 정말 안 만나실 겁니까? 언제까지요?

"……."

바스티안은 또다시 침묵에 휩싸였다. 이쯤이면 아무리 말을 걸어도 듣지도 않을 것을 알고 있다. 주제넘게 더 추궁할 수도 없는 노릇이라 입을 닫았으나, 답답하기 그지없었다. 정무도 보는 둥 마는 둥, 아무리 평화의 시대에 느리게 흘러가는 잘리어라지만 왕의 상태가 꽤 심각하지 않나. 언제나 그랬지만, 요즘처럼 종잡을 수 없는 건 처음이다. 이러다 한순간 훅 사라지시진 않을지 걱정도 컸다.

아니면 설마 진짜 편찮으신 건? 갑자기 든 생각에 덜컥 겁이 났다. 밉다 밉다 하지만 걱정되는 건 어쩔 수 없었다. 대제는 의원에게 상처를 보이기 싫어 스스로 치료하는 법을 터득했다. 자세한 사정을 모르는 후베르트는 그저 왕의 어릴 적과 무관하지 않을 거라고 짐작만 하던 차였다. 보통 편찮으신 게 아닌 모양인데, 보좌관으로서 꼭 알아내야겠다…….

그런 생각을 하며 왕 주변을 맴돌고 있는데, 한참 후에 바스티안이 입을 열었다.

"……몬드 경."

"예에?"

"몬드 경을 불러와."

뜬금없이 몬드 경을 왜? 그런 의문이 들었으나 답이 돌아오지 않을 것을 알아서 얼른 물러났다. 후베르트가 사라지고도 바스티안은 바깥에 시선을 고정한 채였다.

보좌관은 건강이 염려될 만큼 큰 근심에 빠져 있다고 생각했겠지만, 실제로는 정반대였다. 생각이란 걸 하고 있지 않았다. 단순해져간다는 쪽이 맞았다.

「짧은 시간이었지만 폐하께서 차츰 저를 믿어간다 여겼습니다. 제 판단착오였습니다. 오히려 대제 폐하께서 저를 믿게 만드셨습니다.」

기억이 그날에서 맴돈다.

「저는 이제…… 폐하를 설득하는 걸 포기하겠습니다.」

그 말을 들은 순간, 바스티안은 스스로 놀랄 만큼 충격을 받았다. 그리고 일부러 만남을 피했다. 그에게 인사를 건네지 못하면 떠나지 못할 테니까.

노골적인 계산이 이루어진 다음엔 몸이 연속적으로 움직였다. 이걸로 그녀를 잡아둘 수 있을 거라 보는가? 상황이 긴박해지면 서신으로라도 작별을 고할 수는 있었다.

하지만 그녀는 그러지 않을 것이다. 그가 아무리 반말을 쓰더라도 끝까지 존대를 고수할 만큼 지고지순한 원칙주의자니까. 그리고 바스티안은 그런 원칙은 머리에 한 글자도 구겨 넣지 않을 수 있을 만큼 충분히 자유분방했다.

머릿속에 움튼 생각을 분지르고 그는 계속 치사하게 굴었다. 아프다는 허튼 변명으로 그녀를 돌려보내고, 잘리어에 붙잡아두었다. 방 안에 있으면서도 문밖의 기척에 온 신경을 쏟았다. 대제 폐하가 편찮으시다며, 이번에도 물러가셔야 할 것 같다는 후베르트의 변명은 귀에 들어오지도 않았다.

오로지 그녀.

몇 마디 뱉지 않는 입술과 그 단조로운 음성, 딱딱한 걸음 소리에 이끌렸다. 보이지 않는데도 시선으로 쫓는다. 뒷모습을 생각으로 따라갔다. 그녀가 사라지면 습관처럼 따라오는 의문.

넌 대체 그녀와 무엇을 하고 싶은 건가?

답이 떠오르지 않았다.

붙잡아도 한순간이다. 오래 머물러도 그저 한철이다. 인간적으로 끌려본들 무슨 소용인가. 에르완이기 이전에 왕이며, 바스티안이기 이전에 왕이다.

이익. 그녀와 그 사이 관계에 가장 필요한 당위성이 없다. 하나라도 있으면 잊지 않도록 써놓고자 하였으나 밤새도록 빈 종이만 노려보고 있었다.

에르완의 마음은 한 터럭 고려할 생각조차 들지 않는다. 적어도 이 문제에 있어서 그녀가 훨씬 냉정할 수 있으리란 건 자신할 수 있었다.

잘리어는 전쟁에서 빠진다.

처음부터 정해진 결론이다. 두드리고 두드려보아도 흔들리지조차 않는다. 이것은 그의 의지나 판단에서 벗어난 철칙이었다. 건국신념인 것 같기도 하다. 그가 조금 더 의무감과 책임감을 가지고 사는 왕이었다면 지금쯤 죄책감에 허덕이고 있을지도 모른다. 그녀와 함께한다는 건 국익과 대립하고, 그만큼의 손해를 감수해야 하므로.

"폐하."

마침 문밖에서 인기척이 들렸다. 출입을 허락하자 죄지은 자가 들어왔다. 최근에 보기 싫어진 인간이었다.

"부르셨다 들었습니다."

"응. 짐이 경을 불렀지."

"……."

"……."

"……하문하십시오."

몬드가 민망함을 견디지 못하고 입을 뗐다. 그러면서 흘끗 시선을 올렸다. 처음에는 꾸짖으려 부르는 것인지 쪼그라져 있었으나 막상 와보니 아니라는 걸 알았다. 대제는 무언가를 물어보려 하고 있었다. 입 밖에 낼지, 삼킬지 아슬아슬하게 선을 넘나들고 있다. 몬드는 잠자코 기다렸다.

"최근에 그녀 옆을 지켰나?"

"……아뇨."

"아직 용서를 받지 못한 거지?"

"……갖은 노력은 해보았습니다."

대제가 누구에 대해 묻는지는 알고 있었다. 고개가 절로 떨어졌다.

"그러게 짐이 말하지 않았어, 적당히 하라고."

츠츠 혀 차는 소리와 함께 바로 어제까지의 기억이 밀려왔다. 그는 정말로 에르완에게 용서받고자 온갖 수를 다 썼다. 첫날에는 무릎을 꿇고 끝까지 기다리고 있었고, 다음 날은 훈련용 나무를 내리치겠다고 선언하는 바람에 하루 종일 훈련장에 있었다. 다음 날은 산을 오르고, 또 그다음 날은 강물에 뛰어들기까지 했다. 그런데도 용서받지 못했다. 사실 에르완은 죄다 못 보고 지나친 것뿐이었지만, 몬드가 알아챌 리 없었다.

"그래서 용서는? 아직 받지 못했나?"

"송구스럽게도…… 그렇습니다."

"경도 참 질기군. 의외의 면을 발견했어."

몸은 고단했지만—헛물만 잔뜩 켜면서—몬드가 포기하지 않는 이유는 단 하나였다. 사사(師事). 그녀의 검에 감탄했고 그만큼 욕심이 났다. 어제는 결국 눈을 가린 경주마처럼 돌진했다.

'이렇게까지 했는데 왜 용서해주지 않으시는 겁니까?'

성을 낼 상황이 아닌데도 못 참고 물었다. 그때 자신을 응시하는 에르완의 눈빛이란…… 도저히 견디기 힘든 것이었다. 그리고 그녀가 말했다.

「경이 왜 제게 사과를 합니까?」

"그런데 경은 왜 그녀에게 사과를 하나?"

에르완의 말을 바스티안의 목소리로 들었다. 기억 속의 말과 너무나 흡사해 턱을 들었다. 놀라 치켜뜬 눈은 보지 못하고 바스티안이 말을 이었다.

「경의 결투를 받아들인 건, 레이첼이 할 수 없으니 대신 행한 것에 불과합니다.」

"그런데 경은 왜 시녀에게 해야 할 사과를 그녀에게 하고 있지?"

「나는 경을 용서하지 않습니다. 하지 못하는 겁니다.」

"그 이유는 오로지 용서할 당사자가 아니기 때문이지."

「알겠습니까. 경이 용서를 구해야 할 대상은 내가 아니라.」

"레이첼이라는, 그 시녀지."

기억 속의 에르완이 말하고, 바스티안이 받는다. 마치 한 사람이 말하는 것처럼 흐르듯 이어진다. 어쩜 두 사람이 다른 장소에서 다른 시간에 토씨 하나 안 틀리고 똑같이 말할 수 있지? 약속하지 않고서야 도저히 불가능할 것만 같다.

"아마 그녀도 이렇게 이야기했겠지."

"……."

"그녀는 그런 인간이거든."

바스티안이 마지막으로 덧붙였다. 입가에 번진 미소는 스스로도 깨닫지 못하는 듯 보였다. 몬드는 곧 물러났다. 자신을 무슨 이유로 불렀는지는 끝끝내 묻지 못했다.

✣ ✳ ✣

"네에? 저희 폐하께서요?"

이른 새벽의 공기를 울리는 요란한 목소리가 있었다. 레이첼. 한동안 심하게 앓다 이제야 겨우 괜찮아졌던 그녀의 안색이 삽시간에 새파래져 있었다. 소식을 전해준 후베르트는 그런 반응에 당황한 눈치였다.

"네. 전혀 못 들으신 겁니까? 레이첼 양의 상태를 보고 발루아로 돌아가겠다고 실드베르 폐하께서 말씀하셨는데요."

"그럼 저희 폐하의 요청이 받아들여진 건가요?"

후베르트는 활짝 피어나는 그녀의 얼굴에 대고 잠깐 말하기를 주저했다.

"유감스럽게도 그건 아닌 것 같습니다. 추측뿐이지만."

"네에? 그럼……."

"제안을 받아들였다면 바스티안 폐하께서 이렇게 별다른 말씀 없이 시간만 보내고 계실 리가 없으니까요. 거절하시거나, 적어도 판단을 유보하신 거로 보입니다."

그것만으로 레이첼은 상황이 어떻게 돌아가는지 파악할 수 있었다. 시간이 별로 남지 않은 여왕에겐 유보만으로도 충분히 부정적인 대답이었다. 협상이 받아들여질 확률이 거의 없다 하시긴 했지만, 결국 이렇게 될 줄이야. 그럼 이제 뭐가 어떻게 되는 거지?

레이첼은 잘 돌아가지 않는 머리를 붙잡고 끙끙거렸다. 얼마 전에 여왕이 받았던 서신에 대한 기억까지 돌아가는 건 순식간이었다.

혼인!

"안 돼!"

광분한 그녀가 기적적으로 벌떡 일어났다.

"네, 네? 뭐가 안 된다는 겁니까?"

"그 왕자 놈이랑 우리 폐하는 절대……."

깜짝 놀라 눈이 휘둥그레진 후베르트는 뒤로하고 레이첼이 손톱을 딱딱 씹었다. 흘러가듯 떠도는 말을 들은 적이 있다. 프레드리크 왕자와 혼인한다면 발루아는 꽤 큰 아군을 얻게 되는 거라고. 얼마 전에 추밀원에서 온 편지에도 같은 내용이 쓰여 있었을 것이다.

우리 여왕님에게 감히 누구를 갖다 붙여? 작은 주먹을 꽉 쥐며 부들부들 떨었다. 그녀가 여왕의 극성적인 추종자임을 차치하고서라도, 프레드리크 왕자는 어떤 여자에게 붙여놔도 덜떨어진 신랑감이었다. 나이가 어린데 여성 편력은 심하며, 선천적으로 척추가 휘어 키가 작은 데 비해 자신감은 넘쳐서 여기저기 치근거리는 게 취미다. 은근슬쩍 엉덩이를 쓰다듬고 간 적도 있어 레이첼에게는 최악의 기억으로 남은 남자였다.

세상에 존재하는 어떤 수식어로도 설명할 수 없는, 형편없는 왕자놈. 그 주제에 보는 눈은 있어선 에르완만 보면 못 흘려서 안달이다. 그의 손이 에르완의 엉덩이에 닿지 않은 유일한 이유는 여왕이기 때문이다.

그런 형편없는 남자를 피치 못하게 선택하는 것만큼 최악은 없다. 최악을 막는 건 레이첼의 몫이고.

"……후베르트 님, 저 당분간 무척 아플 테니 그렇게 알고 계세요."

"예? 이제 걸어다니기도 하고 완쾌하지 않았습니까?"

"말씀드렸잖아요, 앓아누울 예정이라고."

이해 못 하겠다는 듯 끔벅거리는 눈을 피해 레이첼이 도로 침대에 드러누웠다. 에르완을 위해서라면 없던 열도 올려 몸져누울 자신이 있다. 오라버니가 보면 무슨 불경이냐며 혼을 낼 만한 일이라는 건 안다. 하지만 일생을 발루아에, 전쟁에 삶을 제물처럼 바친 주군이지 않은가. 사사로운 감정을 품을 여유가 없는 건 알고 있었지만, 사랑하지 않는 사람 옆에서 평생을 견디는 건 지나치게 가혹하다.

"그러면…… 우리 여왕님이 너무 불쌍하잖아요."

"예? 방금 뭐라고 하셨습니까?"

"아무것도 아니에요."

시큰 달아오르는 눈가를 가리기 위해 이불을 머리끝까지 둘러썼다. 이 행동이 설령 발루아에 해를 끼칠지라도 어쩔 수 없었다. 저 하나쯤은, 나라보다 여왕 폐하를 더 생각할 수 있는 거니까. 한없이 나약한 그녀지만 에르완을 위해서라면 조금 더 강해질 수 있을 것만 같은 기분이 들었다. 부디 자신이 시간을 끄는 동안, 바스티안이 결단을 내주기만을 바랄 뿐이다.

✦ ✶ ✦

"닷새……."

이미 작대기 네 개 그려진 책 귀퉁이에 하나 더 그으며 바스티안이 중얼거렸다. 닷새다. 그가 정무를 보는 둥 마는 둥 침실에 틀어박힌 지, 그런 모습을 보며 후베르트가 속 터져한 지, 중신들 사이에서 왕이 위중한 병에 걸린 게 아닌가 스멀스멀 소문이 피어오른 지, 그리고 에르완을 만나지 못한 지.

시간이 남으니 홀로 할 거라곤 생각뿐이다. 꼬박 닷새째 되는 때에도 결론은 동일했다.

'잘리어는 발루아와 함께하지 않는다'.

그녀를 배제하면 할수록 더욱 굳건해졌다.

에르완과 만난 지금이 그녀와 자신이 걷는 길의 교차점이라 생각했다. 어쩌면 길이 겹쳐 있을 수도 있다 여겼다. 그런데 그게 아니었다. 처음부터 방향이 다른 평행한 길이었다. 그녀의 길은 바스티안 것보다 조금 더 혹독하고 거칠었다. 때로는 구불구불하고 위험한 칼날도 도사리는.

함께한다는 것은 곧 모든 걸 짊어질 준비가 되었음을 뜻한다. 그녀의 동맹엔 등을 맡기고, 그녀의 적에겐 칼을 겨누어야 한다.

'나는 당신을 잡지 않는다.'

생애 처음으로 판단이 아닌 선택을 했다.

당신에게 갈 수 있는 길이 있어도, 두 발이 멀쩡해도 가지 않는다. 가장 닮았으나 끝내 만날 일은 없다. 이것이 그와 그녀의 모순이자 종착점이었다.

"……."

답지 않게 굳은 얼굴로 책을 응시하다가 덮고 던져버렸다. 창밖을 바라보니 어둑하게 내려앉은 밤이 시야를 가득 채웠다. 푸르고 깨끗하다. 오늘 아침엔 그녀가 오지 않아, 혹시 돌아가버린 게 아닌가 하는 어리석은 생각까지 덩달아 비워지는 듯하다.

몸을 일으켜 정원으로 나섰다. 차가운 바깥 공기가 피부를 식힌다. 마음껏 들이마시며 풀숲을 밟았다. 아무리 나무늘보마냥 게을러질 수 있는 바스티안이라지만, 닷새를 방에 처박혀 있었으니 답답할 만했다.

"……폐하?"

고양이처럼 기지개를 쭉 켜고 있다가 화들짝 놀랐다. 도망칠까? 찰나에 스친 생각은 수풀 위를 자박자박 걸어오는 발걸음에 함께 짓밟혔다.

"정말 폐하셨군요."

수면을 두드리는 듯한 차분함이다. 바스티안은 왠지 모르게 숨을 멈춘 채 느릿하게 뒤를 돌아보았다. 시선이 맞부딪치기도 전에 후회하고 말았다. 이런 망할, 아무리 답답하더라도 나오지 말았어야 했는데. 이렇게 아가미 잃은 물고기처럼 굴 거라면.

"홀로 계신 걸 보고 처음엔 설마 했습니다만, 숨소리와 발걸음이 다분히 폐하의 것이라……."

나온 지 십 분도 채 되지 않았는데 그깟 것으로 발각되다니, 말도 안 된다. 매번 코 푸는 듯 요란한 소리를 내는 것도 아닌데 숨소리를 어떻게 알아듣는지 신기하기만 하다. 이젠 하다하다 숨을 다르게 쉬는 연습까지 해야 하나.

"몸이 편찮아 앓아누우셨단 이야기를 들은 지 닷새가 넘어, 내일은 후베르트 경이 막아서더라도 들어가야겠다고 생각했던 차입니다."

예컨대 문을 부수고라도 만나러 왔을 거라는 뜻이다. 이곳에서 먼저 만난 게 다행일지도 모른다. 안에서 빈둥거리는 모습을 들켰을 때의 후유증을 어떻게 감당하라고.

"안색은 많이 좋아지신 것처럼 보입니다만, 이리 돌아다녀도 괜찮으신 겁니까?"

안색이 좋아질 일이 없다. 애초에 안 좋아진 적이 없기 때문에. 하지만 해둔 거짓말이 있으니 입이 있어도 할 말이 없군. 바스티안이 느릿하게 고개를 끄덕이자, 딱딱해져 있던 여왕의 표정도 한결 편안해졌다.

"다행이군요."

짤막한 한마디에 염려가 짙게 묻어났다. 가슴 한쪽 어딘가가 따끔했다. 있는지 없는지도 몰랐던 양심의 위치를 처음으로 알게 된 순간이었다.

"마침 잘되었습니다. 폐하께 드릴 말씀도 있었으니……."

"발루아로의 귀환에 관한 건으로?"

바스티안이 무섭게 말을 가로챘다. 에르완은 그를 잠시간 응시했다.

"그렇습니다."

"나는 아직 동맹에 관한 여지를 남겨두고 있어."

그는 비참하리만큼 절박하게 선수를 쳤다. 떠나지 마라. 의도가 투명하게 비치는 말에 목덜미가 미미하게 달아올랐다.

"우리 잘리어가 얻을 것이 아예 없진 않아. 충분히 고려해볼 가치가 있다 생각하는 중이고. 이제껏 말하진 않았지만, 다음 국정 의제로 올려 관료들과 논의해볼 예정이야."

개소리다. 의제에 올릴 생각 따위 해보지도 않았다. 평화가 지긋지긋해질 만큼 익숙한 이들의 귀에 대고 전쟁을 논하다니. 그들의 표정을 굳이 보지 않아도 알 만하다. 한쪽은 잘못 들었다며 귀를 팔 것이고, 다른 한쪽은 왕이 드디어 미쳤다며 웅성댈 테고 나머지는 관심이 없을 것이다. 옛날의 바스티안이 그랬던 것처럼, 누구 하나 진지하게 여기지 않을 게 뻔하다.

동맹을 맺어 연맹국을 얻는 만큼 적도 함께 딸려오는 법이다. 잘리어가 전쟁의 위협에서 완전히 자유롭진 못하다곤 하나, 그 희박한 가능성을 저울질하느라 전쟁이라는 실질적 피해를 감수할 필요가 없었다. 잘리어는 얼마든지 더 평화로울 수 있다.

"부디 그러지 마십시오."

"먼저 요청한 건 당신이잖아."

부드러운 간청에 서툰 반발심부터 들었다.

"잘리어의 그 누구도 선불리 동의할 수 없는 문제입니다."

"동의할 수도 있어. 필요성이 있으면 내가 설득한다."

"이제는 제가 원하지 않습니다."

"왜? 발루아로 빨리 돌아가버리고 싶어서?"

"그렇지 않다는 건 아실 겁니다."

"내가 의미를 두고 있잖아. 그거로는 부족한가?"

바스티안은 저도 모르게 초조해져 다그치고 있었다. 절박한 건 싫었다. 볼썽사납게 매달리고, 안간힘을 쓰게 되니까. 평생 이리된 역사가 없으니 낯설고 짜증스럽기까지 한 것이다.

그녀가 잠깐 입을 다문다. 경멸 가득한 눈으로 쳐다봐도 어쩔 수 없다 생각했다.

"저는 이 아름답고 자유로운, 대제 폐하를 닮은 나라가 이대로 지속되길 바랍니다."

"……."

"저로 인해 손해를 감수하지 마십시오. 폐하께선 그럴 필요가 없으십니다. 저를 믿지 마십시오. 부디 그래주십시오."

"그러니까…… 기어이 떠나겠다는 말을 하러…… 이 정원에서까지 불러세웠다는 거군."

"그건…… 그건 아닙니다."

에르완은 면목 없다는 듯 말을 조금 끌었다.

"피치 못한 사정 탓에 이 잘리어에 조금만 더 머무를 수 있게 해달라고 간청 드리려 했습니다."

"어?"

"레이첼이……."

꿈에서 깨어난 듯한 바스티안에게 에르완이 차근차근 설명을 이어갔다. 최근 레이첼의 상태가 눈에 띄게 좋아지고 있었고, 따라서 일정을 지체할 것 없이 바로 떠날 채비를 할 생각이었다고.

"그런데 그 시녀가 다시 앓아누웠다고?"

격양된 목소리로 되묻는 바스티안과 달리 에르완은 침통하게 목소리를 낮추었다.

"그렇습니다. 간밤에 열이 오르고 온몸이 두드려 맞은 듯 몸살이 나 도저히 긴 여정을 버틸 상태가 아닌 듯하여."

「여왕니임…… 소녀 도저히, 에고, 에고, 손끝 하나 움직일 수가 없어요. 저는 여기서 이렇게 죽나 봅니다. 폐하를 끝까지 보좌하지 못하고 먼저 가는 죄를 용서해주셔요.」

새빨간 눈으로 울먹거리며 말하는 레이첼을 도저히 탓할 수 없었다. 상황은 곤란하게 되었지만, 몸이 고단하여 가장 힘든 건 어린 시녀 아니던가. 적에겐 더없이 강한 여왕이 제 아래 사람들에게는 한없이 자비로운 게 흠이라면 흠이었다.

"그러니까 더…… 머문다고?"

바스티안이 입을 헤벌리고 나직하게 읊조렸다. 그 멍청한 표정을 다른 방향으로 해석한 에르완이 비장하게 덧붙였다.

"말을 번복해 면목 없습니다, 폐하. 저도 예상치 못한 상황인지라 레이첼이 기운을 회복할 때까지만 조금 더 양해를 구하겠습니다. 지금 머무르는 거처가 아니어도 좋습니다. 치료만 계속할 수 있으면 어디든 좋으니……."

"그럼! 당연히! 당연히 다 낫고 가야지! 암! 어떻게 그 아픈 시녀를 끌고 고국으로 돌아갈 수 있겠나, 하루 이틀도 아니고!"

"예?"

"얼마든지, 얼마든지 더 머물러도 좋아. 방? 지금 방이 문젠가? 원한다면 내 방이라도 빌려줄 수 있어!"

"폐하, 손을……."

아. 바스티안은 저도 모르게 붙잡고 마구 흔들고 있었던 에르완의 손을 놓아주었다. 금세 떨어졌다. 여인의 손을 잡은 게 처음이 아니지만 느낌이 무척 달랐다.

군데군데 박인 두툼한 굳은살, 기다랗게 남은 자상, 불이 붙은 듯한 온도. 원래 체온이 높은가? 아니, 내 손이 더 뜨거웠던 거군. 화끈거리는 손을 들여다보며 픽 웃고 말았다. 닷새간 무슨 천치 같은 짓거리를 벌였나 싶었다. 철저하게 계산하고 논리적인 선택을 해도 결국 이렇게 될 것을. 한 겹, 한 겹 은밀하게 두르고 있던 장막이 녹아내려 온전히 드러나고 만다. 창피하도록 적나라하게.

"그리고…… 말씀드릴 것이 하나 더 있는데."

"폐하아아아아!"

잠긴 듯한 에르완의 목소리를 웬 괴성이 덮었다. 바스티안이 이맛살을 찌푸렸다.

"후베르트?"

"폐하아아아! 아이고, 우리 폐하! 이렇게 추운데 왜 나와 계십니까, 네? 건강 해치시면 어쩌시려고요!"

"왜 이래? 자네 술 마셨나?"

바스티안은 갑자기 제 몸에 두꺼운 망토를 멍석처럼 둘둘 말아대는 보좌관을 황망한 눈으로 바라보았다. 후베르트는 앞섶을 단단히 여며주기까지 하고 애틋한 눈으로 올려다보았다. 흡사 연인을 보는 눈빛에 소름이 끼쳤다.

"폐하…… 제가 가끔은요. 네? 폐하께서 제 속을 워낙 썩이시니까 어디 나가 죽으라고 하늘에 빌기도 했는데."

"감히 그랬다고?"

"아, 좀 시끄러워요. 지금 제가 말하고 있지 않습니까."

"허, 이게 미쳐가지고……."

"성질이 워낙 개차반 같으니 오래 못 살 거라곤 생각했지만, 진짜로 아프시면 어쩝니까, 예? 그 와중에 제가, 흐읏, 걱정할까 봐, 흐읍, 비밀로 하시고…… 폐하께서 저를 이렇게 생각하고 계셨을 줄은…… 끄윽, 끅."

후베르트는 바스티안의 두 손을 꼬옥 품은 채 눈물콧물을 뽑아냈다.

뭐가 아파? 닷새간 꾀병 부린 건 자네가 제일 잘 알지 않나? 바스티안은 조심스레 손을 빼려고 했으나 후베르트는 악착같이 붙잡고 놓아주지 않았다. 심지어 제 볼을 손등에 마구 비벼댔다. 축축하다. 더럽다.

"왜 이러나, 자네. 점점 징그러워지려고 하고 있는데."

"걱정 마세요, 폐하. 제가 또 누굽니까. 이 후베르트가 바로, 개차반 폐하를 여기까지 끌고 온 우수한 보좌관 아닙니까."

"뭔 폐하?"

"폐하가 의원을 싫어하신다는 건 제가 또 제일 잘 알지 않습니까? 제가 오늘부터 의학을 공부하겠습니다. 네? 수술이라는 것도 배워와서 폐하의 배를 딱! 갈라서!"

후베르트가 허리를 두 동강 내는 시늉을 했다. 바스티안이 기겁하며 물러났다. 그런 그에게 후베르트가 달려들어 안겼다.

"제가 치료해드리겠다고요, 네? 폐하의 그 지병! 제가 치료해드리겠다고요! 크윽, 으윽, 흐으윽…… 그러니까 죽지 마세요…… 끅, 끄윽.”

“에르완…… 이 사태에 대해 알고 있는 게 있나?”

에르완은 침묵했지만, 이쯤 되니 대강은 상황이 파악되었다. 닷새 전 요란한 심장박동에 대해 해명하느라 꺼냈던 지병 얘기가 가감 없이 후베르트에게 전달된 거다. 에르완은 당연히 보좌관만큼은 왕의 병증에 대해 알고 있어야 한다 여겼기에 전했을 테고, 후베르트는 병을 모르고 있었던 스스로를 탓하면서도 바스티안이 말하지 않은 이유를 다르게 해석한 것이다. 걱정을 끼치지 않기 위해서라는, 얼토당토 않은…….

“왜 저한테 말씀 안 해주셨습니까. 네에? 제가 걱정할 것 같아서요? 흐윽, 우욱, 제가 폐하를 걱정 안 하면 누가 합니까! 저, 저 섭섭합니다아!”

“그래, 그래. 짐을 살릴 그 의학이라는 거 어서 배우러 가게. 날이 밝으면 내일이라도 떠나. 그리고 영원히 돌아오지 마.”

“흐윽, 죽지 마세요. 폐하, 흐으윽…… 폐하가 주그며언…… 저도 따라 주글 겁니다아. 흑, 끄윽…….”

“그때까지 살려두지도 않을 테니 걱정 말게. 빨리 떨어져.”

가슴에 눈물콧물 죄다 쏟아붓는 그를 확 밀쳐내며 바스티안이 투덜거렸다.

“언제나 생각해왔지만, 보좌관의 충성심이 무척 인상 깊습니다. 실로 바람직한 주종관계가 아닐 수 없군요.”

에르완은 진심이었다. 바스티안의 표정이 엉망으로 구겨졌다.

“그으래, 더 바람직했다간 정말 암살당할 것 같으니 빨리 보좌관을 바꿔야겠어.”

"그만한 보좌관을 얻기 힘들 겁니다."

"확실히 왕에게 기어오를 만큼 배포가 큰 놈은 드문…… 떨어져, 떨어져, 떨어져!"

"폐하아아아."

보좌관은 미역처럼 감기고, 왕은 떼어내는 상황이 몇 번 반복되고 나서야 바스티안은 겨우 본성으로 올라갈 수 있었다.

✣ ✳ ✣

몬드는 이른 아침 에르완의 방 앞에 서 있었다. 노크하러 손을 올렸다, 내렸다, 다시 용기를 내어 올렸다…… 고장 난 기계처럼 몇 번을 반복한다. 내려갔던 손을 끝내 끌어올리고 두드리려는 순간이었다. 인기척을 느낀 듯 문이 안에서 먼저 열렸다. 작은 문틈으로 드러나는 동그란 눈동자에 몬드가 덜컥 놀라고 말았다.

"어, 저, 저기."

"……힐데가르드 님은 지금 계시지 않아요."

바람에 금방 꺼져버릴 듯한 목소리. 자신이 마구간에 가둬두고 괴롭혔던 그 시녀였다. 그를 보고 잠깐 흔들리던 눈동자가 아래로 가라앉았다. 문틈도 서서히 좁아졌다.

"그럼……."

"잠깐만!"

닫히려는 문을 덥석 잡았다. 마저 닫지도, 열지도 못한 채 레이첼이 깜짝 놀라 올려다본다. 수십 번 연습했는데 막상 얼굴을 보니 머릿속이 새하얘졌다. 설상가상으로 레이첼은 그가 또 무슨 짓을 벌일까 두려워하고 있었다.

“얼마 전의 일, 그, 마구간.”

작은 어깨가 매 맞은 것처럼 흠칫거린다. 겨우 열었던 입을 다물었다. 거대한 추를 달아놓은 듯 한마디, 한마디가 힘겹다.

“사과를…… 하고 싶어서.”

“…….”

“치사하고 저열한 짓이었다. 기사라고 할 수 없었어.”

고개가 저절로 떨어졌다. 어디서 굴러먹다 왔는지 모를 아랫것에게 사과라니, 처음엔 상상도 못 할 일이었다. 호되게 혼나고 나서도 사죄하는 마음이 시녀에게까지 닿지 않았다. 애초에 이어져 있지 않았던 것 같다. 그에 대해 에르완뿐 아니라 바스티안까지 거들고 나서니 잘못을 인정하지 않을 수 없었다.

“사과, 힐데가르드 님이 시켜서 하시는 건가요?”

“전혀 아니라곤 할 수 없지만, 전부는 아니야. 진심으로 미안하게 생각한다.”

“제게 그런 행동을 하신 건, 힐데가르드 님에 대한 감정도 섞여 있었던 거죠? 아직도 거슬리고 미우신가요?”

“아니, 절대! 나는 진심으로 그분을 존경해.”

몬드가 단호하게 고개를 저었다. 문 뒤에 숨어 있던 눈이 반짝거렸다.

“존경요? 음…… 자작님이 숭배하시는 그 실드베르 4세 폐하만큼요?”

“글쎄, 그건 대답하기 조금 어려운데. 전술로만 보면 실드베르 4세께선 역사에 다시없을 분이지만, 실제 만나뵌 적은 없으니 힐데가르드 님과 비교하긴 어렵구나."

몬드가 턱을 쓰다듬으며 심각하게 고민에 빠졌다. 실드베르 4세가 오래되었지만 막연한 우상이라면, 에르완은 짧지만 실재하는 우상이었다. 어느 쪽이 우세하다고 딱히 꼽을 수 없었다. 불분명한 대답이었지만 어째서인지 마음에는 든 듯 레이첼이 빙그레 웃었다.

"그렇군요. 알겠어요."

"참, 이 장갑. 예전에 너희 주군께서 주신 것이다. 내게 맡기고 잊어버리신 듯한데 대신 전해주렴."

몬드가 질 좋은 갈색 장갑을 고이 접어 내민다. 바스티안에게 불려가기 바로 전날, 하루 종일 무릎 꿇고 기다리다가 겨우 만난 에르완에게서 받은 것이었다. 레이첼이 작은 입술을 동그랗게 오므렸다.

"그거 아세요? 이 장갑, 꽤 아끼시는 거예요. 저희 폐하는 잘못을 아는 사람은 너그럽게 용서해주신답니다."

"폐하?"

"아차차, 말해버렸네. 쉿, 이건 비밀이에요. 자작님이 극렬한 추종자인 것 같아서 알려드리는 거니까요."

"도대체 뭘……?"

얼빠진 얼굴을 재미있어하며 레이첼이 작게 키득거렸다.

"힐데가르드는 가명이랍니다. 저희 폐하의 본명은 장갑 안쪽에 새겨져 있는데, 못 보셨죠?"

폐하? 가명? 이게 대체 다 무슨 소리인가 싶어 몬드가 인상을 구겼다. 레이첼은 그가 잘 볼 수 있도록, 장갑의 손목 부분을 뒤집어주었다. 대체 뭐가 적혀 있다는 거야? 심드렁한 눈을 내리고 자수로 새겨진 이름을 읽었다.

어?

"어?"

"이제 아시겠죠? 저희 폐하가 누구신지. 에헴."

레이첼이 뽐내는 어린아이처럼 어깨를 으쓱였다. 몬드는 장갑을 터질 듯이 쥐고 읽고 또 읽었다.

이 이름은, 이 이름은 분명……. 맙소사, 내가 그분께 무슨 짓을…….

손이 떨리기 시작했다. 상상도 못 한 현실이 밀려오자 사고가 정지해버렸다. 그는 거의 눈을 뜬 채 기절했다.

에르완 실드베르 르 블랑.

실드베르 4세의 왕호였다.

PART 2

Seas set free

Chapter 1

"여기가 잘리어……."

남자가 바위를 딛고 멈추었다. 짙고 어두운 녹색 눈동자가 푸른 능선을 훑었다. 구름이 풀어헤쳐진 하늘과 그 아래에 맞닿은 도시를 아로새겼다. 조개빛깔의 도시. 푸르게 드리운 수풀 사이로 하얀 물거품처럼 일어났다 가라앉는다. 평화의 표상인 듯 잔잔하다가 이따금 살아 있는 생물처럼 몰아쳤다. 자신이 있던 나라와는 완전히 다른 풍경에 남자는 한동안 말을 잃었다.

"사이러스 경, 이봐! 사이러스 경! 좀, 좀 천천히 가!"

"빨리 따라오지 않으면 버리고 가겠다, 에셀레드 경."

뒤에서 헉헉대며 붙드는 목소리에 감흥이 깨졌다. 사이러스는 짙은 눈썹을 찌푸리며 불쾌감을 표했다.

"망명한 지 얼마 안 되었다곤 하나 자네도 어엿한 기사가 아닌가. 분명 잊지 말라고 경고했었다. 우리 그레더니어가 어찌하는지가 곧 여왕 폐하의 위신과 명예로 이어진다고."

"알지, 알아. 귀에 딱지 앉도록 들었는데 당연히 알고말고."

"안다고? 아는 사람이 그러나? 덧붙이자면, 자네는 체력을 단련시킬 필요가 있네. 고작 몇 시간 걸었다고 자빠지는 꼴을 보면 폐하께서 무슨 생각을 하시겠나. 아무리 바다에서 왔다지만.”

“고작 몇 시간? 고자아악? 허참! 누가 들으면 산책이라도 하다가 쓰러진 줄 알겠네! 그 몇 시간 동안 산 몇 개를 넘었는지 세어보기나 했어?”

“말할 힘이 남아 있는 걸 보니 오늘 안에 수도에 당도하여 폐하께 연통을 넣을 수 있겠군.”

“오늘 안이라니! 차라리 날 죽이지그래!”

“이미 수십 번도 더 한 생각을 다시 하게 만들지 말게.”

사이러스는 발광하는 동료를 두고 산 아래로 내려갔다. 여왕 직속 기사단 소속으로서 엄격한 성격의 사이러스가 평생 바다에서 살아온 에셀레드와 동행하는 건 쉽지 않았다.

여왕이 처음 데려왔을 때도 그랬다. 그레더니어의 근본적 태생이 갈 곳 없는 난민들을 보호해주기 위해서라지만, 그걸 감안하더라도 마음에 차지 않았다. 난리 중에 쌍둥이 형과 헤어졌다는 사연은 차치하고라도 그 타고난 불성실성이 거슬렸다.

엄연히 규율이 있는 기사단을 뒤로하고 하루는 바다를 보러 가겠다며, 또 하루는 형을 본 것 같다며 홀연히 사라졌다. 이제 그가 무엇을 하러 사라졌는지 보고받는 것도 지긋지긋했다. 기본부터 잘못되어 있는데 무얼 가르치라고?

진심으로 여왕을 따르고 존경하는 그이지만, 이럴 때는 그녀의 자비로움이 원망스러웠다. 그 자신 또한 자비로움에 혜택을 받은 것이니 할 말은 없었다만.

“이야, 경치 끝내주는데. 이런 곳에 우리 폐하께서 계신다 이거지? 좋은 거 많이 보시겠네.”

사이러스가 밟았던 바위에 뒤늦게 올라서서 그가 말했다.

"기대 이상으로 아름다운 도시야. 폐하의 여정이 왜 이리 길어지나 했는데, 이것 때문이었군? 좋은 거 많이 보고 맛있는 거 많이 드셨겠어."

"상스러운 언동은 삼가게, 에셀레드 경. 폐하는 자네 입에서 쉽게 거론될 만한 분이 아니니."

사이러스가 단번에 주의를 시켰다. 에셀레드가 어깨를 으쓱였다.

"우리끼린데 뭘 그러나. 저기에 자네 여동생도 함께 갔다지?"

"……."

"볼이 통통하니 귀여웠는데. 잘리어에서 대접을 잘해주었을 테니 더 귀여워졌겠군그래."

휘파람 같은 말을 사이러스는 가볍게 분질렀다. 레이첼. 여동생을 떠올리자 무거운 한숨부터 흘러나왔다. 철딱서니가 없어놔서, 부디 폐하께 짐이 되지는 않았어야 할 텐데. 어쩌면 폐하께서 쉽사리 귀환하지 못하시는 게 레이첼 때문일지도 모른다. 만일 그렇다면 이번에야말로 혼쭐을 내줄 생각이다. 사이러스가 단단히 마음을 굳히며 걸음을 다시 옮겼다.

✢ ✳ ✢

바스티안이 직업훈련소를 세운 건 고귀하거나 크게 깊은 뜻이 있어서가 아니었다. 병합국가들을 흡수한 후 혼란을 잠재우기 위해서, 잉여인구를 처리하기 위해서, 더 나아가서는 왕인 저는 죽어라 일하는데 백성들이 노는 꼴은 보기 싫어서, 성 밖으로 도망쳤을 때 머무를 수 있는 은신처가 필요해서.

신성모독에 가까운 동기일지언정, 곳곳에 생겨난 직업훈련소는 바스티안의 치세를 빛낸 업적 중 하나가 되며 더할 나위 없이 좋은 결과를 만들어냈다. 하지만 지금 바스티안은 진심으로, 새 직업을 소개받아야 하는 건 바로 자신이 아니었던가 고민했다.

"그래서…… 다음은 남부 지역에 대한 안건인데……."

무엇이든 좋았다. 이 따분하고 지루하며 끝이 보이지 않는 회의에서 뛰쳐나갈 수만 있다면.

"최근 지질 연구에 따르면 해당 지역을 가로지르는 산맥 아래에 대량의 석탄이 묻혀 있다고 합니다. 그것도 무척 고품질로……."

하아암. 몰려오는 졸음을 어떻게든 이겨보려 길게 하품을 했다. 태생부터 눈치 보는 성격이 아니라 굳이 따분함을 숨기지 않았다. 원탁에 앉아 있던 대신들이 하나같이 움찔했다.

"고, 고품질로, 잘리어가 가진 기술로 석탄을 캐내는 작업이 어려운 건 아니나……."

안건을 내놓던 목소리가 한층 조심스러워졌다. 후암. 대제가 하품을 멈추지 않자 서로 눈빛을 교환했다.

"폐, 폐하."

후베르트가 안절부절못하며 발을 굴렀다. 원탁에 거의 눕다시피 기대고 바스티안이 한 번 더 하품했다.

"으응? 짐이 졸린 건 다 자네 탓이지만, 크게 개의치 마."

"예에? 제 탓요?"

"그럼. 오늘 새벽부터 여기에 서명하라, 저기에 서명하라 깨우며 난리를 쳐댔지 않아."

"그, 그거야 회의 전에 다 훑어보고 가야 한다고 하시며 전날 명을 내리신 게 아닙니까."

"폐하! 폐하의 성스러운 침수를 감히 방해하다뇨, 그런 불충을 저지른 보좌관을 지금이라도 당장!"

앉아서 호시탐탐 기회만 노리던 대신 하나가 광분하며 일어났다. 형형한 눈빛에 후베르트는 찔끔하며 움츠러들었다.

"보좌관이 후작 직속인가, 내더니엘 후?"

"아뇨, 그렇진 않습니다만. 저는 그저 우려되어……."

"입 닫고 앉게."

"송구합니다."

"아니, 앉지 말고 그대로 서서 벌서고 있게."

"……."

잘라내는 듯한 목소리에 후작이 즉시 쪼그라들었다. 깃펜을 몇 번 더 굴려대던 바스티안이 몸을 바로 세웠다. 상냥한 듯 빙긋 웃는, 하지만 묘하게 냉기 서린 얼굴이다. 흥이 깨져버렸을 때 저런 표정을 짓는다는 걸, 적어도 이 자리에 있는 이들은 알고 있었다.

"이제야 조용해졌군. 자, 계속하지."

"크흠, 문제는 석탄을 옮길 방법입니다. 지역과 강을 연결하는 길을 만들어야 하는데, 계곡을 관통해야 하므로 조건이 무척 까다롭습니다."

"맡을 만한 곳은?"

"상당한 기술력과 인력이 투입되어야 하나 반드시 시행되어야 할 사업입니다. 산을 뚫어 길을 내본 적 있는 노포크 상단에 이 일을 강제로 일임할까 합니다. 손해가 막심하여 맡으려고 할지 모르겠지만 말입니다."

"손해?"

"예, 하지만 제가 누굽니까. 잘리어를 위해서라면 이 한 몸 바쳐서……."

"호오, 그 사업에서 어떻게 손해가 날 수 있지? 말해보게, 테오도르."

"에…… 그것이, 계곡을 깎아내는 작업에 상당한 시간과 인력이 투자되어야 하므로……."

자신으로 가득 찼던 목소리가 금세 기어들어갔다. 누가 보아도 밑천이 드러난 상태였으나 바스티안은 계속 모르는 척 질문을 이어갔다.

"만만찮은 사업임은 분명하지만, 그곳으로부터 얻을 토지와 목재, 석탄에서 거둘 수 있는 수익 또한 엄청날 것 아닌가. 길이 들어설 주변 땅은 또 어떻고."

"듣자하니 그 땅의 소유주 이름이 모데 테오도르. 천정부지로 값이 오를 땅의 소유주가 신기하게도 테오도르 자작의 사촌이군요."

바스티안은 빠르게 눈을 돌려, 새로 나타난 발언자를 응시했다. 강렬하고 분명한 시선. 언제 보아도 퇴색되지 않는 눈이다. 도미니크가 입매를 올렸다.

"그 평수만 무려 오천 에이커로군요. 표정을 보니 모르셨던 모양인데."

"저, 는……."

"몰랐다면 더 큰 문제 아닙니까? 사업의 총책임자께서 주변 부지의 소유주도 파악하지 않았다는 뜻이니까요."

"진작 파악했습니다, 파악은 진작 했었는데."

"그래요? 그럼 국정에 매진하시느라 본인 가족관계가 어떻게 되는지도 모르신 거군요!"

모르는 척 날카롭게 찔러대는 말에 테오도르는 쩔쩔맸다. 곳곳에서 그를 비웃는 소리가 솟았다. 도미니크가 제 할 일은 다 끝났다는 듯 바스티안에게 눈짓했다. 테오도르의 거짓말은 간파했지만, 친척이 연관되어 있었는지는 미처 알지 못했다. 세상에 살다 보니 저 여자의 도움을 받을 때도 있군.

"테오도르 자작의 충정을 의심하는 건 아니니 걱정 말게."

"폐하!"

바스티안의 친절한 말이 동아줄이라도 되듯 테오도르가 물고 늘어졌다.

"하지만 의문이 있는데 덮고 지나갈 수도 없는 일, 노포크를 포함하여 다섯 개의 상단을 선정하고, 도로가 들어설 오천 에이커는 시가에 맞는 금액을 받고 양도받는 것으로 정하지."

"양도, 말씀이십니까?"

뒤통수 맞은 얼굴로 그가 읊조렸다. 도미니크가 눈빛으로 '저 악랄한 새끼.'라고 욕했다. 바스티안은 거들떠도 보지 않고 유들유들 이어갔다.

"규모는 크든 작든 상관없어. 내실 있고 발전 가능성이 있는 상단으로 추려내. 도로에서 나는 이익을 그들이 분배받는 구조로 가도록 하지. 테오도르 자작만으론 단시간 내에 분석이 힘들 테니 이렌 후작이 참여하도록 하고."

원탁 끄트머리쯤 앉아 있던 은발의 여인이 명을 받들겠다는 뜻으로 고개를 숙였고, 반대로 테오도르는 노렸던 모든 것이 수포로 돌아가 죽을상이 되었다. 청렴하기 이를 데 없는 이렌 후작이니 골치 좀 썩겠군.

"다음은?"

"예, 폐하. 모르간느를 포함한 몇몇 병합국가를 부흥시키려는 움직임이 포착되었습니다."

"그게 정말입니까?"

몇몇 대신들이 민감하게 반응하며 일어났다. 잘리어는 수많이 쪼개진 국가들을 그러모아 병합시킨 가장 성공적인 경우지만 아직까지는 제도적인 선에서 그칠 뿐, 완벽한 병합까지는 아직 시간이 필요했다. 잘리어의 대신들은 병합국가가 다시 들고 일어나는 등의 쿠데타를 가장 경계했다. 물론, 바스티안도 그랬다.

"짐 앞에서 말을 꺼냈다는 건 이미 상당한 조사가 진척되었다는 거겠지. 무슨 근거로?"

"처음에는 그저 아이디어와 이론을 교환하기 위한 소규모 모임이었는데, 공정하고 공평한 사회라는 목표에 뜻을 함께하기 시작했나 봅니다. 하나둘씩 측근세력이 모여들었고 대부분이 당연하게도, 병합국가 당시 세도가들이었습니다."

"우두머리는 파악되었나?"

"살바토레. 마찬가지로 병합국가 소속입니다."

"들어본 적 없는 이름이군."

"꽤 젊습니다. 스물다섯."

"그건 젊은 게 아니지. 완전 핏덩이잖아. 그런 자가 어떻게 우두머리 자리를 꿰찼지?"

"아버지의 역할을 이어받은 거라 합니다. 본래 그의 아버지는 구성원들에 대한 로비를 게을리 했으나, 살바토레는 그들에게 아부도 협박도 하면서 핵심을 차지하는 데 성공했다더군요. 오만하지만, 마력적인 연설가라고 그들 사이에서 명성이 자자한 모양입니다."

"어깨에 힘깨나 들어가 있겠군."

"그들의 공동목표는 잘리어를 분열시키고 그 통치에서 벗어나는 것입니다. 옛 질서는 역사의 쓰레기통에 버려야 한다면서 사람들을 선동하고 있죠. 어떻게 할까요? 폐하."

수십 개의 시선이 동시에 바스티안에게 몰려들었다. 기득권의 보수적인 눈빛이 대다수다. 왕이 의자에 깊숙이 기대며 생각에 잠겼다.

"어리고 똑똑하다라……. 나이 불문하고 현혹될 정도니 그 말솜씨가 어떨지 대단히 궁금해지는군."

"지금이라도 싹을 잘라내야 하지 않겠습니까?"

"내버려둬."

"예?"

왕의 느긋한 대응에 많은 이들이 놀라 고개를 들었다. 바스티안은 눈 한번 꿈쩍 않고 말을 이었다.

"아주 똑똑한 사람이 그렇듯, 그는 아마 자신보다 지적으로 열등한 자들을 경멸하고 있을 거야. 오만하기 짝이 없으니, 자신의 신분이 노출되거나 위험해질 거라는 상상조차 하지 못하고 있을 거네. 아버지조차 자기 상대가 되지 못할 거라고 생각할걸?"

"조금 더 오만해지도록 내버려두자는 말씀입니까? 위험합니다. 외세와 결탁하기라도 하면……."

도미니크가 날카롭게 짚고 들어오자 바스티안이 손을 저었다.

"봉기와 혁명에 필요한 건 열띤 연설이 아니라 조직을 운영하는 기술이야. 아직 구경할 만한 수준이니 놔두잔 말이네. 다만 감시를 늦추지는 말아야겠지."

"받들겠습니다."

회의는 다소 어수선한 분위기로 종료되었다. 봉기가 웬 말이냐, 감시할 필요도 없이 죄다 잡아들여야 한다는 말이 모래바람처럼 일었다 가라앉았다. 하나둘씩 회의장을 빠져나가는 대신들 사이에서 유일하게 거슬러 올라오는 이가 있었다. 말을 꺼내기도 전에 성가셔졌다.

"훌륭한 용단이십니다. 폐하의 혜안이 돋보이시는군요."

눈매가 가느다래진다. 입가에 걸린 미소가 습하고 무미건조하다. 그녀는 왕을 경멸했고 바스티안은 그걸 못 알아챌 만큼 둔하지 않았다.

그녀는 그가 왕자였던 시절에도, 왕위에 올라 백성들에게 칭송받게 된 후에도 환멸을 멈추지 않았다. 그를 게으른 겁쟁이라 부르면서, 타고난 융통성을 성실성의 결여로 치부했다. 하루는 이유를 물었다. 돌아오는 대답은 간단했다.

「왕자가 왕자답지 않고, 왕이 왕답지 않으니 당연한 것 아닙니까.」

보란 듯이 하극상을 벌인 여자를 보란 듯이 살려 공작위에 두었다. 도미니크는 그것을 조롱으로 받아들였다. 뭐, 썩 틀린 해석은 아니었다.

"이번 회의는 꽤 수확이 많았군. 공과 입을 맞춘 것만큼 기분 좋은 일도 없고 말이야."

"그러십니까? 신은 다소 불쾌했습니다만."

도미니크가 강 같은 미소를 흘려보냈다. 바스티안이 익숙한 듯 입꼬리를 올렸다.

"공이 짐의 방에 들락거리는 불쾌감에 비할까."

"도서관으로 향하던 중 거치는 장소일 뿐입니다."

"짐의 방을 겨우 그렇게 표현하는 것도 불쾌한 건 마찬가지군. 아, 이걸 힐데가르드가 말했다는 괜한 오해를 하지 말도록. 짐은 이미 수년 전부터 알고 있었으니까."

"오해할 리가요. 그녀는 폐하와 완전히 다른 부류입니다."

"그녀를 언제 봤다고 그리 친한 척, 잘 아는 척인가?"

"적어도 폐하의 짐작보다는 더 잘 알 겁니다."

도미니크가 뽐내듯 하는 말이 영 틀린 건 아니라 생각했다. 그녀는 빌어먹게 머리가 비상했고, 또한 빌어먹게 능력이 좋아 잘리어 인근 해안 해적들은 모조리 잡아 그녀 아래에 쑤셔넣었으니까. 에르완이라면 도미니크와 말 몇 마디 나눠본 것으로 모두 간파했을 것이다.

아, 역시 이 여자와 이야기하는 건 번거롭고 재미없다. 에르완과 대화하는 게 훨씬 재미있는데, 그러고 보니 그녀는 어디에 있지?

"이쯤 하지. 공과 이야기하는 시간은 소름 돋도록 즐겁지만, 짐에게는 이외에도 처리해야 할 일이 수도 없이 많거든."

바스티안이 몸을 일으키자 도미니크가 기사처럼 절제된 몸짓으로 길을 터주었다.

"예. 다음에는 힐데가르드 님도 회동하기를 바랍니다."

"그때까지는 공이 예의라는 걸 제대로 배워왔으면 좋겠군."

그들은 화사하게 웃었으나, 서로의 뒤통수에 총구를 겨누고 있는 것처럼 살벌하게 헤어졌다.

✧ ✻ ✧

“나 참, 회의는 엉망진창에 도미니크는 말꼬리 잡고 늘어지기 바쁘고……. 이런 때에 에르완은 대체 어딜 간 거지?”

바스티안이 사과를 한입 베어 물며 느긋하게 분수대에 앉았다. 에르완이 외출했다기에 무작정 나서긴 했는데, 막상 나오니 찾기가 쉽지 않았다. 함께 자주 들렀던 직업훈련소나 강가에도 안 보이는 걸 보면 딴 길로 샌 게 분명하다. 설마 도박장으로 갔을 리는 없을 테고.

“이것 참 불공평하다니까. 똑같은 왕인데 누구는 놀러 다니고, 누구는 머리 싸매고 회의해야 하고 말이야.”

후베르트가 들으면 거품 물 말이었으나, 공교롭게도 바스티안은 날 때부터 양심이 없었다. 발루아를 몇 달간 방문할지 빈둥빈둥 생각하다가, 군중 속 한 지점에서 시선을 멈추었다. 두 남자. 그리고 그중 더 건장한 쪽 남자에게 일부러 부딪치는 어린아이. 아이는 과하게 굽실거리며 사과를 건네고는 이쪽으로 왔다. 또 다른 표적을 찾았다는 듯이.

“쯧.”

성가시기 짝이 없군. 바스티안은 옆에 앉는 아이를 최대한 모르는 척하며 사과를 한입 더 베어 먹었다. 그리고 그의 옷깃에 스치는 순간이었다.

“아악! 이거 놔요!”

손목이 잡힌 아이가 버둥거리며 소리쳤다. 삽시간에 시선이 몰려들었다. 조금 전 부딪쳤던 두 남자도 마찬가지였다. 바스티안은 대답할 가치도 없다는 듯 아이의 주머니에 손을 넣었다. 다시 나올 때엔 짤랑거리는 돈주머니와 함께였다.

"흐음."

능숙하게 돈주머니를 회수한 바스티안이 이번엔 아이의 옷을 잡아당겼다. 늘어진 목구멍 아래로 깡마른 빗장뼈와 어깨, 그리고 마침내 선명한 도끼 인장까지 드러났다. 익히 예상하던 바를 확인한 바스티안과 달리 주변은 삽시간에 난장판이 되었다.

"소매치기다! 볼라트, 볼라트 소속의 소매치기!"

"경비대를 불러와, 어서!"

경비대라는 말에 아이의 작은 몸이 사시나무처럼 떨리기 시작했다. 화드득, 불에 덴 양 손을 뿌리친다. 온 힘을 다한 저항이었지만 성인 남성에게는 가소로울 뿐이었다.

"어림도 없지. 감히 누구 주머니에 손을 대고……."

"놔주시지요."

이건 또 뭐야. 바스티안은 제 위를 덮는 그림자를 따라 시선을 올렸다. 키가 유난히 크고 어깨가 벌어진, 잘리어에서는 흔하게 볼 수 없는 체형의 남자였다. 까무잡잡한 피부가 이국적이다. 출신지는 아마도 남쪽. 발루아의 식민지였던 샤겐, 혹은 그 주변이겠군.

"사이러스, 무슨 일이야?"

동료쯤으로 보이는 남자가 급하게 따라왔다. 익숙한 바다 냄새가 난다. 합이 좋은 편은 아닌데 함께 다니는 걸 보면 공적인 관계겠군. 빠르고 정확하게 판단한 후 바스티안은 다시 사이러스에게 눈길을 주었다. 부러질지언정 휘지 않는 강철을 닮은 사내였다.

"철없는 어린아이가 생계를 위해 저지른 일이오. 물건을 돌려받고 마무리하면 될 일을 굳이 크게 키울 필요 있겠소?"

"도둑질당한 줄도 몰랐으면서 속 편한 소리를 하는군."

그가 반쯤 비웃으며 아이의 주머니를 털었다. 두어 개 떨어지는 돈주머니 중에는 제 것도 있었던 듯, 사이러스의 눈썹이 꿈틀대었다. 바스티안이 가볍게 어깨를 으쓱했다.

"됐지? 상황파악 됐으면 얼른 가보지그래. 그런 멍청한 표정으로 다니지는 말고. 광장엔 특히 소매치기가 많아, 딱 외국인처럼 행동하는 놈들만 노린단 말이야."

"아이를 놓아주시기 전까지는 가지 않을 것이오."

딱딱한 대꾸에 그의 눈썹이 비스듬히 올라갔다.

"그래? 저 아이가 그쪽의 돈까지 훔쳤는데도 말인가?"

"아까도 말했지만, 아직 어린아이요. 배고픔에 지친 아이를 치안관에게 넘기는 건 지나치게 가혹하다는 생각이 들지 않소? 죄를 따지자면 어린아이가 도둑질할 수밖에 없게 만든 이 나라와 통치자에게도 있을 텐데."

"아, 이놈이고 저놈이고 왜 날 못 끌고 들어가 안달이지?"

"얼른 놓아주시오."

완강하게 팔이 뻗어오자 바스티안이 질겁하며 물러났다. 아차, 놓치고 말았다. 반사적으로 다시 손을 벌렸으나, 아이는 자유로워진 틈을 타 도망친 지 오래였다. 그가 낮게 이를 갈았다. 젠장.

"무례를 범했소. 아이를 생각하는 마음에……."

아이가 치고 간 다리를 툭툭 치며 사이러스가 진심 어린 사과를 건넸다.

"무례! 보통 무례가 아니지. 내 손목을 아무나 잡을 수 있을 줄 아나?"

결벽증 환자처럼 몸서리치는 남자를 보며 사이러스가 눈살을 좁혔다. 차림새는 흙바닥에서 구르다 온 것처럼 남루한데, 하는 행세는 제가 왕이라도 된 듯 의기양양하다. 그는 연이어 "내 보좌관이 있었으면 넌 죽은 목숨."이라며 자신의 손목이 얼마짜리인지에 대한 일장연설을 늘어놓았다. 미친 자 아닌가.

"하, 자네 볼라트가 뭔지나 아나? 당연히 모르니 아이를 보내주자는 태평한 소리를 지껄였겠지만."

"볼……라트?"

나사 하나 빠진 듯한 대답에 바스티안이 앞머리를 길게 쓸어넘겼다.

"최근 수도를 중심으로 형성되고 있는 비밀 조직이야. 도둑질, 강간, 인신매매, 도박, 폭탄 제조, 밀렵…… 그들의 입김이 닿지 않는 불법행위가 없을 정도지. 아이들을 어디선가 납치해와서 이용해먹기 때문에 실체를 파악하는 게 쉽지 않아. 볼라트에 속해 있다는 증거는 단 하나, 어깨에 새겨진 도끼 자국. 방금 전, 무슨 짓을 저질렀는지 이젠 알겠지? 자네는 잠재적 가해자이자 희생양을 풀어준 거네."

"희생양이라니, 그걸 미리 말씀해주었다면……."

"나는 말 끊는 걸 그리 좋아하지 않아. 그리고 이렇게 융통성 없이 구는 건 단 한 명에게만 허락하고 있지."

잘라내는 말에 사이러스가 입을 닫았다. 처음 본 사람에게 다짜고짜 하대하는데, 아까부터 조금도 어색하지 않았다. 태어날 때부터 예의 따위 차릴 필요 없던 사람이라면 저럴까. 자연스럽고, 몸에 밴 반말. 단순히 예의 없는 인간이라고 하기엔 그에게선 타고난 기품이나 여유 같은 것들이 느껴졌다.

"게다가 잘리어는 열여덟 살 이하 어린아이에게는 벌을 최소화하고 있어. 조금 전 아이가 경비대에 붙잡혔다면 보호시설로 넘어가 적절한 교육까지 받을 수 있었을 테지. 볼라트는 최근에 성매매에도 손을 대었다고 하니 아이의 미래는 불 보듯 뻔하겠군. 평생 볼라트에서 헤어나올 수 없는 채로 이용당하겠지."

폭포처럼 쏟아지는 설명을 사이러스와 에셀레드 둘 다 넋이 나간 채 듣고 있었다. 이 남자의 말대로라면 아까 그 아이는 탈출할 좋은 기회를 놓쳐버리고 만 것이었다. 언제 다시 올지 모르는 기회. 사이러스가 입을 뻐끔거리자 바스티안이 만면에 조소를 띠었다.

"아무리 신분이 높아져봐야 통치자의 남창 정도? 뒷구멍이 헐도록 강간당하다가 버려지겠지. 됐나? 이제 만족해?"

"그런, 아까 그 아이를 다시……."

"그 전에 자네 살길부터 찾지그래?"

무슨 소리냐고 되물으려는 순간이었다. 후드득. 조금 몸을 움직이기가 무섭게 품에서 수많은 돈주머니와 지갑이 쏟아졌다. 생전 보도 못 한 것들이라 한껏 당황하고 있는데, 뒤에서 에셀레드가 한껏 충격받은 채 읊조렸다.

"사, 사이러스 경. 자네…… 언제 이렇게 많이 훔쳤나? 며칠 노숙하더니 눈이 뒤집힌 건가?"

"무슨 소리인가, 난 아냐!"

"설마 이제까지의 경비를 이런 식으로 충당해왔던 건 아니겠지? 주군께서 아시면 충격 많이 받으실 거야. 명실상부 그레더니어의……."

"아니래도!"

필사적인 외침과 달리 상황은 점점 악화되고 있었다. 멀리서 몰려오던 경비대가 이 광경을 목격하고 사이러스를 체포하러 달려들었기 때문이다.

"그러게 악질이라고 하지 않았어. 아이가 도망칠 때 자네에게 왜 부딪쳤는지 눈치 못 챘나?"

바스티안이 혀를 소리 내어 차는 동안, 경비대는 사이러스와 함께 있던 에셀레드부터 포박했다.

"잠깐만, 경비대! 왜 저까지 체포합니까? 예? 이건 모두 사이러스 혼자 벌인 일입니다!"

"도…… 도와주시오. 그쪽은 이 상황을 전부 알고 있지 않소."

사이러스가 매달리는 듯한 눈으로 애원했다. 그에 바스티안의 대답은 무섭도록 간결했다.

"내가 왜?"

충격으로 무너지는 남자의 얼굴을 뒤로하고 바스티안이 몸을 돌려 걸었다. 볼라트와의 연결고리로 한동안 고되게 심문받을 게 뻔했지만, 그것 역시 알 바 아니다. 아무것도 모르면서 어설프게 돌아다니는 것보단 취조실에 얌전히 틀어박혀 있는 게 그들에게 더 이로울지도 모른다. 적어도 식사는 세끼 꼬박꼬박 나오고 돈을 뜯어가진 않잖아?

"아, 그나저나 에르완은 도대체 어디 가 있는 거야?"

그는 아무 일 없었던 것처럼 머리를 비우고, 다시 성을 나온 본 목적으로 돌아갔다.

바스티안은 자신이 모르는 사이 에르완이 여러 번 성을 빠져나와 돌아다녔을 거라고 확신했다. 그렇지 않고선, 두 시간을 돌아다녀도 발견 못 할 곳에 꽁꽁 숨을 수 없었다. 그가 지루한 국정회의와 쏟아지는 잠과 사투를 벌일 동안 혼자 나가 놀았었다니, 짜증이 울컥 솟았다.

발루아로 간다면 놀러다녀줄 테다. 그녀가 대신들에게 붙잡혀 국정에 시달리는 동안, 보란 듯이. 에르완에게는 아무런 소용 없을 복수를 다짐하며 그가 인파를 헤치고 나아갔다.

마을을 이 잡듯이 뒤지다 번번이 실패한 그가 마지막으로 들른 곳은 골목의 작은 토론회장이었다. 이곳에서 신흥 진보 세력이 종종 모여 논쟁을 벌이곤 한다는 이야기를 들은 적이 있다.

이윽고 도착한 곳에서 가장 뒷줄에 앉은 여자를 발견한 바스티안은 다소 황망한 표정이 되었다.

"에르완."

"……."

토론회에 집중하느라 목소리가 들리지 않는 모양이다. 앞쪽에선 젊은 학자와 예술가들이 섞여 열렬하게 논쟁을 벌이고 있었다. 바스티안이 슬며시 그녀 옆을 차지하고 앉았다.

"당신은 정말 신기해. 마음껏 쉬고 놀 수 있는 시간에 왜 굳이 이런 곳을 찾아와서 머리 아픈 논쟁이나 듣고 있는 거지? 세상에 다른 재미있는 게 얼마나 많은데. 이를테면 술이라든지, 도박이라든지."

"오셨습니까."

그녀가 뒤늦게 그의 존재를 알아차렸다. 바스티안이 작게 혀를 찼다.

"아니지, 당신은 도박에 손도 대지 마. 어깨너머로 본 정도로 지난번에 생긴 일을 생각해보면, 본격적으로 했다가는 무슨 일이 벌어질지.”

“이곳에 있다는 걸 어떻게 아셨습니까?”

“감으로. 당신이 뭘 좋아하는지 정도는 이제 나도 알아.”

그제야 그녀의 시선이 돌아왔다. 언제까지나 가라앉지 않을 강물 같은 눈이다. 어느새 책상 위에 두 다리를 올려 쭉 뻗고 앉은 바스티안이 보기 좋게 웃어 보였다.

“지난번에 이런 곳이 있다고 이야기를 들을 때 당신 눈이 심상찮게 빛났던 게 생각나서. 그런데 무슨 토론 중인 거지?”

“얼마 전 웨일즈 국에서 일어난 봉기에 관해서입니다.”

“아, 백성들이 봉기를 일으켜 왕을 끌어내렸다던 그 나라 말인가?”

“알고 계셨군요.”

“사실 보고 들을 때 졸아서 기억이 잘 나지 않아. 후베르트의 목소리는 자장가가 따로 없거든. 그런데 그자가 왜?”

“그는 통치 초기에 수도에서 황제로 오르는 절차를 미루고 지방장관들을 통해 끄트머리에서부터 다스렸습니다. 그 과정에서 많은 피를 보았고, 잔혹한 성정이라는 평판을 얻게 됐지요. 그것이 필요악이었느냐에 대한 논쟁입니다.”

토론자들은 웨일즈의 왕이 한 모든 행보를 연대기처럼 펼쳐놓고서 선악에 대해 논하고 있었다. 한없이 진지해진 에르완과 달리 바스티안은 소름 돋는 듯 몸서리를 쳤다. 남의 시선이나 세상의 평가는 귓등으로도 안 듣는 그이지만, 죽고 나서도 저렇게 입방아 찧을 걸 생각하니 역시 왕은 편히 해먹을 직업이 아닌 것 같다.

“필요악인지 아닌지는 잘 모르겠지만, 저런 평판이 난 이유 정도는 알겠군. 듣자하니 왕 이전에 목동이었다던데, 나보다 더 미천한 출신은 처음 보는군."

그는 낮잠에서 깨어난 고양이처럼 한가로이 하품했다. 에르완이 진지하게 되물었다.

"태생 때문이라 보십니까."

"꼬투리 잡히기 딱 좋은 소재니까 말이야. 거기에 그의 행각에 대한 두려움이 경계를 불러일으켰을 테고. 몸담고 있었던 지역 출신은 싸그리 잡아 노예로 만들었다지? 목동이었을 때 자신을 험하게 대했다며 말이야. 유치찬란한 복수야."

"잘 알고 계시는군요. 보고 올릴 때 주무셨다고 하지 않으셨습니까?"

"자고 있어도 귀는 열려 있잖아?"

느른히 고개를 젖힌 그가 손끝으로 귀를 톡톡 두드렸다.

"자고 있어도 들을 건 다 듣고 있어. 잠깐 있었던 스승이 내 꼬투리를 잡으려 아무리 애써도 불가능했던 이유기도 하지."

"폐하의 스승이라니, 고생 많았겠군요."

"고생은 무슨! 내가 더했지. 정말이지 저 논쟁보다 더 따분한 영감탱이였다니까? 무려 오백 년을 이어간 카시우스 공화정 연대기나 늘어놓고, 자기 평생을 바친 연구의 결과물이라면서……!"

"카시우스 공화정의 전 연대기라니, 그건……."

"정말 끔찍했지."

"참 근사했겠군요."

단번에 어긋나는 말에 두 개의 시선이 서로를 찾아들었다. 토론회는 어느덧 끝나 하나둘씩 빠져나가면서 어수선해졌다. 에르완이 얕게 한숨을 쉬며 몸을 일으켰다. 바스티안 때문에 토론 끝부분을 잘 듣지 못한 데 대한 아쉬움이 역력했다. 말없이 먼저 걸음을 옮기는 그녀 곁을 바스티안이 얼른 따라붙었다.

"그러고 보니 당신과 같이 수업을 들었다면 무척 편했겠어. 나 대신 수업도 듣고 숙제도 해줬을 것 아닌가?"

"어림없는 말씀을 하시는군요."

"늦잠 자서 못 가면 대신 변명도 해주고, 모르는 게 있으면 가르쳐주고 말이야. 어? 당신은 모범생이었을 테니 무슨 말을 하든 스승님께 잘 먹힐 게 분명하고."

어린 에르완이라. 엄격한 교육을 받아온 건 익히 들었는데 구체적인 건 베일에 싸여 있어 알지 못했다. 그녀를 알면 알수록 궁금해졌다. 저 강인함은 천성인지, 아니면 학습의 결과인지. 그녀의 과거, 그리고 유일하게 에르완이란 이름으로 불렀다던 언니까지.

언니라. 민감한 부분인 만큼 궁금했다. 그런데 어떻게 캐낼 수 있을까. 저번에 보니 쉽사리 털어낼 것 같진 않은데. 술? 역시 솔직하게 만드는 덴 술인가?

"동문수학하는 사이였다면 제가 스승님보다 덜하진 않을 테니 걱정 마십시오."

"아아, 그러려나. 당신과 나는 다정한 것과는 어울리지 않으니까. 그치?"

그래, 그 깐깐한 오토리노의 재상과 대작해 희대의 불공정 계약서에 서명을 받아낸 나 아닌가. 술에 취해 해롱거리는 에르완은 상상이 안 되지만—잠깐, 이것도 꽤 보고 싶다는 생각이 들었다—적어도 술에서만큼은 지지 않을 자신이 있었다. 타고난 주량이 센 데다, 탕아로 살아온 세월이 더욱 단련시켜왔기 때문이다. 적어도 이 잘리어 내에서는 술로 그를 이길 자가 없다고 자신할 수 있었다.

생각에 잠긴 채 부지런히 걸음을 옮기는 사이, 앞서가던 그녀가 멈춰섰다는 걸 뒤늦게 깨달았다. 얼굴에 닿는 지긋한 시선에 이성이 돌아왔다.

응? 왜? 뭐가? 산뜻한 얼굴로 되물었더니 한숨처럼 바라본다. 난제를 앞에 둔 수학자도 저것보단 덜 복잡한 표정일 텐데.

"……그런데 대제께선 무슨 일로 나오신 겁니까?"

외면하듯 고개를 돌린다. 왜 저러는지 잠깐 생각하다가 바스티안이 어깨를 으쓱했다.

"그야 당신이 보이지 않아서. 찾으러 나온 거지."

"어디 있는지 모르셨을 텐데."

"별로 많이 돌아다닌 건 아니니 개의치 마. 가끔 아무것도 안 하고 빈둥빈둥 돌아다니는 것도 좋아하니까."

그녀는 대답 없이 계단을 마저 오르더니 팔을 뻗었다. 대기의 질감을 느끼듯 검지와 엄지를 살짝 비비더니, 다시 입을 열었다.

"비가 오는군요. 이제 돌아가시죠."

"비? 안 오는데?"

바스티안이 그녀 옆으로 올라서서 팔을 휘휘 저어보았다. 조금 습하긴 하지만, 비가 올 정도는 아니라고 생각하는 순간, 거짓말처럼 빗방울이 손끝에 툭 내려앉았다. 어떻게 알았냐는 눈으로 보자 그녀가 덤덤하게 답했다.

"구름이 굵어지는 소리가 들립니다. 곧 쏟아지겠군요."

거짓말처럼 비바람이 거세지기 시작했다. 그녀가 깔끔하게 돌아섰다.

"가시죠."

어떻게 알았느냐고 물어도 소용없을 것을 안다. 반은 직감과 반은 경험에서 우러나오는 예측이기 때문이다. 그래도 이쯤 되면 어이없을 지경이다. 당신이 무슨 인간 측우기인가? 그가 설레설레 고개를 저었다.

"알고 있어? 난 가끔 당신이 인간이 맞는지 의문이 들곤 해."

"걸치십시오."

물에 젖지 않는다는 망토가 그의 머리 위로 떨어졌다. 빗방울이 두드리는, 툭툭거리는 소리가 벌써부터 묵직하다. 걷힌 망토 아래로 떨떠름한 얼굴이 드러났다.

"당신은?"

"전 괜찮습니다."

"나도 괜찮은데?"

"쓰십시오. 예전처럼 비 맞고 편찮으실까 우려됩니다."

예전처럼? 더듬어 올라가는 기억 속에 그가 했던 거짓말이 떠올랐다. 심장병이 있다고 했었지. 매일 산에 오를 때 개같이 헥헥대던 꼴을 보이기도 했고. 맙소사, 이런 궁색한 꼴이라니. 그가 피곤한 기색으로 얼굴을 쓸어내렸다. 어둠 속에서 황금으로 빛나고 있는 눈과 마주친 것은 그다음이었다.

"유독 고단해 보이시는군요."

"아, 어제 늦게 자서. 용병들과 이야기를 좀 나눴거든."

"무슨 이야기를?"

그녀가 드물게 호기심을 내비쳤다. 바스티안은 망토를 기다랗게 어깨에 늘어뜨리고 다시 한 번 하품했다.

"당신이 내준 문제 말이야. 책을 찾아봐도 알 수가 없어서 마침 눈에 띄는 용병을 잡아다가 물어봤거든. 그때 봤던 지형을 그대로 그려주고, 어떻게 생각하느냐고 물어봤지."

"대답은 돌아왔습니까?"

"그게, 경험에 기반한 획기적인 답을 받을 수 있지 않을까 싶었는데 별수 없더라고. 책이랑 똑같았어. 열이면 열, 그 전술서와 비슷하거나 아예 동떨어진 말을 하더군. 군대를 둘로 쪼개어 협곡을 끼고 이동시키는 거 말이야."

"정답입니다."

"그래, 그럴 줄 알았어. 정답이라고 할 줄 알았다고…… 뭐?"

자연히 걸음이 멈추었다. 뺨을 거하게 얻어맞은 사람처럼 우두커니 서서 뒷모습만 바라보았다. 등 뒤로 흔들리는 머리카락. 반쯤 돌아보는 눈이 사금파리처럼 빛났다.

"무슨 문제 있습니까?"

"문제? 지금 문제 아닌 걸 찾는 게 더 어려울 것 같은데? 어? 도무지 이해가 안 가. 지난번과 똑같은 답을 말했는데 어째서 그때는 틀리고 이번엔 맞지? 어쩐지 이상했어, 많이 이상했단 말이야. 그 책은 잘리어 최고의 전술가가 쓴 건데, 틀렸다니 말도 안 되지. 역시 날 산으로 끌고 가 골탕 먹이려고 한 거였군?"

"아닙니다."

"허! 거짓말을 잘도 하잖아. 그럼 이 앞뒤 안 맞는 상황 좀 설명해보시지. 왜 그때는 오답이고, 지금은 정답이란 거지?"

"이번에 폐하께서 내신 답이 무엇이었습니까?"

"그야, 군대를 둘로 쪼개서……."

"그 이전에."

"어? 그 이전? 경험에 기반한 획기적인 답을 못 얻었다는 거?"

"그보다 더 이전입니다."

"그보다 더라면…… 책에서 찾아볼 수 없어서 용병을 잡아다가 물어봤다는 거?"

설마 했는데 침묵으로 대답을 들었다. 더 이상의 설명은 필요 없었다. 애초에 그녀가 요구한 건 정답이 아니었다. 해답으로 이르는 과정, 설령 그 답이 잘못된 것일지라도 거기까지 이르는 길이 중요했던 것이다. 뛰어난 지휘관으로 정평이 나 있는 그녀조차 독단을 경계하고 아랫사람들과의 소통을 중요시한다고 하고 있다. 군에 있어 무지한 바스티안에겐 말할 것도 없었다.

생각지도 못하게 숙제를 풀었다. 정답이 고작 이런 거였냐는 배신감과 동시에, 가장 기본적이고 기초적인 생각을 못 했다는 깨달음이 함께 일었다.

"……그래서 당신이 내준 숙제는 이제 끝난 건가?"

얼떨떨하게 망토를 끌어내렸다. 그는 그녀만큼이나 젖어 있었다.

"예."

"이제 더 이상 아침마다 산에 따라 올라가지 않아도 된다는 거지?"

"그렇습니다."

"그럼 축하하는 의미에서 오늘 밤 한잔 어때?"

"……."

"그렇게 경계할 필요 없어. 당신이랑 나, 기간으로 치면 꽤 됐는데 술자리 한번 제대로 가져본 적 없잖아. 가볍게 가지자는 거야, 부담

없이."

꿍꿍이가 전혀 없는 것은 아니지만, 시치미 뚝 떼고 말했다. 대답을 받지 못한 채 성까지 이르렀다. 왕의 얼굴을 금세 알아본 문지기들이 급하게 성문을 열어주었다. 그녀는 뒤도 돌아보지 않은 채 방이 있는 방향으로 걸음을 틀었다.

역시 넘어오지 않는군. 하긴 예전에 이성이 흐트러진 상태가 달갑지 않다고 했었지. 그럼 이제 과거를 어디서 캐낸다……?

"환복 후 가겠습니다."

순간 잘못 들었나 싶었다. 놀라움에 살짝 커진 눈을 올리자 시선이 스쳤다. 잘못 들은 게 아니었다. 그녀는 흔적 없이 곧 사라졌고, 바스티안은 잠깐 우두커니 서 있었다. 그러다 손에 쥐인 망토를 뒤늦게 발견하고, 돌려줘야겠다고 생각했다.

먼저 간 길을 홀린 듯 따라갔다. 문 앞까지 도착한 건 순식간이었다. 가볍게 노크하고 문을 열었다.

"에르완, 잠깐 이 망토……."

딸꾹질이 난 듯 말을 턱 멈추었다. 방은 어두웠지만, 미풍에 흔들리는 촛불이 희미하게나마 그녀를 비춰주었다.

검게 고인 어둠 위에 그려지는 몸의 외곽선. 늘 단정하게 꽁꽁 묶여 있던 머리카락은 허리까지 길게 풀려 있다. 살짝 젖은 채 흔들리는 금빛. 들숨과 날숨의 흔들림을 따라 입술까지 더듬어 내려갔다.

굳건함에 비해 어쩐지 가냘파 보이는 목, 그리고 어깨. 그대로 날개뼈까지 찾아갔다. 살짝 마른 듯 탄탄한 등. 돋은 형태가 흔적처럼 남는다. 우아함이 하얀 매와 같다. 어째서 발루아의 상징이 백사자인지, 서 있는 자태와 뿜어내는 위엄만으로도 느낄 수 있었다.

그리고 이윽고 머리카락 사이로 드러난 등에 이른 순간, 눈이 베이는 줄로만 알았다. 굵게, 혹은 얇게. 하지만 한결같이 날카로운 흉터가 인장처럼 수없이 박혀 있다. 아주 오래된 듯 침착된 검은빛부터 아문 지 얼마 안 되는 불그스름함까지. 온몸을 태워버리고서야 사그라지겠다는 듯 붉은 상흔이 빼곡하게 메우고 있다. 멍처럼 박힌 울혈의 흔적들, 손바닥 전체를 가로지르는 칼날의 흔적. 그를 구하느라 생긴 상처다. 따끔하고 빨리는 느낌이다.

짧은 순간 숨을 내쉬었다. 여인의 몸을 본 적이 한두 번이 아닌데 이상하게 눈을 뗄 수가 없다. 아름답고 성적인 매력을 발산하는 몸이 아니었다. 투박하고 고단하다. 몸 전체가 그리는 왕의 무게와 책임감으로 눈이 아렸다. 하지만 피할 수 없었다. 피하고 싶지 않았다.

아득한 선을 따라 올라갔더니, 줄곧 바라보고 있었던 눈과 마주친다. 줄에 아슬아슬 걸려 있던 심장이 툭 떨어졌다. 칼로 옆구리가 찔리는 기분이었다.

"망토를 가져다주러."

드물게도 평정을 찾지 못했다. 변명처럼 뻗은 팔과 그 위에 걸쳐진 망토가 민망하기 짝이 없었다.

"감사합니다."

짧고 간결한, 흔들림 없는 대답이 오히려 그를 더 낯 뜨겁게 했다.

"망, 망토는 어디 두는 게 나을까. 침대? 아니면 드레스룸…… 아니, 의자가 낫겠지? 망토를 걸쳐놓는 곳은 역시 의자지, 의자야."

정신없이 주워섬기는 말에 스스로가 더 어이없었다. 당황했다고 대놓고 외쳐대는 꼴이지 않나. 이 당황조차 그답지 않은 것이었다. 그가 가까스로 망토를 의자에 올려두었을 때, 그녀 또한 옷을 걸친 후였다.

"그럼 나도 이만…… 옷을 갈아입으러……."

슬슬 뒷걸음질 치다 문을 닫고 나왔다. 머리를 후려맞은 듯 멍했다. 큰 실수를 저질렀다는 생각이 들었다. 어떻게 이다지도 허술할 수 있었는지에 대한 생각에 연이어, 그녀의 몸을 다시 떠올리고 있는 자신을 발견했다. 방으로 돌아가 젖은 옷을 갈아입고 후베르트에게 술을 마련하라 명령을 내릴 때에도 넋 나간 사람처럼 굴었다.

까마득하게 어린 시절부터 전쟁터에서 세월을 보냈으니 상처 하나 없으리라곤 생각지 않았다.

하지만 적통 왕녀 아닌가. 친정을 나가더라도 군사들의 사기를 증진시키기 위함일 것이며, 전쟁이 일어나더라도 지휘관이니 뒤로 빠져 있었을 것이다.

하지만 그 몸은 완연한 기사의 것이었다. 예전에 들었던 몇몇 이야기로 직접 작전에 투입된 적이 있는 건 알았지만, 설마 그 정도였을 줄은.

강해지지 않으면 안 됐던 삶이라…….

그리고 무엇보다도 그 문신.

그가 신중한 얼굴로 테이블을 톡톡 두드렸다. 주변이 어두운 데다 잘리어로 된 글자라 금세 읽을 순 없었지만, 허리께에 새겨져 있던 건 분명 누군가의 이름이었다.

Theodore. 시어도어.

누구지? 들어보지 못한 이름인 걸 보니 왕가 사람은 아닌 모양인데.

정체가 뭐지? 설마 정인이라든지.

"폐하, 왜 그렇게 심각하십니까? 무슨 일 있으십니까?"

상념에 잠긴 그를 흔들어 깨운 건, 보좌관 후베르트였다. 걱정으로 물든 얼굴이 그제야 눈에 들어왔다. 바스티안이 미간의 주름을 의식적으로 풀었다.

"아니. 왜?"

"폐하께서 그런 얼굴을 하는 걸 오랜만에 봐서요."

"별일 아냐. 그런데 아까부터 소란스럽게 돌아다니는 저 시녀는 뭐지?"

바스티안이 흘끗 눈짓하는 그 끝에는 에르완의 시녀, 레이첼이 있었다. 조금 전부터 쉴 새 없이 조잘거려 신경을 거슬리게 하던 게 바로 그녀였다. 후베르트가 눈을 굴렸다.

"아, 저. 그게. 실드베르 폐하와 자리를 하신다기에 당연히 레이첼 양도 불렀사온데……."

"……."

"……아무래도 제 실수인 것 같군요."

죄인처럼 고개를 푹 숙이는 후베르트를 지나, 테이블 주변을 서성거리고 있는 여자를 바라보았다. 와인, 증류수…… 주로 바스티안이 즐겨 마시는 최고급 술을 보고 어찌할 바를 모르고 있다.

"어머, 이게 다 뭐람! 에르도안! 에르도안이라니! 저희 발루아에서는 과일향이 더해져서 나오는데, 복숭아, 사과, 아사이베리…… 그중에서도 저는 복숭아 맛을 가장 좋아해요. 뒷맛도 깔끔하고요. 탄산수와 얼음을 넣어 먹으면 일품이죠."

"그런데 저 시녀, 아프다고 하지 않았나?"

"술로 소독하면 되어요!"

후베르트에게 던진 질문에 레이첼이 큰 소리로 대답했다. 에르완

시녀 아니랄까 봐 귀도 밝군. 바스티안이 픽 웃으며 비스듬히 몸을 기울였다.

"희한한 지론인데. 네 병증은 충격으로 인한 정신허약 아니었나?"

"자고로 술로 고치지 못하는 병은 없는 법이랍니다, 폐하."

티 없이 명랑한 대답이다. 한 줌도 안 되는 여자애가 무슨 술을 마실 수 있다고. 사십 도짜리 술 두 병을 양팔에 단단히 낀 폼이 가소롭고 귀여워 웃음이 터졌다.

가만있자, 꿩 대신 닭이라고, 에르완이 아닌 저쪽을 공략하는 방법도 있잖아? 에르완에 대해서 잘 알고 있으면서 그녀보다 더 잘 취할 것 같고, 덜 경계할 것 같고, 에르완보다…….

"폐하!"

천장까지 크게 울리는 목소리에 정신이 번쩍 들었다. 레이첼이 저를 저렇게 부를 리는 없기 때문이다. 폐하라니, 여기에 네 명밖에 없어서 망정이지 누가 들었으면 어쩌려고.

문간에 서 있던 발걸음이 이쪽으로 다가왔다. 고요하고 잔잔하다.

"대제 폐하."

그 음성에 미열이 난 것처럼 머리가 뜨끈해졌다. 그가 천천히 시선을 돌렸다.

그녀가 눈앞을 가득 채웠다. 소나기를 뿌리는 것처럼 시야를 가득 적신다.

그는 하염없이 젖었다. 젖은 채 흐트러진다.

마를 새가 없다. 평생, 마를 것 같지 않았다.

그는 그녀 전체를 훑었다. 단정하게 땋은 머리는 왕관처럼 말아 올리고, 의복은 부담스럽지 않으면서 격식을 차리고 있다. 가슴까지 올라간 허리선, 부풀리지 않고 차분하게 가라앉은 스커트. 바닥까지 떨어지는 직선이 자연스럽게 다리에 감긴다.

다가오는 순간마다 눈부시다. 먼 길을 달려온 듯 아득해져서, 바스티안은 그만 말을 잃고 말았다.

"폐하, 폐하아!"

레이첼이 술병을 양 겨드랑이에 낀 채 뛰어갔다.

"이거 보시어요, 폐하. 에르도안입니다! 에르도안! 우리 발루아에서는 꽤 구하기 힘든 술요!"

양볼이 상기된 채 레이첼이 방방 뛰었다. 지긋한 시선이 그녀에게 옮겨갔다. 그제야 바스티안은 숨을 조금 풀어놓을 수 있었다.

"반가운 마음은 알겠다만, 몸도 안 좋은데 되도록 자제하거라."

"네! 되도록 말이지요!"

열성적으로 고개를 끄덕이는 레이첼을 보고 바스티안이 픽 웃고 말았다. 겨우 성인의 티를 벗은 애가 얼마나 마실 수 있다고 술타령인가. 송장 치는 건 아닌지 모르겠군.

"동석하겠습니다, 폐하."

"어? 어어. 그래."

느닷없이 귀를 두드리는 저음에 바보 같은 목소리로 대답하고 말았다. 에르완은 크게 개의치 않고 바스티안 건너편에 앉았다. 레이첼은 일찌감치 술을 따르고 있었다. 왈칵왈칵 차오르는 잔을 보고 그가 물었다.

"이봐, 식사도 전에 다 마시려고? 그런데 지금 뭘 섞는 거지?"

"오렌지 주스요. 에르도안과 섞어 마시면 새콤달콤해서 꽤 맛있죠."

"호오, 그건 몰랐는데. 그런데 그걸 왜 안 마시고?"

주스와 섞인 잔이 놓인 건, 의외로 후베르트 앞이었다. 어리둥절한 그에게 레이첼이 발랄하게 덧붙였다.

"저는 희석해서 마시는 걸 그리 좋아하지 않아요. 후베르트 님은 이 중에서 가장 술이 약해 보이셔서 특별히 제조한 거랍니다! 일찍 죽으면 재미없잖아요."

"에, 감사……."

"아니지, 아니지. 이러면 안 되지."

실제로 술이 약했던 후베르트가 잔을 받으려는데, 바스티안이 그 사이를 가로막았다. 꽤 자존심이 상한 얼굴이었다.

"혼자만 다른 걸 마시면 무슨 재미야? 후베르트, 자네도 원액으로 마시게."

"예? 하지만 폐하, 전 술을 잘……."

"왜 이러나, 자네보다 한참 어린 여자애도 마시는데. 자, 빼지 말고 어서."

원액이 담긴 술잔을 친히 밀어주자 후베르트는 금세 울상이 되었다. 분위기를 충분히 띄우기 위해서기도 했고, 상당 부분 자존심이 연관되어 있기도 했다. 에르완의 시녀가 할 수 있는 걸, 명색이 하나뿐이라는 왕의 보좌관이 못 한다는 건 말이 안 된다.

'내가 에르완을 보내는 동안 레이첼은 자네가 맡아야지. 여차하면 에르완의 과거를 그녀에게서라도 캐낼 수 있도록 말이야.'

눈빛으로 단단히 일렀지만, 표정을 보니 하나도 전해지지 않은 듯했다. 눈치 없기는. 하여간 도움 되는 게 없다니까. 바스티안이 속으로 투덜거렸다.

"원액은 좀 무리 아닐까요? 술자리에서 한 사람이라도 먼저 빠지면 분위기가 얼마나 죽는데요."

레이첼은 못내 아쉬운 투였다. 후베르트가 이미 취해 시체가 된 것 같은 태도다.

"어허, 걱정도 팔자야. 설마하니 후베르트가 너보다 일찍 죽을까. 잘리어의 보좌관을 뭐로 보고!"

"생각보다 별것 아닙니다만……."

옆에서 기어들어가는 목소리가 들렸지만 바스티안은 막무가내였다.

"절대 죽지 않을 테니 걱정하지 마라. 자신 있지, 후베르트?"

"자신…… 없……."

"넘친다고 하는군! 자, 이제 들지."

본인보다 더 발끈한 채로 그가 눈을 빛냈다. 못 마시겠다고 했다간 화형이라도 당할 분위기라 후베르트가 입을 다물었다. 레이첼이 어리벙벙하게 둘을 바라보다 잔을 들었다.

"어쨌든, 음, 영광이어요, 폐하."

"영광은 무슨. 오늘 밤은 마음껏 마시도록 해. 편하게, 부담 없이."

쨍. 흑심을 품은 잔, 마냥 즐거워하는 잔, 난처해하는 잔, 차분한 잔이 맑은 소리를 내며 부딪쳤다.

가장 먼저 잔을 비운 건 의외로 레이첼이다. 잔까지 터는 그녀와 달리 후베르트는 쓴맛을 이기지 못하고 얼굴을 구겼다. 정말 계속 이걸 마셔야 하냐는 눈빛을 무시한 채, 바스티안은 무너뜨려야 할 상대를 염탐했다. 독한 술인데도 두 사람 다 반응이 없다. 에르완은 물이라도 마신 양 차분하고 레이첼은 벌써 두 잔째 따르고 있었다.

"폐하, 잔 받으시고, 어머, 보좌관께서도 잔이 비었네요. 쉬엄쉬엄 드시지."

여인들이 각각 두 번째 잔을 깔끔하게 비웠다. 독한 술을 연이어 마신 것치고 그녀들의 평온함이 심상치 않았다. 에르완은 그렇다 치고 레이첼까지? 그에 비해 후베르트는 벌써 얼굴이 새빨개진 채 딸꾹질을 하고 있었다. 얼씨구.

그때 문이 열리며 누군가 고개를 내밀었다. 여럿에게 친숙한 화상이었다.

"실드베르 폐하께서 여기 있다 하시어…… 허, 술자리를 가지고 계셨군요."

"몬드! 몬드 경! 왜 이제 오셨습니까. 어서 여기 와 앉으시지요!"

후베르트가 답지 않게 과하게 반겼다. 둘 중 하나였다. 벌써 취했거나, 혼자 죽을 수 없다는 물귀신 작전이거나.

눈치만 보던 몬드가 눈을 동그랗게 떴다.

"저도 함께해도 됩니까?"

"그럼요, 그럼요. 그렇죠, 폐하?"

"마음대로 하게, 마음대로."

바스티안이 시큰둥하게 대답했다. 그는 예상치 못한 불청객이 끼어든 순간부터 기분이 상해 있던 차였다.

"폐하께서도 허락하셨으니 어서 와 앉으세요! 실드베르 폐하와는 이런 자리가 처음 아니십니까?"

"네, 맞습니다."

몬드가 주춤주춤 다가와 자리를 잡고 앉았다. 옆을 흘끔거리는 게 에르완을 살피고 있었다. 에르완에게 된통 깨지고 그녀의 정체까지 알게 되면서, 짝사랑 상대에게 고백하러 온 소녀처럼 굴었다. 오랜 시간 동안 멀리서만 앓아온 우상을 앞에 두었으니 당연한 건가.

어쨌든 몬드가 낀 건 잘된 일이다. 설마하니 후베르트와 둘이서 레이첼 하나 못 보낼까.

그렇게 생각한 지 삼십 분도 지나지 않았을 때였다. 바스티안은 생각을 고쳐먹을 수밖에 없었다.

"후베르트, 후베르트, 말은 놓겠네. 우린 같은 상전을 모시는 동지 아닌가. 게으르면서 변덕이 죽 끓듯 하는……."

"암요, 암요. 그것뿐이면 제가 신께 감사하다고 매일같이 기도를 올렸을 겁니다. 툭하면 사라지고, 대신 서명하라고 시키시고, 어? 국가 중대 사안이라 만지기도 무서운 문서에다 말입니다. 가끔 보면 일부러 괴롭히는 것 같아요. 고의적으로 말이죠."

"실드베르 폐하께 반감을 가지고 있었던 나를 붙여놓은 건 어떻고. 물론 내가 오해하고 잘못한 건 있다만, 미리 언질이라도 주실 수 있었던 것 아닌가? 사람을 꼭 이렇게 바보 만들어놔야 하느냐는 거지. 세상만사 삐뚤어져 계신 건 알았지만."

"바보 된 게 한두 번인지 아십니까? 문제는 저뿐 아니라 여러 귀족분들에게도 똑같이 하신다는 거죠. 그럴 때마다 폐하께서는 저를 방패막이로 쓰고 도망치신단 말입니다."

"아이고, 자네가 참 힘들었겠네."

"몬드 경이야말로요."

"경이라 부르지 말게. 우리가 어디 존대할 사이인가?"

형편없이 취한 채 서로를 보듬어주는 두 가신. 그 모습을 앞에서 지켜보는 왕은 뒤통수라도 얻어맞은 얼굴이었다.

“두 분이 말 못 할 고민이 많으셨던 모양이에요. 마음 아프게…….”

레이첼이 혀를 찼다. 그녀는 둘보다 더 마셨고 후베르트와 몬드를 완전히 보내고도 끄떡없어 보였다. 바스티안의 눈이 날카로워졌다.

“자네 둘, 청승 그만 떨고, 이만 물러들 가게.”

당장 꺼지란 말을 바스티안이 겨우 억눌렀다. 저 한 줌밖에 안 되는 시녀한테도 지고 말이야. 너희들 때문에 고개를 들고 다닐 수가 없을 지경이야, 창피해서 고개를!

“레이첼, 너도 그만 마시고 방으로 돌아가 있거라.”

에르완이 정제된 음성으로 말했다. 후베르트와 몬드를 쓰러뜨리는 데 쓴 술병을 옆으로 밀어놓던 레이첼이 울상을 지었다.

“네에? 저는 이제 막 시작인데! 조금만 더 마시면 안 될까요?”

“이미 밤이 늦었다.”

“하지만, 하지만…… 아닙니다. 폐하께서 그렇게…… 말씀하시오면…… 히잉.”

에르완의 명령은 절대적이라 어쩔 수 없이 잔을 내려놓았지만, 못내 아쉬운 듯 손을 떼지 못했다. 두 화상을 죽일 듯이 노려보다 말고 바스티안이 반발했다.

“아니, 죽지도 않았는데 자리에서 빼는 게 어디 있어? 끝까지 달려야지!”

레이첼이 생각보다 세다곤 해도, 에르완 입으로 과거를 듣는 것보단 더 쉬워 보이는 건 마찬가지였다.

“이미 많이 마신 상태입니다. 과한 음주는 건강을 해하는 법, 아직 몸이 완쾌되지 않았으니 무례를 이해해주십시오.”

“허, 진짜 재미없게.”

“송구합니다.”

깔끔한 대답에 레이첼이 아쉬운 얼굴로 일어났다. 칫, 캐내려는 걸 안 건가? 하여간 눈치는 빨라가지고. 바스티안은 작게 구시렁거렸지만, 실은 에르완은 순수하게 그녀가 걱정됐을 뿐이었다.

이윽고 두 화상과 레이첼이 자리를 떠나 둘만 남았을 때였다. 고요한 분위기에 먼저 입을 연 건 그녀였다.

“이번에 둘이 꽤 친해진 모양입니다.”

“응, 좋은 건지는 모르겠지만 말이야. 그보다 더 의외인 건 저 시녀지. 그렇게 잘 마실 줄은.”

“적어도 그레더니어 내에서는 레이첼을 술로 이길 수 있는 상대는 없습니다.”

“그래? 그 정도였단 말이야? 그런데 당신은? 당신도 꽤 마신 것 같은데.”

떠보듯 물으며 살폈다. 대리석으로 빚은 듯 굳은 얼굴은 미세한 변화 한 점 없다. 원체 낯빛도 분칠한 것처럼 새하얗고. 정말 안 취했나? 그만큼이나 마시고도 취기가 오르지 않는 건 말이 안 된다. 아니면 이성으로 제어하고 있는 건가?

“저는 본디 술을 잘하지 못합니다. 한 잔도 힘에 부칠 정도였지요.”

“그래? 그럼 지금은?”

바스티안이 꿍꿍이속을 숨기며 슬쩍 쳐다봤다. 취했다면 눈이 풀릴 만한데, 황금색 눈은 천년을 두드린 쇠처럼 단단하고 정제돼 있었다.

“아직까진 괜찮습니다.”

“늘린 건가? 왜? 발루아에선 왕이 될 자격에 주량도 포함돼 있었던 건 아니겠지?”

"물론 그건 아닙니다."

"미안. 실없는 농담을 하는 걸 보니 나도 취했나 보군."

자조적인 웃음을 실실 흘리며 그가 잔을 다시 들었다. 시선은 에르완에게 내리꽂은 채다. 그녀가 조용한 음성으로 되물었다.

"언제까지 드실 겁니까?"

"마실 수 없을 때까지."

"언제까지 빤히 보실 겁니까?"

"당신이 내 눈을 피할 때까지."

눈을 가늘게 뜨는 그녀를 보며 그가 가볍게 눈웃음 쳤다.

"아마도 끝까지 먼저 돌리진 않겠지."

"……."

"그래서 좋아."

"……."

"나는 사람과 마주하는 게 좋거든. 하지만 왕이 된 이후로는 쉽지 않다니까. 마주치면 참수당하기라도 할 것처럼."

"신하 된 자로서 왕을 똑바로 쳐다볼 수 없는 건, 당연한 일입니다."

"그런가? 당신을 보면 그렇지만도 않은 것 같아."

"이만 일어나시지요. 밤이 늦었습니다."

"시어도어가 누구야?"

생선가시처럼 걸려 있던 이름을 내었다. 거의 발작적으로 저지른 짓이었다. 바스티안은 스스로에게 놀랐다. 레이첼 같은 측근에게서 캐내었으면 캐내었지, 절대 본인에게는 묻지 않았을 물음이라.

"그 이름을 어떻게 아십니까?"

잔뜩 숨을 죽인 채 상대를 응시했다. 그녀를 제외한 모든 시야가 흐물흐물 녹아내렸다.
"누구야?"
"누가 알려주었습니까?"
"누구냐니까."
그는 놀랍도록 진지해졌다. 저런 심각한 반응이라니. 마음에 걸리기만 한 정도였는데 이젠 반드시 알아내야 할 이름이 되었다.
"누구인지가 대체께 중요합니까?"
"물론이지. 내가 궁금하니까."
"억지를 부리시는군요."
"억지 아냐. 그 이름의 주인이 누구인지, 당신에게 어떤 의미인지 알고 싶어서 그래."
어떤 의미이기에, 그 몸에 새기고 다닐 정도인지.
"그건."
"……."
그녀가 잠깐 입을 다물었다. 답지 않게 침묵이 길다. 헤아릴 수 없을 만큼의 깊이였다.
"제가 평생 짊어지고 가야 할 이름입니다."
"왕이 평생 짊어지고 갈 이름이라. 그게 뭐지? 난 도무지 이해가 안 되는데."
"제가 할 수 있는 최대한의 설명입니다."
"더 납득시켜봐."
"폐하."
"왜."
"어째서 저에 대해 알려 드십니까?"

"……."

"왜, 알려고 하십니까?"

가장 깊숙한 늪 바닥보다도 출렁임이 없다. 바스티안은 속으로 당황했다.

"왜냐니? 그 이유가 중요한가?"

"물론입니다. 제가 궁금하니까."

"아깐 나보고 억지라며?"

"억지가 아니라고 하신 건 대제십니다."

"참내, 별 뜻 없어. 나는, 그냥."

"……."

"그냥……."

이번에는 그가 말꼬리를 늘였다. 막상 말하려고 하니 단순한 이유가 아님을 알았다. 속내가 순식간에 파헤쳐진다. 심해 아래서 잔잔히 헤엄치던 심장이 뭍에 나와 헐떡였다.

올곧게 바라보는 그녀 위로 언젠가의 풍경이 겹쳐졌다. 푸른 들판 위 말, 길게 펄럭이는 백사자의 깃발, 그리고 여자. 모든 것이 불합리한 세상에서 홀로 지고지순한 왕.

그 옆에 서고 싶었다. 그 눈에 담길 세상이 궁금했다. 당신이 바라보는 세상은 정의롭고, 합리적이며 공평할까. 내가 보는 세상보다 조금쯤은 더 아름다울까.

"어떤 감정으로 저를 보십니까? 혹 여자로 대하고 계십니까?"

"무, 뭐?"

"처음에 대제께선 저를 왕이 아닌 여자로 보셨습니다. 흥미롭게 관찰하시는 건 알고 있었습니다만, 이성적인 관심이었습니까?"

뭐, 뭐뭐뭐. 그는 몇 번이고 입을 열었다 닫았다. 변명, 혹은 항변. 어떠한 감정도 말도 구체적으로 떠오르지 않았다. 그저 당황스러웠다.

"왕과 왕. 외교적인 사이. 조금 더 나아간다면, 선의의 조력자. 도움을 청하러 왔지만, 그 청 또한 거둔 지 오래입니다. 잘리어와 발루아는 서로 우호국일 뿐입니다. 폐하와 저처럼, 그 이상, 이하도 아니지요."

"도대체, 당최, 무슨."

"아무리 첫 만남이 공적이었다곤 하나 결국 사람과 사람인지라, 인간적으로 가까워지고 서로를 알게 되면 감정이 솟는 법입니다. 그것은 도움이 될 수도 있으나, 외려 처음의 관계에 걸림돌이 되기도 합니다. 어느 쪽이든 폐하와 제게는 어울리지 않겠군요."

"어울리지…… 않는다고?"

"행여나 그 감정에 빠져, 그릇된 판단을 내리는 일이 없기를 빕니다. 예컨대 중립국으로서의 위치를 포기한다든지 하는."

"……."

"저희는 사사로운 관계가 아니니까요."

속내가 사정없이 꼬집힌다. 그녀는 잔인하고 무섭도록 태연했다. 아, 그러니까 당신은. 바스티안이 시선을 바로잡았다. 그제야 그녀가 세우고 있는 벽이 보였다. 높고 두껍다. 철두철미한 성격을 따라 뿌리마저 깊다. 가슴이 따끔했다. 그 어디쯤 몰래 살아 있던 무언가 살해당한 느낌이었다.

"오해하고 있는 모양인데……."

메아리치듯 스스로의 음성이 멀게 느껴졌다. 꼴에 왕이랍시고, 이런 동요에도 흔들림이 없다.

“난 그런 감정으로 당신을 대하고 있지 않아.”

“그렇습니까. 그렇다면 제 오해군요.”

“개인적인 자리를 많이 가진 탓이겠지. 앞으로는 좀 자제하도록 하지. 당신 말대로 더 이상 이곳에 머무를 필요 없고, 곧 떠날 거니까 말이야.”

“그 말씀을 들으니 안심이 되는군요.”

황금빛 눈이 내리깔린다. 그래서 바스티안 또한 시선을 옮겼다. 술잔 옆에 놓인 손이 눈에 들어왔다. 그림자 진 손바닥. 전체를 횡으로 가로지르는 불그스름한 칼자국을 보자 가슴 한구석이 불편해졌다. 바스티안의 목으로 날아오던 칼날을 틀어쥐었을 때 입은 상처다. 손가락이 날아가거나 손바닥 전체가 잘리지 않은 게 천만다행이라고, 치료 내내 의원이 탄식을 쏟아냈었다.

아직도 그 장면이 선명하다. 눈앞에서 분수처럼 쏟아지던 피, 노한 듯 떨리던 검. 강하게 버텨내던 그 손이, 아, 젠장.

“자리는 이만 파하는 게 좋겠군요.”

“그래.”

“제가 품었던 오해에 대해선 다시 사과를 드립니다.”

“받아들이지.”

“그럼.”

그녀는 깔끔하게 자리를 떠났다. 질척거리는 남자만이 남았다.

그 손이…….

그가 괴로워하며 얼굴을 묻었다.

평생 저 자신만을 사랑해온 그였다.

그런데 칼을 쥔 손, 아파할 법한데 눈 한번 꿈쩍하지 않는 모습에, 피를 쏟는 게 차라리 제 목이기를 바라게 되었다.

✣ ✳ ✣

사이러스와 에셀레드가 볼라트 소속이라는 의심으로부터 벗어나 감옥에서 나올 수 있었던 건, 들어간 지 보름이나 지난 때였다. 그들의 여왕을 찾아 떠난 지 한 달이 채 안 됐다는 점을 감안하면 기나긴 시간이었다. 연일 밤새 이어지던 조사에 초췌해진 에셀레드가 퀭한 눈을 돌렸다.

"자네는 평생 내게 사죄해야 해. 자네 때문에 이게 뭔가."

"그게 왜 내 탓인가."

절제에 강하고 이성적인 사이러스는 그에 비해 행색은 나았으나 얼굴은 납빛이었다. 아무리 무죄로 풀려났다지만, 기사로서의 자부심이 강한 만큼 후유증이 심했다. 에셀레드가 얼굴을 구겼다.

"자네가 그 아이를 풀어주는 통에."

"내가 풀어준 건 아닐세."

"그 옆에 하필이면 내가 있었던 탓에."

"그것 또한 내 잘못이 아니군."

"나까지 붙잡혀서 들어가 애꿎게 조사를 받지 않았어. 자랑스러운 그레더니어 일원 둘이 인신매매범으로 몰렸었다니. 거기다 자네는 도둑질까지……! 우리 여왕 폐하께서 아시면 얼마나 속상해하실까."

"내가 훔친 것들이 아니라고 하지 않았나. 폐하 운운하는 그 입 당장 닥치게. 혀를 도려내기 전에……."

“아, 아니. 잠깐. 흥분하지 말고. 자, 장난일세, 장난.”

삽시간에 험악해지는 분위기에 에셀레드가 슬슬 눈치를 보기 시작했다.

“자네가 무슨 잘못이 있겠나. 따지고 보면 우리가 고생을 한 건 그, 광장에서 마주친 능구렁이 때문이지. 얼굴은 꽤 반반하던데 속에는 시커먼 뱀 백 마리는 품고 있을 것 같은 그 인간 말이야.”

“도무지 정체 모를 인간이었지. 잘리어의 제도에 대해서도 훤히 꿰뚫고 있었고.”

“그런데 그 행동거지만큼은 말이네, 우리 여왕 폐하가 딱 싫어하실 만한 인간 아니었나?”

그래, 분명 우리 폐하께서 딱 싫어하실, 그런 인간이었지. 사이러스는 바스티안의 행색과 태도, 말투를 떠올리며 격하게 공감했다.

“……어쨌든 많이 지체되었으니 어서 벨뷰 성으로 가도록 하지. 폐하께 연통을 넣은 지 시일이 많이 지나 걱정하고 계실 거야.”

“그래, 그래. 얼른 가서 편하게 쉬도록 해. 계속 차가운 돌바닥에 몸을 뉘었더니 십 년은 늙어버린 기분이야.”

벨뷰 성을 찾는 건 그리 어렵지 않았다. 잘리어 백성 모두가 한곳을 가리켰는데, 그들은 하나같이 대제를 칭송하며 떠받들었다. 잘리어가 이렇게 살기 좋아진 건 전부 대제 폐하의 은혜 덕분이라고 하면서. 에셀레드가 크게 혀를 내둘렀다.

“잘리어의 왕은 정말 훌륭한 분이신가 보군. 이렇게 백성들이 하나같이 칭송하는 걸 보면 말이야.”

“이렇게 성공적으로 병합국가를 이뤄낸 국가가 없다고 하질 않나. 그 업적만큼은 우리 폐하도 인정하신 바 있고.”

"기회가 된다면, 잘리어의 왕은 꼭 한 번 뵙고 싶군. 분명 인덕이 넘치고 자비로우며 성실한 분이겠지."

"이런 나라를 재건하신 걸 보면 말이야. 인품에 있어선 우리 폐하만 못하겠지만."

"물론 우리 폐하만 한 분은 손에 꼽을 정도지……. 아, 저 멀리 벨뷰 성 입구가 보이는군. 통행증은 챙겼겠지?"

"물론."

"조금 있으면 우리 폐하를 뵐 수 있다니, 감격해서 눈물이 날 지경이야."

에르완을 보기 때문인지, 이제는 편하게 잘 수 있다는 것 때문인지 모를 일이었지만, 사이러스 또한 기쁜 건 마찬가지였다. 능구렁이 남자와 얽히면서 예상외의 고생을 너무 많이 했기 때문이다. 누군지 모르지만, 나중에 만나면 꼭 복수를 해줄 생각이었다.

"통행증을 보여주십시오."

앞을 가로막은 문지기에게 통행증을 보여주려던 때였다. 빨리 들어가자며 발을 동동 구르던 에셀레드가 움직임을 뚝 멈추었다. 눈이 휘둥그레진 그가 보고 있는 건, 마침 성문을 지나가던 한 남자였다.

"어, 저건……!"

워낙 큰 목소리라 성안까지 닿은 모양이었다. 남자 또한 사이러스 일행을 발견하고 걸음을 멈추었다. 에셀레드가 잔뜩 흥분하여 삿대질했다.

"저건, 그, 그, 그때 그 능구렁이잖아!"

"……정말이군."

능구렁이라는 말은 부정하지 않은 채 사이러스가 눈살을 찌푸렸다.

허름한 차림이기에 평민인가 했는데, 왜 문 안쪽에 있는 건지 이해할 수 없었다. 성에서 일하는 하인이었나?

"뭐야, 저것들은 또 왜 저기 있어?"

우연히 그들과 마주친 바스티안도 불쾌하긴 매한가지였다. 광장에서 만났던 그 오지랖들. 몰골을 보아하니 감옥에서 고생 꽤 했나 본데, 세상 물정은 아직 파악 못 한 모양이다. 능구렁이에 삿대질이라니, 감히 누구더러.

"마음에 안 드는데."

그렇지 않아도 최악을 달리고 있던 기분이다. 며칠 전 에르완과 가진 술자리 이후 한순간도 좋았던 적이 없다. 대수롭지 않던 말투, 철벽같은 얼굴이 연일 머릿속을 맴돌았다. 자다가도 몇 번씩 깨어났다. 그만큼 분하고 황당하고 억울했다.

무얼 어찌할 새도 없이 단단히 가로막히지 않았나. 고백도 못 하고 차인, 드러운 기분인데 이젠 별게 다 덤비는군.

바스티안은 조용히 손짓하여 문지기를 불렀다.

"성가시니 당장 내쫓아."

짤막한 말 한마디면 되었다.

문밖은 금방 소란스러워졌다.

"아니, 잠깐, 우릴 왜 내쫓으려는 겁니까? 통행증! 우리에겐 엄연히 통행증이 있다니까요! 글쎄, 저 안에 꼭 만나야 할 사람이 있대도!"

"통행증이 있어도 소용없대도! 당장 나가게, 더 큰 일 당하고 싶지 않으면!"

"사이러스! 나 다시는 자네랑 안 다닐 거네. 자네랑 다니니 자꾸 이런 일에 엮이는 게 아닌가! 아오, 그리고 너! 능구렁이! 우릴 두 번이나 이렇게 만들어놓고 어디 가! 이리 안 와? 어?"

무시하고 걸어간 지 꽤 됐는데도 목소리는 좀처럼 작아지지 않았다. 중간중간 분에 못 이긴 욕설도 섞여 있는데, 우연이라도 한 번 더 만나게 되면 우격다짐이라도 할 기세다.

야, 거기 서, 능구렁이 자식아, 안 돌아오냐, 빌어먹을 능구렁이 새끼야……. 멀리서 울리는 고함에 바스티안이 귀를 후볐다.

"거 되게 시끄럽군. 능구렁이, 능구렁이. 듣는 능구렁이 기분 나쁘게…… 성가신데 국외추방이라도 시킬 걸 그랬나."

하지만 내쫓으라는 말조차 최대한의 성의였던 그였던지라, 되돌아가서 실천하는 일은 일어나지 않았다. 그가 나른하게 하품을 했다.

"아이라는 이유로 소매치기를 봐주다니 정의롭지만 어리숙해. 흠, 어쩐지 에르완의 부하로 어울릴 것 같은 놈들인데."

무심코 내뱉은 말에 걸음이 멈추었다. 그가 기억을 더듬으며 습관적으로 턱을 쓸었다.

"그러고 보니 에르완 휘하 기사단 이름이 그레, 그레…… 어쩌고 아니었나? 기억이 안 나는군."

"폐하!"

익숙한 목소리가 생각을 끊었다. 바스티안이 빙글 돌며 목소리의 주인을 반겼다.

"후베르트, 마침 잘 왔네. 에르완은?"

"예?"

"에르완 말이야. 날 찾을 때면 항상 같이 왔었잖아. 그녀는 어디서 뭘 하고 있지?"

"아, 폐하께서는요, 오늘 아침부터……."

왕을 찾은 이유는 다른 데 있었지만, 에르완에 대해 묻는 건 워낙 일상적인 일이라 자연스럽게 대답했다. 그런데 그 순간, 갑자기 바스티안이 표정을 바꾸며 손을 들었다.

"아니, 잠깐. 말하지 마."

그가 실수라는 듯 손에 얼굴을 묻었다.

"네?"

"말하지 말래도. 앞으로 내가 에르완에 대해 물어도 대답하지 말게. 절대로."

왜냐고 묻고 싶었지만, 다년간 왕을 옆에서 모셔온 경험으론 이런 때는 입 다무는 게 상책이었다. 입을 꾹 다물며 고개를 끄덕이자, 바스티안이 시선을 돌렸다. 어디에 무참히 패배한 것 같은, 알쏭달쏭한 표정이었다.

"그건 그렇고, 어제도 술은 충실히 마셨겠지?"

"아, 그, 그것이……."

후베르트가 주춤거렸다. 하루에 한 병씩 술을 마실 것. 그에게 이런 얼토당토않은 숙제가 생겨버린 건 그날 술자리 이후다. 몬드와 후베르트. 어떻게 성인 남자 둘이 시녀 하나에게 죽을 수 있냐며, 최대한 이른 시일 내에 주량을 늘리라는 명이 떨어졌다. 그 후 집착적으로 과제 수행 여부를 점검하는 왕 때문에 고생이 이만저만이 아니었다.

"물, 물론입니다. 하루도 빠짐없이 이행하고 있습니다. 다름 아닌 폐하께서 내린 명이신데……."

"그래? 한 달 후를 기대해보지. 그런데 왜 이렇게 헐레벌떡 뛰어왔어?"

"종일 안 보이시기에, 또 바깥에 나가신 건지 걱정이 되어서요."

"흐음."

대수롭지 않게 반응하며 바스티안이 다시 걸음을 옮겼다. 사실 바람 쐬러 나가려다 예상치 못한 놈들과 마주쳐 실패했지만, 후베르트가 알 도리가 없으니 그냥 넘어가기로 했다. 느긋한 발걸음과 달리 뒤에선 종종걸음이다. 깍지 낀 손으로 뒤통수를 받친 채 무관심한 듯 보였던 그가 입을 열었다.

"할 말이 뭔데."

"네, 네?"

"할 말 있잖아, 자네."

"제가 말 한마디 하지 않았는데 어……떻게."

"아까부터 뭐 마려운 개처럼 굴고 있잖아. 그걸 꼭 들어야 아나."

"뒤돌아보지도 않으셨잖아요."

"그걸 꼭 봐야 아나."

왕은 여전히 눈을 감은 채 빈둥거리는 채였다. 속내를 투명하게 꿰뚫린 것 같아 후베르트가 끙 소리를 냈다. 하긴 쭉 정계에 몸담았던 수완가조차 그에게 속셈을 읽히기 일쑤인데, 저라고 별수 있나 싶었다. 바스티안에게 꼬리를 밟혀 패가망신한 귀족들이 한둘이 아니니까.

"오늘자로 올라온 보고를 훑어보았는데 시급한 사안이 있어서요. 그, 왜 저번에 모르간느를 포함한 병합국가들을 부흥시키려던 세력 말입니다."

"잘리어를 분열시켜 통치에서 벗어나는 게 목표라는 그 모임 말인가? 스물다섯 핏덩이가 주도한다는?"

이전 회의에서도 나왔던 적이 있는 이야기였다. 멋대로 하게 내버려두라며 대수롭지 않게 넘겼지만, 염두에 두고 있었던 모양이다.

"예. 그 세력이 최근 들어 심상치 않게 움직이고 있다고 합니다."

"읊어봐."

"우선…… 지난번까지만 해도 스물 남짓했던 모임이 최근 들어 비정상적으로 수가 늘어났습니다. 극단주의자들이 섞이면서 결집력이 올라갔고, 개중에는 무력시위를 주장하는 이들도 많아졌다고 하더군요. 들리는 풍문으론, 판도를 바꿀 만한 충분한 군사가 준비되었다고 젊은 지도자가 호언장담했다더군요."

"……."

"허세일까요?"

후베르트가 조심스레 물었다. 뒤돌아 있어 얼굴을 살피진 못했지만, 왕 또한 자못 심각해졌다는 게 느껴졌다.

"없는 말을 지어내진 않았을 거야. 사기를 고양시키는 것만큼이나 제 입지를 단단히 다지는 게 중요한 때니까."

"그럼 그 많은 사람이 어디 숨어 있다가 나타난 걸까요?"

"외부에서 끌어들였을 수도 있고."

"외, 외, 외, 외세요? 저희 잘리어에 외국의 군대가 들어온단 말씀이세요?"

후베르트는 너무 놀란 나머지 혀를 깨물 뻔했다. 정작 왕은 그에 비해 느긋했다.

"너무 호들갑떨지 말게. 어디까지나 가능성을 이야기하는 것뿐이니까."

"그런 말도 안 되는, 천인공노할……. 하지만, 아무리 그래도 말입니다. 그들 병합국가에게는 잘리어도 하나의 외세 아닙니까? 외세에서 벗어나기 위해 또 다른 외세의 손을 빌린다고요? 바보도 아니고 그런 길을 선택할까요?"

"바보가 아니니 선택할 수 있는 거야. 그래서? 다음은?"

"다음은……."

후베르트가 잠깐 머뭇거렸다. 왕은 느긋하게 기다려주었으나 이는 오로지 보좌관이 무엇을 가져왔는지 모르기 때문이다. 왕이 '이것'에 대해 얼마나 민감하게 구는지 아는 후베르트로선 쉽게 입이 떨어지지 않았다.

"요즈음 날이 따뜻해지면서 산에 여우와 늑대가 많이 나타나지 않습니까. 모피를 노린 밀렵꾼들이 먼발치에서 사람을 동물로 착각해 사냥하는 경우가 근래 많은 모양입니다. 사망자도 급증해 대책이 필요하다는 보고가 올라왔습니다. 어찌할까요? 당분간 수색을 하면서 지켜봄이……."

"모조리 잡아들여."

"좋을 것 같은…… 네?"

얼떨떨하게 고개를 들었다. 왕은 더 이상 빈둥거리지 않았다. 이쪽을 향한 등에서 한기마저 느껴지는데, 표정은 어떨지 가늠이 되지 않았다.

"잠복이든 미끼를 뿌리든 뭐든 해. 밀렵꾼과 그들의 밥줄이 되어주는 거래 상단을 모조리 잡아들여. 밀렵꾼들이 출몰한 지역과 최근 거래량이 눈에 띄게 감소한 상단을 중심으로 수색 시작해. 당장. 밀렵을 뿌리 뽑기 위해서는 어떤 불법도 예외로 둔다. 잘리어 전체에 선포해. 잡아들이는 자에겐 포상을, 잡힌 자에겐 차라리 죽음이 나을 형을 내리겠노라고."

"폐하."

"방금 내가 내린 명은 유지한 채로, 구체적인 사안은 각 부처에서 올린 보고를 충분히 검토한 후에 정하기로 한다. 본보기로 흘릴 피부터 찾아놓도록. 수일 내로 형을 공개적으로 집행할 준비 해놔."

"수일 내로? 그……렇게 빨리 말씀이십니까?"

"못해도 다섯은 잡혔을 것 아닌가. 그러니 보고가 올라온 거고."

"하지만 공개처형은 폐하께서 즉위하시자마자 가장 먼저 폐지한 형벌 아닙니까."

"그건 어디까지나 사람을 상대로 한 정책이지. 같은 사람을 사냥한 것들을 인간으로 볼 수 있나? 짐은 짐승들의 왕이 아니야."

쉰 듯한 목소리에 비웃음이 섞여들었다. 귀로 스며드는 한기에 후베르트는 더 이상 말을 덧붙일 수 없었다. '사람'에게는 관대하지만 '죄'에는 가혹한 왕이라는 건 알고 있었다.

개중에서도 가장 혹독하게 대하는 건 밀렵꾼들이다. 잘리어에서 밀렵꾼으로 체포되느니 발루아의 전쟁터에 뛰어드는 게 낫다는 말이 있을 정도로, 잔인하게 다뤘다.

밀렵꾼에 대한 왕의 기형적인 분노.

그 이유에 대해 정확히 아는 자는 남아 있지 않다. 형으로부터 바스티안에게 왕위가 이어질 때 죄다 숙청된 탓이다. 최측근인 후베르트조차 들려오는 소문으로 미뤄 짐작하기만 했다.

바스티안이 왕자였던 시절, 밀렵꾼들의 사냥감이 된 적이 있었다고. 그런 명을 내린 건, 그의 배다른 형이자 왕이었다고.

왕궁의 소문이란 게 본질적으로 믿을 것이 못 된다고 자위했지만, 실제론 거짓이길 바라기도 했다. 아무리 배가 다르다곤 하나 설마 형제인데 그랬으려고.

후베르트는 씁쓸한 눈으로, 멀어지는 왕의 뒷모습을 지켜보았다.

✦ ✳ ✦

씁쓸한 건 둘째치고, 후베르트는 요새 바스티안의 행보에 골머리를 썩이는 중이었다. 원래 범상치 않은 건 알았지만, 요즘 들어 더 이상해졌다.

어딜 보나 멀쩡한데 아프다며 칩거하지 않나, 에르완이 좀 더 머물게 됐다며 실실 쪼개질 않나. 허공을 보며 알 수 없는 소릴 중얼거리다가, 짜증냈다가, 가라앉았다가, 화를 냈다가, "아니야, 아니야. 그럴 리 없어."라며 현실을 부정하길 반복하기도 했다.

증상은 그것뿐만이 아니다.

"에르완은?"

그렇게 물어봐서 대답할라치면,

"아냐. 대답하지 말게. 난 하나도 궁금하지 않으니까."

막아서기 바빴고,

"후베르트, 오해하지 말게. 나는 방금 그녀 생각을 하고 있지 않았어. 결단코."

묻지도 않은 걸 대답했으며,

"오전에 에르완이 보이지 않던데, 어딜 간 건가? 아, 이건 절대 그녀에게 주려고 가져온 게 아니니 오해하지 말도록 해."

선물이 분명한 것을 아니라고 우겨댔다. 그리고 며칠 후 후베르트는 그게 에르완의 손에 들려 있는 걸 목격했다,

그뿐인가. 에르완과 둘이 걷게 되어 자연스럽게 에스코트 하려다가도 손을 거두기 일쑤였다.

"굳이 안내는 하지 않아도 되지? 우리는 그렇고 그런 사이가 아니니까!"

"……."

"그렇지, 에르완? 우리는 사사로운 관계가 아니지 않아. 오로지 공적인 관계지, 공적인!"

싱글싱글 웃는 바스티안과 그런 그를 보는 에르완은 차마 눈뜨고 지켜보기가 힘들었다. "대제 폐하께서 왜 저러시는 거예요? 술도 같이 잘 먹어놓으시고는."이라며 옆에서 속삭이는 레이첼에게 후베르트는 해줄 말이 없었다.

또 어느 날은 이런 일도 있었다. 정찬에 에르완이 드레스를 입고 나타났는데, 그 모습이 놀랍도록 우아하여 후베르트도 넋을 놓을 정도였다. 레이첼이 먼저 쑥 나타나 어깨를 으쓱였다.

"어때요? 우리 폐하, 정말 아름답고 기품 있죠?"

"와, 이건, 정말…… 말이 안 나올 정도입니다. 어떻게 이런……. 폐하, 폐하. 폐하께서도 한마디 해주세요. 저는 도저히 말문이 막혀서……."

붕어처럼 입을 뻐끔거리던 후베르트가 바스티안을 툭 치게 됐는데, 그 무례함조차 알아채지 못할 정도로 왕 또한 혼미해져 있었다. 하지만 곧 제정신을 차린 바스티안이 내뱉은 말은 정반대였다.

"무슨 말을 하라는 건지 모르겠군. 내가 보기엔 그저 그런데."

"아니, 폐하."

"그리고 아름다우면 뭐? 칭찬이라도 하란 소린가? 허참, 웃기는군.

우린 그런 사이 아닌데?”
어이가 없었다. 그럼 표정이라도 어떻게 하시든지.
“저기, 후베르트 님. 폐하 정말 왜 저러시는 거예요?”
게걸음으로 다가온 레이첼이 속삭거렸다.
“그러게 말입니다.”
후베르트는 이해 못 할 왕을 응시하다가, 한편으론 강한 기시감을 느꼈다. 그러고 보니 같은 학급 여자애에게 차였다며 울고불고했던 조카가 저렇게 행동하지 않았었나? 잠시 후 어색하게 자리를 피하는 것까지. 맙소사, 말도 안 되게 닮았다.
“후베르트 경.”
바로 앞에서 들리는 목소리에 소스라치게 놀라버렸다. 에르완이 어느새 그 앞까지 다가와 있었다. 심해를 품은 수룡 같은 눈. 그 눈과 마주칠 때면 속 밑바닥까지 관통당한 듯한 착각이 일곤 했다.
“폐하께서 어디 편찮으십니까?”
차라리 아픈 게 나을 정도다. 그럼 낫기라도 할 텐데.
“저도 잘 모르겠습니다. 편찮으신 건 아닌 것 같은데, 요새 정무가 워낙 많아 그러신가 보다 하고 있습니다.”
“그렇습니까.”
“네.”
후베르트가 스르르 시선을 내렸다. 눈치가 보통이 아닌 분이니 변명이라는 걸 알았으리라 생각했다. 내심 바스티안이 왜 저러는지 알아내주었으면 하는 바람도 있었다.
에르완은 얕은 한숨과 함께 후베르트와 레이첼을 물렸다. 바스티안이 머물던 자리를 한참 응시하다가, 이내 방으로 돌아가 옷을 갈아입었다.

가벼운 차림으로 그녀가 향한 곳은 산이었다. 벨뷰 성 뒤편에 위치한 이름 없는 산은 잘리어에 머물면서 애정을 가지게 된 장소 중 하나였다. 바위가 가득한 악산이라 사람의 손이 닿기 힘들었을뿐더러, 왕이 기거하는 곳이기에 거의 자연 그대로 보존된 상태였다. 커다랗게 솟아올라온 굵은 뿌리가 걸음을 방해하고 울창한 고목이 시야를 가렸지만, 그녀에겐 그조차 매력이었다.

이곳에는 노루나 고라니, 여우와 늑대 같은 들짐승도 많이 살았는데, 자연과 어우러져 먼 곳에서 스칠 뿐 해를 입히려 달려들거나 하지 않았다.

산중턱까지 이른 건 순식간이었다. 바스티안과 함께라면 한 시간은 족히 걸리는 거리였다. 그렇다고 그가 유독 체력이 안 좋은 건 아니다. 발루아의 부하들조차 그녀의 걸음을 따라가지 못해 뒤처지기 십상이니까.

커다란 바위를 딛고 산 아래를 굽어보았다. 수평선에 거대하게 내려앉는 푸르고 하얀 풍경. 바다를 낀 잘리어는 조개가 품은 진주 같은 형상이었다. 단지 바라보기만 할 뿐인데 가슴이 벅찼다. 눈이 부셨다. 이 아름답고 자유로운 도시를 여왕은 자꾸만 사랑하게 되었다.

이 도시는 왕과 닮았다.

한낮처럼 빛났고 봄처럼 무한히 따뜻했다. 꾸다 만 꿈처럼 아득하고 잡히지 않는 자유로 가득하다. 제멋대로 말을 몰고 가던 바스티안과 그를 감싼 풍경이 지독히 잘 어울려서 눈이 따가웠다. 그날의 햇볕, 바람, 멀리서 실려오던 향나무 냄새. 그 모든 것이 어우러지는 순간, 가슴속에서 무언가 부서지는 소리가 났다.

「유대를 돈독히 하되 감정적인 관계를 맺지 마라. 귀를 기울이되 마음은 주지 마라. 왕에게 감정이란 거추장스러운 부산물에 불과하며, 약점이 되기 무척 쉽다.」

어렸을 적 스승에게서 받은 가르침이었다. 어린 왕녀가 되물었다.

「그런데 스승님, 마음을 주게 되면 어떻게 합니까?」
「그렇게 된다면, 절대 들키지 마라. 이용당할 것이니.」

하여 대제의 마음을 이용했다. 마음이 잘 맞는 동료, 혹은 연인. 그 사이 어디쯤에서 헤매고 있을 그를 잔인하게 찔렀다.

「어떤 감정으로 저를 보십니까. 혹 여자로 대하고 계십니까?」

정확히 파고들었다. 자존심 강한 그가 이런 말을 듣고 견딜 수 있을 리 만무했다. 예상대로 바스티안은 무슨 말을 들었는지 실감이 안 나는 얼굴이었다.

「왕과 왕. 외교적인 사이. 조금 더 나아간다면, 선의의 조력자. 도움을 청하러 왔지만, 그 청 또한 거둔 지 오래입니다. 잘리어와 발루아는 서로 우호적일 뿐입니다. 폐하와 저처럼, 그 이상, 이하도 아니지요.」

아득히 멀리 서 있는 것처럼 그가 눈을 깜빡였다. 어둠에 침식된 듯 조금 짙었다.

「행여나 그 감정에 빠져, 그릇된 판단을 내리는 일이 없기를 빕니다. 예컨대 중립국으로서의 위치를 포기한다든지 하는.」

이것은 스스로에 대한 당부이기도 했다. 어느새엔가 아끼게 된 이 평화로운 나라를, 아름다운 왕을 전쟁의 화마에 휩쓸리게 하지 말라고.

「저희는 사사로운 관계가 아니니까요.」

그대로 두어도 좋을 유대관계를 흔하디흔한 애정사로 끌고 들어가지 말라고.

「잘리어와는 협력하지 않습니다.」

바스티안에게는 그럴싸하게 포장하여 전달하긴 했다만, 오로지 왕으로서의 판단이라고 할 수 없었다. 잘리어와 잘리어의 왕이 피해를 입지 않는 건 오로지 개인적인 욕심이고 바람이다. 그건 제가 더 잘 알았다.

감정은 사람을 무리하게 만든다.

잘리어는 이대로 평화로워야 하며, 발루아는 차선을 택해 전쟁을 종결해야 한다. 바스티안은 아무것도 희생하지 않아야 한다. 이것으로 된 것이다. 하루라도 빨리 잘리어를 떠난다. 오래 걸리지 않을 것이다. 에르완은 제가 가진 모든 판단력과 자제와 이해와 인내를 끌어모아, 속을 단단히 조여맸다.

그녀가 다시 걸음을 옮겼다. 더 높이, 더 깊숙이. 산의 형세를 읽는데 집중하다 사람 발길이 닿기 힘든 곳까지 들어오고 말았다. 뒤늦게 정신을 차리고 보니 하늘은 이미 석양을 잡아먹어 불그스름했다.

이제 슬슬 돌아가야겠다. 저를 찾으며 발을 동동 구르고 있을 레이첼이 눈앞에 선했다.

이마에 살짝 맺힌 땀을 닦고 잠시 숨을 돌린 때였다. 예민하게 날이 선 감각이 먼발치에서 낙엽을 밟는 소리를 잡아냈다.

들짐승인가? 아니, 이건 분명 사람의 기척이다.

하나, 둘…… 아니, 넷. 이곳은 사람의 발길이 닿기 어려운 곳인데 넷이나 모여 있다니, 심상찮은 느낌이 들었다. 그쪽도 에르완을 발견했는지 발걸음이 부산스러워졌다.

피잉! 보통 사람은 듣지 못할 정도로 작았지만, 실이 당겨졌다 돌아가는 소리가 들렸다. 기류를 가르는 소리를 향해 몸을 돌렸다. 화살. 예기를 품은 날카로운 촉이 그녀의 가슴을 향해 내달리고 있었다.

이런.

그 짧은 순간, 날카롭게 일어난 본능으로 움직이면서 화살을 쏜 자들을 확인했다. 예상했던 대로 정확히 넷. 차림새로 보아 밀렵꾼이 분명했다. 그들은 목표물을 맞혔는지 확인하기 위해 멀리서부터 목을 쭉 빼고 있었다.

이미 화살을 피하기엔 늦었다. 치명상을 피하는 게 전부다. 놀랍도록 냉정히 판단하면서 몸을 움직였다.

잠시 후, 예상했던 고통이 어깨를 관통했다.

"어때? 맞았나? 보여?"

"맞은 것 같은데, 얼른 가보자고."

멀리서 소란스러운 목소리들이 뒤섞였다. 그들은 아직 활을 맞은 상대가 사람이라는 걸 모르고 있었다.

"아니, 아직 서 있는 것 같은데? 한 대 더 쏘라고."

이어지는 말을 듣고 에르완은 바위에서 훌쩍 뛰어내려 몸을 숨겼다.

"뭐야, 어디 갔어?"

"이놈들아, 얼른 뛰지 못해? 다 잡은 걸 놓칠 셈이야?"

욱신거리는 어깨가 피를 콸콸 쏟아냈다. 아프다거나 하는 감상은 한 톨도 떠올리지 않은 채 그녀가 화살을 잡았다. 투박하게 다듬어진 얇은 나뭇가지는 그녀의 손에 의해 힘없이 부러졌다. 어깨에 완전히 박혀버린 촉을 빼내려다가는 상처가 더 커질 우려가 있다.

이어서 탐색한 건 퇴로였다. 잘리어에서 밀렵은 불법이다. 그들이 쏜 상대가 사람인 걸 알면, 죄를 덮고자 공격적으로 나올 가능성이 있었다. 게다가 왕이 기거하는 벨뷰 성 뒷산이지 않나. 치안 문제가 없을 리가 없다.

몸을 움직이자 화살촉이 상처를 헤집었다. 밀렵꾼들은 벌써 가까이 다가와 있었다. 어깨를 틀어쥐어 피를 막고 사방을 둘러보는데 이상한 것이 눈에 걸렸다. 익숙한 얼굴……. 에르완이 눈을 의심하며 찌푸렸다. 상당히 먼 거리였지만, 서로를 알아봤다는 걸 알 수 있었다.

"대제께서 왜 여기……."

"에르완……?"

그 입술이 뱉어내는 이름에 경악이 묻어 있다. 시선이 얼굴에서 어깨 상처로 내려갔다. 멀찍해서 잘 보이지도 않는데, 유령처럼 옮겨가는 눈만이 선명하다. 다시 얼굴, 다시 어깨. 얼굴, 어깨. 피투성이 어깨.

"에르완."

약에 취한 듯 반쯤 풀려 있던 눈이 돌변하는 건 그야말로 순식간이었다. 에르완은 전쟁터에서 가끔 그러한 눈을 본 적이 있다. 분노에 기인한 살의. 명령에 따라 움직이는 것이 아닌, 오로지 상대를 죽이기 위해 전쟁에 참여한 자들.

보통 그런 이들은 적국의 식민지 백성이었거나 전쟁으로 가족을 잃은 경우가 대부분이라, 통제하기가 쉽지 않다. 인내가 필요한 임무는 절대 맡기지 못한다. 적국에 대한 분노가 이성을 마비시킬 것을 알기 때문이다.

에르완은 특히 그런 자들을 경계하여, 신병 시험 때 철저하게 걸러낼 수 있도록 제도를 마련해두었다.

그런데 왜 대제가, 바스티안이 저 눈을 하고 있는 건가.

"에르완."

이름을 주문처럼 왼다. 매양 졸린 것처럼 반쯤 감겨 있던 눈을 홉뜬 채다. 말릴 새도 없이 그가 뛰기 시작했다. 긴 다리로 한 걸음, 두 걸음. 험한 산세 따위 고려하지 않은 채 뛰어 올라왔다. 에르완은 그가 자신에게 오는 것이 아님을 뒤늦게 알아챘다.

턱. 훌쩍 뛰어오른 그림자가 그녀가 숨어 있던 바위를 밟았다. 기세가 심상찮았다. 무언가 잘못된 걸 깨달았을 땐, 이미 바스티안이 그들에게 달려든 후였다.

“어, 어어어? 어? 뭐야?”

뒤에서 밀렵꾼들이 당황하는 소리를 냈다. 바위 아래에서 갑자기 사람이 튀어나오니 우왕좌왕한 것이다.

고함이 터졌다. 짐승의 포효와 닮은 울부짖음이 바스티안의 입에서 흘러나오고 있었다.

죽어, 죽으라고, 사람을 사냥하는 너희는 죽어야 마땅하다는 사나운 절규가 귓가를 찢어발겼다. 여간해선 당황하지 않는 에르완조차 그 돌변한 모습에 동요했다.

“으악! 갑자기 어디서 나타난…… 이거 진짜 미친놈 아냐!”

바스티안 아래에 깔려 죽도록 얻어맞은 밀렵꾼 하나는 이미 얼굴이 피범벅이었다. 달려들어 뜯어말려도 아무 소용이 없자 다른 하나가 급하게 활시위를 잡아당겼다. 향하는 건 정확히 바스티안의 관자놀이였다.

에르완은 판단 전에 이미 움직이고 있었다. 팔다리를 어설프게 노렸다간 바스티안이 더 다칠 수 있었다. 순식간에 뽑아든 검으로 정확히 활 아래를 노렸다. 간발의 차로 쳐올린 활이 바람 소리를 내며 허공을 갈랐다.

“너, 넌 또 뭐…… 악!”

검이 한 번 더 사선으로 움직이자 사람 하나가 추풍낙엽처럼 무너졌다. 팔목을 그어놨으니 섣불리 움직이지 못할 터다. 에르완은 곧장 뒤돌았다.

바스티안의 상태는 생각 이상으로 처참했다. 그녀가 눈을 뗀 사이 밀렵꾼 둘이 더 달라붙었는데, 칼에 베이거나 말거나 한 명만 붙잡고 무차별적으로 구타하고 있었다. 밑에 깔린 밀렵꾼은 이미 정신을 잃은 채 피투성이인데도 끝없이.

퍼억, 뻐어억. 뼈를 으스러뜨리는 섬뜩한 소리가 무자비하게 울렸다. 자신이 칼을 받아 피투성이가 된 건 전혀 개의치 않는다.

그의 상태를 더 자세히 살펴볼 겨를 없이 검을 다시 냈다. 또 다른 밀렵꾼이 이번에는 칼을 단단히 잡고 바스티안을 내리찍으려 한 것이다. 기합에 뒤를 돌아볼 법한데 꿈쩍하지 않는 모습에 당황하며, 나머지를 제거했다. 비명과 단검이 바닥에 떨어지는 날카로운 소리가 섞여들었다.

팔목이 베여 나뒹구는 밀렵꾼들을 뒤로하고 바스티안을 살폈다. 그는 주먹질을 그만두고 바닥을 더듬어 화살을 움켜쥐고 번쩍 들어올렸다.

"대제 폐……!"

콱. 팔목을 낚아챘다. 바스티안이 고개를 돌렸다. 부름에 응했다기보다 방해받았기 때문이다. 에르완은 유례없이 당황한 상태였다. 그의 것인지 상대방의 것인지 모를 피로 옷을 함빡 적신 채, 피폐한 눈으로 그녀를 응시한다. 시커멓다. 흡사 함몰된 옹이구멍이다.

그가 이를 드러냈다. 놓으라고 낮게 으르렁거린다. 능구렁이마냥 유연하고 여유롭던 대제는 이미 없었다.

왕이 아니었다. 무기도 없이 무작정, 제 몸이 다치는 건 돌아보지도 않고 달려드는 자가 어떻게 왕인가.

미쳐 날뛰는 개. 광증에 매인 소. 가장 고귀하게 표현하여 그 짝이었다.

"놔라."

에르완은 반대로 손에 힘을 주었다. 하지만 너무나 쉽사리 뿌리쳐졌다. 본래의 힘이라기보다 악력에 가까웠다. 화살을 쥔 손이 수직으로 내리꺾였다. 콱. 생전 들어본 적이 없는 소리가 났다. 에르완이 살짝 눈살을 찌푸렸다.

"아아아악! 내, 내 눈! 내!"

끔찍한 비명이 산을 거대하게 울렸다. 눈알에 박힌 화살을 붙잡은 손이 어쩌지도 못한 채로 덜덜 떨렸다. 고통에 몸을 비트는 밀렵꾼을 내버려두고 바스티안이 천천히 몸을 일으켰다.

형편없는 꼴이었다. 손은 온통 피투성이고 찢긴 옷자락이 팔락거리며 자상을 드러냈다 가리기를 반복했다. 번듯한 외모는 얼굴까지 튀어버린 핏자국 때문에 더욱 괴이해 보였다.

에르완은 복잡한 얼굴이었다. 지친 듯도 하고, 무척 실망한 듯도 했다. 바스티안이 눈알을 굴렸다. 처음 마주쳤던 때처럼, 에르완의 얼굴과 어깨를 번갈아 보았다. 무어라 말을 하려 입을 열었다 소리 없이 닫았다.

조용한 정적은 깨어질 줄을 몰랐다. 둘은 서로에게 할 말이 아주 많은 동시에 극히 적었다.

기이하게도 그들은 지금, 처음 만났을 때보다도 훨씬 낯설어하고 있었다.

"폐하, 폐하!"

잠시 후, 산 밑에서부터 그를 부르는 목소리가 커져갔다.

✣ ✳ ✣

"흐흑, 폐하. 폐하아……."

"레이첼, 거듭 말하지만 짐은 괜찮다. 낫지 못할 상처도 아니니 그만 울거라."

"그래도, 여왕 폐하께서 이런, 이런…… 부상을 당하시다니. 그들에게 엄벌을 내려달라 제가 대제 폐하께 간청드릴 겁니다. 흐윽. 흑. 폐하아."

에르완은 얕은 한숨을 쉬며, 오전 내내 눈물바람이었던 시녀를 쓰다듬어주었다. 레이첼이 이렇게 된 건 에르완의 어깨 부상을 보고 나서부터다. 이미 전날 치료가 끝났던지라 소독하고 붕대만 갈면 되는데도 눈물을 펑펑 쏟아댔다. 에르완이 전쟁터에 나가 무수한 부상을 입었던 사실을 몰라서 더 그랬다.

"햐…… 다시 봐도 정말, 응급처치를 잘하셨습니다."

치료에 열중하던 의원이 막 이마의 땀을 훔쳤다.

"보통 화살을 맞으면 당황해서 뽑아버리거든요. 그게 더 상처를 크게 만들곤 하는데, 그러질 않아 치료가 훨씬 수월했습니다. 물론 더 빨리 나을 테고요."

"치료기간은 어느 정도로 보는가."

의원은 그녀가 여왕인 걸 알고 있다. 치료받는 동안 레이첼과 편안히 대화를 나누도록, 바스티안이 특별히 신경 써 붙여준 이였다. 의원이 급히 고개를 조아렸다.

"그래도 길게 삼 주까지 보고 있습죠."

"가볼 곳이 있으니 서둘러 치료를 마쳐주게."

"예예. 여부가 있겠습니까."

어깨에 붕대를 감는 손놀림이 빨라졌다. 전쟁 부상자나 후유증을 갖고 사는 인구가 많아 의술이 발달한 발루아에 비해서도, 이 의원의 능력은 꽤 출중한 편에 속했다. 오랜 세월 왕의 곁에서 건강을 돌보아 왔던 자라고 하니, 바스티안이 제게 얼마나 신경 써주었는지 알겠다.

바스티안……. 기억을 되짚자 어깨보다 더한 통증이 밀려왔다. 산 채로 화석이 된 듯한 얼굴, 어둡고 붉던, 그 난장.

신하들이 올라와 밀렵꾼들을 포박하고 수습하는 동안, 그와 단 한 번도 눈을 마주칠 수 없었다. 그는 다만 에르완의 조속한 치료와 밀렵꾼들에 대한 처벌을 빠른 시일 내에 내릴 것이라는 명만 내렸다. 그리고 그건 바로 다음 날인 오늘 진행될 것이라고 했다.

뻐근한 어깨를 무시하고 방을 나섰다. 눈물범벅인 채로 쫓아오는 레이첼에게는 방에서 쉬고 있으라 명했다. 연약한 아이가 볼 광경은 아닐 게 분명했다.

빠른 걸음으로 두 개 층을 내려가서 복도를 따라 걸었다. 기억을 더듬으며 서쪽으로 내려가니 창밖으로 형장이 보였다. 느릿느릿한 바스티안, 어찌할 줄 모르는 후베르트. 앞에 꿇어앉은 죄인들과 그 주변을 에워싼 수십의 기사…… 마음이 급해진 에르완은 더욱 걸음을 재촉했다.

아래에 도착하자 밀렵꾼들과 그 앞에 서서 내려다보고 있는 바스티안이 보였다.

"너희들이 어제 사람을 쏜 그놈들이라지."

느릿한 목소리가 철근처럼 떨어졌다. 밀렵꾼들은 꿇어앉은 채 온몸을 사시나무처럼 떨고 있었다. 그들은 어제 개처럼 달려들었던 치가 왕이었다는 걸 오랫동안 믿지 못했다고 했다.

"어, 헉, 윽, 끅……."

입술 새로 흘러나오는 신음을 목구멍 너머까지 밀어넣는 피투성이 남자. 바스티안이 직접 손본 밀렵꾼이었다. 그는 끝내 고통을 이기지 못하고 바닥을 뒹굴었으나 누구 하나 감히 돌아보지 못하였다.

"멀어서 잘 안 보여서, 실수로……."

"사람을, 동물인 줄 알았다?"

"동물인 줄로만 알았습니다. 저희는, 진짜로……."

어떻게든 빌어보려던 입이 딱 닫혔다. 굽어보는 눈은 깊은 바다 속보다 더 차가웠다. 자연스레 말이 들어갔다.

"아악! 제발 진통제를…… 진통제 좀!"

쓰러져 있던 밀렵꾼이 기어이 발광해댔다. 후드득, 후드득. 터진 상처에서 피가 폭포처럼 쏟아졌다.

"우선 짐 앞에서 방자하게 놀려대는 저 혀부터 어찌해야겠군."

바스티안은 의자 손잡이에 걸려 있던 천을 둘둘 말아, 그 입에 친히 쑤셔박아주었다. 허겁지겁 쫓아오는 후베르트를 물리고, 무릎을 굽혀 앉았다. 까마득하게 무감정한 눈으로 그들을 응시했다. 시선이 절벽처럼 떨어진다.

"너희들이 동물로 잘못 본 그 사람은, 본디 네깟 것들이 올려다보기도 힘든 사람이다."

왕의 목소리는 조용했지만 사방을 묵직하게 울렸다. 기사들은 그 말을 다소 의아하게 여겼다. 밀렵꾼들에 의해 대제의 몸이 상했다. 즉결처분해도 모자랄 죄인들을 굳이 형장으로 끌어낸 건, 더 엄히 다스리려는 뜻이리라 여겼다.

그런데 왕이 아닌 다른 이 때문이다? 적어도 잘리어에선 대제보다 귀한 몸은 없는데, 이상한 일이었다. 그런 의문 따윈 뒤돌아보지도 않은 채 바스티안이 말을 이었다.

“귀한 손님에게 상처를 입혔으니 성히 돌려보낼 순 없고…… 응당 죗값을 치러야겠지.”

“사, 살려……주십시오. 부디.”

밀렵꾼들이 이마가 찌부러지도록 머리를 조아렸다. 왕을 건드렸으니 죽은 목숨이나 다름없지만, 그래도 목숨만은 붙어 있게 해달라는 거다. 그에 바스티안은 느른하게 미소 지었다.

“물론 살려주겠다. 단, 한 명뿐이다. 너희들끼리 치고받고 싸워, 마지막으로 살아남은 한 놈만 말이다.”

“네…… 네?”

“적성에 맞지 않는 직업을 바꿔주려는 것이다. 사람인지 동물인지 구별 못 할 눈깔로 어찌 계속 밀렵으로 먹고살까. 다 쏘아 죽여도 될 적병으로 둘러싸여 있는 전쟁터가 오히려 어울리지 않겠는가.”

“폐하!”

에르완은 더는 참지 못하고 앞으로 나섰다. 그 음성에 반응하듯 바스티안이 고개를 돌렸다. 그녀를 발견한 눈이 살짝 이채를 띠는 듯하다, 이내 짙은 안개처럼 가라앉았다.

왜. 그가 눈빛으로 물었다. 전해지는 뜻이 너무나 분명하여 섬뜩할 지경이었다. 에르완이 약간 숨을 몰아쉬었다.

“고정하십시오.”

“뭘.”

“폐하.”

“나는 더없이 자비로운 상태야. 당장 목을 쳐도 될 상황에 살 기회를 주고 있잖아?”

“가혹합니다. 설령 살인자라 해도 이렇게 대하진 않습니다.”

"살인할 뻔했잖아."

"충분히 실수할 수 있을 만큼 멀었습니다. 폐하께서 왕위에 오르신 후 가장 먼저 폐지한 것이 사형제도 아닙니까. 생명을 소중히 여겼던 그 손으로, 이젠 누군가를 죽이려 하십니까."

"허가 없이 짐승을 사냥하던 놈들이다. 작은 불씨가 커다란 들불이 되는 법. 싹은 미리 잘라버려야 해."

"처벌은 철저한 법을 기반으로 해야 합니다. 조금 전 폐하께선 오로지 감정에 기반을 둔 결정을 내리셨습니다. 저 때문이라면 더없이 송구스러운……."

"당신 때문? 그럴 리가. 우리가 무슨 사이인데?"

"……."

"하…… 그래, 만약 그렇다고 쳐. 당신 때문에 이렇게 돌아버렸다고 치자고. 그런데 왜 당신이 내 앞을 막아."

"……."

"당신 때문에 이러는 건데 왜 내 앞을 막는 게 당신이냐고."

"……."

"당신은 왜 내게만 가혹한 건데."

여유롭게 당겨져 있던 입매가 허물어졌다. 무너지는 것도 같고, 일그러지는 것도 같다. 들녘 같은 쓸쓸함이 스쳐지나갔다. 에르완은 할 말이 없어졌다.

"……폐하."

어렵게 입술을 뗐다. 곧 바스라질 것처럼 건조한 목소리였다.

"말해봐. 당신이 다쳐야만 했던 이유, 그들이 살아야 하는 이유, 당신을 다치게 한 저들을 내가 용서해야 하는 이유."

그녀는 천천히, 느릿하게 팔을 올려 그들을 가리키는 바스티안을 지켜보았다. 맞부딪치는 시선이 백야처럼 창백하다. 아주 미세하지만 그 손끝이 떨리고 있었다. 도저히 가누지 못할 분노인지, 다른 종류의 감정인지 가늠할 수 없었다. 평소라면 '으이구, 또 저러신다.' 하며 뒤에서 혀를 찼을 후베르트도 이번만큼은 나서지 못하고 있었다.

"말씀드리면 들어주시겠습니까?"

에르완은 어렵게 입술을 뗐다. 바스티안은 목에 칼이라도 들어온 듯 딱딱한 표정이었다.

"장담 못 해."

숨골이 잔뜩 억눌린 목소리였다. 에르완은 힘들게 뗀 입술을 다시 닫았다. 어떤 말을 하든 민감하게 반응할 것임이 느껴졌다. 그는 지금 더할 나위 없는 겁쟁이였다. 경계하면서 떨고 있었다. 모르긴 몰라도 에르완이 다치는 모습을 목격한 충격이 대단한 모양이다.

에르완이 아무 말도 하지 않자 바스티안이 입매를 끌어올렸다. 이루 말할 수 없는 안도로.

"말이 없는 걸 보니 없나 보군."

에르완은 도저히 그 안도를 깰 수 없었다. 흡사 애원과도 같았으므로.

"적절한 이유가 없는 것 같으니, 그들에게 본래대로의 보답을 내리도록 하지."

말이 끝나기도 전에 그는 뒤돌아 자리를 떠났다. 쓸려나가는 걸음이었다. 후베르트가 왕을 급히 따라가려다가 거듭 뒤돌아보며 머뭇거렸다. 에르완은 그들의 그림자가 모퉁이를 끼고 완전히 사라질 때까지 눈을 떼지 못했다.

「그가 진정으로 백성을 사랑하여 나라를 통치하고 있다 봅니까? 아뇨. 그에게는 그런 마음이 없습니다. 그는 그저 살기 위해 때론 도망치고 사람을 죽이다가 얼떨결에 왕이 되었을 뿐입니다.」

「그는 앞으로도 한결같을 것입니다. 살아남기 위해 무슨 짓이든 하겠지요. 그가 용납하는 건 자신의 자리에 위협이 되지 않는 선, 딱 거기까지. 그런데 백성에게 사랑받는 대제라? 하늘이 비웃고 땅이 울 일이지요.」

「나는 혈통 때문에 그를 인정하지 않는 것이 아닙니다. 왕이 왕답지 않으니 인정하지 않는 것입니다.」

「대제께 제가 후회로 남지 않기를 바랍니다.」

대제를 비웃던 도미니크의 목소리, 그리고 잘리어를 떠날 뻔했을 때 제가 한 말이 차례로 교차되었다.

「왕이 왕답지 않으니.」

도미니크가 다시 주지시켰다. 올가미에 걸린 것처럼 그 자리에서 한참 움직일 수 없었다.

✦ ✳ ✦

대제가 선언한 대로, 무투회는 다음 날 열렸다. 많은 구경꾼이 모인 가운데 밀렵꾼들은 투견처럼 풀렸다. 처음에는 주춤거리던 그들은 곧 사태를 인지하고 서로를 공격했다. 일찌감치 부상을 입은 채 참가했던 밀렵꾼을 필두로 하나씩 쓰러지다 마침내, 살려주겠다던 한 명이 남았다.

살았다며 기뻐하는 밀렵꾼을 향해 바스티안이 물었다.

"살아남아 기쁘냐."

"기쁩니다! 기뻐요! 약속하신 대로 절 풀어주시는 거지요!"

"너와 함께했던 자들이 토막이 나 산짐승에게 내던져질 것인데도 기쁜가."

굽어보는 시선이 삐딱해졌다.

"아무래도 상관없으니 저를 이제 내보내주십시오! 살아남지 않았습니까!"

동료의 피를 뒤집어쓴 밀렵꾼이 엉금엉금 바스티안의 발아래를 기었다. 돔을 가득 메운 구경꾼들의 시선이 삽시간에 몰렸다.

"좋다. 약속대로 너는 살려주겠다. 단, 하루만이다."

"예?"

"하루만 더 살려둘 것이다. 내일 네 목을 잘라 광장에 효수(梟首)할 것이다."

밀렵꾼은 믿을 수 없다는 듯 몸을 부르르 떨었다.

"그…… 그게 무슨! 약속한 것과 다르지 않습니까!"

"사람을 짐승으로 보고, 동료마저 저버린 놈을 어찌 인간이라 할까. 끌고 가."

바스티안이 느릿하게 일어났다. 어깨에 애매하게 걸쳐져 있던 털망토가 뱀처럼 흘러내렸다. 머리끝까지 잠겼다가 나온 듯 흠뻑 젖은 걸음이었다. 순식간에 천당에서 지옥으로 곤두박질친 밀렵꾼이 충격에 휩싸여 입을 벙긋거렸다.

"이럴 수는 없습니다, 이럴 수는!"

발악은 길고 긴 메아리처럼 이어졌다. 기사들이 흙바닥에 널브러져 있는 시신을 수습하는 동안, 구경꾼들이 하나둘씩 돔을 빠져나갔다. 시장통 같았던 무투장이 순식간에 한산해졌다.

밀렵꾼의 목은 다음 날 동이 트기도 전에 광장에 내걸렸다. 언제나처럼 광장에 나왔다가 예상치 못하게 마주친 백성들은 눈을 가리며 피했다.

"아이고, 끔찍해라."

"벨뷰 성 뒷산에서 밀렵을 하다 폐하의 옥체에 상처를 입히는 불경을 저질렀다지? 저리되어도 싼 종자들이 아닌가 말이야."

"하지만 이렇게 광장에 목이 매달린 건 아주 오랜만이군그래. 선대 왕들은 자주 했지만, 지금의 폐하는 사형수들에게도 인간적인 예우를 해주지 않았나……."

쑥덕거리며 피하는 사람 중 유일하게 그 앞에 꽃을 내려놓는 이가 있었다. 아득한 심해를 닮은 눈동자가 죄인의 얼굴을 보았다. 죽음에 이른 순간이 그대로 간직된 표정은 말할 수 없이 참담했다. 생선처럼 허옇게 뜬 눈, 벌어진 입술, 시커먼 혀.

붉게 젖은 창대를 어루만졌다. 왕인 자신을 상처 입힌 죄인이건만 괘씸함 한 점 없었다. 오로지 가엽기만 했다.

눈을 감고, 이마를 대고, 창대를 쓰다듬는 행동 하나하나가 신성한 의식처럼 이어졌다. 안타까움에 젖은 묵념을 보냈다.

어찌 못 할 비통함이었다. 짙은 전쟁의 냄새가 끊임없이 코끝을 괴롭혔다. 달과 바람이 가득한 이곳에, 평생 벗어나고자 했던 적조가 번져갔다.

대제를 닮은 이곳은 언제까지고 아름답고 평화롭길 바랐다. 자국을 위해 이용해야 할 나라인데도 어느새 깊이 사랑하게 되어, 진심으로 그렇게 바라게 되었다.

그런데 내가 발 디디는 곳마다 황폐해지는구나.

가엽고, 또 가엽다.

여왕은 온 마음을 다해 울었다.

✣ ✳ ✣

바스티안이 꾸는 꿈은 항상 같은 곳에서 시작한다. 높이 달린 캐노피, 금실로 수놓인 벽지, 황금으로 된 의자. 지금과는 조금 다른 배치에, 이제는 만날 수 없는 형제의 얼굴이 덧대진다.

"바스티안."

윤기 나는 눈이 초승달처럼 휘어졌다.

"친애하는 내 동생아."

리상드르 샤른호르스트. 적장자의 피를 타고난 적통 후계자이자 바스티안의 배다른 형. 훗날 왕위에 오르기는 하나 병합국가들의 내전과 잔인하게 타고난 성정 탓에 이 년도 채 못 버티고 척살당한 왕이기도 하다.

어린 바스티안은 청명한 눈으로 그를 응시했다. 살짝 처진 눈꼬리,

살짝 휜 콧날. 형제인데도 닮은 구석 하나 없는 얼굴이다. 태어난 배는 다르더라도 아비가 같은데 어떻게 이렇게 다를까. 리상드르는 바스티안이 천한 배에서 태어났기 때문이라고 했지만, 실상 왕과 더 닮은 건 동생 쪽이었다. 시녀 태생인데도 내쫓기지 않은 유일한 이유가 이 얼굴 때문인데도, 형은 끝까지 부인하곤 했다. 뭐, 그가 알면서 부정하는 게 어디 한두 개인가. 바스티안이 하릴없이 웃었다.

"형님, 부르셨습니까."

"그래. 어제도, 그제도 널 불렀었지. 그런데 그때마다 성에 없다고 하더군. 대체 어딜 싸돌아다니는 거냐?"

그가 신경질적으로 손잡이를 두드렸다.

"설마 또 도박이나 계집질을 하러 돌아다닌 건 아니겠지? 도박꾼들에게 쫓겨 성에서 막은 것도 한두 번이지, 네가 아버님의 얼굴에 먹칠하고 있다는 걸 왜 몰라? 그래도 어제는 들어왔어야지. 명색이……."

"아이고, 죄송합니다. 제가 아버님과 형님께 똥칠하고 있다는 건 알고 있지만……."

경멸이 섞인 눈을 피해 바닥에 엎어졌다. 허리를 숙이고 고개를 조아리는 건 그가 어렸을 때부터 해온, 가장 익숙한 일이었다.

"어허, 그 방정맞은 언행 좀 고치래도!"

목소리가 왕왕 높아졌다. 잔뜩 성난 것처럼 걸걸해졌지만, 실은 기뻐하고 있음을 안다. 바스티안이 병신 같아질수록 리상드르는 더욱 안심했다. 그만큼 제 입지가 굳건해지고 왕위에 가까이 다가갈 수 있었다.

"예예, 하지만 알지 않으십니까. 도박꾼은 손목을 자르지 않는 한 도박을 끊을 수 없는걸요. 제가 이따위로 생겨먹었어도 왕실의 일원 아닙니까. 명색이 왕자인데 한쪽 손이 날아간 채로 덜렁덜렁 걸어다닐 수는 없는 노릇이고요."

"그래도 어제는 들어왔어야지, 명색이 네 어미 기일이 아니었더냐."

끊임없이 조아려지던 고개가 움직임을 뚝 멈추었다. 잠시 후 얼굴을 든 바스티안은 실없이 웃고 있었다.

"아, 그랬습니까? 이날이 저날이고, 저날이 이날 같아서 미처 몰랐지 뭡니까."

"정말 어쩔 수 없는 녀석."

리상드르가 큰 소리로 혀를 찼다.

"하긴 너는 네 어미가 죽은 날에도 술에 찌들어 있었지. 장례가 끝나고 그 시신이 화장되었는데도 뒤늦게 돌아와서는 누가 죽었으냐며 물었지. 네 어미라는데도 눈물 한 방울 흘리지 않았었고…… 뭐, 그건 나도 후회 중이다. 조금 더 늦게 참석할 것을, 시녀라 그런지 네 어미 시신을 태우는 냄새가 꽤 고약했었거든."

"제 걱정을 해주시는 겁니까?"

"그럼. 내가 네 걱정을 하지 않으면 누가 하랴."

그가 큰 선심이라도 쓰듯 으스대었다.

"어찌 됐든 내가 오늘 너를 부른 건, 오랜만에 형제의 우애를 다지기 위함이다. 요새 꽤 소원해진 것 같아서 말이다."

"무슨 그런 말씀을, 저희만큼 사이가 돈독한 형제가 있을까요?"

"잔말 말고 따라와. 내 너를 위해 친히 선물을 마련해뒀으니까 말이야."

"이야, 그것 참…… 기대되는군요."

바스티안은 속없이 웃어주면서, 날카롭게 그의 구석구석을 살폈다. 선물이라니, 예감이 좋지 않았다. 리상드르는 그에게 좋지 않은 일이 생겼을 때 가장 기뻐할 인간이었다. 아무리 병신짓을 하고 돌아다녀도 혹시 제 자리를 위협하지 않을까 밤잠을 이루지 못하는 인간이 우애라니. 스스로 말해놓고도 웃기지 않나.

"뭐 하고 그렇게 서 있어? 어서 따라오지 않고."

"예, 저를 위해 선물을 준비해두셨다니 감격스러워서 잠시 멍해져 있었습니다."

"실없기는."

그는 선물 받기 직전의 어린아이처럼 들떠 있었다. 바스티안은 어떻게든 이 자리에서 벗어날 순 없을지 머리를 굴렸다. 갑자기 배가 아프다며 구를까? 하다 만 도박판이 있다며 도망쳐버릴까? 리상드르는 더없이 호의적이었고 기분도 좋아 보였지만, 그것이 바스티안을 더 불안하게 만들었다.

아무리 잔머리의 귀재인 그라도, 리상드르가 대놓고 강권하니 도저히 빠져나갈 수가 없었다. 도살장 소마냥 끌려간 곳은 의외로 그가 사냥을 즐기곤 하던 뒷산이었다. 거기엔 리상드르가 미리 불러놓았음직한 인간들이 몇 더 있었는데, 차림새로 보나 손에 든 투박한 무기들로 보나 불법 밀렵꾼들이 분명했다. 그 옆에는 리상드르와 자주 어울려 놀곤 하는 귀족가 한량들이 건들거리고 서 있었다.

"봐, 바스티안. 이것들이 네게 줄 선물이다."

돌아보는 눈빛이 음험하게 반짝거렸다. 리상드르가 저런 표정을 지을 때 좋은 일이 생긴 적이 없었다. 아, 역시 괜히 따라왔다.

"이놈들이 말이다, 몰래 동물을 사냥하다가 사람을 잘못 보고 쏘아 죽였거든."

"고상하신 형님 앞에 두기엔 너무나 비천한 것들인데요."

"내 생각도 그렇다. 그런데 이놈들한테도 물어볼 게 있어서 말이지."

여유로운 웃음이 리상드르의 입가에 스쳐지나갔다. 그가 뭘 할지 아는 것처럼 주변에서 웃음을 터뜨렸다. 바스티안은 백치처럼 하하 따라 웃으며 반걸음 물러났다. 리상드르가 떨고 있는 밀렵꾼에게 다가갔다. 역시 예감이 좋지 않았다.

"들었겠지? 지금부터 내가 묻는 말에 대답하여라. 제대로 된 답을 내놓는다면 목숨만은 부지해주마."

"하문…… 하문하십시오."

"말해보아라. 저것이 사람으로 보이느냐, 동물로 보이느냐."

우아하게 올라간 손끝이 정확히 바스티안을 가리켰다. 리상드르는 여전히 웃는 낯이었다.

"형님! 아, 정말 짓궂으십니다. 농담도……."

"어서 말해보래도?"

끼어들 틈을 주지 않고 리상드르가 재차 물었다. 약속이라도 한 듯 바닥에 붙어 있던 눈들이 슬금슬금 기어올라왔다. 바스티안의 턱 언저리에 닿기가 무섭게 다시 떨어졌다. 한 밀렵꾼이 더듬더듬 입을 열었다.

"사, 사람요."

"사람이라?"

"예. 사람…… 사람으로 보입니다."

"그래, 사람으로 보인단 말이지."

리상드르가 고개를 끄덕이자, 밀렵꾼 뒤에 있던 이가 허리춤에 손을 가져갔다. 순식간에 뽑힌 검이 밀렵꾼의 목을 관통하고 지나갔다. 나무토막처럼 쓰러지는 몸뚱이를 눈앞에서 보면서도 바스티안은 믿을 수가 없었다.

방금, 뭐……?

"이번에는 네가 대답해보아라. 사람으로 보이느냐, 동물로 보이느냐. 네 눈에도 사람으로 보이느냐?"

자상한 미소가 오히려 섬뜩하다. 동료의 죽음을 눈앞에서 본 밀렵꾼은 사시나무처럼 떨고 있었다.

"아, 아, 아뇨. 아, 아닙니다."

"그럼?"

"도, 동물로…… 보입니다."

떨리는 목소리 끝에 리상드르가 흡족하게 미소 지었다.

"그래. 잘 보았다. 저건 짐승이다. 주제넘게 좋은 피를 타고난, 진귀한 짐승이지. 그런데 뭣들 하고 있는 거냐? 동물을 보았으면 쏴죽여야지."

"예?"

밀렵꾼이 신음처럼 되물으며 고개를 들었다. 리상드르는 그 손에 어정쩡하게 들려 있는 활을 고쳐 쥐여주었다.

"너희들은 밀렵꾼이 아니냐. 동물을 보았으면 쏘아야지. 그렇지 않느냐?"

"장난이 심하십니다. 이쯤하시고 돌아가시죠."

"바스티안, 너도 도망을 가야지. 이놈들이 네가 짐승으로 보인다지 않느냐."

더없이 여상하게 말하며 활을 받쳐 올려주었다. 후들거리며 아래를 향해 있던 화살 끝이 정확히 바스티안을 향했다. 리상드르가 해괴할 만큼 해맑게 빙글거렸다.

"너무 빨리 죽으면 재미없으니 십 초를 주겠다. 최대한 멀리 달아나 봐."

"형님."

"십 초라고 했다."

리상드르의 손이 떨어졌는데도 활 끝은 여전히 바스티안에게 고정되어 있었다.

바스티안이 주춤주춤 물러섰다. 진심이다. 저 미친 새끼. 젠장. 요새 잠잠하다 싶더니만, 또 무슨 심사가 비틀려서 이런 일을 벌였는지 알 수가 없다.

혀끝까지 넘어온 욕지거리들을 억지로 눌러 삼키고 바스티안은 뒤돌아 뛰기 시작했다. 제 형은 비도덕적인 일을 벌일 때에만 머리가 비상해지곤 하는데—평소에는 목 위에 달린 역할 외에는 아무 쓸모가 없다—고집까지 드세어 직성이 풀릴 때까지 사방을 몰아붙이곤 했다.

피잉!

그사이 십 초가 지났는지 화살이 머리 위를 스쳐지나갔다. 하나를 시발점으로 수십 개가 쏟아져 들어왔다. 어떤 것은 다리를 할퀴었고, 또 어떤 것은 등에 박혔다.

"쏴라! 어서 쏴! 저 진귀한 짐승에게 상처 입히는 자에게는 커다란 포상을 내려줄 테니!"

악귀 같은 목소리가 뒤따랐다. 지켜보며 즐거워하는 눈들을 피해 바스티안은 계속해서 도망쳤다.

반쯤 시체가 되었을 때에야 화살이 겨우 멈추었다. 느긋하게 다가온 리상드르가 시야에 잡혔다. 침이라도 뱉고 싶은 심정인데 피를 너무 많이 흘려 불가능했다.

제기랄. 바스티안은 싱글싱글 웃는 낯을 보며 속으로 이를 갈았다.

"선물이 꽤 마음에 든 모양이구나, 아우야."

갈아 마셔도 시원찮을 새끼.

"왜냐고 묻는 표정이구나. 그게 말이다, 내 스승님께서 얼마 전부터 너를 가르치기 시작했지 않아. 참 이상한 말씀을 하시더구나. 네 머리가 비상하고 무예에도 조예가 깊어 잘 가르치면 더없이 훌륭한 왕이 될 것이니, 내게도 좋은 교육이 될 거라면서. 웃기지 않아? 네가 나와 왕위를 겨루는 상대가 된다는 게 말이다."

학문과 검에서 손을 떼고 반푼이 행세를 한 지 벌써 삼 년이 넘었다. 사방에서 병신이다 골칫거리다 손가락질을 해도 오로지 살아남기 위해 그리해왔다. 태어나기를 반병신이었던 네놈의 수준에 맞추고 안심시키려면 그 수밖에 없었다. 그런데 그걸로도 모자라나.

"앞으로 잘하거라, 동생아. 왕위를 두고 형제가 싸움을 일으키는 것만큼 나라를 혼란에 빠뜨리는 일은 없으니 말이다."

웃음기 묻어나는 목소리를 마지막으로 정신을 잃고 말았다. 그다음 날, 다다음 날도 일어나지 못했다. 온몸에 난 구멍이 움직일 때마다 피를 쏟아냈다. 의원은 지혈이 된 것만 해도 기적이라 했다. 사생아라도 꼴에 아들이라고, 왕이 잠깐 들어와보기는 했다. 비록 리상드르와 함께였지만.

"쯧, 왕자라는 놈이 대체 어딜 가서 이렇게 다치고 온 거냐? 제 몸 하나 건사 못 하는 놈인 줄은 알았다만."

왕이 혀를 차며 꼬나보았다.

바스티안이 눈을 느리게 깜박였다. 아버지와 형이 나란히 있다니, 지옥에서 바라보는 세상이 이것인가 싶었다.

"듣자하니 도박판에서 도망치다가 당했다던데, 넌 대체 언제 철들어서 폐하의 근심을 덜어드릴 생각이냐?"

더 크게 호통 치는 목소리는 분명 리상드르의 것이었다. 바스티안은 희미한 정신 속에서도, 손끝 하나 꿈쩍하지 못하는 몸 상태에 감사했다. 그렇지 않았다면 저 날름거리는 혀를 뽑아버렸을 테니까.

"칠칠치 못하기는. 쯧."

"돌아가시지요, 폐하. 바스티안은 제가 잘 타이르겠습니다."

바스티안에게 잠깐 배정되었던 스승이 성 밖으로 내쳐졌다는 건, 한참 후에야 알게 되었다. 과거는 잘 돌아보지 않는 그이지만, 병상에서 일어나 조금 후회는 했던 것 같다. 태어나 처음으로 받아본 교육이었다. 숨긴다고 숨겼는데, 교육자의 눈에는 그 비상함이 어쩔 수 없이 눈에 띄었던 거다. 책을 흘끔거리지 않고 끝까지 무심할 걸 그랬나, 스승이 낸 질문에 냉큼 대답하지 말았어야 했나, 로마노프 어를 안다는 걸 들키지 말았어야 했나…….

아무리 후회해도 쫓겨난 스승이 다시 돌아올 리 없었다. 병상에서 일어났을 때 바스티안은 이전보다 더 바보 행세를 했다. 리상드르가 시키는 일이라면 뭐든 했다. 시종의 가랑이 사이를 기어가라면 기었다.

수치심이 전혀 없진 않았으나 목숨을 연명하고 있는 것만으로 충분한 보상이 되었다. 소리 소문 없이 죽어, 제게 아무 위협이 되지 않는 게 진정 리상드르가 원하는 것일 테니까. 그의 갈망을 이루어주지 않고 버티는 것만이 바스티안의 유일한 자부심이었다.

“대체 언제까지 당하고 있을 생각입니까?”

도미니크는 실로 무섭게 똑똑한 여자였다. 일찍부터 바스티안의 병신 행세를 꿰뚫어 보았을 뿐만 아니라, 형을 능가하는 비범성을 알아보기까지 했다. 그리고 누가 말해주지도 않았는데, 정황만 놓고 사냥터에서 무슨 일이 있었는지 알아차렸다. 저런 똑똑한 여자가 고작 리상드르의 약혼녀가 되다니, 통탄스러울 지경이다.

“무얼 말입니까?”

“당신 형의 패악 말입니다. 날로 심해져가는데 그저 혼자 참고 넘길 생각입니까? 되도 않은 도박꾼 흉내까지 내가면서!”

“아아, 도대체 형수께서 무슨 말씀을 하시는지 모르겠군요.”

“바스티안! 바스티안 샤른호르스트!”

“저도 형수께 하나만 부탁드리도록 하죠. 황후가 되시거든 부디 못난 형님 좀 제대로 보필해주십시오. 아시다시피 성정이 괴팍하지 않으십니까. 홧김에 이웃나라와 전쟁을 하겠다느니 나설까 봐 걱정입니다. 뭐, 형수께선 워낙 타고난 분이니 걱정 안 해도 되겠지만…….”

“지금 절 조롱하시는 겁니까?”

“그럴 리가요. 진심으로 드리는 말씀입니다. 난 죽을 때까지 편히 놀고먹고 싶거든요. 흉한 전쟁터가 아니라, 이 잘리어에서 말입니다.”

매번 능구렁이처럼 넘어가는 바스티안에게 도미니크는 꽤 화가 난 듯이 보였다. 그녀는 몇 대 쥐어박고 싶다는 듯이 주먹을 부르르 떨다가 쿵쾅거리며 사라지곤 했다.

만약 그녀라면 바스티안과 같은 길을 택하지 않았을 거다. 악착같이 형에게 반발하다 왕위를 빼앗거나, 죽거나, 둘 중 하나를 택했을 터다.

몇 번 그렇게 찾아오던 발길도 오래 지나지 않아 뚝 끊겼다. 처참할 만큼 비굴한 바스티안의 모습에 크게 실망한 모양이었다. 사방에서 손가락질하고 비웃어댈 때마다 바스티안도 따라 웃었다. 더 병신처럼 행동하고, 더 덜떨어져 보이는 행세를 했다. 헤헤, 헤헤헤. 반쯤 모자란 웃음을 항상 흘리고 다녔다.

그의 진가를 알아본 자들에겐 실망을 안겨주고, 그를 경계대상으로 삼은 자에겐 기쁨을 주었다. 그것이 그가 살아남는 방법이자, 그의 정치였다.

꿈은 장면이 바뀌어 어느덧 봄이었다. 밀렵꾼들에게 정신없이 쫓겨 다니던 겨울과 달리 산은 녹음으로 가득 차 있었다. 바스티안은 시야를 가리는 나뭇가지를 팔로 걷어내며 앞으로 나아갔다. 기다랗던 푸른 장막을 거두어내자 그녀가 보였다.

온갖 것을 합해놔도 모자람이 없는 그 여자.

벽력처럼 깨달았다. 아, 그녀가 밀렵꾼들의 화살에 맞던 그날이었다.

뒷산에 올라간 건 달리 큰 이유가 있어서가 아니었다. 최근 에르완에게서 들은 말 때문에 어린애처럼 군 게 마음이 걸렸을 뿐이었다. 사사로운 사이가 아니라는 말에 필요 이상으로 예민하게 대하기도 했고. 아직 마음이 다 풀어지진 않았지만, 어쩔 수 없이 그녀의 주변을 서성거리게 되었다.

"폐하요? 아까 뒷산으로 산책 나가셨사온데."

에르완의 행방에 대해선 시녀를 떠보는 게 빨랐다. 대답을 듣자마자 뒷산으로 뛰어올라갔다. 평소라면 산책을 무슨 산에서 하냐며 투덜댔겠지만 그때는 그녀를 만나야겠다는 생각만 가득했다.

젠장, 어디까지 간 거야?

성을 나선 지 얼마 안 되었다고 했는데 아무리 올라도 그녀는 코빼기도 보이지 않았다. 벌써 정상을 돌아 내려간 것이 아닌가? 그런 의문이 들 때 즈음 그녀를 보았다. 가장 고귀한 햇살만 모아 담은 백금발. 그녀는 바위를 디딘 채 먼 곳을 응시하고 있었다. 곧은 등과 시선이 늘 그림 같은 여자. 막상 마주치니 머릿속이 텅 비어버려, 하염없이 바라보기만 하고 있었다.

그러다 문득, 그녀가 무언가를 감지한 듯 몸을 틀었다. 어디선가 날아온 화살이 순식간에 어깨에 박혔다. 바스티안이 눈을 홉떴다. 정작 그녀는 바위 밑으로 몸을 숨기고 상황을 살폈지만, 그는 전혀 침착함을 유지하지 못하고 있었다. 지금, 뭐, 대체.

제대로 맞혔냐는 목소리가 어지러이 섞였다. 멀리서부터 보이는 그들의 모습에 심장이 쾅 내려앉았다. 갈비뼈를 바스러뜨릴 듯 크게 뛰기 시작했다. 밀렵꾼들. 이 나라에선 숨도 쉬어선 안 될 것들이 감히 벨뷰 성 뒷산에서 활개치고 있었다.

「대답해보아라. 저것이 사람으로 보이느냐, 동물로 보이느냐?」

리상드르. 이미 죽어 사라진 형이 유령이 되어 나타났다. 겨우 환영뿐인 그가 바스티안을 가리키며 묻고 있었다. 경멸 어린 눈빛은 생전과 다를 바 없었다. 밀렵꾼이 대답했다.

「도, 동물로…… 보입니다.」

「그런데 뭣들 하고 있는 거냐? 동물을 보았으면 쏴죽여야지. 주제 넘게 좋은 피를 타고난, 진귀한 짐승을.」

화살이 비처럼 쏟아진다. 그를 피해 달리고 또 달렸지만, 악마 같은 웃음소리는 등에 들러붙어 떨어지지 않았다. 눈앞이 핑 돌았다. 어지럼증에 걸린 것처럼 모든 게 휘청거렸다.

"대제 폐하?"

"……."

"대제께서 왜 여기……."

그사이 그를 발견한 에르완은 믿을 수 없다는 표정이었다. 화살은 이미 부러진 채 손에 쥐여 있었지만, 옷을 붉게 물들인 상처는 멀리서도 선명했다.

차츰 다가오는 밀렵꾼들의 인기척에 시야가 다시 뒤흔들렸다. 순간순간 완전히 죽어버린 것만 같다. 아무 생각도 할 수 없었다.

그는 곧 잠에서 깨어난 듯 눈을 치떴다. 앞뒤 없이 달려들어 닥치는 대로 주먹질했다. 활을 쏜 한 놈만 붙들고 닥치는 대로 내질렀다. 왕이고 품위고 떠오르는 것 하나 없었다. 미치고, 미칠 지경이었다. 검은 악몽 속에 발이 묶여 꼼짝달싹 못하는 느낌이었다. 죽인다. 죽여야겠다. 그렇지 않고는 이 끔찍한 목소리에서 벗어나지 못할 터다.

한참 휘두르던 주먹이 누군가에게 잡혔다. 뒤를 돌아보았다. 눈앞이 희뿌예서 누구인지 보이지 않고 잔상처럼 흐렸다.

"폐하."

사람의 말이었다.

그는 짐승의 언어로 답했다.

"놔라."

상대를 밀쳐내고 바닥을 더듬어 짚었다. 풀과 나뭇잎 사이로 단단한 것이 잡혔다. 이제 죽일 수 있을 것이다. 광기가 짜릿하게 일어났다.

거칠고 단단한 살의. 그는 기어이 웃음을 터뜨렸다. 하늘을 찌를 듯 올라갔다 순식간에 추락하는 손이 그 희열을 대신했다. 쳐들어 올렸다 있는 힘껏 추락했다. 콰득. 화살촉이 눈알을 뚫고 뼈 안쪽 어딘가를 부스러뜨리는 소리가 났다.

"아아악!"

고통으로 몸부림치는 몸뚱이를 내버려두고 비척비척 일어났다. 귀를 찔러대는 비명이 어마어마한 살심을 불러일으켰다. 피투성이가 된 두 손에 얼굴을 묻었다. 이미 한 명을 반쯤 죽여놓았는데도, 날뛰는 분노는 제어할 길이 없다. 무엇보다도 그 목소리.

「바스티안, 내 사랑하는 동생.」

「당신 형의 패악을 언제까지 참아줄 생각입니까?」

「너무 빨리 죽으면 재미없으니 십 초를 주겠다. 최대한 멀리 달아나 봐.」

온갖 듣기 싫은 목소리가 어지럽게 섞였다. 갑자기 흠씬 얻어맞은 것처럼 머리가 얼얼했다. 피가 죄가 빠져나간 듯 온몸이 저렸다. 손끝에 아무 감각이 없다. 마치, 마치, 쏟아진 화살에 온몸이 벌집마냥 구멍 나 며칠을 앓아누웠던 그때처럼.

"으……."

바스라질 것 같은 신음이 흘러나왔다. 뱉어낸 숨결이 너무나 뜨거워 불이 붙는 것만 같다. 와글거리는 머리를 겨우 가누었다.

"목소리가……."

소음이 가라앉질 않는다.

얻어맞은 것처럼 몇 발자국 물러섰다. 이 소리를 듣지 않으면 어떻게 해야 하나. 죽여야 하나? 그래, 조금 전 주먹질을 하는 동안에는 듣지 않을 수 있었다. 조용했다. 그러니 저놈들의 숨통을 완전히 끊어놓아야겠다. 목을 완전히 잘라내야겠다. 그러면 틀림없이…….

"대제 폐하."

침묵보다 더 고요한 목소리였다. 머릿속을 어지럽히는 소음들과는 확연히 구별되는 음성. 폐부를 찔린 듯 숨이 멎었다. 손을 내릴 생각도 못 한 채 고개를 천천히 돌렸다. 이윽고 에르완과 눈을 마주했는데…….

아, 그 시선에 죽고 싶어졌다. 그 깊은, 황금색 눈동자가 호숫물이 되어 머리끝부터 쏟아졌다. 밀려드는 파도를 뒤집어쓴 모양으로 하염없이 젖었다.

말로 설명할 수 없는 실망스러운 표정과 눈빛에, 그는 다시금 길 잃은 미아가 되었다.

✢ ✳ ✢

바스티안은 끊임없이 악몽에 시달렸다. 사냥터로부터 시작된 꿈은 사생아로서 핍박받던 시절, 어머니의 죽음으로까지 거슬러 올라갔다. 마지막은 항상 밀렵꾼들에게 사냥을 당하며 끝이 났다. 한밤중에 일어나 술을 병째 들이켜 잠들었는데도 꿈은 계속 이어졌다. 식은땀에 범벅된 채 깨어나 밤을 지새우길 며칠째였다.

밀렵꾼, 활, 사냥. 눈앞에서 마주한 상황이 너무나 겹쳐서인지, 리상드르의 망령은 곁에 들러붙어 떨어지지 않았다. 그는 끊임없이 밀렵꾼들에게 명령했고 바스티안은 공격당했다.

아무리 꿈속이지만 속수무책으로 당하기만 하니 자괴감마저 들었다. 세월이 많이 지났는데도 그 공포가 아직 희석되지 않았단 말인가? 아직도 형의 그늘에서, 열패감에서 벗어나지 못했다고?

심지어, 이미 죽어 없는 사람을 상대로?

「주제넘게 고귀한 피를 타고난 짐승을 쏘아 죽여라.」

바스티안은 들고 있던 병을 벽에 던졌다.

와장창! 왕의 침실에서 난 엄청난 소리가 시종들을 모조리 불러들였다.

"폐하! 괜찮으십니까! 폐……."

"……나가."

"예?"

"당장 나가라고 하였다."

늘어뜨린 머리카락 사이로 보이는 눈이 심상치 않았다. 반쯤 미친 눈빛에 시종들이 엉거주춤 물러났다. 술 냄새가 강하게 났지만 취한 것 같지는 않다. 며칠 동안 하루에도 몇 번씩 난동을 피우고 있어 알 수 있었다.

"저, 폐하."

우왕좌왕하던 시종들이 도움을 청해 불러들인 건, 다름 아닌 보좌관이었다. 바스티안은 조심스럽게 다가오는 그를 핏발 선 눈으로 지켜보았다.

"오늘은 또 어찌…… 의원이 처방해준 수면제가 듣지 않았습니까?"

"……."

"혹시 상처 입은 곳이 아파서 깨신 겁니까? 그런 거라면 당장 의원을 부르겠습니다."

어쩔 줄 몰라 하며 눈치만 보는 건 보좌관이나 시종들이나 매한가지였다. 바스티안은 검게 그늘이 드리운 눈으로 후베르트를 훑어보았다. 오밤중에 소식을 받고 급히 온 데다, 며칠째 반복되어온 일이라 그 또한 피로한 기색이 역력했다. 그런데도 불평 한마디 못 내뱉는 게 불쌍해, 바스티안이 한마디 자비롭게 던져주었다.

"내 병은 내가 더 잘 안다. 의술에 관한 한 그딴 의원보다 짐이 더 낫다는 걸 너는 알지 않느냐."

"분명 그, 그렇습니다만……."

"다 필요 없어. 저것보다 더 독한 술이나 가져와."

"폐하, 저게 잘리어에 있는 모든 술 중에 도수가 가장 높습니다. 건강을 생각하시어 조금만 자제하심이…… 어떠실지요. 아직 상처가 다 낫지도 않았는데."

"그럼 밀수라도 해서 가져와."

"미, 밀수요."

후베르트가 잔뜩 긴장하며 말을 더듬었다. 바스티안이 피곤한 한숨을 내쉬었다. 억지인 줄은 알았지만 왕다운 방만함으로 덮었다. 아무리 독한 술을 마신다 한들 잠을 푹 잘 수 없다는 것도 이미 알고 있었다. 요즘에는 심지어 기억까지 혼미해지던 차였으니까.

뒷산에서 밀렵꾼들을 잡아들인 이후 지금까지, 뚜렷하게 남은 기억이 없다. 그 괘씸한 종자들을 할 수 있는 한 잔인한 방법으로 죽여야겠다는 생각뿐이었다.

그러던 중 에르완과 사소한 말다툼을 했다. 감히 그녀에게 상처를 입혔고, 그에 대해 치죄를 하겠다는 것뿐인데 말리는 행동을 도저히 이해할 수 없었다. 본래 자비로운 성격이라는 건 알지만, 이전에 했던 말이 자꾸만 맴돌았다.

자기 때문에 화를 내지 말라고? 피를 보지 말라고? 왜? 당신과 내가 사사로운 사이가 아니라서? 당신이 다쳐도 화를 낼 자격도 없어, 나는?

그래서 보란 듯이, 처형 후 뒷산에 뿌려둔 몸을 찾아 손가락을 다 잘라버리라 명했다. 귀한 손님에게 상처를 입힌 건 죽음으로도 씻지 못할 죄니까. 공개적인 처형으로도 시원찮았다. 그날 그녀가 늦게 성으로 돌아왔다는 보고를 받았다. 그로부터 나흘. 그녀를 본 지 벌써 나흘은 넘었다.

“에르완은?”

“예?”

눈을 홉뜬 채 후베르트를 바라보았다. 새된 목소리로 대답하던 그가 딸꾹거렸다. 의자에 눕듯이 기대 있던 바스티안이 일어나서 무섭게 다그쳤다.

"에르완은? 지금 뭐 하고 있지?"

"지금요? 당연히…… 침수에 드시지 않았을까요?"

후베르트의 눈이 흘끔 창밖을 향했다. 빛 한 점 없이 새까맣다. 바스티안이 아니었다면 세상 돌아가는 줄 모르고 잠에 빠져 있을, 깊고 깊은 밤이었다. 바스티안의 행동이 바빠졌다.

"그래? 그렇다면 성안에 있다는 말이군. 만날 수도 있고 말이야."

"어, 설마, 폐하."

"길 터. 그녀 방이 어디쯤이었지?"

바스티안은 기다란 겉옷 하나만 대충 두르고서 방을 떠나려 했다. 칭칭 감긴 붕대를 제하고 맨몸이라 시종 몇몇이 따라붙어 무언가를 더 입히려 했다. 왕은 대답을 듣지 않고 걸음을 바삐 했다. 방 위치는 형식적인 물음이었던 모양이다.

"잠깐만요, 잠깐만! 폐하! 아무리 급하셔도 지금 찾아가기는 좀! 주무시고 계실 거란 말이에요!"

"소란스럽게 굴지 마라. 깨우지 않고 얼굴만 볼 테니까."

"그건 예의가 아닙니다, 폐하! 고정하시옵소서!"

뒤에서 뭐라고 아우성치든 바스티안은 더욱 빨라지기만 했다. 계단을 두세 개씩 성큼성큼 올라가며 그가 중얼거렸다.

"나흘을 못 봤어. 그래서 내 상태가 이리 엉망인 걸 거다."

"예? 예에? 폐하, 뭐라고 하셨습니까?"

"따라오지 말라고 했다."

보아야겠다. 지금이 아무리 밤늦은 시간이래도, 지금 찾아가는 게 크나큰 무례일지라도 만나야겠다. 과녁을 향해 날아가는 활처럼 일직선적인 감정이었다. 밀렵꾼을 죽일 때마저도 보이지 않던 맹목으로 그녀의 방을 찾았다.

단단히 닫힌 문을 보고 호흡을 가다듬었다. 이 문 건너에 그녀가 있으리라. 기이한 설렘으로 온몸이 다 떨렸다.

“아, 진짜, 폐하, 이러시면, 아, 실드베르 폐하께서 얼마나 당황하시겠습니까.”

뒤늦게 따라온 후베르트가 어찌할 바 모르고 발을 동동 굴렀다.

“조용히.”

“뒷감당을 대체 어떻게 하시려고……. 놀라서 검이라도 휘두르시면 폐하께선 못 막으시잖습니까.”

끼이이. 문이 열리는 소리와 함께 난처해하는 목소리도 먹혀들어갔다. 바스티안은 잔뜩 숨을 죽이고 안으로 발을 내디뎠다. 두어 개 정도 켜진 촛불 때문에 눈이 따끔거렸다. 어둠 속으로 나아갈수록 심장 소리가 쿵쿵 커져 귀가 다 먹먹했다.

기대인지 설렘인지, 혹시나 들킬까 겁을 먹은 것인지 알 수 없었다. 그녀를 보아야겠다는 생각만이 전신을 지배했다. 그리고 그러느라, 간이침대에서 작은 그림자가 부스럭거리며 일어나는 걸 보지 못했다.

“으, 으음……. 누구세요?”

레이첼이다. 잠에서 덜 깨었는지, 방에 갑자기 들이닥친 남자들을 경계할 생각도 못 하고 있었다. 뒤에서 후베르트가 숨넘어가는 소리를 냈다. 바스티안은 진심으로 그의 숨이 넘어가게 만들어주고 싶은 충동을 느꼈다.

“짐이다. 놀라지 마라.”

“꺄……!”

한 박자 늦게 깨닫고 소리 지르려던 레이첼이 입을 다물었다. 말간 눈동자가 튀어나올 듯이 커진 채 깜박거렸다. 바스티안이 검지를 입술에 갖다 대며 쉿 소리를 냈다. 뒤늦게 알아본 그녀가 눈을 동그랗게 떴다.

"어…… 폐하? 왜 여기에……."

"그건 짐이 물을 말이다. 너는 어찌 여기 있지? 방을 따로 마련해주었던 걸로 기억하는데."

"그, 그것이. 폐하께서 다치신 후로 염려가 되어 같이 있게 해달라 졸랐습니다."

레이첼이 이불을 끌어올려 얼굴을 가렸다가, 부스스한 머리를 뒤늦게 정리했다. 여왕을 진심으로 떠받드는 시녀이니 그럴 만했다. 바스티안이 수긍하며 방 안을 둘러보았다.

"그런데 에르완은? 어디 있지?"

"아뇨. 출타하셨습니다. 늦게 돌아오실 거라 하셨는데."

"뭐? 어디로?"

"그게…… 산에 가신다고."

"예? 아직 동도 트지 않은 지금 말입니까?"

"저도 말려보았사온데, 워낙 졸려서……."

레이첼이 창피한 듯 이불 안으로 기어들어갔다. 옆에서 후베르트가 역시 대단하시다며 혀를 내두르는 소리가 점점 멀어졌다.

그녀가…… 없다고.

바스티안이 멍하니 되뇌었다. 없다. 벌써 나갔다고 한다. 부지런한 편이긴 하지만 이 시간에 외출할 정도는 아니다. 수면 시간이 규칙적인 건 누구보다도 그가 잘 알고 있었다. 그런데 왜 이런 이른 시간부터…….

그는 눈을 지그시 감으며 손끝으로 안쪽을 꾹 눌렀다. 남은 꿈의 잔재가 끊임없이 괴롭히고 있었다. 그녀를 볼 수 있다는 희망과 기대까지 좌절되자 더 극심한 피로가 몰려들었다.

미치겠다. 미쳐버릴 것 같다. 따끔따끔. 정신이 혼미하다. 망망대해에 홀로 놓인 듯 방향감각이 완전히 상실되었다.

왜 없어. 왜…… 벌써 보지 못한 채 며칠째인데.

그녀를 만나지 못한 동안 그 끔찍한 꿈을 계속 꾸었다. 만나기만 하면 이 수렁에서 벗어날 수 있을 것만 같았는데, 또 못 본다고……. 눈앞이 아득하고 캄캄해졌다. 느닷없이 절벽 끝까지 내몰려 훅 밀쳐진 것만 같다.

설마 나를 피하나?

순간 갈비뼈가 부서지는 줄 알았다. 불현듯 떠오른 생각에 흠씬 얻어맞은 것처럼 머리가 멍해졌다. 턱이 덜덜 떨렸다.

갑작스러운 변화에 후베르트가 새파랗게 질려서 다가왔다. 폐하, 괜찮으세요? 폐하! 걱정스레 건네는 말이 아주 멀리서 맴돌았다. 분노인지 노여움인지 모를 것으로 눈앞이 핑 돌았다. 도저히 생각이란 걸 이어나갈 수가 없었다. 덜덜 떨리는 손을 물끄러미 내려다보며 그가 되뇌었다.

"나를…… 피해?"

✧ ✲ ✧

에르완은 이른 아침부터 광장으로 향했다. 동이 트지 않은 시장은 사람이 없어 한산했다. 하늘을 향해 길게 뻗은 깃대는 죄인의 머리를 빼낸 지 오래지만 아직도 피가 마르지 않은 채였다. 붉고 축축한 깃대를 한참을 올려다보다, 이내 자리를 떴다.

멀리서 불어오는 실바람이 볼을 훑고 지나갔다. 어둠에 묻힌 도시를 바라보는 여왕의 눈은 그저 깊고 푸르렀다. 가혹하고 잔인한 처형이 집행된 날에도 잘리어는 아름다웠다. 바다에 일어난 물보라처럼, 진주를 품은 하얀 조개처럼.

역시 이 나라는 피와 어울리지 않는다.

바람결에 희미하게 배어나오는 피 냄새가 코끝을 괴롭혔다. 올곧기만 하던 여왕의 눈이 짙은 안타까움에 젖어들었다. 부디 이곳까지는 전쟁의 화마가 미치지 않기를 바랐건만.

"저쪽, 저쪽으로!"

그때였다. 부산스러운 발소리와 다급한 목소리가 새벽공기를 뒤흔들었다. 이쪽으로 다가오는 기척에 에르완이 본능적으로 골목 안으로 몸을 피했다. 발소리는 점점 커지고 있었다.

"이쪽일세, 핍박받는 병합국가 세력을 모집한다던 곳 말이야!"

"그런데 말이야, 믿어도 되나? 왜, 왕이 파놓은 함정일 수도 있잖나. 그 젊고 교활한 왕이 우리나라를 흡수했을 때처럼 말이야."

병합국가 세력이라니? 예상치 못한 말에 에르완은 숨을 잔뜩 죽인 채 귀를 기울였다.

"아닐세. 모르간느를 중심으로 뭉친 세력인데…… 잘리어를 분열시켜 통치에서 벗어나는 게 목표라고, 내 똑똑히 들었어. 군사도 충분히 마련해두었다고."

"그걸 어찌 믿나?"

"아직도 상황 파악을 못 하겠나? 며칠 전 광장에 효수되었던 죄인을 본 적 있지? 벨뷰 성 뒷산에서 밀렵을 하다 잡힌 꾼이라고 공표했지만, 실은 병합국가 잔재세력을 처리하기 위한 눈속임이라는 소문이 파다하네. 눈엣가시들을 하나씩 제거해버리려는 거지. 그런 게 아니라면 어째서 왕이 죄인의 목을 잘라 걸어놓았겠나? 그게 다, 우리에게 날리는 경고란 거지. 너희도 곧 이리될 거라는."

"젠장, 도망갈 데가 없다, 이거구먼."

"알아들었으면 빨리 가세. 이미 시간이 많이 늦었어."

살벌한 속삭임 끝에 그들은 다시 가던 길을 바삐 가기 시작했다. 병합국가, 잔재세력, 잘리어의 분열. 들은 단어를 되짚어보던 에르완은 사태의 심각성을 깨달았다.

반군. 이름만으로 섬뜩한 반란의 씨앗이었다.

고귀한 도시 잘리어, 그를 통치하는 아름다운 왕이 차례로 떠올라, 여왕의 눈앞을 아득하게 만들었다.

그녀는 곧 이성을 되찾고 골목 밖을 살폈다. 그들의 뒤를 밟을 참이었다. 대화만으로 미루어봐선 병합국가 잔재세력의 규모가 얼마나 큰지, 대제에게 실질적인 위협을 가할 수 있는 정도인지 파악하기 어려웠다.

아무리 작은 벌레라도 뿌리를 갉아먹으면 큰 고목도 쓰러뜨릴 수 있는 법이다. 여러 병합국가를 품고 있는 잘리어로선 그들이 뭉쳐서 반발하기 시작하면 치명타일 수밖에 없다. 병합국가 백성이라면 가지고 있을 불안이 결집력으로 이어지는 순간이 분란의 시초가 될 것이다.

결코 가볍게 넘길 일이 아니다.

에르완은 사방을 살피며 골목으로 사라지는 그들의 뒤를 조용히 밟았다. 빠르고 침착하게, 하지만 절대 알아차리지는 못하게. 그들은 누가 따라오는지 몇 번이고 뒤돌아 확인했지만, 전장에서 수많은 임무를 직접 수행해왔던 여왕에게는 어린애 장난일 뿐이었다.

마침내 그들이 도착한 곳은, 놀랍게도 여왕이 자주 찾았던 토론회장이었다. 언젠가 바스티안도 함께 온 적이 있던. 혹시 그 또한 이 상황을 알고 염탐하려 했던 것일까?

"저기라네, 저기. 병합국가 소속인 자들이 모인다는 곳 말이야."

"쉿. 이 사람아, 목소리 좀 낮춰."

다다닥. 또 다른 발걸음이 잔뜩 안달 난 채로 회장으로 향했다. 겁에 질렸지만 결연하게 문을 열고 들어가는 그들의 얼굴을, 에르완은 숨어서 똑똑히 지켜보았다. 척 보기에도 정치와는 거리가 먼 소시민들이었다. 권력이나 부귀영화를 누리기 위함이 아닌, 살기 위해 움직이는 이들. 계급의 최하위층인 그들이 움직였다면 문제는 더욱 심각해진다.

그림자 몇 개가 더 문틈으로 사라진 후, 그녀가 그 안을 들여다보고 숨을 삼켰다.

이백…… 아니, 삼백. 예상을 훨씬 웃도는 숫자의 사람들이 회장을 꽉 채우고 있었다.

✣ ✳ ✣

다시 성으로 돌아가는 길은 이미 날이 저물어 캄캄했다. 얼마 전에 있었던 공개처형 때문인지 인적이 드물어 스산하기까지 했다. 차갑게 식은 바람이 여왕의 볼을 스치고 지나갔다. 감정을 잘 드러내지 않는 그녀인데도 오늘은 유달리 어두운 기색이다.

사람으로 가득 차 발 디딜 틈 없던 토론회장이 눈앞에 아른거렸다. 당장 내일이라도 폭동이 일어나도 이상치 않을 규모였다. 대제가 이 사안을 얼마나 자세히 파악하고 있을까. 언젠가 자리를 함께했던 정찬에서 잘리어의 군대를 재정비하겠다는 말을 스치듯 들은 적이 있었다. 설마 이걸 대비하기 위해서였나.

「그는 병합하려던 소국에서 봉기가 일어나자, 마을 전체를 몰살했습니다. 힘없는 부녀자도, 아무것도 모르는 아이들까지 가리지 않고 모조리 태워 죽였지요. 다른 병합된 국가들의 동요가 두려웠던 겁니다.」

「아직도 눈앞에 선명합니다. 용병들이 마을 하나를 빽빽하게 에워싸고, 도망치는 자들을 베어내던 광경을. 왕은 개중 가장 차분했고, 갓난아이를 품고 필사적으로 도망치는 여자의 등을 향해 직접 시위를 당겼지요.」

언젠가 도미니크가 그런 말을 했을 때, 대제에게 가진 개인적인 감정이 편향된 의견을 불러일으켰을 거라 생각했다. 없는 말을 지어낸 건 아니더라도 전부 진실은 아닐 거라고.

그런데 얼마 전에 그 모습. 사람을 스스럼없이 흉기로 내리찍던 흉포함과 마주하는 순간, 도미니크의 말이 어쩌면 맞을 수도 있다는 생각이 스쳐지나갔다. 비이성적인 잔인함. 시뻘겋게 달아오른 눈은 평소에 알던 대제가 아니었다. 절벽 끝까지 몰려 이를 세운, 상처 입은 짐승 꼴이었다. 부하들이 몰려왔을 때에는 자취 없이 사라졌던 그 모습을 에르완만은 보았다.

번듯한 껍질 속에 감춰놓은 검은 이면. 그 눈빛이 끔찍했다. 비참하고 안타까운데 도저히 다가갈 수 없었다. 터무니없는 올가미에 걸린 것 같았다.

"그러니까…… 못 들여보내준대도 그러네!"

걷는 내내 생각에 잠겨 있던 여왕을 깨운 건, 문지기와 실랑이를 벌이고 있는 누군가의 목소리였다.

"안에 꼭 뵈어야 할 분이 계십니다. 통행증도 여기 있지 않습니까."

"통행증이고 뭐고, 안 된다니 그러네. 자네들 그때 그…… 내쫓겼던 그자들 맞지? 안 돼. 절대 안 되네."

익숙한 목소리가 시선을 자연스럽게 잡아끌었다. 낯익은 실루엣에 눈이 좁혀진 것은 찰나였다. 잠시 멈추었던 걸음을 틀었다. 그들은 문지기를 붙잡고 실랑이를 벌이기 시작했다.

"그렇다면 그분께 제 이름만이라도 전해주십시오. 분명 알아들으실 겁니다. 아니, 그분이 성안에 기거하시는지, 그것만이라도 알아봐주십시오. 성함은……."

"사이러스! 지금 그렇게 점잖게 말할 때가 아니라니까! 비켜봐, 우리가 누구인 줄 알고!"

"에셀레드 경."

올라가려던 목소리가 뚝 멎었다. 고장 난 것처럼 고개가 삐걱삐걱 돌아왔다.

"폐하아."

이곳에서는 비밀로 하고 있는 신분이지만, 걱정할 필요가 없었다.

에셀레드가 울기 직전이라 발음을 알아들을 수 없었기 때문이다. 에르완만큼이나 점잖은 사이러스조차 놀랍고 감격스러운 기색이다.

에르완은 그들의 상태를 빠르게 살폈다. 행색이 말할 수 없이 처참했다.

"여기엔 깊은 속사정이 있습니다. 그게……."

그녀의 심기를 읽은 사이러스가 냉큼 입을 열었다. 에르완은 그를 스치듯 보고 문지기에게 말했다.

"그들을 들여보내주게."

짧지만 묵직한 말이었다. 문지기가 움찔하며 눈을 굴렸다.

"예? 하지만……."

"그들은 나의 동행자네. 만일의 경우엔 내가 전적으로 책임을 질 테니 문을 열게."

"예에…… 정 그러시다면."

문지기는 끝까지 떨떠름한 기색을 숨기지 못했다. 두 남자를 내쫓으라고 명했던 건 다름 아닌 이 나라의 왕이다. 그 명을 어기는 건 자살행위나 마찬가지겠지만. 그가 에르완을 흘끔거렸다. 대제와 함께 자주 동행했던 여자이니 괜찮겠지. 사실상 알 수 없는 위엄과 기세에 떠밀린 탓도 있지만 말이다.

끼이이. 커다랗게 열린 문으로 세 사람이 들어섰다. 뒤로 문이 닫히자마자 얕은 한숨이 이어졌다.

"이미 도착할 시기가 지났는데 어째서 소식이 없는지 했더니."

"그런…… 꼴을 보여드려 송구합니다, 폐하."

사이러스의 고개가 맥없이 떨어졌다. 길바닥에서 구르다 온 것처럼 냄새 나고 더러운 행색부터 조금 전의 몸싸움까지, 주군께 송구스럽기 그지없었다. 입이 열 개라도 할 말이 없었다.

"아, 폐하! 거기엔 나름대로 이유가 있었습니다! 오자마자 무슨 일을 겪었는지 아세요?"

하지만 에셀레드는 입이 한 개라도 열 마디를 뱉어낼 수 있는 사람이었다. 그는 얼른 에르완 옆으로 쫓아가-오로지 그레더니어의 천방지축만이 저지를 수 있는 무례로-이곳에서 어떤 일을 당했는지 미주알고주알 늘어놓았다.

"어떤 어린애랑 부딪쳤는데 눈 깜짝할 새에 모조리 털렸지 뭡니까! 이 나라는 대체 치안이 왜 이런지. 염병할! 거기다 무슨 능구렁이 같은 놈을 만났는데, 저희를 치안대에 잡혀가게 하질 않나!"

"이봐, 에셀레드. 폐하께 무슨 불경스러운 언행인가. 하지만 폐하, 정말 저희는 억울한 상황이었습니다."

사이러스가 말리는 척 부추겼다. 그에 에셀레드가 응원이라도 받은 것처럼 목소리를 높였다.

"치안대에서 겨우 풀려나서, 예? 폐하를 만나러 이 벨뷰 성까지 찾아왔는데 그놈을 또 만났지 뭡니까. 대체 이 무슨 악연인지! 그놈은 저희를 치안대에 끌려가게 한 것도 모자라, 이 성에서 사정없이 내치기까지 했습니다!"

"이곳에서 일하는 시종으로 보였습니다만."

"통행증을 가진 사람까지 쫓아낼 수 있는 걸 보면 문지기와 친한 것 같았어요. 이게 바로 권력 남용인 거죠! 폐하, 저희가 늦어져서 얼마나 심려가 크셨습니까! 폐하의 근심을 크게 만든 그놈을 찾아서 혼내주세요!"

"어허, 에셀레드 경……."

"어? 저놈입니다, 저놈! 그 빌어먹을 능구렁이!"

번쩍 들리는 손을 따라 사이러스가 반사적으로 시선을 돌렸다. 원수는 외나무다리에서 만난다던가. 우연인지 필연인지, 진짜 그놈이 맞았다. 번듯한 얼굴은 사방이 어두운데도 똑똑히 보였다.

어, 그런데 무언가 이상하다. 처음 만났을 때, 그러니까 문지기와 잘 아는 시종쯤으로 여겼던 그때와 완전히 다른 차림이었다. 거기다 뒤에 거느린 시종들은 다 뭔가. "빌어먹을 능구렁이?"라며 귀를 의심하는 남자는 보좌관쯤으로 보였다. 아, 이제야 잘못됐다는 걸 깨달았다. "사이러스 경, 맞지? 그놈 맞지? 폐하, 얼른 혼내주세요!"라는 에셀레드의 성화는 귀에 들어오지도 않았다.

"어, 어라? 오라버니? 에셀레드 님?"

연이어 불쑥 고개를 내민 시녀가 눈을 동그랗게 떴다. 레이첼. 뒤늦게 심상찮은 사태를 감지한 에셀레드가 입을 다물었다. 그들은 잔뜩 얼어붙은 채, 능구렁이와 그가 이끄는 무리가 멈춰서는 걸 지켜보았다.

"'저게' 네 오라비라고?"

빌어먹을 능구렁이, 아니, 샤른호르스트 2세가 처음으로 입을 열었다. 찬찬히 훑어보는 눈길에 민망해진 사이러스가 고개를 떨어뜨렸다. 여왕에게 면목이 없어 쥐구멍에라도 숨고 싶었다.

바스티안이 슬슬 턱을 쓰다듬었다.

"빌어먹을 능구렁이라. 누구도 짐을 그렇게 부른 적이 없었는데. 이거 참 신선하군."

"……."

"다들 눈을 피하고 말도 없군. 상황정리가 좀 필요할 것 같은데."

“우선 제 부하들의 무례에 사죄드립니다.”

에르완이 군더더기 없는 사과를 건넸다. 이번엔 에셀레드마저 민망해하며 눈을 내리깔았다. 건조하게 그들을 훑어본 바스티안이 어깨를 으쓱였다.

“그래, 뭐. 받아들이지. 어려운 것도 아니고.”

“나머지 이야기는 따로 뵙고 하겠습니다.”

“안 그래도 당신을 찾아서 내가…….”

“따라오십시오.”

에르완은 긴말 않았다. 거들먹거리며 늦장을 피우는 대제의 팔목을 잡고, 그대로 잡아끌었다. 뒤에서 어떤 놀라는 소리가 들려도 개의치 않았다. 발을 동동거리는 레이첼, 제 주군이 ‘남자의’ ‘손목을 잡고’ ‘끌고 갔다는’ 세 가지 사실에 기함한 부하들의 모습이 선했다. 하지만 그 누구도 “오늘 좀 거칠지 않아? 이러지 않아도 야심한 밤에 단둘이 있는 건 환영인데.”라며 능청 떠는 바스티안만 못했다.

에르완은 기어이 침실까지 쳐들어갔고, 빈방인 걸 거듭 확인한 후에야 손을 놔주었다. 정복 여왕이라는 수식이 허투루 붙은 게 아니군. 후끈거리는 손목을 매만지며 바스티안이 방을 둘러보았다.

간밤에 피운 난동은 이미 흔적 없이 깨끗했지만, 술 냄새만큼은 아직 다 빠지지 않은 채로 진동하고 있었다. 그러고 보니 몸에서도 심하게 나는 것 같은데. 바스티안은 소매를 들어 킁킁 냄새를 맡다가 민망해하며 내렸다.

드레스룸까지 둘러보고 그에게 돌아오는 에르완을 그림 감상하듯 보았다. 아주 오랜만에 보는 것처럼 그립기도, 바로 어제 본 것처럼 친숙하기도 했다. 그녀의 턱이 단단하게 당겨진다. 말을 하기 전 보이는 버릇이다.

"벗으십시오."

"뭐?"

얼빠진 목소리로 되물었다. 그에 그녀는 더없이 사무적이고 진중한 표정으로 다시 입을 열었다.

"벗으라고 했습니다."

두 번 들어서야 제 귀가 고장 난 게 아님을 알았다. 설마 이 밤에 강제로 끌고 와서 농담이나 건넬 리는 없고…… 아니, 그녀가 농담을 좋아하지 않는 성격인 건 누구보다 잘 안다. 그런데 벗으라고? 상의? 하의? 그 전에, 뭣 때문에?

바스티안이 온갖 상상과 혼란에 빠져 있는 사이, 마주 보고 있던 에르완이 다가오기 시작했다. 한 걸음, 두 걸음. 가까워지는 만큼 그들 사이 간격도 좁아졌다.

도대체 무슨 상황인가. 뭐 하자는 거지? 내가 꿈이라도 꾸나. 드디어 돈 건가. 그렇지, 틀림없이 술을 너무 많이 마셔서일 테다. 그런데 왜 계속 오지? 이것보다 더 가까워지면 코도 닿을 것 같은데? 어, 언제까지 다가오는 거지……?

그리고 다음 순간, 주춤주춤 물러나던 발꿈치가 침대에 걸렸다. 푹 뒤로 넘어가자, 기다렸다는 듯이 에르완이 올라탔다. 당황하여 일어나보려 했으나 허벅지를 짓누르며 제압하는 힘을 이길 수 없었다. 남자보다 힘은 약하더라도, 효율적으로 사용하는 법을 아는 듯했다.

"에르완?"

그녀의 이름을 담는 목소리가 스스로 놀랄 정도로 쉬어 있었다. 연일 뇌가 녹도록 술을 퍼마시고 에르완을 찾으며 난동을 부려댔지만,

되물을 정도의 의식은 있었다.

그의 앞섶을 잡고 풀어헤치기 시작한 손은 망설임이 없었다. 벗기기 힘든 부분은 그대로 잡아 찢었다. 그는 순식간에 맨몸이 되었다.

창문으로 스며든 달빛이 그녀의 옆모습을 섬세하게 조각했다. 우아한 윤곽에 전의마저 상실했다. 허리가 뻐근했다. 맞닿은 허벅지가 손목보다 더 화끈거렸다. 주도권은 완전히 빼겨버렸지만, 그는 속물처럼 이 순간이 꿈이 아니기만을 바랐다.

두 눈을 질끈 감았다. 무슨 일을 당할지 몰라서였지만, 내심 기대되는 것도 사실이다. 갈비뼈가 부서지도록 맥박이 뛰었다. 술병을 집어던지며 난동을 피우던 몇 시간 전이 가물가물할 정도로 낯이 뜨거웠다. 이쯤 되면 조울증이 아닌가, 스스로가 의문스러울 지경이다.

"이 상처들은 뭡니까?"

그 목소리에 눈을 떴다. 그의 몸을 훑어보는 눈길에 아찔해지는 한편, 맨살에 얼음을 대고 문지르는 것처럼 차갑기만 하다. 그녀는 몸에 난 수많은 상처들을 보고 있었다. 다양한 방법으로 바스티안을 죽음의 문턱까지 몰아넣곤 했었던, 형의 잔재.

얼굴이 확 달아올랐다. 이제껏 감춰왔던 치부들이 적나라하게 드러나자 수치감이 몰려왔다. 어깨에서부터 가슴, 배, 그러다 팔까지 훑는 눈길을 견디기 어려웠다. 그와 동시에, 그는 이제껏 단단히 착각하고 있었음을 '느꼈다'. 비록 머리는 깨닫기를 끝끝내 거부하고 있었지만, 그녀에게선 어떠한 성애(性愛)의 흔적도 찾아볼 수 없었다.

"게다가 이 손은, 제법 오래된 몸의 상처들과는 달리 최근에 생긴 걸로 보이는군요."

한 군데에 유난히 오래 머물러 있던 시선이 빛을 품고 올라왔다. 파도가 치는 양 파랗고, 새하얗고 까마득히 검다. 바스티안이 황급히 주먹을 쥐었다.

"아, 이건……."

"스스로 낸 상처군요."

서툰 변명을 뱉어내려던 입이 다물렸다. 부상에 관한 한 귀신을 속이는 게 더 쉬울 것을 알고 있다.

"자해라도 하신 겁니까?"

몸을 빼곡하게 채운 흉터에 대한 궁금증을 눌러놓고 던진 물음이었다. 적막한 목소리에 심장이 덜컹거렸다.

"정신 차리려고 한 거야, 정신. 할 일이 많은데 자꾸 졸려서. 왕이 얼마나 피곤한 직업인지 당신도 잘 알잖아."

"단순히 졸음을 깨기 위해서였다면 다른 방법도 있을 겁니다."

"긴급한 서류들이 많아서……."

바스티안은 동요를 숨기기 위해 무진 애써야 했다. 실은 자해가 맞다. 아무리 술을 마셔도, 독한 수면제를 털어 넣어도 악몽이 끊이지 않기에 차라리 잠자리를 거부했다. 앉은 채로 밤을 버티는데 하도 잠이 깨지 않기에, 깨진 유리조각으로 손바닥을 찢었다. 생살을 찢어내는 아픔은 잠을 깨기엔 충분했으나, 바닥을 더럽힌 핏자국은 왈칵 짜증을 불러일으켰다.

그보다 더 화나는 건, 오래 지나지 않아 감기는 눈이었다. 손목을 완전히 절단해야 잠들지 않을 텐가. 바스티안은 곧장 생각을 시행하려다가, 양탄자를 이보다 더 더럽힐 수는 없다는 이유로 겨우 참아냈다.

"그러니까 폐하께서는 지금 사십 도가 넘는 술을 마신 채로, 손을 그어가며 서류를 보셨단 말씀을 하시는 거로군요."

"술은 단순히 내가 좋아하는…… 잠깐, 에르완, 갑자기 왜 이래? 당신답지 않게 꼬치꼬치 캐묻고."

"수면제는 언제부터 복용하신 겁니까?"

"별것도 아닌 이야기를 꼭 이런 자세로 해야겠어? 나 자꾸 착각하려고 하는데……."

"대답하십시오."

허벅지를 누르는 힘이 조금 더 강해졌다. 뼈가 맞부딪치는 아픔에 절로 신음이 흘러나왔지만, 에르완은 순순히 물러나지 않았다.

"대제께서 복용한 수면제는 중독성이 있어 심한 수면장애 환자들에게만 처방되는 것입니다. 마약류로 분류되어 일정 용량을 초과할 시 죽음에까지 이르기도 합니다. 그런데도 별것 아닌 이야기입니까?"

"말한 적도 없는데 약은 어떻게 안 거야? 응? 와, 정말이지 당신은 모르는 게 없…… 아야야."

"두 번 다시 자해하지 않는다 확언하십시오."

대충 붕대를 둘러놓은 손의 상처를 꾹 누른다. 처음에는 실실대며 말을 돌려보려 했는데, 손아귀힘은 점차 세지기만 했다. 장난이 아니었다. 그녀는 약한 힘으로도 어디를 누르면 치명적인지 너무나 잘 알고 있었다. 비명이 절로 터졌다.

"아…… 아아! 잠깐만, 놔줘. 아파! 아프다고!"

"약조하십시오. 약도 끊으시겠다고."

"괜찮아. 내가 약을 모르고 사용한 것은 아니니까. 양만 조절하면 쓸 만한…… 아! 알았어, 알았어!"

꾸우우욱. 상처가 터지지는 않되 아픈 부분만 골라 누르는 솜씨에 그가 결국 백기를 들었다. 너무나 고통스러워 번쩍거리던 눈앞이 차츰 색을 찾아갔다. 올라타고 있던 무게감까지 사라지고 나서야 그는 제대로 숨을 뱉을 수 있었다.

"……당분간 건강을 챙기십시오. 성 밖에도 나가지 않는 것이 좋겠습니다."

"성 밖은 갑자기 왜?"

"……."

"아, 병합국가 세력 때문에 그래? 폭동이 일어날까 봐?"

이번에는 그녀가 제법 놀란 눈치였다. 바스티안은 옷가지를 둘러 무수한 흉터를 숨겼다.

"설마 내가 그 정도 파악도 안 하고 있었을까 봐? 걱정 마. 내가 직접 폭동에 휘말리면 처리가 훨씬 쉬워지고 좋지."

"처리라 하심은."

"별게 있나. 몰살시키면 그만이란 거지."

날씨 이야기를 하듯 대수롭지 않은 목소리였다. 늘 온화함을 품고 있던 눈이 시리도록 차가워졌다.

"……진담이십니까?"

"왜 농담이라고 생각해?"

"군주가, 백성을."

"나는 백성이 추대해 만든 왕이 아냐. 그들 위에 군림하는 왕이지. 알다시피 그들의 삶을 들여다보기 위해 성을 나서는 것도 아니고 말이야. 하도 돌아다닌 덕에 병합세력의 근거지로 추정되는 곳을 알아내긴 했지만."

"……."

"……."

"……여쭙고 싶은 게 있습니다."

"물어봐."

바스티안이 시원스레 답했다. 다시 마주친 그녀는 드물게 복잡해 보였다. 목구멍 부근에서 우글거리는 말 중 어느 것 하나 쉽게 내뱉을 수 없는. 단단히 다물어진 입매는 움직일 줄 모르다, 한참 후에 열렸다.

"혹, 국가를 병합하는 과정에서 그와 같은 처분을 직접 내린 적이 있습니까?"

"뭐."

"반발세력뿐 아니라 일반 백성들까지 목을 베고, 그들의 보금자리를 불태운 일이 있습니까?"

바스티안은 그 말이 품은 교묘한 떨림을 느꼈다. 그는 그녀를 잠시간 바라보다가, 입꼬리를 틀어올렸다. 흐릿했던 눈이 기이하게 뒤틀렸다.

"분명 그런 명을 내린 적은 있었지. 아, 명령을 내렸다 뿐이겠어? 직접 이 손으로 시위를 당겨 활을 쏘기도 했지."

"……."

"그 수많은 사람 사이에서 '진짜' 반란분자를 색출해내기란 무척 힘든 일이야. 사람의 마음을 읽을 수 있는 능력이 있는 게 아니고서야, 무슨 기준으로 진짜를 가려낼 수 있겠어? 이미 돌이킬 수 없는 상황이라면 판을 엎고 새로 짜는 게 나아."

"그 방법이…… 학살입니까?"

"그보다 더 확실한 방법이 있어?"

"……."

"나는 확실한, 빈틈없는, 다시 살아나지 않도록 완전히 불씨를 꺼뜨리는 방법이 필요해."

잠깐 말을 멈추고 상대를 응시했다. 깊은 금빛 눈에 파도가 넘실거리고 있었다. 둘 사이에는 보이지 않는 벽이 있었다. 도저히 넘을 수 없는 몰이해. 닮은 점에 매료되어 순식간에 가까워진 그들은, 이젠 서로 얼마나 다른지에 대해 놀라고 있었다.

"당신은 실망할 때 그런 표정을 하는군. 처음 알았어."

어둠이 그녀의 얼굴에 새기는 양각(陽刻)을 세밀하게 뜯어보았다.

"그걸 보는 내 기분이 이렇게 더러워질 수 있다는 것도, 처음 알았어."

의미 없는 웃음소리가 텅 빈 공기를 두드렸다. 처음 보았을 때부터 태양처럼 빛나던 그녀였다. 눈을 뜨고, 감고, 서 있고 앉는 모든 순간 그녀는 왕이었다. 설령 실오라기 하나 걸치지 않는대도 누구도 부인할 수 없는 무게감을 가진 여자였다. 그녀는 그렇게나 그와 다르다. 참 새삼스러운 깨달음이었다.

"그래, 당신이라면 나처럼 하진 않았겠지. 지역 전체를 몰살하고 직접 활시위를 당기는 것보다 더 고결한 방법을 찾았을 거야. 더 확실하면서 자비로운 안을 내어 대대손손 칭송받았겠지. 과거의 망령에 붙잡혀 술과 약을 들이켜지도 않았을 테고, 한밤중에 난동을 피우는 일도 없었을 거야. 하지만, 하지만 나는 아니거든."

더듬거리며 올라온 손이 가슴 부근을 꽉 쥐었다.

"나는 당신과 달리 겁쟁이라, 내게 조금이라도 위협이 될 수 있는 인간들은 목을 따버리지 않으면 직성이 풀리지 않아. 발 뻗고 잘 수조차 없어. 적통을 이어받은 당신은 모르겠지만, 나는, 내가 이어받은 더러운 피는 매분 매초 흘러다니며 고동치고 있거든! 버젓한 왕관과 인두겁을 뒤집어썼지만, 사생아의 찌든 내는 숨길 수가 없거든! 흉터로 가득한 이 비천한 몸뚱이가, 우습게도, 바로 그들이 반란을 일으키는 명분 그 자체니까! 대단한 치세? 세상에 다시없을 성군? 빌어먹을 소리 하지 말라 그래. 내가 죽으면 그깟 것들이 죄다 무슨 소용이지?"

짐승의 울부짖음에 가까운 고함이었다.

"이런 나를 책망해?"

이것이 질투임을 안다.

"내 비겁함을 속으로 경멸하고 있지?"

열등감인 것도 안다.

"고귀한 여왕이 나란히 서기엔 내가 너무 야만인이던가? 어린아이조차 반란의 씨앗이 될까 무서워서 죽이는 이런 내가."

정신을 반쯤 놓고 지껄이고 있는 것을 인지하는데도 멈출 수 없었다.

"아닙니다."

"당신도 거짓말을 할 줄 아는군."

"진심으로, 아닙니다. 저는 아직도 대제 폐하를, 둘도 없을 동료라고 여기고 있습니다."

흔들림 없이 돌아오는 목소리에 얼굴이 확 붉어졌다. 스스로의 비천함과 그녀의 곧음이 격차가 너무나 컸다. 부끄럽다. 벌거벗은 채로 만인 앞에 서더라도 이보다 더할 순 없었다.

세상 모두가 알아도 당신만은 모르길 바랐는데.

"……그렇다면 당신의 기준을 내게 강요하지 마."

밀렵꾼과 마주친 순간, 백성에게 칭송받는 대제는 죽고 사생아가 껍질을 깨고 모습을 드러냈을 때, 살기 위해 몸부림치고, 바보 행세와 계집질을 해대던 그가 나타났을 때, 그 앞에 있는 게 여왕이 아니기만을 바랐는데.

"당신과 나는 애초에 달라."

사실 나는 당신을 동경했다. 당신에게선 내가 갈 수 있었던 또 다른 길을 볼 수 있어서. 당신과 함께 있으면 마치 내가 그 길을 나란히 걸어가고 있는 것처럼 느껴졌다. 학살자가 아닌 성군으로.

"당신을 싫어하게 만들지 마."

"……."

"그러고 싶지 않다."

하지만 결국 아니었다. 사람의 발걸음을 좇아도 짐승의 길을 걷고 있었다. 반대편 길에 서서 짐승은 사람을 올려다보았다. 붉디붉은 잇몸으로 날고기를 씹으며, 읊조린다.

나 역시, 당신처럼 되고 싶었노라고.

Chapter 2

빠르게 불어난 세력인 만큼, 끄나풀은 매우 쉽게 잡혔다. 반란군의 중앙세력에 비하여 결속력과 보안이 약한 그들은 고문실에 끌려가기도 전에 수많은 이름을 줄줄 쏟아냈다. 그중에는 무고한 이도 섞여 있겠지만, 바스티안은 진실 여부를 가리지 않았다. 조금이라도 의심이 가면 반역죄로 잡아넣었다.

병합국가와 관련이 없는 지역은 변함없이 평화의 시대를 칭송했지만, 물밑으로는 흉흉한 소문이 떠돌아다녔다. 소리 소문 없이 사람이 잡혀간다는 둥, 그렇게 잡혀가면 살아 돌아올 수 없다는 둥. 몇 주 전 수도에서 행해졌던 공개처형과 효수에 관한 이야기가 소문을 뒷받침하며 떠돌았다.

왕에게 이런 사정을 보고하는 건 보좌관 후베르트였다. 그는 병합국가 세력들 사이에서 대제가 어떤 식으로 불리고 있는지 차마 입에 담지 못할 지경이었다. 그가 보기에도 이미 감옥에 수감된 죄인들 중 무고한 이가 많았다. 이렇게 심각한 상황인데 바스티안은 한가롭게 연못에서 물수제비나 뜨고 있다니. 이런 때에 입을 다물고 있을 수만은 없었던 후베르트는 큰 용기를 내어 말했다.

"……이렇게 민심이 좋지 않은데, 폐하. 재고해보심이 어떠실까요.

이러다간 폐하를 지지하던 백성들까지 등을 돌릴 판이에요."

"다음 안건은?"

"폐하, 제발요."

통통통통. 바스티안이 들은 척도 않고 돌멩이나 던지고 있자, 후베르트가 답답함을 이기지 못하고 소리 높였다. 흘끗 돌아오는 눈길에 금세 움찔하고 말았지만.

"자네가 에르완 같은 평화주의자였는지 미처 몰랐군."

"평화주의자가 아니라, 폐하, 요즘 좀 이상해지신 거 아십니까? 밤에 편히 주무시지도 못하고 연일 술만 드시고…… 옛날이었으면 이런 명은 내리지 않으셨을 거예요."

"술은 옛날부터 좋아했어."

"그런 말이 아니지 않습니까. 밀렵꾼 사건이 있었을 때부터 완전히 다른 사람이 되셨어요. 예술과 문학을 사랑하던 폐하는 어디로 가고……."

"사람을 잘못 봤나 보지."

"지금은 완전 루베르튀르 3세가 살아 돌아오신 게 아닌가 하는 생각까지 든단 말입니다!"

루베르튀르 3세는 부모와 형제를 죽여 왕위에 오르고, 대외적으로 열 개가 넘는 식민지를 약탈하다 결국 암살당한, 희대의 폭군이었다. 몇몇 역사서에서는 그를 왕으로마저 인정하지 않고 있었다. 지나친 비유긴 했으나 그만큼 바스티안을 걱정하고 있기 때문이기도 했다. 홧김에 내뱉은 말에 후베르트는 저조차 당황한 기색이었다.

"……그래? 자네가 보기엔 내가 폭군이 따로 없단 거군."

할 일 없이 놀리던 손을 멈추고, 그가 돌아보았다. 해도 너무했다.

실수를 깨달은 후베르트가 잔뜩 긴장하며 어깨를 움츠렸다.

"죄송합니다, 폐하. 제가 실언을……."

"당연히 자네는 그런 폭군의 보좌관이 되고 싶진 않을 테고."

"네?"

뜻밖의 말에 후베르트가 고개를 홱 들었다. 바스티안의 눈이 쇳조각처럼 차가웠다.

"절이 싫으면 중이 떠나야 하는 법이지. 내일부터라도 새 보좌관을 들여도 좋아. 폭군의 면상 따위 더 마주하고 싶지 않을 것 아닌가."

"저는, 저는 그런 뜻이 아니라……."

"왜 그리 정색해. 역사 속에 자네 이름이 폭군 옆에 나란히 기술되는 건 싫지 않아? 오랜 정으로 생각해주는 건데 마음을 몰라주는군. 섭섭하게."

"폐, 폐하."

"내일부터 다른 놈 보내는 걸로 알고 있겠네."

온몸을 사시나무처럼 떨고 있는 후베르트를 뒤로하고 바스티안은 느릿느릿 자리를 떠났다. 아, 시끄럽게 떠들어대는 놈이 없어졌으니 한동안 좀 조용히 살 수 있겠군. 가끔 심심할 순 있어도 뭐가 대수인가. 눈만 감으면 들이닥치는 악몽 때문에 정신이 혼미했다.

✣ ✳ ✣

다음 날부터 보좌관은 다른 사람으로 교체되었고, 그다음 날엔 부르군트의 외교대신이 복귀했다. 외교대신은 짐을 풀기도 전에 왕과의 알현을 청했다. 뭐? 도착한 날 곧장 만나자고? 후베르트의 뒤를 이은

새 보좌관에게 몇 번이나 되묻자 어벙하게 고개를 끄덕인다.

부르군트가 어딘가. 발루아와 오랜 전쟁을 치르고 있는 적국이지 않나. 탁한 먼지가 쌓여 있었던 머리를 뒤적거리다 말고 한달음에 알현장으로 향했다. 에르완의 숙적, 프리드리히 왕이 보낸 외교대신이 그를 기다리고 있었다.

"뜻밖의 방문이시군요. 에르미니아 경이 올 거로 생각했는데."

바스티안이 빠르게 그를 스쳐지나 상석에 앉았다.

"시일을 이렇게 당겨 방문한 게 당신이라니. 이게 대체 무슨 꿍꿍입니까?"

"하하, 폐하. 무슨 말씀이십니까. 꿍꿍이라니요."

뱀처럼 가느다란 눈이 둥그렇게 휘어졌다. 바스티안이 웃음을 터뜨렸다.

"다 아는 사이끼리 이러지 말죠, 알미란트 보르본. 경이 프리드리히 왕의 둘도 없는 책사인 걸 모르는 사람이 세상에 있습니까?"

"잘리어의 대제 폐하께서도 그렇게 생각해주시다니, 이런 영광이."

"그런 중요인물을 중립국의 외교대신으로 보낼 만큼 부르군트가 여유로운 상황입니까?"

예리하게 찔러오는 질문에 보르본이 허리를 굽히려다 주춤했다. 그러다 손을 마주 잡고 비비면서 살살 웃었다.

"이런, 그 정도로 저희 부르군트가 잘리어를 가까운 협력국으로 여기고 있다고 생각해주시죠."

"그리 여기고 있으니, 발루아에는 협력하지 말아달라?"

"의도한 바는 아니었습니다만, 그런 일이 벌어져서 부르군트와 잘리어 양국 사이가 멀어지지만은 않기를 바랄 뿐입니다."

"협박처럼 들리는데."

"그럴 리가요! 개인적인 권고일 뿐입니다. 지극한 사견이므로 프리드리히 폐하의 뜻과는 다를 수도 있음을 부디 알아주십시오."

그들은 전쟁 같은 대화를 평화로운 얼굴로 끝낸 뒤, 사이좋은 친구처럼 헤어졌다. 한결같이 거슬리는데 딱히 콕 집어 지적할 수 없는 말만 늘어놓는다. 책략가라기보단 간교한 정치인에 가까운 자로군. 그런데 하필 이 시국에, 본래의 외교대신을 밀어내고 온 저의가 무얼까. 비늘처럼 흐물거리는 보르본의 뒷모습을 보며 바스티안이 의자 손잡이를 두드렸다.

✣ ✳ ✣

내전의 군사적 충돌은 예상보다 더 급작스럽게 일어났다. 하늘에 구멍이 뚫린 듯 폭우가 쏟아진 어느 날, 그 새벽에 폭동이 일어났다. 규모는 작은 편이라 위협적이지 않았을뿐더러, 과거에 병합국가를 흡수했을 때 이 정도 소란은 빈번했으므로 다들 대수롭지 않게 여겼다. 날이 밝자마자 왕이 회의를 소집하기 전까지는 그랬다.

회의장에 모인 대신들은 평소와 달리, 가까운 지역 영주들까지 모조리 소집된 걸 보고 놀랄 수밖에 없었다. 파발을 받고 새벽같이 달려온 영주들에게선 피곤한 기색이 역력했다.

왕은 곧 나타났다. 며칠 독에 넣고 절인 것마냥 심한 술 냄새를 풍기면서. 방금 잠자리에서 일어난 부스스한 몰골로 느릿느릿 상석에 앉는 그의 모습에 모두가 숨을 삼켰다.

"간밤에 있었던 일에 대해선 전부 아리라 믿소."

처참한 꼴에 비해 명확한 발음이었다. 의자에 눕다시피 앉은 그가 턱을 괴었다.

"오늘은 그것들을 어떻게 조지면 좋을지 경들의 의견을 듣는 자리요. 그러니 자유롭게 말해도 좋소. 짐 앞이라고 입을 조심할 필요 없고, 형식적인 절차일 뿐이니 긴장들 하지 마시오. 어차피 난 내 마음대로 할 거거든."

발칙할 정도로 솔직한 발언이다. 도미니크는 말이 끝나기도 전에 인상을 찡그렸으며, 나머지는 어리둥절한 표정을 숨기지 못했다. 누구 하나 입을 열지 못한 채 서로 눈치를 봤다. 부산스러운 침묵이었다. 뒤에 선 신임 보좌관은 이 분위기에 어찌할 바 모르고 쩔쩔맸다.

"하여튼 말해보라고 하면 다들 약속이라도 한 것처럼 입을 다문다니까. 하지 마라 할 땐 잘도 말하면서."

바스티안이 비뚤게 웃으며 눈을 굴렸다. 움푹 파인 눈 아래 그늘은 그가 간밤에 꾼 악몽처럼 짙었다.

"그럼 먼저 브뤼스에서 온 테오필 백작."

"예, 예?"

"뭐 그리 놀라. 그냥 말해보라는 건데."

"소…… 소인의 짧은 생각으로는……."

"짧은 거 알고 묻는 거니까 그런 말 덧붙일 필요 없네."

"송구…… 송구합니다."

"어서 말해보라니까. 얼마나 짧은지는 듣고 판별해줄 테니까. 이미 답은 이 머릿속에 있어. 아까 말하지 않았나, 결국 결론은 짐의 마음대로 할 거라고. 그러니 쓸데없는 머리 굴리지 말고 어서 시간이나 채우게."

노골적인 그 시선에 테오필은 식은땀을 흘리며 쩔쩔맸다. 왕은 그런 그를 실실대며 은근히 괴롭혔다.

이게 대체 무슨 회의인지. 아무리 규모가 작았다지만 폭동은 폭동이다. 상황의 심각성에 비해 지나치게 가벼운 왕의 태도에 모두가 당황하던 찰나, 내내 눈살을 찌푸리고 있던 도미니크 공작이 마침내 입을 열었다.

"폐하, 술주정은 회의 끝난 후에 따로 하시는 게 어떻겠습니까."

실실 휘어져 있던 바스티안의 눈이 조금 먼 곳을 향했다. 단단한 칼처럼 기개 있는 시선과 곧 마주쳤다. 왕은 더 재미있는 장난감을 찾은 것처럼 눈을 빛냈다.

"형수! 형수가 오해하는 모양인데."

"누가 폐하의 형수입니까."

그녀가 딱딱하게 되받아쳤다. 바스티안이 혀를 찼다.

"그렇지, '이제는' 남이 됐지. 아쉽군, 아쉬워. 그렇대도 말이오, 주정이라니. 짐은 멀쩡해. 취하지 않았소."

"아뇨, 충분히 취하셨습니다. 회의장에 진동하는 술 냄새에 저마저 취해갈 정도인데, 폐하께선 어떠시겠습니까."

생각은 했지만 누구도 꺼내지 못한 말이었다. 뒤통수 한 대 맞은 듯 멍해 있던 그가 푸르르 고개를 흔들었다.

"그래, 그래. 사실은 취한 게 맞소. 하지만 정신은 빌어먹을 정도로 말짱하다니까. 충분히 이성적이란 말이오. 봐, 반년 전에 승계했다곤 하지만 왕 앞에서 아무 말 못 하는 저 얼치기를 봐주고 있잖아? 몇 번이나 달래며 말을 섞고 있잖아? 아주, 자비롭게 말이야."

눈을 굴려 어린 백작을 가리킨 그가 짙게 웃었다. 도미니크는 다시 벌벌 떠는 테오필을 스치듯 보고 한숨을 쉬었다. 해적들을 호령하여 휘하에 둔 그녀의 눈엔 그가 가녀린 핏덩이처럼 보였다.

"그렇다면 폐하의 판단을 들려주시지요. 이미 품으신 뜻이 있다면 멀리 돌아갈 필요 있겠습니까."

"그래? 뭐, 형수, 아니, 도미니크 공께서 그렇게 말하신다면야."

끝까지 조롱하며 바스티안이 자리에서 일어났다. 상석 앞에는 잘리어의 지형, 그리고 지역별로 주둔하고 있는 군의 분포가 그려진 지도가 있었다. 그가 한쪽 소매를 경건하게 걷으며 수도 근처를 짚었다.

"이번 폭동은 브뤼스와 오뱅 사이에서 일어났소. 경들도 알다시피 규모는 작았지만, 병합국가에 소속된 적 없는 지역이라는 게 문제지. 다시 말해서, 이제까지와는 다른 양상을 보이고 있단 거지."

세심한 손끝이 수도를 에둘러 또 다른 지역을 짚었다.

"핏덩이 살바토레가 이 기회를 놓칠 리가 없지. 몸집을 불린 지 얼마 되지 않은 신생 세력이니 빠르게 수도로 치고 들어올 거야. 그래서 짐은 경들의 사병을 포함한 병력을 적절히 재배치할 생각이네. 먼저 도미니크 공의 사병부터 말해보자면…… 아, 물론 공이 비공식적으로 보유하고 있는 해적들은 제외하네. 이번은 해상전이 아니니까……."

그는 창 쪽 위에 있던 체스말을 와르르 쓸어다 지도에 하나씩 올려놓았다.

"우선 기사 이천과 보병 삼천을 섞어 브뤼스로, 궁수는 협곡이 많은 트람쿠르로 보내. 데보라처럼 치안이 특히 약한 지역은 오천씩, 나머지는 수도 근처에 배치하기로 하지. 아, 이냐스 자작은 올해 영지가 풍작이니만큼 군수품을 제공해줬으면 좋겠군. 그리고 나머지는……."

왕의 입에서 줄줄 흘러나오는 말에 대신들은 적잖이 동요했다. 그가 계획한 대로 병력이 움직이려면 적어도 군사 육만이 필요한데, 왕실이 보유한 군은 반 정도밖에 되지 않는다. 부족한 군사와 군수품은 귀족들이 채우라는 뜻이었다.

보이지 않는 불만이 회장을 가득 메웠다. 비상시국이니만큼 도리를 다해야 하지만, 엄연한 개인 재산을 이렇듯 당연하게 강탈해갈 수는 없는 법이었다. 도미니크가 먼저 입을 열었다.

“방어를 위해서라기엔 과한 병력이군요. 군사적 충돌까지 염두에 둔 것입니까?”

“역시 도미니크 공! 내 뜻을 알아주는 사람은 형수뿐이라니까! 이런 여장부를 형님은 대체 무슨 생각으로 약혼녀로 맞아서!”

왕은 어린아이처럼 손뼉을 짝짝 쳐댔다. 도미니크는 헛소리 집어치우라는 말을 참으며 혀를 깨물었다.

“반란세력의 주둔지역은 이미 파악해놨어. 이참에 본보기로 정리할 생각이네.”

“무고한 백성들이 휘말릴 소지는 감수하고 진행하는 겁니까?”

“대의를 위한, 어쩔 수 없는 희생도 있게 마련이지.”

데구르르. 게임을 하듯 지도 위에 놓이던 체스 피스가 굴러다녔다. 킹, 퀸, 나이트, 룩. 순서 없이 섞인 피스 사이에서 폰을 유독 오래 응시하던 도미니크가 고개를 들었다. 왕에게 향하는 눈은 감정 하나 없이 싸늘했다.

“폐하께선 점점 리상드르를 닮아가시는군요.”

과녁은 빗나가는 법이 없었다.

금기시된 이름 하나로 회장의 공기는 급속도로 얼어붙었다. 누군가는 눈을 질끈 감았고, 또 누군가는 숨조차 내쉬지 못했다. 어릿광대처럼 매달려 있던 왕의 미소도 점점 씻기듯이 사그라졌다.

"형이 꽤 그리우신 모양이군요, 형수께선. 만나러 가시겠다면 도와드릴 수도 있습니다만."

"사랑 없이 한 약혼에 그리움 따위의 감정을 가질 리가 있겠습니까. 저는 두 명의 폭군을 상전에 둔 신하로서……."

"폭군이라."

"차라리 전대의 왕이 나았다 여기는 겁니다."

"……."

"적어도 그에게는 기대 따위 걸지도 않았으니까."

도미니크는 그 옛날, 개처럼 설설 기어 다니던 바스티안의 잠재력을 알아보았던 유일한 이였다.

아직도 똑똑히 기억한다. 장대비가 쏟아지는 어느 날 찾아왔던 도미니크를.

작디작지만 여느 장수에게도 지지 않을 기개로 찾아와 그에게 반란을 제안했다. 무슨 소리냐고 헛웃음 치는 그에게 그녀는 휘하에 둔 병력을 읊었다. 선대 도미니크가 보유하던 사병의 수를 다섯 배 넘게 불린 것도 모자라 해적까지 움직일 수 있다고 했다.

해적이라니! 도저히 믿을 수 없었다. 그들은 심지어 부르군트의 무적함대까지 약탈해대던 이들이 아닌가.

마음만 먹으면 가히 나라 하나를 뒤엎을 정도라, 나중에는 역으로 도미니크에게 여황제가 되어보라 제안까지 했었다. 왜 스스로 낙원에서 걸어 나와 나락으로 떨어지려 하냐며.

"공, 이러다 큰일 나시겠습니다. 이제 그만하시죠."

누군가 옆에서 속삭거렸지만, 도미니크는 꿈쩍하지 않았다. 바스티안은 속으로 그를 비웃었다. 당신이 만들 잘리어, 가진 건 혈통뿐인 적장자가 아닌 바스티안에게 제 미래를 걸겠다고 선언하던 그녀다. 지금 와서 목숨을 아까워할 그릇이 아니었다.

하지만 그때도 지금도 그녀가 간과하는 게 있었다.

"경이 멋대로 품은 기대를 짐이 꼭 이루어줘야 하나?"

그 상대가 다른 누구도 아닌 바스티안이라는 것.

"리상드르가 그리우면 무덤에서 파내어 부두술이라도 걸어보지그래. 기적적으로 부활할지 누가 아나."

"……."

"그날이 오면, 이 몸이 기꺼이 죽어주지. 아주 기쁘게 말이야."

말끝에 희미한 웃음소리가 끼어들었다. 폭탄이라도 터질 것처럼 숨죽이고 있던 이들의 낯빛이 새파래졌다. 도미니크의 눈이 짐승처럼 사나워졌다. 시퍼런 서슬. 죽일 듯한 분노. 그러다 차츰차츰, 가라앉는다. 이내 스며드는 건 체념의 빛이었다.

그대로 회의는 파했다. 도르륵, 탁. 도르륵, 탁. 대신들이 도망치듯 사라진 후, 왕은 작은 체스말을 손가락으로 굴렸다. 덩그러니 남은 지도를 한참 뚫어져라 보다, 느릿하게 입을 열었다.

"……후베르트."

곧장 대답이 돌아올 거라 생각했는데 잠잠했다. 주춤거리는 기척이 느껴졌다. 뒤를 돌아보고 나서야 이유를 깨달은 그가 이마를 짚었다.

"아, 이젠 후베르트가 아니라…… 이름이 뭐더라? 자네 말이야."

새 보좌관이 뭐라고 대답했다. 바스티안은 무의식적으로 그의 목소리를 귓등으로 튕겨냈다. 여전히 새 보좌관의 이름은 머릿속에 들어오지 않았다.

"……폐하, 하문하시는 것이 벌써 열한 번째인데, 이제 기억해주심이……."

그만하라는 뜻으로 바스티안이 손을 휘휘 저었다. 열한 번 물어본 게 뭐가 대수라고. 백 번을 들어도 기억날 것 같지 않았다. 저놈의 이름 따위 알 게 뭔가. 입 다물고 방에 술이나 가져다놓으라고 하자 새 보좌관은 몰래 입을 삐죽거리며 회의장을 나섰다. 쿵. 바닥에 질질 끌리는 문이 묵직하게 닫혔다.

왕은 다시 혼자가 되었다.

✣ ✳ ✣

왕과 도미니크의 살 떨리는 신경전 때문인지 영주들은 알아서 사병과 군수품을 내놓았다. 어떤 지방은 칙령이 채 도착하지도 않았는데 병력을 움직이기도 했다. 회의가 열린 지 일주일도 되지 않아, 잘리어에서는 근래에 없던 대규모 군사가 이동하기 시작했다. 실로 놀라운 속도였다.

바스티안이 무리하면서까지 병력을 움직인 데에는, 실질적으로 군부를 장악하기 위해서도 있지만 보여주기 위함이 컸다. 종양처럼 빠르게 증식해가던 반란세력이 실제로도 주춤해져, 그 효과를 입증했다.

바스티안은 나름대로 신중하게 이 사안에 집중하고 있었다. 세력이 커지기 전에 싹부터 잘라낼 수 있었던 과거와는 확연히 다른 양상이다. 자칫하면 잘리어가 두 개로 쪼개질 수도 있는 만큼, 결정 하나하나에 만전을 기해야 했다.

"덥군."

연일 비가 쏟아져 습한데 덥기까지 하다. 전쟁만큼 자연재해와 거리가 먼 잘리어에는 드문 날씨였다. 바스티안은 어깨에 걸친 기다란 가운을 벗어 던지며 창문을 열었다. 그대로 쏟아져 들어오는 밤바람을 눈을 감고 음미했다. 물기 품은 듯 여전히 축축했지만, 낮보다는 나은 편이었다.

기분이 썩 괜찮아져서, 바스티안은 창가에 걸터앉은 김에 그대로 쉬기로 했다. 오늘 여러 번 쉬긴 했지만, 오전에는 햇살이 따가웠고 오후에는 여전히 이름을 모르는 새 보좌관이 바보 같은 실수를 해대는 통에 신경통이 왔다. 쉬는 데에는 장인정신이 있는 그는 처음부터 다시 쉬기로 했다.

그는 서류를 그대로 바닥으로 흘려버리고 창밖으로 시선을 돌렸다. 근사하고 아름다운 도시다. 물보라를 품은 파도, 진주를 품은 흰 조개. 무엇에 견주어도 손색이 없다. 반란세력이 커간다고는 생각지도 못할 평온함이다.

별빛처럼 빛나는 도시를 한가득 머금은 채, 찬찬히 눈을 감았다. 꽃향기를 맡는 것처럼 폐부 가득 밤공기를 품었다. 금방이라도 나비로 변해 사라져버릴 것 같은 매력적인 도시. 매양 보는 풍경인데도 뜻하지 않게 사로잡히곤 하는, 탐미적인 것과는 거리가 먼 바스티안조차 때때로 감격에 빠지게 하는 나라.

도미니크는 언제나 그를 겁쟁이라고 비난해댔지만, 그건 크나큰 오해다. 사실 그는 겁쟁이일 뿐만 아니라 이기적이고 고집이 세기까지 하니까. 그의 자기중심적 사고는 상상을 초월할 정도라, 책임감이나

도덕성 따위는 얼마든지 무시할 수 있었다.

그런데 그런 그가 나라를 통치하고 있다.

눈 뜨는 것조차 귀찮아하는 그가 서류를 읽고 정책을 펴고 신하들의 목소리에 귀를 기울인다.

그 짓을 벌써 수년째 이어가고 있다.

사랑. 그는 이 나라를 누구보다 아끼고 사랑했다. 그렇지 않고서는 아무것도 설명할 수 없었다. 비록 도미니크는 끝내 인정하지 않을지라도.

그가 잘리어의 풍경을 품고 깜빡 잠에 들려던 찰나였다.

후드드드득.

하늘을 박차는 날갯짓 소리가 정신을 두드렸다. 비둘기나 물새 따위와는 비교할 수 없는 힘찬 바람 소리였다. 어, 그런데 소리가 너무 가까이서 들리지 않나? 그래, 마치 바로 앞에 있는 것처럼.

어슴어슴 멀어지던 정신을 가누어 실눈을 떠본 바스티안은 그만 아래로 떨어질 뻔했다. 샛노란 눈. 그려 넣은 듯 새카만 눈동자와 넘어지면 코 닿을 거리에서 마주쳤기 때문이다.

독수리……. 거대한 날개를 양옆으로 활짝 편 독수리였다. 두 눈을 의심하며 몇 번이나 비벼보았지만 진짜였다. 기세등등한 고동빛 날개는 금가루를 뿌려놓은 듯 은은하게 빛나고 있었다.

"왜, 왜?"

왜 그렇게 쳐다보느냐고 물어볼 수도 없었다. 그야 상대는 독수리니까. 뭘, 어떻게 해야 하는가. 아는 사람을 만난 것처럼 선명한 시선이 당혹스럽기 그지없었다.

도망쳐야 하나? 딱딱하게 굳은 채 머리를 굴려보았으나 아무것도 떠오르지 않았다. 너무나 당황한 나머지 이성적인 사고까지 마비되었다. 저놈이 날아가다 왜 갑자기 멈춘 거지, 그런데 왜 하필 내 앞에 멈춰서 빤히 쳐다보고 있는 거지, 나한테 볼일이 있는 것도 아닐 테고, 저 날카로운 부리 좀 보라지, 찔리면 죽겠다……. 두서없는 생각만이 어지럽게 돌았다.

푸드득!

의미 모를 눈싸움 끝에 먼저 움직인 건 놈이었다. 창 앞에서 한참 날갯짓을 하다 갑자기 바스티안을 향해 돌진한 것이다. 예상치 못한 공격에 그는 크게 놀라며 나자빠졌다. 비명을 지를 새도 없이 놈이 덮쳐왔다. 칼날처럼 벼려진 야생의 발톱이 그의 가슴을 움켜쥐었다.

순간 수많은 생각이 스쳐지나갔다.

와, 나, 황당해서. 이렇게 죽으려고 그 개고생을 사서 했어. 아무리 그래도 가슴이 뜯긴 꼴로 아침에 발견되는 건 사양인데. 역사서에는 독수리에게 공격당해 죽은 최초의 왕 따위로 기록되겠지, 젠장…….

그런 생각을 하며 눈을 질끈 감았는데, 옷 찢기는 소리만 들릴 뿐, 아픔은 느껴지지 않았다. 귀 옆에서 들리던 거대한 날갯짓 소리 또한 훅 멀어져갔다.

그는 두 팔로 얼굴을 방어한 채 한참을 꼼짝 못 하다 슬그머니 고개를 들었다.

"……갔나?"

갔어? 간 거야? 나 살았나? 뭐지? 방금 뭐지?

어리둥절한 채로 몸 여기저기를 더듬거리는데, 차갑게 식은 맨살이 손에 착 들러붙었다. 옷이 찢어진 부분은 민망하게도 가슴 부분이었는데, 바스티안은 뒤늦게 거기에 순금장식이 달려 있었다는 걸 떠올렸다. 그것도 그가 꽤 아끼는.

"내 순금장식!"

순식간에 눈이 뒤집힌 그는 창문으로 달려가 독수리를 찾았다. 어두운 밤이었지만, 그림자가 월등히 큰 새를 찾는 건 그리 어렵지 않았다. 운이 좋게도 그것은 성에 바짝 붙어 날고 있었다. 바스티안은 다짜고짜 복도로 뛰쳐나갔다. 쫓아가는 것 외에 할 수 있는 건 없었으나 한껏 격앙된 상태라 눈에 뵈는 게 없었다.

"거기 서, 서라고!"

닿을 리 없는 목소리가 밤공기를 왕왕 울렸다. 도둑새가 날아가는 방향을 따라 전력으로 질주하던 바스티안은 그것이 시계탑 근처에 내려앉는 것을 목격했다. 멀어서 확실치 않았지만 사람 그림자도 보였다.

"오호라, 주인이 있었단 말이지."

이를 바득바득 갈며 그는 곧장 계단을 뛰어 올라갔다. 시계탑으로 향하는 길은 하나뿐이니, 도망치더라도 붙잡을 수 있을 것이라 생각했다.

하지만 예상외로 시계탑에선 누구도 내려오지 않았다. 아래를 살피는 기척조차 느껴지지 않았다. 아니, 오히려 그를 기다리고 있다는 느낌마저 들었다…… 느려지던 걸음이 꼭대기 부근 계단에서 멈추었다.

바스티안은 홀린 듯이 다가갔다. 그림자만으로도 그녀가 누구인지 알 수 있었다. 본능에 가까운 깨달음이었다.

"비올라."

푸드득. 난간을 횃대 삼아 독수리가 앞으로 날아들었다. 주위는 한없이 어두운데 그녀는 점점 밝아졌다. 달빛이 던진 빛살에 윤곽이 뚜렷해졌다. 깊은 눈매에 고인 하얀 빛. 그 우아함. 매료될 수밖에 없는 당신의 조각들.

심장이 환하게 고동친다. 쿵, 쿵쿵. 빗발치는 맥박이 밖으로, 또 밖으로.

"에르완, 그 독수리……."

에르완. 그 이름에 불길이 이는 것 같다. 혀가 화끈거려 도저히 말을 이을 수 없었다. 식혀지기만을 바라며 자잘한 숨을 내뱉었다. 천천히 돌아보는 순간마다 지는 그림자를 머릿속에 박제시키면서.

"당신 건가?"

황금색 눈동자가 그를 똑바르게 내려다봤다. 맞닿은 시선이 저릿하게 선명하다. 그는 그녀에게만 몰입하기 위해 무진 애를 썼다. 인정하기 싫었지만 저 도둑새의 외관은 꽤 훌륭했고, 그녀와 있는 모습을 보고 또다시 반하지 않을 자신이 없었다.

여기서 더 반하면 나더러 어쩌라고.

"얼마 전 마주친 야생 독수리입니다만, 제가 길들이긴 했습니다."

"어, 그, 그래."

"여기까진 웬일입니까."

단정한 대답이 돌아왔다. 어, 그, 그게, 그 독수리가. 얼치기처럼 어버버거리다 독수리를 떠올리자 다시 화가 났다. 이게 다 저 조류 때문이다. 이런 꼴같잖은 모습으로, 예상치 못한 때에 마주쳐 당황하게 된 건. 어째서 매번 이 모양인지 스스로 물었다. 그녀 앞에서는, 평정도 냉정도 찾지 못하고, 항상.

"길들여? 저게 길들인 거라고? 내 금장식을 훔쳐오라고 길들였나?"

"금장식?"

에르완이 고개를 돌리자 비올라가 기다렸다는 듯 툭, 물고 있던 것을 그녀 앞에 떨어뜨렸다. 그러고는 칭찬해달라는 듯 커다란 부리를 내밀었다. 뒤늦게 상황을 인지한 듯 에르완이 굳게 입을 다물었다. 잠시 후 돌아보는 얼굴은 평소보다 더 딱딱해져 있었다.

"죄송합니다. 제 말을 잘못 알아들은 것 같군요."

"말? 무슨 말을 했기에 사람을 공격한 거지? 말해봐, 어서. 변명 정도는 들어주지."

그가 언성을 높이며 성을 냈지만, 에르완은 묵묵부답으로 일관했다.

「비올라, 너는 나보다 높이 날고, 멀리 볼 수 있으니 나를 좀 도와다오. 이 성 저편에 사는 금발 남자가 곤경에 처하거든 내게 즉시 알려주렴. 그는 내가 둘도 없이 경애하는 이이자 친애하는 벗이다.」

「그와도 이렇게 허물없이 이야기 나누기도 했었지. 그 시간이 때때로 그리워지곤 한단다.」

툭. 비올라가 부리로 건드리는 통에 에르완은 생각에서 깨어났다. 비올라는 새까만 눈을 반짝거리며 칭찬을 기다리고 있었다. 그리워하던 대상을 데리고 왔으니 상을 달란 뜻이었다. 에르완은 하는 수 없이 비올라의 목을 부드럽게 쓰다듬어주었다.

무엇 때문에 칭찬을 하는지, 그 까닭을 바스티안에게 설명할 수는 없었다.

"혹 보는 눈이 있을지 모르니 뭐라도 걸치는 게 낫겠습니다."

바스티안은 번뜩 정신을 차렸다. 겉옷을 벗어 건넨 손, 옷이 찢겨 훤하게 드러나 있는 제 가슴이 차례로 눈에 들어왔다. 그는 얼른 천을 받아서 가슴을 가리며 이를 갈았다. 저 괘씸한 새 새끼!

"금장식은 돌려드리겠습니다. 이렇게 쫓아오신 걸 보니 꽤 중요한 물건인 모양이군요."

푸드득. 바스티안의 눈총엔 아랑곳하지 않고 비올라가 두 날개를 넓게 벌렸다. 얼핏 스치면서도 알아보았지만, 비올라는 보통 독수리와는 외모부터 판이하였다. 튼튼하고 용맹한 발톱과 날카로운 부리, 빛나는 깃털. 짙은 갈색 날개를 크게 펼칠 때면, 또 다른 어둠이 밤하늘을 덮는 듯한 장관이 펼쳐지곤 했다.

"아니, 괘씸해서 따라왔을 뿐이야. 저놈이 날 죽이려는 것처럼 달려들었거든."

비올라에게 날카로운 시선을 고정한 채 바스티안이 말을 씹어뱉었다.

"야생으로 돌려보내지 않을 거라면 사람한테 덤벼들지 않도록 좀 더 훈련이 필요하겠어."

"저도 그렇게 생각합니다."

"그런데 저건 어디서 난 거지? 저 희귀종이 왜 서식지도 아닌 이 나라에 있는 거지?"

당황을 거두고 나니 이성적인 판단을 할 수 있었다. 워낙 갑작스럽게 마주쳐 미처 떠올리지 못했지만, 비올라는 잘리어에서 평생 한 번 볼까 말까 한 존재다. 혹독한 추위가 몰아닥치는 북쪽 지방에서 태어나 평생을 살아가는 종, '니세포르 뒤라스'. 발루아 어로 '용맹한 사냥꾼'이라는 뜻이다.

적은 먹잇감에 혹독한 추위가 몰아닥치는 환경을 견뎌야 하는 그들은, 전투에 최적화된 단단한 몸체와 강인한 발톱을 가지고 있었다. 최북단에서조차 눈에 잘 띄지 않아 베일에 싸여 있는 희귀종이 어떻게 잘리어에 있단 말인가. 열사병에 걸리지 않은 것만 해도 신기할 따름이다.

"쇠가 녹슬며 목을 죈 상처가 남아 있었습니다. 밀수입되었다가 도망친 것으로 보입니다."

"밀수입? 니세포르 뒤라스를? 죽으려고 작정했군."

"성체를 포획하긴 어려웠을 테니 아마 새끼였을 때겠지요. 야생에 몸을 숨기고 살아왔던 모양인데, 제가 만났을 때에는 무슨 이유에선지 피투성이인 채 죽어가고 있었습니다. 밀렵꾼에게 발견됐거나 새떼에게 공격을 당했으리란 추측만 하고 있습니다."

"그래서 저놈이 저렇게 당신을 따르는 거군."

바스티안은 에르완에게 부리 윗부분을 비벼대는 비올라를 노려보았다. 확실히 보기에는 좋다만, 그렇다 하여 괘씸함이 조금이라도 감해지는 건 아니다.

한참을 째려보고 있자니 또 다른 시선이 제게 향해왔다. 그 또한 자연스럽게 눈길을 마주했다. 흉터처럼 자리 잡은 깊은 눈동자.

"왜?"

"오늘은 술과 약을 하지 않으신 모양이군요."

잔잔한 목소리에 가슴이 뜨끔했다. 자기 전에 하려던 참이었기 때문이다.

"물론이지. 나는 중독자가 아니야."

“얼마 전 대대적인 병력 이동이 있었다 들었습니다.”

“내란에 대비하기 위해서지.”

“특정 지역을 봉쇄하기 위한 움직임처럼 보였습니다만.”

“그렇지! 척하면 척 아는군. 역시 전쟁영웅은 다르다니까. 그대 앞에서는 아무리 멋들어진 전략과 전술을 논해봤자 번데기 앞에서 주름 잡는 짓일 테지. 안 그래? 웬만한 전술서는 당신 앞에 내밀 수도 없겠지. 부럽군, 부러워. 당신을 오늘 회의에 불렀어야 했는데…….”

오랜만에 말이 통하는 기분에 말투가 순식간에 유쾌해졌다. 그렇지, 잊고 있었는데 그녀는 천하의 프리드리히 왕과 그 휘하에 있는 무적함대에게 수차례나 승기를 거머쥔 적 있는 지휘관 아니었나. 최고의 전략가, 영리한 전술가, 어떤 열세도 뒤집을 수 있으며, 적으로 만나면 도망치고 보라는 그 모든 수식어가 그녀를 향하고 있었다. 만일의 사태가 벌어지면 도움 또한 충분히 받을 수 있을 텐데. 그렇게 생각하며 시선을 돌렸는데, 표정이 묘했다.

“전쟁영웅이란 건 폐하께서 부러워할 것이 못 됩니다.”

평소와 다를 바 없는 딱딱한 무표정인데, 지친 것도 같고 슬픈 것도 같고…… 바스티안은 거기서 고개를 기울였다. 슬퍼? 어째서?

“어째서?”

지나치게 궁금한 나머지 입 밖으로 내고 말았다.

“당신은 전쟁으로, 전쟁영웅으로 백성 위에 군림하고 있어. 발루아가 오랜 전쟁을 겪긴 했지만, 첨예하게 대립하는 적이 있었기 때문에 내부의 결속력이 더욱 강화된 건 사실이야. 프리드리히 왕의 권력이 어떻게 그렇게 강해진 건데? 발루아와 부르군트는 오랜 앙숙임과 동시에 없어서는 안 될 동지이기도 해. 전쟁이 이어지는 동안에 당신은 어떤 내부 세력도 두려워할 필요가 없지. 당신에게 한없이 이로운, 정치적인 도구인 셈이라고. 사실 두 나라는 전쟁을 끝내지 못해 지금까지 끌고 온 게 아니야. 끝낼 필요가 없어서, 누구도 끝낼 의지가 없었기 때문이다. 그걸 몰라?"

"……."

"내가 당신이라면 그 굳건한 권력에 평생 감사하며 살 거야. 적어도 내부를 좀먹는 기생충은 자랄 틈이 없지 않나. 대체 왜 전쟁을 종결하려는 건지 아직 이해가 가지 않아. 나였다면 평화를 바라지 않았을지도……."

"전쟁으로 초래된 비극과 그 비극이 사람을, 개개인을 어디까지 추락시키는지 알기 때문입니다."

에르완의 목소리는 깊숙이 잠겨 있었다.

"누군가는 전쟁이 인간의 본능, 혹은 우연과 필연이 겹쳐진 결과물, 정치적 도구라고 합니다. 하지만 제 눈에는 전쟁은 그저 원초적 증오와 적대감으로 보입니다. 서로의 뜻을 따르도록 강요시키는, 가장 극단적 폭력행위. 그런 폭력에는 한계가 없습니다. 그 결과마저 승리국과 권력자의 전유물일 뿐입니다. 전쟁에는 어떠한 명분도 없습니다."

"수많은 전쟁터에서 살아남은 승리자가 할 소리는 아닌 것 같은데."

"예. 살아남았습니다. 그렇기에 부끄럽습니다."

"부끄럽다고?"

"죽음은 부질없고 생존은 부끄러운 세계. 어떤 것도, 그 누구의 죽음도 잊을 수 없는 공간. 살아남았다는 건 그저 어떤 희생도 욕구도 뒤로한 채 살아남기에 바빴다는 뜻입니다. 가장 비겁한 학살자. 그게 전쟁영웅입니다."

“그래? 그럼 내전에 대응하는 나를 보면서도 똑같은 생각을 했겠군.”

바스티안이 냉소적으로 코웃음을 쳤다.

“문학과 시, 철학과 예술을 사랑하는 왕인 줄 알았는데 폐위당하지 않으려고 칼을 무지막지하게 휘둘러대니 말이야. 떠나야겠다고 생각하고 있나? 이 나라가 난장판이 되기 전에.”

“아뇨, 떠나지 않습니다.”

찰랑거리는 물소리가 들리는 듯했다. 착각인가? 일평생, 심지어 태어나는 순간조차 눈물 한 방울 맺혔을 것 같지 않은 눈이 젖은 것처럼 보였다.

“저는 폐하가 잘못된 길에 빠지도록 내버려두지 않겠습니다.”

단단한 신념으로 무장된 얼굴을 보자 얼이 빠졌다.

“이 꼴이 돼서도 날 믿어?”

기어이 헛웃음이 터졌다. 까마득하게 비천해졌다. 이 나라에서 가장 드높은 성에, 가장 우월한 지위로 서 있는데도 믿을 수 없을 만큼 천박해졌다. 못 볼꼴을 다 보여줬는데도 변함없이 고결한 그녀의 모습에 머릿속이 갈기갈기 찢겼다. 수천, 수만 갈래로 더, 더.

“나는 짐승처럼 살았어.”

속 어딘가가 울렁거리며 답답해졌다. 그녀를 붙잡고 마구 따지고 싶어졌다. 당신은 왜 나를 믿냐고, 나조차 내 본성을 믿지 못하는데 당신은 어떻게 그렇게 자신할 수 있는 거냐고. 나는 허약한 겁쟁이이니 이제 그만 포기해달라고 빌고 싶기까지 했다.

“한때입니다.”

돌아오는 답은 허망할 정도로 단단했다. 그는 계속해서 매달렸다.

"이 손으로 많은 목숨을 거뒀어. 내가 살고자 피를 보는 데 망설임이 없었어."

"사람을 무서워하는 마음은 이해합니다. 그러나 두려움에 떠밀려 사람을 힘으로 누르고 억압해온 폐하가 아니라는 것을 압니다. 오로지 그렇게만 통치해왔다면 지금의 잘리어가 있을 수 있다고도 생각지 않습니다."

"아직 내게 희망이 있다 장담해?"

"학살을 명했던 걸 부정할 수 없듯, 백성을 두루 살피고 그들이 만들어내던 문화를 사랑하는 폐하도 거짓이 아니라고 판단했을 뿐입니다."

"……."

"잘리어는 폐하의 치세 아래 오랫동안 평화로웠습니다. 그들의 마음을 읽어주십시오. 걷어내야 할 세력이 있다면, 병합국가 백성들의 두려움을 종용하고 이용하는 자들입니다."

한마디 한마디 틀린 게 없다. 바스티안 또한 마음 한구석에서는 그 말이 옳다는 걸 알고 있었다. 하지만 그 목소리를 눌러 죽인 것은 현실적인 문제가 크기 때문이었다. 분란의 씨앗을 보고 관대하게 넘기기에 그는 너무나 필사적으로 살아남아왔다. 낮은 가능성이 시시때때로 발목을 잡았고, 작은 위협이 빠르게 불어나 숨통을 조이곤 했다.

그녀가 그토록 자비로운 이상론을 펼칠 수 있는 건, 그만큼 굳건한 지위 탓이지 않나. 그가 지친 기색으로 이마를 쓸었다.

"당신의 사상이 놀라울 만큼 숭고하고 건전한 건 알겠어. 하지만 현실이 이런 걸 나더러 어쩌란 말이야? 세상의 지배자들은 결코 선해질 수도, 악해질 수도 없는 존재들이야. 그건 나도 마찬가지고."

"폐하와 선악에 대해 논하려는 게 아닙니다. 다만 무엇이 옳은지에 대해서 올바른 판단을 내려야 한다는 것뿐입니다."

"내게 그런 이성이 남아 있을 거라 생각해? 응? 지금 이 순간에도, 왕이면서, 왕이 된 주제에 당신과 어떻게 붙어먹을 수 있을지 생각하고 있는 내가 말이야."

"……."

"그래. 이야기 나온 김에 나랑 어때? 어? 나쁘진 않잖아. 발루아에서는 대대로 여왕과 밤을 보낸 자에게 작위나 영지를 수여하는 식으로 예를 표했다던데, 나도 똑같이 해줄 수 있어. 당신이라면 얼마든지."

정적은 순식간에 찾아들었다. 바스티안은 뒤늦게 자신이 마음속에만 품고 있던 말을 입 밖으로 뱉었다는 걸 깨달았다. 제정신이 아닌 건 자각하고 있었다만 이번엔 스스로가 더 놀라고 있었다. 그가 시선을 돌렸다. 어둠이 그녀를 고요하게 떠받들고 있었다. 눈이 마주치자, 그나마 돌아왔던 정신이 다시 날아가버리고 말았다.

느릿한 걸음으로 한 발짝씩 다가갔다. 비올라가 하늘을 딛고 날아오르는 바람 소리가 밤을 채웠다. 둘은 끝없이 가까워졌다.

"처음 당신이 말했었지, 여자가 아니라 국왕으로서 잘리어를 방문했다고. 그런데 내가 당신을 국왕이 아닌 여자로 보고 있다잖아. 경멸스럽지 않아?"

손가락은 거미처럼 들러붙어 벌레마냥 기어올라갔다. 살갗을 훑고, 팔꿈치에서 잠깐 주춤, 어깨로 올라가 움푹 파인 쇄골의 그늘에 푹 잠긴다. 가볍지만 습한 접촉. 성애의 뜻이 너무나 명백한 행위였지만, 에르완은 그 번들거리는 눈을 피하지 않았다.

"봐, 내가 당신에게 하는 행동을."

"……."

"나는 이보다 더 무례해질 수도 있어."

느릿느릿, 악기를 연주하듯 손이 움직인다. 욕망은 검은 피처럼 살갗 위를 흘러다녔다. 보란 듯이 하는 행동이지만, 바스티안 스스로가 더 동요했다. 최초의 접촉. 그녀에게 닿은 손가락 끝이 아플 정도로 저려왔다.

슬며시 궁금해졌다. 당신도, 이처럼 떨린지.

"폐하. 제겐 이 모든 것들이 어설픈 위협처럼 보입니다."

낮은 목소리가 적막을 헤쳤다. 한 점의 흔들림도, 거부감도 없는 목소리에 비참함이 몰려왔다. 그는 손을 떼고 느릿하게 물러났다. 아쉬움이 서리서리 얽혀들었다. 밤바람이 차갑다. 그녀가 건네준 천으로 아무리 여며도 뼈가 에일 듯 시렸다.

"그래, 당신에겐 당연하겠지."

과하긴 했지만, 진심은 섞여 있었다. 노골적인 표현을 알아듣지 못할 만큼 그녀는 눈치 없지 않았다. 그 말은 즉, 그의 마음을 받아들이지 않겠다는 뜻도 됐다. 에르완의 성향을 생각하면 당연했다. 그녀라면 이성적이지 못한 감정으로 좋은 동료를 잃어버리려 하지 않을 거다. 알면서도 그랬나. 멍청한 새끼. 자조적인 웃음이 터졌다.

"그러니까 나는 더 이상 잘리어의 폭동에 관한 이야기를 당신과 나누지 않을 거야."

잠시 후 흘러나오는 목소리는 조금 더 냉담해져 있었다.

"내가 잘못된 길을 가고 있는지 아닌지는 시간이 심판해주겠지. 전쟁터에선 오로지 생존만이 승리니까. 그런 면에서 나는 이런 평화로운 나라에 어울리지 않는 왕인지도 모르겠어."

밤공기 속에서 눈길이 맞닿았다. 물결과 물결이 밀려와 부딪치는, 고요한 마주침이었다. 시선을 먼저 끊은 건 바스티안이었다. 그가 에르완을 스쳐지나가며 속삭였다.

"나는 폐위 따위, 절대 당하지 않아."

✣ ✳ ✣

빠르게 흘러가는 시간만큼이나 잘리어의 정세 또한 급변했다. 전국적으로 작게 일어나던 폭동이 몸집을 불려 군사적 충돌이 불가피해진 것이다.

이에 바스티안은 문제가 되는 구역으로 병력을 더 집중시켰다. 외스타슈를 포함한 수도 접경 지역은 전체를 봉쇄하여 척살하기로 결정했다. 왕이 정한 시각 이후로 외스타슈에 발을 들이는 이는 민간인이든 반란군이든 마을에 갇혀 죽을 것이다. 비인도적인 방법이었으나 이보다 더 확실한 해결책은 없었다.

"척살은 오늘 정오."

"네? 정오요? 그렇게 빨리요?"

아직도 이름을 알지 못하는 보좌관이 큰 소리를 냈다. 창가에 늘어져 있던 바스티안이 비척비척 일어났다.

"자네더러 검 들고 참전하라는 것도 아닌데 뭘 그리 놀라? 정오면 아직 한 시간은 남았지 않아. 외스타슈는 그리 넓지 않으니 충분할 거야. 비상대기령도 사흘 전에 이미 내려뒀으니 준비돼 있을 테고."

"하지만 도미니크 각하께오서……."

"더 큰 내란을 막아야 한다고 서신을 보내온 건 봤어. 하지만 상관치 않을 뿐이야. 그런데 자네는 누구 보좌관이지? 툭하면 도미니크, 도미니크. 누가 보면 도미니크가 내 상관인 줄 알겠군."

바스티안은 이어지는 보좌관의 말을 듣지 않고 나와버렸다. 요새 무슨 말만 하면 도미니크 이름이 나오는 걸로 보아, 그녀가 아주 쥐잡듯이 잡은 모양이다. 아마 방금 그가 내린 명령도 동시에 전달되겠지. 아아, 정말 아쉽게도 후베르트만 한 보좌관이 없다. 바스티안의 말 하나하나에 토 달긴 했어도 간첩질 따위는 하지 않았으니까.

조만간 보좌관을 다시 갈아치워야겠다고 생각하며 바스티안은 느릿느릿 성을 나섰다.

페르스발은 내전에 휩싸여 있는 나라의 수도라고는 생각할 수 없을 만큼 평화롭고 아름다웠다. 군사적 긴장감이 흐른 후로 인적이 드물어지고 길거리 상점들도 문을 닫았지만, 빈 거리를 홀로 거니는 것도 썩 나쁘진 않았다. 에르완과 자주 들르곤 했던 직업훈련소까지 닫은 건 조금 아쉽지만.

아, 에르완. 그러고 보니 탑 꼭대기에서 만난 이후로 한 번도 보지 못했어. 지난번에 손을 보고 심각해졌는데, 어젯밤에 더 그어댄 걸 알면 더 화내겠군. 요즘에는 리상드르뿐 아니라 반란군에 암살당하는 악몽까지 더해져서 도통 잠자리에 들 수가 없단 말이야.

그러고 보니 얼마 전에 에르완의 부하들도 왔었지. 감히 날 능구렁이라고 불렀던 놈들 말이야. 어디서 저런 꽉 막힌 인간들이 나타났나 했는데 발루아 인이었어. 사이러스라는 놈이 특히 날 보는 눈빛이 건방졌는데 언제 한번 조져놔야겠군. 그런데 잘리어에는 왜 온 거지? 발루아에 무슨 일이 있는 건가?

이런저런 생각에 빠져 정처 없이 걸었다. 치료를 제대로 하지 않고 붕대만 칭칭 둘러맨 손이 작살에 꿰인 듯 쑤신다. 뇌가 물에 잠긴 것처럼 몽롱하고 눈앞은 흐릿했다. 끝날 것 같지 않은 악몽 속을 걷는 것처럼, 외스타슈 성문으로 향했다.

"아, 여기서 사 먹던 오렌지 맛 얼음과자가 아쉬워지겠는데."

성문 안쪽으론 평화롭고 일상적인 풍경이 지나가고 있었다. 일하러 가는 노동자, 길거리 상인, 저녁거리 재료를 사러 온 사람, 과자를 들고 재잘거리는 어린아이들까지. 평소와 달리 성문을 지키고 선 병사들이 있다는 건, 평범한 하루를 보내고 있는 이들에게는 눈에 들어오지 않는 모양이었다.

"이제 곧 정오인가."

바스티안이 해의 위치로 시간을 가늠하며 아침에 내렸던 명을 상기했다. 소탕이자 학살. 외스타슈는 수도와 가장 인접한 과거 병합국가 요충지다. 수많은 병합국가 중 가장 먼저 흡수된 지역으로, 샤른호르스트의 통합 정치라는 상징적인 의미가 컸다. 그런 지역을 봉쇄하여 소탕작전을 벌이기로 한 건 그로서도 뼈아픈 결단이었다.

바스티안이 성문을 스치듯 보고 발길을 돌리려던 그때였다. 저 안쪽에서 보여선 안 되는 익숙한 얼굴이 잔상처럼 맺혔다.

"어?"

헛것을 본 게 아닌가 뒤로 돌아섰다. 아니, 잘못 본 게 아니었다. 직업훈련소에서 지내며 오랫동안 바스티안과 알고 지냈던 루이즈안이었다. 대체 왜 그녀가 저 안에 있는 건가.

바스티안이 얼이 빠진 사이, 그녀는 망토에 달린 모자를 푹 눌러쓰며 서둘러 어디론가 향했다. 성문 안쪽으로, 더 깊숙이. 얼이 빠진 채 뒷모습을 보고 있던 바스티안이 화들짝 놀라 입을 벌렸다. 곧 대규모 소탕작전이 실시될 곳에 그녀를 버려둘 수는 없었다.

"루이즈안, 루이즈안! 이봐!"

애타게 그녀를 불러대는 목소리는 시장의 소음에 간단히 묻혀버렸다. 끈질기게 눈으로 좇던 뒷모습마저 인파와 먼지구름에 묻혀버렸다. 이런, 이래서야 놓쳐버리고 만다. 그는 경주마처럼 외스타슈 안으로 뛰쳐들어갔다. 그리고 그 순간, 마치 운명의 장난처럼 성문이 닫혔다.

쿵. 뒤에서 울리는 묵직한 소리에 등이 자르르 떨렸다.

어라, 잠깐만. 이건 원하던 상황이 아닌데?

그는 숨을 멈춘 채로 삐걱삐걱 고개를 돌렸다. 그러니까 지금은 정오고, 성문은 닫혔고, 그는 외스타슈 땅을 딛고 서 있었다. 성벽 건너편에서 병사들이 뛰어다니는 소리가 분주해졌다. 소탕작전이 곧 개시되리라는 뜻이었다.

그는 서둘러 성문으로 돌아갔다. 손잡이를 잡고 밀고 당겨보았으나 단단하게 잠겨 꿈쩍도 하지 않았다. 철컹거리는 쇳소리가 막막하게 울렸다.

"이봐, 누가 자꾸 성문을 열려고 하는데."

건너편에서 나지막이 속삭이는 목소리가 들렸을 때, 바스티안은 행동을 멈추었다. 뱀처럼 쉿쉿거리는 소리가 뒤이었다.

"혹여 열어줄 생각은 하지도 말게. 이 벽 건너편에 있는 자들은 전부 반란분자들이야. 누구든 불문하고 척살대상이라던 명령을 잊은 건 아니겠지?"

"작전은 언제부터 시작인가?"

"곧이야, 곧. 거기서 물러서게. 괜히 오해받아 저승길 동무가 되고 싶지 않다면 말이야."

건너편 목소리가 멀어질수록 바스티안의 손도 느려졌다. 그는 아연실색한 채 제 두 발을 응시했다. 외스타슈. 외스타슈.

「집단행동에는 군사적으로 강경한 대응을 취하라. 그 어떤 예외도 두지 않는다. 외스타슈가 첫 본보기가 되리라.」

불과 두 시간 전 직접 내렸던 명령이었다. 고개를 숙이던 도미니크와 몇몇 말리는 가신들, 그들을 외면하고 돌아서는 바스티안 자신의 모습이 교차되는 순간, 신경다발이 모조리 끊긴 것처럼 눈앞이 새하얘졌다.

미친. 이런 미친. 미친. 미친. 미친.

쿵. 그는 성문에 머리를 박은 채 정신없이 머리를 굴렸다. 정말이지 믿을 수 없었다. 하필 왜 그 순간에 루이즈안을 발견하고, 붙잡으러 들어오고, 성문이 닫혔단 말인가. 문을 두드리며 여기 있다 알릴 수도 없고 대낮에 담을 넘을 수도 없다. 쿵. 다시 그가 머리를 박았다. 머릿속이 새하얗게 변해갔다.

"어? 왜 성문이 닫혔지?"

"바깥에서 잠근 것 같은데? 이봐요, 좀 비켜요."

누군가 바스티안의 어깨를 잡고 밀어냈다. 비틀거리면서 고개를 들었다. 희끄무레한 시야에, 조금 전 그가 했던 행동 그대로 하고 있는 보부상들이 보였다. 혹시 했지만 역시, 손잡이를 잡고 돌려도 성문은 굳게 닫힌 채 꿈쩍하지 않았다. 문을 두드리고 열어달라 소리 질러도 바깥은 묵묵부답이었다.

당연할 거다. 왕명을 받아 움직이는 그들에게 저들의 외침쯤은 개미만도 못할 테니까. 성문을 여는 법은 간단하다. 명령을 다시 내리면 된다. 하지만 저 밖에 있을 때에는 이 나라의 왕이라도 이곳에서는 아니다. 몰려드는 병사들에게 '나는 사실 이 나라의 왕이다!'라고 해봐야 살기 위한 발악으로밖에 보이지 않을 거다.

"잠깐, 무슨 일이야? 문이 닫혔어?"

"아까 경비병들이 몰려오는 소리는 들었는데, 그들이 잠그고 간 건가?"

"밖에서 걸어 잠갔대."

"잠갔다고? 어째서? 잠깐, 외스타슈 뒤쪽으로는 항구밖에 없는데, 그럼 우리 갇힌 건가?"

"이봐요! 여기 사람 있어요!"

성문 앞으로 사람들이 벌 떼처럼 몰려들었다. 손잡이를 잡고 흔드는 사람, 문을 쾅쾅 두드리는 사람, 소리 지르는 사람, 뒤에 모여 불안한 눈빛으로 수군거리는 사람이 뒤엉켜 순식간에 난장판이 되었다. 조금씩 떠밀린 바스티안은 어느새 가장 뒤편에서 이 사태를 관망하게 되었다. 끓어오르는 혼란이 신경을 자극해댔다. 그가 두 손에 절망적으로 얼굴을 파묻었다.

"조용히 좀 해봐. 시끄러우니까 해결책이 떠오르지 않잖아……."

아니, 실은 떠오르지 않는 게 아니라 존재하지 않는 거다. 그렇다고 여기서 이대로 죽어? 이렇게, 어처구니없는 방식으로?

"이봐요, 저기요! 여기 사람들 잔뜩 몰려 있어요! 바깥에서 잘못 잠긴 것 같은데, 성문 좀 열어줘요!"

참다못한 한 청년이 다른 사람의 도움을 받아 담벼락에 기어올라갔다. 안도의 한숨을 내쉬는 사람들 사이로 오직 바스티안만이 새하얗게 질렸다. 그는 반사적으로 인파 속으로 뛰어들며 고함을 질러댔다.

"내려와! 내려오라고! 젠장, 안 들려? 빨리, 누구든 저놈 좀 내려오게 하라고!"

발악에 가까운 외침이었지만, 빽빽하게 밀집해 있는 사람들을 뚫고 가는 것도, 한참 멀리 있는 이에게 닿는 것도 불가능했다. 그사이 성벽에 올라간 청년은 경비병을 발견했는지 반갑게 손을 흔들었다.

"저기요! 여기 성문 좀 열……."

그 순간 바스티안은 걸음을 멈추고, 하늘을 찢어 내리는 듯한 곡선을 보았다.

피유우웅. 실처럼 가느다랗고 지평선처럼 완만하다. 하나에서 시작한 화살은 어느새 수십 개가 되었고, 그중 하나가 정확하게 청년의 가슴을 관통했다. 흔들리던 몸은 힘없이 성벽 안쪽으로 풀썩 떨어졌다.

살짝 일어난 모래바람에 피 냄새가 짙게 묻어나왔다. 한 차례, 쥐 죽은 듯한 정적이 사위를 휩쓸었다. 그러다, 이내, 찢어지는 비명이 거칠게 허공을 할퀴었다.

"아아악!"

두 번째 비명을 시발점으로 사람들은 성벽으로부터 멀어지기 위해 서로를 밀치며 달아났다. 너 나 할 것 없이 무작정 뛰었다. 성벽 반대편으로 향하기도 하고, 자기 집으로 숨는 이도 있었다. 어디가 안전한지는 누구도 몰랐다.

"거기, 거기 비켜!"

퍼억. 멍하니 서 있던 바스티안의 어깨를 누군가 호되게 밀치고 지나갔다. 살기 위한 발악은 상상치 못한 힘이라, 그 또한 크게 휘청거릴 수밖에 없었다. 그는 정신을 차리고 주위를 둘러보았다. 뛰어가다 넘어져 사람들의 발에 짓밟힌 이들이 벌레처럼 꿈틀거리고 있다.

울음, 비명, 고함, 통곡, 두려움.

온갖 형태의 소음이 뒤섞였다.

먼지가 자욱이 일어난 성벽 안쪽, 벌레 하나라도 나오면 쏘아버리겠다는 예기로 가득한 바깥쪽. 누구라도 이 광경을 보면 생지옥을 떠올릴 것이다.

"어디지? 봉쇄당했다는 문은."

묵직한 목소리가 고요를 두드렸다. 인기척에 고개를 돌려보자 말끔하게 차려입은 남자 셋이 보였다. 셔츠와 조끼, 검은 코트까지 갖춘 그들은 도저히 일반인으로 여겨지지 않았다. 학자인가? 유심히 관찰하는 눈빛에 그들도 뒤늦게 바스티안을 발견했다. 왼쪽에 있던 남자가 몸을 기울여 속닥거렸다.

"외부인이 있는데요, 살바토레 님."

부르군트 어(語)? 바스티안의 눈썹이 위로 휘어 올라갔다. 거기다 살바토레라면 병합국가 소속원들을 모으는 반란군의 핵심이었다. 이 잡듯 뒤져도 머리카락 한 올 안 보이더니, 외스타슈에 숨어 있을 줄이야. 젊은 거물을 이렇게 가까이서 보게 되니 감격적이기까지 하다.

"확실히 이 근방에선 못 보던 얼굴 같은데."

날카로운 시선이 바스티안의 온몸에 꽂혀들었다. 이런, 너무 뚫어져라 쳐다본 모양이군. 그는 마치 이제야 정신이 든 것처럼 숨을 훅 들이마시곤, 담 앞에 널브러져 있는 이름 모를 시체에게로 달려갔다.

그러고는 있는 힘을 다하여 대성통곡을 시작했다.

"아이고, 후베르트! 후베르트 이 사람아! 어쩌다 담에 올라가서, 응? 싸늘한 시체가 되어 나를 맞이할 수가 있나!"

"죽은 자의 친구인가 보군. 내버려두도록 하지."

십 년 넘도록 갈고닦은 연기력에 감쪽같이 속아 넘어간 그들이 곧 등을 돌리고 대화를 이어갔다. 바스티안은 마구 흐느끼는 척하며 귀를 기울였다.

"그나저나 경비병이 성문을 걸어 잠그고, 담 위로 올라간 이에겐 활을 쏘았다고?"

부르군트 인이라고 해도 손색이 없을 만큼 유창한 발음이었다. 살바토레가 생각에 잠긴 채 턱을 쓸었다.

"이 지역을 봉쇄하라는 명이 떨어졌나 보군. 능구렁이 같은 왕이 벌써 냄새를 맡은 건가."

"그렇다면 저희도 준비해야 하지 않겠습니까."

"그래, 어차피 군사적 충돌은 불가피하니까 말이야. 수도와 항구에 동시에 밀접한 데다, 일반인과 여행객들이 많으니 잘리어 군도 쉽게 움직이지 못하겠지."

"돌아가시죠. 괜히 오래 머물다 봉변을 당하겠습니다."

전전긍긍하는 측근들의 목소리에도 살바토레는 입을 다문 채 주변을 살폈다. 바스티안은 그 모습에 솔직히 조금 경탄했다. 젊지만 으스대지 않고 사람이 죽은 가운데서도 냉정을 차릴 줄 알았다. 거기다 능숙한 부르군트 어라니. 한눈에도 능력 많은 자라는 걸 알겠다. 뭐, 나만큼은 아니겠지만…….

"나는 그보다 다른 게 더 신경 쓰이는데."

“네? 뭐가 말입니까?”

“우리를 빤히 쳐다보는 저자 말이야. 아무래도 우리 말을 알아듣는 것 같거든.”

속으로 으스대던 바스티안은 그와 눈이 마주치는 순간 속으로 뜨끔했다. 이런, 너무 대놓고 관찰한 모양이군. 바스티안은 재빨리 눈물을 훔치는 척하며 친구 ‘후베르트’의 시신을 수습했다. “아이고, 친구. 어서 가세. 자네 어머니가 목이 빠져라 기다리고 있어.”라는 말도 울먹거리며 해주면서.

“은근히, 우리가 대화를 끝낸 다음에야 변명하듯 움직이는 것 같기도 하고 말이야.”

하지만 살바토레의 시선은 쉽사리 떨어지지 않았다.

저 귀신같은 새끼. 이 정도쯤 하면 리상드르는 의심 없이 넘어갔는데 말이지. 젊은 지도자 살바토레는 적어도 리상드르보다 똑똑한 모양이었다. 지금 와서 생각해보면 형님은 저놈보다 나을 게 하나 없군 그래.

“티안, 티안! 너 왜 여기 이러고 있어! 세상에!”

괜한 의심을 샀으니 이제 어쩐다? 삼십육계 줄행랑이라도 쳐야 하는지 고민하던 때였다. 앙칼진 목소리와 함께 나타난 누군가가 그의 등을 팡팡 내리쳤다. 손으로 얻어맞는 건 무척 오랜만이라, 아프다기보단 놀라버렸다. 얼얼한 기분으로 뒤를 돌아보자 뜻밖의 얼굴이 보였다.

“루이즈안?”

바스티안을 성문 안으로 끌어들인 장본인이자, 그가 만든 직업훈련소에서 일하던 여자였다. 그를 티안 님, 티안 님 하며 공손하게 굴던 것과 달리, 지금은 마치 구제불능 말썽꾸러기를 보는 얼굴이었다. 그녀가 휙 손을 들더니 다시 철썩철썩 등을 때리기 시작했다.

“여기가 어디라고 함부로 와, 응? 자, 빨리 돌아가자. 사람들 전부 도망치고 난리 났어.”

“루이즈안 님.”

“어머, 살바토레 님?”

아는 척하며 다가오는 살바토레에게 루이즈안이 꽤 친근하게 반응했다. 뜻밖에 등장에 이은 의외의 인연까지. 바스티안은 꽤 당황하는 중이었다. 나름대로 오래 알고 지내왔던 그녀가 반란의 수괴와 연이 있을 줄은 몰랐던 것이다. 커다래진 그의 눈에 두 사람이 정답게 인사를 나누는 모습이 비쳤다.

✣ ✳ ✣

「외스타슈에는 어떻게 들어오셨나요, 티안 님. 이곳은 위험합니다.」

「그러는 당신이야말로 여기에 왜 있었던 거야? 살바토레와는 어떻게 아는 사이지? 그자가 누구인 줄 알고.」

「그건…… 죄송합니다. 길고 긴 이야기라 지금 하긴 어려울 것 같습니다. 티안 님, 이곳 외스타슈는 곧 큰 혼란에 휩싸일 겁니다. 지금까지 상황으로 보면 군사적 충돌도 대수롭지 않을 정도로요. 아까 보셨던 그분께 부탁해서 티안 님의 자리를 하나 마련해두겠습니다. 일반인들 사이에 끼어 있는 것보다는 훨씬 안전할 겁니다.」

「이것만 묻지. 당신, 반란군과 한패인가?」

「아뇨, 아닙니다. 저쪽에서 접촉해왔지만, 계속 거절하고 있었습니다. 남편과 상의하여 오늘에야말로 강경하게 거절의 뜻을 전하러 왔어요.」

「남편이라면, 설마.」

「예, 모르간느 영주님이셨죠. 저와 평화로운 잘리어 생활에 만족하며 숨어 살고 계세요. 그런데 차츰 모르간느를 들먹거리는 사람들이 많아져, 잘리어에서 떠나기로 결정했죠. 제가 돌아가면 함께 오토리노 국에 망명신청을 할 예정이었어요. 그런데 이렇게 갇혀버릴 줄은…….」

"이봐, 이봐! 밥 안 주고 뭐 해?"

땅땅땅! 식판으로 내려치는 날카로운 소리에 바스티안이 상념에서 깨어났다. 누르스름한 천막을 톡톡 두드리는 빗방울 소리, 눅진하게 내려앉은 공기의 질감이 현실로 다가왔다.

여기는 외스타슈에 임시로 구축된 진지(陣地), 그리고 그는 진지에 머무르는 경비병과 일꾼들에게 양식을 나눠주는 배식원이었다. 루이즈안이 안전하다며 마련해준 자리가 이것이다.

하긴 당연히 안전하겠지. 배식원이면 눈에 띌 일도 없을 테고, 전투에서 가장 소중한 식량과 함께이니 가장 우선적으로 보호받을 것이다. 하지만 반란군에게 먹을 것을 나눠주는 왕이라니. 지나가던 개가 들어도 황당해할 일이었다.

그가 왠지 모를 참담한 기분으로 마른 빵을 건네자, 일꾼이 가려다 말고 혀를 내밀었다.

"그런데 배식을 하려거든 그 얼굴 좀 먼저 씻는 게 어떤가. 자네 면상만 봐도 입맛이 뚝 떨어지는군. 우웩."

"그럴 수는 없습니다. 대치가 언제까지 길어질지 모르는데 귀중한 물을 얼굴 씻는 데 써서야 되겠습니까."

바스티안이 가볍게 입매를 끌어올렸다. 그래봐야 표정이 읽히지 않을 만큼의 진흙투성이였지만.

"정 그러면 밖에 나가서 빗물에라도 씻든지 하게. 영 비위가 상해서……."

츳츳거리며 막사 밖으로 나가는 일꾼 다음으로 이어지는 행렬도 전부 같은 표정이었다. 손을 제외하고 드러내놓은 모든 부분이 진흙으로 범벅돼 있으니 그럴 만했다. 평소엔 옷에 먼지 한 톨 용납하지 않는 그이지만, 정체를 숨기는 데 이만큼 효과 있는 방법은 없었다. 리상드르가 보냈던 살수들을 피할 때 자주 써먹었던 방법이기도 하고.

오늘치 저녁 배식이 끝난 후 바스티안은 제 몫을 챙겨서 천막 밖으로 나왔다. 별 하나 없이 까맣게 찌푸린 밤하늘이 짙게 드리웠다. 투욱, 툭. 빗방울은 어설프게 머리 위를 쳐대고 그는 다시 갈 길을 잃었다.

"이제 어떻게 해야 하나……."

외스타슈에 갇힌 지 벌써 사흘째. 아직까지 이렇다 할 충돌은 없지만, 외부와 연락을 주고받을 방법 또한 발견하지 못했다. 작전이 시작되기 전에 나가야 하는데 어쩐다. 왕이 공석이니 전투가 쉽게 일어나진 않겠지만, 전투가 발발하면 큰 문제였다. 당장 살기 위해 반란군을 도와야 하는지, 돌아갔을 때를 위해 잘리어 군을 응원해야 하는지……. 최악의 경우에는 자신이 짜놓고 온 작전을 하나하나 방해해야 할 수도 있다.

나 참, 별 희한한 일을 다 겪어보는군. 어떻게든 내가 여기에 갇혀 있다는 사실을 외부에 알려야 하는데, 어쩐다? 그가 답지 않은 한숨을 내쉬었을 때였다.

삐이이이이! 밤하늘을 가로지르는 거대한 그림자가 머리 위를 덮는다. 자연스레 딸려 올라간 시선이 한곳에 멈추었다. 동굴 벽에 푹 찍어누른 것 같은 선명한 형체. 비구름조차 가리지 못한 보름달을 잡아먹고 커진다.

고개를 젖힌 채 눈 한번 깜짝하지 못했다. 자연의 경이로움을 눈앞에 둔 것처럼 가슴이 벌렁거린다. '그것' 또한 그를 발견했는지, 드넓은 하늘을 가로지르던 날개를 꺾어 하강했다. 그물을 빠져나가듯 능숙하고 매끄러운 움직임이었다. 거대한 바람이 그의 볼과 이마를 할퀴고 지나갔다.

"……비올라?"

몸을 단장하듯 부리로 깃털을 쪼다 말고 독수리가 머리를 들었다. 커다란 동공이 바스티안을 빤히 바라보았다. 세상에, 비올라다. 그때 그 도둑새. '니세포르 뒤라스'가 잘리어에 두 마리나 있을 리 만무하고, 만약 다른 개체였다면 바스티안은 일찌감치 저 날카로운 발톱에 등이 찢겨나갔을 테니까.

외스타슈에 갇힌 이후 그는 틈만 나면 하늘을 올려다보았다. 높은 성벽을 자유롭게 넘나드는 새를 보면서 하나라도 이용하고 싶은 마음이 굴뚝같았다. 비둘기라도 잡아서 훈련시켜야 될지 고민했는데, 이럴 수가, 제 발로 걸어 들어올 줄이야. 환호가 터졌다.

"비올라! 비올라! 왜 이제 온 거냐, 응? 짐이 얼마나 너를 기다렸는데!"

실은 단 한 번도 떠올리지 않았지만, 반가우니까 그런 걸로 한다. 후드드득. 그의 목소리에 화답하듯 비올라가 날갯짓을 가볍게 했다. 바스티안이 냉큼 달려가 비올라의 부리를 쓰다듬었다.

"착하지, 비올라. 반가워서 절이라도 하고 싶은 마음이지만, 지금은 시간이 없으니 짧게 말하마. 어서 가서 에르완 좀 불러오거라. 그래서 나 좀 몰래 빼내주라고 전해주거라……. 아차차, 너는 말을 못 하니 일단 데리고 오거라. 다음은 내 알아서 할 테니."

피이이.

"짐에게서 명을 받아 영광스럽다는 말이겠지? 갸륵하다, 갸륵해. 네 마음은 충분히 알겠으나 지금은 시간이 없으니 감격은 나중에 하거라. 자, 어서 날아올라. 날아가서 에르완을 데리고 와."

상냥한 손길로 비올라를 쓰다듬어준 후, 어서 날아가라는 뜻으로 팔을 벌리고 물러섰다. 천년 묵은 체증이 내려간다는 게 이런 건가. 이제 됐다, 이제 됐어. 여기에 갇힌 채 허무하게 생을 마감하지 않아도 된다. 아니, 나가지 못한대도 솔직히 에르완이 있기만 하면 무슨 걱정인가. 이제 모든 일이 잘 풀릴 것이다…….

그렇게 홀로 기뻐하기 잠시, 아무런 기척이 들리지 않아 한쪽 눈을 슬그머니 떠보았다. 멀뚱거리는 검고 큰 눈동자와 마주쳤다.

……왜 가지 않는 거지? 그는 민망함에 두 팔을 내렸다.

"비올라, 어서 가서 네 주인을 데려오라니까. 혹시 짐을 걱정해서 못 가는 거냐?"

어서 가라는 뜻으로 궁둥이를 툭툭 쳐주기까지 했지만 꿈쩍도 않는다. 고개가 좌로 갸웃한다.

"그런 근심은 붙들어 매고 한시라도 빨리 네 주인을 데리고 와라.

그것만이 내가 살 길이라니까."

조금 더 센 힘으로 그를 밀어보았다. 이번에는 우로 갸웃.

"아, 설마…… 말을 못…… 알아듣는 건……."

그는 마침내 새를 밀던 손을 내리고 올려다보았다. 뭐라 지껄이는지 하나도 모르겠다는 듯, 순진하게 꿈벅거리는 눈을 보고 있으니 한숨이 절로 나왔다. 몰려오는 허탈감에 어깨마저 축 처졌다. 그가 이마를 짚으며 절망적으로 읊조렸다.

"하…… 하긴 그렇지. 야생에서 쭉 살아왔던 것이니 훈련시키는 데 시간이 걸릴 테고…… 새대가리 주제에 사람 말을 알아들을 턱이 없지. 젠장, 남의 장식품은 잘도 훔치더니…… 하아, 머리가 다 지끈거리는데."

근래 들어 미간에 주름이 펴질 새가 없다. 이러다 잘생긴 얼굴에 주름 생기겠어. 그래, 고작 새 하나에 행운을 바라던 내가 바보지. 다른 방법을 찾아야 하나.

한숨을 짙게 내쉬며 고개를 들자, 어느새 그로부터 멀리 떨어진 비올라가 눈에 들어왔다. 정확히는 그의 몫으로 가지고 나온 빵에 오줌을 갈기고 있는 독수리였다. 기가 막혀서 한동안 말이 나오지 않았다.

"야, 너, 너너너너너……."

찌이익. 마지막 한 방울까지 시원하게 갈긴다. 그러고는 잽싸게 하늘로 날아올랐다. 바닥에 덩그러니 남은, 오줌 가득한 그의 저녁끼니를 보고 있자니 헛웃음만 터졌다.

식량이 모자라서 내일까지 저걸로 버텨야 할지도 모르는데…… 쫄쫄 굶게 생겼다. 새대가리라는 말 때문에 오줌을 갈긴 거 맞지? 저 발칙한 새 새끼, 내 말을 못 알아듣는 척하더니! 바스티안이 바득바득

이를 갈며 하늘을 뒤덮는 그림자를 노려보았다. 푸드득, 바람을 시원하게 박차는 날갯짓 소리가 그를 비웃듯 울렸다.

✣ ✳ ✣

비올라의 소변 투척으로 밤새 굶주린 다음 날, 바스티안은 다시 저를 찾아온 독수리를 황망한 눈으로 바라보았다.

"너…… 또 왔냐?"

삐이익.

"에르완은 같이 안 온 거냐?"

혹시나 하는 희망에 매달려 성벽 너머의 기척에 귀를 기울였으나, 비올라는 동그랗고 검은 동공으로 물끄러미 바라볼 뿐이다.

그는 이어서 독수리의 다리를 응시했다. 몇 번이고 쪽지를 묶으려 시도했다 실패했지만, 미련이 남을 수밖에 없었다. 바깥과 소통할 수단은 저것 하나뿐이니까! 가만히 있어라, 가만히만. 포기하지 않고 이번에도 손을 뻗어봤지만, 털을 고르는 데 집중하던 비올라가 귀신같이 기척을 알아채고 도망쳐버렸다. 먼지바닥을 구르고 만 바스티안이 이를 갈았다.

"네놈이 일부러 그녀를 안 불러오는 것이렷다."

삐이이.

"제발 좀 날아가거라. 이렇게 애원할 테니 제발 부탁이다, 응?"

협박도, 애원도, 회유도 통하지 않는다.

비올라가 기괴한 포효를 내며 성벽 위로 날아가 그를 내려다봤다. 어쩐지 울음소리가 비웃는 것처럼 들리기도 했다. 조심조심 다시 다가갔지만, 딱 가까워진 만큼 멀어졌다.

진짜 저 새대가리가. 멈춰선 바스티안이 무시무시한 눈싸움을 벌이다가, 짙은 한숨을 쉬며 그 자리에 털썩 주저앉았다. 이어서 주머니에서 주섬주섬 꺼낸 건, 나뭇잎으로 소중히 싸여 있는 오늘치 끼니였다.

"날씨도 좋지 않은 데다가 식량까지 이 모양이라……."

외스타슈가 봉쇄된 지 나흘째. 하루 두 조각씩 지급되던 마른 빵이 하나로 줄었다. 한정된 군수품을 마을 주민에게도 나눠주느라, 그리고 봉쇄가 언제까지 이어질지 몰라 내린 조치라고 했다. 살바토레의 결정은 의아한 한편 감탄스럽기도 했다. 오로지 승리만을 생각했다면 백성들에게까지 군수품을 나눠줄 필요가 없을 테니까.

자만심 가득한 핏덩이로 여겼는데 다시 생각해볼 여지는 있었다. 사람들이 자연스레 몰려든 이유도 알겠군. 반군의 수장을 인정하는 건 웃긴 짓이지만.

그나저나 대체 여기서 언제 나갈 수 있을까. 성에서는 갑자기 사라진 왕을 찾느라 난리일 텐데. 하지만 그 누구도 외스타슈에 있을 거라고는 상상도 못 하겠지. 의심은 하더라도 확신이 없는 이상 성문을 열 수도 없을 것이다. 그 자체로 왕명을 거역한 반역일 테니까.

바스티안은 퍽퍽한 빵을 한입 크게 베어 물며 성벽에 기대앉았다. 연일 비구름이 끼어 질퍽해진 바닥이 옷을 더럽힐 테지만 신경 쓰지 않았다. 그는 빵결 하나하나 세듯이 씹으며 얼마 전에 있었던 회의를 회상했다.

「특이하게도 외스타슈는 지역 전체가 아래로 움푹 들어간 구조지. 일단 봉쇄 후에는 뒤쪽에 나 있는 항구로 어떤 배가 들어오는지도 파악이 안 될 테고. 이럴 때 가장 효과적인 건 역시 습격뿐이겠지.」

「어디로 말씀이십니까? 생각해두신 곳이 있습니까?」

「지하수로.」

회의 테이블에 널따랗게 깔린 잘리어 지도 위 한곳을 톡톡 두드리며 그가 다시 입을 열었다.

「수도에서 외스타슈로 이어진 지하수로는 사람이 허리를 펴고 걸어다녀도 될 정도로 넓고 큼지막하지. 물을 끊은 사이 그 통로를 통해 우리 군이 급습하면?」

「정면충돌하는 것보다 피해를 크게 줄일 수 있을 겁니다.」

「그래. 애초에 잘리어 군대는 규모가 그리 크지 않으니, 반란군을 진압하는 동시에 우리 손실은 최소화할 방법으로 진행해야 하네.」

마을을 봉쇄했으니 곧 지하수로를 따라 군을 투입할 터다. 왕이 사라져서 갈팡질팡하는 모양인데, 일찌감치 진행되었어야 할 작전이니 만큼 지체할 순 없을 것이다.

작전은 언제 수행될까? 내가 여기 있을 때 전투가 벌어지면 안 되는데. 잠깐, 설마 이미 진행되고 있는 거 아니야? 바스티안은 점점 느리게 빵을 씹다가, 이내 한입에 꿀꺽 삼켜버리고 몸을 일으켰다. 그리고 지하수로 설계도를 떠올리며 한 발짝 한 발짝 더듬어갔다.

분명 이쯤이었는데.

성문을 기점으로 쭉 따라 들어오던 그가 광장 언저리에서 걸음을 멈추었다. 수로는 외스타슈까지 관통할 만큼 길기 때문에, 중간중간

지상으로의 통로가 불가피하다. 바로 그 통로를 통해 정예군으로 습격할 예정이었는데, 일이 이렇게 돼버리다니. 그는 바닥을 더듬어 손잡이를 찾아내 힘껏 당겼다. 녹슨 소리와 함께 모습을 드러낸 건, 까마득한 지하로 뻗어 있는 사다리였다.

"이봐, 거기 뭘 하고 있는 거냐?"

경계 어린 목소리가 뒤통수를 두드렸다. 경비병이다. 시국이 시국인지라 삼엄한 감시가 이루어지는 가운데, 땅을 헤집어 수로를 들여다보고 있는 바스티안을 그냥 보고 넘길 리 없다. 마침 잘됐다. 일부러 사람을 불러오는 수고를 던 셈이니.

"그게 말입니다, 며칠째 이 주변에서 이상한 소리가 들려서요."

그가 입을 헤벌리며 멍청한 표정을 지었다.

"뭐어?"

"후다다닥거리는 게 사람 여럿이 지나가는 것 같기도 하고, 자기들끼리 수군거리다가 또다시 후닥닥 도망치고요. 하도 요상해서 살펴보았는데 이 아래에서……."

"비켜봐!"

"어이쿠!"

어깨를 확 밀치는 힘에 바스티안은 과장되게 엉덩방아를 찧는 시늉을 했다. 수로 근처에선 말소리가 들리지 않았지만, 지상으로 이어진 쇠사다리에서 사람의 흔적을 찾을 수 있었다.

왕이 자리를 비웠더라도, 그가 내리고 간 명령을 수행하기 위해 군은 착실히 움직이고 있었던 것이다.

"비상상황이다! 어서 살바토레 님을 모셔와!"

심각한 사태라 판단한 경비병들이 일사불란하게 움직였고, 수로가 완전히 막히는 데까지는 하루도 채 걸리지 않았다. 잘리어 군이 수로를 따라 외스타슈에 당도하더라도 결코 지상 밖으로는 나올 수 없을 것이다. 다름 아닌 그 명을 내린 장본인에 의해.

휴, 내 팔자야.

금세 혼란스러워진 현장을 떠나며 그가 깊고 깊은 한숨을 내쉬었다. 왕이 제 입으로 작전을 누설해 수포로 돌리다니, 역사적으로 다시 없을 일이었다.

✣ ✳ ✣

습격 대비를 완벽하게 끝낸 그날 밤, 살바토레가 바스티안을 불렀다. 일반 순찰병이 머무르는 곳과 똑같은, 남루하고 허름한 막사였다. 막사 중앙에 덩그러니 놓인 촛불은 사람들의 얼굴을 비추지 못할 만큼 미약했다. 투욱, 툭. 막을 두드리는 빗방울 소리가 차라리 더 선명했다.

"일전에 왕의 군대가 수로로 침입하려는 흔적을 찾았다는 보고를 받았네. 자네가 최초 발견자라지?"

어둠 속에서도 살바토레의 시선은 날카롭게 그를 훑어보았다. 바스티안이 모자란 사람처럼 고개를 끄덕거리자 그가 말을 이었다.

"이렇게 부른 것은 그 공을 치하하기 위함이야. 몰랐겠지만, 자칫하면 우리 군을 궤멸시킬 수 있었던 작전을 자네가 멈춘 거거든. 하, 수로를 이용할 생각을 하다니. 정말이지 영악한 왕이로군."

이 가는 소리가 섬뜩하게 울렸다. 그 왕이 바로 앞에 있는 줄은 상상도 못 하고.

"그런데 대체 자네는 무슨 소리를 듣고 경비병에게 신고한 거지? 수로가 꽤 깊었던 데다 비밀리에 움직여서 알아차리기가 쉽지 않았을 텐데."

"실은, 살바토레 님, 소인이 누구에게도 말하지 않은 비밀이 있사온데."

은밀한 이야기를 하는 것처럼 바스티안이 목소리를 잔뜩 죽였다. 살바토레가 흥미로워하며 눈을 빛냈다.

"응, 그래. 어서 말해보게."

"그게 말입니다, 이곳에 곧 전쟁이 날 거라 합니다."

"응?"

"곧 큰 전쟁이 날 거라고 하는데, 으흐, 소인은 죽기 싫습니다, 싫어요. 그래서 매일매일 전쟁이 나면 몸을 숨길 만한 곳을 탐색하고 다녔지요. 그러다 발견한 게 땅 밑으로 숨는 거였는데, 젠장, 너무 안심한 나머지 잠이 들었지 뭡니까. 깨어나보니 사람 목소리에, 발소리에……."

"허."

"소인이 얼마나 놀랐는지, 선생님…… 선생님이라고 불러도 되지요? 소인이 배움이 짧아서. 어쨌든 선생님께선 상상도 못 하실 겁니다."

천연덕스러운 거짓말을 술술 지어내며 바스티안이 어깨를 잔뜩 움츠렸다. 주변에 빙 둘러앉은 참모 몇몇이 피식피식 웃음을 흘렸다. 살바토레가 두툼한 손을 짝 마주쳤다.

"하! 그러면 자네의 소심함과 조심성이 우리를 살린 것이로군그래."

“그렇게 되는 것입니까요? 헤헤.”

“어쨌든 자네가 우리를 살린 거네. 고마움을 어떻게 표현해야 할까. 마음 같아서는 크게 포상해주고 싶네만, 보다시피 상황이 이래놔서.”

살바토레가 테이블을 툭툭 두드렸다. 전투의 결말이 어떻게 될지 모르고, 한정된 군수품을 나눠먹어야 하는 지금 그 어떤 것도 섣불리 약속할 수 없는 건 당연했다.

반란군의 우두머리에게 받는 포상이라……. 또다시 희한한 기분에 빠져 있던 바스티안은 이내 입을 열었다.

“그렇다면 말입니다, 청하고 싶은 게 하나 있사온데…….”

“뭔가? 뭐든 말해보게.”

살바토레가 진심으로 적극적으로 나왔다. 바스티안이 진흙으로 범벅돼 있는 머리를 긁적거리자 모래가 우수수 떨어졌다.

“저, 빵 한 덩이만 더 받을 수 있겠습니까?”

바스티안이 뱉은 짧은 말에 살바토레의 주변인들이 더욱 크게 술렁였다.

“뭐? 고작 빵?”

“이 사람아, 조금 더 큰 걸 얘기해봐. 이 앞에 앉은 사람이 누구인지 아나. 장차 이 잘리어의 왕이 되실 분이라네. 그런 분에게 바라는 게 고작 빵?”

“향후 영지라도 달라고 해도 시원찮을 판에, 원하는 게 빵이라?”

“그것이, 제가 자주 배를 곯은 통에 말입니다.”

경악하는 시선이 쏟아지는 가운데 바스티안이 머쓱하게 머리를 긁었다. 농담이 아니라, 그는 지금 영지 천 에이커와 마른 빵 중에 고르라고 하면 망설임 없이 후자를 택할 정도로 절실했다. 끼니 때울 때만

되면 망할 비올라가 귀신같이 찾아와서 오줌을 갈겨대려는 통에, 겨우 먹기에 성공해도 코로 넘어가는지 입으로 넘어가는지 모를 지경이었으니까. 이곳을 나가더라도 우선 살아남아야 의미가 있겠지.

바스티안을 신기한 눈으로 바라보던 살바토레가 크게 웃음을 터뜨렸다.

“그래, 정 원한다면 응당 해주어야지. 아! 그러고 보니 자네, 예전에 담벼락 위로 기어올라가다 죽었던 자의 친구였지? 이름이…… 후베르트였던가? 그자의 장례식도 함께 치러주는 게 어때?”

살바토레는 그들의 첫 만남을 기억하고 있었다.

들었나, 후베르트? 자네의 장례식을 치러주겠다는 사람이 있다네. 반란군의 수괴지만 의외로 좋은 놈이지 않나. 왠지 모르게 가슴이 찡해진 바스티안이 인사를 하고 나가려던 순간이다. 막사 안으로 누군가 헐레벌떡 뛰어 들어왔다.

“살바토레 님! 부르군트에서 군수품이……!”

부르군트 어? 바스티안은 익숙하면서 낯선 언어에 반응하여 뒤를 돌아보았다. 전언을 옮기러 뛰어 들어온 병사도 그를 보고 멈칫한 채였다. 기껏해야 파발 정도로 보이는 자가 외국어를 능숙하게 구사한다라.

가능성은 두 개였다. 외스타슈의 교육수준이 왕인 바스티안도 모를 정도로 뛰어났거나, 저 병사가 애초에 부르군트 인이었거나. 어느 쪽인지는 익히 짐작이 갔다.

“괜찮네, 괜찮아. 어차피 이자는 부르군트 어를 알아듣지 못할 테니 보고해도 좋아.”

살바토레가 손을 휘휘 저으며 말했다. 바스티안이 그에 맞추어 눈을 흐리멍덩하게 끔벅거려주자, 보고가 이어졌다.

"예. 조금 전 항구를 통해 부르군트의 군수품이 도착했습니다. 식량뿐 아니라 갑옷과 무기도 도착했사온데, 이것들이 꽤 무거워 옮기기 위한 인력이 필요합니다."

"감시병들을 줄이고 투입하도록 해."

"하지만 그사이 잘리어 군이 들이닥치면요?"

옆에 붙어 있던 참모가, 마찬가지로 부르군트 어로 말했다. 살바토레가 한쪽 입꼬리를 끌어올렸다.

"걱정 말게. 샤른호르스트는 출생 강박과 더불어 상상 이상으로 겁쟁이거든. 작전 하나가 막혔으니 당분간 움직일 생각은 하지 못할 거야."

"살바토레 님이 그렇게 말씀하신다면 두말하지 않고 따르겠지만……."

"걱정 말고 내 말대로 하게. 알미란트 보르본 경에게는 약속을 지켜주어 감사하다고, 딱 알맞은 때 와주었다고 전하고. 하필 외스타슈에 우리가 있어 전전긍긍하고 있을 텐데."

"예, 알겠습니다."

몇 마디 지시와 대답이 오가는 중에 바스티안은 속으로 실소를 흘릴 수밖에 없었다.

알미란트 보르본. 발루아와 신경전을 벌이느라 바쁠 이 시국에, 부르군트에서 보낸 이가 하필 그라서 의아하긴 했다. 알미란트 보르본은 중립국의 외교관으로 썩힐 수 없는, 프리드리히의 둘도 없는 책사였으니까.

그를 맞이했을 때 그렇잖아도 기분이 찜찜하긴 했는데, 뒤에서 이런 짓을 벌이고 있을 줄은 몰랐군. 어쩐지 반란군이 짧은 시간 안에 비대해지더라니, 참 훌륭한 숙주를 두지 않았나. 이제라도 뿌리를 캐내었으니 이곳에 머무른 수확이 영 없는 건 아니었다.

바스티안은 살바토레만큼이나 흡족해하며 막사를 나섰다.

✣ ✳ ✣

사흘이 더 지났다. 그사이 담벼락을 사이에 둔 경계가 더 삼엄해졌고, 필연적으로 크고 작은 충돌로 이어졌다.

개중에는 전투로 확산될 뻔한 싸움도 있었는데, 위협용 화살에 외스타슈 안쪽 경비병이 다친 게 시발점이었다. 본래 반란군 소속이 아니었던 그는 동료의 순찰 순번을 바꿔줬다가 이곳에 갇혔다고 했다. 저처럼 애꿎게 휘말린 이들이 있으니 처음에는 나라가 구해줄 거라 믿어 의심치 않았다고 덧붙였다. 오랜 세월 가까이 나라를 위해 충정을 바쳤으니 굽어살펴주는 게 마땅하지 않냐고.

그런데 하루, 이틀, 그리고 일주일. 시간이 흐르고 흘렀다. 누적된 피로와 불안은 잘리어 군이 담벼락 안쪽을 공격하자 터져버렸다.

"이놈들아! 이 몹쓸 놈들! 내가 누구인지 아느냐! 내가, 나는, 내가! 한평생 다 바쳐서 나라를 지켜왔단 말이다, 이놈들아! 폐하께서 명을 내렸으면 미욱한 몸이라도 전쟁터에 던질 수 있었다! 그런데 이런 나를 영문 모를 곳에 가두어 이제는 죽이려고 활을 쏴! 오냐, 어디 한번 죽여봐라! 죽여봐! 내 목을 베어 폐하의 식탁에 올리거라! 그리고 말해! 삼십 년 충성한 대가가 이것이라고! 영문 모를 죽음이라고! 이것들아!"

늙은 병사가 토해낸 분노는 전염병처럼 옮겨갔다.

"나도 죽여라, 나도 죽여!"

마찬가지로 억울하게 외스타슈에 갇혀버린 병사들도 함께 외쳤다.

"너희라고 다를 줄 알았더냐! 너희도 그 시각에 이곳에 서 있었으면 우리와 마찬가지였을 거다!"

노호한 고함은 바깥에서 숨죽이고 있던 이들을 떨게 만들기 충분했다.

"올라가! 이깟 성벽 따위 넘어버리면 그만이다!"

"성벽을 올라가다 죽든, 이곳에 갇혀서 굶주리다 죽든 어차피 죽는 건 똑같아!"

분노한 이들이 서로 힘을 보태어 성벽을 기어올라가기 시작했다. 바깥이 눈에 띄게 술렁거렸다. 사격 중지라는 명이 떨어졌음에도 지레 겁먹은 몇몇이 활시위를 당겼다. 안과 밖 누가 먼저랄 것 없이 쏘아진 화살은 벌 떼처럼 늘어나 서로에게 쏟아졌다.

마침 근처에 있던 바스티안도 화살이 팔 어딘가를 스쳐서 살갗이 찢기고 말았다. 하지만 상처를 입는 그 순간에도 그는 성벽에서 눈을 떼지 못했다.

"죽여라, 죽여! 어차피 죄다 잡아 죽이려고 이곳에 가둬둔 것 아닌가!"

사람이 사람을 밟고 올라가고, 성벽에 기어올라가기 무섭게 손이 베인다. 그렇게 손가락이 잘린 이들은 일찍이 활에 맞아 떨어진 이들보다 불운한 경우였다. 엄지만 남은 뭉그런 손을 들고 통곡하는 늙은 병사를 보았을 때 바스티안은 어떤 생각을 떠올려야 할지조차 몰랐다.

“폐하! 저희를 가두라 명한 게 폐하는 아니시겠지요! 아닐 겁니다! 그런데 봉쇄된 지 벌써 일주일이 됐는데 왜 문을 열어주지 않으시는 겁니까! 어디서 무얼 하고 계시기에 저희를 버리십니까! 저희는 폐하의 백성이 아닌 겁니까!”

비통한 통곡이 바스티안의 귀를 마구 때렸다. 눈앞이 핑 돌았다. 여기는 악몽의 한가운데인가 싶었다.

누굴 탓할 필요도 없었다. 이 생지옥을 만든 건 다름 아닌 자신이었으니까.

성벽 앞이 아수라장이 된 지 얼마 지나지 않아 양쪽 수뇌부가 나섰다. 다행히 둘 다 정면충돌은 피하는 상황이라 금세 진정되긴 했지만, 남은 건 사상자뿐인 소모전은 서로 부담만 가중시킬 뿐이었다.

그날의 일을 상징하듯 담벼락엔 수없이 많은 다섯 줄의 핏자국이 남겨졌다.

바스티안은 그 앞에서 한참 동안 꿈쩍하지 못했다.

✦ ✷ ✦

다음 날 그는 날이 저물자마자 담벼락 귀퉁이를 서성거렸다. 전날 큰 충돌이 있었던 데다 아침부터 비올라가 보이지 않아 불길했지만, 한시라도 빨리 제 존재를 외부에 알려야 했다. 이전에는 본인이 살기 위해서였다면, 지금은 아예 다른 이유로.

“그런데 여기를 어떻게 넘는다…….”

다른 사람이 받쳐주지 않으면 월담은 꿈도 못 꿀 만큼 높다. 가까스로 그럴 사람을 찾는다 하더라도 지금은 성벽 너머로 머리카락만 보여도 화살이 날아올 분위기라 그조차 여의치 않다. 남은 건 바깥사람과의 교섭뿐이다.

"어디 보자, 종이를 대신할 만한 것이……."

이쪽에서 말을 건네봤자 우호적인 반응이 돌아올 리 만무하니, 서신을 써서 담벼락 너머로 던질 생각이었다. 종이를 대신할 만한 나뭇잎, 바람에 날리는 걸 방지하기 위한 돌멩이를 가지고 근처에 자리 잡았다. 뭐라고 써야 할까. 가타부타 왕이라고 해봤자 먹히지도 않을 테고. 곰곰이 생각에 빠져 있다가 돌멩이로 나뭇잎을 긁어 글자를 새기기 시작했다. 곧 완성된 편지를 들고 그는 다시 성벽 근처를 서성거렸다.

"저기, 누구 없습니까? 아무나 있으면 대답을……."

"거기 뭐 하는 거냐!"

성난 목소리가 공기를 뒤흔들었다. 아차, 사람이 있는지 확인하고 던진다는 게 그만. 바스티안은 재빨리 가지고 있던 것을 뒤로 숨기며 몸을 돌렸다. 순찰병이 삼엄한 표정으로 어둠 속에서 걸어 나왔다. 위아래를 훑어보며 창을 들이대는 기세가 심상찮다. 이런, 잘못 걸린 것 같은데.

"방금 잘리어 군과 이야기를 나누고 있었지?"

"예? 그건 아니……."

"거짓말 마라! 분명 이야기 나누는 걸 보았는데! 우리 쪽 정보를 흘린 거지? 혼자 살겠다고! 우리를 팔아넘기려는 거지?"

얼마 전 충돌을 기점으로, 바깥에서 외스타슈에 첩자를 심어놓았다는 흉흉한 소문이 돌고 있었다. 반군은 첩자를 색출해내는 한편, 그들에게 협력하는 배신자를 찾아내는 데 총력을 기울이는 상황이다. 봉쇄기간이 길어질수록 불리해지는 건 이쪽인 사실을 너무나 잘 알고 있었다.

이에 반란군 내부에서도 균열이 생겼는데, 바로 옆에 있는 이가 바깥에 정보를 팔아먹었을지도 모른다는 불신 때문이었다. 조금의 기미라도 보이면 모조리 족치자는 분위기에 억울한 희생자가 생기지 않을 리 없다. 거기다 지금은 바깥에 말을 걸다 걸렸으니, 입이 열 개라도 할 말이 없다. 바스티안은 일단 오리발을 내밀어보기로 했다.

"아니, 아니에요. 말을 걸어보았지만 대답은 돌아오지 않았습니다. 우리 군의 정보를 팔아먹으려던 것도 아니고요."

"거짓말! 그 거짓말이 네가 간자라는 증거다! 앞장서! 너 같은 놈은 살바토레 님께 보고할 필요도 없어! 즉결처분이다."

오리발은 내밀자마자 가차 없이 잘렸다. 그리고 이곳에 있는 유일한 빽마저 쓸 수 없게 됐다. 어, 그럼 이대로 끌려가면 안 되는데. 옷걸이에 매달린 듯 끌려가던 바스티안이 그 자리에 멈추어 섰다. 순찰병이 핏발 선 눈으로 돌아보았다.

"뭐냐, 빨리 안 움직여?"

뿌리치고 도망칠까, 목덜미를 칠까. 바스티안이 고민에 빠진 사이 순찰병이 몇몇 위협과 엄포를 늘어놓았다. 그래도 꿈쩍할 새가 없어 보이자 분에 못 이겨 창을 들어올린다. 찌르는 시늉을 하며 팔을 뻗은 순간이다. 벼락을 맞은 듯 움직임이 멎었다.

삐이익!

독수리의 포효와 함께 초승달이 검은 장막을 찢었다.

"폐하께선……."

한숨 같은 목소리가 담벼락에서 흘러내렸다.

어떻게 한 것인지, 순찰병은 이미 정신을 잃고 쓰러져 있었다. 바스티안은 꿈에 홀린 것처럼 멍하니 그녀를 보았다. 검 끝에 걸린 하얀 달, 수호하듯 밤하늘을 헤집으며 날아다니는 니세포르 뒤라스, 담벼락을 밟고 오른 자태. 그녀가 누구인지는 검만 봐도 알 수 있었다. 베일이 벗겨지는 것처럼 황금빛 눈이 가득 찼다.

그녀가 그를 보았다.

온 하늘이 가라앉는다. 속이 확 우그러들었다.

"어딜 가나 사고를 몰고 다니시는군요."

바스티안은 도무지 이성을 찾을 수 없었다. 외스타슈에 갇힌 이래 쭉 만나기를 바라왔던 이가 마법처럼 나타났다. 마침 위험한 상황에 부닥쳤던 터라 극적이기까지 했다. 바스티안은 그녀가 딛고 선 담벼락부터 보았다. 저 높은 곳을 어떻게 올라간 거지, 저 순찰병은 또 어떻게 기절시킨 건가. 그녀의 월등한 신체능력을 생각해보면 그리 놀라운 일은 아니지만.

"어억, 어……."

바닥에 쓰러져 있던 순찰병이 신음을 흘리며 꿈틀거렸다. 바스티안이 움찔하며 놀란 것과 달리 에르완은 예상했다는 듯 담벼락에서 뛰어내렸다. 가벼운 몸짓과 달리 잠시 후 이어지는 타격음은 둔탁했다. 깔끔하게 무의식의 세계로 빠진 순찰병을 보며 바스티안은 깨달았다.

아, 저렇게 기절시켰구나. 죽어도 에르완과는 육탄전은 벌이지 말아야겠군. 그러니까, 조금 다른 의미에서의 육탄전은 제외하고…….

"사고만 몰고 다니다니? 누가 들으면 내가 공연히 여기저기 쑤시고 다니는 줄 알겠어."

놀란 티를 감추며 애써 태연하게 말했다. 아무리 그래도 사고를 몰고 다닌다는 표현은 너무하지 않나. 이래 봬도 왕인데. 하지만 에르완의 시선이 그를 훑은 순간, 그나마 있던 뻔뻔함도 자취를 감출 수밖에 없었다.

"그럼 아닙니까?"

"이번 상황은 예외로 둘게."

"어쩌다 여기 갇히시게 된 겁니까?"

"그래, 그런 눈으로 볼 만큼 내가 한심한 짓을 저질렀다는 건 인정하지. 그게 말이야, 내가 봉쇄 명령을 내린 그날, 밖으로 나왔는데 외스타슈 안쪽에서 루이즈안을 봤지 뭐야. 그녀를 빼내려고 하다가……."

"직업훈련소의 루이즈안 씨 말입니까?"

"응. 그녀를 빼내려고 들어왔다가 간발의 차로 문이 닫혀버렸어. 루이즈안은 희한하게도 반역의 수장과 아는 사이더군. 자, 누추하지만 일단 여기 앉아서 얘기해. 당신은 내가 갇혀 있던 일주일간, 정상인과의 대화를 얼마나 바라왔는지 모를걸."

바스티안은 소매를 길게 내어 근처에 있는 바위를 말끔하게 털어냈다. 그리고 앉으라는 뜻으로 바위를 톡톡 두드렸다. 그 모습을 물끄러미 바라보다 다가온 에르완은 그가 권한 자리가 아닌, 바스티안의 옆에 앉았다. 먼지투성이인 맨바닥. 바스티안의 눈이 동그래졌다.

"왜 맨바닥에 앉아? 당신 옷 더러워질 텐데."

"괜찮습니다. 곁에 있겠습니다."

"어…… 그건 내가 괜찮지 않아. 내 꼴 좀 봐. 진흙투성이에 며칠 동안 씻지도 못해서 냄새 날 텐데, 이런 꼴로 어떻게 당신 곁에 있겠어. 어서, 날 부끄럽게 만들지 말고……."

“시궁창에 빠졌다 나왔다 해도 폐하는 폐하입니다. 저는 폐하의 동료이고요. 폐하와 같은 곳을 바라보고 싶습니다. 여기 있겠습니다.”

“…….”

“그런데 정상인은 무슨 말씀입니까? 이 안에 있는 사람들이 전부 비정상이기라도 한 것처럼.”

그녀치고는 직접적인 발언에 잠깐 멍해진 바스티안이 정신을 차렸다. 가까이서 빤히 바라보는 눈에 금세 멍해졌지만.

“아, 그거. 그야…… 일주일 동안 영문도 모른 채 갇혀 있게 됐으니까 말이야. 초조함과 두려움이 얼마나 빠른 시간에 사람의 밑바닥을 드러내게 하는지 알고 있잖아. 루이즈안 덕에 나는 조금 편한 직업을 얻게 되었지만.”

“직업, 말입니까?”

“나는 여기서 꽤 유능한 배식원이야. 끼니때가 되면 사람들에게 정확하게 빵을 나눠줄 수 있지.”

“……그래서 루이즈안 씨도 반란군의 일부입니까?”

“글쎄, 반란군의 우두머리인 살바토레와 아는 사이 같던데. 그건 단순히 옛 병합국가 영주와 긴밀한 관계를 이용하려 한 게 아닌가 싶어. 어찌 됐든 그는 전국에 산재되어 있는 세력을 끌어 모아야 하니까 말이야.”

“얼마 전, 반란군이 폐하의 계획을 눈치채고 봉쇄했습니다. 혹.”

“맞아. 내가 가르쳐준 거야. 나도 함께 뒈질 수는 없는 노릇이니까. 그 덕에 살바토레의 환심도 얻게 되었지. 그런데 정말 그 작전, 시행하려고 한 거야? 내가 없는데도?”

“아뇨, 작전은 시행되지 않았습니다. 작전이 하달되었다곤 하나,

개시를 명할 지휘관이 없어 유보되고 있었습니다."

"이상하군. 그럼 왜 수로 통로에는 사람 발자국이 그리 많았지?"

"제가 남겼습니다."

"그렇군, 당신이 남겼…… 뭐?"

바스티안이 동그랗게 눈을 뜨며 반문하자 에르완이 무감하게 말을 이었다.

"폐하가 실종되고 사흘 동안 이 인근 지역을 뒤졌는데 머리카락 한 올 나오지 않더군요. 폐하께서 외스타슈에 봉쇄되어 나오지 못했을 가능성을 점친 건 이틀째부터였습니다. 그때부터 제 수하들에게 지시해 수로 통로에 흔적을 남겼습니다. 최대한 근시일 내에 생긴 것처럼 말입니다. 폐하께서 만약 외스타슈에 갇힌 게 맞다면, 당연히 반란군에게 그 작전을 알려주실 테지요."

"허."

"그렇게 되면 폐하의 안위는 보장받을 수 있습니다. 아마 반란군이 가장 안전한 곳으로 피신시켜줄 수도 있겠지요. 작전은 실패로 돌아가겠지만, 제게 가장 중요한 건 폐하의 안전이었습니다."

"그래, 그렇지 않아도 이상하다고 생각했어. 내가 없는데 작전이 진행되는 것 말이야. 그 흔적들이 없었으면 밀고해도 소용없었을 텐데, 그게 당신의 지시로 남겨진 거였다니……."

설명할 수 없는 감격에 휩싸인 채 그녀를 응시했다. 그 작전을 밀고함으로써 그는 확실히 살바토레의 환심을 샀고, 안전한 곳에서 머무를 수 있었으며, 의심을 받아도 수월하게 넘어갈 수 있었다. 적진 한복판에 떨어져 혼자 절박했는데…… 보이지 않는 곳에서 보호해주는 사람이 있었다는 걸 안 순간, 어떤 말로도 형용할 수 없는 기분이 되었다.

"하지만 그것만으로 폐하를 엄호하기엔 부족했던 모양이군요."

그녀의 눈은 피가 배어나온 팔 근처에 머무르고 있었다.

"이건 별거 아냐. 얼마 전에 작은 전투가 있었잖아. 거기서 멍청하게 서 있다가……."

"천을 푸십시오. 제대로 치료해드리겠습니다."

그녀는 긴 설명을 뚝 자르면서 허리춤에 매고 온 작은 가방을 꺼냈다. 챙겨온 의약품은 몇 개 되지 않았지만, 가져온 것만으로도 단순 상처부터 찰과상, 화상까지 치료할 수 있었다.

내가 다쳤다는 걸 예상하고 있었어? 다시 멍청하게 넋을 놓고 있자, 그사이 준비를 마친 에르완이 그를 빤히 응시했다. 왜 말한 대로 천을 풀지 않냐는 눈빛이었다. 아차. 그가 팔에 매어둔 천을 허겁지겁 풀자 그녀가 대신 받았다. 하얗게 곪은 상처가 드러났다. 에르완이 짐짓 심각해졌다.

"소독조차 하지 않으셨군요."

"도구가 없어서, 내가 대강이라도 할 수 있는 처치만 하고 버티고 있었…… 악!"

"움직이지 마십시오."

단호하게 말하면서 그녀가 소독 도구부터 꺼내 들었다. 먼저 상처 주변에 덕지덕지 붙은 검붉은 딱지가 떨어지지 않도록 살살 소독해갔다. 말이 살살이지, 사실 엄청나게 따가웠다. 깊게 베인 상처 위에 지저분한 천을 덧댄 채 흙바닥을 굴러다닌 만큼, 썩어들어가기 직전이었던 것이다. 참다못한 바스티안이 어깨를 움츠렸다.

"저기, 에르완. 아, 아픈데."

“참으십시오.”

“조금만 살살…….”

슬금슬금 물러나려는 그를 에르완이 단단히 붙들었다.

“한 번 더 치료를 방해한다면 영영 팔을 못 쓰게 만들어버리겠습니다.”

“와…… 무슨 그런 살벌한 말을. 오랜만에 만나서 이러기야?”

장난으로 넘어가려 했으나 에르완은 조금도 받아주지 않은 채 치료를 계속했다. 약을 바르고 붕대를 감을 때에는 어찌나 손에 힘이 들어가 있던지 숨이 턱턱 막혔다. 팔 말고도 그녀는 그의 몸에 잘게 난 상처들도 모두 치료해주었다. 물론 그동안 바스티안은 차라리 썩어가게 놔두는 게 낫겠다고 생각할 만큼의 고통을 인내해야 했지만.

바스티안이 마지막 상처를 치료하고 붕대를 감는 그녀의 눈치를 살짝 보았다.

그런데 아까부터 에르완, 왜 이렇게 말이 없지? 원래 수다스러운 편은 아니지만, 평소와 분위기가 확연히 다르긴 했다. 화난 것처럼 말이다.

엥? 에르완이 화를 내다니. 무슨 말도 안 되는 소리를. 자신의 감정조차 정량적으로 조절하는 그녀인데 말이다. 그런데 그걸 알면서도 왜 계속 화를 내는 것처럼 느껴지는 건지. 왜지? 화난 게 맞나? 왜 화난 거지?

“저, 에르완. 그래서 당신, 나를 어떻게 찾아온 거야?”

그가 흘끔흘끔 눈치를 보며 묻자 에르완이 딱딱한 표정으로 대꾸했다.

“비올라가 안내해주었습니다.”

“와, 그랬어? 저 새 새끼가 말이야? 내 끼닛거리에 오줌을 지리며 골탕 먹일 땐 언제고…… 냅다 화살을 맞아버리니 심각함을 느낀 모양이군.”

“…….”

“흠흠…… 저게 당신의 검이야?”

바스티안은 그녀가 내려놓은 검을 공연히 끌고 와서 대화를 이어나가려 애썼다. 검날을 따라 새겨진 음각 문자가 달빛을 머금고 환하게 빛났다. 그가 눈을 가느다랗게 좁혔다. 이미 세상에서 사라진 언어였지만, 똑똑히 읽어낼 수 있었다.

‘오로지 진실되고 정직하며 두려워하는 마음으로 나를 섬겨라.’

그가 작게 감탄했다.

“정말 당신과 어울리는 말이로군.”

“…….”

“함부로 검을 휘두르는 당신은 상상할 수 없으니까 말이야.”

이렇게까지 말을 붙였는데도 에르완은 여전히 묵묵부답이었다. 침묵, 침묵, 침묵. 바람에 쓸리는 나뭇잎 소리와 나뭇가지 휘어지는 소리만이 사방의 공기를 메운다.

이쯤 되면 인정해야 했다. 그녀가 몹시 화가 났다는 것을.

바스티안은 이마를 짚고 애써 침착하게 생각을 이어갔다. 그래, 좋아. 그래서 어쩌다 여기까지 온 거지. 그녀가 무엇 때문에 화가 난 걸까. 자해해서? 술을 마시고 그녀에게 무례한 짓을 저질러서? 사방에서 말려대는 학살 명령을 내려서? 그래놓고 바보같이 그 지역에 갇혀서 걱정을 끼쳐서? 젠장, 그 외에도 짚이는 게 한두 개가 아니군.

“다 됐습니다. 이제 가시죠.”

“응? 어딜?”

마무리하고 일어나는 에르완에게 반사적으로 대답했다. 서로를 이해할 수 없다는 눈빛이 오갔다.

“제가 여기에 무슨 이유로 왔다고 생각하시는지요.”

“어…… 내 상처를 치료하러?”

그가 붕대를 만지작거리며 딴청을 피웠다. 그녀가 딱딱한 목소리로 말을 이었다.

“상처부터 치료한 건 운신을 조금이라도 더 낫게 하기 위함입니다. 저와 함께 이곳에서 나가시지요. 그러려고 폐하께서도 제게 연락하려 하신 것 아닙니까.”

“아! 그거 말이지. 처음에는 그랬는데, 이제는 아니야. 하나만 부탁하고 싶은 게 있어서. 후베르트에게 맡겨둔 인장이 있어. 그에게 물어보면 내 거처 어딘가에서 그걸 꺼내다줄 거야. 당신이 받아줬으면 해.”

“무엇에 쓸 수 있는 인장입니까?”

그녀답지 않게 집요한 물음이었다. 바스티안이 여유롭게 웃었다.

“국왕 대신 군령권(軍令權) 전부를 행사할 수 있게 해주는 물품이지. 내가 없더라도 그걸 쓰면, 군을 지휘하고 통솔하는 권한은 물론이고 작전통제권까지 전부 가지게 돼.”

“……그 말씀은.”

“유사시 나 대신 당신이 최고사령관으로 잘리어를 지켜달라는 거지. 내가 그 인장을 맡긴 이유는 당신의 능력이 증명해줄 테고.”

“폐하께서는 유사시에도 이곳에 머무르겠다는 말씀으로 들립니다만.”

말을 이으려던 바스티안을 그녀가 막아섰다.

“폐하께서 생각하시는 것보다 잘리어는 혼란에 빠져 있습니다. 반란군을 진압해야 할 상황에 지켜야 할 우두머리가 없으니 당연합니다. 항간에는 왕이 바뀐다는 소문이 돌고, 잘리어 군 대부분을 차지하고 있던 용병들이 위기감을 느끼고 도망쳤습니다. 그나마 폐하께서 직접 육성하던 병사 소수만이 남은 국가적 위기 상황에, 계속 이곳에 계시겠다는 말씀을 하고 계시는 겁니까.”

“상황이 생각보다 좋지 않은데, 나는 이곳에서 좀 더 알아볼 게 남아 있어. 이 일은 내전이 아니라 실은 외국 세력이 개입해 있는 국제적인 전쟁이거든. 당신에게도 친숙하겠지? 부르군트 말이야.”

“부르군트가 이 일에 연관되어 있습니까?”

“얼마 전에 알미란트 보르본이 외교사절로 왔기에 영 수상쩍었지. 그들이 반란군에게 군수품을 제공하고 있더군.”

“부르군트가, 프리드리히 왕이 잘리어를 발루아와의 전쟁에 지름길로 삼을 속셈이군요.”

맥 풀린 목소리였다. 애초에 에르완이 잘리어를 방문한 이유도 비슷한 맥락이었기에 더했다. 하지만 본질은 다르다는 건 둘 다 알고 있었다. 하나는 협력을 구했고, 다른 하나는 전쟁에서 이기기 위해 무고한 나라를 지배하려 했다. 같을 수가 없었다.

“그것뿐만은 아냐. 여기서 지내다 보니 조금 더 지켜보고 싶어졌어. 왕이 내린 잘못된 명령에, 편견 가득한 판단에 어떤 무고함이 생기는지. 내 말 하나에 얼마나 많은 희생이 생기고⋯⋯ 또 그걸 어떻게 막을 수 있을지.”

“그렇다 해도 위험합니다.”

바스티안이 난처하게 웃었다.

"당신이 말했잖아. 내 경험은 백성과 더불어 살면서 익힌 것이라, 그들의 삶을 윤택하게 만든다고. 그게 당신이 나를 존중하는 이유라고. 나는 고집이 세서 내 눈으로 직접 본 것 말고는 믿지 않아. 그래서 여기서 좀 더 굴러봐야겠어."

"……."

"잘못을 바로잡고자 하는 일이야. 위험하다는 건 이 일을 멈출 만한 이유가 되지 못해. 당신이 이 생각을 이해해주리라 믿어 의심치 않아. 에르완 당신이니까."

굳은 신뢰가 섞인 눈이 그녀에게 박혔다. 어지러워져 있던 심기가 반쯤 누그러져 있는 것이 보였다. 눈꺼풀이 서서히 내려앉으며 짙은 그늘을 드리웠다. 그녀가 한숨처럼 중얼거렸다.

"……며칠 새에 달라지셨군요, 폐하께선."

"하하, 좋은 쪽이어야 할 텐데 말이야."

그녀가 결국 받아들일 줄 알고 있었다. 아니, 그렇게 믿고 있었다는 게 맞았다. 바스티안은 몸을 일으키며 열심히 손을 옷에 문질러댔다. 그녀에게는 어떤 더러운 것도 닿게 하기 싫었다.

"살아서 만나, 에르완. 내가 운이 나빠서 죽을지도 모르지만……."

"절대 그럴 리 없습니다."

"어?"

"제가 폐하를 죽게 내버려둘 것 같습니까?"

그가 손을 내밀며 장난스레 덧붙인 말을 에르완이 매섭게 잘랐다. 그 기세에 조금 놀랄 수밖에 없었다. 뻘쭘하게 뻗은 손이 근질거렸다.

"어, 그럼…… 내가 잘리어 군에 잡히거든 부탁해. 미안하군, 당신에게 이런 부담스러운 짐들을 지우는 것 말이야. 그리고…… 이전에 했던 무례한 행각들도."

"……."

"뒤늦지만…… 사과하지. 진심으로 말이야. 다시는 그럴 일 없을 거라고 약속하지."

바른 길로 인도해주려는 그녀에게 시정잡배처럼 치근거린 적이 있다. 당신과 붙어먹을 방법을 생각하고 있다느니, 하룻밤을 보냈을 때의 포상이라든지…… 닳고 닳은 더러운 말로 그녀를 더럽혔다. 비천하게 생명을 이어갔던 그때의 버릇이 되살아나기라도 한 듯이.

그가 면목 없이 고개를 떨어뜨렸다. 그날의 죄를 뉘우쳤든, 다시는 더러운 성애를 품고 다가가지 않겠노라고 맹세를 했든, 그녀가 사과를 받아주지 않든 이 생각을 전달해야 했다.

"저야말로 사과하고 싶었습니다."

잠깐의 침묵 후, 의외의 말이 들려왔다. 뭐? 바스티안이 고개를 들었다. 헤아릴 수 없을 만큼 깊은 눈과 마주쳤다.

"저는 폐하께 함께 걸어가는 동료임을 자처하면서 바른길로 인도하기 위해 애썼습니다. 제가 생각하는 옳은 길과 군주로서의 판단에 대해 간언했습니다. 그게 모두 폐하를 위한 일이라 생각하면서."

"그래, 그건 전부 올바른 말이었어."

"아뇨, 아닙니다. 도덕적으로는 옳은지 몰라도 방법적으로 틀렸습니다. 모든 건 폐하를 이해하는 것으로부터 시작했어야 했습니다. 진정한 동료라면, 그랬어야 했습니다."

"……."

"저는 폐하가 아닙니다. 당신의 입장이 되어보지도 않았습니다. 때문에 밀렵꾼들에게 그렇게 할 수밖에 없었던 이유를 납득하지 못합니다. 하지만 완전한 공감은 아니더라도…… 폐하를 이해할 수는 있을 것 같습니다."

"……뭐?"

"폐하께서 아직 연유(年幼)하실 적, 밀렵꾼에게 당했던 일을 전해 들었습니다."

조용한 고해처럼 흘려내는 말에 바스티안은 벼락을 맞은 듯 굳었다. 가장 어둡고 비천했던 때의 기억. 누구에게도 드러내기 싫은 피 묻은 속살. 저열한 밑바닥까지 낱낱이 까발려진 기분은 정말이지 견디기 힘들었다. 그에 관한 한, 어떠한 판단도 거부하고 싶었다.

대체 누가 말한 건가, 그녀에게. 누구인지 알아내면 사지를 찢어버리는 것으로도 모자라다……. 필사적으로 머리를 굴리고 있던 중, 허공에 떠 있던 손을 누군가 그러쥐었다. 그녀였다.

"저라도 두렵고 무서웠을 겁니다. 신을 원망하며 복수심에 불탔을 겁니다. 좋은 나라를 만들겠다는 생각은 꿈속에서나 했을지도 모르겠습니다."

그녀가 그의 손을 잡고 끌어당겼다. 경애와 존중이 담긴 입맞춤이 흙투성이인 손등에 닿았다. 한겨울에 아른대는 화롯불처럼 따뜻한 온기다. 금방 날아가버릴 새처럼 가볍고 다정했다.

바스티안은 너무나 놀랐지만, 감히 손을 뺄 엄두조차 내지 못했다. 손등이 뜨거워져 터질 것만 같은데 움직일 수가 없었다. 직접 보고 있는 장면조차 그의 비천한 상상이 아닌가 싶었다.

"하지만 당신을 그런 감정들로 잃을 수는 없습니다. 길을 잃었을 때 외면하지 않는 게 진정한 동료 아닙니까. 하여 저는 폐하를 이해하는 것으로부터 다시 시작하려 합니다."

"……."

"끝까지 기다리겠습니다. 시일이 얼마나 걸려도 좋으니 돌아오시기만을 바랄 뿐입니다."

그녀가 조심스레 상처를 어루만졌다. 그를 향한 배려와 애정으로 가득한 말에 그의 얼굴이 서서히 일그러졌다. 황급히 손으로 표정을 가렸다. 누구에게도 보이기 싫은 민낯이었다. 한 발짝씩 뒷걸음질 치려는 그를 그녀가 부드럽게 붙잡았다. 천천히 입술을 떼고는 눈을 마주친다. 견고한 그녀에게 어설픈 도망은 통하지 않았다.

"살아서 뵙겠습니다. 그때는 더 많은 이야기를 나누도록 하지요."

그 말을 마지막으로 그녀는 자리를 떠났다. 바스티안은 한참 꿈쩍하지 못하다가 힘겹게 고개를 돌렸다.

에르완은 담벼락에 올라서 잠깐 그를 돌아보았다. 마주치는 시선에 비늘 한 꺼풀이 벗겨졌다. 눈앞을 가리고, 그를 괴롭혀왔던 비늘이 마침내 사라졌다. 세상의 민낯은 꽤 아름다웠다. 어쩌면 그가 바라보는 세상에 그녀가 존재하기 때문인지도 몰랐다.

이내 그녀는 담 너머로 뛰어내려 사라졌다. 푸르게 녹아드는 뒷모습을 멍하니 응시하고만 있었다.

꿈결 같은 만남이었다.

✣ ✳ ✣

성에 돌아오자마자 에르완은 후베르트를 찾았다. 맘고생이 심했는지 퀭한 눈이었다. 신임이 온 후에도 알게 모르게 뒤에서 도왔던 그는, 바스티안이 사라졌다는 소식을 들은 후부터 깊은 시름에 잠겨 식음을 전폐하고 있었다. 후베르트는 그녀를 보자 제 꼴을 부끄러워하며 허둥지둥 옷매무시를 정돈했다. 에르완은 조용히 그를 막았다.

"후베르트 경, 그대의 도움이 필요해 찾아왔습니다."

"예? 제가 폐하께 어떤 도움을……."

"대제께서 맡겨둔 인장이 필요합니다."

그 말을 듣자마자 후베르트의 얼굴이 새하얗게 굳었다. 에르완은 더 여유를 두지 않고 쐐기를 박았다.

"잘리어의 군권령을 행사할 수 있는 인장 말입니다. 어디 있습니까?"

"잠깐만요, 폐하, 송구스럽습니다만, 저희 폐하가 아닌 누군가가 그걸 알고 있다는 건……."

"오래 설명하고 있을 시간이 없습니다."

"으, 네, 네. 절 따라오시죠."

상황의 시급성을 깨달은 후베르트는 금세 사람 차림을 하고 나왔다. 그가 안내해준 곳은 주인 없이 먼지만 쌓인 바스티안의 방이었다. 왕이 주로 머무르는 방 안쪽으로 여러 개의 밀실이 미로처럼 이어져 있었고, 그 끝쯤 어딘가에서 후베르트가 걸음을 멈추었다. 인장은 아무것도 아닌 물건처럼 녹슨 장식품들 안에 널브러져 있었다. 오히려 그렇기에, 찾으려 해도 눈치 못 챌 정도였다.

"폐하께 올립니다."

인장은 납작하고 작은 금판이었다. 파도처럼 휜 테두리 안에 잘리어와 군 수령부를 상징하는 표식이 나란히 음각으로 새겨져 있었다. 차갑고 무겁다. 마치 전쟁처럼.

전쟁은 그녀에게 떼려야 뗄 수 없는 것이었다. 태어날 때부터 가까이서 존재했고 무엇인지 인식하기 이전부터 숨 쉬고 있었던. 지휘관으로서 많은 승리를 거머쥐었지만 동시에 많은 피를 보았다. 죽어간 이들은 부하인 동시에 동료였고 가족이었다. 그 이름 하나하나가 가슴에 박혀 사라지지 않았다.

시어도어 협곡에서의 전투는 더욱 그랬다. 홀로 살아남은 전투 끝에 스스로 칼을 들어 허리춤에 새겨 넣었다. 'Theodore'. 너희의 희생을 결코 잊지 않으리라고. 오랜 세월 이어져온 전쟁을 반드시 끝내겠노라고.

그 끝을 보기 위해 이곳 잘리어까지 왔으나 돌고 돌아 또다시 전쟁이다. 전쟁은 야만적인 폭력이지만, 정치와 경제수단이 될 수 있는 기이한 것임을 안다. 그렇게 변질되기 전에 여왕은 이 아름답고 평화로운 나라를 지키기로 맹세했다.

"폐하, 이게 필요하다는 건, 지금 상황이 무척 안 좋다는 뜻일 테지요. 전쟁이…… 나는 거겠죠?"

조심스러운 물음에 에르완은 아무 대답이 없었다. 긍정임을 깨달은 후베르트가 입술을 가늘게 떨었다.

"저희 폐하께서는…… 무사하신 겁니까?"

"예."

"지금, 어디에 계시는……."

"적진의 한복판에 계십니다."

"외, 외스타슈 말입니까? 어쩌다 그곳에! 지금이라도 모셔와야 하는 것 아닙니까?"

충격이 보통이 아닐 거라 예상했지만, 적어도 후베르트는 사실을 알 자격이 있다고 여겼다. 발을 동동 구르는 그를 그녀가 차분히 달랬다.

“그곳에 남기를 바란 건 폐하십니다. 뜻하는 바가 분명하셨기에, 저도 더는 설득하지 않았습니다.”

“그런, 그렇지만, 그렇게 위험한 곳에 폐하를 둘 수는.”

“위험을 감수해야 할 정도로 그곳에서 얻어야 할 것이 있으신 거라 생각합니다. 폐하께선 왕으로서, 개인으로서 중요한 국면을 마주하고 있습니다. 저 또한 그런 폐하를 지지하지 않을 수가 없군요.”

“…….”

“비록 적진에 계시나 저는 폐하의 안전을 최대한 보전할 것입니다. 후베르트 경의 우려를 충분히 이해하나, 지금으로썬 믿고 기다리라는 말밖엔 할 수가 없겠군요. 그를 잃고 싶지 않은 마음은 저 또한 마찬가지이니.”

무척 혼란스러워진 후베르트는 무엇부터 생각해야 할지 몰랐다. 어쩌다 왕이 적진에 갇혔는지, 그것을 알고도 내버려두고 왔는지. 어떤 이유든 말도 안 된다고, 당장 모셔와야 한다고 떼를 쓰고 싶었고, 그러느라 여왕에게서 바스티안에 대한 개인적 감정이 묻어나오는 것까지 느낄 새가 없었다.

후베르트는 입술을 몇 번 달싹거리다 끝내 어깨를 떨었다. 채 갈무리하지 못한 감정이 눈물로 떨어졌다. 잠시 곤란해하던 에르완이 마침 지나가던 시녀를 불러세웠다.

“레이첼.”

“폐하! 어디 계신지 찾고 있었습니다. 어머나, 후베르트 님.”

명랑한 얼굴로 다가온 레이첼이 몸을 들썩이며 울고 있는 후베르트를 보고 멈칫거렸다. 바스티안이 행방불명인 걸 모르지 않았고, 지금 그가 흐느끼는 이유도 그와 무관하지 않다는 건 빠르게 눈치챌 수 있었다. 그녀는 슬쩍 주군의 얼굴을 살피고 다가왔다.

"울지 마요, 후베르트 님. 폐하께선 괜찮으실 거예요."

"윽, 흐윽, 폐하, 부디 저희 폐하를 잘, 부탁……."

"그럼요. 우리 폐하께서 잘 돌봐주실 거예요. 울지 말구요. 뚝. 자, 저랑 같이 가요, 후베르트 님. 뚝 그치고 어깨 펴시구요."

저보다 두 뼘은 큰 남자를 다독여주며 레이첼은 그를 어디론가 인도해갔다. 딱히 어딜 간다 말은 하지 않았지만, 에르완은 후베르트가 오늘 밤 코가 삐뚤어지도록 술을 마시게 될 거라는 걸 알고 있었다. 레이첼은 전투에서 동료를 잃고 돌아온 그레더니어 기사들을 데려다가 그렇게 만들곤 했으니까. 그리 바람직한 방법은 아니라고 몇 번이나 일렀지만, 그 마음만은 이해했다. 제힘으로는 어쩌지 못하는 상황을 그저 안타까워하며 지켜봐야 할 때에는 차라리 이성을 놓아버리고 싶어지곤 하는 것이다.

하지만 여왕은 그러지 않았다. 막막할수록 이성을 챙겼고 포기하고 싶을수록 스스로를 일으켜 세웠다. 그녀가 희생할수록 더 많은 백성이 평화롭게 살았으며, 냉정하고 이성적일수록 더 많은 동료를 살릴 수 있었다. 책임감은 곧 중압감이다. 에르완은 그 모든 것들을 견디고 살아올 만큼 견고했다.

그런 그녀가 이번엔 조금 사사로운 감정으로 움직이고 있었다. 어떤 것인지는 알고 있었다. 하지만 잔가지를 치며 뻗어나가는 잡념에 힘을 쏟기에는 상황이 녹록지 않았다. 작은 심호흡으로 동요하는 가슴을 가라앉혔다. 자꾸만 움터 올라오는 싹을 분지르고 몸을 돌려 걸음을 옮겼다. 망설이고 있을 틈이 없었다.

✣ ✳ ✣

날이 밝기도 전에 잘리어 왕성에서 서른이 넘는 파발이 각자 목적지로 향했다. 반군이 부르군트의 원조를 받고 있었기 때문에 더 지체할 틈이 없었다. 왕성의 부름에 귀족들이 헐레벌떡 뛰쳐들어왔다. 왕이 부재한 불안감이 큰 자들일수록 더했다.

한동안 사라졌던 왕이 맞아줄 것이라 기대했던 이들은, 웬 여자가 자리 잡고 있는 걸 보고 크게 실망할 수밖에 없었다.

'우릴 부른 게 저 여자야?'

그들은 하나같이 똑같은 표정을 지으며 그녀의 차림새에 주목하게 되었다. 그녀는 보통 잘리어 귀족들이 유사시에 착용하거나 대부분 애장하곤 하는 갑옷이 아닌, 장식 없이 대량생산된 양산품을 걸치고 있었다.

처음에 후베르트가 대령해온 갑옷은 훨씬 비싸고 좋다고 알려진 것이었으나 에르완은 오히려 양산된 갑옷이 더 선진적으로 설계됐다고 판단했다. 하지만 여전히 발루아에서 착용하던 갑옷보다는 훨씬 질이 떨어져, 개조가 필요했다. 그녀는 답답하게 싸인 어깨와 팔꿈치 부분을 우선 분리하여 움직임을 자유롭게 했다. 또한 오른쪽보다 왼쪽을 비대칭적으로 크게 만들어 창과 검으로 뚫리는 것을 막았다. 이 익숙지 않은 갑옷을 둘러쓴 이방인에게 잘리어 대신들은 하나같이 배타적인 시선을 보냈다.

"힐데가르드! 당신이 나를 맞아줄 줄은 몰랐어. 아니, 몰랐습니다.

그 인장을 지니고 있으니 이제 총사령관을 대하는 예우를 갖춰야겠군.”

도미니크만은 예외적으로 그녀를 극진히 반겼다.

인장? 인장이라니? 도미니크가 나타났을 때부터 숨죽이던 이들이 그녀와 마찬가지로 인장을 발견하고 크게 웅성거렸다. 저 인장을 지닌 자는 왕 대신 군권령을 획득하여, 전시상황에서는 총사령관의 지위에 오르게 된다. 이는 인장을 지니고 있는 한 유효하다.

숨죽인 공기 속에 은밀한 눈빛이 수없이 오갔다. 대다수는 저 여자가 무슨 경험이 있어 군 통수권자가 되냐는 것이었다. 왕의 숨겨둔 정부가 아니었나?

“그대가 이것을 지니고 있다는 건 왕도 만났다는 뜻이겠지요? 그래서, 어디 있습니까, 왕은.”

바스티안 이야기가 나오자 모두가 숨을 죽이며 에르완을 응시했다. 그녀의 등에 매인 거대한 검자루가 뒤늦게 그들의 시야에 들어왔다.

“말씀드리기 어렵습니다.”

“이유를 여쭙는다면?”

“대제께서 원하지 않으셨습니다.”

“저희에게 왕의 안전은 국가 안보와 직결되어 있습니다. 국왕께서 그리 원했다고는 하나 사안의 시급성에 앞서지 못합니다. 끝끝내 입을 열지 않는다면 국법에 의해 다스려야 할 수도 있습니다.”

“비록 이곳에 머물고 있으나 이곳의 법은 제게 적용될 사안이 아닙니다. 총지휘관의 자리도 폐하의 뜻이 확고하여 대리하여 맡은 것일 뿐. 앞으로 제가 지휘할 때에도 마찬가지입니다. 여러 법에 반할 수는 있으나 그것이 곧 잘리어와 폐하를 살리는 길임을 알아주셨으면 합니다."

여자는 무섭도록 단호하고 흔들림 없었다. 사람이 건조해도 저렇게 건조할 수 있을까 싶었다. 죽음 앞에서도 흔들리지 않을 것 같은 초연함마저 느껴졌다. 선천적인 건지, 경험에 의해서인지는 알 도리가 없으나, 소속 모를 여인에게 기가 눌리니 당황스러운 일이었다.

"이런. 그렇게 나오면 그대가 왕을 숨기고 협박하여 인장을 가져온 게 아니라고는 어떻게 믿으란 말인가."

말의 무게와는 다르게 도미니크는 웃고 있었다. 말을 섞는 행위 자체가 큰 즐거움인 것처럼.

"그도 그럴 게, 대제께서 아무리 요 근래 이상행동을 많이 보이셨다지만 전쟁에 경험 없을 여인네에게 총사령관 자리를 줬을 것 같진 않단 말이야."

"하여 저 또한 공작께 부탁드릴 것이 있었습니다."

"부탁?"

도미니크의 눈이 빛났다. 어느새 다른 이들은 관망자의 입장이 되어, 그녀가 에르완의 존재를 허락한다면 자연히 따라가는 형세가 되었다.

"통수권자로서 제 능력은 이곳에서 발휘된 적도 없거니와 증명된 바도 없습니다. 이런 시급한 때에 무능한 자가 군의 지휘권을 잡는다면 그만한 위험 또한 없을 것입니다. 반대로 아무리 유능해도 아래에서 진심으로 믿고 따라주지 않는다면 허울뿐인 지휘관이겠지요. 따라서 저는 이번에 예외적으로, 이 인장을 견제할 수 있는 권리를 공작께 드리려 합니다."

"견제라면."

"제가 내리는 명령 중 절대적인 건 아무것도 없을 겁니다. 공작께 그 권한을 드리죠. 제게 작전을 지시할 수 있다면 공작께서는 그 지시를 각하(却下)할 수 있습니다. 다만 공작께서는 해상전에 비해 국지전에 경험이 없다는 것을 유념하셔야 합니다. 제 작전에 대해 설명이 필요하다면 충분해질 때까지 그리할 것입니다."

"생각도 못 한 방법인데."

"어쩌시겠습니까?"

"하."

도미니크의 입에서 질린 듯한 감탄이 흘러나왔다. 저 제안 속에 숨겨진 수많은 의도와 계산에 머리를 세차게 얻어맞은 듯했다. 아무리 왕에게서 인장을 건네받았다 한들 어디까지나 표면적인 권한에 지나지 않는다. 그녀가 제대로 된 지휘권을 휘두르기 위해선 작게는 잘리어의 군대부터 그들의 우두머리, 그리고 텃세 부릴 것이 분명한 귀족들을 통솔해야 한다. 검증되지 않은 그녀가 긴급한 상황에 맞추어 작전을 지시하는 건 불가능에 가깝다.

이 모든 걸 빠른 시간 안에 정리할 수 있는 유일한 방법은, 귀족들이 인정하는 위치의 사람을 포섭하는 것이다. 우두머리를 사로잡으면 몸통은 자연스레 따라오게 마련이다. 에르완은 잘리어 귀족들을 통제할 '머리'로 도미니크를 꼽았고, 틀린 판단이 아니라고 확신하고 있었다.

도미니크는 슬슬 에르완이 '진짜 누구'인지 궁금해지기 시작했다. 정중하지만 비굴하지 않고 대담하지만 무례하지 않다. 피 내음 짙은 전쟁을 앞에 두고서도 두려움 한 줌 없다. 침착하고 냉정하며 이성적이다. 잘리어를 몰래 방문한 타국의 왕이라 해도 믿을 수 있을 정도였다.

그녀는 잠깐 에르완에게서 시선을 떼어 좌중을 둘러보았다. 다들 설마 저 제안을 받아들이겠냐는 눈빛이었다. 그러자 결심도 확고해졌다. 그녀가 웃으며 입을 열었다.

"제안 받아들이겠습니다."

대답을 하자마자 그녀는 다시 웃을 수밖에 없었다. 약속이라도 한 것처럼 모두의 두 눈이 휘둥그레졌기 때문이다. 평소의 도미니크라면 받아들이지 않았을 도박적인 제안이었으니 그 심정도 이해 안 가는 바는 아니었다. 하지만 이번만은 그녀는 제 감을 믿어보고 싶어졌다. 에르완의 끝이 어디인지도 보고 싶었고.

"대신 폐하의 안위에 대해서 보증하셔야 할 겁니다."

"그건 염려 마십시오."

"공작!"

"자, 이제 첫 번째 명령을 내려보시지요. 우리가 무얼 하면 됩니까?"

도미니크가 반발하며 일어나려는 목소리를 간단히 내리눌렀다. 에르완의 시선이 테이블에 넓게 펼쳐진 잘리어 지도에 머물렀다.

"우선 각 지역에 주둔하고 있는 병력 규모와 잘리어에서 보유 중인 무기에 대해 파악해야 합니다."

"자, 제가 깔끔하게 정리해드리겠습니다. 우선 브뤼스에 기사 이천, 보병 삼천. 트람쿠르에는 궁수. 데보라에 오천, 나머지는 페르스발에 분산되어 있지요. 불과 며칠 전까지만 해도 말입니다."

도미니크는 소매를 접어 올리며 지도 위의 말들을 옮겼다.

"잘리어 군대의 대부분은 용병으로 구성되어 있었습니다. 돈으로 움직이는 자들이니 얻을 것이 있는 이상 문제없을 거라 여겼는데……

아무리 돈이 중요해도 목숨과 저울질할 정도는 아니었던 모양입니다. 분위기가 좋지 않자 하나둘씩 빠져나간 모양인데 예상보다 그 수가 엄청납니다."

"페르스발로 불러들일 수 있는 병력은 얼마나 됩니까?"

"오천, 혹은 그 아래."

"반 이상 빠져나갔다는 뜻이군요."

"내전으로 병력이 많이 소모된 후에는 더 이상 충원하지 않았던 탓입니다. 평화의 부작용이죠."

그나마 남아 있는 잘리어 군조차 충분히 훈련되어 있다고는 할 수 없었다.

상황이 생각보다 더 좋지 않았다. 에르완은 각 지역에 필요한 최소한의 병력만 남겨두고 페르스발로 이동시키라는 명을 내린 후, 군수품을 모아둔 보관소로 향했다.

"이곳이 보관실인데……."

문을 열자마자 피어나는 자욱한 먼지구름과 역한 곰팡이 냄새에 절로 말끝이 흐려졌다. 아무리 나라가 평화로워 경계심이 풀어졌다곤 하지만, 나라에서 주의를 기울여 관리해야 할 보관소가 이 꼴일 줄은 아무도 몰랐을 것이다. 한쪽에 무더기로 쌓여 있는 수통과 갑옷, 활더미에 도미니크가 고개를 설레설레 저었다.

"보아하니 여기는 쓸 만한 물건이 없을 것 같군요. 나가시죠. 각 영지에서 관리 중인 군수품을 거둬들이는 게…… 무얼 보고 계시는 겁니까?"

도미니크는 보관실 반대쪽에 들어간 에르완을 뒤늦게 찾았다. 그녀는 맨손으로 먼지를 걷어내고 무언가를 유심히 뜯어보고 있었다. 뒤따라 들어온 귀족 하나가 큰 소리로 아는 체했다.

"공성포로군요. 옛날 병합국가와의 내전에 쓰이던."

"공성포? 그게 아직도 남아 있단 말인가?"

"독립세력들은 죄다 요새를 세우고 벽 뒤에 숨어버리곤 했으니까요. 벽을 부수어야 돌격대가 안쪽으로 진입할 수 있으니, 공성포를 어떻게 이용할지가 승패를 가르는 중요한 요인이었지요. 지금은 아무 쓸모 없지만……."

"대포에 쓸 탄알은 있습니까?"

"찾아보면 있긴 있을 테지만…… 지금 뭐 하시는 겁니까?"

화포를 살펴보다 말고 일어나서 부싯돌과 기름통을 가져오는 그녀를 보고 누군가 노골적으로 비웃었다.

"설마 이번 내전에 쓰려는 겁니까? 아니, 아무리 외스타슈가 벽으로 둘러싸여 있어도 그렇죠. 바깥에서 걸어 잠근 게 우린데, 열고 싸우면 되는 거 아닙니까? 화포를 쓸 이유가 없다고요. 나 참."

"이쪽에서 공격을 시작하면 도리어 안쪽에서 요새 안에 숨어버릴 겁니다. 전투가 장기화될수록 유리한 건 외부의 원조를 받는 저쪽이니 당연합니다. 그 사실을 반군이 모를 거라 생각합니까?"

"그, 그렇대도 화포를 쓰기엔 무리가 있습니다. 저것을 쓴 지 얼마나 오래되었는데. 습기에 약한 심지에 불이 붙을 리가 없고요, 지금와서 여기 있는 화포에 심지를 모조리 멀쩡한 것으로 교체하려면 저희만으론 부족할걸요? 전쟁에는 쓰이지도 못할 거고요."

치이익.

그의 말이 끝나기도 전에 심지가 타들어가는 소리가 보관실 안을 울렸다. 얼마 가지 않아 꺼지긴 했지만, 그건 에르완이 기름을 조절하여 발랐기 때문이었다. 화포를 정비해놓으라고 명령하며 일어나는 그녀에게 토 달 수 있는 사람은 아무도 없었다.

✦ ✳ ✦

화포부터 시작하여 군수품과 병력, 잘리어의 지형, 외스타슈 내부 구조를 모두 파악한 에르완은 얼마 후 반군에 파발을 보냈다. 평화적으로 해결하자는, 항복을 권유하는 전언이었다. 파발은 백기를 단 채 외스타슈 성벽을 향해 힘차게 달려갔다.

"그들이 항복하리라 보십니까?"

도미니크가 에르완에게 다가가 조용한 물음을 던졌다. 그녀는 하얗게 펄럭이는 깃발을 끝까지 눈으로 좇아가고 있었다.

"현명한 판단을 하길 빌 뿐입니다."

담담한 대답에 도미니크가 웃음을 터뜨렸다.

"우리 측의 패배는 염두에 두지 않는 듯한 말씀이시군요. 그런데 불편하지 않습니까? 갑옷 말입니다. 굉장히 편하게 움직이시는군요. 이렇게 무거운데 말입니다."

"부르군트의 갑주에 비하면 가벼운 축에 속합니다. 해상전에 강한 만큼 바닷물이 닿아도 녹슬지 않도록 만들어 상대적으로 무거워졌지요. 하여 부르군트 군사는 갑주를 걸치고 전투를 벌일 수 있을 만큼 충분히 단련이 된 후에야 전쟁터의 흙을 밟을 수 있습니다."

"부르군트에 대해 굉장히 잘 아시는군요. 누가 들으면 부르군트 인이나 발루아 인이라고 오해하겠습니다."

말 속엔 은근한 뼈가 있었다. 대답은 돌아오지 않았지만, 도미니크는 그녀가 잘리어 인이 아니라는 걸 확신하고 있었다. 그녀는 마치 평생을 전쟁터에서 살아온 것처럼 전쟁의 생태에 대해 알고 있었으며, 거의 모든 경우의 수를 간파하고 있었다.

에르완이 화포를 챙겨놓기가 무섭게 반란군이 성벽을 걸어잠갔고, 군데군데 일어나던 소모성 전투는 주 병력이 페르스발로 모이자 잠잠해졌다. 정부니 뭐니 비웃음과 거드름을 피워대던 이들도 이제는 충실한 신하로 변하여, 도미니크의 견제 또한 필요 없어졌다. 단 며칠 새에 잘리어의 위정자들을 휘어잡은 것이다.

무섭도록 현실적이었고 치밀하다. 반군의 움직임뿐 아니라 전쟁의 전체적인 흐름을 읽고 있었다. 이 평화로운 나라에서 나올 수 있는 지휘력이 아니었다. 대체 어디서 튀어나온 여자인지……. 두툼한 장갑을 억지로 구부렸다 펴며 도미니크가 생각에 잠겼다.

"돌아오는군요."

그녀를 상념에서 깨운 건 에르완의 목소리였다. 멀리서 하얀 깃발이 돌아오고 있었으나 건물 사이에 가려 잘 보이지 않았다. 도미니크는 앞에 놓인 디딤돌을 딛고 한 층 높이 올라가 눈을 가늘게 떴다. 목이 잘린 채 돌아오는 파발병의 모습을 에르완과 거의 동시에 보았다. 흔들, 흔들. 깃발에 묶여 흔들리던 몸이 잘리어 진지 앞에 이르자 힘없이 떨어졌다. 팔다리가 기이한 각도로 꺾이며 피를 쏟았다.

"선전포고다! 선전포고!"

"호른을 울려라!"

부우우우!

전쟁의 시작을 알리는 뿔피리 소리가 대지를 울렸다.

잘리어 병사들은 에르완이 짜놓은 대로 일사불란하게 움직였으며,

그 그림 같은 광경을 보며 도미니크는 몸을 떨며 전율했다. 잘리어 역사에 길이 남을 전쟁이 되리라. 자신 있게 확신했다.

그리고 그러느라, 뒤에 선 여왕의 깊은 슬픔은 미처 돌아보지 못하였다.

✣ ✳ ✣

바스티안은 에르완이 돌아간 후 꽤 잘 지내고 있었다. 반군의 우두머리는 잘리어와의 전투를 준비하면서 가끔 그를 불러 담소를 나누었다. 살바토레는 그를 신임하는 걸 넘어서 인간적으로 정이 가는 모양이었다. 피로에 찌든 표정이지만 바스티안과 이야기를 할 때만큼은 생기를 찾곤 했다.

구름이 유난히 짙던 그날도 마찬가지였다. 살바토레는 차를 진하게 우려놓고 그를 기다렸다. 바스티안은 송구하다는 듯 건너편에 앉았다.

“나는 잘리어의 왕이 통치를 잘 못하기 때문에 병합국가 세력을 모으는 게 아니야. 사실 그는 제 아비와 형보다 훨씬 잘해내고 있거든.”

살바토레가 새빨간 궐련을 물며 눈매를 좁혔다.

“그들은 정말로 쓸모없었어. 대대로 이어져오던 형편없는 정치력을 생각해보면 지금의 왕이 돌연변이인 거지. 그렇지 않았다면 잘리어는 애초에 망했을 테니 그 핏줄에 감사해야겠군.”

“왕이 꽤 잘하고 있다고요? 그런데도 반군을 모으는 이유는 뭡니까?”

“그가 추구하는 것과 다른 방향으로 백성을 통치해보고 싶은 거네.

잘리어는 예술, 건축, 문학, 철학 등 다방면에서 발전되어 있지만, 그건 어디까지나 잘리어의 문화거든. 하지만 우리 병합국가들이 가지고 있던 고유성도 있단 말이야. 합치는 것만이 능사는 아니야. 나뉘어 있음으로써 비로소 존재할 수 있는 것도 있단 말이네. 나는 그것들을 되살려보고 싶어. 자네는 어떻게 생각하나?"

그가 바스티안과 나누고 싶어 하는 이야기는 뜻밖에도 잘리어에 대해서였다. 토론을 주도하는 건 대부분 그였지만, 모르는 척 얹곤 하는 바스티안의 한마디를 원했다.

"소인이 뭐, 아는 게 있겠습니까. 선생님께서 말씀하시면 그런가 보다, 큰 뜻이 있으신가 보다 싶은 것이죠."

"아니야. 자네와 이야기를 하면 가끔씩 허를 찔릴 때가 있다고. 내 주변의 어떤 참모도 생각지 못했던 부분을 짚어낸단 말일세. 나는 자네가 무척 아까워. 이런 곳에서 배식이나 하고 있다니. 원조랍시고 찾아온 부르군트의 야만인 장교보다 훨씬……."

"야만인 장교요?"

"그래. 군수품을 싣고 잘리어에 들어온 자인데, 이름이 리산더였던가. 그 잔혹함이 이를 데 없어 부르군트에서는 영웅이요, 적군에게는 저승사자나 다름없다더군. 발루아와의 전투에서 발루아 인을 학살한 것도 그자라던데."

리산더. 바스티안이 입안으로 그 이름을 곱씹었다.

"능력이 출중한 이가 우리 편인 건 좋은 일이지만, 통제가 되지 않으면 오히려 독이 될 것 같은 느낌이란 말이지……."

턱을 매만지며 중얼거리던 살바토레가 갑자기 눈을 번뜩였다.

"그렇지. 자네, 이번 거사가 성사되면 내 옆에서 일해보는 건 어떤가?”

“아이구, 무슨 말씀입니까. 참모진들이 들으면 섭섭해할 겁니다. 소인은 하루 벌어 하루 먹고 사는 게 딱인 체질입니다. 제가 아는 것이 뭐가 있다고.”

“아니야. 나는 자네와 꼭 새 세상을 열어보고 싶네. 자네는 키우면 크게 될 사람이야. 내가 장담하지. 자네의 교육과 생계는 내가 모두 책임질 테니, 응?”

“선생님, 밤이 늦었습니다. 오늘은 이만 하시고 들어가십시오.”

살바토레는 진심으로 바스티안을 좋게 본 모양이었다. 그 후로도 몇 번이나 거절했는데도 포기하지 않았다. 아내에게 청혼할 때보다 더 정성을 들이고 있다는 우스갯소리를 하기도 했다. 바스티안은 곤란해하는 척하면서 늘 매끄럽게 상황을 벗어나곤 했다. 하지만 그 또한 살바토레를 가까이 지켜보면서 그만이 가진 고유한 능력을 인정할 수밖에 없었다.

“그래서 언제까지 이곳에 머무실 요량입니까?”

바스티안이 몸을 돌렸다. 먹구름 가득 낀 검은 하늘이 사이러스의 어깨를 무겁게 짓누르고 있었다.

“가능한 한 길게.”

“곧 전쟁이 벌어진다는데도 말입니까? 그것도 평화의 시대를 통치하고 계신 폐하께서 신기한 일이로군요. 물론 저는 이곳에 있는 게 좋기는 합니다만. 휴전이 길어 몸이 찌뿌듯했거든요.”

에셀레드가 옆에서 거들었다. 사이러스와 에셀레드. 발루아에서 에르완을 찾아온, 영예로운 그레더니어의 기사들이었다. 그들은 에르완이 다녀간 다음 날, 감쪽같이 반군 속에 숨어들어 바스티안 곁을 지키고 있었다. 물론 그들 사이에 낀 묵은 감정 때문에 달갑지는 않아 하더라도.

"평화가 잘리어의 한 면이라면, 전쟁은 또 다른 면이겠지. 양쪽 다 잘리어야. 분리해서 생각할 수 없을 거네."

"폐하께서 내리신 명에 따라 저희는 샤른호르스트 폐하의 안위를 지키는 데 만전을 기하겠지만, 전쟁터는 언제 어느 때고 예측 못 할 상황이 벌어지곤 하는 곳입니다. 폐하의 안전을 보장하기 위해선 지금이라도 벽 밖으로 나가야 합니다."

"내가 자네들에게 꽤 짐인 모양이야. 그렇지?"

"……."

"하긴 그렇겠지. 여왕을 만나러 왔더니 웬 '능구렁이'가 사사건건 방해를 해대고, 알고 보니 하필이면 왕이라, 수호하라는 명령까지 받고 말이야. 불만이 무척 많겠어."

"거듭 고합니다. 폐하의 안전을 위해선 지금이라도 벽 밖으로 움직이셔야 합니다."

이를 악문 목소리였다. 분기를 잔뜩 억누른 억양이라 바스티안은 하릴없이 웃고 말았다. 앞뒤 없이 고지식하고 꽉 막힌 줄은 알고 있었다만, 이 정도 농담도 통하지 않을 줄이야.

"의도치 않게 자네 폐하를 만나러 가는 길을 방해하게 되어 미안하게 됐어. 하지만 나로서도 합리적인 선택을 한 것뿐이야."

"폐하께서 사과하실 일이 아닙니다."

"그 사과, 받아들이겠습니다. 네. 저희가 폐하 덕에 아주 많은 고생을 했거든요."

두 목소리가 동시에 교차했다. 서슬 퍼런 시선이 동료에게 꽂혔다.

에셀레드가 어깨를 으쓱해 보였다. 왜? 뭐? 내가 뭘 잘못했다고?

“자네, 무척 솔직하군.”

“제가 좀.”

“마음에 들어.”

“저도요. 저도 폐하가 점점 마음에 들려고 합니다. 앞으로도 능구렁이라고 부를지는 좀 더 생각해보겠습니다.”

“에셀레드 경.”

사이러스가 묵직한 목소리로 경고했다. 에셀레드는 다시 어깨를 으쓱였다. 왜? 뭐? 내가 뭘 잘못했다고?

“그런데 왜 이 먼 길을 오게 된 거지? 전할 게 있다면 서신으로도 충분할 텐데.”

“저희 발루아 내부 사정입니다. 폐하께서 상관하실 사안이 아닙니다.”

“그게 발루아 추밀원 영감들이 난리가 났거든요. 폐하의 혼인 건으로 안달이 난 사람이 한둘이 아닌데 폐하께선 감감무소식이고. 그래서 영감쟁이들이 우리라도 쫓아가서 그 의중을 파악해오라고…….”

“에셀레드 경!”

고함과도 같은 불호령에 에셀레드의 입이 조개처럼 다물렸다. 눈을 커다랗게 뜨고 깜박거린다. 얼핏 억울해 보이기도 했다. 아니, 우리 발루아 내에서는 공공연하게 퍼진 이야기인데 하면 뭐 어때서. 그렇게 소리쳐가면서까지 막아야 할 건 아니잖아.

“에르완이 혼인이라.”

바스티안의 얼굴이 미묘하게 경직되었다. 하지만 에셀레드의 눈길을 잡아끈 건 다른 부분이었다.

"허, 저희 폐하의 존함을 직접 부르십니까?"

그가 바스티안 옆에 바짝 붙었다. 그러고는 참새처럼 조잘거렸다. 낯을 가리지 않는 건 천성이었다.

"어쩌다 보니 그렇게 됐네. 에르완에게도 그리하라 제안…… 아니, 부탁했는데 도무지 들어주질 않더라고. 그녀는 뼛속부터 나와는 다른 인간이니까 당연하겠지만."

"히야. 폐하의 존함을 그리 쉽게 부르시다니. 그럴 수 있는 분은 옛날에 계시던 왕녀 전하뿐이라고 들었는데."

"왕녀라면 에르완의 자매 말인가?"

"예예. 둘째 전하 말고 단 한 분도 안 계셨던 걸로 압니다. 저 또한 전해 들은 거라 확실친 않지만요. 폐하께선 저희 폐하와 상상 이상으로 막역한 사이셨군요. 그렇지 않아도 궁금하던 차였습니다. 저희 황제께서 이곳 잘리어와 폐하께 왜 이리 마음을 쓰시는지 말입니다. 당최 개인감정으로 움직이시는 분이 아닌데."

"잠깐만. 다시 말해보게. 에르완이 내게 마음을 쓴다고?"

에르완, 에르완. 그 이름이 허공에 날릴 때마다 사이러스의 이맛살이 살짝 찌푸려졌다. 주군의 이름이 쉽게 불리는 게 그 성정에 용납이 되지 않는 듯했다. 에셀레드가 잽싸게 고개를 끄덕거렸다.

"저희 황제께선 아랫사람, 심지어 사무관에게도 해야 할 일과 그렇지 않은 일을 가려서 하달하시거든요. 저희에게는 잘리어나 그 왕을 지켜야 할 이유가 하등 없습니다. 그런데 저희를 이렇게 보내신 걸 보면, 허참, 도통 무슨 이유인지 모르겠다니까요. 안 그래, 사이러스 경?"

이번에는 동의했는지 묵묵부답이다.

바스티안은 두 가지를 또렷하게 인식했다. 첫 번째는 발루아에서 여왕의 혼인을 얼마든지 정치적으로 이용할 수 있다는 것. 두 번째는 에르완에게 둘 사이가 멀지 않다는 것.

하지만 여왕으로서 에르완은 첫 번째로 두 번째를 얼마든지 분지를 것이다. 그녀의 평생을 걸고, 망설임 없이 국가를 선택하리라. 믿을 수 없는 동질감으로 그가 확신했다.

그리고 그와의 사이가 놀라울 정도로 진전이 되더라도-그조차 희박하지만-그녀를 주저하게 만들진 못할 것이다. 그 선택을 숨길 생각조차 없겠지. 오히려 더 정직하게 밝힐 게 분명했다.

그는 심지어 그 장면을 상상할 수도 있었다. 솟았다 가라앉는 황금빛. 옅으면서 짙은, 가늠할 수 없는 깊이. 안개처럼 가린 장막. 더할 나위 없는 간결한 목소리로 말할 것이다.

폐하, 축하해주시리라 믿습니다…… 친선국으로서 잘리어가 발루아의 경사를 기쁘게 맞이해주실 거라 의심치 않고 어쩌고저쩌고. '왕'인 바스티안이 부정할 수 없는 말만 골라 하겠지. 상상만으로 어떤 표정을 지어야 할지 모르겠군. 그가 다소 멍하니 생각했다.

"어? 바깥에서 파발이 온 모양인데요."

바스티안이 상념에서 깨어나 고개를 들었다. 에셀레드가 말한 대로 성문과 벽 위에 사람이 모여 시끌벅적했다. 어떤 예감이 들이닥쳤다.

"항복을 권하는 거겠지."

"받아들이리라 보십니까?"

"전혀."

그 말에 응답이라도 하듯, 벽 위에 선 궁수가 활을 쏘았다. 올곧게 뻗어간 화살은 파발의 심장을 정확히 꿰뚫었다. 병사 몇몇이 움직여

파발의 시신을 거두었다.

잠시 후 성벽 위로 모습을 드러낸 건, 파발의 목을 든 살바토레였다. 그는 벽 아래로 모인 반란군을 향해 외쳤다.

"보라, 나와 뜻을 함께한 동지들이여! 조금 전 우리에게 항복을 강요하는 왕성의 파발이 도착했다. 갑자기 성문을 걸어 닫고, 꺼내달라고 벽 위로 올라가는 자는 쏘아 죽인 저들이 우리에게 항복을 권유했다. 이게 무슨 뜻이겠는가! 우리들을 위협하고 억압하여 자유를 빼앗고자 함이 아니겠는가!"

단단하고 우렁찬 목소리가 허공을 가득 메웠다. 습기 가득한 공기가 더욱 무거워졌다. 살바토레가 오른손에 움켜쥐고 있던 목을 높이 들어올렸다.

"자! 보아라! 이것이 대답이다! 우리는 죽을 때까지 자유를 위해 기꺼이 싸울 것이다! 억압받아 흩어진 자들을 모아, 마땅히 가져야 할 권리를 쟁취할 것이다! 갑주로 무장하고 창을 들자. 두려워하지 마라! 저 밖에는 죽일 자도 충분하고 사로잡을 자도 충분하며, 도망갈 자도 충분하지 않은가!"

"와아아아!"

"살바토레! 살바토레!"

지도자의 이름을 연호하는 목소리가 엄청난 함성에 뒤섞였다. 군수품을 아끼기 위해 하루에 한 끼만 분배하며 사기를 떨어뜨리던 때는 이미 옛날이다. 그들에게는 무엇이든 막을 수 있는 갑옷과 무엇이든 뚫을 수 있는 무기가 있었다. 전쟁이 길어지더라도 배를 채울 식료품이 충분했고 뒤에는 든든한 우군이 버티고 있었다.

부르군트! 강대한 해군 전함과 체계적이고 혹독한 훈련으로 다져진 병사들은 평화에 물든 이 나라를 가볍게 분지를 능력이 있었다. 살바토레를 믿지 못하는 자들조차 부르군트는 의심치 않았다. 감히 의문을 품을 수 있는 상대가 아니었다.

벽 아래에서 열광하는 자들을 굽어보며 바스티안은 누군가를 떠올렸다. 목이 잘려 돌아온 병사를 보며 마음 아파할 군주를. 잘리어가 품은 평화를 왕인 그보다도 더 귀애하는 인간적인 황제를. 그녀는 하얀 도시를 시야에 가득 담으며, 이 나라를 진심으로 아끼게 되었노라고 말했다. 세상으로부터 전쟁에 미친 살인귀라 불리는 왕이, 전쟁이 끝난 후의 조국을 꿈꿀 수 있어 사랑할 수밖에 없다 고백했다.

그 순간부터였다. 바스티안이 진심으로 잘리어를 지키고 싶어졌던 것은. 평화를 되찾은 잘리어의 모습을, 발루아의 미래를 보여주고 싶었다. 타인의 생각과 기분에 맞추어 사는 건 질색인 그가 그렇게 생각하게 되었다.

부우우우!

전쟁의 시작을 알리는 뿔피리 소리가 대지를 울렸다. 머리 위로 거대한 호를 그리는 니세포르 뒤라스를 보며, 그는 또다시 떠올렸다. 선봉대에 선 채, 그 누구보다도 전쟁을 슬퍼하고 있을 단 한 사람을.

✣ ✳ ✣

“이왕 이렇게 된 거, 가능한 한 빨리 도시를 쓸어버리죠.”

파발이 목이 잘린 채 돌아온 지 이틀도 되지 않아 누군가 목소리를 냈다. 가장 상석에 앉은 여자가 그에게 시선을 주었다. 심해처럼 침잠한 눈에 찔리기라도 한 듯 얼른 고개를 내린다. 그는 조금 초조한 기색으로 손가락을 꼬아댔다.

"아니, 그, 저기. 전쟁이란 게, 내전일수록 특히 더 그렇잖습니까. 길어질수록 제 살 깎아먹기죠. 뭐냐, 그, 소모전이 되기 전에 싹 없애버리는 게 이득일걸요. 나중에 결과적으로 셈을 쳐보면 말입니다. 네."

"저…… 펠릭스 백의 발언에 저 또한 조심스럽게 동의합니다. 가뜩이나 폐하께서도 안 계신데 우리 군의 사기도 우려가 되는 상황이 아닙니까. 항간에는 군을 이탈하는 자들로 항구가 발 디딜 틈 없다고 하고요. 총사께서도 이를 위해 화포와 포탄을 정비해놓은 것이 아닙니까?"

"저도 그렇게 생각합니다. 혼란한 틈을 타 또 다른 병합국가의 잔재가 들고일어날 수도 있고……."

잔뜩 겁을 먹은 이들이 누가 먼저랄 것 없이 말을 얹어댔다. 부르군트. 그 이름은 평화로운 시대를 길게 지속해온 이들에게 버겁고 무거웠다. 그들의 눈에 깊게 도사리는 두려움. 형체 없는 적에 대한 끝 모를 상상이 부풀어간다.

잠깐 간격을 두고 에르완이 입을 열었다.

"포탄이 충분하지 않습니다. 그것을 손질할 인력 또한 턱없이 부족한 상황입니다."

"그렇다면 인원을 더 늘리면 되는 것 아닙니까?"

"알다시피 용병들이 모두 이탈한 후라, 성채를 지키는 부대를 유지한 채라면 현재 인원이 최선입니다. 또한 잘리어 공성포는 장전하는데 세 시간이 소요되어 단시간에 전투를 끝내기엔 그리 효과적이지 않습니다."

"그렇다면 지금까지 마련해놓은 방법들을 모조리 동원하여 쏟아붓는 게 어떻겠습니까? 벽만 부수면 어떻게든 되지 않겠습니까."

"좋은 방법이 아닙니다."

거의 떼를 쓰다시피 들러붙는 말을 에르완이 간단히 후려쳤다.

"경들의 초조함은 모르는 것이 아닙니다. 다만 저 벽 안에 갇힌 이들 중에는 무고한 백성도 섞여 있습니다. 그러니 최대한 인도적이고 사상자를 적게 낼 방법부터 쓸 생각입니다."

"그런 여유를 부릴 상황이 아닙니다, 사령관님. 무고한 백성들이 저 안에 몇이나 된다고. 몇 명이 된다 해도 갇힌 지 벌써 수일째니 이미 반란군으로 다 돌아섰을 겁니다."

"한 명이 되더라도 구해야 합니다."

에르완이 딱 잘라 대답했다.

"성문이 닫힌 후부터 그들은 충분히 고통스러웠을 겁니다. 식량이 부족해질수록 늘어나는 건 도둑과 칼잡이지요. 자체 치안대를 조직해 돌린다고 해도 한계가 있을 겁니다. 싸움과 살인은 이미 예삿일일 테고요. 억울한 누명을 쓴다 해도 재판에 회부될 여유조차 없을 겁니다. 상황이 여의치 않은 만큼 곧장 교수형에 처해지겠죠. 오로지 살기 위해 빼고 죽이고 훔칠 겁니다. 국가는 고통스러워하는 백성을 보호할 의무가 있습니다. 지금은 우리의 승리를 점치는 것보다 그들을 구하는 게 우선입니다."

"그러다 우리가 다 죽게 생겼다니까요!"

"방법이 있습니까?"

언뜻 상기된 목소리로 끼어든 건 도미니크였다. 그에 반발하려고 일어섰던 이들이 하나둘씩 눈치를 보며 도로 자리에 앉았다.

"외스타슈를 생지옥으로 만든 것도, 무고한 백성을 애꿎게 가둔 것도 우리이니 인도적 구출은 전적으로 지지합니다. 다만 시국이 시국이니만큼 큰 흐름을 놓칠까 봐 저어됩니다."

"백 명만 추려내겠습니다. 단, 발 빠르고 날렵한 자들로만."

"백 명이오? 고작 백 명으로 무엇을 하겠다는 겁니까?"

"성벽 안으로 이어지는 땅굴을 미리 파두었습니다. 내일 새벽을 기해 열 개의 조로 나누어 열 명씩 투입하겠습니다. 그들은 외스타슈 내부의 동향을 살피고 더 나아가 민간인들을 밖으로 안내하는 역할을 맡게 될 것입니다."

"말도 안 돼."

"흠, 그리 나쁘지 않은 작전인 것 같군요."

초조하게 흘러나온 목소리를 도미니크가 다시금 잘라냈다. 에르완, 그녀를 견제하는 역할의 도미니크가 결정을 내린 이상 그에 토 달 수 있는 사람은 아무도 없었다.

그날 새벽.

에르완이 지시한 대로 열 개의 부대가 땅굴에 투입되었다. 그녀가 직접 발이 빠른 자들로 선별해낸 만큼, 모두 외스타슈에 성공적으로 잠입할 수 있었다. 그들은 경비대의 눈을 피해 움직였고, 꼭꼭 숨어 있는 민간인들을 찾아내어 차근차근 밖으로 내보냈다. 그렇게 여덟 개의 부대가 일부 백성들을 데리고 무사 귀환했다.

문제는 아홉 번째 부대부터였다. 멀리서 아른거리는 횃불과 경비대의 발소리에 겁을 먹은 어린아이가 울음을 터뜨리고 말았다. 무섭다고 내지르는 비명에 병사들이 삽시간에 들이닥쳤다. 부대 두 개, 그들이 인도하던 민간인 열댓 명이 속수무책으로 사로잡혔다.

"이들인가?"

가장 먼저 그들을 찾은 것은 살바토레가 아니었다. 리산더, 부르군트의 학살자였다. 보통 사람보다 머리 두 개쯤은 더 크고 거대한 그는 얼핏 야수처럼 보이기도 했다. 굵은 눈썹을 휘어 올리며 그는 붙잡힌 병사들을 훑어보았다. 매서운 눈빛은 스치는 것만으로 할퀴는 것 같았다.

"땅굴을 파고 들어왔다고?"

"예. 숨어 있던 민간인들을 밖으로 빼낼 심산이었나 봅니다."

"이게 전부인가?"

"일부는 이미 빠져나간 것으로 보입니다. 그 수는…… 뒤늦게 발견하여 파악하지 못했습니다."

"흐음, 그래, 그래."

그는 망설임 없이 검을 꺼내 경비병의 목을 베었다. 텅. 눈 깜짝할 새에 몸으로부터 분리된 목이 바닥을 붉게 적셨다. 사람의 머리를 뼈째 잘라내는 일이 마치 잔가지 부러뜨리듯 손쉽게 이루어졌다. 공포 어린 비명이 밤하늘을 울렸다.

만족스러운 듯 리산더가 입술을 끌어올렸다.

"조금 흥분하고 말았군. 이 작전이 참…… 누군가를 떠올리게 해서 말이야. 하지만 말도 안 되지. 그 여자가 이 나라에 있을 리가 없는데."

왠지 흥분된 목소리로 중얼거리며 그가 손가락을 오므렸다 폈다. 어린아이 머리 하나쯤은 쥐어 터뜨릴 수 있을 만큼 커다랗고 두꺼운 손이었다.

"겁을 잔뜩 먹은 얼간이나 평화를 외치는 머저리가 저쪽에 지휘관으로 있나 보군. 그렇다면 이쪽도 확실히 보여주어야겠지. 이봐! 당장 액체화약을 가지고 와!"

태산을 흔들 듯 떨어지는 호령에 병사들이 혼비백산 움직였다. 리산더는 붙잡힌 병사들의 팔다리를 묶어 땅굴에 집어넣게 했다. 잠자코 명령에 따르던 부르군트 병사가 사람들 앞에 이르자 멈칫했다.

"저…… 민간인들도 묶어 넣습니까?"

"하나도 빠짐없이 다. 저들을 따라 도망치려 했으니 예외는 없다."

리산더는 울며 저항하는 이들을 친히 구덩이에 집어넣은 후, 액체화약을 가득 붓고 불을 붙이게 했다. 작은 불씨는 순식간에 불길이 되어 구덩이 안을 환하게 비추었다. 산 채로 불에 타죽는 이들의 끔찍한 절규가 허공을 가득 메웠다.

먼저 밧줄이 떨어져나간 덕에 팔다리가 자유로워진 이들이 서로를 짓밟고 일어났다. 힘이 없는 민간인들이 아래로 깔리고 병사들이 구멍 위로 뛰어올랐다. 허우적거리는 몸 위로 쉴 새 없이 옮겨붙는 불꽃이 잘리어까지 밝혔다. 아비규환이었다.

"하하하하! 거 볼 만하구나! 일전에 그 여자에게도 이렇게 되돌려주었지!"

살이 타들어가는 역한 냄새에 고개를 돌린 중에 오로지 리산더만이 호쾌하게 웃었다.

"이건 발루아의 물러터진 왕을 향한 헌사라고 치지. 휴전한 지 오래되어 그립기도 하고 말이야. 아아, 정말 아깝단 말이야. 백성을 위한다는 헛소리만 지껄이지 않는다면 내 상대로 더 쓸 만할 텐데! 그런 미련한 계집을 여왕이라고 올려놓은 게 바로 발루아가 미개하다는 증

거다."

샛노랗게, 새빨갛게 타오르는 장면을 눈 가득 담으며 그가 입꼬리를 끌어올렸다.

"마침 손이 근질근질했는데, 잘됐군. 곧 있을 발루아와의 전투도 대비할 수 있겠어."

"리산더 경!"

분노로 가득한 노호성이 리산더의 귀를 잡아끌었다. 빙글거리는 그와 달리 살바토레는 잔뜩 화가 난 얼굴이었다.

"이게 무슨 독단이오, 리산더 경! 모든 전투 상황은 내게 보고하고 공유하기로 했을 텐데!"

"아아, 부디 산통은 깨지 마시오. 오랜만에 누군가를 떠올리며 즐겁던 찰나였는데. 다 죽이는 것 말고 다른 방도도 있습디까?"

"저들은 포로로 충분한 가치가 있었소! 차후에 있을 전투에 우리 쪽에서 잡혀간 이들과 맞교환할 수도 있었단 말이오! 거기다 죄 없는 백성까지 태워 죽이다니! 내가 이룩하고자 하는 새로운 국가는 이런 게 아니오!"

최측근들조차 지금처럼 격노한 살바토레를 본 일이 없었다. 모두가 숨죽여 지켜보는 가운데 리산더가 바람 빠진 소리를 흘려보냈다. 그에 살바토레가 더욱 언성을 올렸다.

"대체 무슨 무례란 말인가! 당신들은 우리들을 원조하러 온 지원군에 불과해! 모든 판단은 우리가 한단 말이오! 부르군트의 위치를 정확히 인지하시오!"

"다른 건 몰라도 당신들의 위치는 내가 더 잘 아는 것 같군. 우리 없이는 사흘도 못 버틸 오합지졸들 말이오."

리산더가 똑바로 살바토레와 마주 섰다. 거대한 그림자는 머리 위를 다 덮고도 남았다. 불길보다 더 맹렬하게 타오르는 눈이 살바토레를 위협했다.

"프리드리히 폐하의 명이 떨어질 때까지 나는 이곳에 조금의 관심도 없었소. 그러니 도와줄 때 잠자코 있으라고. 마음을 바꿔 당신들을 공격하게 만들지 말란 말이오. 알았소?"

"뭐…… 뭐!"

"내 앞에서 국가니 백성이니, 따분한 소리 다시는 늘어놓지 마시오. 젊은 지도자님, 전쟁 앞에서 이상을 논하지 말란 말이야. 그렇지 않으면 당신 목이 먼저 날아갈 테니까. 그 목을 날리는 게 굳이 적군이 아닐 수도 있겠지."

살바토레의 목덜미를 훑는 손가락은 마치 검날처럼 서늘했다. 저런, 저런! 무례한! 뒤에서 경악을 금치 못하는 참모들을 외면하고 리산더가 몸을 돌렸다. 화포소리, 짙은 화약 냄새, 살이 타들어가는 역한 악취, 밤하늘을 밝히는 불꽃. 모든 것이 포식자를 흥분케 했지만, 무엇보다도 오랜만에 만난 호적수가 그를 완전히 사로잡았다.

발루아 여왕과 같은 작전을 쓴, 얼굴 모를 지휘관.

잘리어에 입성하면 그를 가장 먼저 찾아 머리뼈를 뽑아줄 생각이었다. 훗날 여왕의 수급을 치켜들 때의 전율을 미리 느낄 수 있을 것만 같다. 올가미에서 풀려난 야수처럼 그가 숨을 몰아쉬었다.

✦ ✳ ✦

리산더는 곧장 화포를 전진 배치시켰다. 다르륵 다르륵. 쇠바퀴가 모래바닥을 구르는 소리가 공기를 차갑게 울렸다. 그 소리에 잠이 깬 살바토레의 참모가 화포를 어디다 쓸 것인지를 따졌으나 가볍게 무시했다. 전쟁 중에 무기를 쓸 곳이 뻔한데 무얼 묻는 건지, 성가실 뿐이었다.

화포는 새벽부터 쏘아지기 시작했다. 목표는 잘리어 군의 보루가 아닌 민간인들의 주거지역. 오밀조밀하게 모인 마을에 포환이 무차별적으로 떨어지기 시작했다.

쾅. 첫 번째 포성에 잘리어 사람들이 잠에서 깨어났다. 콰광. 바닥을 뒤흔드는 두 번째 굉음에 꿈을 꾸는 게 아니라는 걸 깨닫고 집 밖으로 뛰쳐나갔다.

연이어 들이박는 기습공격에 사람들은 혼비백산하여 도망치기 시작했다. 좁은 골목이 사람으로 가득 찼다. 질서라곤 없이 밀고, 밀리고, 당기고 넘어졌다.

경악으로 가득한 비명은 외스타슈 담벼락 너머까지 이르렀으며, 리산더는 곤충을 짓밟는 어린아이처럼 마냥 즐거워했다.

"하하! 이거 꽤 볼 만한 구경거리인데. 이번엔 저쪽을 좀 쏴보지그래?"

그가 가리킨 곳은 조금 더 빽빽한 밀집지역이었다. 상관의 불같은 성정을 아는 부르군트 병사들은 두말 않고 화포를 그쪽으로 돌렸다. 퍼엉! 또다시 퍼부어지는 포격을 지켜보며 리산더가 낄낄거리며 웃었다. 그는 선박에서 내린 포탄 일부를 전부 소진할 즈음이 되어서야 망원경에서 눈을 뗐다.

"포탄을 다 썼다고? 이런, 너무 조금만 가져왔나 보군."

"벽에 이르지 못한 포탄들도 있으니 주워오겠습니다. 그때까지 포격은 잠시 멈추고 재정비하겠습니다."

"아니, 잠깐 기다려봐. 여기 포탄 대용으로 쓸 좋은 재료들이 널려 있지 않나."

"포탄 대용……이오?"

병사들은 아무 대답 없이 일어나 걸음을 옮기는 상관을 눈으로 쫓아갔다. 보이는 거라곤 교수형대와 부패하기 시작한 시체가 다였다. 누군가 설마 하며 입술을 달싹거렸다. 모두 꼼짝도 않고 있자 리산더가 혀를 차며 일어났다.

"왜들 안 움직여? 잘리어의 평화로운 공기를 맡으니 머리마저 돌이 된 건가? 머저리들 같으니."

그가 손수 끌어내린 건, 얼마 전에 식량을 훔쳐 달아나다 잡혀 총살당한 소년의 시체였다. 살가죽이 질겨 목을 잘라내는 데 한참이 걸렸다. 잘려나간 머리는 데구르르 굴러 대포 앞에서 멈추었다. 그 순간 공기가 멈추었다.

"이봐."

"……."

"정신 차려! 뭘 꾸물대고 있어? 저 포탄으로 네놈들 대가리를 박살내봐야 움직일 건가?"

매서운 일갈에 부하들은 허둥지둥 대포로 움직였고, 벽 너머로 날아가는 머리를 보며 리산더는 크게 웃었다.

"아하하하! 봤나! 봤겠지! 시원하게 잘도 날아가는군!"

"……."

"빨리 안 움직이고 뭣들 하는 거야. 어서 새로운 탄알을 잘리어의 아가리에 처넣어주지 않고."

지휘관의 명령대로 형틀에 묶여 있던 자들이 하나씩 끌려내려져 목이 잘렸다. 부패한 시체가 쏟아내는 악취가 사방에 진동했다. 코가 마비될 정도였지만 웃음소리는 끊길 줄을 몰랐다.

"하하, 처음 이곳으로 차출됐을 땐 죽을 맛이었는데 꽤 나쁘지 않네. 멍청한 대가리에 한 대씩 갈겨주는 재미가 있군. 저쪽 지휘관도 저 포탄을 보면 꽤나 얼빠지겠어. 그거 알아? 발루아 여왕에게 잊지 못할 참패를 안겨준 게 바로 나라는 거 말이야."

"예? 정말입니까?"

누군가가 참지 못하고 되물었다. 리산더의 눈이 과거를 회상하듯 허공을 맴돌았다.

"여왕이 군대를 지휘한 지 얼마 안 됐을 무렵이었을 거다. 그때는 여왕도 후계자도 아니었던 보통 왕녀였지. 눈발 가득 날리는 시어도어 협곡을 지켜보겠다고 혼자 왔는데, 정말이지 발루아가 단체로 미쳐버렸나 의심했지. 그 정도로 말도 안 되는 일이었어. 전세는 우리 쪽으로 확실히 기울어 있었거든. 화살받이 병사들만 남은 곳에 왕녀를 보내다니. 죽으라고 보낸 게 아니면 뭐란 말이야."

"후계싸움에 밀려난 겁니까?"

"뭐, 아마 그랬겠지. 그때는 후계권이 첫째 왕녀에게 가 있었으니 말이야. 어찌 됐건 어린 왕녀는 발악했다. 몇 남지 않은 병사들에게 다 같이 승리해 살아 돌아가자 설득한 모양이더군. 하지만 바보도 아니고 그런 말이 먹히겠나? 정예군이 몰려와도 이길까 말까 한 전투였는데 말이야."

"그래서 어떻게 됐습니까?"

"어떻게 되긴. 전부 몰살당했지. 단 하나, 왕녀만 빼고. 나머지 놈들이 왕녀 하나 살리자고 죄다 뛰어들었더군. 그때 진두지휘했던 게 바로 이 몸이야. 모르긴 몰라도 여왕에게는 꽤 뼈아픈 기억일 거다.”

“하…….”

“어차피 죽으라고 보낸 전쟁터 아닌가. 살아 돌아가도 발루아 왕실에서 알아서 처리할 거라 생각했는데 설마 여왕이 될 줄은 몰랐지. 듣자하니 후계 서열이 앞서는 자매들을 모조리 죽이고 왕좌에 올랐다던데, 그래, 그래야 이 몸이 살려준 보람이 있지 않겠나. 다시 생각해도 발루아에 있기 아깝긴 하군.”

자랑스럽던 목소리는 점점 작아져 끝에 이르러 혼잣말이 되었다. 리산더는 아직 어렸던 왕녀와 다음 전투에서 마주했던 여왕을 차례로 떠올렸다. 뛰어난 지휘관이자 검사인 그녀는 역대 가장 성가신 존재였다. 왕녀일 때 죽였더라면 부르군트가 이미 승리를 거머쥐고도 남았을 텐데. 그러면 이런 나라쯤은 눈 감고도 집어삼켰을 텐데.

“쯧.”

금세 못마땅한 기색으로 혀를 찼다. 그때 쫓아가서 싹을 잘라버렸어야 했는데. 후회한 적이 한두 번이 아니었다. 그리고 그 후회만큼 더욱 짙어지는 맹세가 있었다.

언젠가 그녀와 마주하는 행운이 있다면 그때는 절대 무사히 돌려보내지 않겠다고, 어떤 비겁한 수를 써서라도 숨통을 끊어놓을 거라고.

희열에 전율하며 그가 입꼬리를 올렸다. 전혀 희석되지 않은 사나운 웃음이 흘러나왔다. 참을 만하니 이내 다시 터진다.

미치도록 탐이 난다.

그 고고한 여왕의 피.

✣ ✳ ✣

후드득, 후두두둑.

새벽부터 얇은 빗방울이 땅을 내리친 날이었다. 눅눅해진 공기가 옷깃을 잡고 끌어내리는 것처럼 무거워 잘리어 군과 반란군 모두를 지치게 했다.

외스타슈 반란군은 성문을 걸어잠갔다. 잘리어가 더 이상의 징집이 불가능한 상태임을 인지하고는 버티기로 한 모양이었다. 부르군트가 반란군에게 2차, 3차 원조를 약속했다는 소문이 파다하게 나, 잘리어의 숨통을 옥죄었다. 긴장된 분위기 속에 보초병들이 사람의 그림자만 보고도 나팔을 불어 순식간에 전군이 비상 소집되는 상황이 벌어지기도 했다.

반란군이 항구를 등진 채 양날개에 해당하는 지역까지 걸어잠갔기 때문에, 잘리어는 졸지에 몇 개의 요새를 더 빼앗겨버렸다. 자연히 잘리어 군도 곡선 모양의 전투 대형으로 산개되었다.

에르완은 거대한 검을 차고 친정에 나섰다. 한바탕 총공세를 펼치자는 겁먹은 목소리를 가볍게 지르밟고 돌출지대부터 공략해갔다. 어떤 돌발사태가 벌어져도 타고난 침착함과 냉정함으로 전투를 이어갔다. 절대 흔들리지 않는 총사령관의 모습에 어수선하던 분위기도 가라앉았다.

휘이익, 펑!

적군과 아군이 주고받는 포탄이 하늘을 쉴 새 없이 가로질렀다. 다음 포탄이 제 머리통을 부술지도 몰랐지만, 모두 홀린 듯이 돌진했다. 비명은 무시됐다. 요새를 지키는 데 급급했던 반란군은 정비를 하지 못한 채 성문을 열게 되었다.

전장에서는 으레 그렇듯, 투전판의 개처럼 서로 엉켜서 물어뜯게 된다. 적군을 구별하는 유일한 방법은 그들이 입은 제복 색이었다. 그나마도 반란군은 형형색색으로 갖춰 입어 구분하기 쉽지 않았다.

"막아, 막으란 말이다!"

공격을 미처 예상 못 했던 지휘관은 성벽 위에 서서 고함만 치고 있었다. 벽을 타고 올라오는 적군을 보고 안절부절못하다, 부하 하나를 끌고 와 떨어뜨렸다. 벽을 따라 굴러 떨어지는 모습에 숨을 돌리기도 잠시, 다시 밀려드는 적군의 위세에 눌려 막으라는 비명만 연신 내질렀다.

"거의 함락 직전이군요."

몬드가 에르완 곁에 다가서며 말을 건넸다. 그녀는 요새를 공격하고 성문을 열어 돌진하는 모습을 바라보고 있었다. 살아 있는 생물이라도 관찰하는 양, 신중하게. 시선을 돌리진 않았지만, 몬드는 그녀가 제 말을 빠짐없이 듣고 있다는 걸 알고 있었다.

"리쿠스 강에서도 방찰(芳札)이 도착했습니다. 도미니크 각하께서 직접 보내셨더군요."

"어떤 내용입니까."

"사령관께서 이르신 대로 강을 낀 방벽이 최대 취약부분이었다고, 포격 몇 대에 바로 무너져 점령이 쉬웠다고 하더군요. 병사들에게 밥과 물을 지급하니 금세 전의를 상실했다고 합니다. 이곳도 곧 있으면 마무리될 듯한데……."

몬드가 망원경으로 적진을 관찰하다 혀를 찼다.

"저쪽 지휘관이 꽤 저항이 거세군요. 이미 전세가 기울어진 지 오래인데 적군 아군 가릴 것 없이 미쳐 날뛰니, 제압하기가 쉽진 않겠습니다."

아무 말 없었지만, 에르완 또한 몬드와 같은 곳에 시선을 두고 있었다. 사령관이 반쯤 미쳐 뽑아든 칼날에 발 디디는 곳마다 피가 튀었다. 반란군 소속이라며 전투의지가 없다는 표시를 해도 마찬가지였다. 정신 나간 살육이었다.

"안 되겠습니다. 제가 직접 나가겠습니다."

몬드가 직접 검을 챙겨 나서려는 찰나였다. 옆에서 나는 인기척에 걸음을 멈추었다, 그녀를 보고 얼이 빠지고 말았다. 언젠가 들은 적이 있었다. 실드베르 4세가 뛰어난 전략가이자 검사라 비교적 덜 알려져 있지만, 또한 범접 못 할 신궁(神弓)이기도 하다고.

활대를 미는 손, 당기는 시위, 단단히 딛고 선 다리. 각각의 점들이 그리는 완벽한 삼각. 단단하면서도 우아한 자태에 살짝 멍한 기분이 되었다. 살짝 흩날리는 백금발, 그리고 흔들림 없는 금빛 눈. 타오르는 불길을 특유의 침착함으로 내리누른다.

몬드는 이 광경을 놓치지 않기 위하여 눈이 따갑도록 부릅떴다. 상관을 이렇게 노골적으로 쳐다보는 건 더할 나위 없는 불경이었으나, 그렇다고 바라보지 않을 수 없었다. 눈이 부신데도 시선을 뗄 수 없었다.

바람이 불었다. 그 방향과 세기에 맞추어 활대가 조금 들렸다. 작은 움직임 하나하나가 완벽한 계산속에서 나왔다. 깊은 물에서 건져지는 것처럼 고요하다. 수천 개의 불빛이 모여든 듯 출렁거린다.

그리하여 화살은 시위를 떠났다. 물에 젖은 얇은 종이마냥 들러붙어 있던 것이 매섭게 날아갔다. 작열하는 빛처럼 명확하게 목표물을 내리 뚫었다. 때마침 바람이 거세졌지만 오차범위를 벗어나지 않았다. 콱, 뼈가 부서지는 소리가 났다. 사령관의 몸이 천천히 기울었다.

"사령관님! 사령관님!"

부사령관이 다급하게 쫓아왔다. 그는 주변을 두리번거리다 마침내 에르완을 발견했다. 이토록 먼 거리에서 화살로 이마를 꿰뚫은 것이 믿기지 않는 눈이었다. 경악스러워하는 것도 잠시, 급박한 상황에 떠밀려 그는 사령관과 같이 사라졌다.

우두머리가 사라졌는데 군대가 온전히 유지될 리 없다. 전선을 지키고 있던 수비대가 중앙에서부터 급속도로 무너지기 시작했다.

"돌격!"

우렁찬 명령과 함께 잘리어 군이 돌진해갔다. 새하얀 제복의 병사들이 해안 요새를 향해 진격하는 모습은 마치 거대한 물보라를 일으키며 돌진하는 함선 같았다.

"장관이군요."

검은 바닥을 하얗게 점령해가는 잘리어 군을 보며 몬드가 다시금 감탄했다.

"도미니크 공작께 전언을 넣겠습니다. 이곳도 마무리가 되었다고…… 리쿠스 강에 이어 이곳까지 점령되는 데 이틀밖에 안 걸리다니, 외곽 요새인 걸 감안해도 놀라운 속도군요…… 포로들은 어쩌죠?"

"우선 잘리어 인과 부르군트 인을 분리하는 게 중요합니다. 부르군트 인은 살길을 찾아 잘리어 인인 척하겠지요. 그들을 상대하는 건 꽤 고된 일이 될 겁니다."

에르완이 활을 내려놓았다. 몬드가 그것을 받으며 대꾸했다.

"그 부분은 제가 심사숙고하여 진행토록 하겠습니다."

"부탁드리겠습니다."

에르완은 몬드의 목례를 받으며 자리를 떠났다. 계단을 밟아 내려가는 걸음이 돌벽처럼 차가웠다. 잘리어 군은 사상자를 거의 내지 않은 채 요새를 두 개나 빼앗았지만, 그녀의 표정은 좀처럼 풀릴 줄을 몰랐다. 지상에 이르자 병사 하나가 기다렸다는 듯 말을 대령해왔다. 에르완은 그 말을 타고 마을로 돌아갔다.

밤낮없이 사람으로 가득했던 마을은 이제 개미 그림자 하나 찾아볼 수 없을 정도로 텅 비어 있었다. 바스티안과 함께 사 먹었던 얼음과자라거나 예술가, 철학가들이 여는 토론의 장은 자취를 감춘 지 오래다. 에르완은 속도를 조금 늦추고 천천히 거닐기 시작했다. 검은 피와 악취가 골목 곳곳에 가득하다. 며칠 전 외스타슈에서 쏘아댄 사형수들의 머리가 남긴 상흔이었다. 에르완은 그때의 끔찍한 순간을 아직 생생히 기억하고 있었다.

「포탄이 날아온다!」

「아니, 포탄이 아냐. 뭐야, 이건…… 아악! 머리잖아!」

「사람 머리가 날아온다!」

거리는 비명으로 가득 찼다. 탄알처럼 위협적이어서가 아니었다. 텅텅거리며 떨어지는 머리에 남은 표정이, 죽은 자에게 보이는 그보다 더 끔찍한 예우가 공포로 다가왔기 때문이다. 반란군이 그들에게 보내는 메시지는 이토록 확실했다.

다행히 잘리어는 그리 쉽게 굴복하지 않았다. 외스타슈에서 쏘아댄 사람 머리에 움츠려 있던 이들은 하나둘씩 어깨를 펴고 광장으로 나왔다. 그리고 몇 남지 않은 대포알에 글씨를 쓰기 시작했다.

[반란군 따위는 하나도 무섭지 않다]

[잘리어, 영원하라!]

[대제께서 우릴 지켜주실 거다!]

하나씩 자발적으로 나서는 백성들의 모습을 보고 몬드는 잘리어의 자생력에 혀를 내둘렀지만, 에르완은 그들에게 남았을 상처를 안타까워했다. 포탄으로 던져진 수급(首級)을 거두어 양지바른 곳에 묻어주었다. 서툴게나마 세운 비석을 안쓰럽게 쓰다듬었다.

너도 또한 누군가의 아들이자 형제이며 아버지일 텐데.

어린아이조차 반란군을 찌르겠다고 광장에 앉아 칼을 가는 모습을 대견해하며 지켜볼 수는 없었다.

에르완은 전쟁을 피해 도피한 이들에게 기거할 곳을 제공해주고 안전을 확보해주었다. 여인과 노인, 어린아이, 보호를 받아야 하는 모든 이들을 돌보았다. 그것이 그녀가 잘리어에 해줄 수 있는 최대한이었다.

"사령관."

찬찬히 다가오는 말굽 소리에 시선을 돌렸다. 노곤한 기색으로도 지울 수 없는 당찬 눈과 마주쳤다. 에르완이 예우를 갖추었다.

"공작."

"요새를 성공적으로 탈환했다지요? 소식을 듣자마자 달려왔습니다."

말에서 능숙하게 내린 도미니크가 눈을 빛냈다. 먼지투성이 제복은 털 생각도 못 하는 듯했다.

"그래서, 다음은 어디를 공략할 생각입니까?"

"여러 가지 수를 생각 중입니다."

"으응? 이상하군. 계산은 일찌감치 끝냈고 결정만 내리면 되는 거 아니었나? 전열을 다듬을지, 오래 끌지 않고 전면전을 벌일지 오늘이면 들을 수 있을 거라 생각했는데."

"제 일지를 보셨군요."

무심코 내뱉고 만 말에 허를 찔린 듯 어깨가 움찔거렸다. 잠깐 간격을 두고 그녀가 헛기침을 뱉었다. 얼마나 당황했는지 다시 반말을 썼다는 인식도 하지 못하고 있었다.

"……음, 으음. 오해하지 말아줬으면 좋겠어. 그걸 본 건 지극한 우연이니까. 얼마 전에 만나러 갔다가 책상에 펼쳐져 있어서. 도무지 읽지 않을 수가 없었어. 그 이유는 그대도 잘 알잖아. 정말이지, 살면서 그런 걸 본 적이 없거든."

"무엇이."

"매일매일 벌어지는 전투와 전쟁에 대해 그렇게 생생하게 서술된 일지 말이야. 몇 시에 몇 부대가 어디로 움직였는지, 마치 눈앞에서 보는 것처럼 알 수 있더군. 앞으로 전개될 전투의 향방까지 말이야. 도무지 한두 번 기술해본 솜씨가 아니었어. 전쟁터에서 수십 년 산 노장이 쓴 것이라고 해도 믿겠더군. 그러다 보니 의문이 하나 들었어. 대체 그대가 누군지, 어느 나라 사람인지, 진짜 이름은 무언지……."

새 옷을 산 소녀처럼 신나게 떠들어대던 도미니크가 스르르 시선을 옮겼다. 머리부터 발끝까지 모조리 뜯어낼 듯 예리한 눈이었다. 한동안 침묵이 흘렀다. 돌연 빙긋 웃은 건 도미니크 쪽이었다.

"정말, 궁금해지더군."

"……."

"본격적으로 알아볼까 하다가 그만두었어."

"……어째서입니까?"

"그걸 알아내면 이런 반말을 쓸 수 없을 테고, 뭣보다 여길 떠나버릴 것 같았거든. 나는 그대 옆에서 더 많은 것을 보고 싶은데 말이야."

"……."

"그대에 대해 알려주지 않아도 돼. 하지만 그대가 살아온 이야기를 해줄 수는 있겠지. 보답이라고 하긴 뭐하지만, 나도 바다에 있는 내 수하들에 관해 이야기해주지. 꽤 쓸 만할걸? 그들은 심심하면 부르군트의 함대를 털곤 하거든. 그럴 때는 나도 어쩌지 못하지."

"노력해보겠습니다."

"좋아, 좋아."

짧고 담담한 대답이라도 흡족한 듯 도미니크가 손뼉을 마주쳤다.

"그나저나 얼마 전에 있었던 포격사건 말이야, 정말 끔찍하기 짝이 없던데. 잘리어에 그런 괴물이 있는 줄은 몰랐어. 사람 머리를……."

"아마 부르군트에서 온 이가 벌인 짓일 겁니다."

"뭐? 아는 자인가?"

깜짝 놀란 물음에 여왕의 눈꺼풀이 찬찬히 내려갔다.

"기나긴 악연으로 이어져온 상대입니다."

"허……."

"그자를 보낸 게 맞다면 부르군트는 결코 가벼운 뜻으로 참전한 게 아닐 겁니다. 머지않아 본함대가 도착하여도 놀랄 일이 아닐 만큼. 하여 공작께 따로 부탁드릴 것이 있습니다."

"응, 말해보게. 얼마든지 말해봐."

열렬히 돌아오는 대답에 에르완이 잠깐 간격을 두었다. 부르군트 내에서도 이런 야만적인 짓을 저지를 자는 드물다.

리산더. 이곳에서 조우하게 되는가.

가죽장갑을 뚫을 것처럼 손에 힘이 꽉 들어갔다. 그 이름을 떠올리는 것만으로 등줄기가 뻣뻣해졌다. 그는 그녀에게 패배 그 자체이며 몰살당한 전우들에 대한 뼈아픈 기억이었다. 하얀 눈발 속에서 춤추던 거대한 검이 아직, 이토록 선명한데.

Theodore.

잊지 마라, 그 이름.

Theodore,

Theodore.

그들이 내건 생명의 무게를 결코 잊지 마라. 생이 다할 때까지, 마지막 숨을 뱉는 그 순간조차.

「왕녀 전하만은 살아남으십시오.」

에르완이 힘겹게 숨을 뱉었다. 스스로 칼을 들어 새겼던 그 이름이 허리춤에서 뻐근하게 아파왔다.

✣ ✳ ✣

삐이이.

"어? 더 달라고? 옳지, 그래그래. 잘 먹는 모습을 보니 기특하구나. 이것도 먹거라. 저것도."

삐에엑.

"오, 벌써 다 먹었어? 맛있게 잘 먹었나 보구나. 하지만 이 이상은 먹었다간 돼지가 될 테니 안 된다. 니세포르 뒤라스가 아니라 니세포르 돼라스가 될지도 모른단 말이다."

"그 녀석과 많이 친해지셨나 보군요."

자박자박. 잔디 밟고 다가오는 인기척에 바스티안이 몸을 돌렸다. 낯선 이가 오자 비올라가 날개를 펼쳤다. 바스티안은 에셀레드를 잠깐 멈추게 하고 쉿 소리를 내며 진정시켰다. 바람 소리가 잦아들자 금세 엄격한 목소리가 흘러나왔다.

"그 녀석이라니. 이래 봬도 에르완이 보낸 독수리인데. 비올라라고 불러. 새 새끼라고 막 함부로 부르면 안 되네."

삐이익!

"어, 미안. 미안. 아니다, 아니야. 기분 나빴지? 자, 이걸 하나 더 주마. 내일 주려고 했던 건데."

바닥으로 던져진 쥐 사체가 단번에 비올라의 부리 안으로 사라졌다. 에셀레드의 눈이 동그래졌다. 방금 저거, 주머니에서 꺼내지 않았나?

"평소에 쥐를 잡아서 들고 다니시는 겁니까?"

"요새 외스타슈 말이야, 쥐가 너무 많아져서 골머리를 썩고 있거든. 음식만 훔쳐 먹는 게 아니라 질병까지 옮기니 큰 문제지. 쥐를 잡으면 거리도 깨끗해지고 비올라도 불필요하게 사냥하는 데 진 빼지 않으니 서로에게 좋은 일 아니겠나. 비올라와 거래하기도 쉽고."

“거래요?”

“바로 이런 것 말이야.”

바스티안이 눈짓하자, 마침 식사를 마친 비올라가 발톱에 쥐고 있던 것을 굴렸다. 저건 뭐지? 웬 서간?

“이번엔 또 어떤 작당들을 꾸미고 있을지 어디 볼까?”

“그게 뭡니까?”

“아, 이거. 꽤 재미있는 물건이지. 어디 보자. 아하, 이번에는 우리 부르군트 외교관이 쓴 서신이군. 이 녀석도 참, 쓸 만한 물건만 솜씨 좋게 골라온다니까.”

“허, 정말 신기하군요. 기밀문서를 이렇게 가로채는 건 상상도 못 해봤습니다.”

“영리한 녀석과는 친해지고 볼 일이지.”

한쪽 입매를 끌어올리며 서신을 여는 바스티안 옆으로 에셀레드가 냉큼 따라붙었다. 전쟁 중에 내부 첩자 몇을 포섭하더라도 얻기 힘든 것이 내부자끼리 주고받는 서간이다. 중간에 가로채일 것을 염려해 횟수를 최대한 줄이기 때문에, 한 통 한 통이 쉽게 지나칠 수 없는 중요한 정보로 가득하기 마련이다. 지금 이 시점에서는 더욱 민감한 내용이 담겨 있을 테고. 흥미 가득한 눈으로 서간을 들여다본 것도 잠시, 빼곡한 부르군트 어를 보고 잠자코 물러나야 했다. 바스티안이 턱을 문질렀다.

“흐음, 리산더 장교에게 쓴 편지로군. 같은 편치고는 꽤 험상궂은 말투인데. 둘이 사이가 안 좋나? 그나저나 외교관이 이래서야 되겠나. 반란군에게 편지를 보내도 태형을 면치 못할 판에 내부 상황을 아주 상세하게 알려주고 있군.”

“부르군트 외교관이 누굽니까?”

“알미란트 보르본. 원래는 이름도 기억나지 않을 만큼 시답잖은 놈이 쭉 있었는데, 얼마 전에 그놈 대신 왔어.”

“알미란트 보르본이라면 프리드리히 왕이 엄청나게 아끼는 놈이 아닙니까. 그가 여기 잘리어에? 이상한데요?”

“그래, 이런 시골구석에 보낼 만한 인물이 아니란 말이지. 그런데도 보냈다는 건 두 가지 경우밖에 없어. 프리드리히 왕의 애첩을 건드렸거나…… 처음부터 잘리어에 전쟁의 씨앗을 퍼뜨릴 생각이었거나. 아마도 후자겠지. 배 속에 칼날 몇십 개는 품은 면상이었거든.”

“원래 그렇게 생겼을걸요. 시커먼 얼굴을 해가지고.”

“그런가? 하하. 그럼 이제 앞으로 어떻게 할지가 문제군.”

어느새 웃음기를 지우고 진지해진 말투였다. 바스티안은 다시 쭉 훑어본 후 원래대로 접어 비올라에게 던졌다. 마침 식사를 마친 비올라가 힘차게 날아올라 그것을 낚아챘다. 수풀 너머로 쑥 사라지는 독수리를 지켜보다 에셀레드가 입을 열었다.

“잘리어 군과 반군 사이에 이미 전투가 몇 차례 벌어졌다는 소식은 들으셨지요?”

“음. 벌써 요새 두 개가 넘어갔다고 하더군. 그런데도 리산더는 요새 뒤쪽에 목책을 설치하라고 명령을 내렸다지? 외스타슈 내에서도 민심이 흉흉하고 사기가 바닥을 치고 있는데, 상황을 제대로 인지하고 있는 건지 모르겠어. 멀리서 본 게 다지만, 다혈질같이 보였거든.”

“냉정함과는 확실히 거리가 멀지요. 리산더는 덩치 큰 야수랄까요, 생각보다 몸이 먼저 움직이는, 천생 싸움꾼이라서 머리 굴리는 짓은 절대 못 하지요. 섣불리 검을 빼들고 나섰다 물 먹은 적도 있는 통에 프리드리히 왕이 그의 곁에 항상 책사를 붙여놔요."

"그런 자가 장교라?"

"그 자체로만 보면 무서운 놈이거든요. 여간한 검이나 도끼는 그 손에서 맥을 못 춰요. 휘두르는 즉시 부서지고 말거든요. 저도 몇 번 검을 맞댄 적이 있는데 그 힘이, 어휴. 말도 마세요. 괴수라니까요, 괴수. 힘으로 전부 박살 내고 부숴버려요. 어지간한 사람 아니면 몇 합을 겨루기도 전에 손목이 부러지고 말 겁니다. 그런 놈에게는 무기를 주지 않는 게 상책이에요."

에셀레드가 혀를 내두르며 고개를 털었다. 무기를 쥐여주지 않는 게 최선이라. 바스티안이 속으로 되뇌다 그에게 시선을 주었다. 저 혼자 구시렁대다 눈이 마주치면 씩 웃는 모습이 영락없는 악동이었다.

"자네도 겨뤄봤나?"

"아뇨. 저는 구경만 했습니다. 아마 그와 검을 맞대고도 살아남은 사람은 우리 폐하랑 사이러스 경밖에 없을걸요? 아마."

"겨뤄보고 싶지 않아? 전사라면 자기보다 강한 자와 붙고 싶은 본능이 있지 않나."

"어휴, 됐습니다. 그런 치기 어린 투기를 부릴 한창때는 이미 지났어요. 저는 굵고 짧게보다 가늘고 길게 살고 싶습니다. 그리고 제 전공은 해상전이라서."

에셀레드가 이를 드러내며 입꼬리를 올렸다. 실없지만 밉지 않은 웃음이었다.

"호오, 해상전이라."

"이래 봬도 해적 출신이란 말입니다. 에헴."

에셀레드가 어깨를 쭉 펴며 꽤 으스댔다.

“그래? 고고하게 자란 귀족이 아닌 줄은 알았는데 해적이라니, 꽤 재미있는 이력인데. 그래 봬도 발루아의 내로라할 기사단 소속이잖나.”

“사실 말입니다, 여왕 폐하의 기사단, 대륙 최고가는 무장병들이라는 그레더니어는 사실 모두 저 같은 놈들만 모여 있습니다. 나라를 잃은 피난민, 노예, 저 같은 해적놈, 도둑…… 왕성에는 한 발짝 들어설 수도 없는 천출들의 모임. 모든 반발을 감수하고 우리를 거둬주신 게 폐하시죠.”

“자비를 베푼 데 보답을 받은 거로군.”

그레더니어의 위명은 들어보았지만, 시발점이 어떠했는지는 알지 못했다. 국가 입장에선 애물단지인 놈들을 모아 기사단을 만들다니, 이건 꽤 드라마틱한 이야기 아닌가. 이쯤 되니 발루아가 궁금해지기도 했다. 북풍이 가득해 농작물이 자라지 못할 만큼 춥고 척박한 땅이라고 들었다. 자기네 땅에서 얻을 것이 없으니 남의 나라를 침범하며 도적질을 일삼았던 게 발루아의 조상들이다. 태생이 그러하니 후손들도 전쟁에 미친 살인귀라는 비아냥도 심심찮게 들렸다. 하지만 지금의 발루아는 그렇지 않을 것 같았다. 그녀가 돌보아 조금은 더 나아졌을 것 같고, 그녀가 통치하여 조금은 더 공정할 것 같다.

“알아가면 알아갈수록 궁금해. 그런 사람들이 모여 있는 나라는 어떨지. 자네가 생각하는 발루아는 어떤 나라지?”

“어려운 질문이네요.”

“천천히라도 좋으니 말해봐.”

“흠…… 가늘고 길게 가고 싶은 저마저 굵고 짧게 살고 싶어지게 만드는 나라?”

"그거 참 근사한 대답이군."

"그것 참 감사한 말씀이군요. 폐하도 언젠가 발루아에 한번 와보십시오. 일 년 내내 눈이 녹는 법이 없고 너무 추워서 푸른 숲 따위는 구경도 못 하지만, 다른 나라에서 떠들어대는 것처럼 황폐한 땅은 아니에요."

"그래, 그녀가 있는 곳인데 황폐하게 느껴질 리가……."

"그녀요? 발루아에 정인이라도 있으신 겁니까?"

"아, 아니. 그럴 리가."

무심코 중얼거리던 바스티안이 덜컥 제정신을 찾았다. 느닷없이 뺨을 얻어맞은 기분이라 표정을 수습할 새도 없었다. 아니, 아닌데? 바스티안이 세차게 내저으며 고개를 돌렸다. 뒤통수에 내리꽂히는 시선이 따가웠다.

"……이야기가 샜는데 뭐, 어쨌든. 전쟁은 크게 염려하지 마십시오. 홀로 남은 리산더는 절대 저희 폐하께 적수가 될 수 없습니다. 음, 몸집이 어마어마한 거인이 바늘을 휘두르는 꼴이랄까요. 샤른호르스트 폐하께서 여기 계시지만 않았어도 우리 폐하께 이미 피떡이 되도록 얻어맞았겠지요."

화제를 돌리는 척했지만, 관찰하는 눈길은 떠날 줄을 몰랐다. 식은땀이 흘렀다. 내가 이런 실수를 저지르다니. 이건 다 에르완 때문이야. 에셀레드 저놈은 눈치도 빠른 것 같은데 어떡한다. 재빨리 머리를 굴리며 수습할 길을 찾던 때였다. 누군가 바삐 뛰어오는 인기척이 들렸다.

"티안, 티안!"

"살바토레 님."

여간해선 움직이지 않는 양반이 저리 급하게 웬일인가. 바스티안이 조금 놀라 지켜보는 가운데 에셀레드도 바지를 털고 일어났다. 몰래 잠입한 걸 알아볼까 살짝 긴장한 기색이 티 났지만, 정작 살바토레는 거들떠도 보지 않았다.

"나를 좀 도와주게, 티안."

"무슨 일이 있습니까?"

헐떡이며 다가와서 내보이는 위태로움에 바스티안은 살짝 놀랐다. 덕지덕지 달라붙은 절박함은 젊은 달변가와 도무지 어울리지 않는 것이었다. 살바토레가 팔을 붙들어 당겼다.

"빨리 오게. 어서 나와 동행해줘."

"아이구, 선생님. 무슨 일인데 이러십니까?"

"쉿, 이리로."

살바토레가 검지로 입술을 막으며 무작정 끌고 가기 시작했다. 횃불이 환히 밝힌 길이 아닌 수풀이 우거진 비탈길로. 어기적거리며 따라가는 바스티안 뒤로 에셀레드가 냉큼 따라붙었다. 앞서가던 살바토레가 슬쩍 그를 돌아보았지만, 바스티안과 친근하게 이야기를 나누는 모습을 보았는지 별다른 말을 덧붙이진 않았다.

길은 점점 으슥해지고 있었다. 하릴없이 끌려가던 바스티안은 상대의 뒤통수를 보며 습관적인 의심에 빠져 있었다. 설마 정체를 파악한 것이 아닌가 하는 합리적 의심. 만약의 사태가 벌어지더라도 이쪽은 둘, 저쪽은 하나이니 쉽게 제압 가능하리라. 머릿속으로 치밀한 계획을 세우던 중, 앞서가던 이가 걸음을 딱 멈추었다. 정신 빼놓고 있던 바스티안은 그만 부딪칠 뻔했다.

"티안, 나의 친구. 자네는 어서 저 대열에 합류하게."

살바토레가 느닷없이 손을 붙잡더니 비장하게 말했다. 간절하게 올려다보는 눈빛에 온몸이 근질거렸다. 뭐야, 이건, 정말, 닭살 돋는 군…….

"저 대열이 뭔데…… 아니, 뭡니까?"

"저기 모인 사람들과 함께 어서 외스타슈를 빠져나가게."

"외스타슈를…… 예?"

"시간이 없네. 빨리 가게."

그의 등을 떠민 길 끝에는 스무 명 남짓한 사람들이 모여 있었다. 길은 밝히되 최대한 눈에 띄지 않도록 횃불은 두세 개뿐이었다. 바스티안은 떠밀리다 말고 몸을 돌려 차분히 물었다.

"잠깐만요, 잠깐만. 외스타슈를 어떻게 빠져나간단 말씀입니까? 선생님도 같이 가시는 겁니까?"

"아니, 일을 벌인 사람이 어딜 가나. 가더라도 애꿎게 휩쓸린 사람을 전부 빼낸 다음일 거네."

"저기 모인 사람들은 뭡니까?"

"내일 해가 밝으면 처형당할 사형수들이 대부분이야. 오늘까지 내 곁에서 잘리어의 밝은 미래에 대해 논했던 친구이자 철학가들이기도 하고. 리산더에게 반발했다가 목숨을 잃을 위기에 처하고 말았어. 그 머리는 친히 잘라 대포알로 써주겠다고 엄포까지 들은 상태네."

슬프게 읊조리는 살바토레 뒤로 어깨를 으쓱하는 에셀레드가 보였다. 사람 머리로 폭죽 쏘아대는 건 아직도 여전한가 보군. 그럼 그렇지. 제 버릇 개 못 준다고, 부르군트의 미친놈이 잘리어에 온다고 제정신일 리 없다.

"억류된 자들을 몰래 데려왔단 말씀입니까? 무모하시군요. 날이 밝으면 선생님도 무사치 못할 겁니다."

"오로지 내 신념을 따라 여기까지 온 이들이야. 이 한 목숨 버려서 그들을 살릴 수 있다면 그렇게라도 책임져야겠지. 불필요한 희생은 없는 곳, 내가 꿈꾸던 건 그런 세상이야. 꿈꾸지조차 못하겠지만, 이제는……."

살바토레의 표정에 슬픈 안타까움이 번져갔다. 바스티안은 그를 마주 보며 숭고하다, 슬프다, 안타깝다와 같은 감상적인 생각 따위 하지 않았다. 다만 스스로의 판단에 착오가 있었음을 인정했다.

그는 살바토레를 사람을 선동하기 좋아하는, 현실과 이상을 구분 못 하는 핏덩이 달변가로 여겼다. 그가 개인적으로 얼마큼의 애착을 가지든 바스티안은 '반란군의 수괴를 옆에서 살핀다.' 그 이상도 이하도 아니었다. 그런데 파악한 것 이상으로 그럴싸한 신념을 가졌고, 그것을 지키기 위해 자신을 내던질 수도 있는 인물이었다. 꽤 쓸 만해 보이는데, 이대로 잃기에 꽤 아깝긴 하군. 직업훈련소 주인으로서 스치듯 생각했다.

"이번을 기점으로 백성들도 안전한 곳으로 옮기려 해. 우리 군 사이에서도 어느새 잘리어 본국보다 부르군트 외조에 대한 반발이 더 커져버렸거든."

그렇게 설명하며 살바토레는 기어이 바스티안을 피난 행렬에 집어넣었다. 피난민 중에는 익숙한 얼굴이 끼여 있었다. 젊은 지도자 곁에서 정책을 펼치던 이들이 대부분이었는데, 부르군트 군에 붙잡혀 몹쓸 짓을 당했는지 고되고 초췌한 꼴이었다.

이동은 최대한 빠르고 조용하게 이루어졌다. 이곳 지리에 밝은 자들이 앞장서고 나머지는 횃불을 꺼뜨리고 뒤따랐다. 몸이 불편한 소수는 말을 타야 했으므로 해변을 따라 걷는 수밖에 없었다. 고요한 밤이었다.

“바깥에 나가거든 나 대신 해줄 게 있네.”

말없이 걷던 살바토레가 바스티안에게 속삭였다. 짙은 안개에 푸르게 휩싸인 해변을 둘러보던 시선이 반대쪽으로 돌아갔다. 살바토레는 꽤 쓸쓸한 얼굴이었다.

“이곳에는 반란군과 반란군에 뒤늦게 합세한 자들도 있지만, 아무 잘못 없는 민간인들도 섞여 있네. 그들이 이곳에서 개죽음당하지 않도록, 다시 평범한 삶을 이어갈 수 있도록 도와주게. 그들의 무고함을 잘 리어 국왕에게 간언해줘.”

“소인 따위가 어찌 그런…….”

“제발 대답해주게. 이기적일지는 몰라도 마음이라도 편해지고 싶어서 그래.”

“…….”

“그런데 자네 표정이 왜…….”

“잠깐.”

바스티안이 심각한 얼굴로 걸음을 멈추었다. 그렇게 푸른 안개에 묻힌 바다를 한참 응시하고 있었다. 살바토레도 덩달아 진지해져서 행렬을 멈추었다. 모든 시선이 한 사람에게 쏠렸다. 자네, 왜 그래. 속삭이며 묻는 말에 바스티안이 돌아보지도 않고 대답했다.

“행렬을 멈추십시오.”

“뭐?”

“행렬을 멈추고 말 한 마리만 걸어가게 해보십시오. 나머지는 바위 뒤로 몸을 숨겨야 합니다. 어서요.”

“어? 뭐?”

"무슨 소리야, 빨리 움직이지 않으면 들킬지도 모르는데!"

행렬 속도가 느려지자 불만 어린 목소리가 여기저기서 들렸다. 살바토레 님, 어쩝니까? 이대로 계속 꾸물대고 있을 수는 없습니다! 잔뜩 성난 목소리에 살바토레가 해변과 바스티안을 번갈아 보았다.

"티안 말대로 하지."

"살바토레 님! 시간이!"

"오래 걸리지 않을 거야. 그렇지?"

바스티안은 그제야 너른 바다에서 시선을 떼어 앞을 바라보았다. 그가 가볍게 고개를 끄덕이자마자 살바토레가 지시를 내렸다. 해변으로 보내는 말은 그나마 걸을 수 있는 사람이 타고 있던 것으로 선별했다. 채찍으로 엉덩이를 갈겨 걸어가게 한 다음, 나머지는 바위 뒤로 몸을 숨겼다.

푹, 푹, 푹. 한참 동안 들리는 건 말굽이 모래에 묻히는 소리뿐이었다. 아무 일도 일어나지 않고 고요했다. 일행 중 누군가 "거봐, 시간낭비라니까. 이럴 시간에 벌써 외스타슈를 넘어갔겠어."라며 볼멘소리를 했다. 해변을 주시하던 살바토레도 한참 만에 시선을 떼었다. 다소 겸연쩍은 얼굴이었다.

"티안, 자네의 말이 이번엔 틀렸나 보네. 그래도 조심해서 나쁠 건 없었다 치고……."

히히히힝!

그때였다. 말 울음소리가 해변을 가로질러 귓가에 꽂혀들었다. 깜짝 놀라 돌린 시야 속에 잡힌 것은, 화살을 맞고 쓰러지는 희뿌연 그림자였다.

슉, 슈욱. 바람을 세차게 가르는 소리가 뒤이었다. 말 몸뚱이가 벌집이 돼버린 건 순식간이었다. 흔들, 흔들. 모래 위에 쓰러지고도 한참 동안 화살을 맞았다. 바스티안이 막지 않았다면 저것이 자신들의 모습이었을 터였다. 지켜보던 이들이 모두 할 말을 잃었다.

"이, 이게 대체……."

"부르군트 함선에서 쏜 화살입니다."

"우리가 움직일 걸 알고 있었단 말인가?"

"그건 아닐 겁니다. 외스타슈를 벗어나려는 탈영병을 노린 것일 테지요. 보셨다시피 이 인원이 빠져나가기엔 무리가 있겠습니다. 어서 움직이시죠. 몸을 숨길 수 있는 곳을 알고 있습니다."

바스티안이 가장 냉정하게 움직였다. 거봐라, 내가 뭐라 그랬냐, 빨리 움직여라 등의 너저분한 말을 덧붙이지 않았다. 사실 확인만으로 볼일은 끝났다는 듯 살바토레를 채근해 행렬을 움직이려 했다. 하지만 그를 제외한 대부분은 이성을 되찾지 못했다. 몇몇은 이 절망스러운 상황을 이기지 못하고 모래바닥에 무릎 꿇었고, 울음을 터뜨리기도 했다. 살바토레도 마찬가지였다.

"아, 아아. 나는 대체…… 누구와 손을 잡은 건지……."

"선생님, 이럴 때가 아닙니다."

"저들은 처음부터 잘리어 병합국가를 지원한 게 아니었어. 우리의 독립을 정의롭게 지지한다는 말은 허울뿐이었어. 그저 잘리어를 속국으로 만들기 위한 수단이었을 뿐인데. 잘리어 군에게 도움을 요청해 볼까? 아니야, 그들이 아무리 몰려와봐야 부르군트 군을 이길 수 있을 리가 없지 않나. 어떡하면 좋나, 어떡하면. 이제 백성들을 구할 방도가 도저히 생각나지 않아. 나는, 나는 대체, 이런 나라를 원한 게 아니었는데……."

“정신 차려, 살바토레! 여기서 모두를 죽일 셈인가?”

참지 못하고 내지른 고함과 함께, 살바토레가 멱살 잡힌 채 끌려 올려갔다. 모래에 파묻혀 있던 옷자락에서 먼지가 우수수 떨어졌다.

나는, 나는 이제 어떻게, 나는, 이런 나라를…….

흐리멍덩한 중얼거림이 멎었다. 멱살을 잡아 올린 게 바스티안이라는 데 놀랄 새도 없이, 그의 눈빛에 압도당하고 말았다. 꿰뚫을 듯 강렬한 맹금의 눈동자. 산길에서 거대한 호랑이를 마주한 것처럼 손가락 하나 까딱할 수 없었다.

내가 알던 그자가 맞는가?

더듬더듬 그런 생각을 했다. 그 어떤 사상가나 달변가, 심지어 리산더에게조차 이렇게 제압당하는 기분을 느끼지 못했는데.

“자네는 지도자야. 지금, 유일하게 그들의 목숨을 책임질 수 있는.”

“…….”

“무너진 꼴을 보이며 그들을 부끄럽게 만들지 말게. 지금은 살려야 할 자들을 살리는 데 집중해. 사람 목숨 앞에서 자네의 부서진 신념 따위 아무것도 아니니까.”

“하지만, 하지만…….”

“무너진 신념 따위 다시 쌓으면 그만이야.”

그가 조그맣게 속삭이며 살바토레를 놓아주었다. 거의 내던지는 형세였지만, 누구도 토를 달지 않았다.

고개를 숙인 채 무릎 꿇고 있던 살바토레가 한참 만에 몸을 일으켰다. 툭툭, 바스티안의 어깨를 두어 번 두드리고는 행렬을 이끌어갔다. 잔뜩 숨죽인 사람들은 그가 안내하는 대로 움직였다.

“어디로 가시는 겁니까?”

가장 뒤에 있던 에셀레드가 종종걸음으로 쫓아왔다. 그는 바스티안의 신변을 보호해야 했기에 당연히 행렬에 합류해야 했다.

"저 언덕에 오래된 방공호가 있어. 왕실에서도 아는 사람이 몇 없지만."

"……그런 기밀을 유출해도 괜찮을까요? 의심받지 않을까요?"

"지금은 정신없을 테니 괜찮아. 알더라도 꽤 지난 후겠지."

바스티안이 대강 대답했다. 살바토레가 조금 전 성가시게 굴어 짜증이 몰려온 모양이었다. 에셀레드가 촐랑이며 따라붙었다.

"폐하 용안을 보니 입 닥치는 게 신상에 이로울 것 같은데 말입니다, 제가 또 궁금한 건 못 참아서요. 대체 부르군트의 공격이 있을 거라는 건 대체 어떻게 아신 겁니까? 안개가 워낙 짙어 함대 그림자도 보이지 않았던 데다, 쥐 죽은 듯 조용했는데요."

"말했잖아, 운이 좋다고. 그만큼 직감도 좋은 것뿐이야. 이것마저 없었으면 나는 이제까지 살아 있지도 못했겠지."

"허, 한평생 바다에서 살았던 저마저 잡아내지 못한 기척을 알아내다니. 그것 참…… 대단한 운과 직감이로군요."

✦ ✱ ✦

리산더는 전날 사라진 사형수들에 대해 따로 캐묻지 않았다. 어쩌면 눈치 못 챘을 수도 있고, 눈치챘으나 부르군트 함선의 공격을 받아 죽었다고 생각하는 걸 수도 있었다. 결과적으로 눈에 거슬리던 인간들은 모조리 없애버렸으니, 원하던 바는 이룬 셈이었다.

그보다 그는 조금 다른 데 몰두하고 있었다. 바로 공격용 참호(야전에서 몸을 숨기면서 적과 싸우기 위하여 방어선을 따라 판 구덩이)와 적군을 감시하기 위한 조망대. 앞으로 있을 전투에서 유리한 위치를 선점하기 위해서 두 개가 꼭 필요하다는 게 그의 주장이었다.

리산더는 강하게 밀어붙였지만, 반군은 쉽게 결정하지 못했다. 전투가 한창인데다 노역에 대한 부담감은 고스란히 그들 몫이었기 때문이다. 방벽에 갇힌 것도 모자라 강제로 노역에까지 동원됐을 때 백성들이 가질 반감도 고려해야 했다. 반군의 의견을 대표하여 살바토레가 협상 테이블에 앉았다.

“취지는 이해했습니다만, 몇 번을 참모진과 상의해도 결론은 같습니다. 무리입니다.”

“도대체 왜! 왜! 왜!”

테이블을 쾅쾅 내리치는 소음이 목소리를 묻었다. 부르군트 인을 제외한 모든 참석자가 눈살을 찌푸렸다. 외부 조력자에게 보일 예우는 아니었으나, 반발심은 그를 짓누를 만큼 커져 있었다. 노한 리산더가 주먹을 떨었다.

“필요성을 인지했다고 했소? 그런데도 무리라고? 누굴 상대로 말장난이오? 필요하다면 그런 줄 알 것이지, 전쟁이라곤 제대로 아는 것 하나 없는 놈들이 모여서 시간만 끌더니, 뭐, 무리?”

“말조심하시오. 이곳은 부르군트가 아닌 걸 잊었소?”

“마침 아쉬워하던 참이오! 부르군트였으면 저런 헛소리를 뱉어내지 못하도록 죄다 썰어버릴 수 있었을 텐데!”

“장교! 예의를 갖추시오! 이미 원조군으로서 지켜야 할 선을 훨씬 넘은 걸 모르시오!”

“예의는 개나 줄 예의! 지들이 필요해 항구를 열어줄 땐 언제고, 이

제 와 반대? 지켜야 할 선? 이곳에서 오래 버티니 현실파악들이 안 되나 보군. 우리가 당신네의 허락이 있어야만 움직일 수 있는 줄 대단히 착각하는 모양인데."

쾅! 거대한 주먹이 테이블을 부술 듯한 기세로 내리쳤다.

"지금이라도 부르군트는 손 털고 빠지면 그만이오."

"……."

"지금 이 자리에서 정하시오. 참호를 세울지, 아니면 부르군트 원조를 포기할지. 다른 선택지는 없소."

죽을 건지, 노예처럼 살 건지 정하라는 물음이었다. 살바토레의 눈에 노한 기색이 역력하게 맺혔다.

부르군트가 조력자로서 왔다곤 하나 사실상 그들이 주도하는 전투였다. 워낙 갑작스레 봉쇄당한 터라 그들이 없었다면 지금까지 끌고 오지 못했을 것이다. 잘리어 군대와 직접 대치하는 게 부르군트가 될 수는 없어–만약 그렇게 되면 순전히 외국과의 전쟁으로 변질되어, 부르군트의 적국이 공식적으로 늘어난다는 뜻이므로–주권을 표면적으로 반군에 주고 있었는데 그마저 회수하겠다는 뜻이었다.

언젠가 있을 일이라 예상했지만, 이렇게 우발적으로 들이닥칠 줄은 상상 못 했다. 부르군트 내부에서 충분히 논의된 것처럼 보이지도 않았다. 저 야만인 장교가 그저 독단으로, 일이 제 뜻대로 풀리지 않아 홧김에 내지른 말에 이리 흔들 저리 흔들 하는 것이다.

살바토레가 참모진을 돌아보았다. 대부분 분을 견디는 표정이었고 그 또한 같은 심정이었다. 여기 있는 모두가 그가 내놓을 답을 알고 있었다.

"참호를……."

속이 울컥 뜨거워졌다. 핏덩이가 목에 걸린 느낌이었다. 입안이 순식간에 타들어가 한참 동안 다시 입을 떼지 못했다.

"세우는 것을…… 돕겠소."

꽈악, 주먹에 힘이 들어갔다. 숨죽인 탄식이 흘러 다녔다.

"그래, 진작 그렇게 나왔어야지."

짙은 미소를 입가에 건 채 리산더가 자리를 떴다.

✣ ✳ ✣

참호와 조망대 건설은 일사천리로 진행됐다. 최대한 빨리 완료해야 한다며 부르군트가 박박 우긴 탓에, 최소한의 수비인력만 제외한 반란군은 모조리 작업에 투입되었다. 차출된 인원은 천 명 남짓으로 전부 잘리어 인이었다.

하지만 한 가지 문제가 생겼다. 삽으로 흙을 파내어 만든 고랑에 자꾸만 물이 고여 작업병들이 흙탕물범벅이 돼버린 것이다. 그런데도 병사들에게 주어진 건 하루 동안 먹을 마른 빵 하나와 삽 한 자루가 다였다.

"저거 봐, 저거. 잘리어 노역꾼들이 오늘도 작업이 한창이시구만."

그늘에서 편히 쉬던 부르군트 인들이 손가락질했다.

"참호 하나 세우는 데 벌써 며칠째인가? 잘리어 인들은 천성이 게으르다더니 맞는 말이었어. 감시관은 무얼 하고 있는 거지? 채찍맛이라도 보게 해줘야 다음 전투 전에 세워질 것 같은데 말이야."

"저것 봐. 흙인지 사람인지 분간이 안 될 지경이야."

중간중간 부르군트 어가 섞여 있긴 했지만, 노골적인 조롱이 전해지지 않을 리 없었다. 격앙된 감정에 몇 번이고 몸싸움이 벌어졌다. 그에 벌을 받는 건 항상 잘리어 쪽이었다. 싸움이 벌어지면 부르군트 병사들이 몰려와 넘어뜨리고 밟아대, 목숨을 잃은 병사도 있었다.

이에 대해 살바토레가 한껏 격앙된 채로 항의했지만, 리산더가 들어줄 리 없었다. 오히려 한술 더 떠, 잘리어 인이라면 일반 백성까지 노역에 강제로 동원했다.

불만과 불신이 쌓여가던 어느 날이었다. 거의 완성돼가던 조망대에 갑자기 불이 났다. 마침 시찰을 돌고 있던 리산더가 이 광경을 목격하고 허겁지겁 뛰어왔다.

"뭐야, 이게 어떻게 된 거야! 이게 어떻게 된 거냐고!"

"그게, 작업병 하나가 꼭대기에 올라가서 불을 지른 모양입니다."

"그거 하나 막지 않고 대체 뭘 했어, 뭘 했냐고!"

"그게, 워낙 순식간에 벌어진 일이라서……."

보초병 몇몇이 재빨리 물을 퍼와 뿌렸지만, 이미 조망대는 검푸른 하늘까지 태워버릴 듯 활활 불타고 있었다. 제기랄, 멍청한 잘리어 새끼들이 기어이 사고를 치는군. 리산더가 혀를 크게 찼을 때였다. 장교 눈치만 보던 사람들이 하나둘 고개를 들었다.

"저게 뭐지?"

누군가 새된 목소리로 물었다. 뭐가 움직이는 것 같지 않아? 꼭대기에서 뛰어내려오는 저거 말이야. 어, 저게 대체 뭐야? 금세 소란스러워지는 통에 리산더 또한 조망대 위쪽을 보지 않을 수 없었다.

분명히 있었다. 불새처럼 피어오르는 화염 사이에 무언가가. 빠르게 뛰어내려오는 '그것'은 도저히 짐승이라곤 볼 수 없었다. 히익. '그것'이 지상에 도착하자 누군가 질겁하는 소리를 냈다. '그것'은 온몸이 불타는 채로 리산더를 향해 질주했다.

"뭐, 뭐야, 이건!"

이런 괴이한 사태는 처음이라, 리산더도 당황한 채 검을 들었다. 상대는 그에 개의치 않고 팔을 벌렸다. 마치 리산더를 껴안고 같이 타죽으려는 것처럼.

리산더는 검을 다잡고 코앞까지 다가온 상대의 가슴을 깊숙이 찔렀다. 덜컥, 갈비뼈 어디쯤엔가 걸렸다. 앞으로 나아가려는 힘과 밀어내는 힘이 대치했다. 상대는 이미 생명이 다했음에도 쥐어짜는 힘으로 한 발짝씩 다가섰다. 도저히 믿을 수 없는 힘이었다.

"이, 흉물스러운 게……!"

리산더는 욕설을 덧붙이며 두 손으로 검을 쥐었다. 그리고 손잡이가 가슴에 닿도록 깊이 찔러넣었다. 잡아먹으려는 것처럼 돌진하던 몸이 뚝 멈추었다. 힘이 다한 게 느껴졌다.

죽었나?

후우. 한숨 돌리며 고개를 든 순간, 믿을 수 없는 것과 마주쳤다. 새까만 연기 속에서 타오르는 섬뜩한 눈. 헤아릴 수 없는 분노가 유령처럼 다가왔다. 천천히, 느릿하게 입술이 열렸다. 입술인지도 확실치 않았다. 눈을 따라 더듬더듬 내려가서 흔적처럼 남은 코를 찾았다. 거기서 손가락 하나 길이 정도 내려가야 있는 것이니 역시 맞는 모양이다.

그가 남은 힘을 쥐어짜서 다가왔다. 곧 재가 되어 무너져도 이상치 않을 몸이었다. 흔들, 흔들. 쉴 새 없이 기울어졌지만 목적은 확실했다. 리산더가 기겁하며 물러났지만 악착같이 따라왔다. 기어이 어깨가 붙들렸다. 검은 입술이 재를 떨어뜨리며 귓가로 다가왔다.

"……."

리산더는 꼼짝하지 못하고 그가 속삭이는 것을 듣고 있었다. 구겨진 종이처럼 얼굴이 일그러졌다. 죽어가는 자의 목소리는 들리지 않았지만, 끔찍한 저주이리란 것만은 분명했다. 말을 마치자 그는 소명이라도 다한 것처럼 스러졌다. 병사들이 얼른 쫓아와 확인했지만, 숨통은 이미 끊어져 있었다. 얼굴을 알아보지 못할 정도로 다 타버려 신원파악조차 불가능했다.

리산더는 못 박힌 듯이 그 자리에 있었다. 그러다 남은 불씨가 모두 꺼졌을 때 시신을 들고차기 시작했다.

"미개한 잘리어! 잘리어 인! 지옥에서도 뒈져버릴 놈들!"

짐승같이 울부짖으며 한참을 구타했다. 사람을 차는 건데도 잿더미 지르밟는 소리만 났다. 그러고도 분이 풀리지 않았는지 한동안 씩씩대다 몸을 돌렸다.

"함대 빼! 부르군트로 돌아갈 준비를 해라! 우리가 이 취급 받으며 이곳에 남아 있을 이유 없다! 식량 한 톨 남기지 않고 모조리 회수해!"

"저, 장교님, 함대를 움직이려면 본국의 재가(裁可)가 필요합니다."

"재가는 무슨 얼어 죽을! 본국으로 돌아가 내가 직접 이 실상을 폐하께 고할 거다! 보르본에게 우리의 철수에 대해 당장 알리도록 해! 살바토레도 불러와. 떠나더라도 그놈이 고개를 땅에 처박는 모습은 보고 가야겠으니!"

그는 시신에 대고 할 수 있는 모든 난동은 다 피우고 나서야 막사로 돌아갔다. 이 광경을 지켜본 모든 이들이 다 같은 시선을 교환했다.

저 죽은 사람은 누구지?

잘리어 인이라네. 얼마 전 부르군트 병사에게 밟혀 죽은 이의 아비일세.

쯧쯧, 안 됐구만. 그나저나 부르군트가 철수한다네.

그것 참 잘된 일이네.

뭐? 이 사람아, 잘된 일이라니. 본국과의 전투는 어쩌고. 우리만으론 본국을 상대하기 역부족이고, 만에 하나 패배하면 모두 붙잡혀 포로나 노예가 될 텐데.

설령 그렇더라도 지금과 다를 게 뭔가? 그들은 우리가 참호와 조망대를 짓는 내내 막사에서 쉬었고, 부상병들이 누울 의무실을 빼앗아 갔네. 하찮은 축생도 다치면 치료는 받게 해주는데, 놈들에게 우리는 그것만도 못하지 않나. 대체 무엇을 위한 연대인가?

그건 그렇네만.

소문은 한차례 폭풍처럼 다가와서 타버린 조망대와 함께 스러졌다.

해변에서 보였던 강경한 태도와는 달리 리산더는 꽤 조용히 제 위치를 지켰다. 들리는 소문으론 잘리어에 와 있는 외교관이 겨우 뜯어말려 자리에 앉혀놓은 거라고 했다.

그는 얼마 후 살바토레를 협상 테이블로 불러들였다. 그날도 잘리어 본국과 포탄을 주고받는 소소한 전투가 진행되고 있었다. 바스티안 또한 무너진 조망대를 치우는 데 동원되었다 끌려오는 통에 기다란 나무판자를 들고 있었다.

"전면전이라고 했소?"

살바토레는 제 귀를 의심하는 얼굴이었다. 테이블 위에 다리를 올려두고 귀를 파고 있던 리산더가 따분하게 답했다.

"지지부진하게 끌지 말고 빨리 끝내버리자는 거요. 나도 더 이상 이곳에 머물 생각 없고 당신네들도 그리 달갑지 않은 듯하니."

"감정적으로 결정할 일이 아닌 것 같소만. 현실적으로 따져보시오.

협곡 두 개를 순식간에 빼앗겼는데 전면전이 되겠소? 그 후에 식량약탈과 급습도 여러 번 당하지 않았소."

"약탈이나 일삼는 게 바로 저쪽 지휘관이 소인배라는 증거요. 우리에겐 그리 치명적이지도 않지. 그런 사소한 전투 따위 신경 쓰지 말도록 합시다."

"우리 쪽엔 승산이 없소."

"하! 풋내기가 전쟁을 어떻게 알아서?"

리산더는 손에서 굴리던 동전을 집어 던졌다. 따악. 테이블 위에 놓여 있던 살바토레의 손등을 찍고 바닥으로 데구르르 떨어졌다.

"전쟁은 말이오, 잘 들어. 첫째도 돈, 둘째도 돈, 셋째도 돈이오. 우리는 돈뿐 아니라 거대한 군함과 병력도 있어. 잘리어에서 어설프게 싹싹 긁어모은 어중이떠중이들과 비교할 수 없는 막강한 군대 말이야. 그러니 우리 사전에 패배란 없어."

"그러면 하나 물어보지. 부르군트 군대가 와서 한 게 뭐가 있소?"

"뭐라?"

리산더의 이마에 푸른 힘줄이 돋았다. 살바토레 또한 독기 어린 눈빛으로 맞받아쳤다.

"그대들이 와서 이 잘리어에서 무슨 일을 했냐는 말이오. 협박하고 폭력을 행사하고 사람 머리를 잘라서 던진 게 전부 아니오? 조망대와 참모도 우리 잘리어를 혹사시키기만 했을 뿐, 쓸 데가 있었소?"

"하, 이런 정신 나간, 주제도 모르고……."

"주제 모르는 건 당신이오. 당신 같은 야만인이 한 나라의 장교라니 부르군트 수준도 알 만하군."

"뭐? 지금 네깟 놈들이 감히 우리 부르군트를 모욕하는 거냐?"

"잘리어를 먼저 모욕한 건 당신들이오. 잊었소?"

"우리가 제공한 식량과 갑옷이 없었으면 애초에 뒈졌을 놈들이 입만 제대로 살았구나. 그래! 원하면 네 대가리도 잘라 화포에 쑤셔박아 줄까? 지도자의 머리통이 하늘을 나는 모습을 보면 부하들의 사기가 꽤나 솟구치겠구나, 하하!"

"마음대로 지껄이시오. 우리는 이미 잘리어에 항복하기로 결론을 내렸으니."

차분한 목소리에 리산더가 명치를 얻어맞은 듯 멈추었다. 그러더니 천천히 얼굴을 일그러뜨렸다.

"뭐, 뭐? 항복?"

발언에 놀란 건 바스티안도 마찬가지였다. 살바토레는 신념을 위해 목숨을 잃으면 잃었지, 절대 꺾지는 않을 인물인 걸 알기에. 반면 살바토레와 그를 둘러싼 참모진은 차분한 분위기였다. 그가 계속 말을 이었다.

"우리는 병합된 국가들의 독립을 원했소. 처음 부르군트가 도움의 손길을 뻗을 때에는 우리의 자주를 위한 원조만을 약속했소. 하지만 당신네 속셈이 그것만이 아님을 알았으니 함께할 이유 또한 사라진 것이오. 우리는 잘리어 국왕에게 투항하고 백성들의 안전을 약속받을 생각이오. 장교는 얼마 전에 선언했듯 부르군트로 귀환하면 될 것이오."

"어리석군. 그렇게 되면 너희의 목숨도 부지 못 할 텐데."

"외스타슈 백성과 병사들의 안전을 약속받는 것으로 우리 지도부의 목숨값은 싼 편이라고 판단했소."

"이, 이 은혜라곤 모르는…… 배신자 새끼들……."

"더는 볼일 없겠군. 짧은 시간이었지만 욕 나올 만큼 더럽고 치사했소. 그럼 잘 가시오."

살바토레는 협상 테이블을 떠났다. 조금의 미련도 보이지 않는 모습에 바스티안은 속으로 조금 감탄했다. 오로지 야망을 이루기 위해서였다면 잘리어에 투항할 이유가 하등 없다. 그런데도 그는 제 목숨을 버려서라도 나머지를 살리겠다 선언했다.

반란은 섣불렀다. 준비는 엉성했다. 정의만 앞세운 설익은 풋내기였다. 하지만 더럽진 않았다. 아집을 피우거나 책임감 없이 도망치는 모습을 보이지 않았다. 바스티안은 그런 그를 비난하고 싶지 않았다.

"멈춰, 당장 멈추라고! 이대로 보낼 성싶으냐!"

당황한 리산더가 살바토레 뒤를 쫓아 팔을 뻗었다. 때마침 바스티안이 그 앞으로 움직였다.

"장군님, 잠깐 기다리십시오!"

그는 바닥에 떨어진 동전을 줍는 척하면서 허리를 굽혔다.

빠악!

그가 들고 있던 기다란 판자가 호를 그리며 올라가는 바람에 리산더가 세차게 이마를 부딪쳤다. 어억! 숨넘어가는 소리와 함께 지도부의 눈이 휘둥그레졌다. 바스티안이 헤헤거리며 몸을 세웠다.

"장군님. 아니, 장교님이시랬나? 아까 떨어뜨린 동전입니다요. 잊어버리신 것 같아서."

"이익, 이익…… 그딴 건 너나 가져!"

"아이고, 정말입니까? 이런 귀한 돈을! 감사합니다. 정말 감사합니다."

리산더는 그를 밀치고 다시 걸음을 옮기려 했으나, 마침 바스티안이 고개를 드는 통에 나무판자에 또다시 턱을 세차게 얻어맞았다. 이

마와 턱을 연달아 얻어맞은 그가 주춤주춤 물러났다. 으윽, 으윽. 두 손에 얼굴을 묻은 채 옹알이를 한다. 욕도 못 할 만큼 아픈 것처럼 보였다. 부르군트 병사는 물론이고 살바토레 부하들까지 어쩔 줄 모르고 발을 동동거렸다. 바스티안만이 천연덕스러웠다.

"이런! 아이구! 아이구! 괜찮으십니까? 괜찮으세요? 장교님! 정말 송구합니다! 죽이지만 말아주십쇼!"

부르군트 병사들이 숨을 멈추었다. 바스티안의 나무판자가 이번에는 허리를 노리고 있었기 때문이다.

"장교님, 위험합니다!"

병사들이 일제히 리산더를 향해 몸을 내던졌다. 우당탕탕. 모두가 얼싸안은 채 요란한 소리를 내며 넘어졌다. 졸지에 병사들에게 깔리게 된 리산더가 무시무시한 욕을 쏘아댔다.

"저 새끼 당장 죽여버려, 아니, 그 전에 네놈들부터 뒈져버려! 비켜! 내 검! 내 검은 어디 있지? 젠장, 살바토레 끌고 와! 살바토레!"

리산더가 짓밟힌 벌레처럼 팔다리를 버둥거리며 고함을 내질렀다. 바스티안이 크게 슬퍼하며 눈가를 훔쳤다.

"장교님, 힘들어 보이시는군요. 소인 안타까워 눈물이 다 납니다. 이 광경을 지켜보고 있기가 정말 힘들군요. 주신 동전은 감사한 마음으로 잘 써먹겠습니다. 이만 물러가겠습니다."

입을 쩍 벌린 살바토레 참모진을 뒤로하고 바스티안은 유유히 자리를 떠났다. 나무판자는 막사 어딘가에 대충 던져두었다.

자, 이제 어떻게 할까.

은색 동전을 튕기며 걷고 있는데 마침 에셀레드와 사이러스가 보였다. 사이러스는 미세하게 눈살을 찌푸렸고 에셀레드는 반가워하며 손을 흔들었다.

"페…… 아니, 티안. 그게 웬 동전입니까? 어라? 부르군트 화페네요."

"어, 리산더가 준 용돈."

여상하게 뱉은 대답에 두 사람의 표정이 동시에 변했다. 리산더가 용돈을? 영문 모를 말에 고개만 갸웃거리다가 이번에는 그의 허리춤을 가리켰다.

"그 검은요? 못 보던 건데."

"아, 이것도 리산더 검이야. 위험해 보이기에 조금 전에 슬쩍했지."

"슬쩍했다고요?"

"내 왕년에 많은 걸 털고 다녔거든. 덩치가 커서 더 쉽기도 했지만. 자네들도 배워보겠나? 이래 봬도 소매치기들이 앞 다퉈 스승으로 섬기려고 할 정도였는데."

그렇게 말하면서 검을 장작더미 깊숙이 묻어버렸다. 소매치기를 하고 다녔다니, 그게 왕이 으스대며 할 말인가? 고지식한 사이러스는 어이없다는 듯 코웃음 쳤지만, 에셀레드 눈엔 그리 나쁘게 보이지 않았다.

처음에는 에르완의 명을 납득하지 못했다. 이런 왈패 같은 놈을 도대체 왜, 어째서 지키라 하는지. 그런데 곁에서 지켜보다 보니 그 뜻을 이해할 수 있었다. 조금 특이해도 좋은 왕이지 않나. 허술해 보이지만 빈틈없다. 게을러도 모든 걸 위에서 지켜보고 있었다. 에르완은 훌륭한 군상이지만, 그녀가 미처 가지지 못한 여러 가지가 그에게는 있었다. 물론 구경하는 재미도.

"어찌 됐건 내가 이곳에서 보고 싶었던 것은 거의 다 확인했어. 곧 큰 전쟁이 벌어질 듯하니 이젠 나도 슬슬 움직여야겠군."

바스티안이 기지개를 쭉 켜며 몸을 돌렸다.

"사이러스 경, 부탁할 것이 있네."

"말씀하십시오."

"나를 호위하는 건 에셀레드 경으로도 충분하니 자네는 살바토레를 감시해주게. 저치, 생각보다 무모해서 어디로 튈지 알 수가 없어."

"저는 폐하를 곁에서 모시란 명을 하달받았습니다. 신하된 자로서 주군의 명을 거역할 수는 없습니다."

"자네더러 살바토레를 지키라는 말이 아니야. 멀리서 지켜보란 뜻이네. 내 일을 돕는 것이 안전만큼 중요하지 않겠나. 길지 않을 테니 걱정 말게."

사이러스는 여전히 탐탁잖은 얼굴이었으나 두 번 토 달진 않았다. 옆에서 잠자코 듣고 있던 에셀레드가 입을 열었다.

"결국 전면전인가 보군요. 리산더라면 그러리라고 예상했습니다만."

"그는 더 설명할 것 없는 전형적인 폭군이더군. 힘을 가진 자가 선택할 수 있는 가장 저열한 길. 그자의 가장 큰 문제가 뭔지 아나? 지금 자신이 어디로 가고 있는지 모른다는 거야."

그는 어느 왕을 떠올렸다. 강력한 힘을 가지고 있음에도 그 힘을 슬퍼하는 한 여자를. 백성들이 흘린 피를 양식으로 자라난 지식을 슬퍼하던 군주를. 가진 힘에 매몰되지 않는 게 얼마나 힘든가. 변질되기는 또 얼마나 쉬운가.

"폐하를 뵌 지 얼마 되진 않았지만, 어딘가 많이 바뀌신 것 같습니다."

에셀레드가 불쑥 꺼낸 말에 사이러스가 이상한 시선을 보냈다. 제 눈에는 여전히 능구렁이인데 뭐가 바뀌었냐는 거다.

"그래? 그렇게 보여?"

바스티안의 미소가 썩 유쾌했다.

"예. 벨뷰 성에서 알현한 폐하는 뭐랄까, 무척 탁해 보였거든요. 흐르던 강물이 둑에 막힌 채로 고여버린 것 같았습니다. 그런 물엔 물고기도 모이지 않고 그대로 썩어버리게 마련이죠. 그런데 지금은 아닙니다. 둑을 깨고 다시 흘러가는 것처럼 느껴집니다. 무척 개운해 보이시기도 하고요."

"하하, 그건 아마 리산더를 줘패서 그럴 거야. 꽤 통쾌했거든. 자네들도 봤으면 좋았을 텐데."

웃음소리가 한차례 스쳐지나갔다. 에셀레드가 말한 것처럼 그는 충분히 변해가고 있었다. 벨뷰 성에 있는 내내 꾸었던 악몽을 더 이상은 꾸지 않았다. 끈덕지게 귓가에 들러붙어 있던 형의 음성도 가물가물했다.

그제야 잘리어가 보였다. 온전히 마주하게 된 이 나라는 아름답지만은 않았지만 썩 나쁘지도 않았다.

전쟁이 끝나면 구석구석을 돌아볼 것이다. 적당히 평화롭고 또 적당히 소란스러운 이 나라를.

생 앞에 놓인 십 년, 이십 년 동안 기꺼이,

그리하리라.

– 2권에서 계속.